PETER GLOWOTZ

Die Stunde des Kraken

PETER GLOWOTZ

Die Stunde des Kraken

Ein Fall für Lara Gropius

GMEINER SPANNUNG

Dieses Werk wurde vermittelt durch
die Montasser Medienagentur, München.

Personen und Handlung sind frei erfunden.
Ähnlichkeiten mit lebenden oder toten Personen
sind rein zufällig und nicht beabsichtigt.

Besuchen Sie uns im Internet:
www.gmeiner-verlag.de

Im Ehnried 5, 88605 Meßkirch
Telefon 07575/2095-0
info@gmeiner-verlag.de

1. Auflage 2015

Lektorat: Claudia Senghaas, Kirchardt
Herstellung: Mirjam Hecht
Umschlaggestaltung: U.O.R.G. Lutz Eberle, Stuttgart
unter Verwendung eines Fotos von: © full image – Fotolia.com
und © flas100 – Fotolia.com
Druck: GGP Media GmbH, Pößneck
Printed in Germany
ISBN 978-3-8392-1798-6

Das Lied vom Tod

Es ist ein Schnitter, heißt der Tod,
hat G'walt vom großen Gott!
Heut wetzt er das Messer,
es schneidt schon viel besser,
bald wird er drein schneiden,
wir müssen's erleiden.
Hüt dich, schön's Blümelein!

Deutsches Volkslied, 17. Jahrhundert

PROLOG

Kalter Schweiß perlte auf der Stirn des Mannes, als er den leisen Summton vernahm. Obwohl er den Anruf erwartet hatte, fuhr ihm das Geräusch durch Mark und Bein. Mit flatternden Lidern starrte er auf das Telefon, als habe er eine zum Angriff aufgerichtete Giftnatter vor sich. Wie paralysiert von der entsetzlichen Vorstellung, dass der, dessen Stimme er gleich vernehmen würde, eigentlich ein Toter war. Ein Phantom, das die unüberwindliche Mauer zwischen Sein und Nichtsein eingerissen hatte und wie selbstverständlich den Trümmern entstiegen war, als habe es die Vergangenheit nie gegeben.

Erneut bohrte sich der Summton in das Dunkel des Zimmers. Mit panischem Blick musterte er das grün leuchtende Display: »Unbekannt.« Wie bereits die vergangenen Male attackierte ihn das Phantom auch diesmal wieder aus der Anonymität heraus. Blieb nur die Hoffnung, dass die Fangschaltung, die er über die Gruppe in Auftrag gegeben hatte, diesmal funktionierte.

Ein neuerliches Summen.

»Drecksack!«, kommentierte er heiser. Noch immer zögerte er, zum Hörer zu greifen. Dabei wusste er, dass es nur eine Frage der Zeit wäre, bis er vor dem Geräusch kapitulieren würde; er konnte nicht anders. Obwohl er wusste, was ihn erwartete, wenn er abnahm. Zuerst würde eine geisterhafte Melodie an sein Ohr dringen. Eine alte Volksweise, scharf und schrill gespielt auf einer Blockflöte. Dann würde das Phantom wieder diesen Namen flüstern. Jenen verdammten Namen, den er bis vor wenigen Wochen noch von der Vergangenheit zermalmt und vom Wind der Zeit in alle Richtungen verweht wähnte, was ein verhängnisvoller Irrtum gewesen war.

Abermals fuhr ihm der Summton in die Knochen. Mit einer heftigen Bewegung nahm er den Hörer auf.

Es ist ein Schnitter, heißt: der Tod …

Der grelle Klang der Flöte vermittelte ihm das Gefühl, durch das Gehör hindurch gepfählt zu werden. Längst schon hatte sich sein Asthma zurückgemeldet, wie immer, wenn er erregt war. Sein Atem wurde schneller, begann zu pfeifen. Gleich würde die Melodie abrupt enden, das Phantom würde diesen elenden Namen flüstern und dann einfach auflegen.

Und ihn seiner Panik überlassen. Wie die letzten Male auch.

Widerstand regte sich in ihm.

»Gib dich endlich zu erkennen, du Schwein! Was willst du? Wer bist du?«, bellte er keuchend in den Hörer, mitten in das Klagen der Flöte hinein. Ein verzweifelter Versuch, sich gegen das Entsetzen zu stemmen.

Doch das Phantom ließ sich nicht beirren.

Erst nachdem die Melodie zu Ende war und er den geflüsterten Namen zur Kenntnis genommen hatte, beendete ein Klacken den Anruf, und das Display erlosch.

Vollkommene Dunkelheit umgab ihn jetzt. Sie drückte auf seinen Brustkorb, presste ihn in den Stuhl, in dem er saß, und zwang wieder dieses furchtbare Bild aus längst vergangenen Zeiten vor sein inneres Auge. Eine Illustration aus der alten Bilderbibel seiner katholischen Großmutter, in der er als Kind hatte hin und wieder blättern dürfen. Ein bedrückend realistisch gezeichnetes alttestamentarisches Szenario, das sich in sein kindliches Gehirn regelrecht hineingebrannt hatte. Im Laufe der Jahrzehnte war es in den Tiefen seiner Erinnerung versandet, aber bereits beim ersten Anruf des Phantoms wieder schlagartig an die Oberfläche seines Bewusstseins getreten. Obwohl er mit Religion nie etwas am Hut gehabt hatte, verfolgten ihn die Wucht dieses Bildes und die dazu gehörenden Bibelverse nun schon seit Wochen mit einer Intensität, die bis in seine Träume hineinreichte und ihn regelmäßig schweißgebadet aus dem Schlaf schrecken ließ.

Die Vision des Sehers Ezechiel.

Ein Tal, angefüllt mit Totengebeinen. Soweit das Auge reicht, ausgebleichte Schädel und Skelette. Ein Geräusch, das das gesamte Tal erfüllt. Ein Klappern, das immer mehr anschwillt. Auf unheimliche Weise setzen sich die Gebeine plötzlich in Bewegung, finden zueinander, überziehen sich zusehends mit Sehnen, Fleisch und Haut …

… und der Odem des Herrn kam in sie, und sie begannen zu leben, und sie stellten sich auf ihre Füße, eine sehr, sehr große Streitmacht …

Die Armee der Toten. Sie war zurückgekehrt.

Und sie marschierte geradewegs auf ihn zu.

Ihm blieb nicht mehr viel Zeit.

KAPITEL 1

Augsburg | 11. September 2007 | DI

»Bitte setzen Sie sich doch!«

Privatdetektivin Dr. Lara Gropius wies mit einer einladenden Geste auf den Stuhl vor ihrem Schreibtisch, während sie selbst dahinter auf einem Drehstuhl Platz nahm.

Groß, mindestens 1,80. Figur wie ein Model, Alter etwa Mitte 40. Eigentlich sehr hübsch. Kurzhaarfrisur, blondiert, sehr gepflegt. Ziemlich mondän: Outfit vom Feinsten, sogar die Accessoires: Allein die Gucci-Handtasche muss ein Vermögen gekostet haben, scannte Dr. Gropius im Stillen die Erscheinung, die soeben in ihr Büro getreten war. Die Frau hatte gestern Nachmittag angerufen und um einen Termin gebeten, ohne näher auf ihr Anliegen einzugehen. Sie hatte sich als Carmen Demuth, Ehefrau von Dr. Lothar Demuth, dem Inhaber einer großen Augsburger Werbeagentur, vorgestellt. Beheimatet war die Familie in Inning am Ammersee. Über das Unternehmen war in den letzten Wochen mehrfach im Wirtschaftsteil der Süddeutschen berichtet worden. *Demuth & Partner* hatte sich für einen millionenschweren Werbeetat der bayerischen Staatsregierung beworben und befand sich zusammen mit zwei weiteren Mitbewerbern aus München in der engeren Auswahl. Es war das erste Mal, dass eine Agentur außerhalb der bayerischen Landeshauptstadt da mitmischen durfte.

Ganz schön vulgär! Hockt da wie ein Bierkutscher, resümierte Lara Gropius in Gedanken, nachdem ihre

Besucherin sich breitbeinig auf dem Stuhl niedergelassen hatte. Kurz berockt, die langen, wohlgeformten Beine in feinste Nylons mit schwarzer Netzoptik gehüllt, gab sie einen Anblick preis, der in der Lage gewesen wäre, den Puls eines Voyeurs in beängstigende Höhen zu treiben.

Dann aber erreichte sie ein Blick aus den Augen der Frau. Ein Blick aus dunklen Tiefen, den sie aus vielen Jahren Polizeidienst nur zu gut kannte.

Angst. Sie ist regelrecht durch den Wind vor Angst, da gibt man auf solche Dinge nicht Acht, korrigierte sie sich sofort. In den Jahren als Hauptkommissarin bei der Kriminalpolizei hatte sich ihre Fähigkeit, Blicke zu deuten, geschärft. Eine überdurchschnittliche Gabe, über die sie schon in jungen Jahren verfügte und die ihr im Präsidium den Spitznamen »Miss Eye« eingebracht hatte.

»Danke, dass sie mich empfangen«, begann Carmen Demuth leise, unterbrach sich aber sofort wieder. Ihre Rechte fingerte eine Zigarette aus der Handtasche, während ihre Linke nach einem Feuerzeug kramte.

»Moment bitte.« Lara Gropius rollte mit ihrem Drehstuhl ein Stück zur Seite und öffnete die Balkontür direkt hinter ihr.

»Wenn Sie rauchen wollen, dann bitte hier«, bemerkte sie lächelnd und deutete mit einer Kopfbewegung nach draußen. »Sie können den leeren Blumenkasten da am Geländer als Ascher benutzen.«

»'tschuldigung, ich hätte wahrscheinlich erst fragen sollen, … aber … na ja, Sie wissen ja, wie das so ist: Macht der Gewohnheit«, rechtfertigte sich die Gemaßregelte verlegen. Mit einem säuerlichen Lächeln ließ sie die Zigarette in die Handtasche zurückgleiten.

»Ich bitte Sie, das macht doch nichts. Eingefleischte Gewohnheiten sind nun mal nicht leicht zu ändern. Ich kann ein Lied davon singen. Ich rauche nicht, dafür nerve ich meine Zeitgenossen mit … Aber lassen wir das. Sagen Sie mir lieber, was ich für Sie tun kann, Frau Demuth«, sagte Lara Gropius und versuchte bewusst, die in langen Jahren im Polizeidienst erworbene Distanz aus ihrer Stimme zu nehmen. Eine engagierte Privatermittlerin nahm Anteil am Anliegen ihrer Klienten, ließ sie Vertrauen spüren und gab ihnen das Gefühl, sich bei ihr in guten Händen zu befinden.

Carmen Demuth schlug die Beine übereinander und faltete die Hände über der *Gucci*-Tasche auf den Knien.

Ihre Worte kamen leise und zögernd.

»Es … geht um meinen Schwiegervater. Er wohnt nur wenige Kilometer von uns entfernt am Wörthsee. Genauer gesagt in Bachern. Er ist verschwunden.«

»Und?«

Die Frau sah sie ärgerlich an. »Wie und! Das können Sie sich doch denken. Nun suche ich jemanden, der ihn sucht. Sie sind doch Privatdetektivin, oder?«

Lara Gropius ignorierte den aggressiven Ton.

»Wie alt ist Ihr Schwiegervater, Frau Demuth? Und seit wann vermissen sie ihn?«, fragte sie sanft nach.

»In einem Monat wird er 87. Verschwunden ist er vor vier Wochen. Das ist er.«

Carmen Demuth griff in das Seitenfach ihrer Handtasche und zog ein farbiges Porträtbild hervor, das sie Lara reichte. Es zeigte einen distinguierten älteren Herrn mit weißem, dünnem perfekt geschnittenem Schnauzer, ebenso weißem beneidenswert vollem Haar und einem verhaltenen, fast schüchternen Lächeln. Was besonders ins Auge stach, war die stark gebogene Nase.

»Wie alt, sagten Sie, ist Ihr Schwiegervater?«, vergewisserte sich Lara.

»87.«

»Dann ist dieses Bild schon mindestens zehn Jahre alt, wenn nicht älter!«

Carmen Demuth schüttelte den Kopf. »Es ist erst letztes Jahr gemacht worden. Er sieht bedeutend jünger aus, als er ist.«

Lara hob anerkennend die Brauen. »Alle Achtung! – Und verschwunden ist er vor vier Wochen?«

Die Frau nickte. »Sie werden sich vielleicht fragen, warum wir die Polizei nicht einschalten. Aber das wollen weder ich noch mein Mann. Wir möchten nicht im Rampenlicht der Öffentlichkeit stehen. In unserem Bekannten- und Freundeskreis würde das für … nun für gewisse Irritationen sorgen. Außerdem fürchtet mein Mann eine negative Presse. ›Vater von Dr. Lothar Demuth verschwunden‹ – wenn so was in der Zeitung stünde, könnte dies seiner Reputation schaden. Gerade jetzt, wo alle darauf warten, wer den Etat der Staatsregierung bekommt.«

»Verstehe«, murmelte Lara Gropius, was absolut nicht der Wahrheit entsprach. Dass jemand die Interessen seiner Firma über die der eigenen Angehörigen stellte, kam sicher des Öfteren vor, lag jedoch jenseits ihres Verständnishorizontes. Allerdings schienen weder Carmen Demuth noch ihr Mann die genaue Gesetzeslage zu kennen.

Lara lehnte sich in ihren Stuhl zurück und spielte mit einem Bleistift, während sie die Frau aufklärte.

»Frau Demuth, jeder Erwachsene, der im Vollbesitz seiner geistigen und körperlichen Kräfte ist, hat das Recht, seinen Aufenthaltsort frei zu wählen. Es ist nicht notwendig, dass er diesen seinen Angehörigen oder Freunden mitteilt. Das heißt, die Polizei ermittelt nur, wenn eine erwachsene Person ihren gewohnten Lebenskreis verlassen hat, ihr derzeitiger Aufenthalt unbekannt ist *und* eine Gefahr für Leib und Leben besteht. All drei Faktoren zusammen ergeben erst die Notwendigkeit, polizeilich zu ermitteln.«

Carmen Demuth wirkte überrascht. Aber auch erleichtert.

»Ach so«, murmelte sie.

»Vermuten Sie denn eine Gefahr für Leib und Leben Ihres Schwiegervaters?«

Sie schüttelte heftig den Kopf. »So weit würde ich auf keinen Fall gehen. Aber ich meine, wenn jemand einfach so verschwindet, … dann macht man sich halt Sorgen.«

»Ihr Mann und Sie sind also übereingekommen, einen privaten Ermittlungsdienst einzuschalten und …«

»Nein!« Carmen Demuth schüttelte energisch den Kopf.

Lara Gropius sah sie zweifelnd an. »Nein? Sie sagten doch eben selbst, Sie suchen jemanden, der …«

»Mein Mann weiß nicht, dass ich hier bin. Und er braucht es vorerst auch nicht zu erfahren, verstehen Sie?«

Lara Gropius seufzte. »Noch nicht. Aber Sie werden mich sicherlich aufklären.«

»Wie ich schon sagte: Mein Mann will auf keinen Fall, dass die Sache an die Öffentlichkeit gelangt. Er glaubt, dass der Alte irgendwann wieder auftauchen wird, und dann wäre die ganze Aufregung umsonst.«

»Und woher rührt dieser … Optimismus? Immerhin ist Ihr Schwiegervater 87.«

»Sie müssen wissen, dass der alte Demuth noch unglaublich rüstig ist. Sowohl körperlich als auch geistig. Außerdem fuhr er immer wieder mal weg. Einfach so, ohne Ankündigung.«

»Ohne Ankündigung? Das heißt, er fuhr einfach weg, ohne Bescheid zu sagen?«

»Ja. Früher war das noch anders. Da hat er zumindest mich oder die Kinder informiert. In den letzten Jahren allerdings nicht mehr. Nur die Zugehfrau, der hat er Bescheid gegeben, aber auch nur, von wann bis wann er weg war, nicht über sein Reiseziel.«

Lara runzelte die Stirn.

»Aber dann müsste sie doch wissen, wann Ihr Schwiegervater wieder zurück sein wollte?«

»Eben nicht. Bevor er verreiste, hat er ihr gekündigt.«

»Wie lange blieb er immer weg?«

»In der Regel vier Tage, aber nie länger als höchstens zwei, drei Wochen. Nach drei, vier Tagen, manchmal auch erst, nachdem er wieder zu Haus war, kam dann eine Postkarte an seine Enkel. Mein Mann sagt, die Karte werde schon noch kommen. Diesmal sei der Alte eben einfach länger unterwegs.«

Der Alte! Zwischen dem Verschwundenen und seiner Familie schien nicht gerade ein inniges Verhältnis zu bestehen. Obwohl sich Carmen Demuth im Gegensatz zu ihrem Mann deutlich mehr Sorgen machte.

»Aber Sie denken das nicht, ich meine das mit der Postkarte, dass die noch kommen wird. Sonst wären Sie nicht hier, nicht wahr?«, fasste die Detektivin nach.

Carmen Demuth nickte nur und fuhr sich mit der Zunge über die Lippen. Sie wurde zunehmend unsicherer.

Plötzlich beugte sie sich ruckartig nach vorne. »Bevor Sie mich mit weiteren Fragen löchern – ich gehe davon aus, dass Sie den Fall übernehmen, oder …?«

Lara Gropius überlegte. Vor drei Tagen erst hatte sie ihr Büro eröffnet. Und nun schon der erste attraktive Auftrag. Der auch noch ziemlich lukrativ daherzukommen schien. Erteilt von einer Klientin, die einen solventen Eindruck machte und bestimmt nicht an der Höhe des Honorars herummäkeln würde. Nach einer Person zu suchen, deren Verschwinden noch keinem konkreten Hintergrund zugeordnet werden konnte, stellte eine anspruchsvolle Herausforderung dar und verlieh dem Ganzen einen zusätzlichen Reiz. Vielleicht war der Mann, um den es hier ging, tatsächlich nur für längere Zeit verreist – vielleicht aber auch, wenn man an die seltsamen Umstände dachte …

»Gut«, entschied die Detektivin, »ich übernehme die Recherchen – vorausgesetzt, wir werden uns einig, was das Finanzielle angeht.«

»Wie viel?« Carmen Demuth schien nichts anderes erwartet zu haben.

»Ich koste Sie 75 Euro die Stunde; Spesen nicht eingerechnet, Kilometerpauschale 65 Cent. Wir fixieren den Auftrag schriftlich, es gibt da ein Formular, das Sie mir unterschreiben und auf dem wir Art und Umfang des Auftrags festhalten, außerdem bekomme ich in der Regel von meinen Klienten einen Vorschuss.«

Wortlos zog Carmen Demuth eine schmale Ledermappe aus ihrer Handtasche und klappte sie auf. Ein Scheckheft kam zum Vorschein. Und ein Füllfederhalter, dessen schwarzsilberne Kappe ein Diamant zierte.

Montblanc, verflucht teuer, registrierte die Detektivin und beobachtete, wie die Frau die Kappe abzog und einen Scheck ausfüllte.

»Hier«, sagte Carmen Demuth und schob ihr das Papier über den Schreibtisch zu. »5.000. Die müssten fürs Erste reichen, denke ich doch. Füllen sie den Vertrag oder dieses Formular oder was auch immer aus und schicken Sie's mir zu. Ich zeichne es gegen und sende es Ihnen zurück.«

Eine der unbestreitbaren Stärken Lara Gropius' bestand darin, genau dann verbale Präsenz zu zeigen, wenn andere vor Sprachlosigkeit erstarrten.

»Ich muss noch einmal auf meine Frage von soeben zurückkommen, Frau Demuth«, überspielte sie mit gekonnt gleichgültigem Ton ihre Verblüffung. »Das mit der Postkarte. Warum glauben Sie, dass die nicht doch noch kommen wird? Es muss doch irgendeinen Grund geben, weshalb Sie den Optimismus Ihres Mannes nicht teilen.« Sie zog die Schreibtischschublade auf und legte den Scheck hinein.

Die Antwort klang gepresst. »Den gibt's auch. Es muss … es ist diesmal alles irgendwie anders.«

»Anders?« Lara gab der Schublade einen Schubs; sie schloss mit einem leisen Klacken.

Ihre Mandantin nickte heftig mit dem Kopf. »Ja, da gibt es ein paar Dinge … die haben mich stutzig gemacht. Als ich meinem Mann davon erzählte, hat er nur gelacht und gesagt, ich solle mir nicht immer so einen Schmarrn einbilden. Das habe alles keine Bedeutung.«

»Was denn zum Beispiel?«

»Im Haus fehlen ein paar Sachen. Der Alte hat Bilder aus einem Fotoalbum rausgerissen, wahrscheinlich hat er sie mitgenommen. Das Bild mit unseren beiden Kindern, das immer auf der Kommode im Wohnzimmer stand, … das ist auch nicht mehr da. Und noch ein paar andere Dinge. Ein Schachspiel aus Jade, ein wertvolles Speiseservice aus Meissner Porzellan … und sein Cello.«

»Ihr Schwiegervater spielt Cello?«

»Leidenschaftlich! Er hat sogar schon mal ein öffentliches Konzert gegeben, zusammen mit seinen Musikerfreunden. Darüber wurde sogar in der Lokalzeitung berichtet. Die Musik und sein Instrument bedeuten ihm alles, er hütet das Cello wie seinen Augapfel.«

»Und Ihnen fiel sofort auf, dass die Sachen fehlten?«

Carmen Demuth nickte. »Das und noch ein paar andere Dinge. Sie müssen wissen, bei meinem Schwiegervater hatte alles seine feste Ordnung, da war er ziemlich eigen.

Das Schachspiel zum Beispiel, das stand immer auf dem Kaminsims im Musikzimmer, das Porzellanservice in einer Glasvitrine im Wohnzimmer, und das Cello hatte seinen Platz auf dem Ständer neben dem Flügel. Das Schachspiel war ein Geschenk seiner Frau, und aus dem Porzellanservice haben die beiden jeden Tag Tee getrunken – als sie noch lebte. Nach ihrem Tod hat er es nicht ein einziges Mal mehr angerührt. Und dann war da noch … die Geschichte mit dem Kalender … und der Haushälterin … und das mit dem Boot.« Carmen Demuth machte eine Pause und begann wieder nervös in ihrer Handtasche zu fummeln. Wahrscheinlich, ohne dass sie es bewusst wahrnahm, zog sie erneut eine Zigarette und ein Feuerzeug heraus.

»Na gut, stecken sie sich meinetwegen eine an.« Lara seufzte und schob ihr einen flachen Unterteller als Ascher zu.

Jetzt erst schien die Demuth Zigarette und Feuerzeug in ihrer Hand zu bemerken.

»Oh, was bin ich doch … Aber sehr nett, vielen Dank«, murmelte sie sichtlich erleichtert. Sie klemmte sich die Zigarette zwischen die Lippen, ließ das Feuerzeug klicken und machte ein paar hungrige Züge. Blaue Schwaden stiegen auf und verflüchtigten sich im Raum. Die Gesichtszüge der Frau entspannten sich zusehends.

»Noch mal der Reihe nach, Frau Demuth. Sie erwähnten gerade ein paar Sachen, die fehlen. Wie erklärt sich Ihr Mann diesen Umstand?«

Carmen Demuth verzog den linken Mundwinkel und stieß ärgerlich Rauch aus. »Pah, mein Mann. Der macht sich's einfach. Der glaubt, dass mein Schwiegervater das alles verhökert oder verschenkt hat, schließlich wüssten wir ja gar nicht, was er so alles treibt. Und die Bilder habe er einfach mitgenommen, um sie jemandem zu zeigen.«

»Wann sind sie eigentlich draufgekommen, dass da etwas nicht stimmt?«

»Nachdem wir vier Wochen lang nichts mehr von ihm gehört hatten, wollte ich gestern nach dem Rechten sehen und bin zu ihm nach Hause gefahren. Aber da war alles abgeschlossen. Sogar die Gartentür, die er eigentlich nie verschlossen hielt, selbst wenn er mal wegfuhr. Alles wirkte … völlig verlassen. Dummerweise hatte ich meine Schlüssel vergessen. Ich bin dann zu seiner Zugehfrau gefahren, die einmal die Woche zu ihm kommt, und bat sie, mir ihre Schlüssel zu geben. Bei der Gelegenheit erzählte sie mir, er habe ihr am 9. August gekündigt, als sie das letzte Mal bei ihm gewesen sei. Die Schlüssel hatte sie ihm natürlich zurückgegeben. Sie wunderte sich, dass ich davon nichts wusste. Also bin ich wieder nach Hause gefahren, um meine zu holen, dann zurück zum Haus meines Schwiegervaters. Als ich hineinging, glaubte ich zunächst, es sei alles wie sonst. Aber dann fielen mir diese Ungereimtheiten auf … die Sachen, die fehlten. Das mit dem Bild auf der Kommode – ich meine, dass es nicht mehr da war – stach mir zuerst ins Auge.«

»Sie sprechen von dem Bild mit Ihren beiden Kindern? Sie sind also zuerst ins Wohnzimmer gegangen?«

Carmen Demuth verneinte mit einem Kopfschütteln. »Zuerst in den Keller.«

»In den Keller?«

»Ja. Wenn man das Haus betritt, gelangt man zuerst ins Vestibül. Von da aus führt eine Wendeltreppe in den Keller. Als ich ins Haus trat, also ins Vestibül, drang von unten ein Geräusch nach oben, eine Art rascheln. Ich bin daraufhin runter gegangen, sah dann aber, dass es nur eine Maus war«, die Demuth zeigte ein nervöses Lächeln, »wahrscheinlich kam sie durch eines der Kellerfenster rein; die standen das eine oder andere Mal schon offen. Bei der Gelegenheit hab ich mich dann gleich da unten umgesehen, aber da war nichts Besonderes. Im Gegensatz zu anderen Kellern ist der von meinem Schwiegervater nämlich ziemlich leer, müssen Sie wissen. Das Wichtigste im Keller ist der Tresor. Da bewahrt er Dokumente und andere Unterlagen auf, sogar die ganz normalen Kontoauszüge, wie er mir einmal in einer seltenen Anwandlung von Vertrautheit erklärte. Ich bin dann wieder hochgegangen und …«

»Verzeihen Sie, wenn ich Sie unterbreche, aber gibt es denn außer Ihrem Schwiegervater sonst noch jemanden, der Zugang zum Tresor hat?«

»Natürlich nicht. Mein Mann hat mal versucht, ihn davon zu überzeugen, dass er den Zahlencode herausrücken sollte, man könne ja nie wissen, was passiert, aber da hat ihm der Alte eine ganz schöne Abfuhr erteilt. Für den Fall der Fälle habe er schon vorgesorgt, sagte er, was immer er damit auch meinte.«

»Gab es noch andere Stellen, an denen Ihr Schwiegervater Papiere aufbewahrte?«

»Nicht dass ich wüsste.«

»Gibt es eine Vollmacht? Eine Bankvollmacht, eine Patientenverfügung oder dergleichen?«

Sie lachte sarkastisch auf. »Wo denken Sie hin. Der Alte glaubt wahrscheinlich, er lebt ewig. Vor zehn Jahren, kurz, nachdem seine Frau gestorben war, hatten wir das Gespräch mal darauf gebracht, aber schon damals wollte er nichts davon wissen. Er wurde regelrecht wütend. So agil, wie er ist, besteht auch keinerlei Aussicht, ihn für unmündig erklären zu lassen.«

»Es gibt doch sicher ein Testament. Wer ist der Begünstigte?«

Sie nickte. »Ja, das gibt es, aber das Einzige, was wir

darüber wissen, ist, dass es bei seinem Anwalt liegt, einem Dr. Schindler in Augsburg. Den Inhalt kennen wir nicht. Auch darüber konnte man nicht mit ihm sprechen. Und der Anwalt beruft sich auf seine Schweigepflicht. Aber ich gehe davon aus, dass unser Sohn und unsere Tochter die Haupterben sind.«

Lara nickte nachdenklich. Sie überlegte. Das völlig zerrüttete Verhältnis zwischen dem Vermissten und seiner Familie machte sein Verhalten bis zu einem gewissen Grad nachvollziehbar.

»Erzählen Sie weiter, Frau Demuth. Möglichst der Reihe nach. Nachdem Sie den Keller inspiziert hatten, sind Sie also wieder nach oben gegangen, ins Wohnzimmer.«

Carmen Demuth schüttelte den Kopf. »Nein, zuerst bin ich hoch in den ersten Stock. Ich hab überall erst einmal die Jalousien hochgezogen und die Fenster aufgemacht, um frische Luft hereinzulassen. Dann bin ich die oberen Zimmer durchgegangen, aber da war nichts Auffälliges. Erst danach hab ich mir das Erdgeschoss vorgenommen.«

»Wo Sie, wie ich annehme, ebenfalls zuerst die Jalousien hochgezogen und gelüftet haben.«

»Ja, es roch überall ziemlich muffig.«

»Sie gingen dann ins Wohnzimmer, wo Ihnen das mit dem Bild auf der Kommode auffiel; das Bild mit Ihren Kindern.«

»Ja. Der Rahmen war leer, das Foto mit unserem Sohn und unserer Tochter war entfernt worden. Als ich mich dann weiter umsah …«

»Ihr Sohn und Ihre Tochter – sind das die einzigen Enkel, die Ihr Schwiegervater hat?«, unterbrach Lara sie erneut.

Carmen Demuth nickte und nutzte die Unterbrechung, um erneut an ihrer Zigarette zu saugen.

»Ja. Allerdings wohnt unsere Tochter seit vier Wochen nicht mehr zu Hause. Sie studiert in Heidelberg Medizin«, ergänzte sie.

Lara Gropius nickte. »Was ist Ihnen noch aufgefallen?«

»Das mit dem Kalender. Ich meine den Kalender mit den Monatsblättern, der an der Wand im Wohnzimmer hängt. Er zeigte eigenartigerweise den Oktober an, obwohl wir heute erst den …« Demuth zog die Stirn kraus und überlegte kurz.

»Heute ist der 11. Dienstag, der 11. September«, kam Gropius ihr zu Hilfe.

»Richtig. Ich dachte noch, komisch, der Alte war doch sonst immer so pingelig mit Daten und Zahlen. Er hat auf dem Wandkalender immer sämtliche aktuellen Termine vermerkt; Arztbesuche, Konzerte, die er hin und wieder besuchte, die Abende, an denen er sich mit seinen Freunden zum Musizieren traf, und so weiter, eben einfach alles.«

»Und auf dem Oktoberblatt, was stand da?«

Die Frau schüttelte den Kopf. »Eigentlich nichts. Außer, dass da ein Tag dick angekreuzt war, der 14. Oktober. Und eine Uhrzeit stand noch dabei, 23:30 Uhr. Ach ja, und etwas dazugemalt hat er, mit Kugelschreiber. Eine Art … Krake. Sieht aus wie 'ne Schmiererei, die man manchmal so in Gedanken vor sich hinzeichnet, wenn man telefoniert.«

»Was ist das für ein Tag, dieser 14. Oktober? Was bedeutet er Ihrem Schwiegervater?«

Achselzucken.

»Keine Ahnung, ich kann mit dem Datum nichts anfangen.«

»Wie war das mit den Fotos, die er aus einem Album rausgerissen hat?«

Carmen Demuth leckte sich die Lippen und schnippte Asche in den flachen Teller. »In seinem Musikzimmer gibt es ein Bücherregal, da stand ein Fotoalbum drin. Es lag aufgeschlagen in einem der Regale. Es enthielt 'ne Menge Bilder, auf denen die Kinder und auch seine verstorbene Frau drauf waren. Aber er hat sie alle herausgetrennt. Er muss sie mitgenommen haben.«

Lara Gropius überlegte kurz, bevor sie eine weitere Frage stellte. »Sagen Sie Frau Demuth, das Verhältnis Ihres Schwiegervaters zu seinen Enkeln, wie würden Sie das beschreiben?«

Carmen Demuth zuckte mit den Schultern; Kringel blauen Rauchs drangen aus dem rund geformten Mund. »Er hängt sehr an ihnen und sie an ihm. Die Beziehung könnte nicht besser sein – ganz im Gegensatz zu dem Verhältnis, das mein Mann und ich zu ihm haben«, antwortete sie und kam damit einer weiteren Frage Laras zuvor.

»Darf ich fragen, seit wann es diese … Verstimmung zwischen Ihnen gibt?«

»Schon ewig.«

»Und der Grund? Ich will nicht indiskret sein, verstehen Sie mich recht.«

Die Demuth schüttelte den Kopf. »Kein Problem. Den eigentlichen Grund kenne ich nicht. Die Kluft zwischen meinem Mann und seinem Vater war schon nicht zu übersehen, als ich vor über 20 Jahren in die Familie hineinheiratete. Seit ich denken kann, hat er unser Haus nie betreten. Seine Frau, die Else, kam nur zwei, drei Mal im Jahr vorbei, meistens kurz vor Weihnachten oder zu Ostern. Anfangs hat mich das alles ein bisschen geschmerzt. Besonders nachdem die Kinder da waren. Ich erinnere mich noch daran, wie Lothar reagierte, als ich ihm den Vorschlag machte, sich seine Mutter zeitweise um die Kinder kümmern zu lassen. Da war Ann-Sophie neun, und Tim noch nicht mal ein Jahr alt. Ich arbeitete damals noch ganztags als Assistenzärztin in einer Klinik. Er wurde richtig wütend. Das käme nicht infrage. Seine Mutter allein in unserem Haus, womöglich brächte sie noch den »Alten« mit – nein, das solle ich mir aus dem Kopf schlagen. Wir haben dann ein Kindermädchen eingestellt.«

»Sie haben Medizin studiert?«

Carmen Demuth nickte. Sog an ihrer Zigarette, inhalierte tief und entließ den Rauch aus dem Mundwinkel.

»Was das desolate Verhältnis zu seinem Vater anging, hat er also nichts Konkretes genannt?«

Die Demuth verneinte mit einem Kopfschütteln. »Ich habe Lothar mehrfach nach dem Grund des Zwistes gefragt, aber immer nur eine ausweichende Antwort erhalten. Sein Vater und er seien einfach zu unterschiedliche Persönlichkeiten. Ich bin es dann irgendwann leid geworden, das Ganze zu hinterfragen. Zu seiner Mutter hatte Lothar ein etwas besseres Verhältnis. Leider kam sie vor zehn Jahren bei einem Verkehrsunfall ums Leben. Selbst danach hat er sich bis auf wenige Ausnahmen nie um ihn gekümmert. Selten, dass er das Gespräch von sich aus auf ihn bringt. Ich bin die Einzige, die so alle zwei Wochen mal nach ihm sieht. Irgendjemand muss es ja tun. Und natürlich die Kinder, die, wie gesagt, sehr an ihm hängen. Mein Sohn radelt alle paar Tage zu ihm. Als Ann-Sophie noch zu Hause wohnte, hat auch sie ihn regelmäßig besucht.«

»Wie haben Ihre Kinder das Verschwinden ihres Großvaters aufgenommen?«

»Wie mein Mann glaubt auch meine Tochter, dass er nur verreist ist und bald wieder zurückkommt. Tim nimmt die Abwesenheit seines Großvaters mit der Sorglosigkeit eines Elfjährigen zur Kenntnis. Neulich sagte er zu mir, Opa werde bald wieder kommen, schließlich habe er ihm versprochen, eine DVD mit ihm anzuschauen, irgend so ein Indianerfilm. Jeden Tag sieht er im Briefkasten nach, ob eine Postkarte von ihm da ist.«

»Diese Postkarten – woher kamen die bisher?«

»Von dort, wo er sich jeweils aufhielt, natürlich.«

Ärger stieg in Lara hoch. »Das ist mir klar, Frau Demuth. Ich möchte gerne wissen, wo konkret sich Ihr Schwiegervater aufgehalten hat, wenn er mal verreiste.«

Die Demuth machte eine vage Handbewegung. »Unterschiedlich. Mal in Spanien, mal im Elsass, mal in den Niederlanden. Oder sonst wo im europäischen Ausland. Außer in der Schweiz und in Österreich, da ist er bis jetzt noch nie gewesen.«

»Gibt es dafür einen Grund?«

»Er mochte keine hohen Berge. Sie würden ihn erdrücken, hat er mal zu meiner Tochter gesagt. Einzige Ausnahme war die Gegend um den Gardasee. Den liebte er. Seit dem Tod seiner Frau war er allerdings nicht mehr dort.«

Lara sah vor sich hin und spielte wieder einige Augenblicke gedankenverloren mit ihrem Bleistift.

»Und das Boot? Was ist damit?«, fragte sie und hob den Blick.

»Bitte?«

»Sie sagten noch etwas von einem Boot, das sie irritiert habe.«

»Ach ja, das Boot, natürlich.« Die Demuth rieb sich genervt die Stirn. Lara entging nicht, wie ein Ausdruck von Furcht in ihren Blick trat. »Das ist auch so eine seltsame Geschichte. Mein Mann … Quatsch, mein Schwiegervater … besaß ein Ruderboot. Er hatte es auf den Namen seiner verstorbenen Frau getauft: *Else*. Es war immer im Bootshaus festgemacht. … Ich sagte ja schon, das Anwesen grenzt direkt an den See … Mit dem Boot ruderte er immer wieder mal am Ufer entlang zu einem ganz bestimmten Platz am Rand eines Wäldchens, das sich bis zum See hinunter zieht. Dort steht eine Bank, ganz nah am Wasser. Ziemlich einsam gelegen, aber sehr idyllisch. Als meine Schwiegermutter noch lebte, machten die beiden dort regelmäßig Picknick. Auch nachdem sie gestorben war, war er regelmäßig dort; hin und wieder picknickte er da auch mit unserem Sohn. Wenn sie damit fertig waren, ruderten sie wieder zurück. Kurz bevor mein Schwiegervater verschwand, muss er wieder dort gewesen sein. Vielleicht war es aber auch jemand anders. Das Seltsame ist nämlich …«, die Demuth hielt kurz inne, »das Seltsame ist, dass das Boot an dieser Stelle versenkt wurde. Die auf der Gemeindeverwaltung meinen, das sei ein Dummerjungenstreich gewesen. Einer oder mehrere Jugendliche hätten das Boot geklaut und es dann mutwillig versenkt … aber das kann ich mir nicht vorstellen.« Erneut glaubte Lara, für einen kurzen Moment Anzeichen von Panik im Blick der Frau bemerkt zu haben, die jedoch sofort wieder verschwanden.

»Wie wurde das Boot versenkt?«, fragte sie.

»Mit einer Axt. Jemand hat ein Loch in die Bodenplanken geschlagen.«

»Wer fand es?«

»Ein Spaziergänger. Der See ist an dieser Stelle des Ufers nicht besonders tief. Der obere Teil des Bootes ragte aus dem Wasser. Die Axt lag in einem Gebüsch am Ufer. Er hat den Fund der Gemeindeverwaltung gemeldet. Die haben dann nachgesehen und die Axt geborgen. Sie gehörte meinem Schwiegervater. Der, der das Boot versenkt hat, muss sie aus dem Schuppen entwendet haben.«

»Wann erfuhren Sie davon?«

»An dem Tag, als ich nach ihm sehen wollte. Da hatte ich ja, wie ich schon sagte, seine ehemalige Haushälterin aufgesucht. Die erzählte es mir dann; sie wusste es von ihrer Schwester, die auf der Gemeinde arbeitet. Ich bin dann zur Gemeindeverwaltung gefahren, um dort nachzufragen. Da sagten sie mir das mit dem Dummerjungenstreich, und dass sie das Wrack bereits entsorgt hätten, und händigten mir die Axt aus. Dann haben sie mich noch gefragt, warum mein Schwiegervater das Ganze nicht der Polizei gemeldet hat.«

»Und was haben Sie geantwortet?«

»Dass er verreist sei und es nicht mitbekommen habe.«

»Sagen Sie Frau Demuth: Wann hat dieser Spaziergänger das Bootswrack entdeckt?«

Die Demut zuckte mit der Schulter. »Das kann ich nicht auf den Tag genau sagen. Es muss etwa um die gleiche Zeit gewesen sein, als mein Schwiegervater verschwand.«

Lara nickte. »Da werde ich wohl bei der Gemeinde nachfragen müssen. – Apropos nachfragen: Ich werde notgedrungen in Ihrem Umfeld recherchieren müssen, Frau Demuth. Wenn ich Sie recht verstanden habe, soll Ihr Mann aber nicht wissen, dass Sie mich beauftragt haben. Da sehe ich ein gewisses Problem. Es dürfte meine Arbeit ziemlich erschweren.«

Carmen Demuth runzelte die Brauen. Ein intensiver Zug an der mittlerweile fast aufgerauchten Zigarette wölbte ihre Wangen stark nach innen und ließ ihr Gesicht auf einmal alt und eingefallen erscheinen.

»Sie haben recht. Das habe ich nicht bedacht«, sagte sie ärgerlich, nachdem sie ein letztes Mal Dampf aus dem Mundwinkel abgelassen hatte. Sie beugte sich nach vorne und drückte den Rest der Zigarette mit solch wütender Entschlossenheit auf dem Teller aus, dass es den Anschein hatte, als quetsche sie einer Fliege das Leben aus dem Leib. »Ich weiß noch nicht, wie ich das Problem lösen werde. Irgendwas wird mir schon einfallen. Um meinen Mann und das Hauspersonal werden Sie wohl vorerst einen großen Bogen machen müssen. Ansonsten haben Sie freie Bahn. Unter einer Voraussetzung: Nichts darf nach außen dringen, nichts, das darauf hindeutet, dass sich jemand Sorgen wegen der Abwesenheit des Alten macht. Das ist eine absolut strikte Bedingung, verstehen Sie? Wie Sie's anstellen, dass die Leute, die Sie befragen wollen, nichts spitzkriegen, ist Ihre Sache. Sie sind die Detektivin.«

»Wen sollte ich denn Ihrer Meinung nach befragen? Welche sozialen Kontakte pflegte Ihr Schwiegervater?«

Carmen Demuth machte eine vage Handbewegung. »Nicht viele. Aber ich denke, sie könnten seine ehemalige Zugehfrau befragen. Oder seine beiden Musikerfreunde. Außerdem gibt es da noch das Weinlokal, in dem er regelmäßig verkehrte. Ich weiß auch, dass er sich hin und wieder mit der Zeitungsausträgerin länger unterhielt. Vielleicht stoßen Sie ja noch auf weitere Personen.«

»Verfügen Sie über Adressen und Telefonnummern dieser Personen?«

Die Demuth nickte. »Auf jeden Fall über die von seiner Zugehfrau und von seinen Musikerfreunden. Ich werde sie Ihnen zumailen.«

Sie kramte eine Visitenkarte aus ihrer Handtasche und reichte sie Lara. »Auf der Rückseite habe ich eine Handynummer notiert, die nur vier Personen kennen. Mein Mann, meine beiden Kinder und mein Schwiegervater. Sie sind die fünfte. Ich hab das Handy immer dabei. Sie können mich jederzeit anrufen, auch nachts, wenn's sein muss. Und jetzt entschuldigen Sie mich. Ich muss noch zu einem anderen Termin.« Sie erhob sich und strich das knappe Stück Stoff glatt, das zwei Handbreit über dem Knie endete – die Andeutung eines Rocks, der mehr freigab, als er verhüllte.

»Bevor Sie gehen, noch was, Frau Demuth«, sagte Lara Gropius und trat hinter dem Schreibtisch hervor. »Ich sagte ja schon: Ich pflege die Umgebung der Personen, über die ich Recherchen anstelle, genau auszuleuchten. Es wäre mir eine große Hilfe, wenn ich Haus und Anwesen Ihres Schwiegervaters inspizieren könnte, und zwar möglichst ungestört.«

»Tun Sie, was Sie für richtig halten.«

»Und Ihr Mann? Ich meine, was ist, wenn ich dort zufällig mit ihm zusammentreffe? Oder mit jemand anderem?«

Carmen Demuth schüttelte den Kopf. »Keine Sorge. Mein Mann hat das Haus seit Jahren nicht mehr betreten. Und da mein Schwiegervater seiner Zugehfrau gekündigt hat, gibt es auch niemanden sonst, dem Sie dort begegnen könnten.«

»Und wie komme ich hinein?«

Carmen Demuth überlegte kurz, dann griff sie abermals in ihre Handtasche, aus deren schier unergründlichen Tiefen sie diesmal einen Schlüsselbund ans Tageslicht holte.

»Da ist alles dran, was sie brauchen. Gartentor-, Schuppen-, Gewächshaus-, Bootshaus- und sämtliche anderen Schlüssel fürs Haus. Sie können ihn vorerst behalten; zu Hause hab ich noch einen in petto«, sagte sie und legte den Schlüsselbund auf den Schreibtisch.

Sie gingen zur Tür. Als habe sie etwas vergessen, blieb die Demuth plötzlich stehen.

»Ach ja, noch was, der Vollständigkeit halber. Mein Schwiegervater besitzt eine Pistole. Eine *Walther PPK 7.65*. Immer wenn er auf Reisen geht, nimmt er sie mit. Eine alte Gewohnheit. Er hat sie auch jetzt wieder dabei. Ich wollte Ihnen das nur sagen – wie gesagt, der Vollständigkeit halber.«

Lara sah sie verblüfft an.

»Und das erzählen Sie mir so ganz beiläufig?«

»Es ist mir gerade eingefallen. Glauben Sie mir, es hat nichts weiter zu bedeuten. Die Waffe ist seit Jahrzehnten in seinem Besitz. Er hatte sie schon dabei, als er mit Else auf Reisen ging. Sie gebe ihm Sicherheit, hat er gesagt.«

»Besitzt er einen Waffenschein?«

Die Demuth nickte. »Natürlich.«

»Woher wissen Sie, dass er die Waffe auch jetzt bei sich führt?«

»Er verwahrt sie in seiner Kommode im Wohnzimmer. In einer Schublade. Ich habe in der Schublade nachgesehen, sie war nicht abgeschlossen wie sonst. Und sie war leer.«

Lara öffnete die Tür.

»Wie werden Sie vorgehen?«, fragte ihre Klientin.

»Das werde ich Ihnen spätestens übermorgen sagen können, Frau Demuth. Ich lasse von mir hören.«

Sie gaben sich die Hände. Die von Carmen Demuth war kalt und feucht. Lara Gropius entging nicht, dass sie zitterte.

KAPITEL 2

»Hi, Tuchy, wie geht's denn so?«

Schweigen am anderen Ende der Leitung.

»Was ist, hat's dir die Sprache verschlagen? Du bist doch sonst nicht auf den Mund gefallen.«

»Mensch, Lara! – schon wieder da?«, dröhnte eine Stimme mit breitem schwäbischem Einschlag.

Lara Gropius lachte. »Ja, hab mir gedacht, dass ich meinen neuen Lebensabschnitt als Privatermittlerin früher als geplant starten sollte.«

»Hoi! Und warum? Ich dachte, du bist mit deinem Sohn für zwei Monate in Ägypten. Der wollte doch da irgendwas ausbuddeln. Wieder mal Krach gehabt?«

Lara musste erneut lachen. »Blödsinn! Unsere Reise war absolut harmonisch. Luca ist vernünftiger geworden. Und was das Ausbuddeln angeht, wie du das nennst: Mein Sohn möchte ein Seminar beim Deutschen Archäologischen Institut in Kairo absolvieren. Du weißt ja, er studiert Altertumswissenschaften und schreibt gerade seine Diplomarbeit. Ich bin mit nach Kairo geflogen, weil ich vorhatte, mal ausgiebig Urlaub zu machen. Aber der Chefarchäologe, bei dem Luca sich vorstellen wollte, ist plötzlich krank geworden. Also haben wir zusammen ein paar schöne Tage am Roten Meer verbracht. Vor zwei Wochen ging's dann wieder heim.«

»Vor zwei Wochen schon? Und warum meldest du dich erst jetzt?«

»Arbeit, mein Lieber. Stress. Mach du dich mal selbständig. Steuerberater suchen, Firma anmelden, Büro herrichten, Anzeige aufgeben, Homepage einrichten und so weiter.«

»Anzeige aufgeben? Homepage einrichten?«

»Na klar. Wenn du 'ne Detektei aufmachst, musst du 'ne Anzeige aufgeben und 'ne Homepage einrichten. Wie sollen die Leute sonst wissen, dass es dich gibt.«

»Ach so, jetzt versteh' ich. Und, schon Erfolg gehabt?«

»Ob du's glaubst oder nicht: mehr als das – Volltreffer!«

»Sag bloß! Da will ich aber mehr wissen.«

»Gern. Heute Abend vielleicht? So gegen neun? Ich lad' dich ein. Dich und Jo. Ins *La Traviata*. Garnelen satt und Salat vom Buffet. Wie wärs?«

»Klingt genial. Wart' mal kurz, ich frag beim Jo nach.«

Lara Gropius hörte, wie der Mann, den sie Tuchy genannt hatte, den Hörer auf dem Tisch ablegte, und das Rücken eines Bürostuhls. Tuchy hieß mit richtigem Namen Kurt Tucholsky. Allerdings war das Einzige, was er mit seinem berühmten Namensvetter gemein hatte, seine Leidenschaft fürs Pfeiferauchen. Lara legte die Beine auf den Schreibtisch und wartete. Jos Büro – sein korrekter Name lautete auf Johannes Bartholomäus Eisele – lag am anderen Ende des Ganges, und Tuchy war mit seinen fast 110 Kilo nicht unbedingt der Schnellste. Die Detektivin legte den Hörer ebenfalls auf dem Schreibtisch ab und schaltete den Lautsprecher ein. Seit ihrem Abschied vom Polizeidienst vor drei Monaten war es das erste Mal, dass sie im K1 anrief. Was sie mit den beiden teilzeitbeschäftigten Kriminalhauptkommissaren verband, ging über das, was man unter kollegialer Solidarität verstand, weit hinaus. Fast zehn Jahre gemeinsamer Arbeit hatten sie zusammengeschweißt, ohne dass die Schweißnaht jemals durch plumpe Vertraulichkeiten oder aufdringliche Annäherungsversuche vonseiten der beiden männlichen Kollegen belastet worden wäre. Obwohl Lara Gropius mit ihren 46 Jahren immer noch eine außergewöhnlich attraktive Frau war, und Tucholsky und Eisele, was das Wahrnehmen weiblicher Reize anging, nicht gerade Ignoranten waren. So wie sie aussehe, könne sie durchaus mit einer Jennifer Aniston konkurrieren, hatte Eisele im Kollegenkreis einmal verlauten lassen. Johannes Bartholomäus Eisele, von allen im Präsidium kurz »Jo« genannt, war Kinogänger aus Passion, ledig, ein Jahr jünger als Kurt Tucholsky und dafür bekannt, dass seine diversen Beziehungen mindestens ebenso locker waren wie seine Sprüche. Als geradezu legendär galt die Qualität seines Bio-Honigs, das Produkt eines weiteren von ihm mit aller Leidenschaft betriebenen Hobbys, der Imkerei.

Dass Lara das Trio verließ, hatte im Präsidium anfangs für Irritationen gesorgt und bei gewissen übergeordneten Stellen sogar Bestürzung ausgelöst. Den Grund dafür hatte der zuständige Polizeirat auf den Punkt gebracht, als sie ihren Ausstand gab. Da hatte er ihr während einer kleinen Ansprache nicht nur »einen messerscharfen Verstand und jenes entscheidende Quäntchen mehr an Intuition, über das leider nur wenige verfügen« bescheinigt, sondern auch »menschliche Wärme, solidarisches Verhalten im Kollegenkreis und ein mit hoher Sensibilität gepaartes Einfühlungsvermögen«. Dass auch der Gropius gelegentlich eine Laus über die Leber lief, hatte er taktvollerweise verschwiegen. In solchen Fällen schwankte die Nadel ihres Stimmungsbarometers zwischen »leicht angesäuert« und »sauer«, konnte aber auch mal sehr schnell bis hin zu »stinksauer« ausschlagen. Je nachdem, wie sich die Großwetterlage während der Bearbeitung eines Falles entwickelte. Nur einmal im Verlauf der Jahre hatten die Kollegen erlebt, wie es war, wenn die Nadel auf »unausstehlich« schnellte. Als zufolge einer schweren Schlappe, die ein Mitarbeiter einer von ihr geleiteten Sonderkommission zu verantworten hatte, ein Entführungsopfer – ein sechsjähriger Bub – nicht rechtzeitig befreit werden konnte und getötet worden war. Der Täter war nie gefasst worden …

»Lara?«

Lara schwang die Beine vom Schreibtisch, schaltete den Telefonlautsprecher wieder aus und angelte sich den Hörer.

»Und klappt's?«

»Logisch, klar.«

»Na wunderbar, dann bis heute Abend. Ich werde pünktlich sein.«

»Wir auch. Bis später.«

Lara legte auf und erhob sich aus ihrem Drehstuhl. Trat auf den kleinen Balkon hinaus, dessen Tür noch immer offen stand, und stützte die Arme auf das bauchig ausgeformte Eisengeländer. Von der Konrad-Adenauer-Allee drangen die spätnachmittäglichen Rush-Hour-Geräusche aus Motorenlärm und Reifenquietschen sowie dem Dröhnen und Knirschen anfahrender und bremsender Straßenbahnen herauf. Feierabend. Lara blickte auf die etwa 100 Meter entfernte Feinstaub-Messstation am Königsplatz und überlegte, welche Daten dort wohl im Moment gespeichert werden mochten. Der Gedanke daran bewog sie, wieder ins Haus zu treten, die Balkontür zu schließen und sich an ihren Schreibtisch zu setzen; es gab schließlich noch allerhand, das erledigt werden musste …

Als sie Stunden später auf ihre Armanduhr sah, erschrak sie; drei Minuten vor neun. Sie beschloss, für heute Feierabend zu machen. Immerhin hatte sie Tuchy versprochen, pünktlich zu sein, und bis zum *La Traviata* waren es gut und gerne zehn Minuten zu Fuß.

Als sie das Büro verließ und die Tür sich hinter ihr schloss, wunderte sie sich, wie dunkel es im Treppenhaus war. Dann aber, während sie zum Aufzug ging, fiel ihr ein, dass die Hausverwaltung angekündigt hatte, am Abend die Notbeleuchtung testen zu wollen, wofür die anderen Lichtquellen ausgeschaltet werden mussten. Alles war völlig still, sie hatte das Gefühl, die einzige Person zu sein, die sich noch in dem erst kürzlich sanierten Bürogebäude aufhielt. Sie wollte gerade den Knopf drücken, um den Aufzug zu holen, als ein lautes Knarren sie innehalten ließ. Sie fuhr herum. Wieder knarrte es. Das Geräusch schien von oberhalb der hölzernen Treppe zu kommen, die auf eine kleine Empore führte. Die Treppe war das Einzige, das nach der Gebäudesanierung noch im Urzustand verblieben war. Lara trat an sie heran und spähte nach oben. Die Stufen verloren sich im Dunkel …

»Hallo! Ist da wer?«

Der Knall kam plötzlich und ohne jegliche Vorwarnung! Ein dumpfer Schmerz explodierte unter ihrem linken Rippenbogen, sie taumelte zurück und ging zu Boden. Im selben Moment war die dunkle Gestalt auch schon an ihr vorbei und stürzte das Treppenhaus hinunter.

»Dämlicher Idiot!«

Lara probierte aufzustehen, was ihr angesichts der Schmerzen nur mühsam gelang. Als sie das Gefühl hatte, wieder einigermaßen sicher stehen zu können, tastete sie ihre Rippen ab und stellte erleichtert fest, dass sie ohne Schwierigkeiten tief durchatmen konnte – wenigstens war nichts gebrochen. Der Mann – Lara war sicher, dass es sich um einen Mann handelte – musste ihr die Faust oder den Ellbogen in die Seite gerammt haben.

Sie zog ihr Pfefferspray aus der Handtasche, ging langsam zum Aufzug und drückte den Knopf. Als sich die Kabinentür öffnete, trat sie einen Schritt zurück und hob die Dose.

Der Aufzug war leer.

Lara stieg ein und drückte E. Als sich die Tür im Erdgeschoss öffnete, trat sie zwischen die Lichtschranken und spähte, noch immer das Spray in der Hand, in sämtliche Richtungen. Niemand zu sehen. Sie sah zur Drehtür. Das allabendliche Lichterflirren der Innenstadt drang durch die Glasfront und erhellte den Eingangsbereich.

Lara steckte das Spray in die Handtasche zurück und schaute auf die Uhr: Viertel nach neun. Tuchy und Jo saßen sicher bereits vor gefüllten Weingläsern und würden ihr Zuspätkommen mit irgendeiner schwäbischen Frotzelei kommentieren.

KAPITEL 3

»Hallo, Lara!«

Ungeachtet des voll besetzten Restaurants schallte Tucholskys dröhnender Bass so laut durch das Lokal, dass das lebhafte Stimmenrauschen für einen kurzen Augenblick in peinliches Schweigen absackte. Was ihm allerdings nichts auszumachen schien. Seine mächtigen Pranken wie Windmühlenflügel schwingend, stand er vor einem der beliebten lauschig eingerichteten Separees, die man normalerweise mindestens zwei Tage vorher buchen musste.

Dass es Lara gelungen war, einen der begehrtesten Plätze im Lokal nur wenige Stunden vorher zu ergattern, war nur den besonderen Beziehungen zu verdanken, die sie zu Ennio Montebello, dem smarten Chefkellner im *La Traviata* unterhielt. Vor Jahren hatte sie ihn einmal davor bewahrt, während einer Gerichtsverhandlung in aller Öffentlichkeit eine Zeugenaussage machen zu müssen, deren delikater Inhalt seine Ehe hätte gefährden können. Seitdem fühlte sich Ennio ihr gegenüber zu großer

Dankbarkeit verpflichtet. Was sich bei bestimmten Gelegenheiten durchaus angenehm bemerkbar machte. Wie zum Beispiel heute.

Lara zwängte sich zwischen den Tischen hindurch, die wie immer viel zu eng beieinanderstanden. Als sie die Nische erreicht hatte, vor der Tucholsky stand, bemerkte sie auch Eisele, der seine schlanke, etwas schlaksig wirkende Gestalt hinter dem mächtigen Körper seines Kollegen aufgebaut hatte, der ihn fast um Haupteslänge überragte. Die Männer grinsten. Laras Blick streifte den Tisch. Sie fand ihre Vermutung bestätigt: Die beiden aus der Gegend um Stuttgart stammenden Kommissare saßen bereits bei einem Schoppen Roten.

»Hallo, ihr beiden. Lasst euch drücken«, sagte sie schmunzelnd.

»Mensch, Lara, lang nicht mehr gesehen«, dröhnte Tuchy und umarmte Lara mit einer Hingabe, die ihr für einige Sekunden die Luft nahm.

Jo folgte seinem Beispiel und presste seinen Dreitagebart zuerst auf Laras linke, dann auf ihre rechte Wange. Er deutete mit einer Handbewegung auf den Tisch.

»Wir haben uns schon mal was zum Trinken bestellt«, klärte er sie unnötigerweise auf. »Der Durst war größer als der Anstand.«

Lara setzte sich, wobei sich der Rempler von vorhin bemerkbar machte. Unwillkürlich verzog sie das Gesicht.

Jo hob besorgt eine Augenbraue.

»Was gibt's, Lara? Geht's dir nicht gut?«

Sie zuckte die Schultern. »Na ja, wie man's nimmt. Einerseits gibt's was zum Feiern, andererseits … hatte ich soeben 'ne ziemlich beschissene Begegnung.« In kurzen Zügen informierte sie die beiden ehemaligen Kollegen über die Attacke des Unbekannten.

»Sein Gesicht konntest du nicht erkennen?«, fragte Tuchy stirnrunzelnd.

Lara schüttelte den Kopf. »Ging alles viel zu schnell. Ich glaube, er hatte so was wie ein Kapuzen-T-Shirt an. Sein Gesicht lag im Schatten. Er war dunkel gekleidet. Außerdem muss er Schuhe mit Gummisohlen getragen haben, wahrscheinlich Turnschuhe, dem Geräusch nach zu urteilen, mit dem er die Treppe runter rannte; das war nämlich ziemlich leise.«

»Was hatte der Mistkerl für 'ne Figur?«, fragte Jo.

»Kann ich nicht sagen. Er war plötzlich da; so schnell, dass ich ihn im ersten Moment nur als … na ja, als diffusen Schatten wahrgenommen habe. Es gab einen dumpfen Knall, als er vor mir aufschlug, ich verspürte 'nen Rempler in die Seite, … dann war er auch schon an mir vorbei und rannte die Treppen runter. Keine Ahnung, was der Typ um diese Zeit in dem Gebäude zu suchen hatte.«

»In letzter Zeit gab's ein paar Einbrüche in der City«, überlegte Tuchy.

Lara bewegte zweifelnd den Kopf. »Ich weiß, Geschäfte in der Altstadt. Da waren aber die Sicherheitsvorkehrungen mangelhaft. Kann man von dem Gebäude, in dem ich mein Büro habe, nicht sagen. Höchster Sicherheitsstandard!«

»Könnte er was von dir gewollt haben? Du weißt schon, was ich meine«, fragte Jo.

Lara schüttelte den Kopf. »Das glaub ich nicht. Dann wäre er nicht Hals über Kopf abgehauen. Aber egal. Lasst uns aufhören, zu grübeln. Dazu ist der Abend zu schade.«

Sie erblickte den Chefkellner.

»Ennio, die Weinkarte bitte!«

KAPITEL 4

Wörthsee | 14. September 2007 | FR

Den Weg von Augsburg nach Wörthsee legte Lara schneller als erwartet zurück. Das Navi hatte 13:37 Uhr als Ankunftszeit angezeigt, doch bereits gegen 13:30 Uhr passierte sie das Ortsschild und stellte fünf Minuten später ihr BMW-Cabrio auf dem Parkplatz eines direkt am See gelegenen Restaurants ab. Den Rest der Strecke beabsichtigte sie, zu Fuß zurückzulegen.

Die schmale Straße zum Demuthschen Anwesen führte sie an mehreren Villen vorbei: vom Rest der Welt abgeschirmte Luxusfestungen, eingeigelt in ein dichtes Grün aus Büschen und Bäumen, zum Teil umgeben von Mauern und Zäunen, die vor neugierigen Blicken und unangemeldeten Besuchern schützen sollten.

Das Anwesen des alten Demuth lag etwas abseits des eigentlichen Villenviertels auf einer riesigen Wiese, deren Grün mit dem leuchtenden Gelb vereinzelter Löwenzahnblüten konkurrierte. Das Terrain fiel zum See hin leicht ab und wurde linkerhand von einem kleinen Wäldchen begrenzt, das sich bis zum Ufer hinunter zog. Das Anwesen selbst schien ziemlich groß zu sein, wirkte jedoch bei Weitem nicht so gepflegt wie das der anderen Seeanrainer. Zwei hohe Thujahecken, die sich fast bis zum See erstreckten, säumten die beiden Längsseiten des Grundstücks. Ihr ungezügelter Wuchs ließ darauf schließen, dass sie schon seit Ewigkeiten keine Heckenschere mehr gesehen hatten.

Noch im Näherkommen bemerkte Lara einen Metallzaun, der regelrecht in die Hecke eingewachsen war. Den Zugang zum Grundstück ermöglichte ein schmaler von Rhododendronbüschen gesäumter Kiesweg, der von der schmalen Straße abzweigte und schnurgerade auf ein doppelflügeliges schmiedeeisernes Tor zuführte. Es wurde von zwei eisernen Säulen flankiert, deren Kapitelle von einem Paar grimmig dreinblickender Löwenköpfe gekrönt wurden. Am rechten Torflügel hing ein verwitterter Holzbriefkasten. Lara hob die Klappe über dem Einwurfschlitz und spähte hinein. Nichts.

Sie sah sich das Torschloss an und zog die Schlüssel, die Carmen Demuth ihr überlassen hatte, aus ihrem Rucksack. Bereits der zweite, den sie probierte, passte.

Sie trat durch das Tor – und hatte plötzlich das Gefühl, in eine verloren gegangene Welt einzutauchen. Ein Hauch morbider Melancholie durchwehte das Anwesen. Die Villa, die Harald Demuth bewohnte, mochte dem Baustil nach bereits Anfang des 19. Jahrhunderts errichtet worden sein. Der verwilderte Garten bot einen pittoresken Anblick. Die größte Fläche beanspruchte eine üppig wuchernde, den Launen der Vegetation überlassene Wiese, durch die sich ein schmaler, mit Holzbohlen eingefasster Kiespfad in mehreren Windungen bis zum See hinunter schraubte. Lara folgte dem Pfad, um sich einen ersten Eindruck über das Areal zu verschaffen. Ein mächtiger Birnbaum und fünf vereinzelt stehende großblättrige Birken waren die einzigen hohen Bäume auf dem verwilderten Grundstück, darüber hinaus gab es nur zahlreiche Büsche und Sträucher. Einen Kontrapunkt dazu bildeten mehrere sehr gepflegte Gemüsebeete und Blumenrabatten. Eine Gartenlaube, ein Holzschuppen, ein Gewächshaus sowie ein kleiner Teich rundeten das Bild ab. Unmittelbar am Uferrand erhob sich eine mit einem Eternitdach versehene Bretterbude, offenbar das Bootshaus. Der Eingang lag zum Garten hin, während der hintere Teil – eine hölzerne Rahmenkonstruktion, die auf Pfählen ruhte, welche man in den seichten Seegrund hineingetrieben hatte – aufs Wasser hinaus ging. Daneben ragte, knapp über der Wasseroberfläche, ein Holzsteg empor.

Lara fiel ein, was Carmen Demuth über das mit einer Axt zerstörte und versenkte Boot ihres Schwiegervaters erzählt hatte. Einer spontanen Regung folgend entschloss sie sich, ihre Inspektion mit dem Bootshaus zu beginnen. Die normalerweise mit einem Vorhängeschloss gesicherte Bohlentür war nur angelehnt, das Schloss selbst lag mit geöffnetem Verschlussbügel am Boden. Lara hob es auf und sah es sich an. Eine einfache Mechanik, leicht aufzukriegen, auch ohne Schlüssel.

Die Tür war niedrig, und Lara musste sich ziemlich tief bücken, um ins Innere zu gelangen. Als sie sich gleich darauf wieder zu voller Höhe aufrichtete, registrierte sie, dass sie auf einem aus dicken Bohlen bestehenden etwa drei Meter langen und einen Meter breiten Steg stand, circa 20 Zentimeter über der Wasseroberfläche. Schummriges Dunkel herrschte im Bootshaus. Licht fiel nur durch die schmale, inzwischen schon wieder halb zugefallene Tür sowie durch die Ritzen der Bretterwände. Zu ihrer Rechten ragte ein Holzpflock aus der seichten Tiefe, an dem ein eiserner Ring befestigt war. *Da hat er das Boot festgemacht, die* Else. *Das Ruderboot, das mit einer Axt zerstört wurde. Das Boot, mit dem er immer zu einem bestimmten Platz am Ufer fuhr, um dort mit seiner Frau und seinem Enkel zu picknicken.*

Lara ging über den Steg zur Stirnseite des Bootsschuppens hinüber, in die eine zweiflügelige, mit einem Sperrriegel verschlossene Brettertür eingelassen war. Offenbar konnte sie nur von innen geöffnet werden. Sie stieß den Riegel zurück und klappte beide Türflügel weit auf. Helligkeit füllte den Verschlag bis in den letzten Winkel. Wie ein Spiegel präsentierte sich der See ihrem Blick, nahezu unbewegt und gleißend im spätsommerlichen Licht der Nachmittagssonne.

Lara dachte über die Frage nach, was jemanden dazu bringen konnte, in ein fremdes Grundstück einzudringen, das Boot eines alten Mannes aus einem Bootsschuppen zu klauen, eine bestimmte Stelle am Ufer anzusteuern und es dann dort zu versenken. Einen Lausbubenstreich gelangweilter Jugendlicher, wie man ihn auf der Gemeinde vermutete, hatte Carmen Demuth kategorisch ausgeschlossen. Doch warum? Lara erinnerte sich an den Ausdruck von Furcht, der im Blick der Frau lag, als sie das mit dem Boot erzählt hatte. Wovor hatte sie Angst? Du hättest gleich nachhaken sollen, kritisierte sie sich im Nachhinein und grübelte, welche Motive sonst noch infrage kommen könnten. Vandalismus? Rache? Oder war das Ganze etwa eine Botschaft? Sie beschloss, nicht weiter darüber zu spekulieren und sich endlich die Villa anzusehen.

Im Moment, als sie die Brettertür wieder schließen und den Riegel vorlegen wollte, spürte sie etwas unter ihren Füßen und sah nach unten. Horizontal eingeklemmt, in einen Spalt zwischen zwei Bohlen, steckte ein schmaler länglicher Gegenstand. Sie ging in die Hocke, um ihn sich genauer anzusehen. Erstaunt nahm sie zur Kenntnis, dass es sich um das Fragment eines Cellobogens handelte. Konkreter gesagt um dessen obere Hälfte, am Griff war noch ein Teil des Rosshaarbezugs befestigt. Sie überlegte kurz, dann nahm sie ihr Halstuch ab, wickelte es um die rechte Hand, um den Fund nicht mit ihren Fingerabdrücken zu kontaminieren, und hob ihn vorsichtig auf. Als sie die Bruchstelle musterte, stellte sie überrascht fest, dass diese völlig glatt war. Sie zog den zerfaserten, seiner Spannung beraubten Rosshaarbezug durch die Finger ihrer Linken und straffte ihn. Dabei stellte sie fest, dass die einzelnen Fäden nahezu gleich lang waren und der Länge des Bogenfragments entsprachen. Die Konsequenz, die sich daraus ergab, war eindeutig und verblüffte sie: Jemand musste den Bogen mit einem scharfen Gegenstand gewaltsam durchtrennt haben! Die Axt, mit der das Boot versenkt worden war, fiel ihr ein. War es die gleiche, die auch den Bogen durchtrennt hatte? Carmen Demuth hatte das Werkzeug, das die Gemeindeverwaltung ihr zurückgegeben hatte, als ihrem Schwiegervater gehörend identifiziert. Plötzlich schoss Lara noch eine andere Aussage ihrer Klientin in den Sinn. *Das Cello bedeutet ihm alles, er hütet es wie seinen Augapfel.* Eine Bemerkung, die zu dem traurigen Rest, den sie gerade in Händen hielt, definitiv nicht zu passen schien. Lara schnallte ihren Rucksack ab, kramte eine Plastiktüte hervor, in die sie den Fund vorsichtig einwickelte, und packte ihn anschließend in den Rucksack. Dann begann sie, den Steg nach weiteren Spuren abzusuchen. Wo ein Fundstück darauf wartete, entdeckt zu werden, gab es vielleicht noch andere. Laras Blick bohrte sich bis auf den Kiesgrund hinab, der an dieser Stelle etwa 60 bis 70 Zentimeter unter dem Wasserspiegel lag.

Dann sah sie die Scherbe.

Rasch zog sie die Jensjacke aus und krempelte den Ärmel ihrer Bluse hoch. Legte sich bäuchlings auf den Steg und griff mit dem rechten Arm tief ins seichte Wasser. Ertastete die Scherbe, zog sie vorsichtig aus dem Wasser und legte sie vor sich auf die Bohlen. Schwang sich wieder in die Hocke und betrachtete den Fund genauer. Vor ihr lag das Bruchstück einer Porzellankanne, die auf der

Außenseite ein aufgemaltes Blütenmuster trug. Lara erinnerte sich an weitere Einzelheiten des Gesprächs mit ihrer Auftraggeberin. Außer dem Cello hatte Carmen Demuth noch zwei andere Gegenstände erwähnt, die verschwunden waren. Ein Schachspiel aus Jade und ein Speiseservice aus Meissner Porzellan.

Lara steckte die Scherbe zu dem kaputten Bogen in ihren Rucksack und erhob sich. Zog sich die Jeansjacke wieder über und klappte die beiden Türflügel, die zum See hin lagen, wieder zu. Fragte sich, welche Ergebnisse eine kriminaltechnische Untersuchung der Fragmente wohl zutage fördern könnte. Und bedauerte im gleichen Augenblick wieder einmal, dass der ehemalige Leiter des LKA München, mit dem sie stets gut zusammengearbeitet hatte, vor ein paar Monaten verstorben war. Er hätte ihr sicher den Gefallen erwiesen, die beiden Spurenträger zu untersuchen. Seinen Nachfolger hatte sie nicht mehr kennengelernt; sie wusste nur, dass es sich bei ihm – ein eigenartiger Zufall – um den Schwager Kurt Tucholskys handelte, und die beiden derzeit aus verwandtschaftlichen Gründen miteinander im Clinch lagen.

Lara holte ihr Handy aus dem Rucksack und wählte Tuchys Dienstnummer.

»Kriminalpolizeiinspektion Augsburg, Fachkommissariat 1, Sie sprechen mit Frauke Landau«, meldete sich die Dezernatssekretärin. Ihre Stimme klang wie immer: gelangweilt und genervt zugleich.

»Lara Gropius hier. Hallo, Frau Landau.«

»Oh, Frau Dr. Gropius. Wie geht's, wie steht's?« Die Stimme wurde eine Tonlage freundlicher.

Lara musste unwillkürlich grinsen. Es war immer die gleiche stereotype Floskel, mit der Frauke Landau jemanden begrüßte, mit dem sie länger nicht gesprochen hatte.

»Danke der Nachfrage. Kann nicht klagen. Und Ihnen?« Lara wusste, dass jetzt nur eine Antwort kommen konnte.

»Passt schon. Nichts angebrannt bis jetzt.«

»Na, da bin ich aber beruhigt. Sagen Sie, ist Tuchy in der Nähe?«

»Moment, ich verbinde sofort.«

Dennoch dauerte es eine geschlagene Minute, bis sie Tuchy an der Strippe hatte.

»Hallo, Lara, was gibt's?»

»Du könntest mir einen Gefallen tun, Tuchy.«

»Jederzeit. Um was geht's denn?

»Um deinen Schwager – der ist doch der neue Chef beim LKA München?«

»Ja und?«

»Glaubst du, er würde dir eine kleine Gefälligkeit erweisen, wenn du ihn drum bittest? Ich hätte da was, das ich gern kriminaltechnisch untersucht haben möchte?«

Kurt Tucholskys unentschlossenes Brummen ließ auf alles andere als Begeisterung schließen.

»Ich merk' schon, ihr seid euch also immer noch nicht grün?«

Kurzes Schweigen. Dann, etwas widerstrebend: »Könnte man so sagen.«

»Siehst du trotzdem 'ne Chance?«

Der Kommissar zögerte erneut. »Mhh … ich weiß nicht so recht … Aber gut, ich probier's«, gab er sich schließlich einen Ruck.

»Du bist ein Schatz, Tuchy. Ich würde dann heute Abend noch die Sachen vorbeibringen, um die es geht. Und einen Schampus für deinen Schwager.«

»Kein Problem. Also dann bis heut' Abend.«

Den Weg zurück verzichtete Lara auf den gekiesten Pfad und ging quer über die Wiese in Richtung des Wohngebäudes. Auch ein Haus kann in Würde altern, dachte sie, während sie die Villa musterte. Der Haupteingang lag auf der dem See abgewandten Seite und verfügte über den typischen Portalcharakter einer Gründerzeitvilla. Eine breite vierstufige Steintreppe. Eine von einer niedrigen Stuckbalustrade eingefasste Veranda, das Vordach über dem Portal gestützt von zwei Marmorsäulen. Aber überall Spuren des Verfalls: abgetretene Marmorfliesen, bröckelnder Putz, abgeplatzte Farben. Der morbide Charme machte auch vor dem massiven, kunstvoll mit Intarsien versehenen Eichenportal nicht Halt. Es war deutlich abgewittert, im Fußbereich splitterte das Holz von der Kante. Was irgendwie nicht ins Bild passen wollte, war eine Ansammlung von Zigarettenkippen seitlich der Tür sowie drei abgebrannte Pappstreichhölzer, die wahrscheinlich einem Zündholzbriefchen entstammten. Es war die ungewöhnliche Form der Streichhölzer, die Lara veranlasste, sie aufzuheben und sie sich genauer anzusehen. Die knapp einen Zentimeter breiten Kartonstreifen wiesen die Form einer Flasche auf, deren Hals in das abgebrannte Schwefelköpfchen mündete. Sie waren mit einem Logo und einem Werbeslogan bedruckt. *Hansens Fruchtbrand – feurig gut*, las Lara. Sie hob eine der Kippen auf und roch daran. Schätzte, dass derjenige, von dem sie stammten, erst vor ein, zwei Tagen hier gestanden hatte. Carmen Demuth? Nein. Sie rauchte Filterzigaretten. Die Kippen, die hier herumlagen, waren ohne Filter. Lara wandte sich dem Stahlschloss zu, das unter dem Bronzeknauf schimmerte, und probierte verschiedene Schlüssel. Erst der letzte ließ die Tür aufschwingen.

Eigentlich hatte sie eine mit Antiquitäten vollgestopfte und mit schweren Teppichen ausgelegte Vorhalle erwartet. Stattdessen stieß sie auf ein Vestibül, dessen karge Einrichtung sie überraschte. An der Wand zu ihrer Rechten: ein schmuckloser Schrank und ein einfacher Garderobenständer mit Hutablage und Spiegel. Davor, zwischen zwei alten Korbsesseln: ein rundes Tischchen mit einem Telefon. Zu ihrer Linken: eine breite, mit Sprossen versehene Fensterfront, die von außen mit einem Gitter geschützt war und für einen verhältnismäßig komfortablen Lichteinfall sorgte. Ebenfalls zu ihrer Linken: eine mit einem schmiedeeisernen Geländer versehene freitragende Holztreppe, die auf eine Empore ins obere Stockwerk führte. Unter der Treppe – gesichert durch eine mit einem Türchen versehene Reling – der kreisrunde Zugang zu einer Wendeltreppe, die sich in den Keller hinunterschraubte. Fünf Türen, zwei an der Stirnseite der Vorhalle, drei zur Rechten Laras, verwiesen auf die Anzahl der Erdgeschossräume.

Eigenwillige Architektur, dachte Lara. Sie beschloss, ihre Inspektion im oberen Stockwerk zu beginnen und stieg die Treppe zur Empore hinauf, von der vier Türen abgingen. Gleich die erste, die sie öffnete, führte in ein geräumiges Schlafzimmer. Die einzigen Möbel: ein schlichtes aber ungewöhnlich breites Doppelbett und ein schmales Nachtkästchen mit einer Tiffanylampe. Unter dem Fenster eine Schlafcouch. An der Wand über dem Bett ein Ölgemälde: eine Ansicht des Seeufers, kein überaus wertvolles Bild. Ganz im Gegensatz zu den Perser Läufern vor dem Bett und der Schlafcouch: schwere, edle Ware und mit Sicherheit ziemlich teuer. Routinemäßig zog sie die Nachttischschublade auf. Ein Gedichtband von Rilke und – sie traute ihren Augen nicht – eine Packung *Viagra*! Sie nahm die Schachtel zur Hand und öffnete sie. Die Blisterpackung war aufgerissen, von den vier Pillen nur noch eine einzige übrig. Mit 87, Respekt!, dachte Lara amüsiert und fragte sich, wer die Glückliche wohl sein mochte. Doch der Gedanke daran wich schnell einer nüchterneren Überlegung. Hatte der alte Demuth eine Beziehung unterhalten, war das durchaus geeignet, sein Verschwinden in einem völlig neuen Licht erscheinen zu lassen. Ihre Auftraggeberin hatte jedoch nichts dergleichen erwähnt.

Sie kramte erneut ihr Handy hervor und wählte Carmen Demuths Nummer, die sie eingespeichert hatte.

Zunächst ohne Erfolg. Lara wollte schon abbrechen, als sich die Demuth doch noch meldete. In ziemlich genervtem Ton.

»Lara Gropius hier, hallo, Frau Demuth. Mir scheint, mein Anruf kommt etwas ungelegen. Aber Sie sagten ja, ich dürfe Sie jederzeit anrufen«, erinnerte sie Lara.

Carmen Demuth wirkte peinlich berührt. »Ja, ja natürlich. Entschuldigen Sie bitte, aber ich … ich hatte gerade ein nerviges Gespräch mit der Lehrerin meines Sohnes. Gibt's was Neues?«

»Na ja, kommt drauf an. Vielleicht ist es neu für Sie, vielleicht auch nicht. Vielleicht haben Sie ja nur vergessen, es mir zu sagen.«

»Ach, und was?«

»Kann es sein, dass Ihr Schwiegervater eine Beziehung unterhielt?«

Pause. Sprachlosigkeit.

»Eine Beziehung? Sie meinen zu einer Frau?«

»Ja.«

»Wie kommen Sie denn darauf?«

Lara registrierte, dass die Verblüffung echt war.

»Ich bin soeben dabei, mir das Haus Ihres Schwiegervaters anzusehen. In seiner Nachttischschublade gibt es eine angebrochene *Viagra*-Packung.«

»Waaas …?«

»Eine angebrochene *Viagra*-Packung. In der Nachttischschublade. Ursprünglich waren es vier Pillen. Jetzt ist nur noch eine drin.«

Erneut kurzes Schweigen. Dann ein plötzliches Losprusten, das in schallendes Gelächter mündete.

Es dauerte, bis sich die Demuth wieder einigermaßen gefangen hatte. »Entschuldigen Sie, aber das … das, was Sie da sagen, klingt lächerlich. Absurd, einfach absurd.«

»Sie können sich also keinen Reim darauf machen?«

»Nein, überhaupt nicht. Allein die Vorstellung … nein, niemals!«

»Aber irgendwie muss die Packung ja in die Schublade gelangt sein. Wenn jemand sein eigenes Leben führt, und Sie sagten ja, dass Ihr Schwiegervater das tut, bekommt man vieles nicht mit.«

»Trotzdem. Wie gesagt, ich kann es mir einfach nicht denken. Das … heißt …« Sie brach ab. Offenbar war ihr plötzlich ein Gedanke gekommen, der sie überraschte, den sie aber nicht preisgeben wollte.

»Das heißt was?«, hakte Lara nach.

»Nichts! Nichts von Bedeutung.« Carmen Demuths Stimme klang auf einmal hastig. Und unwirsch.

Sie blockt ab, dachte Lara. »Frau Demuth, es gibt da noch ein paar andere Dinge, nach denen ich Sie fragen wollte. Wir sollten uns treffen.«

»Hat das noch Zeit bis nächste Woche, Donnerstag vielleicht? Ich bin auf dem Sprung. Ich muss nach Heidelberg zu meiner Tochter, komme aber am Mittwochabend zurück.«

»In Ordnung. Aber vielleicht können Sie mir wenigstens sagen, wo ich die Axt Ihres Schwiegervaters finde, mit der das Boot versenkt wurde. Ich will sie mir ansehen.«

»Im Geräteschuppen neben dem Teich. Die Axt hat einen roten Stiel. Den Schlüssel zum Schuppen haben Sie ja.«

Sie verabredeten für Donnerstag Treffpunkt und Uhrzeit und beendeten das Gespräch.

Lara steckte das Handy zurück und furchte die Stirn. Noch vor wenigen Tagen, bei ihrer ersten Begegnung, hatte die Demuth offen und kooperativ gewirkt. Das Gespräch von soeben schien allerdings einen anderen Eindruck zu vermitteln.

Spielt sie nicht mit offenen Karten?

Lara verdrängte den Gedanken mit einem Achselzucken und setzte ihre Inspektion fort. Vom Schlafzimmer aus führte eine Tür in die Ankleidekammer. Lara knipste den Lichtschalter neben der Tür an. Auch hier nur ein einziges Möbelstück: ein Schrank, versehen mit zwei Schiebetüren, in einer davon ein integrierter Spiegel. Lara öffnete zuerst die eine, dann die andere Tür. Schob systematisch Kleiderbügel für Kleiderbügel zur Seite, registrierte mehrere Hosen, zwei Sakkos sowie einen Anzug, alles ordentlich gebügelt und aufgehängt. Auf einem an der Innenseite der Tür angebrachten Krawattenhalter etwa ein Dutzend Krawatten, in den Regalfächern ein Stapel Unterwäsche, ein paar Oberhemden und Pullis sowie mehrere Paar Socken. In einer Schublade: ein einsames Paar Manschettenknöpfe.

Nachdem auch die Durchsuchung der beiden anderen Räume – ein Bad mit Dusche und eine separate Toilette – nichts Verwertbares erbracht hatte, entschloss sich Lara, im Erdgeschoss weiterzumachen.

Hier erwartete sie gleich hinter der ersten Tür eine Überraschung. Ein Zimmer, das sich von den bisher in Augenschein genommenen deutlich durch seine vergleichsweise üppige Einrichtung unterschied. Auch hier gab es einen

Parkettfußboden; Wände und Decke waren jedoch nicht weiß gestrichen, sondern mit Eichenholz getäfelt. Bis auf die Stelle um einen offenen Kamin herum, wo das Holz dunklen Schieferplatten gewichen war. Der Raum wirkte schwer und dennoch behaglich, ein Eindruck, der durch den Kamin und einen davor stehenden Ohrensessel noch zusätzlich verstärkt wurde. An den Wänden mehrere Regale, vollgestopft mit CDs. Und weitere mit Büchern. Ziemlich vielen Büchern! Auf einem der Regale eine *Bang und Olufsen* Audiosystemanlage. In der Mitte des Raumes, dominant und dennoch von beeindruckender Eleganz, ein mächtiger *Steinway*-Flügel. Daneben ein Notenständer mit einer aufgeschlagenen Partitur: der Beginn des ersten Satzes von Rachmaninoffs Sonate in G-Dur für Cello und Klavier. Verdammt anspruchsvoll, dachte Lara und sah sich weiter um. Verdammt anspruchsvoll musste auch der Geschmack desjenigen gewesen sein, der die drei Bilder ausgesucht hatte, die zwischen den Regalen an der Wand hingen und Laras Blicke geradezu magisch anzogen. Ein Aquarell von Paul Klee, eine Zeichnung von Johnny Friedländer und eine Aquatintaradierung von George Braque. Ich werd verrückt, alles Originale, stellte sie mit Kennerblick fest, nachdem sie die Bilder eingehend betrachtet hatte. Ein Urteil, das ihr als promovierter Kunstgeschichtlerin nicht schwerfiel. Obgleich viele Jahre vergangen waren, seit sie den Entschluss gefasst hatte, sich beruflich völlig neu zu orientieren und zur Kriminalpolizei zu gehen, war die Liebe zur Kunst geblieben.

Sie riss sich vom Anblick der Bilder los und ging zum Fenster. Der Blick in den Garten wurde von der nur etwa drei Meter entfernten Thujahecke gestoppt. *Ein weiterer Grund, warum es hier drin so schummrig ist …* Dann entdeckte sie den Celloständer hinter dem Flügel, unmittelbar daneben lag eine leere Cellohülle. Der Reißverschluss war ganz aufgezogen, das Oberteil zurückgeklappt. Sie ging in die Hocke, um besser sehen zu können. Auf einem aufgenähten Stück Stoff entdeckte sie ein gesticktes Monogramm: HD.

Sie erhob sich. Fragte sich zum wiederholten Mal, welche Bedeutung dem verschwundenen Instrument zukam. Hatte Harald Demuth es auf seine Reise mitgenommen? Der kaputte Cellobogen fiel ihr ein …

Sie beschloss, nicht mehr über das Cellorätsel nachzudenken, bevor sie die anderen Räume inspiziert hätte.

In der Küche: ein Kühlschrank und ein Induktionsherd mit Backofen, ansonsten die üblichen Schränke, spärlich gefüllt mit Geschirr, Geräten und Besteck. Eine der Schubladen vollgestopft mit Kleinkram.

In der Toilette mit dem zum Garten gelegenem Fenster: nur ein Unterschrank unter dem Handwaschbecken. Darin ein Stoß Handtücher.

Ein weiteres großes Zimmer, hell und freundlich. Bis auf ein Trimm-dich-Rad gänzlich leer.

Dann das Wohnzimmer. Lara blieb im Türrahmen stehen und sah sich um. Ein ovaler dunkler Tisch, flankiert von sechs Stühlen mit hohen Lehnen. An einer der Wände eine Glasvitrine mit mehreren Fächern, vollgestellt mit Nippes; eines der Fächer auffällig leer – eventuell das Fach, in dem das verschwundene Porzellanservice untergebracht gewesen war? Vor dem großen zum Garten gelegenen Panoramafenster: eine zerschlissene Chaiselongue mit mehreren Kissen und einer rot-schwarz karierten sorgfältig zusammengelegten Decke über der abgewetzten Lehne. Schräg gegenüber, in einer Ecke des Raums, auf einem TV-Rack: ein Ungetüm von einem Flachbildfernseher, der in dieser Umgebung wie ein aus einer fernen Galaxie aufgeschlagener Gegenstand anmutete. Lara trat an das Rack heran und ging in die Hocke. Im oberen Regalfach standen ein DVD-Player und ein Videorecorder, das untere enthielt eine überschaubare Anzahl Videos und DVDs. Lara nahm sie einzeln heraus und sah sie sich an. Diverse Western und Indianerfilme, darunter zwei *Lederstrumpf*-Videos, eine DVD mit dem Titel *Sterne der Küste – Leuchtturmromantik im Wandel der Zeit,* ein Spielfilm über Beethoven, eine Filmbiographie über Mstislaw Rostropowitsch betitelt *Titan am Cello*, sowie eine weitere DVD mit dem Titel *Träume in Grün – so macht Gärtnern richtig Spaß.*

Sie erhob sich wieder, sah sich weiter um. Musterte die dem Panoramafenster gegenüberliegende Wand, an der eine wuchtige Kommode stand. Antik und mit hoher Wahrscheinlichkeit ziemlich wertvoll. Auf der mit Intarsien versehenen Platte ein Bild: Familienfarbfoto, silbergerahmt. Unmittelbar daneben: ebenfalls ein Bilderrahmen, allerdings ohne Bild.

Lara sah sich zunächst das Möbelstück genauer an. Die Kommode verfügte über vier Schubladen sowie über zwei Türen, die sich abschließen ließen. Die Schlüssel steckten. Lara zog die Schubladen heraus und öffnete die Türen. Nichts, die Kommode war leer, was ihr seltsam vorkam. Sie wandte sich dem Bild mit dem Silberrahmen zu: Familie Demuth; die Eltern Lothar und Carmen mit ihren beiden Kindern. Alle zeigten ein unverbindliches Zahnpastalächeln. Von größerer Bedeutung schien Lara das Bild zu sein, das fehlte. Besser gesagt, die Tatsache, dass es fehlte. In Gedanken sah Lara es vor sich, als ob es noch dort läge, das Bild mit den beiden Kindern – ohne die Eltern …

Etwas löste ihre Konzentration plötzlich auf – das penetrante Ticken einer Standuhr, das sie erst jetzt bewusst wahrnahm. Ein Geräusch, das die längst entschwundene

Welt, der es entstammte, überlebt und sich in die Gegenwart dieses Raumes geflüchtet zu haben schien. Sie entdeckte das antike Stück in einer Ecke. Gleich darauf auch den Wandkalender, der unmittelbar daneben hing. Sie trat an den Kalender heran und sah ihn sich an. Oktober 2007 lautete die Monatsangabe auf dem Blatt. Unübersehbar: das rot angekreuzte Datum, der 14. Oktober. Auf einer gepunkteten Linie eine mit blauem Kugelschreiber vermerkte Zeitangabe: 23:30 Uhr. Daneben ein ebenfalls mit dünnem blauem Kugelschreiber gezeichnetes filigranes Gebilde, das einen Kraken darstellte. Im Gegensatz zu Carmen Demuth, die von einer gedankenverlorenen Kritzelei gesprochen hatte, glaubte Lara erkennen zu können, dass die Zeichnung sehr bewusst platziert worden war. Je länger sie sich das mit ungelenker Hand fabrizierte Geflecht aus Linien und Punkten ansah, desto mehr fand sie, dass es etwas Orakelhaftes hatte. Ohne dass sie konkret hätte sagen können warum, überkam sie mit einem Mal das sonderbare Gefühl, dass sich hinter dieser Zeichnung eine Botschaft verbarg. Auch wenn sie von einer plausiblen Erklärung noch Lichtjahre entfernt war und das Gefühl lediglich einer Intuition entsprang.

Ein Rasseln ließ sie zusammenzucken. Es war die Standuhr, deren Mechanik sich anschickte, zur vollen Stunde zu schlagen. 16 Uhr. Lara fiel siedendheiß ein, dass die Leiterin des Pflegeheims, in dem ihre Mutter untergebracht war, sie um 17 Uhr erwartete.

Als sie nach draußen trat und die Tür hinter sich abschloss, hatte sich der Himmel grau bezogen. Es war ziemlich böig geworden, in den Birkenkronen rauschte es kräftig.

Sie stand gerade im Begriff, das Grundstück zu verlassen, als ihr mit einem Mal die Axt einfiel. Eilig machte sie kehrt, ging zum Geräteschuppen und schloss die Tür auf. Trotz des Chaos' aus Gerümpel, Gartengeräten und Werkzeugen sprang ihr der feuerrote Stiel der Axt schon auf den ersten Blick ins Auge. Sie hing inmitten anderer Werkzeuge an einem Haken an der Wand. Lara nahm sie herunter, griff sich einen Lappen, der neben dem Eingang lag, umwickelte damit die Schneide und steckte die Axt vorsichtig in ihren Rucksack.

Irgendwann in den nächsten Tagen würde sie den Schuppen einer ausführlicheren Inaugenscheinnahme unterziehen.

Zehn Minuten später befand sie sich auf der B 471 auf dem Heimweg.

Erste dicke Tropfen zerplatzten auf der Frontscheibe.

KAPITEL 5

»Komm rein!«, sagte Tuchy kauend und hielt die Tür auf.

»Danke. Ich bleib auch gar nicht lang. Ich will dich nicht beim Essen stören«, entgegnete Lara.

»Du störst überhaupt nicht. Setz dich zu mir in die Küche und iss mit!«

»Danke, ganz lieb. Aber ich muss noch ins Luisenheim. Zur Färber. Ich hab einen Termin mit ihr. Um sechs.«

Der Kommissar machte eine geringschätzige Handbewegung. »Die alte Krähe kann warten. Trink wenigstens 'nen heißen Tee mit mir.«

»Gut, da sag ich nicht Nein. Kann bei dem Sauwetter nicht schaden«, stimmte Lara zu und betrat die behaglich eingerichtete warme Küche. Der Regen hatte während der Fahrt zugenommen; es war windig und kühl geworden. Lara hatte die Färber von unterwegs angerufen und den Termin um eine Stunde nach hinten verschoben.

Sie hängte ihre Jacke und eine große Jutetasche über einen Stuhl und setzte sich an den Küchentisch, auf dem eine Riesenschüssel Wurstsalat stand, die schon halb leer gegessen war. Tucholsky schaltete den Wasserkocher neben der Spüle ein und gab einen Aufgussbeutel Schwarztee in eine große Tasse.

»Rum?«, fragte er und goss kochendes Wasser in die Tasse.

»Wie Rum?«

»Ja für deinen Tee halt.«

Lara winkte ab. »Um Himmels willen, ich muss fahren. Aber wenn du 'ne Zitrone hättest …«

Tuchy holte die Hälfte einer Zitrone aus dem Kühlschrank, die er zusammen mit dem Tee sowie einer Dose Kandiszucker vor Lara hinstellte, und setzte sich ebenfalls an den Tisch.

»Und jetzt erzähl, was gibt's.«

Während er aß, beschrieb Lara in kurzen Zügen, was sie kriminaltechnisch untersucht haben wollte, ohne auf nähere Einzelheiten ihres Auftrags einzugehen. Öffnete die Jutetasche und legte die Gegenstände, die sie untersucht haben wollte, vorsichtig auf dem Tisch ab.

»Wäre nicht schlecht, wenn du die Sachen in Folie wickeln könntest, um sie nicht noch mehr mit Fremdspuren zu kontaminieren.«

»Hm, eine Porzellanscherbe, ein durchtrennter Cellobogen und 'ne Axt«, brummte Tuchy und biss ein Stück

Brot ab. »Die Kombination hat der Max bestimmt noch nicht auf dem Tisch gehabt. Ich werd ihn schon rumkriegen.«

»Da wäre ich dir sehr dankbar. Hier, den gibst du ihm! Mit einem schönen Gruß von mir.« Lara zog einen *Dom Perignon* aus der Tasche.

Tucholsky wollte protestieren, doch Lara schnitt ihm das Wort ab. »Nein, du gibst deinem Schwager die Flasche, basta! Vielleicht benötige ich seine Hilfe auch künftig noch in dem einen oder anderen Fall. Ich will sowieso mit ihm drüber reden, welche Möglichkeiten er da sieht.«

»Also ich könnt' ja mal ein Treffen zwischen euch organisieren. Begegnet bist du ihm, glaub ich, noch nicht?«

»Nein. Das mit dem Treffen ist 'ne gute Idee.«

Tuchy nickte und schabte mit einem Stück Brot die letzten Reste seines Wurstsalates aus der Schüssel.

»Übrigens – erinnerst du dich noch an den Helmburger?«, fragte er; seine Stimme klang plötzlich irgendwie belegt.

Lara runzelte die Stirn. »Helmburger ... Karsten Helmburger ... War das nicht der, der den Zwangsprostituiertenring mitorganisiert hat, den wir vor vier Jahren gesprengt haben? Mädchen zwischen 13 und 16, vor allem aus dem Osten. Bulgarien, Ungarn, Rumänien. Sie haben ihn zynisch ›Frischfleischkönig‹ genannt. Man konnte ihm aber nichts nachweisen, er wurde freigesprochen.«

Er nickte. »Der Helmburger ist tot. Man hat ihm die Kehle durchgeschnitten und dann die Leiche in einem Gebüsch am Kuhseeufer entsorgt. Des Schlimme daran: Man hat eine weitere Leiche neben ihm gefunden; ein Mädchen, vielleicht 16, 17 Jahre alt; ziemlich ordinär geschminkt und übel zugerichtet.«

»Eine 16-Jährige. Du meine Güte«, murmelte Lara. »Weiß man Näheres?«

Der Kommissar schüttelte den Kopf. »Bis jetzt gibt's keinen einzigen Hinweis.«

Er schob die Schüssel beiseite, verschränkte die Hände auf dem Tisch und sah bedrückt vor sich hin. Lara sah ihm an, dass der Fall ihn ziemlich beschäftigte.

Sie stand auf. »Ich muss weiter, Tuchy, die Färber wartet. Ich hab den Termin bei ihr eh schon verschoben.«

Er begleitete sie bis zu ihrem Fahrzeug. Der Regen hatte aufgehört, doch der grau verhangene Himmel verriet, dass er nur eine Pause einlegte.

»Was meinen Schwager, den Max, angeht, sag' ich dir so schnell wie möglich Bescheid. Ich denk', in ein paar Tagen weiß ich mehr«, versprach Tuchy.

Lara nickte und stieg mit einem »Grüß mir die Traudl!«, in ihr Cabrio.

Punkt sechs Uhr stellte sie ihr Fahrzeug auf dem Gästeparkplatz des Luisenheimes ab.

KAPITEL 6

Augsburg | 15. September 2007 | SA

Die Nacht brachte Starkregen. Ein nicht enden wollendes Prasseln, Hämmern und Trommeln. Vom Lärm geweckt, erwachte Lara gegen halb zwei aus einem ohnehin unruhigen Schlaf und stand auf. Ein fahler, unsteter Lichtschein sickerte unter der nur halb heruntergelassenen Jalousie ins Schlafzimmer. Er zitterte im Rhythmus der vom Wind gebeutelten Straßenlaterne. Ohne Licht zu machen, ging Lara nach nebenan ins Bad und trank einen Schluck Wasser aus dem Hahn. Ging zurück ins Schlafzimmer und setzte sich, dem Fenster zugewandt, auf die Bettkante. Ließ den vergangenen Tag an ihrem inneren Auge vorüberziehen, wobei sie den erinnernden Blick vor allem auf die Zeit zwischen 18:00 und 19:00 Uhr richtete.

Auf das Gespräch mit Anita Färber, der Leiterin des Pflegeheims. Ein äußerst unangenehmes Gespräch, was vorauszusehen gewesen war. Lara hatte zunächst an sich halten müssen, um nicht einfach aufzustehen und sich mit der Bemerkung, sie werde Anzeige erstatten, zu entfernen. Gegenstand der Debatte war der Vorwurf Laras gewesen, ihre Mutter sei von einer der Pflegerinnen misshandelt worden, diese habe ihr ins Gesicht geschlagen. Was die Färber vehement bestritt. Sie verbäte sich solch böswillige Unterstellungen, einen solchen Vorfall habe es nie gegeben. Womit sie aber, wie Lara daraufhin erregt klarstellte, den Aussagen zweier Besucher, eines Mannes und seiner Ehefrau, widerspräche, die zufällig Zeugen der Misshandlung gewesen seien. Die beiden würden das Blaue vom Himmel lügen, konterte die Färber daraufhin erbost. Der Mann und die Frau – Sohn und Schwiegertochter eines der Heimbewohner – seien notorische Nörgler. Die Unglaubwürdigkeit ihrer Aussagen sei in einem Fall sogar schon von einem Gericht festgestellt worden. Im Übrigen werde es immer schwieriger, die alte Dame zu versorgen, da sie zunehmend unberechenbarer werde, die Situation sei alles andere als einfach. Das Gespräch endete schließlich damit, dass Lara zusagte, den Pflegevertrag um einige Zusatzleistungen zu erweitern, während die Heimleiterin versprach, die beschuldigte Pflegerin nicht mehr an Herta Gropius heranzulassen.

Was Lara weit mehr angriff als das Gespräch, war die Tatsache, dass ihre Mutter sie zum ersten Mal nicht auf Anhieb erkannt hatte. Erst nach einigen Minuten hatte sich ihre Wahrnehmung wieder normalisiert. Nach der Unterredung mit der Heimleiterein war sie zu ihr gegangen, von ihr aber zunächst wie eine Fremde empfangen worden. Sie hatte sie im Sessel vor dem Fernseher sitzend angetroffen. Auf *Arte* lief eine Dokumentation über die Taklamakam, eine Wüste in Zentralasien. Doch sie lief ins Leere. Ihre Mutter saß einfach teilnahmslos da. Starrte, im Sessel zusammengekauert, vor sich hin. Auf das übliche »Guten Tag, Mama, wie geht es dir heute?«, war Lara einem Blick begegnet, der so ganz anders war als sonst. Einem Blick wie ein Fragezeichen. Verloren. Ängstlich. Orientierungslos. Begleitet von langem Schweigen. Die Taklamakam, schoss es Lara plötzlich durch den Kopf. Sie ist in der Wüste angekommen. Der Vergleich erschreckte sie. Obwohl sie sich schon längst mit der Tatsache abgefunden hatte, dass ihre Mutter an Alzheimer litt.

Sie blieb noch etwa eine Stunde. Als sie schließlich ging, tat sie es in der bestürzenden Gewissheit, dass ihre Mutter sich von dem Ort, den man die Oase des Lebens nennen konnte, wieder ein gutes Stück weiter entfernt hatte. Und sie würde sich immer weiter davon entfernen. Hinein in eine Ödnis, aus der es keine Wiederkehr gab. In die Wüste des Vergessens. Niemand konnte sie aufhalten, und niemand würde sie zurückholen …

Ein Schatten! Unmittelbar vor dem Fenster!

Die Silhouette eines Kopfes unterhalb der nur teilweise heruntergelassenen Jalousie!

Lara erstarrte – dann sprang sie auf und knipste das Licht an.

Im selben Moment verschwand der Schatten.

Lara hastete zum Fenster, das sie mit nur einem Griff öffnete. Der Starkregen schluckte das Geräusch, das die dunkel gekleidete Person verursachte, die quer durch den Garten sprang und über den gefliesten Weg auf das verschlossene Gartentor zurannte. Das Licht der Straßenlaterne genügte Lara, um zu erkennen, wie sich die Gestalt über das Gartentor schwang und hinter einer Hecke verschwand. Gleich darauf hörte sie, wie ein Motorrad gestartet wurde. Laut aufheulend raste die Maschine die Straße entlang. Gleich darauf verebbte das Geräusch.

Lara griff sich eine Stablampe aus der Nachttischschublade, rannte ins Wohnzimmer und riss die Terrassentür auf. In einer Ecke standen Gartenstiefel. Sie schlüpfte hastig hinein und lief mit eingeschalteter Stablampe um den Bungalow herum, wobei sie sich eng an die Hauswand gedrückt hielt, um dem Regen möglichst wenig Angriffsfläche zu bieten. Trotzdem klebte ihr das Nachtzeug triefend nass am Körper, als sie vor ihrem Schlafzimmerfenster ankam; an den Stiefeln hafteten Schlammbatzen. Sie sah sich um. Sie fror. Windböen peitschten ihr den Regen ins Gesicht, nach wie vor schwankte die Straßenlaterne vor dem Gartentor bedenklich und tauchte die Umgebung in fahles, zitterndes Licht.

Lara leuchtete den Platz vor dem Fenster mit der Stablampe ab. Der Boden war vom Regen aufgeweicht, sodass die Spuren, die der Unbekannte hinterlassen hatte, deutlich zu erkennen waren. Stiefelspuren. Lara überlegte kurz, dann lief sie nochmals ins Wohnzimmer zurück, um ihre Digicam zu holen. Die Fotos, die sie gleich darauf im Licht der Stablampe von den Stiefelspuren machte, konnten für die weiteren Ermittlungen von Nutzen sein. Gerade als sie wieder zurück ins Haus gehen wollte, bemerkte sie etwas, das im Schlamm lag. Sie ging in die Hocke und hob es auf. Ein Zündholzbriefchen. Es stammte eindeutig von dem nächtlichen Besucher. Vermutlich war es ihm aus der Hosentasche geglitten. Das Druckmotiv auf dem Aufklapper zeigte eine Spirituosenflasche und eine Schlehenfrucht. Als sie den Werbespruch darunter las, stand sie trotz des Regens und der Kälte einen Moment lang wie angewurzelt. Sie kannte den Spruch. Wenige Stunden zuvor hatte sie ihn schon einmal gelesen:

Hansens Fruchtbrand – feurig gut

Frisch geduscht und in einen warmen Bademantel gehüllt, saß Lara auf der Bettkante und dachte nach. Zwischen dem Vorfall von vorhin und der Attacke auf sie am Abend des Tages, als Carmen Demuth bei ihr gewesen war, gab es einen ursächlichen Zusammenhang, das war sicher. Was wiederum mit ihrem Auftrag zusammenhängen musste! Irgendjemand, der davon wusste, war ihr auf den Fersen, beschattete sie, spionierte ihr nach. Jemand, der ein ganz spezielles Interesse an dem verschwundenen Alten hatte. Jemand, der irgendwann in den vergangenen Tagen vor dessen Villa gestanden und dort mehrere Zigaretten geraucht hatte. Als ob er dort auf etwas oder auf jemanden gewartet hätte. Dass die Zigarettenkippen vor der Tür zu Harald Demuths Villa nicht von seiner Schwiegertochter stammten, war ihr inzwischen klar. Carmen Demuth hatte behauptet, außer ihr selbst habe niemand das Verschwinden des Alten als besorgniserregenden Umstand eingestuft. Niemand interessiere sich für ihn, und niemand wisse, dass sie jemanden beauftragt habe, nach ihm zu suchen …

Warum spielt sie nicht mit offenen Karten?

Lara ging noch einmal in Gedanken das Gespräch mit ihr durch. Tastete sich durch die Erinnerung auf der Suche nach irgendwelchen Ungereimtheiten. Nach einem Puzzleteil, das nicht ins Gesamtbild passte – und glaubte plötzlich, es entdeckt zu haben!

Es war die Angst!

Carmen Demuth musste während des ganzen Gesprächs eine geradezu panische Angst empfunden haben. Ihre Blicke, ihre Körpersprache, die Art, wie sie sprach, ihre feuchten Hände, als sie sich verabschiedeten – all das zeugte von einer ungeheuren Anspannung und einer alles dominierenden Angst.

Aber es war nicht die Angst, die der Sorge um ihren verschwundenen Schwiegervater entsprang. Dessen war sich Lara sicher. Hatte ihre Auftraggeberin doch mehr als einmal zum Ausdruck gebracht, dass es sowohl um das Verhältnis zwischen Vater und Sohn als auch zwischen Schwiegervater und Schwiegertochter nicht zum Besten bestellt war. Wiederholt hatte sie von ihm abfällig als dem ›Alten‹ gesprochen. Hatte Formulierungen gebraucht wie: »Irgendjemand muss ja nach ihm sehen.« Echte Fürsorge hatte einen anderen Klang – und die Angst Carmen Demuths eine andere Ursache. Genau danach würde sie suchen müssen.

Sie löschte das Licht. Nach zehn Minuten war sie immer noch nicht eingeschlafen. Sie versuchte, an etwas völlig Banales zu denken, erfahrungsgemäß stellte sich der Schlaf dann recht bald ein. Also ging sie in Gedanken durch, was sie fürs Wochenende geplant hatte.

Es half auch diesmal wieder. Den Samstag schaffte sie gerade noch so, der Sonntag löste sich im Nichts auf.

KAPITEL 7

Augsburg | 17. September 2007 | MO

Von Kind an besaß Lara einen Wecker, dem sie schon im zarten Alter von zehn Jahren den Namen *Hugo* verpasst hatte. Ein robuster Junghanswecker aus den späten Sechzigern, der jedes Mal, wenn er ertönte, den Eindruck vermittelte, als ob nicht Schlafende, sondern Tote aufgeweckt werden sollten.

An diesem Montagmorgen erwachte Lara aber nicht vom nostalgischen Lärmen ihres vorsintflutlichen Weckers, sondern vom Signalton ihres ISDN-Telefons.

Jemand rief auf der Privatnummer an.

Wieder eine Nacht, in der es ihr nicht vergönnt war, durchzuschlafen.

Ärgerlich starrte sie auf *Hugo*, der mit stoischer Gelassenheit vor sich hin tickte. Sein Leuchtziffergesicht zeigte 3:12 Uhr an.

3:12 Uhr?

Mutter!, schoss es ihr durch den Kopf. Oder Luca? …

Sie sprang aus dem Bett und lief in den Flur, wo der Festnetzanschluss installiert war.

»Lara Gropius?«

Rauschen. Miserable Verbindung.

Schließlich eine weit entfernt klingende Stimme: »Ha… hallo Schwesterchen, w… wollte … nur mal Guten … Guten Tag sagen. A… alles okay bei dir …?«

Ralph! Ralph, wie er leibt und lebt. Und lallt! …

Ralph, der verkrachte Architekt und ehemalige Knasti, Kellner, Animateur bei einem Touristikunternehmen, Beleuchter beim Film, Globetrotter, Matrose auf einem obskuren unter panamesischer Flagge fahrenden Containerschiff und Quartalssäufer. Ralph, ihr jüngerer Bruder, der ein oder zwei Mal im Jahr anrief, meistens dann, wenn er außer der Reihe Geld brauchte und wollte, dass »Schwesterchen« ihm einen bestimmten Betrag auf ein von ihm genanntes Konto überwies. Mal nach Macao, mal nach Asuncion, mal nach St. Petersburg oder auch mal in die Schweiz. Ralph, der sich einen Dreck um andere kümmerte, am wenigsten um seine Mutter, die – nachdem Alex Gropius, ihr Mann, arbeitslos geworden war und sich schließlich aus dem Staub gemacht hatte – ihre Kinder allein großziehen musste und sich für sie kaputtgeschuftet hatte. Und die ihnen die Hälfte eines beträchtlichen Vermögens, das sie in späteren Jahren von einem entfernten Verwandten erbte, überschrieben hatte. Wobei sie allerdings in weiser Voraussicht verfügte, dass Lara den Anteil ihres schon sehr früh auf die schiefe Bahn geratenen Bruders treuhänderisch verwalten sollte.

Rief Ralph an, geschah immer das Gleiche – Lara spürte, wie die Wut in ihr hochzukochen begann.

»Weißt du eigentlich, wie spät es ist, du Chaot?«, blaffte sie ihn an.

Ralph kicherte. »W … wieso? … Es ist … ge… genau … nau … neun Uhr abends. Der Mond scheint … und der Hi… Himmel über Asuncion is schööön … nachtblau.«

»Ja, so blau wie du. Im Übrigen ist es hier drei Uhr morgens. Was willst du?«

»Aber Schwesterchen … sei… sei doch nich so ungehalten zu deinem … Brüderlein … Du weißt doch, was … Ralphi will!«

»Und du weißt, dass die nächste Zahlung erst in zwei Monaten wieder fällig ist. Teil dir dein Geld besser ein. Oder geh arbeiten. Es gibt jetzt nichts. Du willst schließlich im Alter auch noch versorgt sein – falls du überhaupt alt wirst.«

Ralph lachte laut auf, während sein Ton aggressiver wurde. »Sch… scheiß auf das Alter! Da … da brauch ich nichts mehr. Jetzt will ich leben, verdammt noch mal. Jetzt, ver… verstehst du. Ich will … dass du …«

»Es gibt jetzt nichts. Basta! Ruf in zwei Monaten wieder an. Und jetzt lass mich schlafen. Ich hab keine Lust, mitten in der Nacht mit meinem hirnlosen, besoffenen Bruder zu quatschen.«

Sie legte auf und ging ins Schlafzimmer zurück. Zweimal noch versuchte es Ralph. Dann ließ er es sein.

Eine halbe Stunde später lag sie immer noch wach. Sie beschloss, erneut aufzustehen und sich einen Tee zuzubereiten.

Während sie in der Küche hantierte, stellte sie sich die Frage, die sie sich in den letzten Jahren immer wieder mal gestellt hatte. Wie ihr und Ralphs Leben wohl verlaufen wäre, wäre Alexander Gropius, der biologische Erzeuger seiner Kinder, kein Schwein, sondern ein ganz normaler Vater gewesen.

Vater! Sie wusste nicht mehr, wann genau sie aufgehört hatte, ihn in ihren Erinnerungen so zu nennen. Erst ein Jahr vor dem Abi, nachdem Alex Gropius längst über alle Berge war, hatte sie endlich das getan, was sie schon Jahre zuvor hätte tun sollen. Sich jemandem anvertraut, der dafür sorgte, dass sie eine Therapie bei einem erfahrenen Psychiater bekam. Auch wenn der versucht hatte, die Scherben ihres kaputten Ich wieder einigermaßen zusammenzukleben – es waren Risse geblieben! Manche klafften noch immer weit auseinander. Als sie elf war, hatte alles angefangen. In den folgenden vier Jahren war immer mehr in ihr kaputtgegangen und der Scherbenhaufen immer größer geworden. Bis Alex Gropius von heute auf morgen verschwunden und spurlos untergetaucht war; wenige Tage, nachdem er sich zum letzten Mal an ihr vergangen hatte. Da war sie 15 und Ralph neun Jahre alt gewesen. Zwar war der Schatten, der sich regelmäßig über sie gebeugt und Unaussprechliches mit ihr getan hatte, ab diesem Zeitpunkt nicht mehr physisch präsent gewesen, doch war sie noch jahrelang seine Gefangene geblieben. Eingemauert in traumatische Erinnerungen und umgeben von gepanzerten Wänden aus Scham und Schweigen.

Selbst ihrer Mutter gegenüber hatte sie geschwiegen. Die nie etwas bemerkt hatte. Wie auch? Nachdem Alex seinen Job losgeworden und zum Alkoholiker geworden war, war sie als Ernährer der Familie eingesprungen und hatte eine Tätigkeit am Fließband eines Automobilherstellers aufgenommen. War jahrelang nach Feierabend völlig fertig nach Hause gekommen, um dann noch die notwendigsten Haushaltsarbeiten zu erledigen und ein schnelles Essen zuzubereiten. Womit ihre Pflichten allerdings nicht zu Ende waren. Lara erinnerte sich, welches Grauen sie als Kind vor den seltsamen Geräuschen empfand, die in den Nächten hin und wieder durch die Tür des Elternschlafzimmers drangen. Das dumpfe Klatschen von Schlägen, das Weinen und Schluchzen ihrer Mutter und das tierähnliche Bellen ihres Vaters waren ihr am intensivsten im Gedächtnis haften geblieben. Oft war auch Ralph davon wach geworden und hatte sich ängstlich an seine Schwester geklammert.

Immer am Morgen danach war Mutter, als sei nichts gewesen, erneut in die Tretmühle ihres tristen Alltags zurückgekehrt. Nicht selten mit blutunterlaufenen Augen oder anderen Spuren, die von der mit Alex verbrachten Nacht zeugten. Bis das verkommene Schwein eines Tages endlich seinen Abschied genommen hatte, um Gott sei Dank nie mehr zurückzukehren. Später dann hatte es das Leben noch einmal richtig gut mit Mutter gemeint und ihr im wahrsten Sinne des Wortes einen Märchenonkel vorbeigeschickt. Ein auf Jersey lebender Großonkel war im Alter von 98 Jahren verstorben und hatte ihr sein gesamtes Barvermögen hinterlassen: insgesamt fast eineinhalb Millionen englische Pfund! Da war Mutter bereits 52, sie selbst gerade mal 20 und Luca ein halbes Jahr alt gewesen.

Luca. Ihr Luca! Das Resultat eines One-night-stands. Beinahe hätte es ihn nie gegeben. Am Anfang der Schwangerschaft war ihr der Gedanke, sich ein Leben lang mit der Verirrung einer alkoholexzessiven Nacht konfrontiert zu sehen, noch wie eine Horrorvision erschienen. Eine jener Nächte, die ohne die depressive Phase, die sie damals durchmachte, nicht denkbar gewesen wäre. Am Morgen danach hatte sie einen unbeschreiblichen Ekel vor sich selbst empfunden und sich fast die Seele aus dem Leib gekotzt. Eine Reaktion, die sie fast immer nach sexuellen Aktivitäten überfiel und die sie, angelehnt an ihre Missbrauchserlebnisse, zynisch das »Alexsyndrom« nannte. Wenn sie sich dennoch hin und wieder auf Sex eingelassen hatte, dann nur aus der zwanghaften Vorstellung heraus, ihrer Umgebung signalisieren zu müssen, dass sie normal sei. Als sie erfuhr, welchen Preis sie diesmal für ihr konformistisches Verhalten würde zahlen müssen, hatte sie beschlossen, das Resultat dieser Nacht radikal entfernen zu lassen. Aber dann, buchstäblich in letzter Minute, war etwas geschehen, das sie bewog, sich gegen den Eingriff zu entscheiden. Sie erinnerte sich, wie sie an der Rezeption der Klinik gewartet hatte, vor ihr eine junge Mutter, die weinend darum bat, ihr verstorbenes Baby noch einmal sehen zu dürfen. Das war der Augenblick, der sie ihren Entschluss von einer Minute zur anderen über den Haufen werfen und fluchtartig die Klinik verlassen ließ. Noch heute erschreckte sie die Vorstellung, was gewesen wäre, wäre sie der weinenden Frau nicht begegnet …

Lara fuhr sich mit dem Handrücken über die Augen und versuchte, die Erinnerungen zu verscheuchen. Immer wenn sie kamen, brachten sie die Tränen mit. Wie dunkle Wolken den Regen. Sie goss kochendes Wasser auf den Aufgussbeutel in der Tasse und gab zwei Würfel Kandiszucker dazu. Griff sich einen sauberen Löffel aus dem Besteckkasten und setzte sich auf den Barhocker am Küchentresen. Rührte gedankenverloren in ihrem Tee und beobachtete, wie die Würfel sich langsam auflösten.

Wenn sich bestimmte Erinnerungen doch auch so einfach auflösen ließen …

Sie spürte, wie ihr Ellenbogen an etwas stieß, gleich darauf gab es einen Knall. Das Feuerzeug, das neben der Duftkerze auf dem Tresen lag, war auf die Küchenfliesen gefallen. Sie hob es auf. Siedendheiß fiel ihr das Zündholzbriefchen ein, das sie vorgestern vor ihrem Schlafzimmerfenster im Dreck gefunden hatte. Eigentlich wollte sie es längst Tucholsky gegeben haben, um es auf Fingerabdrücke hin untersuchen zu lassen. Sie würde es ihm heute noch im Präsidium vorbeibringen. Die plötzliche Kehrtwende in ihren Gedankengängen ließ sie ins Arbeitszimmer gehen und den Computer einschalten. Vielleicht hatte Carmen Demuth ihr ja inzwischen endlich die Adressen der Personen geschickt, mit denen der alte Demuth in Kontakt stand.

Sie checkte ihren E-Mail Account.

Vier neue Nachrichten, drei davon Werbemails. Die vierte von Carmen Demuth war gerade mal zwei Stunden alt. Die Nachricht war mit »Bis Donnerstag dann. Freundliche Grüße CD« unterzeichnet und listete drei Adressen auf. Alles Personen, die ausnahmslos in Wörthsee wohnten. Lara nahm sich vor, sich als Erstes um die Adressen zu kümmern. Vielleicht konnte sie mit den Befragungen noch heute beginnen. Aber vorher würde sie die Jalousien ganz herunterlassen und es noch einmal mit Schlafen versuchen.

Sie sah auf die Armbanduhr. Gerade sprang die Displayanzeige auf 4:10 Uhr.

KAPITEL 8

Als sie erwachte, umgab sie völlige Dunkelheit. Dennoch fühlte sie sich ausgesprochen fit, was bei ihr selten vorkam. Sie tastete nach *Hugo*, der mit dem Leuchtzifferngesicht zur Wand auf dem Nachtkästchen stand. Als sie ihn umdrehte und auf die Uhrzeit starrte, durchfuhr es sie wie ein Stromschlag.

Halb elf vormittags!

Mist! …

25 Minuten später saß sie frisch geduscht und in einen Morgenmantel gehüllt vor ihrem Computer und nippte an ihrem Tee.

Klickte dann auf ihren Thunderbird, um sich die Mail Carmen Demuths anzuschauen.

Schlug den kleinen Notizblock auf, der neben dem Monitor lag, notierte die Adressen, die Carmen Demuth ihr gemailt hatte, und beschloss, die erste davon gleich anzurufen.

Sie hatte Glück.

»Martha Schmieder?«, meldete sich die ehemalige Zugehfrau Harald Demuths mit einem fragenden Unterton in der Stimme.

Lara hatte sich genau überlegt, wie sie vorgehen würde. Sie sagte ihr Sprüchlein auf und bekam sofort einen Termin für nachmittags, halb drei.

Umso weniger Erfolg hatte sie bei den anderen Adressen. Nicht eine einzige der Personen schien zu Hause zu sein. Vorläufig würde es nur bei dem einen Termin mit Martha Schmieder bleiben.

Als sie kurz nach 13:00 Uhr in Wörthsee ankam, wehte ein böiger Wind. Obwohl die Sonne schien, war es kühl. Sie parkte auf dem gleichen Platz wie am vergangenen Freitag, als sie Grundstück und Villa des alten Demuth inspiziert hatte – vor dem Restaurant *Zum Kiebitz*. Während sie ihr Cabrio abschloss, streifte ihr Blick die Schiefertafel, die das Tagesessen anpries: Renkenfilets an Mangold-

Rahmgemüse mit Butterkartoffeln. Das Magenknurren, das sie schon seit der Abfahrt von Augsburg verspürte, verwandelte sich in einen nicht mehr zu ignorierenden Befehl und veranlasste sie, sich einen Platz in dem mager besetzten Restaurant zu suchen. Sie fand einen kleinen Tisch an der zum See gelegenen Fensterfront. Bis zum Termin verblieben noch fast eineinhalb Stunden, genügend Zeit also, um den Hunger mit dem verlockenden Tagesangebot stillen zu können.

Der Mann, der kurz darauf das Restaurant betrat, war von mittlerer Größe und besaß eine bullige, aber gut durchtrainierte Figur. Niemand sah ihm an, dass er vor zehn Minuten hinter einem Gebüsch die Motorradkluft gegen Anzug und Krawatte getauscht hatte. Die Kluft ruhte auf dem Rücksitz eines bereitgestellten Mercedes, der 100 Meter vom Restaurant entfernt parkte. Mit dem Motorrad, mit dem der Mann gekommen war, würde einer seiner beiden Komplicen – der, der den Mercedes gebracht hatte – nach Augsburg zurückfahren. Er selbst würde zusammen mit dem dritten Mann für den Rest des Tages die Zielperson im Auge behalten. Der dritte Mann saß in einiger Entfernung vom Lokal auf einer Bank und wartete auf seinen Einsatz. Der Mann im Anzug bestellte ein Glas Mineralwasser und ein Omelett und bezahlte sofort, nachdem die Bedienung das Gewünschte gebracht hatte. Er aß in aller Ruhe, griff sich eine Zeitung und tat so, als ob er darin lese. Ab und zu nippte er an seinem Mineralwasser …

Als Lara aus dem Lokal trat, waren die Böen noch heftiger geworden. Trotzdem beschloss sie, das Cabrio stehen zu lassen und die Wohnung Martha Schmieders zu Fuß aufzusuchen. Sie benötigte 20 Minuten für den Marsch. Martha

Schmieder wohnte in einem älteren Haus mit der Nummer 5. Die zweireihige Briefkastenanlage mit der Sprechanlage und den Klingelknöpfen wies sechs Parteien aus.

M. Schmieder stand auf dem Briefkastenschild in der ersten Reihe links oben. Lara klingelte.

Der Türöffner summte. »Dritter Stock, rechts«, tönte die kräftige Stimme, die Lara bereits vom Telefon her kannte, aus dem Lautsprecher neben dem Eingang.

Lara stieg die Treppe nach oben, wo Martha Schmieder sie bereits erwartete.

»Kommen Sie rein, hier ins Wohnzimmer bitte.«

Die Stimme der Frau entsprach ihrer äußeren Erscheinung. Eine Frau wie eine Dampfwalze, dachte Lara spontan. Die Schmieder stapfte voraus in ein kleines Zimmer, das mit Kleinmöbeln, Nippes und Krimskrams so voll gestellt war, dass man sich äußerst vorsichtig bewegen musste, um nicht an irgendwelche Porzellanpuppen, Figuren, Vasen, Tischchen oder Zimmerpflanzen zu stoßen.

Sie wies auf ein Sofa, vor dem ein kleiner Couchtisch stand. Lara nahm Platz.

»Kaffee?«

Lara nickte. »Gerne, sehr freundlich.«

Minuten später stellte Martha Schmieder ein Tablett mit einer dampfenden Kanne samt Tassen, Untertassen und Löffeln auf dem Tischchen ab und holte eine mit Keksen gefüllte Etagere aus dem Wohnzimmerschrank.

Schenkte den Kaffee ein und bat Lara, sich zu bedienen. Sie selbst ließ sich ihr gegenüber in einen breiten Plüschsessel plumpsen.

»So!«, ächzte sie zufrieden. »Und nun schießen Sie mal los. Sie sagten am Telefon, Sie hätten meine Adresse von Carmen Demuth, der Schwiegertochter des alten Demuth.

Sie seien freie Journalistin und würden für eine Reportage recherchieren, über … wie sagten Sie gleich noch mal, hieß das Thema?«

»Kreative Aktivitäten und soziale Kontakte im Alter«, ergänzte Lara.

»Wie sind Sie eigentlich drauf gekommen, ausgerechnet über Harald Demuth schreiben zu wollen?«

»Ich bin durch einen Zeitungsartikel auf ihn aufmerksam geworden.«

Die Frau nickte. »Ich glaube, ich weiß, was Sie meinen. Herr Demuth hat mal ein Konzert gegeben. Zusammen mit seinen Musikerfreunden. Das stand dann ganz groß in der Zeitung, im Lokalteil.«

»Sie sagen es«, bestätigte Lara und nahm einen Schluck Kaffee.

»Sagen Sie, Frau Gropius, komm ich denn dann auch in die Zeitung oder in die Illustrierte oder so?«

Lara schmunzelte. »Das kann ich Ihnen noch nicht sagen. Ich weiß noch nicht, welche Zeitung oder welche Illustrierte sich des Themas annehmen wird. Aber die Möglichkeit besteht durchaus.«

»Und warum wollen Sie ausgerechnet mich ausfragen? Ich bin ja nur seine Zugehfrau gewesen; er hat mir vor über vier Wochen gekündigt.«

Lara nahm sich einen Keks. »Von Ausfragen kann keine Rede sein, Frau Schmieder. Sie sollen einfach ihre Eindrücke schildern. Ich will sie für einen Beitrag verarbeiten, der zeigt, dass ältere Menschen wie Herr Demuth trotz ihres Alters noch sehr aktiv und kreativ sein können. Dazu muss ich das Umfeld etwas ausleuchten. Sie sind, beziehungsweise Sie waren über Jahre hinweg mit Herrn Demuth bekannt. Wie lange, sagten Sie, sind Sie bei ihm beschäftigt gewesen?«

»Neun Jahre. Etwa ein Jahr, nachdem seine Frau gestorben war, hab ich bei ihm angefangen.«

»Neun Jahre sind eine lange Zeit. Warum hat er Ihnen eigentlich gekündigt?«

Sie zuckte die Schulter. »Fragen Sie mich was Leichteres.«

»Er hat überhaupt keinen Grund genannt?«

»Nein. Als ich das letzte Mal bei ihm war, um sauberzumachen, hat er mir einen Umschlag in die Hand gedrückt und gesagt, ich bräuchte nicht mehr zu kommen und ich solle ihm auch die Schlüssel zurückgeben. Ich hab ihn gefragt, warum, immerhin sei ich ja schon seit neun Jahren bei ihm, und er sei doch immer sehr zufrieden gewesen mit meiner Arbeit, und da meinte er, es sei nicht deswegen. Ich hab dann nicht mehr weiter gefragt. Als ich zu Hause den Umschlag geöffnet habe, waren zu den 400 Euro, die ich immer bekam, noch 500 zusätzlich drin und ein Zettel, auf dem ›Danke für alles‹ stand. Er hatte ihn nicht mal unterschrieben.«

»Wissen Sie eigentlich, wohin er gereist ist?«

»Nein. In den letzten Jahren hat er mich nicht mehr in seine Reisepläne eingeweiht. Früher war das anders.«

»Anders?«

»Ja, da hat er mir mindestens zwei Wochen im Voraus Bescheid gegeben, wenn er verreisen wollte, und auch wohin die Reise gehen würde. In den letzten Jahren hat er mich immer nur ganz knapp informiert. Und auch nur darüber, von wann bis wann er weg sein würde, nicht über sein Reiseziel.«

»Aber informiert hat er sie immer, wenn er mal weg wollte?«

»Meistens. Dass er überhaupt nichts gesagt hat, kam nur selten vor. Da war er dann einfach weg. Wenn ich am

Donnerstag kam und die Jalousien waren heruntergelassen, wusste ich, dass er mal wieder für mindestens vier Tage verreist war, ohne groß Bescheid zu sagen. Ich hab dann trotzdem saubergemacht, den Briefkasten geleert und auch sonst ein bisschen nach dem Rechten gesehen, weil er das so wollte, deswegen hat er mir ja auch die Schlüssel gegeben.«

»Fanden Sie das nicht seltsam – ich meine, dass er Sie nicht über seine Reisepläne informiert hat wie früher?«

»Schon, aber eigentlich war es mir wurscht. Ich sag mir halt, wer zahlt, schafft an. – Aber warum fragen Sie danach? Ist das für die Reportage wichtig?«

Lara glaubte, einen Anflug von Misstrauen aus der Frage herausgehört zu haben.

»Wenn ich wüsste, wo er steckt, könnte ich vielleicht Kontakt zu ihm aufnehmen, um zu fragen, wann er mir für das Interview zur Verfügung stehen kann«, erwiderte sie vorsichtig. »Ich hab schon bei der Schwiegertochter nachgefragt. Aber die sagte das Gleiche. Sie habe keine Ahnung, wann er wieder nach Hause kommt. Er sei nicht zu erreichen, er habe auch kein Handy.«

Martha Schmieder lachte ironisch. »Ich weiß schon. Frau Demuth war bei mir, um den Schlüssel zu holen. Aber den hatte ich natürlich ihrem Schwiegervater zurückgegeben. Stellen Sie sich vor, nicht mal das wusste sie, dass er mir gekündigt hatte. Wundert mich nicht, dass sie keine Ahnung hat, wo er steckt. Der alte Demuth hat ein beschissenes Verhältnis zu seiner Familie. Außer zu den beiden Enkelkindern, die mag er sehr. Und Handys hasst er. – Oje, jetzt habe ich mich aber verplappert. Bringen Sie das bloß nicht in Ihrer Reportage.« Die Schmieder schlug erschrocken die Hand vor den Mund.

»Keine Sorge«, wiegelte Lara kopfschüttelnd ab. »Es

wird nichts Negatives in dem Beitrag vorkommen. Erzählen Sie einfach weiter.«

»Also gut. Was wollen Sie wissen?«

»Nichts Bestimmtes. Schildern Sie einfach, was Ihnen zur Person von Harald Demuth einfällt. Zum Beispiel … was weiß ich …«, Lara machte eine unbestimmte Geste, »… wie viel ihm sein Cello bedeutet. Dass er eine ganz besondere Beziehung zu dem Instrument hat. Dass er es wie seinen Augapfel hütet. Einfach etwas Charakteristisches, Typisches.«

Die Schmieder sah sie entgeistert an.

»Woher wissen Sie das?«

»Was?«

»Na das mit dem Cello. Dass er nicht wollte, dass ich es anrühre. Dass er da sehr eigen war.«

Lara horchte auf. »Das hab ich nicht gewusst. Es sollte nur ein Beispiel sein. Wahrscheinlich bin ich drauf gekommen, weil seine Schwiegertochter mir erzählt hat, dass er sein Cello wie seinen Augapfel hütet. Er wollte also tatsächlich nicht, dass sie es anrühren?«

Sie schüttelte den Kopf. »Nein. Niemand durfte es anrühren. Er konnte stinksauer werden, wenn man sich nicht daran hielt. Einmal hat er sogar seinen Enkel deswegen zusammengestaucht. Umso komischer kam es mir vor, als er …« Die Schmieder stockte plötzlich.

»Was? Was kam Ihnen komisch vor?«

»Ich … ich weiß nicht, ob das wichtig ist.«

Sie traut sich nicht … Lara spürte, wie die Informationen, die gerade zu fließen begannen, wieder zu versiegen drohten. Sie musste der Frau glaubhaft versichern, dass sie sich keine Sorgen wegen ihrer Aussagen zu machen brauchte.

»Alles, was dazu beiträgt, seine Persönlichkeit in ein interessantes Licht zu rücken, ist wichtig, Frau Schmieder.

Sagen Sie einfach, was Ihnen einfällt. Wir sortieren das dann später. Im Übrigen: Bevor der Artikel erscheint, werden Sie und alle anderen Beteiligten ihn zu lesen bekommen. Geht das so in Ordnung für Sie?«

Martha Schmieder nickte.

»Also gut, was kam Ihnen komisch vor?«

»Was er sagte … als ich versehentlich gegen das Cello stieß. An dem Tag, an dem ich zum letzten Mal das Musikzimmer gereinigt habe.«

»War das der Tag, als er Ihnen den Umschlag gab? Der Tag der Kündigung?«

»Ja.«

»Wissen Sie noch das Datum?«

»Der 9. August, ein Donnerstag. Ich bin immer donnerstags bei ihm gewesen.«

»Da haben Sie ihn das letzte Mal gesehen?«

Sie schüttelte den Kopf. »Zuletzt gesehen hab ich ihn zwei Tage darauf, am Samstag. Ich war beim Einkaufen und sah ihn aus dem Schreibwarenladen kommen. Am Samstag holt er sich nämlich immer die *Süddeutsche.*«

»Das heißt, da war er also noch zu Hause.«

»Ja. Aber am Montagnachmittag war er schon weg. Montagnachmittags geh ich immer mit dem Hund meiner Schwester am See spazieren. Da komm' ich auch an seinem Haus vorbei. Und da hab' ich gesehen, dass die Jalousien heruntergelassen waren. Das machte er nur, wenn er wegfuhr.«

Lara nickte und speicherte im Kopf das Datum ab: Montag, der 13. August.

»Kommen wir nochmals auf den Donnerstag zu sprechen, als Sie das letzte Mal bei ihm waren. Da war also dieser Zwischenfall mit dem Cello. Sie sind dagegengestoßen.«

»Ja. Als es passierte, stand er zufällig daneben. Ich konnte gerade noch verhindern, dass der Ständer mitsamt dem Instrument umkippte. Ich hab mich tausendmal entschuldigt. Aber es schien ihm nichts ausgemacht zu haben. Und dann sagte er … was ziemlich Seltsames …«

Die Schmieder stockte erneut. Lara wartete.

»Er sagte also etwas Seltsames«, fasste sie schließlich nach.

Martha Schmieder nickte. »Ich weiß es noch ziemlich genau, fast wortwörtlich, eben weil es so komisch war. Irgendwann im Leben käme man zu einem Punkt, da sei sowieso alles egal, sagte er. Nämlich dann, wenn man in das ewige Nichts eingehe. Und selbst ein Cello müsse einmal sterben.«

Lara wurde hellhörig. »Das hat er gesagt? Dass auch ein Cello einmal sterben müsse?«

»Ja, genauso. Und dann hat er ganz komisch gelacht. Ich musste dann auch lachen. Es war … irgendwie eigenartig. Lustig und traurig zugleich – wenn Sie verstehen, was ich meine.«

Die Datenbank in Laras Kopf lud augenblicklich das Bild des kaputten Cellobogens hoch. Zusammen mit einem Wort, dessen tragikomische Schattierung sie im ersten Moment belustigte. Das Wort »Celloleiche«. Aber dann überlegte sie, welche Komponente darin wohl überwog – die komische oder die tragische? Und noch etwas schoss ihr plötzlich durch den Sinn.

Was, wenn Harald Demuth …?

Nein! Auf keinen Fall. Viel zu bizarr! Sie verwarf den Gedanken sofort wieder.

»Eine rührende Geschichte, wirklich. Hatte er denn keine Angst, dass seinem geliebten Cello etwas zustoßen könnte, wenn er mal nicht da war? Ich meine, wo er doch wollte, dass Sie das Haus auch während seiner Abwesenheit sauber halten?«

Die Schmieder schüttelte den Kopf. »Wenn er mal verreiste, hat er es vorher immer in die Hülle gepackt.«

Lara bemühte sich, ihre Anspannung hinter einem unverbindlichen Plauderton zu verbergen.

»Sehen Sie, das mit dem Cello ist doch schon mal sehr interessant. Genau das sind die Details, die einer Reportage Leben verleihen und sie spannend machen. Stellen Sie sich nur mal die Überschrift über dem Artikel vor: ›Selbst ein Cello muss mal sterben‹. Da würden Sie als Leserin doch auch dran hängen bleiben, oder?«

Martha Schmieder lachte lauthals. »Glauben Sie denn, der alte Demuth würde das wollen?«, fragte sie.

»Bestimmt. Er ist Musiker, ein sensibler Mensch. Das sehe ich an seiner Bemerkung über das Cello. – Gibt es denn sonst noch was Interessantes, von dem sie sagen würden, dass es typisch für ihn ist?«

Die Schmieder überlegte. »Im Moment fällt mir nichts mehr ein. Außer vielleicht, dass er an dem Tag, an dem ich das vorletzte Mal bei ihm war, wahnsinnig viel Papierkram entsorgt hatte.«

»Hat er das sonst nie getan?«

»Doch, natürlich. Aber diesmal war's 'ne ganze Menge. In den neun Jahren, in denen ich bei ihm war, war's noch nie so viel gewesen. Es war wie eine Art Großreinemachen oder Ausmisten. Als ich an dem Tag morgens kam, stand die ganze Vorhalle voll mit Bündeln von Papier. Das Komische war, er wollte, dass alles verbrannt oder geschreddert wurde. Was auch noch eigenartig war – fast alle Bündel waren in Packpapier eingeschlagen. Außer den Zeitungsstapeln, da war nur 'ne Schnur drum. Dann waren da noch ein paar Kartons, auch voll mit Papieren. Ich hab ihn gefragt, warum, um Himmels willen, er die Stapel in Packpapier eingeschlagen habe, wenn er sie sowieso verbrennen oder schreddern wollte. Aber er hat mir keine Antwort gegeben. Ich hatte den Eindruck, er wollte mich nicht sehen lassen, was er da vernichtete. Verbrannt hat er die Stapel dann selbst. Auf der Feuerstelle neben dem Geräteschuppen. Ich glaube, er hat vorher Benzin drüber geschüttet, damit es besser brennt. Aber das war erst am Nachmittag, nachdem ich gegangen war. Davor musste ich noch mit meinem Toyota jede Menge zugeklebter Kartons zum Schreddern fahren. Nach Augsburg, zu einer Aktenvernichtungsfirma. Die Kartons waren verdammt schwer. Da waren Ordner drin. Er fuhr mit, um sich zu vergewissern, dass sie auch wirklich sicher entsorgt wurden.«

»Und hat er Ihnen nicht gesagt, was das Ganze soll?«, fragte sie.

»Sie meinen, warum alles geschreddert oder verbrannt werden sollte?«

Lara nickte und nahm den letzten Schluck Kaffee.

»Er hat behauptet, Papiere könnten manchmal ›Schlüssel zu verbotenen Räumen‹ sein. Und ein Schlüssel dürfe keinem Unbefugten in die Hände fallen. Aus dem Grund durften nicht einmal Zeitungen und Reklame mehr in die gelbe Tonne. Vielleicht hatte er Angst, es könnten persönliche Papiere dazwischen geraten sein.«

Lara umfasste mit beiden Händen die leere Kaffeetasse und dachte nach. Harald Demuth. Bis letzten Freitag war in ihrem Kopf lediglich ein Foto von ihm präsent gewesen. Ein flacher optischer Eindruck, dürftig ergänzt durch die Bemerkungen seiner Schwiegertochter. Dann, am vergangenen Freitag, war sie in seiner Villa und auf seinem Grundstück auf weitere Eindrücke gestoßen, Spuren, die sie noch nicht zu bewerten vermochte. Jetzt, während der

Unterhaltung mit seiner ehemaligen Zugehfrau, merkte sie, wie das Bild in ihrem Kopf allmählich aus seiner anonymen Flächigkeit hervortrat und plastische Züge anzunehmen begann. Harald Demuth gewann an Tiefenschärfe. Vor Laras in langen Jahren polizeilicher Ermittlungsarbeit geschärftes inneres Auge trat ein Mensch mit skurrilen Persönlichkeitszügen, dessen jüngstes Verhalten etwas ganz Bestimmtes zu signalisieren schien!

Etwas in seinem Leben ist nicht mehr so, wie es war…

Lara rekapitulierte in Gedanken ihre bisherigen Erkenntnisse:

Vor rund fünf Wochen, irgendwann zwischen dem 11. und 13. August, verschwindet ein 87-jähriger Mann. Ein trotz seines Alters noch außerordentlich rüstiger Greis, von dem alle glauben, dass er zu einer seiner Reisen aufgebrochen ist, die er in unregelmäßigen Abständen unternimmt. Der, bevor er verschwindet, auf einem Wandkalender ein Datum ankreuzt und daneben die filigrane Zeichnung eines Kraken setzt. Und in dessen Bootshaus sich die Überreste eines Streichinstruments und der Porzellanscherben eines Teeservices finden. Ein alter Mann, der leidenschaftlich Cello spielt und gelegentlich seltsame, fast poetisch anmutende Äußerungen von sich gibt. Der kurz, bevor er verschwindet, davon spricht, dass auch ein Cello einmal »sterben« könne. Und bündelweise Papier vernichtet, weil er befürchtet, dass jemand Unbefugtem gewisse »Schlüssel zu verbotenen Räumen« in die Hände fallen könnten.

Die »verbotenen Räume« des Harald Demuth. Was verbarg sich in ihnen? …

»Noch Kaffee?« Martha Schmieder beugte sich über den Couchtisch.

Lara zuckte zusammen. »Nein, nein danke, sehr aufmerksam«, wehrte sie ab. Und entschuldigte sich. »Verzeihen Sie. Ich bin schon ganz in den Beitrag vertieft.« Sie sah auf ihre Armbanduhr und erhob sich. »Ich muss gehen, Frau Schmieder. Zu Hause steht noch 'ne Menge Bürokram an.«

Sie klappte ihr Notizbuch zu und steckte es zusammen mit dem Stift in eine Seitentasche ihres Rucksacks.

Martha Schmieder begleitete sie bis zur Tür.

Lara gab ihr die Hand. »Also dann, herzlichen Dank. Sie haben mir sehr geholfen. Darf ich wiederkommen, wenn ich weitere Details brauche?«

Martha Schneider nickte vergnügt. »Na klar doch.«

»Ach ja, bevor ich's vergesse – hier, meine Karte!«, sagte Lara. Sie zog eine Visitenkarte aus der Gesäßtasche ihrer Jeans und reichte sie der Frau. »Sollte Ihnen noch was einfallen, rufen Sie einfach an.«

Als die Schmieder nach der Karte greifen wollte, zuckte Laras Hand plötzlich wieder zurück.

»Oh, Verzeihung, das ist die falsche«, entschuldigte sie sich. Sie war gerade im Begriff gewesen, ihre Geschäftskarte herzugeben. Sie kramte den Geldbeutel aus der Rucksacktasche und zog ihre private Visitenkarte hervor. Sie unterschied sich von der Geschäftskarte nicht nur durch Postadresse, E-Mail-Adresse und Telefonnummer, sondern auch durch einen anderen Vornamen (der eigentlich ihr zweiter war), sowie die Berufsbezeichnung und das Fehlen ihres akademischen Titels.

»Nehmen Sie die.«

Martha Schmieder studierte die Karte: »Sofie Gropius. Freie Journalistin. Ermittlungen und Recherchen aller Art.« Sie sah auf. »Klingt irgendwie geheimnisvoll. Als ob sie 'ne Agentin wären«, sagte sie.

Lara schmunzelte. »Na ja. Sollten sie mal jemanden brauchen, der Ihnen herauszufinden hilft, welcher Nachbar heimlich Blumen aus Ihrem Garten klaut – ich stehe gern zur Verfügung«, entgegnete sie augenzwinkernd.

Lachend verabschiedeten sie sich voneinander.

KAPITEL 9

Augsburg | 19. September 2007 | MI

Im Hotelzimmer war es stickig, es roch nach Schweiß und anderen Körperausdünstungen.

Der Mann, der nur mit Unterhemd und Unterhose bekleidet auf dem zerwühlten Bett lag und die Hände gegen die Schläfen presste, stöhnte in regelmäßigen Intervallen leise auf. Er hieß mit Vornamen Rudi, maß etwa 1,70 und erweckte mit seinem mächtigen kahlrasierten Schädel und den überlangen Armen den Eindruck, als sei der restliche Körper etwas zu kurz geraten. Rudi war erst seit einer halben Stunde wach und bereute zutiefst den vorangegangenen Abend. Mehrere Sixpacks Bier und eine Flasche Wodka zu zweit – das musste sich einfach rächen.

»Warte, ich seh' mal in meinem Toilettenbeutel nach. Ich glaub, ich hab da was«, sagte Igor, sein Zimmergenosse, ein dürrer 1,90-Typ mit schwarzem Haar, das er glatt nach hinten gekämmt trug. Igor war offenbar bedeutend trinkfester als Rudi, saß schon seit über einer Stunde in einem vor dem Fenster stehenden Sessel und blätterte in einer Illustrierten. Er ging ins Bad und kam gleich darauf mit zwei Kopfschmerztabletten und einem mit Wasser gefüllten Zahnputzbecher zurück.

»Da nimm, vielleicht hilft's«, brummte er, stellte den Becher auf dem Nachtkästchen ab und legte die Tabletten daneben. Anschließend ging er zum Fenster, zog den Vorhang zur Seite und sah auf die Straße hinunter. Der morgendliche Berufsverkehr hatte eingesetzt.

»Keine Kopfschmerzen? Nicht ein bisschen?«, fragte Rudi ungläubig. Er machte keinerlei Anstalten, die Tabletten zu schlucken.

Igor, der noch immer die Straße im Auge behielt, zuckte die Schultern und grinste. »Nö. Verträgst eben nix mehr. Bist aus der Übung gekommen«, entgegnete er, ohne sich umzudrehen.

Rudi murmelte etwas Unverständliches und drehte sich auf die andere Seite.

»Max müsste bald da sein«, sagte Igor und sah auf seine Armbanduhr.

»Is mir wurscht. Du musst übernehmen. Ich kann heut nich. Diese verfluchte Sauferei«, stöhnte Rudi heiser.

»Jetzt wart erst mal ab. Wird schon wieder. Und nimm verdammt noch mal endlich die Tabletten.«

Sie schwiegen. Von der Straße drang verhaltenes Rauschen in das Zimmer. Dank der Isolierverglasung des geschlossenen Fensters war der Verkehrslärm nur schwach zu hören.

»Wie lange soll das Scheißspiel eigentlich so noch weitergehen?«, fragte Rudi nach einer Weile. Er hatte sich aufgerichtet, um endlich die Tabletten einzunehmen.

Igor drehte sich um und warf ihm einen erbosten Blick zu.

»Blöde Frage. Bis wir unseren Auftrag erledigt haben, natürlich.«

»Das weiß ich selbst, du Hornochse. So war die Frage nich gemeint.«

»Wie denn dann?«

»Ich meine, wie lange wir noch ohne die Wanzen arbeiten sollen. Is doch 'n bescheuertes Risiko. Die Tussi hat inzwischen garantiert Verdacht geschöpft. Zweimal haben wir sie mit der Nase drauf gestoßen, dass sie observiert wird. Das erste Mal, als ich mit ihr zusammengeprallt bin, an dem Tag, als die Schwiegertochter des Alten bei ihr im Büro war, um sie zu engagieren. Dann neulich nachts, als sie Max vor ihrem Schlafzimmerfenster gesehen hat. Gut, war Pech, ließ sich irgendwie nich anders machen. Umso wichtiger is es, dass wir jetzt endlich die Dinger kriegen.«

»Du weißt doch, Jens hat Lieferschwierigkeiten gehabt. Er muss vorsichtig sein. Is nich so einfach, an professionelle Technik ranzukommen. Jens will die Teile von einem besorgen, der beim BND arbeitet und uns nahe steht. Bis wir alles haben, müssen wir eben so weitermachen wie bisher. Das heißt, die Tussi, die nach dem Alten sucht, rund um die Uhr beschatten und ganz nah an ihr dranbleiben, um den Kontakt zu ihr nicht zu verlieren. Wir können ohnehin von Glück sagen, dass Max sie so schnell ausfindig gemacht hat. Wäre er nicht zufällig in der Villa des Alten gewesen, als seine Schwiegertochter mit ihr telefonierte, würden wir heute noch im Dunkeln rumstochern.«

»Und ich sag dir, wir hätten sie schon längst an die Kandare nehmen können. Das ganze technische Zeugs kriegst du massenweise im Internet. Mit allem, was dazugehört.«

»Aber nicht von der Qualität und Reichweite, wie sie der BND-ler liefern kann.«

»Provisorisch hätt's auch was aus dem Internet getan.«

»Mein Gott, kannst du nicht endlich mal aufhören, alles zu bekritteln? Es is nun mal so, wie es is. Punktum! Vielleicht denkst du mal dran, dass wir 'nen Auftrag zu erledigen haben. Unsere Organisation bekommt 'nen Haufen Geld vom Auftraggeber. Geld, das wir für unsere Sache gut gebrauchen können. Es gilt, positiv zu denken, hat der Obergruppenführer bei der letzten Besprechung gesagt. Hast du das vergessen?«

»Red' nich so ne Kacke! Du brauchst mich nich zu belehren!«

»Dann halt endlich das Maul und hör auf, ständig rumzunörgeln!«

Rudi grummelte etwas, verschränkte die Arme hinter dem Kopf und sah mürrisch zur Decke. Igor setzte sich wieder in den Sessel und griff nach einer Autozeitschrift, die auf dem kleinen Tisch daneben lag. Erneut kehrte Schweigen ein.

»Was machen wir eigentlich, wenn Jens weiter Lieferschwierigkeiten hat?«, bohrte Rudi nach einer Weile noch mal nach.

»Ich glaub's einfach nicht. Fängst du wieder damit an, du Klappspaten!«, brüllte Igor ihn aus dem Sessel an. Er sprang auf und schleuderte das Heft nach ihm. »Wir werden die Scheißdinger schon kriegen. Bis wir sie haben, machen wir so weiter wie bisher. Und jetzt halt endlich das Maul!«

Rudi richtete sich mit einem Ruck auf.

»Ich glaub, du tickst nicht mehr richtig, du blöder Hund!«, blaffte er lautstark zurück.

Ein energisches Klopfen an der Tür beendete den Disput.

Igor ging zur Tür und öffnete.

Ein untersetzter, gut durchtrainierter Mann betrat das

Zimmer. Max. Noch bevor er ein Wort sagen konnte, musste er husten.

»Sagt mal, habt ihr sie nicht mehr alle? Man hört euch durchs ganze Stockwerk brüllen«, fuhr er die beiden an, nachdem der Hustenanfall vorbei war, und schloss die Tür hinter sich.

Rudi stand vom Bett auf und wankte. Ihm war schwindlig und speiübel.

Max musterte ihn scharf. »Was is'n mit dir los? Du bist ja ganz grün im Gesicht! Hast du 'ne Kröte gefressen?«

Dann sah er die Bierdosen und die leere Wodkaflasche, die den Papierkorb unter dem Tisch füllten, und begriff.

»Ihr Vollpfosten, ihr seid wohl bescheuert. Nennt ihr das Bereitschaftsdienst? Die Nacht durchsaufen und am nächsten Tag fit sein wollen, wie soll das gehen?«, schnaubte er. Er ging zum Tisch und trat wütend gegen den Papierkorb, der sofort umfiel und seinen Inhalt auf den Teppichboden entleerte: Papierschnipsel, Obstschalen, Verpackungen mit den Resten einer Burgermahlzeit und ein Plastikbeutel mit gebrauchten Rasierklingen. Die Bierdosen kullerten scheppernd übereinander und rollten zusammen mit der leeren Wodkaflasche direkt vor seine Füße.

»Is doch nicht so schlimm, Max. Wir haben nur 'n bischen gefeiert, sonst nix. Rudi wird schon wieder, ich hab ihm Schmerztabletten gegeben. Sag ihm lieber, dass er mit seiner verdammten Meckerei aufhören soll. Ständig dieses Rummosern, das macht einen richtig meschugge!«

»Red' nich so'n Bockmist! Ich mecker überhaupt nich«, verteidigte sich Rudi. »Ich will einfach das Risiko gering halten. Und da wird man ja wohl noch Fragen stellen dürfen. Zum Beispiel, wann wir endlich den beknackten Peilsender und die Wanzen kriegen.«

Max trat auf ihn zu und blieb ganz nah vor ihm stehen.

»Sieh mal einer an, du willst also das Risiko gering halten«, sagte er leise in gefährlich sanftem Tonfall. »Und du glaubst, dass du das in deinem Zustand schaffst? Noch halb besoffen und mit einer Birne, der man ansieht, dass dir gleich das Kotzen kommt?«

Er packte ihn plötzlich hart beim Kinn und warf ihn aufs Bett. »Merk dir eins, Kamerad: Noch mal so 'ne hirnrissige Saufaktion, und ich schick dich nach Hause. Wer in einem Spezialkommando der Bewegung mitarbeiten will, hat während der Einsätze Disziplin zu wahren, ist das klar?«

Rudi richtete sich mühsam auf und setzte sich auf die Bettkante. »Is schon gut, Max. Du hast ja recht. Kommt nich wieder vor«, murmelte er und rieb sich das Kinn.

Max drehte sich um und wandte sich an Igor, der noch immer an der Tür stand.

»Das Gleiche gilt auch für dich, verstanden?«

Igor nickte nur stumm und setzte sich zu Rudi aufs Bett.

»Wie könnt ihr in dem Mief überhaupt atmen? Hier stinkt's wie in 'nem Schweinestall. Habt ihr schon mal dran gedacht, frische Luft reinzulassen?« Max ging zum Fenster, riss beide Flügel weit auf und ließ sich in den Sessel fallen. Dann, als habe es den Zwischenfall von soeben nicht gegeben, fing er auf einmal an, entspannt zu grinsen.

»Übrigens – es gibt verdammt gute Neuigkeiten«, sagte er und setzte bewusst eine Pause, bevor er fortfuhr. Auf einem der geheimen Seminare, die das *BDW*, das *Bündnis Deutscher Wille* regelmäßig für seinen Führungskader veranstaltete, hatte er gelernt, wie man rhetorische Tricks einsetzt, um das Interesse der Zuhörer zu wecken und sie gleichzeitig zu motivieren. Egal, ob man nur zu einer Person oder einer Massenansammlung von Menschen sprach.

Rudi und Igor sahen sich an und hoben erwartungsvoll die Brauen.

Max' Grinsen wurde breiter. Als er langsam und betont weitersprach, klang seine Stimme richtig versöhnlich.

»In 14 Tagen kriegen wir die Lieferung. Jens hat verdammt gute Arbeit geleistet«, verkündete er. »Peilsender, Software, alles vom Feinsten. Super Qualität. Die Dinger in dem BMW zu montieren, is eure Aufgabe; in der Werkstatt hat man euch ja beigebracht, wie's geht, es dürfte also kein Problem sein. Wir müssen nur den richtigen Zeitpunkt abwarten. Das mit der Wanze in ihrem Haus ist schon schwieriger. Aber da kommen wir eher rein als in das Büro in der City. Was das angeht, schickt uns die Zentrale wieder unseren Spezialisten. Der wird ihr demnächst einen Besuch abstatten. Als Servicetechniker getarnt. Er wird ihre Anlage checken und dann die entsprechenden Telefonhörer besorgen. Und du«, Max nickte Igor zu, »wirst sie auswechseln. Is 'n Kinderspiel.«

»Der die Anlage ausspäht, ist das der, der auch die Fangschaltung gelegt hat?«, fragte Igor.

Max nickte. »Das heißt nicht mehr Fangschaltung. Sondern *MCID – Malicious Call Identification«*, belehrte er Igor.

»Ist doch schietegal. Hat auf jeden Fall funktioniert. Er hat die Telefonnummer von dem Alten rausgefunden, und wir konnten seine Adresse aufspüren.«

Plötzlich verfielen die drei in schallendes Gelächter.

Dann besprachen sie das weitere Vorgehen.

KAPITEL 10

Augsburg | 20. September 2007 | Do

Lara sah auf die Uhr. Kurz nach eins, höchste Zeit. Sie griff sich zwei Briefe, die heute noch aufgegeben werden mussten, verließ ihr Büro und fuhr mit dem Aufzug in die Tiefgarage.

Kurz vor halb zwei bog sie auf die B17 in Richtung Landsberg ein und parkte knapp eine Stunde und zehn Minuten später ihr Fahrzeug vor dem Restaurant am Wörthseeufer.

Diesmal war das Lokal sehr gut besucht. Trotzdem konnte sie den Tisch, an dem Carmen Demuth sie erwartete, schnell ausmachen.

Weitere Gäste betraten das Lokal. Unter anderem ein Mann in Jeans und Strickweste. Dreitagebart, schwarzes, längeres nach hinten gekämmtes Haar, Nickelbrille. Bei der Garderobe blieb er kurz stehen und ließ seinen Blick durch das Lokal schweifen. Hustete ein paar Mal. Nahm innerlich fluchend zur Kenntnis, dass in der Nähe der beiden Frauen kein Platz mehr frei war, der es ihm erlaubt hätte, ihr Gespräch wenigstens bruchstückhaft mitzuverfolgen, und verließ das Restaurant sogleich wieder.

Vor dem Eingang blieb er stehen und suchte Blickkontakt zu seinem Komplizen, der 20 Meter entfernt am Wegrand an sein Motorrad gelehnt stand.

Als dieser auch ihn erblickte, nickte er ihm fast unmerklich zu, schüttelte leicht den Kopf und begab sich zu der

Bank, die er bereits kannte, und die ihm einen freien Blick auf den Eingang zum Lokal gewährte.

Dann holte er die neueste Ausgabe des *Spiegel* aus seiner Jackeninnentasche und begann darin zu blättern.

»Ich lade Sie ein. Kaffee, Tee, Kuchen? Oder soll's was Warmes sein? Die haben hier hervorragende Renkenfilets.«

Carmen Demuth überschlug sich fast vor Freundlichkeit, nachdem sie Lara übertrieben herzlich begrüßt hatte.

Sie versucht, ihre Aufregung zu verbergen, ihre Stimme flattert wie eine Fahne im Wind, stellte Lara bei sich fest.

»Danke, zu Mittag gegessen habe ich schon. Aber Kuchen und einen Capuccino nehme ich gerne«, stimmte sie zu.

Ein dunkelhäutiger Kellner näherte sich dem Tisch. Auf seine Empfehlung wählte Lara einen Apfel-Mandelkuchen mit Sahne und bestellte dazu einen Cappuccino und ein Mineralwasser. Carmen Demuth orderte ein Kännchen Kaffee und eine Nusstorte. Der Kellner tippte die Bestellung in sein Tablet, eine Art elektronischen Notizblock, doch er schien seine liebe Not damit zu haben, es dauerte ziemlich lange, bis er fertig war. Lara sah, wie ihre Auftraggeberin die Augen verdrehte, während ihre Finger nervös auf dem Tischtuch herumtrommelten.

»Sie sagten am Telefon, Sie wollen mich sprechen«, begann die Demuth, nachdem der Kellner sich endlich entfernt hatte, und beugte sich über den Tisch. »Ich nehme an, es geht um diese *Viagra*-Packung. Ich habe mir das Ganze durch den Kopf gehen lassen. Sie haben recht. Mein Schwiegervater hat ein Verhältnis. Es kann gar nicht anders sein. Auch wenn einem das dumm vorkommt – in diesem Alter! Aber Sie kennen ja das Sprichwort: Alter schützt vor Torheit nicht. Es gibt wohl kaum eine andere Erklärung, als dass der alte Narr sich eine Freundin angelacht hat. Klare Sache, er ist mit ihr auf und davon. Dritter Frühling oder so. Wie gesagt, eine andere Erklärung kann es dafür nicht geben!«

Die Sätze waren wie ein Sperrfeuer gekommen. Hart und präzise.

Du hast diese Aussage exakt vorbereitet, und du bist wahnsinnig nervös …

»Sie haben Ihre Meinung also geändert. Warum, Frau Demuth?«

»Aber ich bitte Sie … Das Ganze lässt doch gar keinen anderen Schluss zu.«

Lara senkte den Blick und fixierte ihre Hände.

Du lügst. Zwar ziemlich schlecht, aber du lügst! Du glaubst nicht im Entferntesten an die Theorie mit der Freundin. Und du hast eine Scheißangst! Außerdem weißt du etwas, das du auf keinen Fall preisgeben willst …

Lara kannte die Situation aus ihrer langjährigen Verhörpraxis. Wenn jemand glaubte, den Wahrheitsgehalt seiner Aussage dadurch bekräftigen zu müssen, dass er bestimmte Elemente darin gebetsmühlenartig wiederholte, war in der Regel das Gegenteil von dem der Fall, was er als wahr hinzustellen suchte. Sie dachte an die Reaktion der Demuth, als sie sie per Handy über den *Viagra*-Fund informiert hatte. An ihr ungläubiges Lachen. An ihre Bemerkung, ihrem Schwiegervater eine Beziehung zu unterstellen, sei völlig absurd. Und daran, wie abrupt sie das Gespräch plötzlich abgebrochen hatte. Was war der Grund, warum ihre Auftraggeberin sie auf einmal glauben machen wollte, »der alte Narr« habe »mit Sicherheit« ein Verhältnis gehabt, obwohl sie noch wenige Tage zuvor vom Gegenteil überzeugt zu sein schien? Lara fühlte, dass die Antwort auf diese Frage weitere Antworten in sich barg. Vielleicht auch Antworten auf noch ungestellte Fragen …

Sie beschloss, so zu tun, als ob sie ihr zustimmte.

»Ja, es sieht ganz danach aus. Ihr Schwiegervater hatte offenbar eine Beziehung. Haben Sie denn eine Vermutung, wer diese Frau sein könnte?«

Die Antwort kam viel zu schnell.

»Nicht die geringste!«

Kannst du auch nicht. Weil du davon überzeugt bist, dass es diese Frau gar nicht gibt. Du sagst nicht die Wahrheit und du versuchst, etwas zu verbergen. Vielleicht den Grund für deine Angst? …

Lara beschloss, das Thema zu wechseln. »Lassen Sie uns noch mal auf den 10. September zu sprechen kommen, Frau Demuth. Das war doch der Tag, an dem Sie das Haus Ihres Schwiegervaters aufsuchten, um nach dem Rechten zu sehen, nicht wahr?«

Ihre Klientin krauste die Stirn und nickte.

»Wissen Sie noch, um welche Uhrzeit Sie dort waren und wie lange Sie sich dort aufgehalten haben?«

»Da muss ich nachdenken. Das war nämlich ein Hin und Her an dem Tag. Vormittags gegen halb zwölf war ich bei der Schmieder gewesen. Ich wollte bei ihr die Schlüssel holen. Aber die hatte sie dem Alten zurückgegeben. Also bin ich wieder nach Hause gefahren, um meine zu holen. Etwa um zwei war ich wieder zurück; ich meine in Wörthsee. Dann bin ich erst mal zur Gemeindeverwaltung gegangen, um mich nach dem versenkten Boot zu erkundigen, von dem mir die Schmieder erzählt hatte, anschließend fuhr ich zum Haus meines Schwiegervaters. Das muss so um … lassen Sie mich überlegen … um halb drei gewesen sein. Kurz vor halb vier habe ich mich wieder auf den Heimweg gemacht, weil immer montags um Viertel nach vier der Nachhilfelehrer meines Sohnes kommt.«

»Also etwa eine Stunde«, stellte Lara fest.

»Eine Stunde was?«

»Sie hielten sich eine Stunde im Haus Ihres Schwiegervaters auf. Von halb drei bis halb vier. Sie haben zuerst im Keller nachgesehen, dann sind sie in den zweiten Stock gegangen und anschließend haben sie sich im Erdgeschoss aufgehalten. Wie lange, Frau Demuth?«

Carmen Demuth sah sie unsicher an. »Ich ... ich saß ziemlich lange im Wohnzimmer auf der Couch ... ich wollte einfach in Ruhe nachdenken.«

Das Gespräch verstummte. Lara sah konzentriert auf ihre Hände und schaltete das ein, was Jo einmal anerkennend den Projektor ihres Kopfkinos genannt hatte. Spulte in Gedanken sämtliche Aussagen ihrer Klientin noch einmal im Schnelldurchlauf ab und verknüpfte sie mit ihren bisherigen Beobachtungen. Versuchte, ein vorläufiges Fazit zu ziehen:

Am 10. September, gegen halb drei nachmittags, betritt sie die Villa ihres Schwiegervaters. Sie will nach dem Rechten sehen und inspiziert die Räume. Beobachtet Dinge, die ihr seltsam vorkommen. Stellt fest, dass Gegenstände fehlen. Eine Stunde später, gegen halb vier, beschließt sie, wieder nach Hause zu fahren. Schließt die Tür hinter sich und verlässt das Anwesen. – *Aber kein Wort über Zigarettenkippen oder abgebrannte Streichhölzer vor dem Eingang?!*

Lara hob den Blick. »Eine andere Frage, Frau Demuth. Bei unserem ersten Gespräch sagten Sie, es gebe niemanden, dem das Verschwinden Ihres Schwiegervaters verdächtig vorkomme. Und dass sich keiner für ihn interessiere. Sind Sie denn ganz sicher, dass das so ist?«

Die Demuth sah sie verblüfft an.

»Natürlich! Warum fragen Sie?«

Lara spürte, dass die Irritation echt war.

»Sie haben auch niemandem erzählt, dass Sie beabsichtigen, einen privaten Ermittlungsdienst mit der Suche nach Ihrem Schwiegervater zu beauftragen?«

»Niemandem. Außer meinem Mann natürlich.«

Laras Brauen zogen sich zusammen. »Moment! Bei unserem Erstgespräch sagten Sie aber etwas anderes. Dass Ihr Mann nämlich nichts davon wüsste, dass …«

»Nein, entschuldigen Sie, aber das haben Sie falsch verstanden«, unterbrach Carmen Demuth. »Ich sagte, er weiß nicht, dass ich Sie beauftragt habe. Dass ich es beabsichtige, das habe ich ihm sehr wohl gesagt. Aber davon wollte er nichts hören; die Gründe habe ich Ihnen ja schon genannt. An dem Montag, an diesem 10. September, als ich im Haus meines Schwiegervaters war, um nach dem Rechten zu sehen, habe ich von dort aus meinen Mann angerufen und ihm den Vorschlag gemacht, endlich einen Privatermittler einzuschalten. Er hat abgelehnt. Wir haben uns deswegen regelrecht gestritten. Ich beschloss, es trotzdem zu tun – gegen seinen Willen und ohne ihn zu informieren. Anschließend hab ich Sie angerufen und für den folgenden Tag einen Termin mit Ihnen vereinbart.«

Lara krauste die Stirn. »Wie konnten Sie meine Nummer so schnell parat haben?«

»Ich hatte Ihre Annonce dabei. Ich hatte sie aus der Zeitung ausgeschnitten.«

Lara nickte. Sie hatte die Anzeige in der Augsburger Allgemeinen und in verschiedenen lokalen Anzeigenblättern geschaltet.

»Sie haben also zuerst mit Ihrem Mann und dann mit mir telefoniert. Sind Sie sicher, dass niemand mitgehört hat?«

Carmen Demuth schüttelte ärgerlich den Kopf. »Wer denn? Ich sagte doch, ich war allein.«

»Waren Sie in den darauf folgenden Tagen noch einmal dort?«

»Nein! Und jetzt sagen Sie mir zum Kuckuck, was diese Fragerei soll!«

Lara beugte sich über den Tisch und musterte sie eingehend.

»Frau Demuth, an dem Tag, als ich in der Villa Ihres Schwiegervaters war – vier Tage, nachdem sie dort waren – lagen vor der Tür Zigarettenkippen und ein paar abgebrannte Pappstreichhölzer. Können Sie sich einen Reim darauf machen?«

Carmen Demuth starrte sie konsterniert an. Lara sah, wie die Farbe aus ihrem Gesicht wich.

»Nein! Ich war es nicht. Ich habe dort nicht geraucht. Weder drinnen noch draußen.«

Lara nickte. »Eben. Das weiß ich. Sie rauchen Filterzigaretten. Die Kippen, die dort lagen, waren *ohne* Filter. Außerdem benutzen Sie ein Feuerzeug und keine Streichhölzer. Ich will meine Frage konkretisieren: Können Sie sich vorstellen, dass es jemanden gibt, der ein Interesse daran haben könnte, sich während der Abwesenheit Ihres Schwiegervaters auf dessen Grundstück oder in seinem Haus aufzuhalten?«

»Nein!«

Es lag etwas Brüskes, Abweisendes in der Antwort. Lara bemerkte, wie die Frau vor ihr die Lippen krampfhaft zusammenkniff.

Du bist nicht nur eine schlechte Lügnerin. Du schauspielerst auch miserabel …

Sie beschloss, in die Offensive zu gehen. Während ihrer Tätigkeit bei der Kripo hatte sie oft genug erlebt, wie eine zum rechten Zeitpunkt gestellte Suggestivfrage des verhörenden Beamten den Befragten zum Umfallen brachte.

»Frau Demuth, warum verschweigen Sie es? Wovor haben Sie Angst?«

Der Versuch gelang. Carmen Demuth wirkte völlig perplex. Der hilflose Ausdruck in ihrer Miene sprach Bände.

»Ich … Sie müssen verstehen …«

Ein penetranter Klingelton aus ihrer Handtasche würgte die Antwort regelrecht ab. Mist!, dachte Lara, die merkte, dass der eben gewonnene psychologische Vorteil in diesem Moment wie ein Luftballon zerplatzte.

Carmen Demuth griff nach ihrem Handy wie ein Ertrinkender nach dem Rettungsring.

»Wie … was? … – … Tim im Krankenhaus? Was hat er denn jetzt wieder angestellt? … – … Nur die Hand verbrannt! Das reicht doch wohl! Ich bin in einer halben Stunde da.«

»Mein Gott, dieser Junge. Manchmal macht er mich wahnsinnig«, sagte sie.

»Es tut mir leid … aber Sie haben ja gerade mitbekommen, was los ist. Das eben war meine Nachbarin, sie musste mit Tim zum Arzt. Wir müssen unser Gespräch beenden«, ergänzte sie hastig. Sie zog den Geldbeutel aus ihrer Handtasche und legte drei Zehneuroscheine neben das Kaffeegedeck. Lara schätzte, dass es das Doppelte von dem war, was der Kellner auf seiner Rechnung würde stehen haben.

»Frau Demuth, ich verstehe natürlich Ihre Sorge und auch, dass Sie jetzt gehen müssen, aber …«

»Schon gut, wir machen einen neuen Termin aus. Ich rufe Sie an oder schreibe Ihnen eine E-Mail, aber jetzt muss ich wirklich gehen«, fiel die Demuth ihr ins Wort. Sie hatte sich mittlerweile wieder völlig in der Gewalt.

Sie gingen zum Ausgang. Dem verwunderten Blick des

Kellners begegnete Carmen Demuth mit einem Kopfnicken in Richtung des Tisches, auf dem die 30 Euro lagen.

»Also dann, wie gesagt, ich melde mich bei Ihnen. Sie hören spätestens übermorgen von mir«, sagte sie, während sie sich vor dem Lokal verabschiedeten. Sie wirkte kurz angebunden und äußerst kühl, fast hochnäsig.

Als Lara Minuten später ziemlich geladen in ihr Cabrio stieg, zeigte die Uhr auf dem Armaturenbrett 15:17 Uhr an.

KAPITEL 11

Augsburg | 21. September 2007 | FR

Lara hasste Tage wie diese. Arbeitstage, randvoll angefüllt mit ödem Schriftkram und dem Sortieren und Aufräumen von Unterlagen; Tätigkeiten, deren Notwendigkeit sie durchaus einsah, deren Erledigung ihr jedoch stets das Gefühl vermittelte, Zeit zu vergeuden.

Als sie endlich alles auf der Reihe hatte und gegen drei ihr Büro verließ, nieselte es. Um halb vier trat sie durch die Drehtür des Fitnessstudios, dessen Angebot sie in der Regel einmal wöchentlich in Anspruch nahm, wofür sie nicht zu knapp in ein Jahresabo investiert hatte. Oft nutzte sie die Gelegenheit, um sich hier mit Vera Korte zu treffen, einer gleichaltrigen Realschullehrerin, die nicht weit entfernt von ihr ein Appartement bewohnte und mit der sie eine lockere Freundschaft verband. Meistens gingen sie nach dem Training noch zusammen auf einen Kaffee. Heute allerdings hatte Vera sie gebeten, ihr beim Kauf eines Cocktailkleides, das sie auf der Hochzeit ihres Bruders tragen wollte, beratend zur Seite zu stehen, anschließend war ein Essen bei einem Thai-Imbiss geplant.

Als sie gemeinsam das Studio verließen und durch den Nieselregen zu Laras Wagen eilten – Vera war mit dem Bus gekommen – hielt Vera trotz des Regens plötzlich im Gehen inne und starrte einem Dutzend im Gleichschritt marschierender, kahl geschorener Jugendlicher hinterher, deren Gesinnung sich unschwer an Aufzug und Gebaren ablesen ließ.

»Machen die dir etwa Angst?«, fragte Lara, die den nachdenklichen Gesichtsausdruck ihrer Freundin sehr wohl bemerkt hatte.

»Manchmal schon«, antwortete Vera und ging weiter. »Einer von diesen Resistentlern ist in meiner Klasse. 15 Jahre alt. Sieht aber aus wie 18.«

»›Resistentler‹?«

Vera nickte und grinste ironisch. »Der Ausdruck stammt von mir. So nenne ich alle, die wie sie sind. Eine Art Galgenhumor, wenn du so willst. Den brauchst du nämlich, wenn du mit solchen Typen zu tun hast.«

»Und wieso ›resistent‹?«

Vera zuckte mit der Achsel. »Resistent gegen alles, was mit Anstand, Werten und Vernunft zu tun hat. Und mit Toleranz. Manche sind auch bildungsresistent.«

»Verstehe«, murmelte Lara.

Zwei Stunden später war Vera zwar nicht im Besitz eines neuen Cocktailkleides, dafür hatte sie ihre Garderobe um ein Paar Jeans, einen Pulli und ein Bolero erweitert. Das

Nieseln hatte sich zu einem ausgewachsenen Dauerregen entwickelt, der gegen die Scheiben des Thai-Restaurants in der Annastraße trommelte. Lara und Vera hatten einen Tisch am Fenster ergattert und warteten auf das Essen.

»Diese Neonazis, oder diese ›Resistentler‹, wie du sie nennst, gibt es davon viele an eurer Schule?«, fragte Lara, der die Szene von vor zwei Stunden nicht aus dem Kopf gehen wollte.

»Viele würde ich nicht sagen, aber es werden mit jedem Jahrgang mehr.«

Lara nickte nachdenklich. »Habt ihr eine Strategie, wie ihr damit umgeht?«

»Wir versuchen, Vorschläge und Richtlinien umzusetzen, die uns vom Amt für politische Bildung und vom Kultusministerium empfohlen werden. Aber was nützt das, wenn's zu Hause nicht stimmt. Da kannst du mit Engelszungen reden und läufst trotzdem permanent gegen eine Wand.«

»Wenn ich dich recht verstehe, stammen diese Jugendlichen überwiegend aus verkorksten, sozial schwachen Familien?«

Vera schüttelte den Kopf. »Mitnichten! Es gibt eine Untersuchung, die belegt, dass der rechtsradikale Nährboden eher in der Mitte der deutschen Gesellschaft liegt. Ressentiments entstehen oft schon zu Hause, quasi am Abendbrottisch. Oder im einschlägigen Freundes- und Bekanntenkreis. Du weißt ja, wie so was zustande kommt. Da schmeißt man Fakten, Vorurteile und Halbwahrheiten in einen Topf, gibt ein paar abgedroschene Phrasen mit hinein, mixt das Ganze ordentlich durch, und heraus kommt ein Gesinnungscocktail, der so richtig süffig schmeckt. Damit dröhnt man sich dann die Birne zu. Am Stammtisch. Am Arbeitsplatz. In der Schule. So lange, bis man alles nur noch schwarz-weiß sieht und glaubt, dass sich sämtliche Probleme mit einer dumpfen Ideologie lösen lassen. Und auf einmal schreien alle im Chor: ›Scheiß Ausländer!‹ Oder: ›Achmed, geh nach Hause!‹ Oder: ›Deutschland den Deutschen‹, oder es passiert noch Schlimmeres.«

»Guter Vergleich, das mit dem Cocktail. Fremdenhass als Kultgetränk des aufrechten Deutschen«, warf Lara ein.

Vera nickte. »Das ist das eine. Fremdenhass und Ausländerfeindlichkeit, gepaart mit der Angst vor dem sozialen Abstieg. Damit gehen schnell Rassendiskriminierung und Diffamierung Andersdenkender einher. Jemand hat mal gesagt, sie seien so eine Art Einstiegsdroge in den Rechtsextremismus. Das, was draußen in der Gesellschaft passiert, befruchtet das Ganze noch zusätzlich. Rücksichtslosigkeit. Heuchelei. Ellenbogen-Karrieren. Unglaubwürdige Politiker, denen das Hemd näher ist als der Rock. Prominente, die sich mit einem Haufen Geld durch die Lücken des Rechtssystems mogeln. Die Folge? Der fatale Glaubwürdigkeitsverlust eines ganzen Systems. Allgemeine Unzufriedenheit. Und, wie schon gesagt, Ängste, insbesondere Zukunftsängste, oft geschürt durch die Medien. Man wünscht sich eine starke Persönlichkeit, die alles mal ordentlich aufmischt, so eine Art ›Führer‹. Ein weiterer Faktor: fehlende Anerkennung, das Gefühl, nutzlos zu sein, keine Perspektive zu haben. Gerade Heranwachsende wünschen sich Bestätigung, Anerkennung, die ihnen in der Familie, in der Schule, auf dem Arbeitsmarkt oder ganz allgemein in der Gesellschaft versagt bleiben. Sie sehnen sich nach Solidarität, Kameradschaft. Die finden sie dann bei Leidensgenossen und Gleichgesinnten, oft in rechtsextremen Cliquen …«

Der Kellner kam und brachte die Speisen.

»Hm, sieht lecker aus. Wenn ich dich mit meinen Ausführungen nerve, dann sag was«, sagte Vera.

»Überhaupt nicht, ich hab dich ja gefragt«, entgegnete Lara. »Aber jetzt lass dir's erst mal schmecken.«

»Hm, du dir auch.«

Eine Weile aßen sie schweigend. Bis Laras Handy klingelte. Sie zog es aus ihrer Gesäßtasche und sah auf das Display.

»Entschuldige, Vera, ein wichtiger Anruf.«

Sie stand auf und ging vor die Tür, wo sie unter dem schmalen Vordach, auf das der Regen prasselte, stehen blieb. Erst dann drückte sie die Annahme-Taste.

»Hallo, Frau Demuth.«

»Hallo, Frau Dr. Gropius. Es geht um den Termin. Ich kann Ihnen den kommenden Sonntag anbieten. Oder Montag, den 24. Was Ihnen lieber ist.«

Lara überlegte. Sonntagvormittags drehte sie regelmäßig ihre Joggingrunde in den Lechauen. Und kommenden Sonntagnachmittag wollte sie mit Luca zusammen sein. Vor zwei Tagen hatten sie telefonisch ausgemacht, sich in Hellabrunn zu treffen. Montags oder dienstags wollte sie sich nochmals Haus und Grundstück des alten Demuth ansehen und eventuell seinen beiden Musikerfreunden einen Besuch abzustatten.

Lara entschloss sich, die Joggingrunde zu opfern.

»Geht's nicht am Sonntagvormittag? Nachmittags hab ich bereits eine Verabredung,«

»Gut, dann Sonntagvormittag, aber wenn möglich, erst so gegen elf. Passt Ihnen das?«

»In Ordnung. Wo?«

»Können Sie zu mir nach Inning kommen?«

Lara hätte es fast die Sprache verschlagen.

»Nach Inning? Natürlich. Sie haben Ihren Mann also unterrichtet, dass Sie mich engagiert haben?«

»Nein, habe ich nicht. Aber das ist im Moment nicht relevant. Lothar ist gestern nach Miami geflogen. Dringende Geschäftstermine. Anschließend macht er mit dem Motorrad eine Rundreise durch die Staaten. Vier Wochen. Mit ein paar alten Freunden – wie er sagt.«

»Und seine Agentur?«

»Die funktioniert auch, wenn er mal längere Zeit nicht da ist. Jetzt, nachdem er den Auftrag von der bayerischen Staatsregierung bekommen hat, sind die Mitarbeiter voll motiviert. Sein Creative Director vertritt ihn. Der macht seine Sache hervorragend.«

»Gut. Dann bis Sonntag, elf Uhr. Schönen Tag noch.«

»Danke, Ihnen auch.«

Sie beendeten das Gespräch. Die Demuth hatte müde und auf seltsame Weise deprimiert geklungen, was Lara nachdenklich stimmte.

Sie blieb noch einige Sekunden unter dem Vordach stehen, bevor sie das Handy wieder in ihrer Gesäßtasche verstaute und sich zum Tisch zurückbegab.

KAPITEL 12

Inning/Ammersee | 23. September 2007 | SO

Der fantastische Blick auf den Ammersee erinnerte an eines der klassischen Motive auf den Postkarten, die in den Kiosken und Souvenirläden entlang des Ufers verkauft wurden. Ohne jedoch im Geringsten kitschig zu wirken. Lara überlegte, woran dies liegen mochte, und kam zu dem Schluss, dass zwischen dem unmittelbaren Erleben der Wirklichkeit und deren zweidimensionaler Abbildung auf einem Printprodukt eben Welten lagen.

Seit etwa zehn Minuten saß sie auf der Terrasse der Demuthschen Villa, vor sich das zum See hin sanft abfallende parkähnliche Grundstück, dessen gestalterische Raffinesse auf einen sündhaft teuren Gartenarchitekten schließen ließ. Schon als sie den sorgsam gepflegten Kiesweg zu dem herrschaftlich wirkenden Gebäude empor geschritten war, verfestigte sich in ihr der Eindruck, dass die Besitzer ihren Reichtum regelrecht zelebrierten. Lara wusste mittlerweile, dass auch dieses Anwesen einst Else, der Frau von Harald Demuth, gehört hatte. Sie hatte es frühzeitig ihrem Sohn Lothar überschrieben, der das Gebäude nach allen Regeln architektonischer Kunst saniert, beziehungsweise umgebaut hatte.

»Mist, blöder!«

Der ärgerliche Ausruf kam aus der Küche, die, wie auch der Salon, zur Terrasse hin lag. Gleich darauf erschien Carmen Demuth in einem Sari aus grün schimmernder Seide. Sie stellte zwei dampfende Tassen Cappuccino auf dem

Tisch ab, auf dem sich bereits eine angebrochene Packung Zigaretten nebst Feuerzeug und ein Ascher aus Jade befanden.

»Ich hoffe, der Cappuccino schmeckt Ihnen. Ich hab ihn selbst gemacht, das Hausmädchen hat heute frei, und mit der neuen Maschine kenne ich mich nicht besonders gut aus«, sagte sie und setzte sich Lara gegenüber an den Tisch.

»Danke, sehr lieb von Ihnen. Sie sind also ganz allein heute?«

Carmen Demuth nickte, nahm eine Zigarette aus der Packung und griff nach dem Feuerzeug.

»Ihr Sohn?«, fragte Lara.

Sie schüttelte den Kopf. »Ist bei seinem Freund.« Sie steckte den Glimmstängel zwischen die Lippen und ließ das Feuerzeug klicken.

»Ich habe Ihnen bei unserem letzten Gespräch nicht die Wahrheit gesagt«, begann sie unvermittelt, nachdem sie einen ersten gierigen Zug gemacht hatte. »Es tut mir leid. Aber ich habe mich einfach furchtbar geschämt. Was ich Ihnen jetzt sagen werde, wird Sie vielleicht schockieren, aber ich muss endlich reinen Tisch machen.«

Sie machte eine Pause. Sog an der Zigarette.

»2002 kam ich zum ersten Mal dahinter, dass mein Mann die Villa des Alten während dessen Abwesenheit als eine Art privaten Swingerclub für besonders gute Geschäftsfreunde nutzte. Und dass er mich betrog«, fuhr sie fort. Sie wirkte äußerlich gelassen; die Art wie sie sprach, erweckte den Anschein, als ob sie eine Distanz zu den Ereignissen von damals hatte aufbauen können. Doch in ihrer Stimme lag etwas, das unüberhörbar nach Desillusionierung und Verbitterung klang.

»Es war Ende August, an einem Mittwoch. Ich kam an dem Tag vom Besuch einer Freundin aus Fuerteventura zurück, ein paar Tage früher als geplant. Meine Maschine landete gegen zehn Uhr abends in München. Ich nahm ein Taxi und war kurz vor Mitternacht zu Hause. Aber Lothar war nicht da. Niemand war da. Auch Tim nicht. Erst später habe ich erfahren, dass er in dieser Nacht bei unserem Hausmädchen übernachtete. Ann-Sophie war in einem Reiterlager in Schweden, aber das wusste ich natürlich. Ich hab mich dann ins Auto gesetzt und bin nach Wörthsee gefahren. Wenn Lothar und ich nicht zu Hause sein konnten und auch Ann-Sophie nicht da war, sorgten wir gewöhnlich dafür, dass das Hausmädchen Tim zu meinem Schwiegervater brachte, damit er dort übernachtete. Ich nahm an, dass es auch diesmal so war, aber …«

»Verzeihen Sie«, unterbrach Lara, »aber haben Sie Ihren Mann denn nicht informiert, dass Sie früher kommen?«

»Ich habe es versucht, aber ich habe ihn nicht erreicht.«

»Erzählen Sie weiter, Sie sind also nach Wörthsee zum Haus Ihres Schwiegervaters gefahren, um sich zu vergewissern.«

Carmen Demuth nickte und sog erneut an ihrer Zigarette.

»Ich wollte wie sonst auch meinen Wagen am Wegrand parken, als ich plötzlich den Porsche meines Mannes entdeckte sowie zwei weitere Fahrzeuge, die ich als die Autos von zwei seiner besten Kunden identifizierte. Ich dachte zuerst, ich seh' nicht recht. Als ich das Grundstück meines Schwiegervaters betrat, bemerkte ich, dass die Jalousien heruntergelassen waren, was eigentlich darauf hindeutete, dass der Alte wieder mal auf Reisen war. Zuerst schien alles dunkel zu sein. Aber als ich ums Haus herumging, sah ich durch die Ritzen der Jalousien Licht. Ich wollte rein gehen, aber dann fiel mir ein, dass ich keine Schlüssel dabei hatte. Trotzdem hab ich die Klinke gedrückt und war völlig überrascht, dass nicht abgesperrt war. Ich bin in den ersten Stock hinaufgegangen, und …« Carmen Demuth stockte. Sie stand plötzlich auf, trat hart an den Rand der Terrasse und sah mit zusammengekniffenen Lippen auf den See hinaus.

Lara erhob sich und trat an ihre Seite. In diesem Moment tat ihr die Frau nur noch leid.

»Und da haben Sie es mitbekommen«, sagte sie sanft.

Carmen Demuth nickte; Lara registrierte eine Mischung aus Abscheu und Verachtung in ihrer Miene. »Die Geräusche aus dem Schlafzimmer waren eindeutig. Ich hab dann einfach die Tür aufgerissen … und da sah ich sie. Mein Mann, zwei seiner besten Kunden … und drei blutjunge Mädchen.«

Sie hielt erneut inne, sog an ihrer Zigarette und entließ den Rauch diesmal mit einem heftigen Stoß durch den Mundwinkel.

»Es hat über ein Jahr gedauert, bis wir unser Verhältnis wieder einigermaßen auf der Reihe hatten. Aber auch nur, weil er versprochen hatte, es nie wieder zu tun.«

»Verstehe«, sagte Lara leise. »Sie haben ihn und diese Geschäftsfreunde damals in flagranti erwischt, und nun befürchten Sie, dass sich das Gleiche wiederholt.«

Carmen schnaubte verächtlich durch die Nase. »Es hat sich bereits wiederholt. Seine Beteuerungen waren einen Dreck wert.«

»Er hat es wieder getan?«

Sie nickte.

»Vor einem Jahr. Da hat er es über längere Zeit hinweg mit einer Edelnutte getrieben. Mit einer Ludovica aus Starnberg. Lothar war anscheinend ihr Dauerkunde. Irgendwann fand man entlang der Bahnstrecke München–Stuttgart ihre Leiche, besser gesagt, was davon noch übrig war. Es sprach zunächst alles für Suizid. Aber dann wurden Zweifel laut. Man verdächtigte einen oder mehrere ihrer Freier, die Sache inszeniert zu haben. Auf der Liste stand auch mein Mann, aber er beteuerte damals, das Mädchen wochenlang nicht mehr gesehen zu haben. Für den fraglichen Zeitpunkt hatte er ein lupenreines Alibi, und so wurden die Ermittlungen gegen ihn eingestellt.«

Carmen Demuth machte einen weiteren Zug, bevor sie fortfuhr.

»Vor ein paar Wochen, zwei oder drei Tage, nachdem mein Schwiegervater verschwand, war die Kripo erneut hier. Jemand hatte anonym angerufen und behauptet, Ludovica habe sich wenige Tage, bevor sie sich vor den Zug warf, mit Lothar treffen wollen und sich in Wörthsee rumgetrieben.«

»Ein anonymer Anrufer? Wieso rührt er sich erst ein Jahr später?«

»Das hat Lothar die Beamten auch gefragt. Aber die meinten nur, so was käme öfter vor.«

»Und, hatte sie sich mit ihm getroffen?«

»Offenbar nicht. Das Alibi meines Mannes wurde aufs Neue akribisch durchleuchtet. Allerdings bestätigte es sich auch diesmal wieder.«

Carmen machte einen letzten Zug an der mittlerweile fast aufgerauchten Zigarette. Ihre Hände zitterten. Es bereitete ihr sichtlich Mühe, über den Vorfall zu sprechen.

»Zuerst habe ich mich geschämt, das alles zuzugeben. Aber dann, nach unserem Gespräch im *Kiebitz*, dachte ich mir, dass Sie das wissen sollten, und dass es kontraproduktiv ist, wenn ich gegen besseres Wissen zulasse, dass Sie einer falschen Spur nachgehen.«

»Einer falschen Spur?«

»Ja. Meine Behauptung, dass der Alte eine Freundin habe. Das war dumm von mir.«

»Und wenn Ihr Schwiegervater nun doch ein sexuelles Verhältnis unterhielt? So etwas soll es ja geben. Wenn auch selten in diesem Alter, aber denkbar wäre es durchaus.«

Carmen stieß ein hartes Lachen aus. »Sie kennen meinen Schwiegervater nicht. Wenn er etwas hasst, dann sind es laxe Moralvorstellungen. Besser gesagt das, was er dafür hält. Er ist da sehr … wie soll ich sagen … puritanisch eingestellt. Völlig undenkbar, dass er eine Liaison hat.«

Lara dachte nach.

»Frau Demuth: Die Sextreffen Ihres Mannes in der Villa Ihres Schwiegervaters – die konnten doch nur stattfinden, weil Ihr Mann wusste, dass sein Vater vereist war. Woher? Sagten Sie nicht, er habe sie über seine Reisepläne seit Jahren nicht mehr informiert?«

»Er brauchte nur die Schmieder zu fragen, die Zugehfrau. Und dann waren da ja noch die Jalousien. Immer wenn sie heruntergelassen waren, wusste man in der Regel, dass er nicht da war.«

Sie gingen zum Tisch zurück und setzten sich. Carmen Demuth zerdrückte den Rest der inzwischen erloschenen Zigarette im Ascher. Dabei streifte sie ihren Gast mit einem merkwürdig abschätzenden Blick, der sowohl Laras Aufmerksamkeit als auch ihre Erwartungshaltung sofort auf den nächsthöheren Level beförderte.

Doch es kam nichts.

»Wollten Sie nicht noch etwas sagen?«, ging Lara in die Offensive.

»Vor Ihnen kann man wohl nichts verbergen.«

Die Demuth griff nach einer neuen Zigarette, ließ das Feuerzeug klicken und machte einen ausgiebigen Zug, als müsse sie erst neue Energie tanken, um weiterzusprechen.

»Vor zwei Wochen wurde ich zufällig Zeuge eines Telefonats, das mein Mann führte. Mit wem, weiß ich nicht. Ich kam gerade vom Einkaufen nach Hause. Die Tür zu seinem Arbeitszimmer stand offen, ich hörte, wie er telefonierte. Er hat irgendetwas von Pässen gefaselt. Von Pässen, die irgendwelchen Mädchen gehörten. Sie seien in Ordnung und verursachten keine Probleme. Außerdem war von jemandem oder etwas die Rede, mit dem kurzer Prozess gemacht werden sollte. Und dann machte er eine Bemerkung, die mir am meisten Kopfzerbrechen bereitet. In Verbindung mit seinem Vater. Er sagte: ›Ich vermute, mein Alter ahnt etwas‹.«

Carmen Demuth sog ein weiteres Mal an ihrem Glimmstängel, inhalierte und entließ den Qualm diesmal durch die Nase.

»Sie haben keine Ahnung, was er damit gemeint haben könnte?«

»Nein, nicht im Entferntesten. Für mich sieht es ganz danach aus, als ob er mehr über das Verschwinden des Alten weiß, als er zugibt. Vielleicht ist er sogar dafür verantwortlich.«

Lara musterte sie forschend. »Wie meinen Sie das? Etwa, dass er …« Sie hielt inne, führte den Gedanken bewusst nicht zu Ende.

Carmen Demuth leckte sich nervös die Lippen und zuckte die Achsel.

»Wer weiß«, murmelte sie. »Ich traue ihm inzwischen alles zu.«

Lara nickte. Es war ein ungeheuerlicher Verdacht, den ihre Klientin da zum Ausdruck brachte.

Sie nahm einen Schluck Cappuccino. »Warum haben Sie mir das nicht bereits bei unserer ersten Begegnung erzählt, Frau Demuth?«, fragte sie.

Carmen Demuth sah sie nachdenklich an.

»Ich hab mir gedacht, dass Sie mich das fragen würden. Ich war ganz einfach unsicher. Dieses Telefongespräch … hatte irgendwas Anrüchiges, Verbotenes an sich. Ich dachte, wenn ich Ihnen davon erzähle, könnten Sie den Auftrag vielleicht ablehnen – oder zur Polizei gehen. Nach einer vermissten Person zu suchen, ist eine Sache, mit etwas Gesetzwidrigem konfrontiert zu werden, eine völlig andere. Also hatte ich beschlossen, lasse ich Sie einfach nach dem Alten suchen, in der Hoffnung, Sie finden etwas heraus, was mich weiterbringt, auch ohne dass ich Ihnen die näheren Hintergründe nennen muss.«

»Es wäre besser gewesen, Sie hätten es gleich gesagt. Es wäre dem Vertrauen zwischen uns dienlicher gewesen.«

Die Demuth hob resigniert die Hände. »Ich weiß, Sie haben völlig recht. Ich habe mich idiotisch verhalten. Aber versuchen Sie bitte, mich zu verstehen. Einerseits wollte ich gern wissen, was los ist, andererseits aber auch keine schlafenden Hunde wecken. So gesehen hab ich mich wie jemand gefühlt, der die Wahl hat zwischen Pest und Cholera. Aber dann, nach dem letzten Gespräch mit Ihnen, hab ich mir gesagt, sollte das tatsächlich der Fall sein – ich meine, sollte mein Mann tatsächlich in … Unregelmäßigkeiten oder dergleichen verwickelt sein – kommt es sowieso irgendwann raus, und dann ist besser, wenn …« Sie brach ab, ohne den Satz zu vollenden.

»Wenn Sie die Cholera wählen«, ergänzte Lara trocken, was die Demuth mit einem gequälten Lächeln quittierte.

Lara überlegte. Vor dem Hintergrund der Befürchtungen, die ihre Auftraggeberin geschildert hatte, und der Tatsache, dass sie zu sehr durch den Wind war, um folgerichtig denken zu können, war ihr Entschluss, zunächst nichts über das mitgehörte Telefongespräch verlauten zu lassen, durchaus verständlich. Überhaupt war aus dem ziemlich strukturlos wirkenden Mosaik, das ihr Verhalten anfänglich gezeigt hatte, mittlerweile ein klar erkennbares Muster geworden.

Dennoch gab es einen Stein, der nicht ins Mosaik passen wollte.

»Gehe ich richtig in der Annahme, dass Sie Ihren Mann nie auf das Telefongespräch angesprochen haben?«

Carmen Demuth nickte. »Was hätte es denn gebracht? Er hätte eine nichtssagende Erklärung präsentiert und wäre misstrauisch geworden. Für mich wäre es umso schwerer geworden, der Sache auf den Grund zu gehen.«

»Frau Demuth, an dem Tag, an dem Sie in der Villa Ihres Schwiegervaters waren, haben Sie Ihren Mann angerufen und ihn gebeten, einer Privatermittlung zuzustimmen. Sie sagten, es sei deswegen sogar zu einem Streit zwischen Ihnen gekommen. Ich frage mich, wie das alles zusammenpasst. Einerseits misstrauen Sie Ihrem Mann. Vermuten sogar, dass er selbst hinter dem Verschwinden seines Vaters steckt. Andererseits bitten Sie ihn, einer Ermittlung zuzustimmen, obgleich sie von vornherein wissen, dass er dies niemals tun wird, weil ihn das unweigerlich in die Bredouille bringen muss.«

»Ich wollte ihn auf die Probe stellen. Ich war mir ja nicht sicher. Hätte er entgegen meinen Erwartungen doch zugestimmt, wäre das vielleicht der Beweis dafür gewesen, dass ich mich irre. Aber er hat abgelehnt, was meinen Verdacht erhärtet, dass er Dreck am Stecken hat.«

Lara nickte. Die Erklärung klang logisch. »Gesetzt den Fall, ich fände tatsächlich etwas heraus, das Ihren Mann belastet, vielleicht sogar schwer belastet, was dann, Frau Demuth?«

Carmen Demuth schürzte nervös die Lippen. Sie zögerte mit der Antwort.

»Dann bitte ich Sie, es zuerst mir zu sagen, bevor Sie weitere Schritte unternehmen. Ich werde meinen Mann auf keinen Fall decken, das verspreche ich Ihnen. Aber ich werde versuchen, mein Geld in Sicherheit zu bringen, bevor irgendeine Bombe platzt, die sowohl meine als auch die Existenz meiner Kinder vernichtet. Immerhin steckt die Hälfte meines Vermögens in der Firma meines Mannes.«

Da also lag der Hund begraben. Es war so, wie Lara es bereits vermutet hatte. Der eigentliche Grund für die unerklärliche, geradezu panische Angst der Carmen Demuth war nicht der Sorge um das Wohlergehen ihres Schwiegervaters geschuldet, sondern der um sich selbst.

Doch war es ihr zu verdenken?

Lara beschloss, über diese Frage moralischer Integrität nicht weiter nachzugrübeln und den nächsten Punkt zu klären.

»Frau Demuth, ich hatte Sie schon einmal danach gefragt, muss aber noch mal darauf zurückkommen. Die beiden Anrufe, die Sie vom Haus Ihres Schwiegervaters aus tätigten – den bei Ihrem Mann und den bei mir – sind Sie ganz sicher, dass die niemand mitbekommen hat?«

»100-prozentig!«

»Wo genau haben Sie telefoniert?«

»Ich stand in der Vorhalle.«

»Sie haben vom Handy angerufen?«

Sie nickte.

»Wo befand sich Ihr Mann zu diesem Zeitpunkt?«

»In Berlin. Er war am Morgen zu einer dreitägigen Geschäftsreise aufgebrochen. Ich hab ihn im Auto erreicht, er war gerade dabei, auf dem Hotelparkplatz einzuparken.«

»Bei unserem letzten Gespräch sagten Sie, Sie hätten sich etwa eine Stunde in der Villa aufgehalten. Könnte es nicht sein, dass noch jemand im Haus war, ohne dass Sie es gemerkt haben?«

Carmen wirkte zunehmend irritiert. Und ärgerlich. »Nein, zum Kuckuck! Ich sage Ihnen doch, außer mir war niemand im Haus. Ich hätte es bemerkt. Außerdem, wie hätte derjenige denn ins Haus kommen sollen? Die Tür war verschlossen, als ich dort ankam. Durch die Fenster einsteigen? Die sind, wie Sie wissen, vergittert! Weshalb fragen Sie dauernd danach?«

Lara beugte sich nach vorne und sah ihrer Klientin direkt in die Augen. »Das will ich Ihnen sagen. Wenige Stunden, nachdem Sie bei mir im Büro waren, hatte ich eine kurze, aber ziemlich heftige Begegnung. Mit einem dunkel gekleideten Typen, der mir vor der Bürotür auflauerte. Den Rempler, den er mir verpasste, habe ich noch zwei Tage später gespürt. Ein paar Tage danach stand der gleiche Typ – ich gehe zumindest davon aus, dass es der gleiche war – vor meinem Schlafzimmerfenster, und das nachts um halb zwei. Er hinterließ dort ein interessantes Souvenir – ein Streichholzbriefchen mit genau den Streichhölzern, die ich vor der Tür zur Villa Ihres Schwiegervaters gefunden habe! Er muss es unter meinem Fenster verloren haben, nachdem ich ihn entdeckt hatte und er das Weite suchte. Vielleicht verstehen Sie jetzt, warum mir so viel daran liegt, zu erfahren, ob jemand Ihr Telefongespräch mitgehört hat.«

Carmen war während Laras Schilderung zunehmend blasser geworden.

»O Gott … das heißt ja … das heißt, dass irgendjemand weiß, dass ich Sie …«, flüsterte sie, ohne den Satz zu Ende zu bringen.

Lara nickte. »Richtig! Das heißt, wir müssen davon ausgehen, dass es jemanden gibt, der weiß, dass Sie mich mit der Suche nach Ihrem Schwiegervater beauftragt haben, und der nun an meinen Sohlen klebt. Jemand, dem wahrscheinlich genauso viel daran liegt, ihn zu finden, wie uns beiden. Oder der genau das verhindern will«, ergänzte sie.

Carmen Demuth zerdrückte die halbaufgerauchte Zigarette im Jadeascher. Starrte für einige Augenblicke mit leerem Blick auf den See hinaus.

»Lothar! Er hat es herausgefunden«, wandte sie sich wieder Lara zu. Ihre Stimme klang brüchig.

Lara bewegte zweifelnd den Kopf. »Das glaube ich weniger. Wäre es so, würde das bedeuten, dass Ihr Mann auf die bloße Vermutung hin, dass Sie mich engagieren wollen, gehandelt hätte. Sie sagten ja, er sei an dem Tag zu einer dreitägigen Geschäftsreise nach Berlin aufgebrochen. Er hätte jemanden von Berlin aus beauftragen müssen, der sämtliche Ihrer Aktivitäten überwacht und Ihnen auf Schritt und Tritt folgt – und das, wie gesagt, wegen eines vagen Verdachts. Halten Sie das für wahrscheinlich?«

»Ich weiß nicht. Eigentlich nicht. Andererseits … nichts ist unmöglich«, murmelte sie.

»Das sagten Sie vorhin schon. Hören Sie, Frau Demuth, wir müssen die Möglichkeit in Betracht ziehen, dass jemand den Inhalt der beiden Telefongespräche mitbekommen und so erfahren hat, dass Sie mich konsultieren würden. Jemand, der zum Zeitpunkt der Telefonate unmittelbar vor Ort war.«

»Aber wer denn? Und wie? Ich sage es noch einmal, da war niemand!«

Lara überlegte, während sie mit Daumen und Zeigefinger ihren Nasenrücken massierte.

»Lassen Sie uns diesen Nachmittag noch mal Schritt für Schritt rekapitulieren«, bat sie und versuchte, sich die Örtlichkeit ins Gedächtnis zu rufen. »Gegen halb drei erreichen Sie das Anwesen Ihres Schwiegervaters. Sie schließen das Gartentor auf und gehen zum Haus. Richtig soweit?«

Carmen Demuth nickte. »Richtig.«

»Bis jetzt fällt Ihnen nichts weiter auf. Sie haben das Gefühl, sich allein dort zu befinden.«

Wieder nickte die Demuth.

»Sie gehen die Treppe zum Eingang hoch, schließen die Haustür auf – und weiter?«

Carmen Demuth machte eine vage Handbewegung. »Weiter? Na wie ich schon sagte, ich hab mir die Räume angesehen.«

»Zuerst den Keller. Sie sind in den Keller gegangen, weil Sie ein Geräusch gehört haben.«

»Ja, aber das war ja nur die Maus.«

»Anschließend sind Sie hoch in den ersten Stock, wo sie sich die Zimmer angesehen haben. Da oben, sagten Sie, war aber nichts, was Ihnen auffällig erschien. Dann haben Sie im Erdgeschoss weitergemacht, zuerst im Wohnzimmer, dann in den anderen Räumen.«

Nicken.

»Und dabei sind Ihnen ein paar seltsame Dinge aufgefallen. Zum Beispiel, dass ein paar Gegenstände fehlten. Das Bild mit Ihren Kindern im Wohnzimmer. Das Teeservice, das Schachspiel und das Cello. Dann war da noch das Fotoalbum mit den herausgerissenen Bildern. Und die Sache mit dem Kalender.«

Lara hielt kurz inne. Carmen Demuth nickte.

»Gut, was haben Sie dann gemacht?«

Die Demuth überlegte. »Dann … hab ich mich erst mal auf die Chaiselongue im Wohnzimmer gesetzt und nachgedacht. Ich hatte das Gefühl, dass da was nicht stimmte, irgendetwas war anders als sonst, wenn der Alte mal nicht da war. Es wirkte alles so … seltsam steril, irgendwie endgültig. Da kam mir das Telefongespräch in den Sinn, das ich unfreiwillig mitgehört hatte. Die Bemerkung meines Mannes, sein Vater ahne etwas. Mir kam plötzlich der Gedanke, ihn anzurufen und ihm den Vorschlag mit dem Privatermittler zu machen. Ich war neugierig, wie er reagieren würde, warum, hab ich Ihnen ja schon gesagt. Bevor ich das Haus verließ, hab ich dann noch Sie angerufen.«

»Das Haus verließen Sie gegen halb vier, wenn ich mich richtig erinnere?«

»Ja. Nachdem ich telefoniert hatte, hab ich noch schnell die Blätter, die der Wind in die Vorhalle geweht hatte, rausgefegt, die Tür verschlossen und bin gegangen.«

Hatte Lara bis jetzt verhältnismäßig entspannt zugehört, fuhr sie nun kerzengerade hoch. »Blätter, die der Wind in die Vorhalle geweht hatte? Heißt das, dass die Eingangstür offen stand, während Sie sich im Haus aufhielten?«

»Ja, nachdem ich das Haus betreten hatte, ist die Tür wahrscheinlich nicht richtig zugefallen, das passiert manchmal. Ich hab es erst bemerkt, als ich vom Wohnzimmer aus wieder in die Vorhalle trat. Es war sehr stürmisch an dem Tag, durch den Wind muss sie weiter aufgegangen sein, und es wehten ein paar Blätter herein.«

»Das heißt, als Sie in der Vorhalle standen und telefonierten, stand die Tür offen?«

»Ja«, sagte Carmen Demuth und erbleichte. Sie begriff augenblicklich, worauf Lara hinauswollte.

»Gehe ich richtig in der Annahme, dass Sie die Gartentür nicht verschlossen haben, nachdem Sie das Grundstück betreten hatten?«, bohrte Lara weiter.

»Nein, hab ich natürlich nicht.«

Lara klopfte mit der flachen Hand auf den Tisch. »Da also liegt der Hase im Pfeffer. Ich glaube, dass sie an dem Tag nicht der einzige Besucher auf dem Anwesen Ihres Schwiegervaters waren. Jemand ist Ihnen gefolgt. Jemand, der draußen neben dem Eingang stand und hörte, wie sie telefonierten.«

»Mein Gott«, murmelte die Demuth verstört. »Die Sache wird ja immer mysteriöser.«

Lara verlor sich in Gedanken. Versuchte einen gemeinsamen Nenner zu finden. Begann einzelne Elemente eines Puzzles zu ordnen, von dem die meisten Teile noch wild durcheinander auf einem Haufen lagen und darauf warteten, endlich den ihnen gehörenden Platz einzunehmen.

Lothar Demuth. – Ein von ihm geführtes Telefongespräch, in Teilen mitgehört von seiner Ehefrau. Mysteriöse Hinweise auf jemanden, mit dem »kurzer Prozess« gemacht werden solle. Eine Bemerkung über Pässe, die in Ordnung seien. Pässe, die irgendwelchen Mädchen gehörten. Und darüber, dass ihn sein Vater bei »etwas« beobachtet habe. Mögliches Fazit: Lothar Demuth weiß mehr über das Verschwinden seines Vaters, als er seiner Frau gegenüber zugibt. Vielleicht steckt er sogar selbst dahinter. Die sich zwangsläufig daraus ergebende Frage: Ist Harald Demuth überhaupt noch am Leben?

Carmen Demuths Telefonate. – Die Aufforderung an Ihren Mann, einer Privatermittlung zuzustimmen, was dieser kategorisch ablehnt. Ein Umstand, der ihn angesichts des von ihm geführten Telefonats mehr als verdächtig macht.

Ein weiterer Anruf Carmen Demuths bei ihr, Lara, verbunden mit der Bitte um eine Vorsprache in ihrem Büro.

Und ein Unbekannter, der beide Telefonate direkt vor Ort mitbekommt und sich unmittelbar darauf an ihre Fersen heftet?

»Sie werden doch weitermachen, Frau Dr. Gropius?«, unterbrach Carmen Demuth Laras Gedankengänge. Ihre Besorgnis war nicht zu überhören.

Lara sah sie forschend an. »Frau Demuth, die Situation stellt sich mittlerweile anders dar als zu Beginn. Wenn Sie wollen, dass ich an der Sache dranbleibe, werde ich Schutzmaßnahmen ergreifen müssen.«

»Ja, das ist mir klar. Kosten spielen keine Rolle. Hauptsache, Sie machen weiter«, entgegnete die Demuth hastig.

Lara schüttelte den Kopf. »Es geht nicht nur um Geld. Ich werde mir die Unterstützung zweier freier Mitarbeiter holen, beides Kriminalbeamte. Sind Sie damit einverstanden?«

Ihre Blicke kollidierten. »Das … das ist …«, flüsterte Carmen Demuth.

Lara beugte sich nach vorn. »Das ist die Bedingung, Frau Demuth. Soll ich weiter für Sie arbeiten, müssen Sie sie akzeptieren. Ich weiß, was Sie denken. Aber ich versichere Ihnen, sollten wir auf ungesetzliche Aktivitäten Ihres Mannes stoßen, werden wir nichts unternehmen, ohne es vorher mit Ihnen abgesprochen zu haben. Im Gegenteil, im Falle einer Ermittlung gegen ihn würde deutlich werden, dass Sie mit der Sache nichts zu tun haben; schließlich hätte man die Erkenntnisse Ihnen zu verdanken.«

Carmen Demuth kapitulierte. »Tun Sie, was Sie für richtig halten. Nur finden Sie es so schnell wie möglich heraus. Halten Sie mich regelmäßig auf dem Laufenden und informieren Sie mich bitte über jeden einzelnen Ihrer Schritte. Diese Ungewissheit macht mich ganz krank.«

»Ich tue mein Bestes«, versicherte Lara nochmals sanft. »Aber jetzt muss ich weiter. Mein Sohn erwartet mich in München.«

Sie verabschiedeten sich. Ein leichter Wind erhob sich und wehte das Zwölfuhrläuten einer entfernten Kirchturmuhr über den See.

Sie war noch keine zwei Kilometer gefahren, als ihr Handy summte. Lara sah auf das Display des Bordcomputers und drückte lächelnd die grüne Taste auf dem Lenkrad.

»Hi, Luca, bin schon auf dem Weg. 'ne knappe Dreiviertelstunde noch«, sagte sie gutgelaunt ins Mikro.

Pause. Dann ein peinlich gemurmeltes »Oh!«, das aber eher wie ein »Oh je!« klang.

Noch bevor ihr Sohn weiter sprach, wusste Lara, dass der geplante gemeinsame Nachmittag im Hellabrunner Zoo ins Wasser fallen würde.

»Ach, Luca, nicht schon wieder«, rief sie halb ärgerlich, halb enttäuscht und klopfte mit der rechten Hand unwirsch aufs Lenkrad.

»Mum … es tut mir leid. Ehrlich! Aber ich … ich hab total verpennt, dass ich am Dienstag 'nen wichtigen Termin bei meinem Prof habe. Ich muss mich darauf vorbereiten. Das nächste Mal kommt mir nichts mehr dazwischen. Ich schwör's. Bitte nicht sauer sein.«

»Komm, hör auf mich zu verarschen!«

»Aber Mum, jetzt bist du sauer. Bitte, ich …«

Lara drückte das Gespräch einfach weg. Ja, ich bin sauer, mein Lieber, stinksauer!, dachte sie wütend. Es war nicht das erste Mal, dass Luca kurzfristig absagte. Einmal, als er ein Treffen mit einer lahmen Begründung platzen ließ, war sie ihm draufgekommen, dass er sie belogen hatte. Das war zwar schon ziemlich lange her, aber die Erfahrung wirkte nach. Sie gab Gas, fuhr schneller. Hör auf zu spinnen, du bist nicht auf der Autobahn, maßregelte sie sich. Sie hielt an einer Stelle, wo ein Feldweg in die Straße mündete, schaltete in den Rückwärtsgang und wendete.

Eine Dreiviertelstunde später stellte sie den Wagen auf dem Parkplatz des Klosters Andechs ab und stieg zu einer der Bräustüberl-Terrassen empor, die heute nicht so stark frequentiert waren wie sonst. Ein frisch gezapftes Weizen, eine *Andechser Käseplatte* und der herrliche Weitblick bis hin zu den Alpen ließen sie ihren Ärger schnell vergessen. Sie rief Luca an und entschuldigte sich.

KAPITEL 13

Augsburg | 24. September 2007 | MO

»… na ja, und nun wollte ich euch fragen, ob ihr Lust hättet, mich zu unterstützen. Natürlich im Rahmen eurer Möglichkeiten. Meine Klientin wäre damit einverstanden. Und sollte da tatsächlich eine größere Schweinerei am Laufen sein, wär's mir sehr recht, Profis an meiner Seite zu haben. Was die Vergütung angeht, da lässt sich bestimmt was arrangieren, was nicht mit eurem Dienstherrn und dem Fiskus kollidiert.«

Tucholsky und Eisele wechselten einen schnellen Blick, aus dem Lara uneingeschränkte Zustimmung lesen konnte.

»Ich würde mal sagen: Du kannst auf uns zählen«, sagte Tuchy.

»So seh' ich's auch. Und was die Vergütung angeht, mach dir keine Sorgen. Das lässt sich deichseln«, ergänzte Jo und fügte hinzu: »Wir müssen natürlich den Dienstplan berücksichtigen. Und die Vorschriften.«

»Das mit den Vorschriften ist eh klar. Und was die Termine angeht, werden wir uns absprechen«, stimmte Lara zufrieden zu.

Seit 20 Minuten saß sie mit den beiden ehemaligen Kollegen im hintersten Winkel eines Cafes in der Maxstraße. Sie hatte sie zunächst in groben Zügen über den Inhalt ihres Auftrags sowie den bisherigen Verlauf der Ermittlungen informiert, ohne jedoch nähere Einzelheiten zu nennen. Die wollte sie erst preisgeben, wenn Tucholsky und Eisele ihr definitives Einverständnis erklärt hatten, mitzumachen. Nachdem ein paar grundlegende Fragen über die Art der Zusammenarbeit und die Zeiten, während denen die beiden zur Verfügung stehen würden, geklärt waren – Tucholsky würde irgendwann in den nächsten Tagen Urlaub nehmen –, informierte Lara sie sehr präzise und detailliert, wobei sie unter anderem auch den Namen ihrer Auftraggeberin nannte.

Als sie damit fertig war, erntete sie erst einmal nachdenkliches Schweigen.

»Scheint ein richtiger Kotzbrocken zu sein, dieser Lothar Demuth«, knurrte Tuchy.

»Ein Diplomkotzbrocken«, setzte Jo nach. »Seine Frau kann einem bloß leidtun.«

Tucholsky schloss die Augen und rieb sich die Nase; ein untrügliches Zeichen, dass er konzentriert nachdachte.

»Dieser Harald Demuth, der ist ja jetzt seit – lass mich überlegen –, seit genau sechs Wochen verschwunden«, bemerkte er dann. »Praktisch wie vom Erdboden verschluckt. Kein Lebenszeichen, nix. Sagt seine Schwiegertochter. Die hält es sogar für möglich, dass er gar nicht mehr lebt. Hinzu kommt, dass er eine Waffe bei sich führt. Wie steht's denn mit anderen Personen?«

Lara runzelte die Stirn. »Wie meinst du das?«

»Vorausgesetzt er ist noch am Leben – gibt's dann vielleicht andere, die was von ihm gehört haben könnten? Freunde oder gute Bekannte? Einfach Leute, mir denen er besser klarkommt und denen er vielleicht 'ne Ansichtskarte schickt oder die er mal anruft oder so?«

»Gute Frage. Das hab ich noch gar nicht in Erwägung gezogen. Müsste man aber feststellen können. Viele Freunde hat er allerdings nicht. Zu den engsten dürften die beiden zählen, mit denen er Musik macht. Aber die hab ich noch nicht befragt. Und seine ehemalige Zugehfrau hat auch nichts mehr von ihm gehört.«

»Gehen wir mal davon aus, dass sich irgendwas in seinem Leben verändert hat, und zwar mit einem Schlag«, überlegte Jo. »Dann wär's nicht ungewöhnlich, wenn er mal länger unterwegs ist als sonst. Andererseits werd' ich das Gefühl nicht los, dass da noch was anderes unter der Oberfläche schwelt.«

Lara nickte anerkennend. »Ich weiß schon, warum ich euch gebeten habe, mich zu unterstützen.«

»Wie möchtest du eigentlich unseren Einsatz koordinieren, ich meine, wer soll was machen?«, wechselte Jo das Thema.

»Das entscheiden wir tagesaktuell. Je nach Situation. Als Nächstes will ich mir erstmal seine beiden Musikerfreunde ansehen. Ich denke, das werde ich morgen machen. Dann gilt es, das Anwesen noch mal zu inspizieren, und zwar gründlich. Geräteschuppen, Bootshaus, Gartenlaube, Holzschuppen. Das könntet ihr beiden erledigen.

Das Grundstück ist ziemlich weitläufig. Ich nehme mir das Haus noch mal vor.«

Sie nickten.

»Was ist mit dem Typen, der dich beschattet?«, erkundigte sich Jo.

»Da können wir im Moment nichts weiter machen, als abwarten und die Augen offen halten. Seit dem nächtlichen Vorfall vor meinem Schlafzimmerfenster versuche ich, regelmäßig meine Umgebung zu scannen, bis jetzt ist mir nichts aufgefallen. Was das Zündholzbriefchen angeht, warten wir die daktyloskopische Untersuchung ab. Sind brauchbare Fingerabdrücke vorhanden, könntet ihr die durchs System laufen lassen, vorausgesetzt, ihr kriegt keinen Ärger, wenn ihr einer Privatdetektivin damit unter die Arme greift.«

»Hast du was über den Sohlenabdruck rausgekriegt, von dem du das Foto geschossen hast?«

»Das konnte ich im Internet überprüfen. Er stammt wohl von einem Doc-Martens-Springerstiefel.«

Tuchy hob die Brauen. »Das heißt, es könnte eine Verbindung zur rechten Szene geben?«

Lara zuckte mit der Achsel. »Könnte! Muss es aber nicht. Solche Stiefel werden nicht nur von Neonazis und Skinheads getragen.«

»Mit anderen Worten: nix Konkretes, dem man nachgehen könnte«, fasste Jo zusammen.

»Du sagst es.«

»Wann starten wir?«, wollte Tuchy wissen.

»Von mir aus kommenden Freitag. Da könntet ihr schon mal das Grundstück inspizieren.«

»Dann machen wir das so.« Tuchy sah auf die Uhr und stand auf. »Ich muss weiter. Ach übrigens, bevor ich's vergesse: Am Donnerstagabend kommt mein Schwager und bringt die Ergebnisse von der kriminaltechnischen Untersuchung mit. Beil, Cellobogen, Porzellanscherbe, Zündholzbriefchen.«

Er klopfte seinem Kollegen auf die Schulter, beugte sich zu Lara hinunter, die er freundschaftlich umarmte, bedankte sich für den Cappuccino und ging.

Jo kippte den letzten Schluck seines inzwischen lauwarmen Latte macchiato hinunter und stellte die Tasse ab. »So, jetzt muss ich auch weiter. Die Lissi wartet.«

»Aha«, sagte Lara. »Und wer ist Lissi?«, fragte sie, obwohl sie es sich schon denken konnte.

»Hübsch, supernett, saugute Figur«, grinste Jo. »Fährt einen roten 911er Porsche, geht gern ins Kino und verdient mordsmäßig.«

»Mit anderen Worten: Mit 56 Jahren findet Johannes Bartholomäus Eisele doch noch die Traumfrau fürs Leben?«

Jo grinste noch eine Spur breiter. »Meine Lissi sagt, ich würd' mindestens 15 Jahre jünger aussehen.«

KAPITEL 14

Wörthsee | 25. September 2007 | DI

Leopold Brandstätter, einer der beiden Musikerfreunde des alten Demuth – er war der Pianist des Trios – bewohnte ein kleines Haus etwa 20 Gehminuten vom Anwesen Harald

Demuths entfernt. Als Lara am späten Vormittag dort ankam, wehte ein schwacher Ostwind, und es herrschte schönes, trockenes Wetter.

Lara sah auf die Uhr. Sie war spät dran, was sie ärgerte. Aber gerade, als sie zur Haustür raus wollte, hatte jemand von der Telekom angerufen und den Besuch eines Servicetechnikers angekündigt, der einer dringenden Störmeldung nachgehen sollte. Zwar hatte der Mann, der eine Viertelstunde später bei ihr klingelte, in weniger als zehn Minuten seinen Job erledigt, doch die Verspätung von fast einer halben Stunde hatte Lara nicht mehr aufzuholen vermocht.

Sie las den Namen auf dem schon ziemlich in die Jahre gekommenen Messingschild neben der Tür:

Leopold Brandstätter, Oberstudiendirektor a. D.

Sie drückte den Klingelknopf aus Onyx, der sich neben dem eingravierten Namen befand und über den beachtlichen Durchmesser einer Zweieuromünze verfügte. Der für einen Klingelknopf immensen Größe entsprach auch das Geräusch, das durch Drücken des Knopfes ausgelöst wurde und Lara erschreckt zusammenzucken ließ. Offenbar machte sich der Hausherr einen Spaß daraus, jeden, der an seiner Tür läutete, mit dem Dröhnen einer zu einer Haustürglocke umfunktionierten Lkw-Hupe zu empfangen.

Es dauerte eine Weile, bis die Tür von einer ziemlich klein geratenen weißhaarigen Dame mit Kurzhaarfrisur und grellrot geschminkten Lippen geöffnet wurde. Aufgrund des völlig zerfurchten Gesichts schätzte Lara ihr Alter auf irgendwo zwischen 85 und 90.

»Frau Dr. Gropius?«, fragte die Dame mit erstaunlich frischer Stimme aber misstrauischem Blick und klappte mit dem Zeigefinger die rechte Ohrmuschel nach vorn.

Lara begriff. Die Lkw-Hupe …

Mit dem freundlichsten Lächeln, das sie anzubieten hatte, beugte sie sich zu der Frau hinunter. »Ja!«, sagte sie laut und deutlich. »Und Sie sind Frau Brandstätter?«

»Wie bitte?«

»Ja, ich bin Lara Gropius. Und Sie müssen Frau Brandstätter sein«, wiederholte sie einen Grad lauter.

Die Frau sah sie empört an. »Nein! Ich bin Hermine von Baldern, *geborene* Brandstätter. Ich bin die Schwester des Herrn Oberstudiendirektors. Im Übrigen brauchen Sie nicht so zu schreien, sooo schlecht höre ich nun auch wieder nicht. – Kommen Sie mit!«

Lara gelang es gerade noch rechtzeitig, den Lachreflex zu unterdrücken, der sie in eine ausgesprochen peinliche Situation hätte bringen können. Sie folgte der alten Dame durch einen dunklen Flur in einen ziemlich großen Raum, den sie sofort als das Studier- und Musikzimmer des Herrn Oberstudiendirektors identifizierte.

»Ich werde meinen Bruder informieren, dass Sie da sind. Nehmen Sie inzwischen hier Platz!«, befahl Hermine von Baldern im Ton eines Feldwebels. Sie deutete gebieterisch auf einen von vier grün gepolsterten Stühlen, die sich um einen runden Tisch gruppierten, auf dem sich in wildem Durcheinander Notenblätter, handgeschriebene Notizen und Partiturbücher stapelten.

Lara gehorchte, während der »Feldwebel« durch die Tür entschwand. Sie sah sich um und musterte die Einrichtung. Ein wuchtiger penibel aufgeräumter Schreibtisch aus dunklem, fast schwarzem Holz, der aus der Kolonialzeit stammen mochte, davor ein Schreibtischsessel aus der gleichen Epoche. Neben einem der Fenster ein gewaltiger Standglobus mit Messingfuß. Mitten im Raum ein aufgeklappter Flügel, daneben ein kunstvoll gedrechselter

Notenständer aus rötlichem Holz, wahrscheinlich Kirsche. An beiden Fenstern weiße, bis auf den Boden reichende Vorhänge; Schabracken und Stores aus dunkelrotem Samt. An den Wänden Bücherregale. In den Regalen das gleiche chaotische Durcheinander wie auf dem runden Tisch: nebeneinanderstehende und übereinandergestapelte Bücher, Ordner, Mappen und Zeitschriften und ganze Stöße loser Blätter …

Lara hörte Schritte. Gleich darauf betrat ein hochgewachsener, schlanker Mann den Raum, den Lara trotz seines schlohweißen Haars, das ihm bis auf die Schultern reichte, auf höchstens 75 Jahre schätzte. Hinter einer Nickelbrille blitzten ein Paar wasserblaue aufmerksame Augen.

Lara erhob sich.

Der Mann lächelte. »Leopold Brandstätter«, stellte er sich mit sonorer Stimme vor und gab ihr die Hand. Zuckte plötzlich mit dem linken Mundwinkel und ließ ein kehliges Glucksen vernehmen.

Ein Tic! Er leidet an einem Tic, war der erste Gedanke, der Lara durch den Kopf schoss. Sie fühlte sich an eine Episode aus ihrer Kripozeit erinnert. An die Begegnung mit einem Obdachlosen, der zunächst wegen Mordverdachts festgenommen, aber noch am selben Tag aufgrund eines wasserdichten Alibis wieder freigelassen worden war. Er hatte die gleichen Symptome wie der vor ihr stehende Oberstudiendirektor gezeigt.

»Lara Gropius. Vielen Dank, dass Sie mich empfangen – trotz meiner Verspätung, für die ich mich entschuldigen möchte«, erwiderte sie und versuchte, sich für einen Moment auf die Hände des Mannes zu konzentrieren. Feingliedrig, perfekt proportioniert und äußerst gepflegt. Die Hände eines Pianisten.

»Sind Sie erschrocken?«

Der Oberstudiendirektor a. D. musterte Lara mit forschendem, aber nicht unfreundlichem Blick.

»Erschrocken?«, fragte sie irritiert.

Er nickte. Und gluckste. »Die meisten erschrecken erst einmal, wenn sie die Klingel betätigen«, sagte er und zuckte mit dem Mundwinkel.

»Ach das meinen Sie. Ja, schon ein wenig«, räumte sie schmunzelnd ein und konnte sich nicht des Eindrucks erwehren, dass das darauf folgende Glucksen einer leichten Schadenfreude entsprang.

»Hängt mit meiner Schwester zusammen. Die Gute hört schlecht. Vor Jahren hat ein Bekannter, ein ehemaliger Lkw-Fahrer, die Hupe eingebaut. Seitdem hat nicht ein einziger Besucher mehr an unserer Tür geklingelt, dem nicht geöffnet worden wäre«, erklärte Leopold Brandstätter und hob den Finger. Wie er so dastand, erinnerte er Lara an die Figur des Lehrer Lämpel aus Wilhelm Buschs *Max und Moritz*.

»Aber kommen Sie, setzen Sie sich doch«, fuhr Brandstätter fort und nahm Lara gegenüber auf der anderen Seite des Tisches Platz. »Sie sagten am Telefon, Sie recherchierten für einen größeren Artikel, bei dem es um das Thema … wie lautet es doch gleich?«

»Kreative Aktivitäten und soziale Kontakte im Alter«, half Lara nach. Sie setzte sich ebenfalls und zückte Schreibblock und Bleistift.

»Richtig, so sagten Sie. Interessant, interessant. Und in diesem Zusammenhang wollen Sie also über meinen verehrten Freund Harald berichten – richtig?«

»Richtig«, stimmte Lara zu.

Zucken. Glucksen. »Und worum geht es genau? Wie kann ich Ihnen dabei helfen?«

Lara servierte ihm die gleiche Story, die sie bereits Martha Schmieder angedreht hatte. Dass sie auf Harald Demuth durch einen Zeitungsartikel aufmerksam geworden sei. Dass sie nun darauf warte, dass er von seiner Reise zurückkehre, um das Hauptinterview mit ihm zu führen. Und dass sie beschlossen habe, derweil in seinem sozialen Umfeld zu recherchieren, unter anderem auch bei ihm, Herrn Brandstätter. Schließlich seien die beiden ja Freunde und durch das gemeinsame Musizieren eng miteinander verbunden.

»Aha. Ich soll Ihnen also etwas über ihn erzählen. Interessant, interessant. Aber ich frage mich, ob das, was ich berichten kann, so bedeutend ist, dass es für eine Reportage reicht … ich meine …«, Leopold Brandstätter hielt inne, zuckte die Achsel und gluckste.

Lara nickte und versuchte, die engagierte Journalistin zu geben. »Ich weiß schon, was Sie sagen wollen. Aber erzählen Sie einfach von sich und ihm, von Ihrer Freundschaft. Es müssen nicht unbedingt die spektakulären Ereignisse im Lebensumfeld einer Person sein, die ein aussagekräftiges und interessantes Bild über sie ergeben.«

Leopold Brandstätter sah sie mit einem andächtigen Blick aus wasserblauen Nickelbrillenaugen an. »Wirklich?«

»Aber ja doch«, bekräftigte sie. »Kleine Geschichten aus dem Alltag zum Beispiel können viel aussagen und den Leser faszinieren. Trauriges, Besinnliches, Witziges. Vielleicht hat er ja was von seinen vielen Reisen berichtet. Was auch immer, es muss nichts Spektakuläres sein, aber doch aussagekräftig genug, um …«

»Oh, da fällt mir etwas ein! Etwas Besinnliches, ja etwas Besinnliches. Vielleicht ist es auch traurig, je nachdem. Auf jeden Fall etwas, das zeigt, wie sensibel Harald sein kann. Und es ist erst kürzlich passiert«, unterbrach Brandstätter sie. Er hob glucksend den Finger, während sein linker Mundwinkel aufgeregt zuckte.

»Tatsächlich?«

Brandstätter nickte eifrig. »Ich muss da etwas ausholen. Sie müssen wissen, mein Freund Harald ist ein sehr pedantischer Mensch, wenn es darum geht, sich beim Musizieren bestimmte interpretatorische Freiheiten herauszunehmen. Er vertritt die Meinung, man müsse sich stets die Intention des Komponisten vergegenwärtigen, wenn man Musik mache. Mit anderen Worten, er ist wenig experimentierfreudig, im Gegensatz zu mir und Otto. – Sie wissen, wer Otto ist, Otto Dobcinsky? Er ist gerade in Bad Feilnbach auf Kur.«

Lara bejahte die Frage. Sie wusste, dass Otto Dobcinsky der Violinist des Trios war. Als Carmen Demuth ihr die Adressen der beiden Freunde ihres Schwiegervaters geschickt hatte, hatte sie dahinter auch vermerkt, welche Instrumente sie spielten. Dass Otto Dobcinsky auf Kur war, wusste sie natürlich nicht. Ihn zu interviewen, erübrigte sich damit.

»Also wie ich schon sagte«, fuhr der Oberstudiendirektor nach einem Mundwinkelzucken und einem Kluckslaut fort, »Harald kann, wenn es um die Frage der Interpretation geht, ziemlich stur sein. Vor einigen Wochen hatten Otto und ich mit ihm deswegen wieder mal eine Auseinandersetzung. Es ging um Brahms' Klaviertrio Nr. 1 in H-Dur, op. 8. Es gibt da ja zwei Fassungen. Wir hatten uns entschieden, nicht die erste Fassung zu spielen, die Brahms als 20- oder 21-Jähriger komponiert hatte, gewissermaßen als draufgängerischer Hengst«, Brandstätter verfiel in glucksendes Kichern, »sondern die zweite, die spätere von 1889. Harald war der Meinung, man müsse sie, was die Emotionen angeht, zurückhaltender interpretieren, abgeklärter, keine leuchtenden Farbkaskaden, eher erdige Töne. Schließlich sei Brahms, als er die zweite Fassung konzipiert habe, kein junger in Clara Schumann verschossener Heißsporn mehr gewesen, sondern ein mehr oder weniger alter Sack. Otto und ich waren der Meinung, deswegen müsse das Stück ja nicht gleich schwermütig daherkommen. Auch ein Spätwerk könne in den kräftigsten Farben schillern, der Herbst tue es ja auch. Und da hat er etwas gesagt und getan, was Otto und mich stutzig gemacht hat. Etwas sehr Rätselhaftes.«

Lara musterte aufmerksam den Mann am Tisch, der sekundenlang ohne zu zucken oder zu glucksen gedankenverloren vor sich hin starrte.

Dann hob er fast ruckartig den Blick. »Harald sagte: ›In meinem Herbst gibt es keine Farben mehr. Nur noch schwarze dürre Blätter. Und so muss die Musik sein, die ich spiele‹. Dann stand er auf, packte sein Cello ein und ging. Einfach so. Ohne ein weiteres Wort. So beleidigt und deprimiert haben wir ihn noch nie erlebt.«

Lara fuhr sich mit der Zungenspitze über die Lippen, versuchte, ihre Anspannung zu verbergen.

»Wann war das?«

»Anfang August, bevor er verreiste.«

»Das heißt, sie schieden im Streit voneinander?«

Brandstetter schüttelte energisch den Kopf, zuckte mit dem Mundwinkel und gluckste.

»So kann man das nicht sehen. Ein paar Tage später rief er an und entschuldigte sich. Er habe sich blöd benommen, wir sollten es ihm nachsehen. Er werde jetzt verreisen, aber er habe im *Güldenen Kranz* einen Gutschein hinterlegt. Otto und ich sollten uns dort auf seine Kosten einen schönen Abend machen – als Wiedergutmachung gewissermaßen. Was wir auch gemacht haben.«

»Er informierte Sie also, dass er verreisen würde. Hat er auch gesagt, wohin?«

»Nein!«

»Hat er Ihnen immer Bescheid gesagt, wenn er mal vorhatte wegzufahren?«

»Früher schon. Später dann nicht mehr. Otto und ich haben uns noch gewundert, dass er es auf einmal wieder tat. Aber wahrscheinlich wollte er nur den Grund nennen, weshalb er im *Güldenen Kranz* nicht dabei sein konnte.«

»Wissen Sie noch genau, ab wann sich sein Verhalten diesbezüglich änderte?«

»Sie meinen, wann er damit aufhörte, mit uns über seine Reisepläne zu reden?« Leopold Brandstätter zog seine Stirn in Falten und überlegte. »Nein. Auf jeden Fall ist es schon ein paar Jährchen her.«

»Haben Sie nie mit ihm über die Ursache seines veränderten Verhaltens gesprochen?«

»Doch, schon; am Anfang, nachdem er zum ersten Mal weggefahren war, ohne Bescheid zu sagen. Als er wieder zu Hause war, haben wir ihn darauf angesprochen. Aber da wurde er ziemlich abweisend, fast wütend. Also haben wir es sein lassen. Man muss ihn eben so nehmen, wie er ist. Eigentlich ist er ein sehr liebenswürdiger Mensch. Ein bisschen exaltiert, manchmal auch unberechenbar, aber trotzdem freundlich und im Grunde genommen recht fröhlich. Erst in letzter Zeit hatte ich den Eindruck, als ob er gelegentlich an Depressionen litt.«

Lara nickte, überlegte. Wieder eine Aussage, die zu dem Bild, das sie inzwischen von dem Vermissten gewonnen hatte, passte. Und zu der Theorie, die sie entwickelt hatte. Ein alter Mann, dessen Leben plötzlich eine dramatische Wendung nimmt. Der auf einmal skurril anmutende Aktivitäten an den Tag legt, seltsame, depressiv gefärbte Äußerungen von sich gibt, um dann von einem Tag zum anderen zu verschwinden. Ob freiwillig oder gezwungenermaßen, war nur eine von mehreren offenen Fragen. Wie zum Beispiel auch die, ob er überhaupt noch lebte …

»Er war also manchmal deprimiert?«, bohrte Lara nach.

»Ja, Otto hat ihn mal drauf angesprochen, und da meinte er, das hinge wohl mit seiner Vergangenheit zusammen, mit dem Krieg, verstehen Sie? Er bekäme in letzter Zeit immer wieder mal Albträume. Warum das so sei, wisse er auch nicht.«

»Hat er mit Ihnen über seine Kriegserlebnisse gesprochen?«

»Nur andeutungsweise. Er war …«, Zucken, Glucksen; zum ersten Mal übermannte der Tic Brandstätter mitten im Satz, »… er war während des Krieges Soldat im Afrikakorps von General Rommel. Er habe die Schlacht bei El Alamein mitgemacht, hat er uns mal erzählt. Ohne Einzelheiten zu nennen.«

»Sagen Sie Herr Brandstätter, hat Harald Demuth eigentlich noch Ziele? Das wäre so ein Punkt, der interessant für meine Leser wäre. Hat er sich diesbezüglich mal geäußert?«

»Ziele? In dem Alter?« Der Oberstudiendirektor lächelte und wiegte den Kopf hin und her. »Wie man's nimmt. Er hat mal gesagt, sein Ziel sei es, als ordentlicher Mensch zu sterben und bis dahin ordentlich zu leben. Was Letzteres angeht, meinte er zweierlei. Erstens das Moralische. Zweitens das, was man gemeinhin unter Lebensqualität versteht.« Brandstätter zuckte und gluckste gleich zweimal hintereinander, als könne dies seiner Antwort zusätzliches Gewicht verleihen.

»Mit anderen Worten: anständig bleiben und das Leben genießen, solange es sich noch genießen lässt«, interpretierte Lara seine Antwort.

Leopold Brandstätter nickte und hob den Finger. »Apropos genießen. Da fällt mir noch etwas ein. Einen Genuss der ganz besonderen Art werde er sich auf jeden Fall noch gönnen, hat er Anfang des Jahres mal gesagt. Er wolle unbedingt diesen berühmten lettischen Cellisten kennenlernen, diesen … wie heißt er doch gleich? … Mischa Maisky! Der werde irgendwann im Sommer ein Open-Air-Konzert am Gardasee geben. Und da wolle er hin.«

»Ein Konzert mit Mischa Maisky am Gardasee? Wo?«

Brandstätter hob die Hände zu einer fragenden Geste und gluckste. »Ich weiß nicht mehr so genau, aber ich glaube in Sirmione.«

»Er wollte tatsächlich nach Sirmione wegen eines Konzerts?«

Brandstäter nickte. »Ich glaube, dieses Konzert bedeutete ihm sehr viel. Außerdem ist er ein Gardaseefan. Früher, als seine Frau noch lebte, sind die beiden jedes Jahr dahin gefahren. Seit ihrem Tod vor zehn Jahren war er nie wieder dort.«

Ein Cellokonzert in Sirmione del Garda. Lara wusste, dass in dem am Südufer des Gardasees gelegenen Ort hin und wieder Open-Air-Konzerte stattfanden. Aber dass international bekannte Größen vom Range eines Mischa Maisky dort auftraten, war ihr neu. Immerhin war die Bemerkung Brandstätters eine Recherche im Internet wert. Das würde sie gleich erledigen, wenn sie nach Hause käme.

»Oh, da fällt mir etwas ein!«, rief Brandstätter plötzlich. Er ging zu einem der vollgestopften Regale und begann hastig in einem Stapel zu wühlen, der nur aus Zeitschriften und losen Blättern zu bestehen schien. Aus dem permanenten Glucksen und dem erregten Zucken seiner linken

Gesichtshälfte schloss Lara, dass er nach etwas ziemlich Wichtigem suchte.

»Hier, ich hab's. Ich wusste es doch!«, rief er schließlich triumphierend und kehrte, einen Farbprospekt schwingend, an den Tisch zurück.

»Sehen Sie, dieser Prospekt, der ist von ihm. Den hat er mir Anfang des Jahres gegeben und gesagt, ich solle mal reinschauen. Sie können ihn mitnehmen«, sagte er und reichte Lara seinen Fund.

Es war ein Reiseprospekt über Ziele am Gardasee, der einen separaten Veranstaltungsanhang enthielt und auf der Rückseite mit dem Stempel eines Münchner Reisebüros versehen war.

Lara bedankte sich und steckte den Prospekt in ihren Rucksack. Plötzlich fiel ihr die Frage ein, die Tuchy gestern gestellt hatte. Ob es Leute gäbe, mit denen der alte Demuth besser klarkomme als mit seiner Familie, und ob diese eventuell mit einer Ansichtskarte oder einem Anruf von ihm rechnen könnten.

»Sagen Sie, Herr Brandstätter, schickt Ihnen Ihr Freund ab und zu Postkarten von unterwegs oder ruft er Sie manchmal an?«

»Postkarten? Ja, hin und wieder hat er mal eine geschickt. Aber nicht jedes Mal. Angerufen hat er nie.«

»Finden Sie nicht, dass er dieses Mal ziemlich lange unterwegs ist?«

»Das beunruhigt mich nicht sonderlich. Er hat es angekündigt.«

Lara stutzte. »Wie, er hat es ankündigt. Sagten Sie nicht, dass er Sie seit Jahren nicht mehr über seine Reiseplanungen informiert habe?«

»Ja, schon. Aber als er wegen des Gutscheins anrief, den er für Otto und mich als Wiedergutmachung im *Gülde-*

nen Kranz hinterlegt hatte, da hat er ja gesagt, dass er verreisen werde. Ich hab ihn gefragt, für wie lange. Und da sagte er, ziemlich lange, länger als sonst.«

»Verstehe«, murmelte Lara. Sie dachte nach. Die Aussage des ehemaligen Oberstudiendirektors war der erste Hinweis darauf, dass der alte Demuth diesmal von Anfang an eine längere Reise geplant hatte. Was in der Folge bedeutete, dass man seine inzwischen über sechs Wochen dauernde Abwesenheit nicht zwangsläufig als besorgniserregenden Umstand einstufen musste. Es sei denn …

Lara rang mit sich, war sich unschlüssig. Beschloss, die Frage, die ihr auf der Zunge lag, lieber nicht zu stellen – und stellte sie schließlich doch!

»Herr Brandstätter, Sie sagten, Ihr Freund habe in letzter Zeit hin und wieder einen sehr deprimierten Eindruck gemacht. Hat er jemals Andeutungen gemacht, aus dem Leben scheiden zu wollen?«

Brandstätter sagte zunächst gar nichts. Stattdessen schoss er einen empörten Blick auf seine Besucherin ab. Die Frage schien ihn dermaßen aus der Fassung gebracht zu haben, dass sogar sein Tic vorübergehend aussetzte.

»Wer sind Sie, junge Dame? Und was wollen Sie wirklich?«, fragte er nach einer längeren Pause mit gepresster Stimme.

»Eine Journalistin, Herr Brandstätter«, erwiderte sie sanft. »Eine Reporterin, die gerne einen Artikel über kreative Aktivitäten und soziale Kontakte im Alter schreiben möchte. Und die sich einfach Sorgen macht um den Mann, über den sie schreiben will.«

Die anfängliche Empörung in Brandstätters Miene wich erst nach und nach. Dann setzte das Zucken und Glucksen wieder ein. »Wissen Sie, was ich mich frage?«, sagte er nach einer Pause mit melancholischem Lächeln.

Lara wartete.

»Ist es nicht seltsam, dass man jahrelang mit jemandem befreundet ist, mit ihm musiziert, sich mit ihm über die adäquate Interpretation eines Stückes streitet, ohne aber die dunklen Töne interpretieren zu können, die in seiner Seele schwingen? – Um die Antwort auf Ihre Frage zu geben: Nein, er hat nie solche Andeutungen gemacht. Aber vielleicht ist das ja gerade das Alarmierende? Ich gestehe, jetzt mache ich mir tatsächlich Sorgen.«

»Herr Brandstätter, es lag nicht in meiner Absicht, Sie zu beunruhigen. Aber ich mache meinen Job nun schon viele Jahre, und da stellen sich einem einfach gewisse Fragen. Was längst nicht heißen muss, dass meine Befürchtungen zutreffen. Es kann einen völlig plausiblen Grund für seine längere Abwesenheit geben – zumal Sie sagten, dass er niemals konkrete Suizidabsichten geäußert hat«, versuchte Lara abzuwiegeln.

Brandstätter nickte mehrere Male heftig mit dem Kopf.

»Hoffen wir es! Harald wirkte in letzter Zeit zwar hin und wieder etwas deprimiert, aber er hatte nach wie vor Freude am Leben.«

Lara sah auf die Uhr und stand vom Tisch auf. Sie lächelte. »Ich muss jetzt gehen, Herr Brandstätter. Ich freue mich jedenfalls darauf, meine Reportage fertigzustellen, sobald Ihr Freund wieder zurück ist. Es kann sein, dass zwischenzeitlich noch die eine oder andere Frage auftaucht. Darf ich mich dann bei Ihnen melden?«

»Aber natürlich«, sagte Brandstätter und erhob sich. »Schade, dass Sie schon gehen müssen. Ich plaudere gern mit netten Menschen. – Hermine! Kommst du bitte, die junge Dame möchte sich verabschieden«, rief er in Richtung Tür.

Sie hat alles unter Kontrolle, dachte Lara amüsiert, ohne sie geht nichts.

Hermine von Baldern erschien mit resolut zusammengekniffenen Lippen. Brandstätter schlug sich gegen die Stirn.

»Oh, da habe ich doch völlig vergessen, Ihnen einen Kaffee anzubieten«, rief er aus. »Du hast auch nicht daran gedacht!«, wandte er sich vorwurfsvoll an seine Schwester.

»Kaffee? Wo soll ich den hernehmen? Wir haben keinen Kaffee mehr. Nicht eine einzige Bohne. Du hast vergessen, welchen zu kaufen«, keifte sie ihn an.

»Folgen Sie mir! Ich bringe Sie hinaus!«, wandte sie sich an Lara.

Lara verabschiedete sich schmunzelnd von ihrem Gastgeber, der peinlich berührt die Schultern zuckte, und folgte seiner Schwester in den Gang.

Hermine öffnete die Haustür. »Dann auf Wiedersehen, Frau von Baldern. Hat mich gefreut, Sie kennenzulernen«, verabschiedete Lara sich.

»Was sagten Sie?« Der Zeigefinger der Frau fuhr zur rechten Ohrmuschel und klappte sie nach vorn.

»Es hat mich gefreut, Sie kennenzulernen«, rief Lara ihr ins Ohr.

Hermine von Baldern sah sie skeptisch an.

»Ha! Das glauben Sie doch wohl selbst nicht«, entgegnete sie grimmig und warf die Tür zu.

KAPITEL 15

München | 26. September 2007 | MI

Noch gestern Nachmittag, gleich, nachdem sie wieder ins Büro zurückgekehrt war, hatte Lara im Veranstaltungsanhang des Gardasee-Reiseprospektes geblättert und war fündig geworden.

»Musikalische Sensation: Mischa Maisky in Sirmione«, lautete die Headline über dem Veranstaltungshinweis, der das Konzert als das Musikhighlight der letzten Jahre anpries. Der Folgetext verkündete, dass die Stadt Sirmione es als eine hohe Ehre ansehe, das legendäre Cellogenie auf der Piazza Carducci anlässlich eines klassischen Open-Air-Konzerts begrüßen zu dürfen. Als Termin wurde der 25. August genannt. Bei schlechtem Wetter war als Ausweichmöglichkeit das Castello angegeben. Am aufschlussreichsten schien Lara jedoch etwas ganz anderes zu sein. Eine handschriftliche Notiz auf der Umschlaginnenseite. Sie war schlecht zu lesen, weil sie mit Kugelschreiber auf eine dunkle Abbildung, die eine nächtliche Landschaft zeigte, geschrieben worden war. Der, von dem die Notiz stammte, hatte ziemlich stark aufgedrückt und so ein mehr oder weniger tiefes Relief auf der Seite hinterlassen. »13,8 / ab 11,30, an 12,50«, las Lara. Dass der Vermerk nach dem Querstrich eine Abfahrts- und Ankunftszeit enthielt, schien klar zu sein. Aber was bedeutete die vor dem Strich stehende 13,8?

Dann begriff sie; die Schreibweise hatte sie vorübergehend irritiert. »13,8« konnte auch als »13.8.« interpretiert werden. Lara brauchte nicht lange in ihren Erinnerungen zu kramen, bis sie darauf kam, dass Harald Demuth irgendwann zwischen dem 11. und 13. August seine mysteriöse Reise angetreten hatte. Der 13. war der Montag gewesen, als Martha Schmieder, seine Zugehfrau, aufgrund der heruntergelassenen Jalousien definitiv festgestellt hatte, dass ihr früherer Arbeitgeber vereist war.

Lara beschloss, sich an das Münchner Reisebüro zu wenden, dessen Adresse sie dem Stempel auf der Rückseite des Prospekts entnehmen konnte. Vielleicht würde sie dort weitere Informationen bekommen. Natürlich war ihr bewusst, dass sie sich nicht in der komfortablen Lage einer mit sämtlichen Rechten ausgestatteten Kriminalbeamtin befand, die aufgrund der ihr vom Gesetzgeber verliehen Autorität auf lückenloses Auskunftsrecht pochen konnte und die entsprechenden Fragen stellen durfte. Doch sie würde es zumindest versuchen. Schließlich kam es nicht nur darauf an, dass man Fragen stellte. Sondern vor allem, wie!

Das am Karlsplatz gelegene Reisebüro schien eines jener Dienstleistungsunternehmen zu sein, die – würde es ihn geben – dem *Deutschen Verband für Antiservicekultur* hätten angehören können. Als Lara gegen zehn Uhr das Geschäft betrat, registrierte sie erstaunt, dass sie die einzige Person in dem mit immerhin fünf hochmodernen Terminals ausgestatteten Raum war. Sämtliche Mitarbeiter schienen ausgeflogen. Erst nach gefühlten fünf Minuten ging endlich die Tür zu einem Nebenraum auf. Eine Frau trat heraus, in den Händen balancierte sie einen übervollen Becher Kaffee. Sie grüßte und forderte Lara auf, vor dem Terminal Nummer 4 Platz zu nehmen. Lara schätzte sie auf etwa 35.

»Was kann ich für Sie tun?«, fragte die Frau gelangweilt, nachdem sie sich Lara gegenüber an den Schreibtisch gesetzt hatte.

»Ich denke, einiges, Frau … Rosenberger«, sagte Lara nach einem raschen Blick auf das Namensschild, das auf dem Schreibtisch stand, und holte den Gardasee-Reiseprospekt aus ihrem Rucksack.

»Mein Vater hat vor einigen Wochen diese Reise bei Ihnen gebucht«, fuhr sie fort und tippte mit dem Finger auf die Mischa-Maisky-Veranstaltung in Sirmione.

Die Frau warf einen trägen Blick in den Prospekt und schüttelte den Kopf. Sie wirkte völlig interesselos.

»Ich habe diese Veranstaltung nicht verkauft. Das muss meine Chefin gewesen sein, die betreut diese Spezialveranstaltungen. Aber die ist zurzeit im Urlaub. Und die anderen drei Mitarbeiter sind auf einer Beerdigung. Ich bin nur die Notbesetzung. Warum fragen Sie eigentlich?«

Wunderbar, dachte Lara und änderte augenblicklich ihre Taktik.

Ihr Ton wurde aggressiver. »Warum ich danach frage? Das will ich Ihnen sagen. Ich bin der Meinung, Sie haben ihn über den Tisch gezogen.«

Verblüffung!

»Wie bitte?«

Lara nickte bekräftigend. »Sie hören schon richtig. In diesem Reisebüro ist ein 87-jähriger Greis gnadenlos beschissen worden. Und ich bin hier, um das zu regeln. Es gibt auch die Möglichkeit, mich an die Presse zu wenden. Wollen Sie das? Oder will das der Reiseveranstalter, der diesen Mist hier anbietet?« Lara schlug mit der Handrückenseite auf den Prospekt.

Martina Rosenbergers Verblüffung wuchs ins Unermessliche.

»Aber … ich … Sie können doch nicht …«

Lara beugte sich kampflustig nach vorne.

»Was kann ich nicht? Sie werden sich wundern, was ich alles kann. Sie glauben mir nicht? Na, dann überprüfen Sie das doch mal. Sehen Sie in Ihrem bescheuerten Rechner nach. Sehen Sie nach, was Sie Harald Demuth abgeknöpft haben. Für diese erbärmlichen Leistungen …«

Martina Rosenbergers Blick signalisierte Kapitulationsbereitschaft.

»Moment«, murmelte sie und begann panisch auf der Tastatur ihres PCs herumzuhacken.

»Den Namen. Den Namen Ihres Vaters. Wie, sagten Sie, hieß er?«

Es funktioniert, es funktioniert tatsächlich …

Lara biss sich auf die Lippen, um nicht laut loszulachen.

»Harald Demuth. Mit *th* hinten. Wohnhaft in Wörthsee«, fuhr sie die Rosenberger an, die hastig weitertippte.

»Hier, ich hab's«, murmelte sie wieder und warf Lara einen unterwürfigen Blick zu.

Sieh an, dachte Lara.

Martina Rosenberger studierte den Bildschirm. »Ihr Vater hat die Reise am 30. Juli gebucht. Der Preis belief sich auf … 590 Euro, davon entfallen 80 Euro auf die Eintrittskarte für das Konzert, der Rest war für Flug und eine Übernachtung«, sagte sie.

»Was für einen Flug hatte mein Vater gebucht? Das will ich nun aber genau wissen!«

»Nach Verona. Einfach, ohne Rückflug. Von München aus. Ein Linienflug mit der Lufthansa. Das ist nicht billig, verstehen Sie? Ich sage das, weil Sie den Preis monieren.«

»Wann flog er ab? Und was war das für ein Hotel, in dem sie den alten Mann abgeschoben haben?«

Die Rosenberger versuchte, aufzubegehren. »Wie bitte, abgeschoben? Aber nun hören Sie mal, das ist doch wohl eine Un…«

Weiter kam sie nicht. »Jetzt werden Sie bloß nicht frech!«, unterbrach Lara sie. »Eine Unverschämtheit ist es, einen alten, nicht mehr ganz zurechnungsfähigen Mann so übers Ohr zu hauen. – Sagen Sie mir lieber, wann mein Vater abgeflogen ist.«

»Am … am 13. August. Seine Maschine ging um 11:10 Uhr und landete um 12:20 Uhr in Verona. Das Hotel, in dem er gebucht hatte, hieß …«, Martina Rosenberger sah erneut auf den Bildschirm, »… *Castello del Sole*, ein Zweisterne-Hotel.«

»Und er hat nur eine Übernachtung gebucht? Keine Weiterreise nach Sirmione?«

»Nein, soweit ich das hier erkennen kann, nicht.«

Lara erhob sich. »Sag ich's doch. Sie haben ihn über den Löffel balbiert. Einem alten Mann, der nur ein Konzert besuchen will, drehen Sie einen Flug nach Verona inklusive einer Übernachtung in einem beschissenen Zweisterne-Hotel zu einem völlig überzogenen Preis an und sorgen nicht mal für die Weiterreise zu dem Ort, in dem das Konzert stattfindet. Das ist doch wohl die Höhe! Sie werden von mir hören!«

Lara erhob sich ohne ein weiteres Wort. Während sie den Laden verließ, glaubte sie, ein leise gemurmeltes »Blöde Kuh« gehört zu haben, was sie allerdings gut nachvollziehen konnte und eher als Kompliment auffasste; schließlich hatte sie ihre Rolle ziemlich perfekt gespielt.

Zehn Minuten später saß sie in einer Eisdiele am Stachus und feierte ihren Erfolg bei einem Zitronensorbet mit Sekt. Endlich war sie auf eine erste konkrete Spur gestoßen. Auf die Spur eines rüstigen alten Mannes, der am

13. August um 11:10 von München nach Verona geflogen, und dort um 12:20 angekommen war, um dann im Hotel *Castello del Sole* einzuchecken, in dem er eine Übernachtung gebucht hatte.

Und dann? …

Ende der Fahnenstange!

Was hatte er am nächsten Tag gemacht? Was in den folgenden elf Tagen bis zum Tag des Konzerts? Und was danach? Der Umstand, dass er nur den Hinflug gebucht hatte, schien zu der Aussage Leopold Brandstätters zu passen, sein Freund habe von einer Reise gesprochen, die ziemlich lange dauern werde. Offensichtlich war das Konzert in Sirmione nur eine von mehreren Etappen dieser Reise. Und offensichtlich hatte es Harald Demuth nicht eilig, wieder nach Hause zu kommen – sofern er dies überhaupt beabsichtigte!

Wo war er jetzt? Jetzt, in diesem Augenblick, in dem die 46-jährige Privatdetektivin, die nach ihm suchte, in einem Cafe am Stachus saß und ein Zitronensorbet mit Sekt löffelte?

Und was war es, das sein Leben verändert hatte?

In Lara verdichtete sich das Gefühl, dass die Spur, die in Richtung Gardasee wies, auch zur Beantwortung dieser Frage taugen könnte.

Ob und wie sich die Fährte aufnehmen ließ, stand allerdings auf einem anderen Blatt. Vielleicht würde eine vorsichtige Anfrage im *Castello del Sole* in Verona ein Ergebnis bringen.

Es war zumindest einen Versuch wert.

KAPITEL 16

Riva del Garda | 27. September 2007 | DO

Endlich! Er sah auf seine Armanduhr: elf Uhr. Kurz nach sieben war er aufgebrochen. Knapp vier Stunden von Riva bis hierher. Er fand, dass das für sein Alter eine beachtliche Leistung war, immerhin war er 87. Er schaute nach oben. Nur noch ein paar Schritte bis zur *Chiesa Santa Barbara*. Der Anblick der kleinen Kapelle beflügelte ihn regelrecht. Ebenso wie die Erinnerungen, die ihn auf dem Weg hierher begleitet hatten. Nicht die, die sich zeitweise immer noch wie die schwarzen Tentakel eines Tiefseekraken um ihn schlangen. Sondern jene, die trotz der Wehmut, die sie verursachten, in regelmäßigen Abständen als farbenfrohe, im Licht der Sonne schimmernde Schmetterlinge in sein einsames Leben hinein flatterten. Wie zum Beispiel jetzt. Als er an Else dachte …

Er erklomm die letzten Stufen zur Kapelle, stolperte kurz, fing sich ab. Oben angekommen, stützte er sich mit beiden Händen auf seinen Spazierstock, presste die Stirn gegen einen der Bogenpfeiler des nach drei Seiten hin offenen Baus und hielt einige Momente keuchend inne, wobei er vor Anstrengung die Augen schloss.

Langsam beruhigte sich sein Atem. Er drehte sich um und sah auf die Bucht hinunter.

Nichts hatte sich verändert. Gar nichts. Zumindest schien es ihm so. Schwerelos glitt der Blick über das Azurblau des Sees, schwang sich die Höhen des Monte Brione hinauf und hinunter, schwebte zurück und verharrte schließlich über dem in schwindelerregender Tiefe gelegenen, in leichten Dunst gehüllten Riva. Am Himmel reihten sich Kumuluswolken. Wattebäuschchen hatte Else sie genannt.

Wie damals, dachte er. Als er mit Else hier gewesen war. Wenn jemand diesen Platz geliebt hatte, dann sie.

In Gedanken legte er den Arm um sie und spulte die Zeit zurück. Stoppte an der Stelle, als sie das erste Mal gemeinsam hier oben an den Hängen des Monte Rocchetta gestanden hatten, dem Tag, an dem sie die Strecke vom Städtchen über die Bastione bis herauf zur *Chiesa* in gerade mal zwei Stunden geschafft hatten. Es war während ihrer Flitterwochen gewesen. An einem Dienstag. Genauer gesagt am 27. September 1949. Danach waren sie fast jedes Jahr hierher an den See gekommen. Zuerst mit dem Zug, dann mit dem Auto. Und jedes Mal, wenn sie wieder in Riva waren, waren sie auch zu der kleinen Kapelle hinaufgestiegen. Das letzte Mal vor zehn Jahren, zwei Tage, bevor sie die Heimreise angetreten hatten. Seitdem war er nie wieder hier gewesen. Vielleicht wäre alles anders gekommen, wären sie damals nur einen Tag länger geblieben. Dann wäre der Anschlag des Kraken misslungen, und Else würde noch leben. Gerade mal einen Tag nach ihrer Ankunft zu Hause hatte er zugeschlagen. Erbarmungslos. In Gestalt eines Lieferwagens, der plötzlich aus dem Nebel herangeschossen war …

Nebel, die Heimat des Kraken, dachte er. Seine Umgebung vergessend, schloss er für einige Sekunden die Augen. Spätestens von dem Tag an, als Else, seine Frau, von dem Fahrzeug erfasst und zu Tode geschleift worden war, war der Nebel für ihn zum Synonym für das Unsichere, Unvorhersehbare und Hinterhältige geworden; zum Inbegriff einer allgegenwärtigen realen Bedrohung, hinter deren undurchdringlichem Weiß etwas lauert, das immer dann zuschlägt, wenn man es am wenigsten erwartet. Etwas Dunkles, Hässliches, abgrundtief Böses. Manche nannten es die dunkle Seite des Schicksals, Kismet oder Karma. Oder auch die Radikalität des Zufalls. Er selbst nannte dieses Etwas den »Kraken«. Jedes Leben, jedes Individuum hatte seinen eigenen Kraken, davon war er überzeugt. Manchmal tauchten im Laufe eines Lebens gleich mehrere Kraken auf. Manifestierten sich in einem Ereignis, einer Situation oder auch in einer Person aus Fleisch und Blut. Und jeder Krake, so stellte er sich weiter vor, besaß zwei Arten von Tentakeln. Greifarme, welche der Vergangenheit entstammten, und solche, die die Gegenwart bestimmten. Vor wenigen Wochen erst war der seine erneut aufgetaucht. In Begleitung eines weiteren …

Mit einem Mal spürte er, wie die bunten Schmetterlinge zu fliehen begannen und die schwarzarmigen Ungeheuer erneut nach ihm greifen wollten. Es gab ihm einen Ruck. Er öffnete die Augen. Dies war die Stunde der Schmetterlinge, nicht die der Kraken. Die des Sonnenscheins und nicht des Nebels. Er rief seine Gedanken zur Ordnung und zwang sich zu einem letzten bewussten Blick auf die Landschaft unter ihm. Riva aus der Vogelperspektive. Wasser, Felsen, bewaldete Höhen. Der Monte Brione. Der Monte Rocchetta. Und am Himmel Wattebäuschchen. Elses Panorama! Er riss sich von dem Anblick los, stieg die Treppe hinunter und setzte sich an den Rand der untersten Stufe. Dann schnallte er den Rucksack ab und zog zwei belegte Brote hervor. Nahm die Wasserflasche vom Gürtel und trank einige Schlucke. Aß in aller Ruhe, stand auf und schulterte den Rucksack. Während er zurück in Richtung Riva schritt, dachte er an das, was er heute Nacht noch tun musste. An das Opfer, das er zu bringen hatte. Obwohl er sich bereits seit Wochen am Gardasee aufhielt, hatte er damit ganz bewusst bis heute gewartet.

Denn heute war der 27. September!

Er sah auf seine Armbanduhr. Da es bergab ging, würde er in drei Stunden wieder im Hotel sein. Dort würde er wie gewohnt sein Nachmittagsnickerchen einlegen, gegen fünf aufstehen, und um sieben im Speisesaal sein Abendessen einnehmen. Anschließend blieb ihm noch genügend Zeit, sich mental auf die nächtliche Aktion vorzubereiten.

Als er erwachte, wusste er, dass es Punkt fünf Uhr nachmittags sein musste. Er griff sich die Armbanduhr, die er auf dem Nachtkästchen abgelegt hatte, und fand die Zeit bestätigt. Befriedigt nahm er zur Kenntnis, dass er sich nach wie vor auf sein Zeitgefühl verlassen konnte. Angesichts der Mission, die es bald zu erledigen galt, vermittelte ihm der Gedanke daran eine gewisse Sicherheit. Nur noch 17 Tage, dachte er. 17 Tage bis zum entscheidenden letzten Gefecht. Sie würden zu ihrem Ende kommen, die verfluchten Kraken, und die Gerechtigkeit würde siegen. Nichts würde von den verdammten Viechern übrig bleiben. Auch nicht die dunklen tentakelgleichen Erinnerungen, gegen deren Umklammerung er sich über all die Jahre hinweg ständig zur Wehr setzen musste. Die ihm seine Schuld vor Augen führten, ihm den Schlaf raubten und Träume sandten, aus denen er nach Luft ringend und schweißgebadet erwachte. Früher waren die Panikattacken sogar tagsüber gekommen. Dann war ihm der Schweiß ausgebrochen, sein Puls raste, und er begann zu zittern. Die Erinnerungen beherrschten ihn. Vergewaltigten ihn. Demütigten ihn.

Als die Anfälle begannen, damals in den ersten Jahren nach jenen Ereignissen, war es besonders schlimm gewesen. Selbst nachdem er Else geheiratet hatte, hatte es nicht aufgehört. Den eigentlichen Grund für die Attacken hatte er ihr nie genannt. Zum einen aus Scham über das, was er getan hatte. Zum anderen aus Furcht, ihre Zuneigung zu verlieren. Als es unumgänglich geworden war, auf ihre drängenden Fragen zu antworten, hatte er behauptet, als Kind einmal in einen Abwasserschacht gefallen zu sein, das wirke noch nach. Es war eine Lüge von vielen. Was seine Vergangenheit anging, hatte er sie ständig belogen. Doch erst in den letzten Jahren war ihm der Gedanke gekommen, dass dies ein Fehler gewesen sein könnte. Ein Fehler, der seine Schuld vergrößerte. Aber es war zu spät, ihn zu korrigieren. Else war tot. Damals, als ihm die Attacken noch schwer zu schaffen machten, hätte er sich ihr offenbaren sollen. Immerhin war sie es gewesen, die ihn überredet hatte, einen Arzt aufzusuchen. Einen Seelenklempner in München. Der Mann lehrte ihn Techniken, die ihm halfen, mit den Erinnerungen umzugehen und sie in die Schranken zu weisen. Das war Mitte der 50er gewesen. Von da an begann sich der Würgeggriff des Kraken allmählich zu lockern. Mit jedem Jahr war es ein bisschen besser geworden. In der Folge hatten die Schmetterlinge wieder sein Dasein bevölkert – Erinnerungen an die positiven Ereignisse seines Lebens. Zuerst waren es nur wenige gewesen, doch als es mit der Zeit immer mehr geworden waren, merkte er, wie gut es ihm tat, sie umherflattern zu sehen …

An diesem Abend aß er nur wenig, und statt wie gewohnt sein Glas Wein zu trinken, begnügte er sich mit einer Flasche Mineralwasser. Um Viertel vor acht war er wieder auf seinem Zimmer. Er blickte erneut zum Fenster hinaus und stellte fest, dass es zu regnen begonnen hatte. Außerdem sah er Hans Moosberger, den Gärtner, wie er vor einem Geräteschuppen im Park herumwerkelte. In den fast sieben Wochen, in denen er jetzt am Gardasee war, hatte er sich mit dem Deutschen, der schon seit 30 Jahren hier lebte, etwas angefreundet. Erst gestern, spätabends, waren sie bei einer Flasche Wein – vielleicht waren es auch zwei gewesen – lange beieinandergesessen und hatten geplaudert.

Sieben Wochen. So lange war er noch nie von zu Hause weg gewesen. Sieben Wochen, in denen er – den Arm gedanklich um Else gelegt – noch einmal all die Stationen aufgesucht hatte, wo die Erinnerungen an sie präsent waren. Reminiszenzen an die glücklichsten Momente seines Lebens, denen er erlaubt hatte, sich ein letztes Mal wie Schmetterlinge auf ihm niederzulassen.

Er setzte sich in den Sessel, griff nach der Fernbedienung und schaltete den Fernseher ein. Zappte sich mehr oder weniger geistesabwesend durch die Kanäle und blieb bei einem verstaubten Western hängen. Er bekam nicht viel vom Inhalt mit; nur soviel, dass nach vielen Schusswechseln am Ende das Gute siegte. Natürlich erst, nachdem der Held der Gerechtigkeit auf die Sprünge geholfen und seine Liebste – ein ehemaliges »gefallenes Mädchen« – geheiratet hatte.

Unwillkürlich schoss ihm die junge Frau in den Sinn, derentwegen er vor wenigen Wochen die Polizei angerufen hatte. Von Verona aus, kurz, nachdem er zu seiner letzten Reise aufgebrochen war. Vor einem Jahr hatte sie bei ihm geklingelt und nach Lothar gefragt. Zwei Tage später war er beim Durchblättern der Tageszeitung auf ein Foto von ihr gestoßen. In Verbindung mit einem Artikel über den mysteriösen Tod einer Prostituierten. Man sei zunächst von einem Selbstmord ausgegangen, so der Artikel, doch weitere Recherchen ließen vermuten, dass ihr Tod inszeniert worden sei. Man suche nach Zeugen, die die junge Frau in den letzten Tagen gesehen hätten. Natürlich war er entsetzt gewesen und hatte seine Schlüsse gezogen. Aber er hatte geschwiegen. Ein ganzes Jahr lang. Bis ihm bewusst wurde, dass er nicht hätte schweigen dürfen. »Wen die Gerechtigkeit auserkoren hat, ihr Diener zu sein, ist verpflichtet, die Wahrheit zu sagen … darf keine Unterschiede machen … muss seine Pflicht erfüllen, ohne Ansehen der Person«, hatte eine innere Stimme ihm zugeflüstert. Immer und immer wieder. Die Stimme hatte recht. Unrecht blieb Unrecht, egal, von wem es begangen wurde. Gleichgültig, wann es geschehen war, ob schon vor vielen Jahrzehnten oder erst vor wenigen Tagen. Jedes Unrecht musste gesühnt werden. Auch das des eigenen Sohnes, sollte er in ein solches verwickelt sein. Was er ihm durchaus zutraute. Also hatte er die Polizei angerufen. Anonym. Schweren Herzens zwar, doch aus der Überzeugung heraus, nicht anders handeln zu können.

Er seufzte. Schaltete den Fernseher aus und erhob sich aus seinem Sessel. Ging zum Kleiderschrank, streifte sich einen dicken Pulli über, zog die Nachttischschublade auf und entnahm ihr ein Butterflymesser und eine LED-Stablampe. Steckte beides in seine Hosentasche und zog den langen Regenmantel an, der am Garderobenhaken hing.

Dann griff er sich den Zimmerschlüssel, knipste das Licht aus und verließ das Zimmer.

Der Regen fiel immer noch in dichten Schnüren. Er zog die Kapuze seines Mantels tiefer ins Gesicht. Sog die feuchte Nachtluft gierig in seine Lungen. Eine halbe Stunde Fußmarsch stand ihm bevor. Er rechnete sich aus, dass er kurz vor Mitternacht wieder zurück sein konnte. Mit raschen Schritten setzte er sich in Bewegung und folgte der Piazza Catena, die sich den westlichen Teil der kleinen Bucht entlangzog und in die Piazza III Novembre überging. Die

Uferpromenade glänzte nass, Lichter spiegelten sich auf dem Straßenbelag und im nahen Wasser. Die Piazza war um diese Uhrzeit, vor allem angesichts des Regens, wenig frequentiert. Nur vereinzelt kamen ihm Menschen entgegen. Er folgte der Uferpromenade in südöstlicher Richtung, bis nach etwa 20 Minuten zu seiner Linken der Park auftauchte, der der *Rocca* – eine alte Scaligerfestung, die das *Museo di Garda* beherbergte – gegenüberlag. Hier lag auch sein Ziel. Er sah sich um. Kein Mensch zu sehen. Beim Yachthafen zitterten Lichter im Regen. In Reih und Glied dümpelten Boote als dunkle Schatten auf dem Wasser. Er betrat den mit hohen alten Bäumen bestandenen Park, zog die Stablampe aus der Hosentasche und knipste sie an. Im Gegensatz zur Uferpromenade, die von diversen Straßenlaternen und anderen Lichtquellen mager ausgeleuchtet war, herrschte unter den Bäumen absolutes Dunkel. Langsam ging er weiter, drang in den Park ein, zielbewusst, mit fast traumwandlerischer Sicherheit, als sei er nicht das erste Mal hier. Vor einer mächtigen Esche blieb er stehen. Die Stablampe in der zitternden Linken leuchtete er den Stamm ab. Da war es. Ein tief in die Rinde geschnitztes Monogramm. Ein ineinander verschlungenes *HE* und ein Datum: *27. 09. 1949*. Wulstartig verwachsen im Laufe der Jahrzehnte, aber immer noch deutlich erkennbar. Sicht- und tastbares Artefakt eines längst vergangenen Glücks und einer besonders wundervollen Nacht, die sich in diesen Augenblicken zum 58. Mal jährte. Das letzte Mal hatte er sich das Monogramm mit Else zusammen angesehen, als sie vor zehn Jahren in Riva gewesen waren. Er spürte, wie die Erinnerung ihm das Wasser in die Augen trieb – eine Erinnerung, die nur ihm gehörte. Ihm allein! Darum würde er das, was er gleich täte, tun müssen. Else hätte es verstanden. Und bestimmt auch …

Er erschrak. Erstarrte in Gedanken. *Nein! Denk jetzt nicht an sie. Jetzt nicht …*

Behutsam tasteten seine Finger über die eingeritzte Signatur, als wolle er sie ein letztes Mal liebkosen. Dann zog er das Messer aus der Tasche, ließ es aufschnappen, und zerschnitt das Monogramm mit wuchtig geführten Hieben. Erst als die Zeichen nicht mehr zu erkennen waren, hielt er schwer atmend inne.

Lehnte sich an den Stamm und begann hemmungslos zu weinen.

KAPITEL 17

Wörthsee | 28. September 2007 | FR

Ein hämmernder Schmerz hinter der linken Schläfe trieb Lara an diesem Morgen schon sehr früh aus dem Bett. Mist, wieder mal das Übliche, dachte sie, ging ins Bad, griff sich eine *Dolormin* aus dem Spiegelschrank und spülte die Tablette mit einem Glas Wasser hinunter. Dann legte sie sich wieder hin. Erfahrungsgemäß dauerte es nach Einnahme des Schmerzmittels etwa eine knappe halbe Stunde, bis die migräneartigen Anfälle, die sie in regelmäßigen Intervallen attackierten, abklangen.

Als sie um Viertel nach acht den Motor ihres Cabrios startete, fühlte sich der Tag wieder einigermaßen erträglich an. Obwohl sich das Wetter heute eher von seiner unattraktiven Seite zeigte; es war kühl, ein dicht bewölkter Himmel verhieß Regen.

Lara hatte beschlossen, heute noch einmal das Anwesen des alten Demuth in Augenschein zu nehmen, diesmal mit tatkräftiger Unterstützung ihrer beiden ehemaligen Kollegen. Sie hatten vereinbart, sich um Viertel vor zehn auf dem Parkplatz des Restaurants *Zum Kiebitz* zu treffen. Tucholsky hatte gestern noch spätabends eine E-Mail geschickt und angekündigt, dass er Lara über die Ergebnisse der kriminaltechnischen Untersuchung unterrichten werde!

Während der Fahrt beschäftigte sie sich zum wiederholten Mal mit der Auskunft, die sie vorgestern Abend von der Rezeptionistin des Hotels *Castello del Sole*, einer Franca Corelli, bekommen hatte. Besonders eine Aussage der Frau wollte ihr seitdem nicht mehr aus dem Kopf gehen.

Lara hatte sich als besorgte Tochter Harald Demuths ausgegeben, die sich Sorgen mache, weil sie von ihrem Vater seit Wochen kein Lebenszeichen mehr erhalten habe. Anfangs hegte sie die Befürchtung, dass die Frau, die übrigens fließend und fast akzentfrei Deutsch sprach, sich misstrauisch und nicht sehr kooperationsbereit zeigen könnte. Zum Glück erwies sich dies als unbegründet. Zumindest am Anfang des Gesprächs. Lara hatte sehr präzise Antworten bekommen. Allerdings konnte Franca Corelli nichts berichten, was einen konkreten Rückschluss auf den aktuellen Aufenthaltsort von Harald Demuth erlaubt, geschweige denn etwas, das den Grund für seine lange Abwesenheit erklärt hätte.

Dafür etwas, das neue Fragen aufwarf.

Ja, es sei richtig, dass Signor Demuth nur eine Übernachtung gebucht habe. Nein, er habe seinen Hotelaufenthalt nicht verlängert. Er sei am Morgen des 14. August nach dem Frühstück an der Rezeption erschienen, um auszuchecken. Nein, er habe nichts über seine Reiseroute verlauten lassen. Sie, Franca Corelli, habe lediglich mitbekommen, dass der Signore auf der gegenüberliegenden Straßenseite auf den Bus in Richtung Centro gewartet habe. Gepäck? Nur ein leichter Rollkoffer. Welchen Eindruck er machte? Franca Corelli hatte mit der Antwort zunächst gezögert, dann aber gesagt, dass der Signore ein sehr freundlicher Herr gewesen sei, der trotz seines hohen Alters einen außerordentlich vitalen Eindruck gemacht habe. Andererseits sei er wohl sehr sensibel und verletzlich.

Wie sie zu dieser Einschätzung käme, hatte Lara nachgehakt.

Worauf Franca Corelli erneut mit der Antwort zögerte.

»Sie haben meine Frage verstanden, Signora Corelli?«, fasste sie nach.

»Si, si, Signora. Entschuldigen Sie bitte, aber Ihr Vater war ...«, die Rezeptionistin unterbrach sich; Lara hatte den Eindruck, als ob ihre Stimme nun verlegen klang.

»Ja? Was war mit meinem Vater? Bitte sagen Sie es mir. Ich sagte ja, ich mache mir Sorgen.«

»Also es war so. Als er hier im Hotel ankam, war die Rezeption ein paar Minuten nicht besetzt. Ich hatte an dem Tag Empfangsdienst, war aber auch immer mal wieder im Büro. Dann hörte ich, wie jemand die Klingel betätigte und bin zum Tresen. Und da stand ihr Vater und wartete darauf, einzuchecken. Das Eigenartige war, als er mich sah ... da benahm er sich ziemlich seltsam. Er hat mich ... angestarrt, als sei ich von einem anderen Stern. Und dann hat er einen Namen gemurmelt, ich glaube, er ist ihm einfach spontan rausgerutscht …«

Franca Corelli stockte erneut.

»Er hat also einen Namen gemurmelt?«, fasste Lara schließlich nach.

»Ja. Er sagte ›Julchen‹.«

»›Julchen‹! Sonst nichts?«

»Nein, nur ›Julchen‹. Und dann schaute er mich, wie soll ich sagen, ganz andächtig an, und ich sah, … wie seine Augen feucht wurden. Er hat dann aber sofort gemerkt, dass mich das verlegen machte und sich gleich darauf entschuldigt. Ich solle ihm bitte nicht böse sein, sagte er, aber ich würde einer Person zum Verwechseln ähnlich sehen, die er sehr gemocht habe und die letztes Jahr verstorben sei. Es war irgendwie … rührend. Ich sagte, das mache doch nichts. Er hat dann den Meldezettel ausgefüllt, und ich habe ihm die Zimmerschlüssel ausgehändigt. Dann brachte er sein Gepäck aufs Zimmer und ging anschließend weg. Er kam erst abends wieder, aber da hatte jemand anderes Dienst. Ich hab ihn erst am nächsten Morgen wieder gesehen.«

»Als er auscheckte, nehme ich an?«

»Ja, er hat mir eine Schachtel Pralinen geschenkt, bevor er unser Haus verließ. Er sagte, das sei eine kleine Entschädigung für seinen gestrigen Ausrutscher; es sei ihm sehr peinlich gewesen. Ich sagte, das sei doch nicht nötig, ich hätte es nicht so empfunden. Doch, sagte er, das sei er mir schuldig. Dann hat er sich sehr liebenswürdig von mir verabschiedet.«

Den Hörer am Ohr ließ Lara ihre Gedanken einige Sekunden wandern. Und ging mit der nächsten Frage auf volles Risiko.

»Signora Corelli, ich hoffe, Sie sehen mir nach, um was ich Sie jetzt bitte: Könnten Sie mir per E-Mail ein Bild von Ihnen schicken? Verstehen Sie mich recht. Aber ich hatte keine Ahnung von der Existenz eines ›Julchens‹. Mich würde interessieren, wie diese Frau in etwa aussah.«

Franca Corelli schwieg. Ziemlich lange. Es war der Moment, in dem Lara eine Stinkwut auf sich selbst überkam:

Blöde Kuh, du hast es vermasselt!

So konziliant sich die Corelli bis jetzt gegeben hatte, so brüsk war der Ton, mit dem sie sich nun verweigerte.

»Entschuldigen Sie, aber ich möchte mich mit Ihnen nicht mehr weiter unterhalten! Ich bedaure, Ihnen überhaupt Auskunft gegeben zu haben.«

»Ich bitte vielmals um Entschuldigung, Signora, aber versuchen Sie mich zu ver…«

Weiter kam Lara nicht, ein Klacken beendete das Gespräch.

Es begann zu nieseln. Lara betätigte die Scheibenwischer und schaltete das Autoradio ein. Auf *Klassik Radio* kündigte die Moderatorin einen zeitlosen Ohrwurm an.

Es gibt *Ohrwürmer* und es gibt *Kopfwürmer*, dachte Lara in einem Anflug von Ironie. Julchen! Der Name hatte sich mittlerweile in ihrem Kopf regelrecht festgefressen. Lara versuchte, sich eine optische Vorstellung von der Frau zu machen, die der alte Demuth offenbar schmerzlich vermisste. In ihrer Fantasie verknüpfte sie die Stimme der Rezeptionistin ziemlich willkürlich mit dem Bild einer Frau, wie es ihrer Meinung nach zu Julchen passen könnte, was natürlich ziemlich unsinnig war. Ein Anruf bei Carmen Demuth diesbezüglich war erfolglos geblieben; der Name hatte ihr absolut nichts gesagt.

Tucholsky und Eisele erwarteten sie bereits auf dem Parkplatz. Tuchy mit der unvermeidlichen Pfeife zwischen den

Zähnen, Jo mit einem Kaugummi im Mund. Beide waren zum Schutz vor dem Nieselregen in dicken Parkas angerückt, hatten die Kapuzen aufgesetzt und die Hände in den Taschen vergraben.

Auf dem Weg zur Villa fasste Lara das Resultat ihrer Ermittlungen kurz zusammen, bevor sie Tucholsky aufforderte, die Ergebnisse der kriminaltechnischen Untersuchung vom Stapel zu lassen.

Tuchy sog ausgiebig an seiner Pfeife, bevor er zu einer Antwort ansetzte.

»Also erst mal zu der Porzellanscherbe. Die hat keine nennenswerten Ergebnisse gebracht. Kein Wunder, die lag ja auch im Wasser, wie lange, lässt sich nicht mehr sagen. Dann das Zündholzbriefchen, das der nächtliche Besucher vor deinem Schlafzimmerfenster zurückgelassen hat. Keine brauchbaren Abdrücke. Und jetzt kommt's!« Er hob den Finger. »Was den Cellobogen angeht, hattest du recht mit deiner Vermutung. Der ist tatsächlich mit der Axt aus dem Schuppen durchtrennt worden. Die Schartenspuren sind eindeutig, sagt mein Schwager.«

»Was heißen könnte, dass der, der das Boot versenkt hat, auch den Cellobogen auf dem Gewissen hat«, mutmaßte Jo.

»Könnte«, betonte Lara, »muss es aber nicht. Es kann sich durchaus um unterschiedliche Personen handeln.«

»Stimmt«, räumte Jo ein. »Womit wir bei der Frage wären, wer außer dem alten Demuth noch Zugang zu dem Schuppen beziehungsweise zu der Axt gehabt hat.«

Tuchy hob erneut den Finger.

»Immer langsam, ich bin noch nicht fertig. Auf dem Stiel von der Axt gibt's Fingerabdrücke von mehreren Personen. Auf dem Cellobogen aber nur von einer. Und genau der findet sich auch auf der Axt – und zwar haufenweise«, verkündete er.

Lara blieb abrupt stehen.

»Aber das heißt ja …«, entgegnete sie verblüfft, ohne ihre Schlussfolgerung zu Ende zu führen.

Tuchy nickte und paffte an seiner Pfeife. »Richtig! Auch wenn's abstrus klingt. Aber der alte Demuth könnte den Cellobogen durchaus selbst zerstört haben. Sollte es jemand anderes gewesen sein, müsste er Handschuhe getragen haben.«

Selbst ein Cello muss mal sterben!

Lara spürte, wie eine der aus Fragezeichen bestehenden Mauern in ihrem Kopf plötzlich einstürzte. Was dahinter zum Vorschein kam, war der fast unglaubliche Gedanke, der während des Gesprächs mit Martha Schmieder schon einmal in ihr aufgeglüht war.

Das Cello, das Porzellanservice, das Boot. Wahrscheinlich auch das Schachspiel aus Jade.

Eigenhändig zerstört von ihrem Besitzer?

»Aber wo ist das Motiv? Warum soll der Alte eigenhändig Sachen zerstören, die ihn jahrzehntelang durchs Leben begleitet haben?«, fragte Jo stirnrunzelnd.

»Vielleicht, weil sie ihn an was erinnern?«, warf Tuchy ein.

»Oder an jemanden«, ergänzte Lara. »Und nun will er einen Schlussstrich ziehen. Für sich ein Zeichen setzen, dass alles vorbei ist, wobei er sich eines Zerstörungsaktes als Ritual bedient.«

»Also ein Paranoiker oder so was«, stellte Jo fest.

Lara wiegte den Kopf. »Vielleicht, vielleicht aber auch nicht. Vergiss nicht, der Mann ist Künstler. Er tickt möglicherweise ein klein wenig anders als du und ich, aber deswegen muss er noch lange nicht psychisch krank sein.«

»Trotzdem – ziemlich rigide Art von Vergangenheitsbewältigung, wenn du mich fragst.«

»Aber vielleicht nachvollziehbar, wenn man das Warum und Weshalb kennt.«

»Die Frage ist also, welche Erinnerungen der Alte auslöschen will.«

»Erinnerungen kannst du nicht einfach auslöschen«, korrigierte Lara. »Du kannst beschließen, dich nicht mehr mit ihnen beschäftigen zu wollen, dich von ihnen distanzieren, nicht mehr zulassen, dass sie deine Gegenwart dominieren, ein Signal setzen, dass du mit bestimmten Dingen, an die du dich erinnerst, nichts mehr zu tun haben willst oder dergleichen; eliminieren kannst du sie nicht.«

»Dann lass es mich anders formulieren: Worunter könnte er denn einen Schlussstrich ziehen wollen?«

»Es muss mit seiner verstorbenen Frau zusammenhängen.«

»Und wieso?«

»Weil sie die Einzige ist, die mit den verschwundenen, beziehungsweise zerstörten Gegenständen in unmittelbaren Zusammenhang gebracht werden kann. Außer ihm selbst natürlich. Vergiss nicht, er hat das Boot nach ihr benannt, Cello und Schachspiel hat sie ihm vor Jahrzehnten geschenkt, und aus dem Teeservice haben die beiden täglich getrunken, als sie noch sie lebte. Seit ihrem Tod hat er es nie wieder angerührt, sagt seine Schwiegertochter.«

Tuchy bewegte skeptisch den Kopf. »Wenn er einen Schlussstrich ziehen will unter irgendwas, was mit seiner Frau zusammenhängt – warum dann erst zehn Jahre nach ihrem Tod?«

»Da kann es verschiedene Gründe geben«, entgegnete Lara achselzuckend. »Er könnte zum Beispiel etwas über sie herausgefunden haben, von dem er die ganze Zeit über nichts wusste. Immerhin scheint sein Verhalten darauf hinzudeuten, dass sich in seinem Leben etwas verändert hat, und zwar erst seit Kurzem.«

Der Regen hatte deutlich nachgelassen, als sie beim Anwesen des alten Demuth anlangten. Sie teilten sich wie besprochen auf. Tucholsky und Eisele starteten zu einer Inspektion des Geländes, Lara wollte sich noch einmal in der Villa umsehen.

Im Haus war es kühl, und es roch leicht muffig. Auch im Musikzimmer. Lara fröstelte. Obwohl sie dem Vermissten noch nie Auge in Auge gegenübergestanden war, hatte sie das Empfinden, als sei er besonders in diesem Raum auf geradezu unheimliche Weise präsent. Sie stellte ihren Rucksack neben der Tür ab und ging zum Kamin. Drehte den Ohrensessel, der davor stand, in eine Position, die ihr einen Rundumblick durchs Zimmer erlaubte, und setzte sich.

Dann begann sie mit dem, was sie »das Spiel spielen« nannte. Die methodische Inaugenscheinnahme eines Ortes, die sie während vieler Jahre Polizeiarbeit schon Hunderte Male praktiziert hatte, hatte sie immer wieder an dieses Spiel erinnert. Ein Spiel aus ihrer Kindheit. *Ich sehe was, was du nicht siehst.* Bereits auf der Polizeiakademie war ihnen beigebracht worden, ein zweites Augenpaar zu entwickeln. Kopfaugen hatte ein Dozent sie genannt. Um damit jene spezielle Art des Sehens zu bezeichnen, die es erlaubte, die trügerische Oberfläche einer vermeintlichen Wirklichkeit zu durchstoßen und das zu erkennen, was sich darunter verbarg. Dinge wahrzunehmen, hinter deren unsichtbarer Präsenz sich Informationen versteckten, die von entscheidender Bedeutung sein konnten. Hin und wieder besuchte sie eine Örtlichkeit mehrmals, um sich dieser Art des Sehens zu bedienen. Weil sich die Bedingungen geändert hatten. Ein veränderter oder erweiterter Erkenntnisstand etwa konnte das ursprünglich Wahrgenommene in einem völlig neuen Licht erscheinen lassen …

Der *Steinway*-Flügel. Der Celloständer und die leere Instrumentenhülle. Der Notenständer mit der aufgeschlagenen Rachmaninoffpartitur. Die Bilder zwischen den Regalen an der Wand. Und die Regale selbst. Auf einem davon die *Bang und Olufsen* Audioanlage. Die CDs. Und die Bücher.

Bücher …

Der Ausspruch eines französischen Historikers fiel Lara ein: »Sage mir, was du liest, und ich sage dir, was du bist.« Sie benötigte ein paar Sekunden, bis ihr der Name einfiel: Pierre de La Gorçe.

Sie erhob sich aus dem Sessel und fing an, sich dem Inhalt der Regale zu widmen. Las die Titel auf den Buchrücken, nahm einzelne Bände heraus, blätterte darin und stellte sie wieder zurück. Registrierte, dass sämtliche Titel streng nach Kategorien geordnet beieinanderstanden. Die meisten hatten mit Musik zu tun. Werke zur Musikgeschichte und Biographien mehr oder weniger bekannter Musiker und Komponisten. Noten und Partituren, gesammelt als Einzelblätter in Boxen und als Bücher. Lara fühlte sich unwillkürlich an den Besuch bei Leopold Brandstätter erinnert.

Ein Fotoalbum. Schmales Format, der Einband aus blauem Kunststoff. Wahrscheinlich das, aus dem der alte Demuth die Fotos herausgetrennt hatte: Bilder von seinen Enkeln und seiner verstorbenen Frau. Lara nahm es und schlug es auf. Leere Seiten. Spuren von getrocknetem Klebstoff und Papierreste, die beim Heraustrennen der Fotos haften geblieben waren. Lara zuckte die Schultern und stellte das Album wieder an seinen Platz zurück.

Weitere Bücher. Lyrik und Prosa. Die gängigen Klassiker sowie Werke zeitgenössischer Autoren, von denen Lara einige kannte, andere nicht. Eine Abteilung historischer und philosophischer Werke. Dazwischen eingepfercht ein Buch über die Bergwelt der Steiermark und, auf zirka einem Regalmeter verteilt, Bildbände und Reiseführer vom Gardasee.

Sage mir, was du liest, und ich sage dir, was du bist.

Je länger Lara ihren Blick auf die Regale gerichtet hielt, desto mehr verdichtete sich in ihr die Gewissheit, dass Pierre de La Gorçe auch im Fall von Harald Demuth recht behielt. Was sie bisher über den Vermissten wusste, schien sich tatsächlich in seinem Bücheruniversum zu spiegeln.

Der leidenschaftliche Musiker. Der exzentrische Schöngeist und Poet. Der Gardasee-orientierte Reisenarr.

Was noch?

Intuitiv griff Lara nach einem Band inmitten einer Reihe philosophischer Bücher, dessen Rücken ziemlich weit hervorstand und der einen verhältnismäßig prosaischen Titel trug: *Betrachtungen zur Gerechtigkeit.* Als sie darin blätterte, stieß sie zu ihrer Verwunderung auf mehrere unterstrichene Textpassagen und an den Rand gekritzelte Bemerkungen. Ein beschriebener Zettel, der sich zwischen den Seiten befunden haben musste, segelte plötzlich zu Boden. Noch während sie ihn aufhob, stach ihr der Krake ins Auge – dieselbe Zeichnung, wie sie auch auf dem Kalender im Wohnzimmer zu sehen war. Der handschriftliche Vermerk bestand aus zwei Zitaten. »Der Mensch ist des Menschen Wolf«, lautete das eine, »Lebe ehrenhaft. Tue niemandem unrecht. Gib jedem das Seine«, das andere. Lara versuchte, das, was sie über Harald Demuth wusste, mit den beiden Sinnsprüchen zu verbinden. Den ersten kannte sie aus der Zeit ihres Studiums, als sie einen Kurs an der philosophischen Fakultät belegt hatte. Es stammte von Titus Maccius Plautus, einem römischen Komödiendichter aus dem zweiten vorchristlichen Jahrhundert. Was die zweite aus drei Sätzen bestehende Sentenz anging, erinnerte sie sich vage, dass auch diese aus der Antike stammen musste. Besonders der dritte, mit blauem Kugelschreiber mehrfach unterstrichene Satz stach ihr ins Auge: »Gib jedem das Seine.« Die Striche wirkten aggressiv, hektisch und unkontrolliert, wie von wütender Hand hingefetzt; das Papier war an dieser Stelle wellig und eingerissen.

Die Bemerkung, die der alte Demuth gegenüber seiner Zugehfrau gemacht hatte, fiel ihr ein. Über Papiere, die Schlüsseln zu verbotenen Räumen glichen. Ob der Zettel, den sie gerade in Händen hielt, auch dazugehörte? Wenn ja, zu welchem Raum passte er? Zu dem des exzentrischen Schöngeists und Philosophen – oder zu dem eines alten, verbitterten Grantlers mit vielleicht paranoidem oder schizotypischem Verhaltensmuster, der auf seltsame Art Vergangenheitsbewältigung betrieb?

Sage mir, was du liest, und ich sage dir, was du bist.

Sie überlegte kurz – dann klappte sie das Buch wieder zu und stellte es zurück. Musterte die Reihe der Buchrücken im Regal. Faltete den Zettel mit den Zitaten, um ihn anschließend in der Gesäßtasche ihrer Jeans verschwinden zu lassen. Und spürte mit einem Mal, wie sich jenes Irgendwas-ist-faul-Gefühl einstellte, das sie von zahllosen früheren Ermittlungen her kannte. Eine Art Witterung, die ihr signalisierte, eine Disproportion wahrgenommen zu haben, ohne sie verifizieren zu können. Doch etwas entdeckt zu haben, das nicht ins Bild passte, und dabei noch nicht einmal zu wissen, was es war, kam einem Paradoxon gleich. Und mit paradoxen Situationen, gleich welcher Art, hatte sie schon immer Probleme gehabt.

Was sehe ich nicht, das ich sehen müsste?

»Lara?«

Erschrocken fuhr sie herum; Tuchy hatte den Raum betreten, ohne dass sie es bemerkt hatte.

»Wir haben was gefunden. Neben dem Geräteschuppen. Solltest du dir unbedingt ansehen.«

KAPITEL 18

»Respekt, Leute, ihr wart verdammt schnell.«

Lara hatte sich in die Hocke begeben und musterte einige Gegenstände, die zum Schutz vor dem Regen im Eingangsbereich des Schuppens auf einer Spanplatte aufgereiht lagen. Das dünne Brett lag nur wenige Schritte entfernt auf einer Kiesfläche und war von Tucholsky und Eisele kurzerhand zur Präsentationsunterlage umfunktioniert worden.

»Reiner Zufall, dass das so schnell ging. Wir haben gleich mit dem Haufen dort drüben angefangen«, erwiderte Jo, der mit Tuchy neben Lara stand, und deutete mit dem Kopf in Richtung einer Ansammlung aus Asche, Gartenabfällen und Erde. Sie befand sich unmittelbar neben einem mächtigen Hackklotz.

»Ihr habt das ganze Zeug dort rausgeholt?«

Tuchy nickte. »Bis auf die Papierfetzen, die lagen unter der Spanplatte, darum sind sie noch relativ gut erhalten«, ergänzte er.

Konzentriert musterte Lara die Fundstücke: zwei angekohlte etwa handtellergroße Papierfetzen sowie mehrere unterschiedlich große Splitter und Bruchstücke aus verschiedenen Materialien.

»Ich glaube, das ist der Platz, wo er alles kurz und klein geschlagen hat«, sagte Jo.

»Und wo er die ganzen Papiere verbrannt hat«, ergänzte Tuchy.

Lara nahm einen von mehreren grün schimmernden kristallenen Splittern zwischen Daumen und Zeigefinger.

Dass es sich dabei um ein winziges Bruchstück des verschwundenen Jade-Schachspiels handeln musste, war sonnenklar! Auch Überreste des Teeservices – Splitter und ein etwa fingerkuppengroßer Scherben aus Porzellan sowie Reste von dunkelbraun lackiertem Holz und ein winziges Stückchen, das zum Steg des Instruments gehört haben musste, ließen den Schluss zu, dass dies der Platz war, an dem der alte Demuth sein Zerstörungswerk vollbracht hatte. Der Größe der Fragmente nach zu urteilen hatte er es ziemlich gründlich getan.

»Interessieren würd's mich schon, wie er die ganzen Trümmer entsorgt hat?«, brummte Tuchy.

Vielleicht war es der Umstand, dass er die Frage explizit in dem Moment aussprach, als Laras Blick zufällig das am See gelegene Bootshaus streifte. Jedenfalls schlug die Antwort in ihrem Bewusstsein ein wie der sprichwörtliche Blitz aus heiterem Himmel.

»Meine Güte!«, murmelte sie und tippte sich an die Stirn. »Dass ich nicht früher drauf gekommen bin.«

»Wieso, was meinst du?«

»Was, wenn er alles versenkt hat?«, fragte sie langsam.

Jo schnippte mit den Fingern. Er hatte sofort begriffen. »Logisch, Menschenskind. Er schlägt alles kurz und klein, steckt alles in einen Sack, den er ordentlich beschwert – weil die Holzreste von dem Cello würden ja sonst wieder hochkommen – fährt mit dem Boot raus und versenkt des Ganze! Deswegen das Cellobogenfragment und die Scherbe, die du im Bootshaus gefunden hast. Die hat er verloren oder sie sind ihm wo rausgefallen, ohne dass er's gemerkt hat.«

»Richtig!«, ergänzte Lara. »Anschließend rudert er ans Ufer, schlägt ein Loch in die Bodenplanken und macht das Boot unbrauchbar.«

»Und dann?«, fragte Tuchy.

Lara zuckte mit der Achsel. »Er könnte durchaus zu Fuß nach Hause gelaufen sein.«

»Und du glaubst, dass sich das ganz einfach machen lässt, ohne dass es niemand merkt?«

»Er könnte es abends oder vielleicht sogar nachts getan haben. Es muss ja nicht stockdunkel gewesen sein. Vergiss nicht, er wohnt seit Jahrzehnten hier. Er kennt sich bestens aus, auch auf dem Wasser. Schließlich rudert er seit Jahren die gleiche Strecke. Immer am Ufer entlang zu seiner Bank. Er braucht nur etwas weiter auf den See hinaus zu rudern, wo er tiefer ist, versenkt das, was er versenken will, und rudert dann zum Ufer zurück.«

»Ziemlich absurd – aber möglich«, räumte Tuchy ein.

Lara wandte sich wieder den Überresten zu, die vor ihr lagen. Vorsichtig nahm sie einen der beiden Papierfetzen auf und besah ihn sich. Er war auf einer Seite angekohlt, während die andere Seite eine unregelmäßig gezackte Abrisskante aufwies. Wahrscheinlich ein Überbleibsel der Papiere, die Harald Demuth laut der Aussage seiner Zugehfrau höchst eigenhändig verbrannt hatte.

»Kontoauszug, Schweizer Bankhaus«, kommentierte Tuchy. Die Zeile mit dem Namen der Bank verlor sich zwar im angekohlten Teil des Papiers, es brauchte jedoch nicht viel Fantasie, um ihn zu komplettieren.

»*Rütlibank Zürich*«, murmelte Lara und starrte nachdenklich auf die restlichen Informationen, die der Fetzen hergab: den Namen des Kontoinhabers, Harald Demuth, sowie einen Abbuchungsvorgang, dessen genauere Angaben jedoch an der Abrisskante endeten. Der unversehrte Teil enthielt gut lesbar den Transaktionsbetrag, die aktuelle Summe des Kontostandes und das Datum. Der Auszug war über zwei Jahre alt und stammte vom 27. Juli 2005.

»Mehr als 80.000 Euro Guthaben und das, nachdem 4.500 abgebucht worden sind – soviel möcht' ich auch mal auf meinem Konto haben«, knurrte Jo.

»Ist doch eigentlich nur was für Stinkreiche, so ein Schweizer Bankkonto«, überlegte Tuchy.

»Wer 80.000 Euro Guthaben auf seinem Girokonto hat, ist ja auch nicht gerade arm«, hielt Lara dagegen und sah sich den zweiten Papierfetzen an, der offenbar Teil eines Briefumschlags gewesen war.

»Trotzdem – wäre vielleicht mal ganz interessant, zu erfahren, warum der Mann ein Schweizer Bankkonto braucht«, warf Jo ein.

Lara nickte nur. Gerade als sie den Fetzen wieder beiseitelegen wollte, bemerkte sie ein weiteres Papierstück, das an der Rückseite haftete.

Als sie es vorsichtig ablöste, sah sie, dass es einen Aufdruck trug und wie der Kontoauszug eine Abrisskante aufwies. Sie stutzte – dann verglich sie das abgelöste Stück mit dem Fragment des Kontoauszugs und legte beides aufeinander.

»Im Moment frage ich mich was ganz anderes«, sagte sie trocken und deutete demonstrativ auf die übereinandergelegten Papierreste. Die Abrisskante des Umschlagfragments passte genau auf die des Kontoauszugs; offenbar war der Umschlag zerrissen worden, während sich noch der Auszug darin befunden hatte.

Was sie jedoch am meisten verblüffte, war die aufgedruckte Adresse, die eindeutig auf eine neue Spur verwies – Harald Demuth verfügte über eine Postfachadresse in München!

»Er hat seine ganze Post nach München schicken lassen?«, fragte Tuchy irritiert.

Lara schüttelte den Kopf. »Nicht die ganze Post. Sonst

hätte er seine Zugehfrau nicht beauftragt, während seiner Abwesenheit den Briefkasten zu leeren.«

»Aber es muss bestimmte Informationen geben, die er vor anderen geheim halten will«, mutmaßte Jo.

»Könnte sich lohnen, mal bei seiner Schwiegertochter nachzufragen. Wenn die nix von dem Konto weiß, dann ist es eindeutig, dass er was zu verbergen hat«, merkte Tuchy an.

»Werde ich heute noch klären«, nickte Lara und erhob sich. »Aber jetzt lasst uns erst mal weiter machen …«

KAPITEL 19

Kurz vor ein Uhr nachmittags trennte sich das Trio. Der Regen hatte mittlerweile aufgehört, hinter einigen verblichenen Wolken begann sich die Sonne zu behaupten. Lara beschloss, noch ein wenig am Bootshafen entlangzuspazieren, um frische Luft zu schnappen.

Für die Inspektion hatten sie sich fast drei Stunden Zeit genommen. Doch weder die Durchsuchung des Schuppens noch die erneute Inaugenscheinnahme der Villa hatten weitere Ergebnisse gezeitigt. Dafür war Lara, als sie in der Küche eine der Schubladen des Küchenschranks geöffnet hatte, blitzartig ein neuer Gedanke durch den Kopf geschossen, der es vielleicht wert war, weiter verfolgt zu werden. Inmitten von Kleinkram aus diversen Schrauben und Nägeln, Pfennigen aus der D-Mark-Zeit, einer Plastikdose mit Gummiringen und anderem Kram, hatte sie auch zwei alte Kalender in Scheckkartengröße entdeckt, die mit der Adresse eines Hotels in Riva bedruckt waren, das den klangvollen Namen *Stella del Garda* trug. Die Kalender datierten aus den Jahren 1993 und 1997. Lara erinnerte sich an die Aussage Leopold Brandstätters, 1997 habe der alte Demuth zusammen mit seiner Frau den letzten Urlaub am Gardasee verbracht. Etwa in dem Hotel, dessen Adresse auf dem Kalender angegeben war? Franka Corelli, die Rezeptionistin des Hotels in Verona, hatte keine weiterführenden Auskünfte bezüglich seines derzeitigen Aufenthaltsorts geben können.

Was, wenn der alte Demuth beschlossen hatte, auch einen Aufenthalt in Riva del Garda einzulegen? Und im gleichen Hotel abgestiegen war, in dem er anscheinend schon vor Jahren gewesen war, wie die beiden Kalender vermuten ließen?

Der Gedanke wäre zumindest einen Anruf wert, fand Lara und steckte den Fund in ihre Geldbörse.

Die anschließende Begehung des Kellers – der einzige Bereich des Hauses, den Lara bis jetzt noch nicht inspiziert hatte – brachte ebenfalls nichts Spektakuläres ans Licht. In einem der insgesamt fünf Räume war sie auf den Tresor gestoßen, den sie aus der Schilderung Carmen Demuths bereits kannte. Was sie daran überraschte, war allerdings die überdimensionale Größe; der stählerne Koloss wirkte ziemlich monströs, sodass sie sich unwillkürlich fragte, wie viele »Schlüssel zu verbotenen Räumen« hier noch lagern mochten. Außer einem Schrank mit Werkzeugen, einem halbvollen Weinregal, einer großen Kiste mit Indianer- und Ritterspielzeug – vermutlich gehörte sie Tim, dem elfjährigen Sohn der Demuth – einem an der Wand gestapelten Stoß Buchenholz sowie mehreren ramponierten Gartenzwergen waren die vier der Lagerung dienenden Räume leer. Im Heizungs- und Waschraum außer der Heizungsanlage nur Rohre, eine Hebepumpe, eine Waschmaschine, ein Trockner sowie die obligatorischen Strom- und Gaszähler.

Lara setzte sich auf eine der Bänke nahe der Bootsanlegestelle beim *Kiebitz*, lehnte sich zurück und genoss die warmen Strahlen der Sonne, die sich mittlerweile mit Nachdruck zurückgemeldet hatte. Noch glitzerte die Uferpromenade vor Nässe. Rhythmisch dümpelten die an der Anlegestelle festgemachten Boote auf und ab. Etwas weiter entfernt zog ein Schwanenpaar vorüber.

Ein Mann um die 40, glatzköpfig, mit dunkler Hornbrille und blondem Oberlippenbart, schlenderte an ihr vorbei und ließ sich auf einer etwas weiter entfernten Bank nieder. Er zog ein Taschenbuch aus seiner Blousoninnentasche und begann zu lesen. Hielt die Hand vor den Mund und hustete.

Lara musterte ihn unauffällig. Zwar konnte sie sich nicht erinnern, ihn jemals gesehen zu haben, dennoch kam er ihr bekannt vor. Zumindest etwas an ihm. Als fühlte er, dass sie ihn beobachtete, hob der Mann plötzlich den Kopf und kreuzte für die Dauer eines Lidschlags ihren Blick. Dann senkte sich sein Kopf wieder über das Buch.

Lara schloss die Augen. Versuchte, an etwas anderes zu denken. Rekapitulierte zum wiederholten Mal die vormittägliche Ortsbegehung. Richtete die Kamera in ihrem Kopf in sämtliche Winkel und Ecken des Musikzimmers, in dem sie die mit der Zeichnung des Kraken versehene Notiz mit den beiden Zitaten entdeckt hatte. Zoomte die

Einzelheiten heran – und wurde trotzdem das Gefühl nicht los, etwas übersehen zu haben.

Was sehe ich nicht, dass ich sehen müsste?

»Hallo, Tag, Frau Gropius. Sie genießen wohl auch die Sonne? – Gib Ruhe Elvis!«

Lara schreckte hoch. Die ehemalige Zugehfrau des alten Demuth stand vor ihr, in der Rechten eine Hundeleine, an der ein fetter Mops zerrte.

»Frau Schmieder, das nenne ich eine Überraschung. Wollen Sie sich nicht ein wenig zu mir setzen?«

»Aber nur ein Weilchen«, stimmte sie zu. »Elvis hasst es, neben Frauchen an der Promenade zu sitzen, er will immer in Bewegung sein.«

So sieht die Promenadenmischung gar nicht aus, lag es Lara auf der Zunge, doch sie beherrschte sich. »Elvis! Ein putziger Name«, bemerkte sie stattdessen freundlich. »Bestimmt der Hund Ihrer Schwester.«

Die Schmieder nickte. »Sagen Sie, was macht eigentlich Ihre Reportage?«, fragte sie und ließ ihre Körperfülle auf die Bank plumpsen.

»Meine Reportage? Gute Frage. Ich warte immer noch auf Herrn Demuth. Hoffentlich kommt er bald wieder nach Hause.«

Martha Schmieder widmete ihr einen nachdenklichen Blick. »Tja, eigenartig, so lange war er noch nie weg.«

Plötzlich schoss Lara das Fragment des Kontoauszugs in den Sinn.

»Sagen Sie, wer kümmert sich eigentlich um seine Post – jetzt, nachdem er Sie entlassen hat?« Ihr fiel ein, dass sie diese Frage schon längst Carmen Demuth hatte stellen wollen. *Du wirst alt, Lara Gropius …*

Die Schmieder zuckte die Achseln. »Ich nehme an, seine

Schwiegertochter. Aber es gibt nicht viel, um das sie sich kümmern müsste. Das Meiste im Briefkasten ist Reklame. Und diese regionalen Anzeigenblätter. Das hab ich alles regelmäßig entsorgt, als ich noch für ihn sauber gemacht habe. Richtige Post bekommt er höchst selten. Hin und wieder eine vierteljährliche Rechnung. Strom, Gas, Rundfunkgebühren und so weiter. Oder ein Brief von seinem Arzt wegen der jährlichen Routineuntersuchung. Den letzten Brief mit einem Absender, den ich nicht kannte, hab ich aus dem Kasten geholt vor … lassen Sie mich überlegen … ja, vor nicht ganz einem Jahr.«

»Tatsächlich?«

Martha Schmieder nickte. »Ein Schreiben von einem Bestattungsinstitut in Österreich.«

Lara war auf einmal hellwach. »Ein österreichisches Bestattungsinstitut! Und woher wissen Sie das?«

»Die Absenderzeile im Fensterkuvert. ›Bestattungsinstitut‹ stand da, den Namen weiß ich nicht mehr. Und natürlich ein Ort, ich glaube, er fing mit L an; irgendwas mit Li… oder so. Genau kann ich das nicht mehr sagen. Der Ort muss irgendwo in Österreich liegen, der Umschlag war jedenfalls mit einer österreichischen Briefmarke frankiert.«

»Und Sie konnten sich das so gut merken, dass Sie sich noch ein Jahr später daran erinnern?«

»Eben weil es ein ungewöhnlicher Absender war. Außerdem war es Herrn Demuth ziemlich peinlich, dass ich von dem Brief wusste, obwohl ich keine Ahnung hatte, was drinstand. Er hat zwar nichts gesagt, aber gemerkt hab ich's trotzdem.«

Lara versuchte, sich ihre Überraschung nicht anmerken zu lassen. Der Brief eines österreichischen Bestattungsinstituts – ein weiterer »Schlüssel« zu den »verbotenen Räumen« des alten Demuth? Eine makabre Vorstellung …

Elvis winselte kläglich und zerrte an der Leine.

»Jaja, ist ja gut, Kleiner. Entschuldigen Sie, Frau Gropius, aber er gibt keine Ruhe, ich muss weiter. Lassen Sie hören, wie es mit Ihrer Reportage weitergeht.«

Lara lächelte und gab der ehemaligen Zugehfrau die Hand. »Versprochen. Schönen Nachmittag noch.«

Lara lehnte sich wieder zurück. Plötzlich bemerkte sie, wie der Glatzkopf, der etwas weiter entfernt von ihr saß, sich von seiner Bank erhob. Sie schloss die Lider bis auf einen winzigen Spalt und sah, wie er sich näherte. Ohne auch nur die Andeutung eines Blickes auf sie zu richten, schlenderte er seelenruhig an ihr vorbei.

Da hörte sie ihn laut husten.

Die Alarmanlage in ihrem Kopf begann zu schrillen, auf einmal wusste sie, was ihr an dem Mann bekannt vorgekommen war. Es war das eigenartige bellende Hustengeräusch. Sie hatte es schon einmal wahrgenommen. Sie überlegte, wo, aber sie kam nicht darauf. Plötzlich bog der Glatzkopf auf einen Weg ein, der scharf von der Uferpromenade abzweigte und auf eine Kreuzung zuführte. Gleich darauf erreichte auch Lara die Stelle, an der er abgebogen war. Doch der Mann war verschwunden.

Lara blieb stehen. Fühlte, wie ihr Herz gegen die Rippen hämmerte.

Beschloss schließlich, zum Parkplatz zurückzugehen und nach Hause zu fahren.

KAPITEL 20

Augsburg

Entgegen ihrer ursprünglichen Absicht war Lara erst gegen Viertel vor sieben wieder zu Hause. Vera Korte hatte sie unterwegs auf dem Handy angerufen und den Vorschlag gemacht, sich in der Stadt auf einen Kaffee zu treffen. Anschließend hatten sie die Idee gehabt, noch eine Ausstellung spanischer Künstler im Augsburger Glaspalast zu besuchen. Zwischendurch hatte Lara mehrere Male vergeblich versucht, Carmen Demuth zu erreichen, und beschlossen, es am frühen Abend nochmals von zu Hause aus zu probieren.

Auch der Versuch, im Hotel *Stella del Garda* in Riva anzurufen, war gescheitert. Die auf dem Scheckkartenkalender angegebene Telefonnummer existierte offenbar nicht mehr. Drei Mal hatte Lara es versucht, und dreimal die automatische Telefonansage ausgelöst, die auf Italienisch ebenso lakonisch klang wie auf Deutsch: »*Questo numero non conosciamo.* – Diese Nummer ist uns nicht bekannt.« Worauf sie entnervt aufgegeben hatte.

»Bei Dämuth, Sie sprechen mit Ildiko Nagy?«

Der ungarische Akzent am anderen Ende der Leitung war unüberhörbar. Er gehörte einer Frau, deren Stimme ziemlich rauchig klang, aber über ein angenehm dunkles Timbre verfügte. Wahrscheinlich eine der Hausangestellten der Familie.

Lara fragte nach Carmen Demuth.

»Einen Momänt, bittesähr, ich bringe ihr das Höhrär.«

Lara hörte das verhaltene Geräusch von Schritten, ein hartes Klacken, das schnell in ein dumpfes Knirschen überging. Ihre Erinnerung lud das Bild der Villa am Ufer des Ammersees hoch. Den Parkettfußboden im Salon, die polierten Marmorfliesen im Entrée-Bereich, die gepflegten Kieswege auf dem Grundstück …

Carmen Demuth meldete sich hörbar nervös und angespannt. »Hallo, Frau Gropius. Entschuldigen Sie, aber ich bin in der Garage. Ich wollte gerade ins Auto steigen. Ich muss Tim vom Schwimmen abholen. Gibt's was Neues?«

»Eventuell. Oder auch nicht, je nachdem«, antwortete Lara.

»Was soll das nun wieder heißen?«

»Frau Demuth, wussten Sie, dass Ihr Schwiegervater über ein Schweizer Bankkonto und eine Münchner Postfachadresse verfügt?«

Überraschtes Schweigen am anderen Ende der Leitung. Dann das von Lara erwartete: »Nein, das wusste ich nicht!« Es klang entsetzt.

»Haben Sie oder Ihr Mann einen Überblick über seine Finanzen?«

»Nein, ich sagte Ihnen ja bereits, mein Schwiegervater hält alles unter Verschluss. Da mein Mann keine Vollmacht besitzt, ist es auch nicht möglich, Auskünfte von seiner Bank in Wörthsee zu erhalten. Er hat es einmal versucht, mit einem Hinweis auf das Alter und so weiter, aber einen abschlägigen Bescheid bekommen. Bankgeheimnis.«

»Ihr Schwiegervater verfügt also über eine Bankverbindung an seinem Wohnort?«

»Ja, bei der Sparkasse. Da hat er ein Giro- und ein Festgeldkonto. Und wohl auch diverse Wertpapierdepots. Die diesbezüglichen Unterlagen hat er in seinem Tresor verwahrt. Und da kommen wir nicht ran. Aber das habe ich Ihnen ja schon mal erzählt. Mehr weiß ich nicht.«

»Sie müssen doch zumindest in etwa sagen können, wie hoch sein Vermögen ist.«

»Mein Mann schätzt es auf weit über eine halbe Million Euro. Ohne das Grundstück und das Haus.«

»Sagen Sie, Frau Demuth, ist Ihnen nie der Gedanke gekommen, seine Kontoauszüge zu kontrollieren? Ich meine, jetzt, wo Sie sich Sorgen machen, weil er verschwunden ist, und Sie den Postkasten leeren, könnten Sie ja ein legitimes Interesse geltend machen, seine Post zu öffnen.«

»Da gibt's nichts zu öffnen. Er holt seine Kontoauszüge und Briefe immer persönlich ab, sagt seine Bank. Die hat Order, die Papiere nicht herauszugeben. Ansonsten erhält er so gut wie keine Post. Seit er weg ist, habe ich nur Werbung und Anzeigenblätter aus dem Kasten geholt.«

Lara nagte an ihrer Unterlippe. Die Aussage stimmte mit der von Martha Schmieder überein. Dass jemand so gut wie nie Post bekam, war für sich betrachtet noch nichts Ungewöhnliches. Dass er seinen Vermögens- und Finanzstatus vor seinen nächsten Angehörigen verbarg, ebenso wenig. Was dem Ganzen Brisanz verlieh, war die Tatsache, dass sich im Leben dieses Jemand etwas Gravierendes ereignet haben musste. Etwas, das eine Seite seiner Persönlichkeit zum Vorschein brachte, von der man noch nicht wusste, ob sie lediglich als skurril oder schon als paranoid einzustufen war. Als eine Verhaltens- oder Persönlichkeitsveränderung. Ein Greis zerstört Gegenstände aus seinem unmittelbaren Lebensumfeld, gibt seltsame Äußerungen von sich und verschwindet von jetzt auf gleich auf Nimmerwiedersehen, während ein Unbekannter ein ziemlich penetrantes Interesse an ihm zu bekunden scheint – Lara dachte an den Typ, der sie offenbar beschattete.

Zu viele X-Faktoren, beschloss sie. Und fügte eine weitere Unbekannte hinzu: Julchen!

»Hallo, Frau Dr. Gropius, sind Sie noch dran?«

Die Frage holte Lara augenblicklich wieder in die Gegenwart zurück.

»Entschuldigen Sie, aber ich war gerade in Gedanken.«

»Können Sie mir verraten, wie Sie draufgekommen sind? Ich meine, das mit dem Schweizer Bankkonto und der Postfachadresse.«

Lara klärte sie in kurzen Zügen auf, was die Demuth postwendend mit einem spöttischen Kommentar quittierte.

»Jetzt wird mir auch klar, warum der Alte regelmäßig nach München fuhr. Von wegen Stadtluft schnuppern; an seinem Konto wollte er schnuppern«, bemerkte sie zynisch.

Die bissige Bemerkung ließ Lara aufhorchen. »Er fuhr regelmäßig nach München?«

»Ja. Hin und wieder müsse er Stadtluft schnuppern, hat er zu meiner Tochter mal gesagt.«

»Das haben Sie mir nie erzählt.«

»Ich hielt es nicht für wichtig, das Ganze ist ja auch schon fünf Jahre her. Jetzt, nachdem ich es einordnen kann, muss ich sagen, der Alte hat uns ganz schön hinters Licht geführt.«

»Verstehe«, sagte Lara. »Eine andere Frage noch, Frau Demuth. Könnten Sie sich vorstellen, dass … ich will es mal bildlich ausdrücken … dass in der Vergangenheit Ihres Schwiegervaters noch andere weiße Flecken existieren?«

»Sie meinen, ob es Dinge gibt, von denen niemand weiß?«

»Ja, so wie das Schweizer Bankkonto und das Postfach?«

Die Demuth zögerte kurz. »Vorstellen kann ich mir inzwischen alles. Aber dass ich einen konkreten Verdacht hätte – nein, das kann ich nicht sagen.«

»Auch nicht, was seine verstorbene Frau angeht?«

»Wie bitte? Was hat die denn damit zu tun? Sie ist seit zehn Jahren tot!«

»Schon – aber da gibt es noch etwas, was ich Ihnen sagen muss. Es geht um diese verschwundenen Gegenstände. Sie wissen, was ich meine – das Schachspiel, das Porzellanservice und das Cello. Ich vermute, dass Ihr Schwiegervater sie zerstört hat; wir haben Überreste davon auf dem Grundstück entdeckt. Wahrscheinlich geht auch das mit dem Boot auf sein Konto. Wie Sie wissen, haben die Sachen alle irgendwie mit seiner verstorbenen Frau zu tun gehabt.«

»Mein Gott – warum sollte er so etwas machen?«

»Das entzieht sich noch meiner Kenntnis. Es lassen sich allenfalls Vermutungen anstellen. Das gesamte Verhalten Ihres Schwiegervaters signalisiert eine gravierende Veränderung in seinem Leben. Etwas ist nicht mehr so, wie es mal war. Manchmal kann die Ursache dafür Jahre zurückliegen.«

»Und was soll das für eine Ursache sein?«

»Das wissen wir nicht. Vielleicht etwas, das er nie für möglich hielt und das plötzlich ans Tageslicht kam. Unter Umständen liegt die Sache Jahrzehnte zurück. Deswegen die Frage nach seiner Vergangenheit und der seiner Frau.«

»Tut mit leid, ich weiß nicht, wie ich da weiterhelfen kann. Was die Vergangenheit meiner Schwiegereltern angeht, weiß ich eigentlich so gut wie nichts. Ich habe mich, ehrlich gesagt, auch nie dafür interessiert.«

»Erzählen Sie einfach das, was Sie wissen. Fangen wir mit Ihrer Schwiegermutter an, mit Else, wer war sie?«

»Sie … sie stammte aus einer alten Unternehmerfamilie; Stahlverarbeitung oder so was. Die Firma ging aber schon Anfang der 20er Jahre pleite, kurz nach Elses Geburt. Allerdings hat sie die Villa und das Grundstück in Bachern mit in die Ehe gebracht. Und unser Anwesen in Inning. Aber das wissen Sie ja schon.«

»Und Ihr Schwiegervater? Können Sie etwas darüber sagen, wie sein Leben verlief?«

»Ich weiß nur, dass er während des Zweiten Weltkriegs Soldat war. Irgendwo in Afrika. Da muss er in einer berühmten Schlacht mitgekämpft haben. Unter diesem Feldmarschall, der sich später auf Befehl Hitlers selbst umbringen musste … wie hieß er doch gleich …?«

»Rommel. Generalfeldmarschall Erwin Rommel.«

»Richtig. Irgendwann nach dem Krieg hat mein Schwiegervater dann als Ingenieur gearbeitet. Zuerst ein paar Jahre bei AEG, dann bis zu seiner Rente bei Siemens. Er ist da in eine ziemlich hohe Position aufgestiegen und muss verdammt gut verdient haben. Mehr kann ich Ihnen nicht sagen.«

Lara geriet wieder ins Grübeln. Resümierte. Dass der alte Demuth unter dem legendären Feldmarschall gedient und an der Schlacht von El Alamein teilgenommen hatte, wusste sie bereits von Leopold Brandstätter. Harald Demuth hatte seinen Musikerfreunden davon erzählt, »ohne weiter ins Detail zu gehen«, so der Oberstudiendirektor. Insofern entsprach seine Vita der Tausender anderer ehemaliger Wehrmachtsangehöriger. Unspektakulär und unauffällig, trotz des Grauens, das sie erlebt haben mochten. Und doch musste es auf dem weitläufigen Gelände der Vergangenheit des alten Mannes mindestens eine Stelle geben, wo es sich zu graben lohnte, dessen war sich Lara sicher. Vielleicht auch mehrere. Die Frage war, auf welchem Flurstück sie den Spaten ansetzen sollte – vor, während oder nach dem Krieg? Vor, während oder nach der Ehe mit Else?

Und wo würde sie auf Julchen stoßen?

»Entschuldigen Sie, Frau Dr. Gropius, aber ich muss langsam Schluss machen. Ich muss Tim abholen und bin schon ziemlich spät dran. Können wir unsere Unterhaltung nicht später fortsetzen, vielleicht in einer Stunde?«, drängte die Demuth ungeduldig. Lara merkte, dass sie kurz davor stand, ungehalten zu werden.

»Beantworten Sie mir noch ganz kurz zwei Fragen, Frau Demuth, dann sind Sie mich für heute los. Wann haben Ihre Schwiegereltern geheiratet?«

»Lassen Sie mich überlegen … Das muss gegen Ende der 40er Jahre gewesen sein, ich glaube 1949.«

»Wie war es um ihre Ehe bestellt?«

Carmen Demuth schwieg.

Als sie schließlich antwortete, klang ihre Stimme brüchig. »Sie war das Gegenteil einer Beziehung wie Lothar und ich sie haben. Eine aussterbende Spezies – ich denke, Sie wissen, was ich meine.«

KAPITEL 21

Augsburg | Wörthsee | 29. September 2007 | SA

Unruhig wälzte sich Lara von einer Seite auf die andere. Murmelte im Halbschlaf vor sich hin und fuhr irgendwann erschreckt hoch.

Was sehe ich nicht, das ich sehen müsste?

Ärgerlich starrte sie auf den Wecker: erst kurz nach drei!

Offenbar hatte das Fragezeichen, das seit gestern in ihrem Kopf rumorte, die Funktion von *Hugo* übernommen, der unbeirrbar vor sich hin tickte und geduldig darauf wartete, seinen auf sieben Uhr eingestellten Weckmechanismus zu starten. *Hugo* hätte allerdings nie die Unverschämtheit besessen, zur Unzeit zu klingeln!

Sie wusste, dass der Versuch, die fehlende Portion Schlaf mit Gewalt nachholen zu wollen, von vornherein zum Scheitern verurteilt wäre. Jetzt, nachdem sie wach wie eine Eule war. Da war es schon besser, aufzustehen und endlich das zu tun, was sie schon seit Wochen vor sich herschob – in ihrem Kelleratelier an dem Zyklus von Collagen weiter zu arbeiten, den sie vor Monaten begonnen hatte. Schon während des Studiums hatte sie eine besondere Vorliebe für zeitgenössische Malerei entwickelt. Hatte irgendwann ihre eigene kreative Ader entdeckt und begonnen, grafisch zu arbeiten.

Lara betätigte den Lichtschalter. Leise klackend blinkten mehrere Neonröhren auf und tauchten den im Kellergeschoss gelegenen Raum in helles Tageslicht. Er war zweckmäßig, aber behaglich eingerichtet und verfügte über eine kleine Küchenzeile. Lara beschloss, sich einen Tee aufzubrühen und die Frühnachrichten zu hören. Sie schaltete die Herdplatte und das Radio ein und setzte Teewasser auf.

Während der Tee zog, trat Lara an den Zeichentisch und richtete ihre Arbeitsutensilien her. Celin Dion hauchte gerade die letzten Töne von *My Heart Will Go On* in den Äther.

Lara nippte an ihrem Tee. Stellte die Tasse neben der Glasplatte ab und nahm einen breiten Pinsel zur Hand.

Der Radiosprecher verkündete die Uhrzeit und begann mit dem Verlesen der Nachrichten.

»Admont/Österreich: In der Steiermark verunglückte gestern am späten Nachmittag eine aus zwei Männern und einer Frau bestehende Bergsteigergruppe. Sie war im sogenannten Gesäuse in den Ennstaler Alpen unterwegs. Beim Anstieg zum Gipfel des 1990 Meter hoch gelegenen Kleinen Buchstein kam offenbar einer der drei Bergsteiger aus dem Tritt und riss im Fallen seine beiden Begleiter mit sich. Die eigentliche Ursache des Unglücks ist noch ungeklärt, die Bergung der Leichen erweise sich als schwierig, so ein Sprecher der steirischen Bergrettung.

Frankfurt: Im kommenden Monat wird der Börsenverein des Deutschen Buchhandels …«

Verdutzt ließ Lara den Pinsel sinken.

Das Buch!

Die Bergwelt der Steiermark

Natürlich hatte sie es gesehen – rein physisch betrachtet. Was sie allerdings nicht gesehen hatte, war, dass es nicht in das Schema passte! Nicht in sein Schema! Obwohl im Bücheruniversum des Harald Demuth vieles Platz hatte. Musik. Geschichte und Philosophie. Anspruchsvolle Belletristik. Reise- und Landschaftsbeschreibungen über den

Gardasee. Aber nicht dieses Buch. Das inmitten der anderen Bücher wirkte wie ein … Fremdkörper.

Die Bergwelt der Steiermark

Lara erinnerte sich an das Gespräch, das sie mit Carmen Demuth geführt hatte. An dem Tag, als sie zu ihr ins Büro gekommen war, um sie zu engagieren. Lara hatte sie über die Reiseziele des alten Demuth befragt und die Auskunft erhalten, dass er nie in die Schweiz und nach Österreich gereist sei. Weil er keine hohen Berge mochte.

Was zum Kuckuck hatte ihn dann bewogen, ein Buch über eben diese Berge in sein Bücherregal zu stellen?

Als ob die soeben gewonnene Erkenntnis ein weiteres Puzzlestück an seinen Platz rückte, schoss Lara plötzlich die Aussage Martha Schmieders in den Sinn. Sie habe vor einem Jahr das Schreiben eines Bestattungsinstituts aus dem Briefkasten des alten Demuth geholt. Ein Brief, der mit einer österreichischen Briefmarke frankiert gewesen sei!

Lara spürte ein inneres Vibrieren. Sah auf ihre Armbanduhr. Zehn Minuten vor vier. Wenn sie sich beeilte, würde sie noch vor fünf in Wörthsee sein können. Möglich, dass ihr Spürsinn sie trog und die frühmorgendliche Aktion nichts weiter bringen würde.

Das aber erschien ihr ziemlich unwahrscheinlich.

KAPITEL 22

Wie erwartet waren die Straßen leer, noch ruhte der innerstädtische Verkehr. Zwar herrschte auch außerorts so gut wie kein Betrieb, dennoch dauerte es länger, als gedacht, bis sie Wörthsee erreichte. Schuld daran war der Nebel, der umso dichter wurde, je näher sie ihrem Ziel kam. Als sie auf ihren gewohnten Parkplatz beim *Kiebitz* einbog, der um diese Uhrzeit völlig verlassen dalag, betrug die Sicht keine zehn Meter.

Sie stieg aus, drückte die Schließen-Option an ihrem Autoschlüssel und sah sich kurz um.

Mistwetter! Nass und kalt. Sie fror.

Vor ihr erhob sich das Gebäude des Restaurants als verschwommene dunkle Silhouette. Kein Licht, nicht das leiseste Anzeichen von Betriebsamkeit. Büsche und Bäume tropften vor Nässe; dunkelgraue Schemen, deren Konturen im Nebel aquarellartig zerflossen. Der Bootshafen ließ sich nur erahnen.

Ein mulmiges Gefühl beschlich sie, als sie das eiserne Gartentor öffnete und das Villengrundstück betrat. Im dämmrigen Dunkel des von Nebel und Nässe erfüllten frühen Morgens bot es einen geradezu abweisenden Anblick.

Das eigenartige Gefühl verstärkte sich noch, als sie die schwere Haustür aufschloss und ihr das Dunkel der Vorhalle entgegenschlug.

Hastig knipste sie den Lichtschalter neben der Tür an und registrierte erleichtert, wie die Halle in warmes Licht getaucht wurde. Sie schlug die Tür zu und schloss von innen ab. Spürte, wie die Unruhe wich, betrat das Musikzimmer und machte auch hier Licht. Heftete ihren Blick auf die Stelle im Regal, wo das Buch stand.

Die Bergwelt der Steiermark

Besser gesagt, auf die Stelle, wo es hätte stehen sollen, denn inzwischen gähnte dort nur eine schmale Lücke!

»Also doch«, murmelte Lara. Ihr Gefühl hatte sie nicht getäuscht. Auch wenn ihr eine konkrete Vorstellung, was es mit dem Buch auf sich haben könnte, fehlte – dass es mit einer weiteren Paradoxie im Leben des Harald Demuth zu tun haben musste, daran konnte es keinen Zweifel geben. Jetzt, da es verschwunden war, erst recht nicht. Die Frage war, wer sonst noch davon wusste – oder es zumindest ahnte. Denn nur derjenige konnte ein Interesse daran haben, den Bildband in seinen Besitz zu bringen – oder ihn verschwinden zu lassen.

Aber warum hatte er erst jetzt reagiert? Gestern Mittag noch war das Buch an seinem Platz gestanden.

Lara fröstelte erneut. Diesmal aber nicht vor Kälte. Nicht nur die Vorstellung, dass jemand ihre innersten Gedanken erraten und ihre Schritte im Voraus geahnt zu haben schien, jagte ihr einen Schauer über den Rücken.

Sondern auch die Frage, wie der Betreffende in die Villa gelangt war! Und wo er sich jetzt aufhalten mochte …

Fast zwanghaft richtete sich ihr Blick auf das Fenster zum Garten, das angesichts des hell erleuchteten Raumes wie eine undurchsichtige Front aus schwarzem Glas wirkte.

Zumindest von innen betrachtet!

Und von außen?

Der Anblick des dunklen Schattens, der vor wenigen Tagen nachts vor ihrem Schlafzimmer aufgetaucht war, schoss ihr in den Sinn.

Lara hastete zur Tür zurück, knipste das Licht aus und starrte sekundenlang zum Fenster hinüber, durch das nun schemenhaft die nur wenige Meter entfernte Thujahecke sichtbar wurde.

Plötzlich musste sie lachen. Aber es klang nicht befreiend, eher nervös. Du siehst wohl Gespenster, du hysterische Kuh! Sie zwang sich, das Licht wieder anzuknipsen, ging betont langsam zum Fenster und prüfte, ob es verschlossen war. Es war.

Rund zehn Minuten später hatte sie sämtliche Fenster im Erdgeschoss und im ersten Stock wie auch die Kellerfenster überprüft, ohne etwas Auffälliges zu entdecken. Er muss einen Schlüssel gehabt haben, resümierte sie in Gedanken.

Als sie 20 Minuten später in ihr Cabrio stieg, tat sie es in der Gewissheit, auf einen weiteren der »verbotenen Räume« des Harald Demuth gestoßen zu sein. Ärgerlich nur, dass ihr jemand den Schlüssel dazu vor der Nase weggeschnappt hatte.

Lara startete den BMW, wendete das Fahrzeug in einer engen Schleife und verließ den Parkplatz.

Kaum dass die Schlusslichter im Nebel verschwunden waren, traten zwei Männer auf den Parkplatz. Sie hatten sich bis jetzt hinter einer natürlichen Mauer aus Büschen, die den Platz auf zwei Seiten umgab, versteckt gehalten.

»Endlich. War höchste Zeit, ihr den Sender zu verpassen«, brummte einer der beiden und nahm eine schwarze Basecap ab, um sich am Kopf zu kratzen.

»Einerseits schon, andererseits gut, dass wir bis heute gewartet haben. Auf diesem gottverlassenen Platz hatten wir wenigstens kein Risiko«, antwortete der andere heiser. Er war erkältete und trug einen dicken Wollschal. In seiner Rechten hielt er ein Handy, von dem aus er vor wenigen Minuten einen Anruf abgesetzt hatte.

»Hoffentlich funktioniert das Ganze«, sorgte sich der mit der Basecap.

»Warum sollte es nicht?«

»Ich mein ja nur, ich hab schon Pferde kotzen sehen.«

»Verdammt, Rudi, fang nicht schon wieder mit deinem pessimistischen Geschwafel an! Das hier is kein Pferd, das kotzt! Auf Jens is Verlass, er hat die Dinger von einem, der beim BND arbeitet. Und Max hat gesagt …«

»Halt die Klappe, Igor, ich weiß, was Max gesagt hat!«, unterbrach Rudi ärgerlich. »Ich bin nicht pessimistisch, nur vorsichtig. Wir wissen noch nicht, ob das mit der Ortung funktioniert. Max hat noch nicht zurückgerufen.«

In diesem Moment klingelte das Handy in Igors Hand.

Hastig drückte er die grüne Taste. »Und? Alles klar?« Seine Stimme klang schrill; Rudi sah, wie seine Wangenmuskeln vor Aufregung zuckten.

Max hatte einiges zu sagen. Doch während Igor ihm zuhörte, entspannte sich sein Gesicht zusehends.

Als er gleich darauf die rote Taste drückte und das Gespräch beendete, konnte er ein Grinsen nicht unterdrücken.

Triumphierend sah er auf Rudi herab und steckte das Handy weg.

»Sie fährt gerade auf der B471 in Richtung Herrsching. Und sie hört klassische Musik. Irgend so 'n Scheiß von diesem jüdischen Komponisten … Mendelssohn-Baroldi oder so ähnlich«, sagte er.

Jetzt ließ auch Rudi ein breites Grinsen sehen. Erleichtert schlug er mit der rechten Faust in die Innenfläche seiner linken Hand, was bei ihm stets ein Zeichen von Begeisterung war. »Das heißt, GPS-Sender und Mikro funktionieren. Und die Software auf Max' Laptop auch.

Also dann, ab aufs Zimmer. Was stehn wir noch auf dem gottverdammten Parkplatz rum? Ich hab ’ne Flasche Schampus kaltgestellt.«

»Gute Idee. Verdammt gute Idee«, bemerkte Igor und stieß Rudi kameradschaftlich in die Seite.

Dann verließen die Männer den Parkplatz.

KAPITEL 23

»Und dir ist nichts aufgefallen? Ich meine, am Schloss oder so? Oder an den Fenstern? Irgendwie muss er ja rein gekommen sein.«

Es war nicht zu überhören, dass Tuchy kaute, offenbar frühstückte er gerade. Lara hatte zunächst versucht, ihn zu Hause zu erreichen (immerhin war heute Samstag), aber von seiner Frau die Auskunft erhalten, dass ihr Mann Überstunden schieben müsse. Weshalb sie beschlossen hatte, im Büro anzurufen.

»Nein, hab ich doch schon gesagt. Du hörst mir nicht zu. Die Haustür hat ein Sicherheitsschloss, und das war in Ordnung!«

»Entschuldigung. Aber du weißt doch – wenn ich am Frühstücken bin, sind meine Ohren auf Durchzug geschaltet.«

Lara musste lachen.

»Also gut, ich bitte dich in aller Form um Verzeihung. –

Nein, Tuchy, im Ernst jetzt. Er muss einen Schlüssel gehabt haben. Er kann nicht durch eines der Fenster eingestiegen sein; die waren alle von innen verschlossen, ich hab das nachgeprüft. Die im Erdgeschoss sind außerdem vergittert, wie du weißt.«

»Hm. Was sagt denn die Demuth dazu? Ich nehme an, dass du sie angerufen hast?«

»Ja natürlich, das war das Erste, was ich gemacht habe. Gleich heute Morgen. Aber sie kann es sich auch nicht erklären. Es gibt nur vier Schlüssel – behauptet sie zumindest. Sie verfügt über gerade mal zwei davon, einen hat sie mir gegeben, Nummer drei und vier sind im Besitz des Alten, wobei Nummer vier der sein dürfte, den seine Zugehfrau ihm zurückgegeben hat.«

»Besteht die Möglichkeit, dass der alte Demuth einen von seinen Schlüsseln an jemanden weitergegeben hat?«

»Hab ich mir auch schon überlegt. Kann ich mir aber nicht vorstellen. Es müsste jemand sein, zu dem er uneingeschränktes Vertrauen hat. Mit anderen Worten: ein guter Freund. Aber da fallen mir nur seine beiden Musikerspezis ein. Und die haben garantiert keinen Schlüssel. Misstrauisch und eigenbrötlerisch, wie er ist, halte ich diese Frage schlichtweg für irrelevant.«

»Und wenn die Demuth selbst das Buch entfernt hat – warum auch immer?«

Lara brauchte einige Sekunden, bis sie die Bedeutung der Frage begriff. Daran hatte sie noch nicht gedacht.

»Ach so? … Ja aber … Nein! … Nein, das kann ich mir nicht vorstellen«, antwortete sie entschieden. Diese Interpretation der Sachlage schien ihr zu weit hergeholt.

»Ich mein halt nur. Wir sollten alles in Erwägung ziehen. Der Fall wird nämlich immer bizarrer, wenn ich meine unmaßgebliche Meinung äußern darf.«

Da hatte er allerdings recht. Lara biss sich auf die Unterlippe und dachte nach. Mit seiner Hypothese, Carmen Demuth könnte sich den Bildband geholt haben, könnte Tuchy eine völlig neue Seite im Fall Harald Demuth aufgeschlagen haben. Noch handelte es sich um nichts weiter als um eine Hypothese – aber hatte die Demuth nicht schon einmal den Versuch unternommen, sie zu täuschen?

»Lara, bist du noch da?«

»Sorry, Tuchy, aber deine Theorie hat mich doch etwas überrascht.«

»Kann ich verstehen. Mein schwäbischer Scharfsinn hat schon so manchen in Verlegenheit gebracht!«

Wieder musste Lara lachen. »Schon gut. So beeindruckt bin ich nun auch wieder nicht. Wo steckt übrigens Jo?«

»Keine Ahnung. Wahrscheinlich bei seiner Lissi. Oder seinen Bienen. Ich weiß nur, dass ich heute der Einzige bin, der zum Wohle der Bürger und des Staates im Präsidium hockt und wie ein Stier schuftet.«

»Deinen Sprüchen nach zu urteilen scheinst du trotzdem verdammt gut drauf zu sein.«

»Es ist die Aussicht auf morgen, die mich und meine gute Laune am Leben erhält.«

»Ach ja?«

»Morgen bin ich bei einem alten Freund in Stuttgart eingeladen. Zur Weinprobe und zum Essen.«

»Na, bei der Aussicht musst du ja schier bersten vor guter Laune. Aber mal Spaß beiseite: Wann können wir uns zur nächsten Lagebesprechung treffen?«

Tuchy musste nicht lange überlegen. »Ab Montag hab ich drei Wochen Urlaub. Deswegen bin ich heute noch im Büro; muss noch einen Bericht fertig schreiben. Montag bis Mittwoch bin ich weg. Da bin ich nicht zu erreichen, auch nicht am Handy. Aber ab Donnerstag hätte ich Zeit, ab da kann ich mich ganz nach dir richten.«

»Und Jo?«

»Den müsstest du selbst fragen. Aber soviel ich weiß, hat der ganz normal Dienst.«

»Dann würde ich sagen, telefonieren wir uns am Mittwoch zusammen?«

»Machen wir. Schönes Wochenende.«

»Danke. Dir auch.«

KAPITEL 24

Augsburg | 30. September 2007 | SO

Es sollte alles andere als ein Bilderbuchsonntag werden. Nicht nur was das Wetter anging, das an einen trüben Novembertag erinnerte.

Noch gegen neun Uhr vormittags lag dichter Nebel über der Stadt. Auch die weiter südlich gelegenen Wälder und Auen entlang des Lech versteckten sich unter einer weißen Decke. Für die Jahreszeit war es eindeutig zu kühl.

Lara steuerte ihr Cabrio auf einen der Parkplätze des bei Königsbrunn gelegenen Mandichosees, eine von vielen Staustufen des Lech, um ihre allsonntägliche Joggingrunde zu absolvieren. Schon gleich, nachdem sie aufgestanden war, hatte sie überlegt, ob sie den Lauf aus ihrem Tagesprogramm streichen sollte. Und sich entschlossen, es nicht zu tun. Schließlich war das Joggen schon letzten Sonntag wegen des Termins bei Carmen Demuth ausgefallen.

Lara schnürte ihre Laufschuhe. Steckte Handy und Autoschlüssel in die auf Höhe des Oberschenkels aufgenähte Tasche ihrer Long Tight und zog sich die Laufweste über. Stieg die Steintreppe zum Stausee hinauf und musterte die Umgebung. Bei Föhn reichte der Blick bis zu den Alpen. Heute stieß er bereits nach 50 Metern auf eine weiße Mauer.

Lara machte ein paar Aufwärmübungen und begann zu laufen.

Sie war noch keine 100 Meter weit gekommen, als sie das Vibrieren ihres Handys spürte.

Sie achtete darauf, nicht abrupt stehen zu bleiben, drosselte das Tempo und hielt erst dann an. Zog das Handy hervor und lächelte, als sie die Nummer erkannte.

»Hi, Luca, das ist aber eine Überraschung!«, begrüßte sie ihren Sohn etwas außer Atem.

»Hi, Mum, was ist los, warum schnaufst du so?«

»Bin beim Joggen. Es ist Sonntagvormittag, mein Lieber, außerdem ist deine Mutter nicht mehr 20.«

»Wie sagst du immer? Lieber 40 und würzig, als 20 und ranzig.«

Lara musste lachen. »Stimmt. Abgesehen davon bin leider schon 46.«

»Sieht man dir nicht an, Mum, echt.«

»Danke! Gehe ich richtig in der Annahme, dass dieses Kompliment seinen Preis hat?«

»Wenn du damit meinst, dass ich heute Nachmittag gerne Schokopfannkuchen zum Kaffee hätte, dann stimmt deine Theorie.«

»Du kommst mich besuchen? Wow, Luca, freut mich riesig. Ich mach dir einen ganzen Berg Pfannkuchen.«

»Den wirst du auch brauchen, Mum, ich komm nämlich nicht allein.«

»Ach! Und wen bringst du mit, wenn ich fragen darf?«

»Nadeschda.«

»Nadeschda! Deine neue Freundin, nehme ich an?«

»Wie werden heiraten, Mum.«

»Ihr … werdet was?«

»Heiraten, Mum … Ich weiß, es kommt plötzlich, aber … sieh sie dir einfach mal an, okay?«

Lara spürte, wie sie wütend wurde und ihr Tränen in die Augen schossen.

Reiß dich zusammen! Keine Szene jetzt! Nicht hier!, maßregelte sie sich.

»Na gut. Seh' ich sie mir halt mal an. Wann kommt ihr?«, hörte sie sich leichthin sagen und wunderte sich, wie beherrscht ihre Stimme klang.

»So gegen zwei. Passt dir das?«

»Passt.«

»Also gut, bis dann, Mum.«

Lara drückte die rote Taste und steckte das Handy in die Tasche zurück. Schniefte.

Heiraten! Dämlicher Idiot, musst du die gleichen bescheuerten Fehler wie deine Mutter machen?

Sie wischte sich mit dem Ärmel über Nase und Augen und begann zum Parkplatz zurückzulaufen, während Erinnerungen wie bittere Galle in ihr aufstiegen.

Luca war zwei Jahre alt gewesen, das achte Semester hatte gerade begonnen. Ein neuer Dozent war an die Uni berufen worden, ein Malteser. Er sprach mehrere Sprachen fließend, wirkte sehr sportlich und sah blendend aus; ganz der Typ, der Frauenherzen höher schlagen lässt, hatte sie spöttisch gedacht, als sie ihm zum ersten Mal in der Mensa begegnet war.

Aber dann kam der Tag, als er seine erste Vorlesung hielt. Zufällig saß sie im Hörsaal ganz vorne. Es hatte keine zwei Minuten gedauert, bis er sie bewusst wahrgenommen und von da an die gesamte Vorlesung hindurch immer wieder gemustert hatte. Wie tastende Hände, die vorsichtig, aber zielstrebig einen Gegenstand zu erfühlen suchten, kamen ihr seine Blicke vor. Eigentlich war ihr dieses Taxieren nicht fremd. Weiß Gott nicht! Bisher hatte sie solche Blicke stets als voyeuristisch und obszön eingestuft. Diesmal war es überraschenderweise anders. Sie empfand seine Aufmerksamkeit nicht als aufdringlich, sondern als angenehm. Warum, wusste sie selbst nicht. Der Malteser war eloquent und charmant, überzeugte während der Vorlesung durch ein überragendes Fachwissen, das er mit einer rhetorischen Brillanz zu präsentieren verstand, die Ihresgleichen suchte. Vielleicht war es das, was sie so sehr an ihm beeindruckte. Zwei Tage danach hatte er sie zum Mittagessen eingeladen. Den überwiegenden Teil des Nachmittags verbrachten sie mit einem ausgedehnten Spaziergang durch den Englischen Garten. Die Art, wie er mit ihr plauderte und sie musterte, der Klang seiner Stimme und die Wahl seiner Worte, der feste und zugleich sanfte Griff, mit dem er sie vor einem Sturz bewahrte, als sie über einen herumliegenden Ast stolperte, und wie er sie während des Spaziergangs um die Taille fasste – all das gefiel ihr, und jede normale Frau hätte ein solches über bloße Sympathie hinausgehende Interesse zu Recht als erotisches Signal gedeutet. Und es erwidert.

Ihr Handicap war: Sie war nicht »normal«. Sex war ihr völlig gleichgültig, der Gedanke, ihn zu praktizieren, zuwider. Eine Persönlichkeitsstörung, für die das Schwein, das sich ihr Vater genannt hatte, die Verantwortung trug und von der sie befürchtete, dass sie zum Stigma werden könnte, erführe ihre Umgebung davon. Die wenigen sexuellen Kontakte, die sie während des Studiums eingegangen war, hatten quasi Alibicharakter und sollten dazu dienen, genau dies zu verhindern. Doch dieses Verhalten hatte seinen Preis; immer wenn sie mit jemandem schlief, musste sie hinterher mit dem – wie sie es nannte – »Alexsyndrom« dafür bezahlen – ein unbeschreiblicher Ekel, den sie vor sich selbst empfand, der sie stundenlang quälte und sie zwang, sich zu übergeben. Nicht, dass sie zu keiner emotionalen Bindung fähig gewesen wäre. Im Gegenteil. Wie jeder andere sehnte auch sie sich nach einem Partner. Nach Zärtlichkeit, Nähe, Geborgenheit. Doch nicht nach Sex!

Dann trat der Malteser in ihr Leben und bescherte ihr einen Nachmittag, der ihr Leben verändern sollte. Drei Wochen danach geschah etwas, von dem sie nie geglaubt hätte, dass es passieren könnte. Sie schliefen miteinander, und obwohl er merkte, dass sie ihm etwas vorgaukelte, hatten sie einander genossen. Er ihren Körper, sie seine Zärtlichkeiten. Was eine völlig neue Erfahrung für sie war, ihr vollkommen genügte und ihm nichts auszumachen schien. Als am darauf folgenden Morgen auch noch das Gefühl des Ekels ausblieb, wagte sie sogar zu hoffen, das »Alexsyndrom« vielleicht doch noch in den Griff zu bekommen. Wenig später heirateten sie, sie war 22, er 32. Und das, nachdem sie sich gerade mal drei Monate gekannt hatten. Nicht, dass ihr der Verstand abhandengekommen wäre, der funktionierte nach wie vor mit bestechender Präzision und hatte mehr als einmal versucht, sein Veto einzulegen. Aber die dem sprichwörtlichen Strohhalm gleichende

Hoffnung, endlich einen adäquaten Partner gefunden zu haben, hatte sie blind gemacht. Schon bald nach der Hochzeit fiel seine Maske. Eines Nachts entdeckte sie eine Seite an ihm, die sie entsetzte und die sie auf fatale Weise an Alex erinnerte – seine Vorliebe für das Bizarre. Am Morgen danach kehrte der Ekel mit einer bis dahin nicht gekannten Intensität zurück. Von da an begann sie allmählich zu realisieren, was sie anfangs noch zu verdrängen gesucht hatte – dass sie in die Fänge eines triebhaften, gewalttätigen Egomanen mit psychopathischen Zügen geraten war, der es zudem auf ihr Geld abgesehen hatte. Ein halbes Jahr hielt sie durch, dann war sie am Ende. Was sie ihm auch sagte. Als er sie zwei Tage später dabei überraschte, wie sie ihre und Lucas Sachen packte, war er ungeachtet der Tatsache, dass der Kleine im Zimmer nebenan schlief, urplötzlich mit grenzenloser Wut über sie hergefallen. Die Verletzungen, die er ihr während der anschließenden Vergewaltigung zufügte, waren so massiv, dass sie mehrere Tage auf der Intensivstation zubringen musste. Zwar war sie innerhalb weniger Wochen wieder genesen, doch wie die Jahre des Missbrauchs hatte sich auch dieses Ereignis tief in ihr Inneres hineingefräst und dort unauslöschliche Spuren hinterlassen. Von da an war das Thema Partnerbeziehung für sie gestorben. Als sie an die Uni zurückkehrte, war der Malteser – sie hatte ihn angezeigt – spurlos verschwunden. Dank der eisernen Disziplin, mit der sie ihre Ausbildung schon immer betrieben hatte, konnte sie trotz allem ihr Studium erfolgreich abschließen und promovierte vier Jahre später zum Dr. phil. Da war Luca sieben, sie 27.

Ihr erster Job als Kuratorin führte sie an eine neu gegründete halbstaatliche Institution, wo sie sich sehr engagiert der Sammlung zeitgenössischer Grafik widmete. Als die Einrichtung aufgrund politischer Querelen nach zwei Jahren wieder geschlossen werden musste, wagte sie einen beruflichen Neustart und beschloss, zur Kriminalpolizei zu gehen. Nach knapp vier Jahren Ausbildung, verbunden mit einem Studium an einer Polizeihochschule, heuerte sie mit 33 als Kriminalkommissarin beim Dezernat für Kunstdelikte am LKA Berlin an. Drei Jahre später dann kehrte sie der Kunst – zumindest beruflich gesehen – ganz den Rücken. Der Mutter wegen zog es sie wieder nach Augsburg, wo sie mit 36 als Kriminalhauptkommissarin zum K1 wechselte. Seitdem waren zehn Jahre vergangen. Zehn Jahre, in denen sich die Erkenntnis in ihr gefestigt hatte, dass es auch jenseits irgendwelcher Partnerbeziehungen ein Leben geben konnte, das lohnte, gelebt zu werden! Wenngleich es auch nicht sorgenfrei war, wie sie heute wieder einmal feststellen musste. Dass ihr Sohn dabei war, den gleichen bescheuerten Fehler zu begehen, den sie selbst einmal begangen hatte, würde sie mehr als nur eine schlaflose Nacht kosten …

Auf den letzten Metern zum Parkplatz vibrierte Laras Handy erneut. Jo.

»Hallo, Lara, sorry, wenn ich am Sonntag störe, aber du wolltest wissen, wann ich Zeit habe für unsere nächste Lagebesprechung?«

»Du hast mit Tuchy gesprochen?«

»Genau, er hat gestern bei mir zwei Gläser Honig abgeholt. Als Geschenk für einen Freund. Da hat er mir's gesagt.«

»Schön, und wann würde es bei dir gehen?«

»Montag bis Mittwoch bin ich dienstlich unterwegs. Von mir aus am Donnerstag.«

»Gut, dann machen wir das so. Am Donnerstag bei mir zu Hause, sagen wir gegen 18 Uhr?«

»In Ordnung.«

»Also dann, schönen Sonntag noch.«

»Dir auch. – Lara?«

»Ja?«

»Ist was mit dir?«

Mist! Offenbar hatte sie ihre Stimme nicht im Griff.

»Wieso?«

»Du hörst dich etwas komisch an.«

»Quatsch, ich bin leicht erkältet, das ist alles.«

»Ach so, ja also dann gute Besserung. Ciao.«

»Ciao.«

Lara schob das Handy in die Seitentasche zurück; inzwischen hatte sie den Wagen erreicht. Sie setzte sich hinters Steuer, holte ein Papiertaschentuch aus dem Handschuhfach und schnäuzte sich ausgiebig. Sie sah auf die Uhr: fast auf die Minute genau elf. Noch drei Stunden. Zeit genug, um die Wohnung noch schnell auf Vordermann zu bringen und Pfannkuchen zu backen.

KAPITEL 25

Punkt 14 Uhr schellte es an der Haustür. Lara öffnete.

Luca erschien im Türrahmen: beeindruckende athletische 1,95, im Schlepptau ein zierlich wirkendes Persönchen, das sich hinter ihm zu verstecken schien.

»Hallo Mum!«, strahlte Luca und strich sich eine widerspenstige Haarsträhne aus der Stirn. Immer wenn er sie so ansah mit seinen blauen Augen, ging Lara das Herz auf. Der Frust, der sich seit dem Telefongespräch vom Vormittag zu einer zähen Masse in ihr verdichtet hatte, begann aufzuweichen.

»Luca, mein Junge. Schön, dich zu sehen.« Sie umarmte ihn.

Luca trat etwas zur Seite.

»Das ist Nadeschda, Mum. – Nadeschda, meine Mutter.« Wie er es sagte, klang es stolz.

»Hallo«, sagte Nadeschda mit tiefer Stimme und deutlich slawischem Einschlag. Sie trat näher und reichte Lara die Hand.

»Hallo«, sagte Lara und musterte das vor ihr stehende, zierliche mit einer blonden Mähne versehene Wesen. Gepiercte Lippen, gepiercte Augenbrauen, gepiercte Nasenflügel. Dunkelgrüne Augen unter stark herunterhängenden Lidern; Schlafzimmerblick – aber dafür kann sie nichts. Ein etwas breit geratener Mund. Ein Lächeln – aufrichtig? Ja, doch! Glatte Haut, voller Busen, fantastische Beine. Gekleidet war Nadeschda in einen knappen schwarzen Minirock und ein ebenso knappes rotes, ziemlich weit ausgeschnittenes Top, das den – wahrscheinlich gepiercten – Bauchnabel gerade noch so verhüllte. Rein äußerlich ganz passabel – bis auf den Metallschrott im Gesicht!, urteilte Lara.

»Freut mich sehr«, sagte Nadeschda und verbreiterte ihr Lächeln, wobei sie ein makelloses Gebiss, aber auch eine gepiercte Zunge entblößte.

»Ganz meinerseits«, log Lara und fügte ein »Kommt doch rein!« hinzu.

Sie gingen ins Esszimmer.

»Nehmt Platz! Ich bring gleich die Pfannkuchen«, sagte Lara und schickte sich an, in die Küche gehen.

»Soll ich helfen?«, rief Nadeschda ihr nach.

Du willst doch nur Pluspunkte sammeln, dachte Lara grimmig und blieb stehen. Drehte sich um und lächelte.

»Nein, nicht nötig, aber Luca könnte mir zur Hand gehen.«

Luca folgte seiner Mutter in die Küche.

»Würdest du bitte die Tür zum Esszimmer schließen. Es dampft ziemlich.«

Luca schloss die Tür und setzte sich an den Tresen.

»Also Mum, was willst du wissen?«, grinste er.

Lara setzte sich ihm gegenüber. »Wie lange kennst du sie eigentlich?«

»Du meinst Nadeschda.«

»Natürlich, wen denn sonst?«

Lucas Grinsen wurde breiter. »Du kannst sie ruhig beim Namen nennen, wenn du mit mir über sie redest.«

»Meinetwegen«, kapitulierte Lara und verdrehte die Augen. »Also, wie lange kennst du … Nadeschda?«

»Seit zwei Monaten.«

Lara schluckte. Zwei Monate. Sie hatte es befürchtet. Der Malteser und sie hatten sich drei Monate gekannt.

Sie ging zum Spülbecken, füllte einen Topf mit Wasser und stellte ihn auf die Herdplatte.

»Und woher kommt sie? Aus Russland?«

»Aus der Ukraine. Sie kam vor vier Jahren hierher. Zusammen mit ihren Eltern. Du weißt schon: deutsche Vorfahren. Mit Nachnamen heißt sie Müller. Der Vater arbeitet als Monteur bei BMW, die Mutter bei einer Reinigungsfirma.«

»Und was macht sie so? Wo will sie beruflich hin? Studiert sie auch Archäologie?«, fragte sie und füllte Kaffeepulver in eine Pressstempelkanne.

Luca kratzte sich am Hinterkopf. Das Kaffeewasser begann zu sieden.

»Nein. Sie ... sie beschäftigt sich ... mit Milchwirtschaft.«

»Ach, sie studiert Lebensmitteltechnologie oder Lebensmittelwirtschaft? Oder irgendwas mit Agrarwirtschaft?«

Lara goss heißes Wasser in die Kanne und begann, den Pressstempel herunterzudrücken.

»Also Agrar ... das trifft es ...«

Lara wurde misstrauisch. »Sag mal, Junge, was ist los? Was soll dieses Herumdrucksen. Vielleicht kannst du mal Klartext reden und deiner Mutter verraten, was ihre künftige Schwiegertochter beruflich so macht, beziehungsweise irgendwann zu machen gedenkt!«

Luca erhob sich jetzt ebenfalls vom Tresen, trat neben seine Mutter und stützte beide Arme auf die Arbeitsplatte.

»Also gut, Mom. Nadeschda ist Melkerin.«

Lara starrte ihn an, als sei er ein buntes Kalb.

»Sie ist ... was?«, hakte sie fassungslos nach.

»Melkerin!«, wiederholte Luca. Sein Ton wurde schärfer. »Sie ist Melkerin, Mum und das ist ein absolut ehrenhafter Beruf.«

»Du willst sagen, sie macht das hier?« Lara simulierte mit beiden Händen Melkbewegungen.

»Na und, verdammt!«

»Aha! Und bei wem?«

Jetzt war es an Luca, die Augen zu verdrehen. »Mum, bitte, was soll dieser Sarkasmus? Ich finde das nicht witzig. Sie melkt Kühe und Schafe. In einem gewerblichen Nutztierbetrieb.«

Lara lehnte sich gegen die Arbeitsplatte und stützte beide Arme in die Hüfte. Merkte, wie sie allmählich in Rage geriet.

»Ihr Beruf ist es also, sich um Rindviecher zu kümmern. Sag mal, bist du sicher, dass sie dich nicht mit einem … Geschöpf aus ihrem Stall verwechselt? Dass sie dich melken will? Deinen Geldbeutel, dein Konto?«

Luca schlug mit der flachen Hand auf die Arbeitsplatte.

»Es reicht, Mum. Das ist gemein. Wenn du damit nicht aufhörst, fahren wir auf der Stelle wieder nach Hause.«

Lara hob abwehrend die Hände. Lenkte ein. »Okay, okay. Ich entschuldige mich. Ich bin wahrscheinlich etwas zu weit gegangen aber …« Die Stimme brach ihr, auf einmal wusste sie nichts mehr zu sagen. Merkte, wie ihr die Augen zu brennen begannen. Wandte sich ab, griff wütend nach dem Geschirrtuch, das an der Reling der Arbeitsplatte hing – und spürte plötzlich, wie Lucas Hände von hinten sanft ihre Schultern umfassten.

»Bitte Mum, lass uns nicht streiten«, sage er leise. »Hast du mir nicht immer gesagt, sich ein negatives Urteil über Menschen zu erlauben, ohne sie zu kennen, sei unfair?«

Es dauerte, bis sich die Wogen in ihr glätteten und sie sich wieder soweit im Griff hatte, dass sie sich umdrehen und ihn ansehen konnte.

»Eins zu null für dich«, sagte sie mit belegter Stimme. Luca kannte diese Stimmlage; so sprach seine Mutter immer dann, wenn sie sich darüber ärgerte, dass sie sich hatte gehen lassen. »Wahrscheinlich hast du recht. Ich sollte Nadeschda wirklich erst mal kennenlernen. Aber versuch bitte auch, mich zu verstehen. Da ruft mich mein Sohn an, eröffnet mir, dass er eine Person heiraten wolle, die er gerade mal zwei Monate kennt, und die ich noch nie gesehen habe. Was glaubst du, fühlt eine Mutter in einem solchen Moment? Versetz dich doch mal in meine Lage.«

»Ja Mum, stimmt, wir kennen uns erst seit zwei Monaten, und wir haben vor, zu heiraten. Aber ich hab nicht gesagt, dass wir jetzt heiraten wollen. Ich will noch ein

Promotionssemester an mein Diplom dranhängen, erst danach.«

»Ach so«, murmelte Lara und spürte eine ungeheure Erleichterung. Sie ging zum Herd, öffnete den Backofen und holte, das Blech heraus, auf dem sich die heißen Pfannkuchen stapelten.

»Na, dann wollen wir mal. Nimm du doch bitte den Kaffee mit.«

Alles in allem wurde es dann doch noch ein harmonischer und anregender Nachmittag. Lara erfuhr einiges über den (doch recht komplexen) Beruf einer Melkerin, Nadeschda zeigte reges Interesse für die Arbeit einer Privatdetektivin, und Luca berichtete über den Fortschritt seiner Diplomarbeit. Als die beiden gegen sechs Uhr aufbrachen, kamen sie noch kurz auf Nadeschdas derzeitige Wohnungssituation zu sprechen.

»Sie braucht unbedingt eine andere Wohnung«, bemerkte Luca, während sie zu seinem *2CV* gingen, der mit zwei Rädern auf dem Gehsteig vor Laras Bungalow parkte. »Die, die sie jetzt hat, ist kalt und feucht. Hätte schon längst renoviert werden müssen. Vielleicht zieht sie vorübergehend zu mir.«

»Wo wohnst du jetzt?«, fragte Lara das Mädchen.

»In Baldham, in einer Dachgeschosswohnung. Haus ist sehr alt. Gehört einem Apotheker aus München. Aber er kümmert sich nicht darum. Heizung ist defekt, Fenster sind undicht und so weiter. Muss man alles neu machen.«

»Na ja, vorerst wird er wohl kein Geld haben, die Bude zu sanieren«, bemerkte Luca spöttisch.

»Und weshalb?«, fragte Lara.

»Ich schätze, er wird es brauchen, um die Anwälte seines Sohnes zu bezahlen. Dem gehört nämlich die *St.-Elias-*

Apotheke in Bogenhausen. Und da war neulich 'ne Razzia. Seitdem sitzt der Knabe in Untersuchungshaft.«

»Ach, und aus welchem Grund?« Der Name der Apotheke kam Lara bekannt vor. Sie glaubte, ihn erst neulich gehört oder gelesen zu haben. In welchem Zusammenhang, wusste sie allerdings nicht mehr.

»Er soll Drahtzieher eines Mädchenhändlerrings gewesen sein.«

Lara horchte auf. »Und woher weißt du das?«

»Stand groß in der Zeitung.«

Beim Auto angekommen, verabschiedeten sie sich. Lara umarmte ihren Sohn. Nadeschda wollte sie eigentlich nur die Hand geben, aber das Mädchen kam ihr mit einer spontanen Umarmung zuvor.

»Gar nicht so übel, oder?«, raunte Luca seiner Mutter noch zu, bevor er mit Nadeschda und einem zufriedenen Grinsen in seinen *2CV* stieg.

Drei Stunden später signalisierte der Summton des Geschirrspülautomaten Lara das Ende des letzten Spülgangs. Sie ging in die Küche und begann mit dem Ausräumen.

St. Elias Apotheke …

In der Regel hatte es immer etwas zu bedeuten, wenn ein Name oder ein Begriff sie derart beschäftigte, dass sie Mühe hatte, ihn gedanklich wieder loszuwerden. Seit Luca ihr von dem Apotheker erzählt hatte, spukte ihr der Name im Kopf herum, ohne dass sie sich den Grund dafür erklären konnte.

Als sie die Tassen in den Geschirrschrank stellen wollte, streifte ihr Blick zufällig eine Tablettenschachtel, die dort lag.

Etwas in ihrem Kopf begann zu glimmen.

Wie erstarrt hielt sie inne.

Nein, du täuschst dich, es ist Zufall! Ein ganz banaler Zufall, versuchte sie sich einzureden. Doch der Verdacht, der mit einem Mal in ihr glühte, schlug plötzlich zu einer hellen Flamme empor.

Sie griff sich das schnurlose Telefon vom Küchentresen und wählte Jos Nummer.

KAPITEL 26

Verona/Wien | 1. Oktober 2007 | MO

Um sieben saß er im Speisesaal beim Frühstück. Er sah zum Fenster hinaus und ärgerte sich. Regen! Gemäß dem Wetterbericht in den Frühnachrichten sollte er den ganzen Tag über andauern. Der Meteorologe hatte behauptet, dass auch für Wien, der nächsten Station seiner Reise, Regen erwartet werde, die Niederschlagswahrscheinlichkeit läge bei 60 Prozent.

Um neun stieg er in den Bus nach Verona. Kurz vor elf kam er dort an und nahm ein zweites Frühstück in einem kleinen Lokal in der Via Giuseppe Mazzini in der Nähe des Amphitheaters ein. Die Stunden, die ihm bis zum Abflug vom Veroneser Flughafen verblieben, verbrachte er mit ziellosem Bummeln durch die Altstadt und einem Aufenthalt in einem Café an der Piazza Brà. Dort las er stundenlang in einer Biographie des russischen Cellisten Mstislaw Rostropowitsch, die er in einem Buchladen in Riva erstanden hatte. Gegen halb fünf nachmittags ließ er sich von einem Taxi zum Flughafen bringen und checkte ein. Pünktlich 17:35 Uhr hob die Maschine der *Air Dolomiti* ab und landete eine Stunde und 35 Minuten später auf dem Flughafen Wien-Schwechat.

Die Sonne schien! Ein schöner blauer Himmel über der schönen blauen Donau. Es gibt Meteorologen, die Meteorolügen verbreiten, dachte er in einem Anflug von Heiterkeit, als er die Fluggastbrücke entlangschritt.

Die Gepäckabfertigung dauerte länger als gewöhnlich; erst nach geschlagenen anderthalb Stunden saß er endlich im Zug nach Simmering. In ein paar Tagen, wenn sich sein Besuch hier in Wien zum sechsten Mal jährte, würde er eine weitere Stufe in den Keller seiner Vergangenheit hinuntersteigen. An den finalen Ort, wo sich irgendwann alle echten Wiener einfänden, wie man in der Donaumetropole behauptete. Und über den ein österreichischer Pop-Star – den Namen hatte er vergessen – ein sympathisch-morbides Lied geschrieben hatte, das sogar ihm gefiel:

Es lebe der Zentralfriedhof …

KAPITEL 27

Augsburg | Wörthsee 01. Oktober 2007 | MO

Entgegen ihrer gestrigen Befürchtung hatte Lara einen richtig erholsamen Schlaf genossen. Während sie ihr Frühstück zubereitete, dachte sie über die Kettenreaktion nach, die der Anblick der Tablettenschachtel gestern Abend bei ihr ausgelöst hatte. Geradezu blitzartig hatte er sie eine andere Arzneimittelpackung assoziieren lassen – die mit dem Aufkleber der *St. Elias Apotheke* in Bogenhausen versehene *Viagra*-Packung aus der Nachttischschublade des alten Demuth!

Was in der Folge zu weiteren Überlegungen führte.

Etwa, wie ein Medikament aus einer Münchner Apotheke, deren Besitzer bezichtigt wurde, Drahtzieher eines Mädchenhändlerrings zu sein, in die Villa Harald Demuths gelangen konnte. Ob sich zu der Vermutung Carmens, das Haus ihres Schwiegervaters könnte während seiner Abwesenheit abermals als Swingerclub missbraucht worden sein, zusätzlich noch ein schwerer strafrechtlicher Tatbestand gesellte – der des Missbrauchs zwangsprostituierter Frauen. Ob es eine wie auch immer geartete Verbindung zwischen dem in U-Haft einsitzenden Apotheker und Dr. Lothar Demuth gab. Und wie das Verschwinden des alten Demuth in das Szenario passte – vorausgesetzt, es gab diesen Bezug überhaupt.

Die Alternative zu diesen Überlegungen: Es existierte keine Verbindung zu dem Fall in Bogenhausen, und das mit der Apothekenadresse auf der *Viagra*-Packung war tatsächlich nur ein Zufall.

Leider hatte sie Eisele und Tucholsky, mit denen sie über ihre Verdachtsmomente hätte sprechen können, gestern Abend nicht mehr erreicht. Bis Mittwoch waren beide unterwegs.

Vorerst blieb ihr nur das zu tun, was sie eigentlich schon längst hätte tun sollen.

Sich die Packung noch einmal genau ansehen und sie sicherzustellen, um sie auf Fingerabdrücke hin untersuchen zu lassen.

Gegen halb zwei nachmittags parkte Lara ihren Wagen wie gewohnt auf dem Parkplatz vor dem *Kiebitz*. Der in den letzten Tagen allgegenwärtige Nebel hatte sich verflüchtigt und einem milchig blauen Himmel Platz gemacht, von dem eine milde Sonne schien. Als sie nach zehn Minuten Fußweg auf den schmalen, von Rhododendronbüschen gesäumten Kiesweg zum Anwesen des alten Demuth einbog, fiel ihr ein Fahrrad auf, das schief an der Hecke lehnte. Der nachlässig auf den Gepäckträger geklemmte Schulranzen ließ vermuten, dass es einem Kind oder Jugendlichen gehörte.

Lara krauste kurz die Stirn, machte sich jedoch weiter keine Gedanken. Sie zog den Schlüssel aus ihrer Jeansjacke, öffnete das schmiedeeiserne Tor und betrat das Grundstück. Herbstlich gefärbtes Laub raschelte unter ihren Füßen, während sie den vertrauten Weg zur Villa einschlug.

Lara schloss die Haustür auf. Das Vestibül präsentierte sich ihr in gewohnter Kargheit. Während sie die Treppe zum ersten Stock hinaufstieg, fragte sie sich, wie oft sie wohl noch hierher kommen müsste. Als sie das Schlafzimmer betrat, um die *Viagra*-Packung zu holen, spürte sie eine leichte Unruhe in sich hochsteigen. Unwillkürlich dachte sie an das verschwundene Buch …

Doch die Packung lag noch genauso in der Schublade, wie sie es in Erinnerung hatte. Lara atmete erleichtert auf und holte ein Paar Latexhandschuhe aus ihrer Jackeninnentasche. Zog sie über und öffnete die Schachtel. Auch die Blisterpackung mit der Pille war noch da. Lara drehte die Schachtel zwischen den Händen und sah sich das Apothekenetikett an. *St. Elias Apotheke,* Bogenhausen, Straße, Telefon- und Faxnummer. Sie zog einen verschließbaren Plastikbeutel heraus, gab die Schachtel hinein und verstaute ihn in ihrer Jacke.

Ging zum Fenster und sah hinaus.

Ihr Blick wanderte über das Grundstück, auf dem der Herbst bereits den einen oder anderen bunt leuchtenden Tupfer gesetzt hatte. Mit jedem Tag würden es mehr werden. Weiter hinten spiegelte der See das milde Licht des Herbstnachmittags. Ein friedliches Bild.

Ein friedliches Bild?

Oder nur ein friedlicher Rahmen für ein abgrundtief hässliches Bild!, überlegte Lara sarkastisch. Als fürchtete sie, dass das, was sie bereits wusste, nur ein Bruchteil dessen sein könnte, was sie vielleicht bald wissen würde. Die Vorstellung, dass auf dem Anwesen möglicherweise viel mehr geschehen war als das, was Carmen Demuth ihr anvertraut hatte, ließ sie frösteln. Wozu auch die abstrus anmutende Zerstörungswut eines verschwundenen 87-jährigen Greises zählte.

Lara trat auf die Empore hinaus, um wieder nach unten zu gehen. Doch noch bevor sie die Treppe erreicht hatte, drang plötzlich ein von unten kommendes Geräusch an ihr Ohr; fast gleichzeitig zischte ein länglicher Gegenstand an ihrem Kopf vorbei, prallte an der Wand ab und schlug auf dem Boden auf. Instinktiv duckte sie sich und spähte zwischen den Gitterstäben des Geländers hindurch nach unten ins Vestibül. Was sie sah, machte sie sprachlos. Zwar nur wenige Augenblicke, doch die genügten dem mit einem üppigen Federschmuck ausstaffierten etwa zehn- bis zwölfjährigen Bengel, der unten bei der Garderobe stand, einen neuen Pfeil auf seinen Bogen zu geben und erneut auf sie zu zielen.

»Untersteh dich, Freundchen!«, rief Lara erbost. Sie schnellte mit wenigen Sätzen zur Treppe und sprang, mehrere Stufen auf einmal nehmend, nach unten.

Der Junge – ein zierlicher Blondschopf – erwartete sie mit betont finsterer Miene. Er zielte noch immer mit Pfeil und Bogen auf sie.

»Wer ist die weiße Squaw? Und was hat sie hier zu suchen?«, fragte der Bengel mit verstellter kindlich tiefer Stimme.

Tim!, schoss es Lara durch den Kopf, das muss *Tim sein.*

»Vielleicht verrät mein roter Bruder erst einmal seinen Namen.«

Der Junge trat einige Schritte zurück und ließ den Bogen sinken.

»Meine Freunde nennen mich Chingachgook.«

Lara trat einen Schritt auf »Chingachgook« zu, der sofort wieder den Bogen hob.

»Deinen Namen!«, forderte er.

»Ich bin …«, Lara überlegte. Die Zeit, als sie den *Wildtöter* gelesen hatte, lag über 30 Jahre zurück. Irgendwo in ihrem Keller gab es noch einen *Lederstrumpf*-Band mit Klebebildchen aus ihrer Jugend. Luca hatte ihn als Kind sehr gemocht und immer wieder darin geblättert. »Ich bin Wah-Ta-Wah«, antwortete sie schließlich und hoffte, ihr war der richtige Name eingefallen.

Der Junge sah sie überrascht an. Dann ließ er den Bogen wieder sinken und schüttelte pfiffig lächelnd den Kopf.

»Nein, du siehst nicht aus wie eine Indianerin. Du bist ein Bleichgesicht. Du könntest höchstens …«, er musterte sie von bis unten »… Judith sein, Judith Hutter.«

Lara musste schmunzeln. »Okay, dann bin ich eben Judith Hutter.«

Sie legte die rechte Hand aufs Herz und sagte feierlich: »Das Bleichgesicht Judith Hutter grüßt Chingachgook, die große Schlange.«

Jetzt kicherte Tim.

»Hast du auch *Wildtöter* gelesen?«, fragte er.

Lara lachte. »Das ist schon lange her.«

»Ich hab ganz viele Indianersachen. Und Indianerbücher; die sammle ich nämlich. Und ich hab auch den Film über Chingachgook gesehen. Mit Opa zusammen«, sagte der Junge.

Sieh an, dachte Lara. Ein Elfjähriger, der sich statt für Batman und Harry Potter für die Indianergeschichten eines James Fenimore Cooper begeistert. Doch sie wurde umgehend eines Besseren belehrt.

»Aber ich mag auch Ritter und Burgen und *Harry Potter* und *Spiderman.* Und *Tomb Raider.* Von *Tomb Raider* hab ich sogar Computerspiele«, ergänzte er die Liste seiner Favoriten.

»Du magst alles, was mit Abenteuern zu tun hat, richtig?«

Der Junge nickte.

»Und dein Opa? Was mag der?«

Er brauchte nicht lange zu überlegen.

»Eigentlich nur Indianer und Ritter. Für *Harry Potter* und *Spiderman* ist er zu alt, und *Shootergames* mag er nicht, hat er zu mir gesagt.«

»Aha. Schaut ihr oft zusammen Filme an?«

Der Junge nickte wieder. »Wenn er da ist, schon. Aber zur Zeit ist er im Urlaub.«

»Na er wird doch wohl bald wieder zurück sein, oder?«

Ein Schatten huschte über Tims Gesicht, und er sah zu Boden – jetzt war Lara endgültig sicher, dass es sich bei dem Jungen um Tim, den Enkel des Vermissten handelte. »Weiß nicht. Vielleicht …«, murmelte er leise.

Lara war die Veränderung in seiner Miene nicht entgangen. Sie trat näher. »Ich hab auch einen Jungen. Aber der ist schon älter. Ich müsste mal nachsehen, aber ich glaube, ich hab noch ein *Lederstrumpf*-Buch von ihm im Keller mit vielen tollen Bildern. Es ist alt, aber die Bilder sind wunderschön. Wenn du magst, kannst du es für deine Sammlung haben.«

Tim sah sie mit glänzenden Augen an, in denen sich kindliche Begeisterung spiegelte. »Echt? Das wäre super.«

»Bist du öfter hier? Dann bring ich's dir vorbei.«

Tim schüttelte den Kopf. »Da müssen wir schon einen Termin ausmachen«, sagte er mit gewichtiger Miene; Lara verkniff sich ein Lachen. »Wenn Opa nicht da ist, komm ich nur selten her. Nur wenn ich mal was brauche.«

»Und was brauchst du so?«

»Manchmal hol ich Sachen aus meiner Spielkiste im Keller und manchmal Werkzeuge aus dem Schrank von meinem Opa.«

»Werkzeuge?«

»Ja, wenn ich an meiner Baumhütte weiterbauen will, brauch ich doch Werkzeuge.«

»Du hast eine Baumhütte? Find ich klasse!«

Tim legte den Kopf schief und sah sie abschätzend an.

»Möchtest du sie sehen? Ich zeig sie nicht jedem, aber dir würde ich sie schon zeigen.«

»Oh!«, sagte Lara und fragte sich, was ihr diesen außerordentlichen Gunstbeweis beschert hatte. Die Reaktion des Jungen von vorhin, als sie ihn zur Rückkehr seines

Großvaters befragt hatte, ging ihr durch den Kopf. Die Frage schien ihn vorübergehend betroffen gemacht zu haben. Lara erinnerte sich an die Aussage seiner Mutter, Tim hätte die Abwesenheit des alten Demuth »mit der Sorglosigkeit eines Zwölfjährigen« zur Kenntnis genommen und sei überzeugt, dass sein Großvater bald zurückkommen werde. Weshalb dann diese Betroffenheit?

»Und?«, bohrte Tim nach, »willst du?«

Lara fuhr aus ihren Gedanken. Nickte. »Aber ja doch. Ich bin schon gespannt. Wo ist denn die Hütte?«

»In einem Wäldchen, nicht weit von hier. Aber man muss da mit dem Fahrrad hinfahren. Hast du ein Rad?«

»Schon. Ein Klapprad. Das bring ich in meinem Kofferraum unter.«

Tim sah sie fragend an. »Du kommst mit dem Auto?«

»Ja, ich wohne in Augsburg, weißt du.«

»Ach so«, sagte Tim und überlegte. »Du hast mir immer noch nicht gesagt, was du hier machst. Und wie du hier hereingekommen bist.«

Lara hatte die Frage erwartet.

»Ich soll hier ab und zu nach dem Rechten sehen. Solange, bis dein Opa wieder da ist. Deine Mutter will das so; sie selbst hat wenig Zeit, um regelmäßig vorbeizuschauen, und hat mir den Schlüssel gegeben. – Sag mal, wie bist du eigentlich hereingekommen? Weiß deine Mutter, dass du hier bist?«

Tim sah sie mit dem prüfenden Blick von vorhin an. Dann schüttelte er den Kopf. »Tut sie nicht. Wirst du petz…, wirst du es ihr sagen?«

Lara reagierte umgehend. Es konnte nur von Vorteil sein, das Vertrauen des Jungen zu gewinnen.

»Ich schweige wie ein Grab«, antwortete sie, hob die Hand und sagte »Howgh!«

Tim grinste. »Ich glaub, du bist 'n richtiger Kumpel. Komm mit in den Keller, ich zeig dir ein Geheimnis!«

Er ließ Pfeil und Bogen einfach fallen, hüpfte die Wendeltreppe zum Kellervorraum hinunter und wartete, bis auch Lara unten war. Dann zog er mit beiden Händen die schwere Eisentür zum Heizungskeller auf. Kaum dass die Tür wieder zugefallen war, verschwand er hinter einer Mauer, die den Raum zur Hälfte teilte. Dahinter befanden sich die beiden Heizkessel.

»Hier, schau mal!«, rief er.

Lara hatte Mühe, seiner Aufforderung zu folgen. Der Heizungsraum verfügte über ein schmales Fenster im Sockelbereich des Hauses, das nur bedingt Tageslicht hereinließ. Hinter der Trennwand war es eng und dunkel. Sie musste sich förmlich zwischen Heizkessel und Kellerwand hindurchquetschen, um dem Jungen zu folgen. Plötzlich wurde es heller, und sie sah Tim auf einem Stuhl stehen; sein Kopf befand sich knapp unterhalb eines Fensters von etwa 40 mal 40 Zentimeter, das zur schmalen Seite des Gartens hin schaute. Den Holzladen, der von innen das Fenster verschloss, hatte er zur Seite geklappt. Jetzt öffnete er auch das Fenster, das ebenfalls nach innen aufging, hielt sich an der Leibung fest, schwang sich hoch und zwängte sich, wenn auch mit einiger Anstrengung, durch die schmale Öffnung ins Freie.

»Siehst du, so macht man das«, rief er von draußen.

Verblüfft trat Lara unter das Fenster. Unvermittelt musste sie an das verschwundene Buch denken. Was, wenn jemand das Geheimnis des Jungen entdeckt hatte und das Fenster ebenfalls als Einstieg nutzte? Unsinn! Sie verwarf den Gedanken sofort wieder. Kein Erwachsener würde auf die Idee kommen, sich durch diese Öffnung quälen zu wollen, und wäre er noch so schlank. Dazu war das Fenster viel zu schmal.

»Du lässt das Fenster immer offen stehen?«, rief sie nach oben.

Tims Gesicht erschien in der Öffnung. Es strahlte vor Vergnügen.

»Ob ich das Fenster immer offen lasse? Nein, ich bin doch nicht blöd. Siehst du nicht die Schnur am Fensterladen? Pass auf! Schwuppdiwupp, Simsalabim!«

Tatsächlich. Lara bemerkte, wie eine am Holzladen befestigte Nylonschnur, die bis jetzt locker durchgehangen war, sich plötzlich spannte. Laden und Fenster klappten auf einmal zu, und es wurde wieder dunkel.

Dann wurde es erneut hell. Tim hatte Fenster und Laden wieder nach innen aufgestoßen, stieg mit den Füßen voraus ein und kam wieder auf dem Stuhl zu stehen.

»Toll!«, sagte Lara anerkennend. »Aber eines musst du mir noch verraten: Du kannst das Fenster und den Laden zwar auf und zu klappen, aber verschließen kannst du sie nicht, oder?«, fragte sie.

»Nein, wozu? Es kommt ja keiner außer mir. Und von außen sieht man nicht, dass es nicht verschlossen ist. Wenn ich wieder draußen bin und zugemacht habe, wickle ich die Schnur um einen Stab und klemm ihn außen fest, sodass es niemand sieht. Da kommt nicht mal 'ne Maus rein.«

Sie verließen den Heizungskeller und stiegen die Treppe zum Vestibül hinauf. Tim lief zur Garderobe, wo Pfeil und Bogen lagen, und setzte sich in einen der beiden Korbstühle. Lara ließ sich in dem anderen nieder.

»Sag mal, wann bist du eigentlich heute eingestiegen? Warst du schon lang im Haus, bevor ich kam?«, fragte sie.

Tim grinste. »Heut bin ich nicht durch das Kellerfenster gekommen. Ich war im Garten und hab Zielschießen geübt. Auf einmal hab dich kommen sehen. Dann hab ich mich angeschlichen wie Chingachgook und bin durch die Haustür rein.«

»Und wie bist du aufs Grundstück gekommen? Hast du einen Schlüssel fürs Gartentor?«

Tim schüttelte den Kopf. »Unten am See gibt's eine Stelle, wo die Hecke nicht so dicht ist. Da kriech ich einfach durch.«

»Aha! Ich nehme an, das Fahrrad, das da draußen an der Hecke lehnt, gehört dir?«

Tim nickte. Sie schwiegen. Aber nur kurz. Lara merkte, wie der Junge sie von der Seite musterte, als wolle er etwas sagen, doch er schien zu zögern.

»Du willst doch bestimmt was wissen, oder?«, forschte sie nach.

Er riss erstaunt die Augen auf. »Woher weißt du das?«

Lara schmunzelte. »Sehe ich dir an.«

»Also gut, woher kennst du meine Mama?«

»Wir haben uns vor ein paar Wochen kennengelernt. In Augsburg.«

Tim schien die Antwort zu genügen. »Und … meinen Papa, … kennst du den auch?«

Lara horchte auf. Der Junge klang auf einmal anders. Wie vorhin, als sie die Bemerkung über die Rückkehr seines Großvaters gemacht hatte.

»Nein. Warum fragst du?«

Tim zuckte mit den Schultern. »Nur so«, murmelte er und starrte auf den Boden. »Manchmal hasse ich ihn!«

Der Ausbruch kam völlig unerwartet. Als der Junge den Blick hob, sah Lara Tränen in seinen Augen.

»Aber Tim, warum denn?«

»Er kann Opa nicht leiden, obwohl Opa ganz lieb ist. Und er schreit Mama immer an. Und manchmal schlägt er sie sogar.«

Er fing plötzlich an zu schluchzen. Lara spürte, wie sich ein Kloß in ihrer Kehle formte. Die Offenheit des Elfjährigen überraschte sie, und sein unvermittelter Gefühlsausbruch machte sie betroffen. Dass es so um ihre Ehe mit Lothar stand, hatte Carmen Demuth ihr verschwiegen.

Lara rückte ihren Sessel näher an den des Jungen heran und legte den Arm um seine Schultern. »Es ist blöd, wenn Mama und Papa sich streiten. Ich weiß, wie das ist, meine Eltern haben sich auch immerfort gestritten«, sagte sie leise.

Doch Tim quasselte, von gelegentlichen Schluchzern unterbrochen, einfach weiter, während Tränen über sein Gesicht liefen.

»Wenn Papa sie haut, sagt er manchmal ›blöde Kuh‹ und ›Schlampe‹ zu ihr, und dann haut Mama zurück und sagt ›Schwein‹ und ›Arschloch‹ zu ihm. Und dass sie ihn verlässt. Dann würde ich Mama am liebsten auch hassen. Ich will, dass alles anders wird. Dass sich Papa mit Opa wieder verträgt. Und auch mit Mama. Und dass sie sich nicht mehr prügeln. Und dass wir alle eine richtig schöne Familie sind: ich und Mama und Papa und Opa und meine Schwester, aber die ist ja gerade in Heidelberg.«

Er schniefte wieder und wischte sich mit dem Ärmel übers Gesicht.

Lara reichte ihm ein Papiertaschentuch.

»Hast du mit deinem Opa mal darüber gesprochen? Ich meine, dass deine Eltern ab und zu miteinander zoffen?«

Tim nickte und schnäuzte sich die Nase. »Er ist auch traurig darüber. Er weiß, dass Papa ihn nicht leiden kann. Aber er sagt, da kann man nichts machen. Wenn er bloß schon wieder da wäre; hoffentlich ist ihm nichts passiert.«

»Hat er denn gar nichts darüber gesagt, wann er wieder kommt?«

Kopfschütteln. »Eigentlich müsste er schon längst wieder da sein. Zuerst hab ich gedacht, dass er diesmal halt einfach länger weg ist als sonst. Mein Papa hat das auch gedacht. Nur meine Mama nicht. Sie sagt, das sei nicht normal, dass er solange weg sei. Aber seit ein paar Tagen mach ich mir auch Sorgen. Und dann denk ich mir, vielleicht hat ja meine Mama recht und nicht mein Papa, und Opa ist doch was passiert.«

Der Junge war völlig fertig. Lara beschloss, dem Gespräch eine andere Richtung zu geben.

»Sag mal, Tim, das Baumhaus, hast du das ganz allein gebaut?«

Er schüttelte den Kopf. »Opa hat mir beim Planen geholfen und Arnie beim Bauen. Aber das Meiste hab ich selbst gemacht. Ich bin bloß noch nicht ganz fertig.«

»Wer ist Arnie?«

»Arnie war mein bester Freund.«

»War?«

Tim nickte düster. »Er ist nicht mehr mein Freund. Er hat mich beschissen.«

»Beschissen?«

»Ja. Ich hab ihm eine alte Münze verkauft. Zehn Euro waren ausgemacht, aber er hat mir nur fünf gegeben.«

»Ach, und was war das für eine Münze?«

»Eine aus der Kiste, wo ich die alten Sachen aufbewahre, die ich aus Opas …« Tim unterbrach sich und schlug die Hand vor den Mund. Als ob er sich selbst dabei erwischt hatte, etwas zu verraten, das er eigentlich für sich behalten wollte.

Das Gefühl, dass der Junge etwas verschwieg, was für ihre Ermittlungen wichtig sein könnte, drängte sich Lara auf.

»Komm, sag's mir, Kumpel. Du weißt doch, ich schweige

wie ein Grab. Also was war das für eine Münze?«, sagte sie beschwörend und zwinkerte ihm zu.

Tim legte den Kopf schief und überlegte. »Na gut«, rang er sich durch. »Aber du darfst es niemandem sagen. Nicht einmal meinem Opa, wenn er wieder da ist. Okay?«

»Okay!«

»Also, das war so«, holte er aus, »ich hab dem Opa mal beim Aufräumen geholfen. An dem Nachmittag hat er ganz viele Sachen in die Tonne geworfen und 'ne Menge Papier verbrannt. Er hat das Feuer gemacht, und ich durfte es bewachen. Opa wollte, dass ich ein paar Kartons, die noch im Keller waren, raufhole. Einer stand in 'ner Wasserpfütze und war unten ganz feucht. Ich wollte ihn aufheben, und da ist er plötzlich aufgegangen, und die Sachen, die drin waren, sind rausgefallen; lauter Papiere und Zeitungen und so. Ein Umschlag, in dem ein paar alte Fotos drin waren, war auch dabei. Und so komische Papiere mit 'ner altmodischen Schrift drauf. Und 'ne Blechschachtel. Da waren Münzen von früher und Anstecknadeln und so drin und ein altes Klappmesser. Das war alles viel zu schade zum Wegwerfen. Ich hab mir gedacht, für die alten Fotos kriegt man bestimmt 'ne Menge Geld, und für die Sachen, die in der Blechschachtel drin sind, auch. Ich hab die Sachen ganz schnell in einen Müllsack gesteckt und dann im Heizungskeller versteckt und nur die anderen Kartons hochgetragen. Und am nächsten Tag, als Opa geschlafen hat – weil der Opa schläft nämlich immer am Nachmittag –, hab ich ihn mir geholt. Für meine Schatzkiste.«

Lara war mit einem Mal hellwach. Bereits bei den ersten Sätzen des Jungen hatte es bei ihr geklingelt. Offenbar war er Zeuge der Papiervernichtungsaktion seines Großvaters geworden, von der Martha Schmieder ihr berichtet hatte. So, wie es sich anhörte, war er dabei auf alte Dokumente gestoßen.

»Hat dein Opa denn nicht gemerkt, dass der Karton fehlt?«

Tim schüttelte den Kopf. »Nö. Er hat ja nicht nachgesehn, was drin war. Er hat die Kartons einfach genommen und sie mit Grillanzünder oder so was übergossen und ins Feuer geschmissen.«

»Sag mal Tim, hast du die Sachen noch?«

Tim nickte. »Nur die eine Münze nicht mehr. Die hat Arnie, der blöde Sack.«

»Weiß Arnie von den Fotos und den alten Papieren?«

Tim schüttelte den Kopf. »Nur die Münzen hab ich ihm gezeigt.«

»Weiß sonst noch jemand von deinem … Schatz?«

»Nein, du bist die Erste, der ich's erzählt habe.«

»Kannst du mir die Sachen mal zeigen? Ich finde alte Fotos und Münzen nämlich toll. Wahrscheinlich kann ich dir auch sagen, was sie wert sind, ich kenn mich da ein bisschen aus. Vielleicht kaufe ich sie dir sogar ab – natürlich ohne dich zu bescheißen!«

Tim dachte kurz nach – dann glitt ein Grinsen über das tränennasse Gesicht.

»Cool!«, nickte er begeistert. »Und wann fahren wir zu meiner Baumhütte?«

»Du hast die Sachen in der Hütte?«

Der Junge nickte. »Klar, in meiner Schatzkiste.«

Lara lächelte. »Wann hast du denn Zeit?«

»Morgen. Wenn ich mit den Hausaufgaben fertig bin. So um halb drei?«

»In Ordnung.«

»Bringst du mir dann das *Lederstrumpf*-Buch mit?«

»Na klar doch. Hab ich doch versprochen.«

»Megageil!« Tim sprang vom Korbsessel herunter, wobei sein Blick auf die Armbanduhr fiel. »Oh Mann! Ich muss nach Hause. Mein Nachhilfelehrer kommt.«

»Ja dann sollten wir gehen. Nicht, dass du noch Ärger kriegst.«

Sie verließen die Villa. Auf dem Weg zum Gartentor unterhielten sie sich über die Schule. Lara fragte, in welchen Fächern er Nachhilfe benötige. In Mathe, antwortete er. In dem Fach habe er immer Vieren und Fünfen gehabt, aber in Deutsch sei er sehr gut. Das liege daran, weil er viel lese. Sein Opa habe gesagt, dass Lesen ganz wichtig sei. Je mehr man lese, desto schlauer werde man. Er habe sehr viele Bücher, die meisten von Opa. Und weil er so viel lese, sei er »auch verdammt gut« darin, Aufsätze zu schreiben. Er schreibe fast immer nur Einser und Zweier.

»Am Freitag habe ich einen Aufsatz als Hausaufgabe gehabt, und diesmal springt bestimmt wieder ein Einser heraus.«

»Bestimmt!«, sagte Lara und fragte nach dem Thema des Aufsatzes.

»Wir mussten uns eine Bergsteigergeschichte ausdenken.«

»Da ist dir bestimmt was Tolles eingefallen.«

Tim nickte. »Ich hab mir vorgestellt, ich wäre Chingachgook und klettere einen Berg rauf. Außerdem hab ich mir ein Buch aus Opas Bibliothek besorgt, da steht ganz viel über Berge drin, und es hat ’ne Menge toller Bilder.«

Lara blieb abrupt stehen.

»Ein Buch von deinem Opa? Wie heißt es denn?«

»Weiß nicht genau. Ich hab mir die Bilder angesehen und ein paar Seiten gelesen. Aber ich glaub irgendwas mit Stei… Steirer… oder so. Ich hab’s in meinem Ranzen, ich kann’s dir zeigen.«

Das darf nicht wahr sein … Lara fasste sich an die Stirn und starrte Tim ungläubig an.

»Was ist? Glaubst du mir nicht?«, fragte der Junge. Er schien auf einmal ängstlich.

»Doch, doch, ich glaube dir. Es ist nur … Sag mal, Tim, wann hast du dir das Buch geholt?«

»Am Freitagnachmittag. So um vier rum. Da war Mama weg, und ich bin schnell zu Opas Haus geradelt.«

Vergangenen Freitag um vier. Um kurz nach eins hatte sie zusammen mit Tuchy und Jo die Villa verlassen. Um vier war sie längst wieder in Augsburg gewesen.

»Du bist doch bestimmt wieder durchs Kellerfenster eingestiegen.«

Tim nickte und grinste. »Danach bin ich wieder heim und hab gleich meinen Aufsatz geschrieben. Und heute mussten wir die Hefte abgeben.«

»Und du hast das Buch in deinem Ranzen?«

»Ja. Auf meinem Rad.«

»Kannst du's mir zeigen?«

»Interessierst du dich für Berge?«

»Sehr! Ich würde es mir gern zu Hause ansehen, in aller Ruhe.«

Sie traten durch das Gartentor, Lara schloss ab. Tim lief zu seinem Rad, das an der Hecke lehnte. Er schnallte den Ranzen ab, holte das Buch heraus und gab es Lara. *Die Bergwelt der Steiermark.* Ein Bildband. Sie widerstand der Versuchung, ihn sofort zu öffnen.

»Aber du musst es mir wieder zurückgeben. Sonst gibt's Ärger mit Opa«, mahnte Tim noch, während er den Ranzen wieder auf den Gepäckträger klemmte.

»Klar doch, Ehrenwort! Sobald ich es gelesen habe, stellen wir es wieder ins Regal von deinem Opa zurück«, versprach Lara.

Tim lächelte zu ihr empor.

»Bist 'n prima Kumpel. Wie heißt du überhaupt, ich meine mit richtigem Namen?«

»Lara.«

Er schwang sich aufs Rad. »Also gut, Lara. Dann bis morgen.«

Als der Junge außer Sichtweite war, begann sie, sich den Band genauer anzusehen. Das Bild auf dem Schutzumschlag zeigte ein beeindruckendes Panorama. Ein Gebirgsfluss, beidseits flankiert von hoch aufragenden Felswänden. Brodelnde Wassermassen, die weiß gischtend durch eine Schlucht tosen. Der Fotograf hatte für die Aufnahme eine Stelle gewählt, die den Betrachter einen schroffen Steilhang hinunter blicken ließ. Der Name der Autorin klang sehr nach einem dem Titel geschuldeten Pseudonym: *Lisa Montana*.

Wie immer, wenn sie sich ein Buch ansah, las sie zunächst die Inhaltsangabe auf der Rückseite des Schutzumschlags. In diesem Fall folgte auch noch eine in dürren Sätzen abgefasste Kurzbiografie der Autorin samt Porträtfoto.

Dann begann sie in dem Band zu blättern – und hielt plötzlich wie elektrisiert inne. Natürlich hatte sie gehofft, etwas zu finden, das sie weiterbringen könnte – doch damit hatte sie nicht gerechnet!

»Ich liebe dich. Dein Julchen.«

In feminin geschwungener Handschrift stand der Name auf einer unbedruckten Seite. Darüber, ebenfalls handschriftlich verfasst, eine dreizeilige Widmung, die Bände sprach: »In Erinnerung an unsere wunderschönen gemeinsamen verbrachten Stunden und zum Jahrestag unseres Kennenlernens am 03. September 2002.« Versehen war die Widmung mit dem Datum 3. September 2003.

Lara hob den Blick. Also doch, dachte sie. Die Viagra-Packung fiel ihr ein. Zumindest dieses Rätsel war damit gelöst. Harald und Julchen waren ein Liebespaar gewesen! Er, weit über 80 – und sie? Wie alt war sie gewesen? Außer dass die Frau – glaubte sie der Rezeptionistin des Hotels *Castello del Sole* in Verona –, offenbar nicht mehr am Leben war, wusste sie nichts über sie. Ganz im Gegensatz zu Harald Demuth. Den sie, obwohl sie ihm noch nie begegnet war, mittlerweile ganz gut zu kennen glaubte. Doch noch während sie darüber nachdachte, überkam sie mit einem Mal das sonderbare Gefühl, dass Julchen ihr signalisierte, sich in diesem Punkt gewaltig zu irren. Dass sie, objektiv betrachtet, auch über Harald Demuth so gut wie nichts wusste. Ihr fiel ein Satz des Schriftstellers und Politikers André Malraux ein: »Die Wahrheit eines Menschen liegt in dem, was er verschweigt.«

Lara blätterte weiter. Sah sich die Bilder an. Großformatige Panoramafotos; atemberaubende Perspektiven von Gipfeln, Schluchten und Tälern, zum Teil aus einer für den Fotografen waghalsigen Position heraus geschossen. Kleinere Bilder in unterschiedlichen Größen. Ansonsten die üblichen Bildunterschriften. Und zweispaltige Textseiten, mal mehr, mal weniger umfangreich. Lara warf einen Blick auf das Impressum. Das Copyright hielt ein in Graz ansässiger Verlag, der den ebenso prosaischen wie nichtssagenden Namen *Heimatverlag* trug. Daneben der Stempel einer Buchhandlung: *Buchhandlung Prohaska, Liezen/Steiermark*.

Liezen! Die Aussage Martha Schmieders schoss Lara plötzlich in den Sinn. Über den Brief eines österreichischen Bestattungsunternehmens, den der alte Demuth vor etwa einem Jahr erhalten hatte. Der Anfangsbuchstabe des Ortes in der Absenderzeile sei ein *L* gewesen, dem ein *i* oder *ie* gefolgt sei, hatte die Schmieder erzählt.

Lara zog eine vorläufige Bilanz.

Eine Übernachtung in einem Hotel in Verona. Ein Cellokonzert in Sirmione. Eine Buchhandlung in Liezen. Ein Buch mit einer vor vier Jahren verfassten Widmung, unterzeichnet mit: »Ich liebe dich. Dein Julchen.« Ein Bestattungsunternehmen – ebenfalls in Liezen?

Unzusammenhängende Fußnoten im Kontext eines Vermisstenschicksals? Oder lose Fäden, die darauf warteten, verknüpft zu werden?

Lara klappte den Bildband zu. Grübelte an die Thujahecke gelehnt darüber nach, welche Bedeutung den Fußnoten zukam. Oder den Fäden, je nachdem. Das mit dem Hotel in Verona hatte sie weitgehend telefonisch klären können; Harald Demuth war dort sternschnuppenartig aufgetaucht und wieder verschwunden, ohne weitere Spuren zu hinterlassen. Was Sirmione anging, gab es lediglich den Nachweis über die Buchung eines Konzerts und einer Übernachtung, die er über ein Münchner Reisebüro vorgenommen hatte. Ob er jemals dort gewesen war, und ob und wie sich diese Spur aufnehmen ließ, stand nach wie vor in den Sternen. Das Buch mit der Widmung Julchens war – dem Stempel neben dem Impressum nach zu urteilen – offensichtlich in einer Buchhandlung in Liezen erworben worden. War Liezen auch der Sitz des Bestattungsunternehmens, von dem Harald Demuth letztes Jahr Post bekommen hatte? Wenn ja – war der Tod Julchens Anlass für den Brief gewesen?

Der Gedanke an einen alten gramgebeugten Mann, der für die Bestattung seiner verstorbenen Geliebten Sorge trägt, drängte sich Lara plötzlich auf …

Sie befand, dass die Überlegung zumindest eine telefonische Recherche wert sei; schließlich musste, wer jemandem Post schickte, auch den Grund dafür nennen können.

Sie sah auf die Uhr; Zeit, dass sie ins Büro kam. Es gab noch Post, die aufgearbeitet werden musste, unter anderem ein mehrseitiger Fragebogen der privaten Pflegeversicherung ihrer Mutter. Überhaupt hatte sie, was ihre Mutter anging, ein schlechtes Gewissen. Der letzte Besuch bei ihr lag mehr als eine Woche zurück, eigentlich müsste sie heute noch im Luisenheim vorbeischauen.

Seufzend steckte Lara den Bildband in ihren Rucksack und machte sich auf den Weg zum Parkplatz. Zehn Minuten später befand sie sich auf der B471, auf dem Weg ins Büro.

KAPITEL 28

Augsburg

Es ging bereits auf sieben zu, als Lara das Luisenheim verließ. Diesmal optimistischer gestimmt als noch vor einer Woche. Heute war Mutter verhältnismäßig gut drauf gewesen; sie hatten zusammen einen Spaziergang durch den Park gemacht und waren sogar in ein Café eingekehrt. Bis auf ein paar kleinere Erinnerungslücken, die die beiden letzten Tage betrafen, war Lara nichts Gravierendes aufgefallen. Offenbar hatte ein neues Präparat seine Wirkung entfaltet.

Sie fuhr direkt nach Hause. Parkte den Wagen vor der Garageneinfahrt, betrat das Haus und ging sofort ins

Arbeitszimmer. Schaltete den PC ein und googelte »Bestattungsinstitut Liezen«. Nur ein Treffer, das macht es leichter!, dachte sie einen Mausklick später und ging auf den entsprechenden Link: »Bestattungsinstitut Johann Navratil, Liezen, Steiermark.« Während sich die Seite öffnete, fragte sich Lara, was die Welt am Laufen hielt, als es das Internet noch nicht gab. Klickte auf den Button »Wer wir sind«, las, dass es die Firma Navratil schon seit 50 Jahren gab und klickte auf »Impressum«. Wollte nach ihrem Bleistift greifen, um sich die Telefonnummer …

… Etwas war anders!

Die Erkenntnis kam schlagartig und ließ sie mitten in der Bewegung innehalten.

Ungläubig starrte sie auf den Platz neben dem Bildschirm. Seit Jahren hatte sie sich angewöhnt, einen akkurat angespitzten Bleistift auf dem Schreibtisch liegen zu haben, um die eine oder andere schnelle Notiz machen zu können. Er hatte exakt in der Mitte zwischen dem rechts vom Bildschirm stehenden Telefon und der Plexiglasbox mit dem Haftnotizblock zu liegen. Kantenparallel zur Box und mit der Spitze zur gegenüberliegenden Wand ausgerichtet. Sobald der Bleistift auch nur ein klein wenig stumpf wurde, spitzte sie ihn wieder an. Ein Vorgang, der sich durchaus mehrere Male am Tag wiederholen konnte. Der Spitzer selbst stand immer rechts neben der Plexiglasbox. Das mit dem gespitzten Bleistift war eine Marotte, die sie sich während der Jahre im Präsidium angewöhnt hatte und derentwegen sie immer wieder mal von den Kollegen aufgezogen worden war. Ausgerechnet diesem Spleen verdankte sie nun eine entscheidende Beobachtung: Der Bleistift lag verkehrt herum, Spitzer und Plexiglasbox waren deutlich verschoben.

Jemand war hier gewesen!

Hier an diesem Schreibtisch!

Lara richtete sich kerzengerade auf und dachte kurz nach. Öffnete hektisch sämtliche Schreibtischschubladen und überprüfte deren Inhalt auf Vollständigkeit. Keine Auffälligkeiten, alles war an seinem Platz. Selbst die stählerne Bargeld-Kassette, die sie nie abschloss. Lara öffnete sie und zählte die Scheine. 700 unangetastete Euro! Der Briefablageständer mit den drei Körben links neben dem Bildschirm schien ebenso unberührt wie der Stoß an Dokumenten und Papieren neben dem Kopierer. Sie ging zum Aktenschrank. Er war verschlossen, das Schloss intakt. Auch auf dem mit Büchern und Nippes vollgestellten Bord an der Wand daneben nichts Auffälliges.

Lara ging zur Tür und stellte sich in den Rahmen, um eine andere Perspektive zu bekommen. Ließ langsam und methodisch den Blick durch den Raum gleiten.

Erste Zweifel meldeten sich. Vielleicht hatte sie die Gegenstände auf dem Schreibtisch ja unbewusst …

Etwas weißes Punktförmiges stach ihr ins Auge und unterbrach ihren Gedankengang. Es befand sich auf dem Fußboden neben dem Schreibtischsessel. Lara bückte sich, um es sich anzusehen. Es handelte sich um ein kreisrund gestanztes Papierstückchen von knapp einem Zentimeter Durchmesser. Lara befeuchtete die Kuppe ihres Zeigefingers, tippte es an und hob es auf. Drehte den Finger und begriff augenblicklich. Was da an ihrer Fingerkuppe haftete, war ein Konfektionsgrößenetikett, mit dem üblicherweise Socken und Strümpfe gekennzeichnet wurden. Ein Aufkleber mit einer aufgedruckten Nummer. Hinterlassen von jemandem, der Socken der Größe 48 trug. Der Mann – es konnte sich nur um einen Mann handeln – war offenbar strumpfsockig in ihr Arbeitszimmer eingedrungen und hatte nicht bemerkt, dass sich das Etikett von seinem Socken abgelöst hatte.

Ihr wurde heiß. Die Gefahr begann eine neue Dimension anzunehmen. Jemand war während ihrer Abwesenheit im Haus gewesen. Jemand, der sicher sein konnte, nicht erwischt zu werden, weil er wusste, dass sie zum Zeitpunkt seines Eindringens nicht zu Hause sein würde.

Wie konnte er das wissen? Was wollte er? Und wie war er hereingekommen?

Die letzte Frage ließ sich am einfachsten beantworten. Schon immer hatte sie die Angewohnheit, während ihrer Abwesenheit die Terrassentür gekippt zu lassen, allerdings nur tagsüber und auch nur, wenn sie für ein paar Stunden weg war. Hatte sie heute für diesen Leichtsinn die Quittung bekommen? Sie ging ins Wohnzimmer. Ihre Vermutung bestätigte sich, die Terrassentür war angelehnt.

Verdammter Mistkerl, dachte Lara wütend.

Sie entschloss sich, die anderen Räume systematisch abzugehen. Nach einer Stunde war sie sicher, dass aus dem Haus wenigstens nichts entwendet worden war.

Sie ging ins Arbeitszimmer zurück, setzte sich wieder in ihren Schreibtischsessel und fragte sich, was, zum Henker, der Mann gewollt haben könnte. Dass er in irgendwelchen Unterlagen schnüffeln wollte, konnte sie ausschließen; weder die Ablagekörbe auf dem Schreibtisch noch der Stapel neben dem Computer waren durchsucht worden.

Ihr Blick streifte das Telefon, heftete sich auf den Hörer. Dann durchzuckte sie die Erinnerung. In einem der letzten Fälle, die sie vor ihrem Ausscheiden als Hauptkommissarin bei der Kripo bearbeitet hatte, hatte eine in einem Telefonhörer versteckte Abhörelektronik eine entscheidende Rolle gespielt.

Was, wenn der Typ eine Wanze platziert hat? …

Ihr war klar, dass sie, um das herauszufinden, professionelle Hilfe in Anspruch nehmen musste. Der Gedanke, ihre Beziehungen aus früheren Zeiten spielen zu lassen, blitzte kurz auf, doch sie verwarf ihn sofort wieder. Sie würde ein Spezialunternehmen, das sich auf Lauschabwehr verstand, beauftragen. Und sie würde Carmen Demuth klarmachen, dass so etwas Geld kostete. Sensible Gespräche würde sie ab sofort nur noch per Handy führen. In der Garage oder vor dem Haus.

Sie zwang sich zur Ruhe, setzte sich an den Schreibtisch und aktivierte den Bildschirm ihres PCs. Das Impressum auf der Homepage des Bestattungsinstitutes Johann Navratil erschien. Lara tippte die Telefonnummer in ihr Handy und ging vor die Haustür. Vielleicht würde der Bluff, mit dem sie die Tussi vom Reisebüro überrumpelt hatte noch einmal funktionieren …

»Josefa Navratil«, meldete sich eine Frauenstimme. Sie klang matt.

Lara brachte ihr Anliegen vor. Es gehe um eine Rechnung, und zwar …

»Um eine Rechnung? Ich fürchte, da kann ich Ihnen eh nicht weiter helfen. Wenigstens im Moment nicht.«

»Ach, und warum nicht?«

Josefa Navratil hatte sichtlich Mühe, weiterzusprechen.

»Wir haben keinen Zugriff mehr auf unsere Unterlagen. Wir hatten vor vier Wochen ein verheerendes Feuer. Schreinerei, Lager, Büro – alles abgebrannt. Tut mir leid.«

Noch bevor Lara ihrem Bedauern Ausdruck geben konnte, hatte die Frau aufgelegt.

KAPITEL 29

Wörthsee | 2. Oktober 2007 | DI

Gleich nach dem Frühstück an diesem Dienstagmorgen setzte sich Lara an den PC und googelte nach einem seriösen Dienstleister für Lauschabwehr. Sie erzielte mehrere Treffer: größere Detekteien mit den entsprechenden Zertifikaten, die im ganzen Bundesgebiet verstreut lagen. Lara rief ein Münchner Unternehmen an, in der Hoffnung, einen schnellen Termin zu bekommen, und hatte auf Anhieb Glück. Man würde gleich morgen zwei Spezialisten mit dem entsprechenden Equipment vorbeischicken.

Als sie gegen halb drei auf den Parkplatz beim *Kiebitz* einbog, herrschte strahlender Sonnenschein – ideales Wetter für eine Radtour. Lara holte ihr Faltrad aus dem Kofferraum, klappte es auf und bog fünf Minuten später auf den Kiesweg ein, der zur Villa führte. Die Arme um die angewinkelten Beine gelegt, hockte Tim im Kies neben seinem Rad, das an der Hecke lehnte.

Er sprang auf und lief ihr entgegen.

»Super, dass du gekommen bist«, rief er. Er strahlte.

Lara lächelte und stieg vom Rad. »Na hör mal, hab ich doch versprochen.«

Er erblickte die Gepäckträgertasche auf dem Rad.

»Ist es da drin?«

»Das *Lederstrumpf*-Buch?«

Tim nickte.

»Nein, das hab ich im Auto. Ich schlage vor, wir fahren erst mal zu deiner Hütte und sehen uns deinen Schatz an. Einverstanden?«

»Einverstanden.«

Tim schwang sich aufs Rad. »Fahr mir einfach hinterher!«, rief er.

Sie fuhren den schmalen Weg entlang, der aus dem Villenviertel hinaus auf die Fischerstraße führte und dann weiter Richtung Süden. Am Ende der Ortschaft begann ein Waldgebiet, das offenbar Tims Ziel bildete. Sie radelten noch etwa 500 Meter weiter, dann verließen sie die Straße und bogen scharf rechts auf einen schmalen Waldweg ein. Nach weiteren fünf Minuten, in denen sie mehrere sich kreuzende Wege passiert hatten, hielt Tim plötzlich an und sprang vom Rad.

»Jetzt müssen wir zu Fuß weiter.«

Er schob sein Rad und folgte einem schmalen Pfad, der kreuz und quer zwischen eng beieinanderstehenden Bäumen auf eine winzige, mit hohem Gras bestandene Lichtung führte.

Tim hielt an. »Da, siehst du?«, sagte er und deutete stolz auf eine knorrige Eiche am Rand der Lichtung, die über einen dreigeteilten Stamm verfügte. Etwa zweieinhalb Meter über dem Boden war eine Bretterkonstruktion in die Gabelung hineingenagelt. Im darüber liegenden Astwerk befand sich eine Plattform aus Brettern.

Tim ließ sein Rad fallen. »Komm!« Er lief auf den Baum zu. Dann schwang er sich an einem der niedriger hängenden Äste auf einen Buckel des Hauptstamms, der sich vorwölbte, kletterte wieselflink an ein paar weiteren Ästen noch oben und verschwand hinter dem Bretterverschlag.

Lara, die ihr Rad ebenfalls hatte fallen lassen, war ihm durch das hohe Gras gefolgt. »Hab ich da oben überhaupt noch Platz?«, rief sie.

Der Junge steckte seinen Kopf aus einer Öffnung des Bretterverschlags.

»Klar, komm rauf!«

Lara kletterte den Stamm hinauf, wenn auch nicht so flink wie Tim, und ließ sich etwas außer Atem neben ihm nieder.

»Cool, oder?« Der Junge strahlte.

Lara schmunzelte. »Supercool!«, sagte sie anerkennend und sah sich um.

»Willst du was trinken?«, fragte Tim.

»Was kannst du denn anbieten?«

»Limo und Cola aus meinem Geheimfach.«

»Dann eine Cola bitte.«

Tim drehte sich zur Seite und griff in eine Höhlung des Stamms unmittelbar neben ihm. Als er sie wieder herauszog, hielt er in jeder Hand eine Dose Cola.

»Da, nimm!« Er öffnete die seine, nahm einige Schlucke und wischte sich mit dem Ärmel über den Mund.

Lara folgte seinem Beispiel. »Hm, schön kühl.«

»Dieses Geheimfach – ich nehme an, da ist auch die Schatzkiste drin?«

Tim nickte. »Warte, ich hol sie raus. Halt mal meine Dose.«

Er zerrte einen blauen Müllsack aus der Öffnung.

»Ich hab alles in den Sack gesteckt, damit nichts feucht wird«, bemerkte er mit wichtiger Miene und wickelte eine flache Blechschachtel aus dem Plastik. »Hier! Bestimmt ganz schön wertvoll, was da drin ist.«

Lara öffnete die Schachtel. Was Tim als »ganz schön wertvoll« bezeichnete, entpuppte sich als ein Haufen alter Münzen aus der NS-Zeit. Eine Handvoll Reichspfennige und mehrere Reichsmarkstücke mit geprägtem Reichsadler und Hakenkreuz. Inmitten all der Münzen ein altes verrostetes Klappmesser, ein gebrochenes Kettenglied sowie zwei Anstecknadeln mit dem Motiv eines Hakenkreuzes, umgeben von einem Lorbeerkranz. Eine der Nadeln vermutlich aus Silber, die andere aus Bronze, wahrscheinlich Sport- oder Ehrenabzeichen. Auf dem Boden der Schachtel zwei farbige Stofffetzen in Form eines Dreiecks. Sonst nichts.

»Sag mal, Tim, hast du mir nicht was von irgendwelchen Fotos und Papieren erzählt – wo sind die eigentlich?«, erkundigte sich Lara.

Tim nickte eifrig, zog einen Umschlag aus dem Plastiksack und reichte ihn ihr. Er war von schmutzigbrauner Farbe und sichtlich in die Jahre gekommen.

Lara zog einen dünnen Stapel aus dem Umschlag: mehrere Fotografien, einen alten Ausweis und eine gebrauchte, abgestempelte Bahnfahrkarte aus dem Jahr 1943. Vier der Fotos – schwarz-weiß und sepiafarben – waren dem ersten Blick nach in den 30er oder 40er Jahren des vorigen Jahrhunderts entstanden. Zwei weitere waren Porträtaufnahmen, eines in Schwarz-Weiß, das andere in Farbe. Das schwarz-weiße mochte den 1960er oder 70er Jahren entstammen, das zweite, es war das Farbbild, war deutlich jüngeren Datums. Noch während Lara die Bilder zwischen den Fingern auffächerte, spürte sie, wie eine eigenartige Nervosität von ihr Besitz ergriff. Zuerst stieg eine leise Ahnung in ihr hoch, dann schrillten die Alarmglocken in ihrem Kopf. Es war richtig gewesen, Tim zu bitten, ihr seinen Fund zu zeigen! Ihre Erregung wuchs in dem Maße, wie sie die Bilder einzeln betrachtete, sie mehrfach wendete, die handschriftlichen Vermerke auf den Rückseiten las und sie anschließend wie Teile eines Puzzles auf dem Boden auslegte. Obwohl ihr schnell dämmerte, was sie da zutage gefördert hatte, weigerte sie sich zunächst, es zu glauben. Doch als sie die wenigen Bilder noch einmal durchging, wobei sie besonders die beiden Porträtfotos kritisch prüfte, verfestigte sich ihre Ahnung zur Gewissheit.

Sie wandte sich an den Jungen.

»Ich würde dir das alles gern abkaufen wollen, Tim«, sagte sie. Obgleich sie darauf achtete, ihre Stimme möglichst unverfänglich klingen zu lassen, fand Tim, dass sie sich ziemlich komisch anhörte. Schon die Art, wie sie sich die ganze Zeit die Fotos und Papiere angesehen hatte, war ihm merkwürdig vorgekommen. Aber Erwachsene konnten manchmal komisch sein, zum Schießen komisch, wie er fand, und seine neue Freundin bildete da keine Ausnahme.

Er legte den Kopf schief und grinste.

»Okay. Was bietest du?«

»Was willst du denn haben?«

Er zuckte mit der Achsel.

»Hör zu, ich geb' dir 50 Euro. Ist das in Ordnung?«

Tim sah sie zuerst ungläubig an. Dann sprang er auf.

»Geil, da kann ich mir die neueste *Tomb Raider*-Version kaufen«, jauchzte er.

»Du kriegst das Geld nachher, wenn wir bei meinem Auto sind, zusammen mit dem *Lederstrumpf*-Buch.« Sie sah auf die Uhr. »Ach, schon halb fünf. Ich würde sagen, wir machen uns auf den Rückweg.«

Eine halbe Stunde später langten sie beim Parkplatz an. Tims Augen leuchteten, als Lara ihm die versprochenen 50 Euro und das *Lederstrumpf*-Buch aushändigte.

»Sehen wir uns bald wieder?«, fragte er. »Dann bring ich meinen Laptop mit, und wir spielen zusammen *Tomb Raider*«, schlug er vor.

Lara lächelte und strich ihm übers Haar.

»Klar, machen wir. Aber ich kann dir noch nicht genau sagen, wann. Ich muss ein paar Tage wegfahren. Hast du denn ein Handy? Ich ruf dich an.«

Tim nickte und nannte Lara eine Nummer, die sie in ihr Handy eintippte und abspeicherte.

»Also dann«, sagte Tim und reichte ihr die Hand.

»Also dann«, erwiderte Lara und schlug ein.

Sie wartete, bis der Junge verschwunden war. Dann setzte sie sich in den Wagen, zog die Fotos aus dem Umschlag und breitete sie auf dem Beifahrersitz aus, um sie sich noch einmal genau anzusehen.

Die Wahrheit eines Menschen liegt in dem, was er verschweigt …

Sie griff zum Handy und wählte Carmen Demuths Nummer.

Es dauerte einige Zeit, bis sie das Gespräch endlich annahm; dem Geräusch nach war sie im Auto unterwegs.

»Hallo?«

»Lara Gropius. Hallo, Frau Demuth. Können wir uns treffen?«

»Treffen? Natürlich, kommt drauf an, wann.«

»Am besten noch heute. Vielleicht bei mir im Büro. Uhrzeit spielt keine Rolle.«

An der Pause, die entstand, merkte Lara, dass die Frau überrascht war. »Heute? Auf keinen Fall. Ich bin auf dem Weg nach Heidelberg zu meiner Tochter. Frühestens am Freitag.«

Lara biss sich auf die Unterlippe.

»Warum eigentlich? Was gibt es denn so Dringendes?«, fragte die Demuth nach.

Der Entschluss, es ihr am Telefon zu sagen, reifte von einer Sekunde zur anderen.

»Ich habe sie gefunden, ich weiß jetzt, wer sie ist«, sagte Lara. Ihre Stimme vibrierte.

»Von wem sprechen Sie, wen haben sie gefunden?«

»Julchen!«

KAPITEL 30

Augsburg | 3. Oktober 2007 | MI

An diesem Morgen klingelte Laras Telefon schon kurz nach acht. Zuerst zögerte sie, nach dem Hörer zu greifen, dann nahm sie doch ab. Mochte man sie ruhig abhören; es lag schließlich ganz bei ihr, das Gespräch abzubrechen, sollte es in einen sensiblen Bereich wechseln.

Es war Jo.

»Hallo, Lara, bin doch schon früher zurück. Ich wollte mich bloß vergewissern, ob's bei dem Termin morgen bleibt.«

»Schon. Aber nicht bei mir zu Hause. Wir treffen uns woanders. Ich sag dir und Tuchy spätestens heute Nachmittag Bescheid. So zwischen vier und fünf.«

»In Ordnung. Ich wollt nur noch sagen …«

Lara unterbrach ihn. »Sorry, Jo, aber ich bin in Eile. Bis heute Nachmittag.«

Sie legte auf.

Gegen zehn Uhr fuhr ein unscheinbarer Toyota Hiace auf den Garagenvorplatz vor Laras Bungalow; kurz zuvor hatte sie beide Flügel des Tores, durch das man aufs Grundstück gelangte, weit geöffnet. Eine Mitarbeiterin der auf Lauschabwehr spezialisierten Detektei hatte sie auf dem Handy angerufen und angekündigt, dass das Team in den nächsten Minuten eintreffen werde.

Die beiden Elektronikspezialisten, die dem Transporter entstiegen, waren in Blaumänner gekleidet und erweckten den Eindruck, biedere Handwerker zu sein. Sie zückten ihre Ausweise und stellten sich als Viktor Rühe und Sven Harms vor.

Lara begrüßte sie mit Handschlag. »Vielen Dank, dass Sie so schnell gekommen sind.«

»Bitte gern, aber ein wenig hatten Sie schon Glück«, bemerkte Viktor Rühe, der zwar Schriftdeutsch sprach, aber den Münchner nicht ganz verleugnen konnte. »Eigentlich hätten wir heut nach Nürnberg gemusst, aber der Termin wurde vor drei Tagen gecancelt; Ihr Auftrag kam gerade richtig«, ergänzte er.

»Tja, sonst hätten Sie mindestens zwei Wochen warten müssen«, bestätigte Sven Harms. Name und Dialekt wiesen ihn als Hamburger aus.

Die Männer öffneten die Hecktür, um ihr Equipment hervorzuholen. Lara musterte mit hochgezogenen Brauen die im Lieferwagen verstauten Koffer, Boxen und Kisten.

»Da staunen sie, nich?«, merkte der Hamburger mit breitem Grinsen an. »Nix mit smarten Köfferchen und kleinen niedlichen Wanzensuchgeräten«, fuhr er fort. »Darauf setzen die Kollegen in den Fernsehkrimis und Agentenfilmen. Wir arbeiten mit anderen Kalibern. Hier zum Beispiel, sehen Sie«, er wies auf einen der Koffer, »da ist unser Prachtstück drin: das kleinste transportable Röntgengerät am Markt; brauchen wir, um bestimmte Sachen zu durchleuchten, die man nicht aufkriegt, ohne sie zu zerstören. Israelischer Hersteller, damit arbeitet sogar der Mossad …«

»Hör auf, Sven. Du nervst die Dame mit deiner Angeberei«, unterbrach ihn sein Kollege, wuchtete den ersten Koffer aus dem Fahrzeug und wandte sich an Lara: »Sie müssen schon entschuldigen. Er ist und bleibt zwar ein alter Labersack, aber er hat was drauf.«

»Aber ich bitte Sie, lassen Sie ihn doch«, wiegelte Lara freundlich ab. »Wer mit Begeisterung von seiner Arbeit spricht, macht einen guten Job.«

»Na das will ich doch meinen«, grinste Sven Harms.

Eine halbe Stunde später waren die beiden Techniker soweit, dass sie loslegen konnten. Auf einen Hinweis Laras begannen sie mit der Telefonanlage im Arbeitszimmer. Sie selbst verschwand in die Küche, um einen kleinen Imbiss für die Männer vorzubereiten. Aber schon 20 Minuten später bat Viktor Rühe sie ins Arbeitszimmer zurück.

»Sie hatten einen verdammt guten Riecher«, bemerkte er mit konzentrierter Miene und bat Lara, sich das Bild auf einem der aufgebauten Monitore anzusehen.

Sie blickte auf ein Gewirr aus elektronischen Bauteilen, Drähten und Verkabelungen. Die äußeren Umrisse auf dem Bild zeichneten eindeutig die Konturen einer Telefonanlage nach. Das Röntgengerät gewährte einen verblüffend scharfen Einblick in das Innenleben von Hörer und Konsole.

»Hier, sehen Sie«, sagte Rühe und wies mit einem Kugelschreiber auf ein kleines elektronisches Bauteil im Hörer.

»Dieses Teil hat in einem normalen Hörer nichts verloren. Es ist definitiv eine Wanze«, dozierte er. »Das Problem ist: Anders als früher, als man die Sprechmuschel noch abschrauben konnte, um so ein Ding einzusetzen, sind die meisten Hörer heutzutage verschweißt. Ergo muss ein Lauschangreifer den unverwanzten Hörer komplett gegen einen neuen verwanzten austauschen. Das geht zwar sekundenschnell, ein Klips – und fertig! Aber ich weiß nicht, ob Ihnen klar ist, was das bedeutet?«

Die Frage klang ziemlich dramatisch und war nur rhetorisch gemeint. Rühe beabsichtigte, sie selbst zu beantworten, doch Lara kam ihm zuvor.

»Der, der den Hörer austauschen will, muss vorher wissen, um was für ein Telefon es sich handelt. Marke, Modell und so weiter«, sagte sie und ergänzte: »Was wiederum bedeutet, dass er oder irgendjemand anders, mit dem er zusammenarbeitet, hier in meinem Büro gewesen sein muss, um herauszufinden, welches Telefon ich benutze.«

Rühe hob anerkennend die Brauen.

»Gratuliere. Den meisten Betroffenen muss ich den Sachverhalt erst mal klarmachen, damit sie die nötigen Schlüsse ziehen können.«

»Ich war bis vor Kurzem bei der Kripo. Mordkommission«, bemerkte Lara trocken.

»O la la. Da wird so manches klarer«, entgegnete Sven Harms und grinste.

Laras Gedanken überschlugen sich. Auch wenn ihr die Überlegung mit der Telefonwanze schon gestern gekommen war – welche Konsequenz sich daraus ergab, hatte sie erst jetzt völlig begriffen.

Der Typ von der Telekom, schoss es ihr plötzlich in den Sinn. Erst vor ein paar Tagen war er da gewesen. Angeblich, um einer Störung nachzugehen. Ihr fiel ein, wie er sich mit der Miene eines Unschuldslammes dafür entschuldigt hatte, seinen Firmenausweis vergessen zu haben.

Sie spürte, wie die Wut in ihr hochkroch. Offenbar war sie das Opfer eines hinterhältigen Täuschungsmanövers geworden.

Da warst du 17 Jahre bei der Polizei und lässt dich von diesem Scheißkerl so verarschen!

Gleichzeitig drängte sich ihr noch eine andere Erkenntnis auf. Wahrscheinlich war es nicht nur eine Person, die sich an ihre Fersen geheftet hatte. Sie arbeiteten im Team. Die Frage war, in wessen Auftrag?

»Gibt es sonst noch einen Festnetzanschluss hier im Haus?«

Rühe hatte die Frage gestellt.

Lara nickte zerstreut. »Wie bitte? … Ja, ja … im Flur. Allerdings hat der 'ne andere Nummer.«

»Weitere Telefone, mobile Stationen?«, fragte Harms.

»In der Küche.«

Eine halbe Stunde später war klar, dass auch im Flur und in der Küche die Telefone ausgetauscht worden waren. Jetzt im Nachhinein glaubte Lara sich zu erinnern, wie der angebliche Telekomtechniker beim Gang durchs Wohnzimmer einen intensiven Blick in die Küche geworfen und so die Station auf dem Tresen nahe der sperrangelweit aufstehenden Tür erspäht hatte. Er hatte leichtes Spiel gehabt.

»Mit den Telefonen wars das dann?«, erkundigte sich Rühe nochmals.

Lara nickte stumm mit dem Kopf.

»Tja, dann machen wir uns mal weiter auf die Suche. Vielleicht gibt's ja noch ein paar andere Ostereier«, witzelte Sven Harms.

Es gab tatsächlich eines. Rühe und Harms entdeckten es nach einer weiteren Stunde im Wohnzimmer, nachdem sie ihre elektronischen Spürhunde in sämtlichen schwer zugänglichen Winkeln und Ecken sowie an allen nur denkbaren Stellen potenzieller Verstecke hatten schnüffeln lassen. Als einer von ihnen, ein spezieller Detektor, schließlich ›bellte‹ – wie Harms sich ausdrückte – holte Rühe Lara ins Wohnzimmer.

»Das hier ist ein GSM-Sender; ein hoch leistungsfähiges Gerät, ausgestattet mit einem Akku. Stand-by-Zeit sieben Tage – mindestens«, sagte Sven Harms und streckte Lara die geöffnete Hand hin. Lara erblickte ein schwarzes schmales Kästchen von der Größe einer Streichholzschachtel, daneben eine SIM-Karte, die Harms aus einem in dem Gerät befindlichen Steckfach herausgezogen hatte. »Sie funktioniert weltweit über das Handynetz. Sie legen einfach eine Handy-SIM-Karte ein, und schon ist das Teil voll funktionsfähig. Kinderleicht zu bedienen.«

»Weltweit, sagen Sie?«

Harms nickte. »Das Ding verfügt über eine Rufnummer wie ein Handy. Egal, wo Sie gerade sind – Moskau, Buenos Aires, was weiß ich wo – Sie rufen einfach die Nummer an, woraufhin das Gerät lautlos und völlig unauffällig das Mikro einschaltet. Sie können jedes Wort mithören, das in einem Umfeld von etwa zehn Metern gesprochen wird. In astreiner Tonqualität. Und hier, sehen Sie diesen kleinen Schalter?« Der Techniker zeigte auf einen winzigen Kippschalter. Lara nickte.

»Damit aktivieren sie die Wanze zusätzlich so, dass Sie automatisch angerufen werden, wenn ein Geräusch im Raum entsteht oder ein Gespräch geführt wird.«

»Und wo haben Sie das Teil entdeckt?«

Sven Harms ging zum Wohnzimmerfenster, begab sich in die Hocke und fasste hinter einen Falz auf der Unterseite des unter dem Fenstersims befindlichen Heizkörpers.

»Ich schätze mal, da kommen Sie nie hin, selbst wenn Sie noch so gründlich saubermachen«, sagte er.

Lara sagte nichts. Sie war wie gelähmt. Erneut wurde ihr bewusst, dass ihr erster Auftrag sich zu einem Risiko entwickelte, das zunehmend unkalkulierbarer wurde. Und dass sie es mit einem Gegner zu tun hatte, der eine hochgradig kriminelle Energie an den Tag legte. Die Vorstellung, um ein Haar jemandem ausgeliefert gewesen zu sein, der sie rund um die Uhr akustisch hätte kontrollieren können, machte sie wütend.

Natürlich hatte sie sich während ihrer Kripozeit an bestimmte Gefahrenlagen gewöhnt, doch das hier war etwas anderes. Als Kriminalhauptkommissarin hatte sie unter dem Schirm einer staatlichen Behörde agiert, ausgestattet mit weitreichenden exekutiven Vollmachten und eingebunden in ein Team, auf das sie sich in Gefahrensituationen 100-prozentig verlassen konnte. Als Privatdetektivin hingegen machte sie einen mehr oder weniger anonymen Job und war in kritischen Situationen auf sich allein gestellt.

Doch hatte sie genau das nicht auch gewollt? Diese deutlich andere Herausforderung, die ihr die Selbstständigkeit und den Freiraum gewährten, nach denen sie sich schon immer gesehnt hatte? Und ihr das Bewusstsein vermittelten, unabhängiger zu sein?

Knapp drei Stunden später war definitiv klar, dass es bis auf die verwanzten Telefonhörer und den GSM-Sender unter dem Heizkörper keine weiteren »Ostereier« gab. Das Haus sei jetzt »sauber«, hatte Rühe Lara versichert, als er und Harms sich von ihr verabschiedeten.

Gegen vier Uhr setzte sie sich an ihren Schreibtisch, breitete die Fotos, die sie gestern von Tim erhalten hatte, vor sich aus und sah sie sich noch einmal in aller Ruhe an.

Dann rief sie Jo an.

»Also, Jo, es bleibt doch dabei. Morgen, 18 Uhr bei mir zu Hause.«

»Sehr gut. Besteht also doch noch Hoffnung auf einen guten Tropfen aus deinem Weinkeller.«

Lara lachte. »Schon. Aber dafür musst du mir noch einen zusätzlichen Gefallen erweisen.«

»Und der wäre?«

Laras Stimme wurde sachlich. »Ich möchte, dass du für mich eine Recherche erledigst. Ich bräuchte ein paar Fotos von einer Frau. Am besten, du machst das über *POLAS*. Ich sende dir noch 'ne Mail zu dem Ganzen. Es gibt da auch ein Bild, ich scanne es und schicke es im Anhang mit. Ich brauche die Bilder als Abgleich. Ich bin mir zwar 100-prozentig sicher, dass die Person, um die es hier geht, die ist, für die ich sie halte, aber ich brauche einen zusätzlichen Beweis. Einen offiziellen, wenn du so willst. Vielleicht findest du ja auch noch ein paar andere Informationen – ich meine natürlich nur solche, die du weitergeben darfst.«

»Du willst, dass ich im *POLAS* recherchiere? Das heißt, du bist auf jemanden gestoßen, der in unserer Datenbank registriert ist?«

»Richtig!«

»Und auf wen?«

»Auf Julchen.«

KAPITEL 31

Augsburg | 4. Oktober 2007 | DO

›Ich versteh das nicht, ich hab aufgepasst, ich hab keinen Fehler gemacht‹, äffte Max den vor ihm stehenden Igor nach. »Hör auf, so einen Bockmist zu erzählen!«, brüllte er. »Du erwartest doch nicht, dass ich dir das abnehme. Natürlich hast du einen Fehler gemacht, du Hornochse, irgendeinen beschissenen Fehler, und noch dazu einen verdammt kapitalen, sonst wäre die Tussi dir nicht sofort draufgekommen. Da wechselst du die Hörer aus, platzierst die schweineteure Wanze in ihrer Wohnung, und am nächsten Tag steht bereits die Lauschabwehr vor der Tür und lässt uns auffliegen. Und da wagst du dämlicher Idiot zu behaupten, du hättest keine Fehler gemacht?«

Max riss die neueste Ausgabe des *Spiegel*, die auf dem Couchtisch lag, an sich, schleuderte das Magazin wutentbrannt in Igors Gesicht und drehte sich mit einer heftigen Bewegung zum Fenster.

Igor zog es vor, zu schweigen. Er hatte die Schimpftirade einfach über sich ergehen lassen, ohne zu widersprechen, und stand nun wie ein total belämmertes Schaf da. Natürlich hatte Max recht. Irgendeine Spur musste er hinterlassen haben, etwas, das die verdammte Detektivin misstrauisch gemacht hatte, so sehr, dass sie unverzüglich ein Spezialistenteam von der Lauschabwehr hatte anrücken lassen. Anders war das plötzliche Auftauchen des Toyota Hiace, dem die beiden bieder wirkenden Elektroniker entstiegen waren, nicht zu erklären. Er und Rudi hatten das Eintreffen des Fahrzeugs vom Zimmer des schräg gegenüberliegenden Hauses, in dem sie sich eingemietet hatten, beobachtet. Bereits Minuten später war ihnen klar geworden, mit wem sie es zu tun hatten. Die Unterhaltung, die die Detektivin mit den beiden Männern führte, war deutlich zu hören gewesen. Schon die ersten Worte des Gesprächs, das die im Wohnzimmer versteckte GSM-Wanze gesendet hatte, hatten ihm und Rudi klargemacht, dass ihre Lauschaktion zu Ende war, noch bevor sie richtig begonnen hatte. Wütend und fluchend hatten sie zur Kenntnis nehmen müssen, wie ein Telefonhörer nach dem anderen detektiert und ausgeschaltet wurde. Eine Stunde später hatte sich die Hoffnung, dass zumindest die teure GSM-Wanze unentdeckt bliebe, ebenfalls zerschlagen.

Was blieb, war die fatale Erkenntnis, dass sie bei der Informationsgewinnung von jetzt an ausschließlich auf die Gespräche angewiesen waren, die die Gropius im oder aus dem Auto heraus führte. Glücklicherweise war sie nicht darauf gekommen, auch ihren BMW von den beiden Elektronikern untersuchen zu lassen. Die dort installierte GPS-Ortungstechnik und die GSM-Wanze funktionierten nach wie vor einwandfrei.

Vielleicht war das auch der Gedanke, der Max dazu brachte, sich wieder etwas zu beruhigen. Vielleicht war es aber auch der Blick, den man von hier, am Fenster des im elften Stock gelegenen Zimmers des *Dorint Hotels* stehend, auf den herbstlich gefärbten Wittelsbacher Park werfen konnte. Eine Aussicht, die auf erregte Gemüter durchaus beruhigend wirkte. Vor über einer Woche, nachdem sich Igor und Rudi in dem Haus gegenüber der Detektivin eingemietet hatten, hatte auch Max sich entschlossen, sein Domizil zu wechseln, und war in das Viersternehotel im Hotelturm gezogen.

Langsam drehte sich Max wieder um und ließ sich in einen der beiden Sessel sinken, die sich neben dem Couchtisch befanden. Auf dem Tisch standen ein Tablett mit einer Thermoskanne und zwei Tassen nebst Untertassen, Zucker und Milch.

»Setz dich«, knurrte Max und deutete mit dem Kopf auf den Sessel gegenüber.

Igor gehorchte und atmete auf; Max' Zorn schien weitgehend verraucht zu sein.

Max griff zur Thermoskanne. »Kaffee?«

»Gerne, danke!« Igor wirkte jetzt sehr devot.

Max schenkte ihm und sich ein, nahm ein Stück Würfelzucker, lehnte sich in den Sessel zurück und schlug die Beine übereinander.

Igor nahm nur Milch und lehnte sich ebenfalls zurück.

»Wir werden Verstärkung kriegen. Das wird es leichter machen, an ihr dranzubleiben«, brummte Max und rührte seinen Kaffee um.

Igor runzelte die Brauen.

»Verstärkung?«

Max nickte.

»Svenja wird kommen.«

»Svenja! Sie schicken eine Frau?«

Max nickte wieder. Zum ersten Mal, seit Igor das Appartement betreten hatte, grinste er.

»Nicht eine Frau – die Frau!«

Igor sah ihn verständnislos an.

Max stellte seinen Kaffee auf dem Couchtisch ab und beugte sich vor.

»Svenja hat die Sache mit Mehmed Aydin erledigt.«

»Oh!« Diesmal hoben sich Igors Brauen in einem Anflug von Respekt. Er wusste, was Max meinte. Die »Sache« war in Kiel erledigt worden. Mehmed Aydin –

ein durch seine Hasstiraden bundesweit bekannt gewordener Salafistenprediger – war vor dem Hauptbahnhof in Kiel an helllichtem Tag niedergeschossen worden. Eine vermummte Person auf einem Motorrad war nahe an dem Islamisten vorbeigefahren, hatte ihm mit einer Pistole eiskalt ins Bein geschossen und war davongerast. Die Polizei war zu dem Schluss gelangt, dass keine Tötungsabsicht vorlag und dem Mann offenbar nur ein Denkzettel verpasst werden sollte. Die Tat hatte unter der Bevölkerung kontroverse Diskussionen ausgelöst. Als erschreckend wurde von den Medien das Ergebnis einer Blitzumfrage interpretiert, die von einem renommierten deutschen Meinungsforschungsinstitut durchgeführt worden war. Ein Großteil der Befragten hatte Verständnis für die Tat geäußert, was wiederum als Beweis für die latent vorhandene Rechtslastigkeit eines nicht zu unterschätzenden Teils der deutschen Gesellschaft gewertet wurde. Die Fahndung nach dem Motorradfahrer war erfolglos geblieben. Hinter vorgehaltener Hand wurde allerdings gemunkelt, dass die Polizei bewusst nachlässig an den Fall herangegangen sei …

»Kennst du sie näher?«, fragte Igor.

Max schüttelte den Kopf. »Gehört zur Emdener Gruppe. Da kenn ich kaum jemanden näher.«

»Is vielleicht ganz gut, wenn wir uns die Observierung mit ’ner Frau teilen«, meinte Igor.

Max nickte. »Svenja muss ziemlich clever sein. War Journalistin bei der *FAZ*. Sie haben sie rausgeschmissen, wahrscheinlich war sie denen zu weit rechts. Soll ’ne gute Spürnase sein und Ideen haben.«

»Woher weißt du das?«

»Vom Gruppenleiter höchstpersönlich.«

Sie schwiegen. Nippten an ihrem Kaffee.

»Übrigens, dieses Julchen – du weißt schon; das Gespräch von vorgestern, das die Gropius vom Auto aus mit der Schwiegertochter des Alten geführt hat, als sie ihr sagte, sie wisse, wer Julchen sei – glaubst du, sie hat was mit seinem Verschwinden zu tun?«, fragte Igor.

Max nickte. »Klar, darauf kannst du einen lassen. Weshalb sollte sich die Gropius sonst mit ihr treffen wollen, und dann auch noch am gleichen Tag und so schnell wie möglich?«

In diesem Moment klingelte Max' Handy.

Ein Blick aufs Display ließ ihn die Brauen heben.

»Ja?«

Der Gesprächspartner schien jemand zu sein, der es vorzog, Informationen kurz und bündig zu geben.

Sekunden später nickte Max.

»Ja, klar. Ich bin dann Punkt halb vier am Hauptbahnhof.«

Er beendete das Gespräch und schaute auf seine Uhr.

»Das war Svenja«, sagte er. »Sie kommt mit dem Zug. Sie will in einer halben Stunde vom Hauptbahnhof abgeholt werden. – Ach ja, bevor ich's vergesse: Morgen um neun Uhr erwarte ich dich und Rudi zur Lagebesprechung. Es wird Zeit, die nächsten Schritte zu planen. Ich schätze, Svenja wird mit dabei sein.«

Max stand auf, holte den Autoschlüssel aus der Jackentasche und reichte ihn Igor, der ebenfalls aufgestanden war.»Ich muss noch an der Rezeption ein Zimmer für Svenja klarmachen. Hol den Wagen aus der Tiefgarage. Warte direkt vor dem Eingang auf mich.«

Igor steckte die Schlüssel in seine Jackentasche. »Kann ich da parken?«

Max verdrehte die Augen und sah genervt zur Decke.

»Wenn ich sage, warte vor dem Eingang, dann kannst

du davon ausgehen, dass du dort auch parken kannst, kapiert?«

»Okay, okay, is ja gut, ’tschuldigung«, murmelte Igor.

KAPITEL 32

Augsburg | 4. Oktober 2007 | DO

Lara hatte Wort gehalten. Das Etikett auf der Flasche, die auf dem Couchtisch stand, las sich fast wie ein Adelstitel: *Badia a Passignano – Chianti Classico DOCG Riserva – Antinori.* Der *Sangiovese* aus der Toskana, Jahrgang 2003, war das Geschenk eines Augsburger Galeristen, den Lara einmal bei der Planung einer Ausstellung mit einigen Tipps unterstützt hatte. Im Gegenzug dafür hatte er sich mit einer Kiste des teuren *Chianti* revanchiert.

Es klopfte an der Wohnzimmertür. Lara öffnete.

»Die Haustür war bloß angelehnt. Ich hab sie zugemacht. Entschuldige die Verspätung.« Tuchy begrüßte Lara mit einer Umarmung. Er bemerkte Jo, der mit andachtsvollem Blick das Etikett der Weinflasche musterte.

»Hoi, auch schon da?«

»Es gibt halt noch Leut’ die pünktlich sind«, bemerkte Jo süffisant, ohne den verklärt wirkenden Blick von dem Etikett zu nehmen.

Lara schmunzelte. »Ich schau mal nach dem *Ossobuco;*

nicht, dass mir das noch verbrennt. Jo, du könntest schon mal den Wein dekantieren. Anschließend sehen wir uns das Material über Julchen an«, sagte sie und verschwand kurz in der Küche.

Zehn Minuten später stand sie mit den beiden ehemaligen Kollegen in ihrem Arbeitszimmer vor einer Pinnwand, die mit drei DIN A4-großen Computerausdrucken und zwei Originalfotos bestückt war. Die beiden Originale entstammten dem *Tim-Fundus*, wie Lara das Material, das sie von dem Jungen erhalten hatte, inzwischen nannte. Mit Jo, von dem die Computerausdrucke stammten, hatte sie sich schon gleich, nachdem er eingetroffen war, darüber ausgetauscht; Tuchy, der noch von gar nichts wusste, reagierte auf den Anblick fast geschockt.

»Ich werd verrückt! Das soll unser Julchen sein? Die Frau, mit der der Alte …?«

»Du kennst sie also?«, antwortete Lara mit einer Gegenfrage.

»Ja, klar! Ich war zu der Zeit noch ein junger Spund bei der Polizei. Hat uns ganz schön Nerven gekostet, die Situation damals.«

Tuchys Fassungslosigkeit galt fünf Abbildungen, die ein und dieselbe Person im Abstand mehrerer Jahrzehnte zeigten – eine Frau mit zwei markanten linsenförmigen Leberflecken unter dem rechten Auge.

Porträtaufnahmen einer ehemaligen Terroristin aus dem Umfeld der RAF, deren Spitzname in den 1970er Jahren deutschlandweit Angst und Schrecken ausgelöst hatte:

»Das rote Julchen!«

Tuchy schüttelte den Kopf, als könne er das Ganze immer noch nicht fassen. »Wie bist du überhaupt an die Bilder gekommen?«

Wie zuvor Jo informierte Lara auch Tuchy ausführlich über den aktuellen Stand ihrer Ermittlungen. Über ihre erste Begegnung mit Tim, den wieder aufgetauchten Steiermark-Band mit der Widmung Julchens, den Nachmittag, den sie mit dem Jungen verbracht hatte, und die Bilder, die ihr dabei untergekommen waren. Den versuchten Lauschangriff verschwieg sie vorerst. Sie wollte, dass sie sich voll und ganz und ohne ablenkende Gedanken auf die zu verfolgenden Spuren konzentrierten.

Sie nahm den angespitzten Bleistift vom Schreibtisch und begann nacheinander auf die drei *POLAS*-Ausdrucke aus Jos Computer zu zeigen. »Das ist das ehemalige Fahndungsplakat aus dem Jahr 1973, da war sie 29. Das hier wurde 1983, kurz nach ihrer Verhaftung, gemacht. Und das 1996, kurz nach ihrer Entlassung aus dem Knast; da war sie 52. Hier«, Lara wies mit dem Bleistift auf das erste der beiden Originalfotos, »dürfte sie etwa Mitte 20 sein und hier«, sie deutete auf das andere, »ist sie 58. Dem Vermerk auf der Rückseite nach ist dieses Bild das aktuellste, das wir von Julchen haben; aufgenommen im Juli 2002 in einem Grazer Fotostudio. Es entspricht exakt dem hier.« Lara entnahm dem Bücherbord neben dem Aktenschrank den Bildband über die Steiermark, legte ihn auf den Schreibtisch und deutete auf das Porträtfoto auf der Rückseite des Schutzumschlags.

Tuchy überflog den ziemlich knapp gehaltenen biografischen Text. »Lisa Montana«, brummte er. »Ein Autorenpseudonym. Aber im Text kein einziger Hinweis auf die dunklen Seiten ihrer Vergangenheit. Wann, sagtest du, hat sie den alten Demuth kennengelernt?«

Lara schlug die Seite mit der Widmung auf. »Am 3. September 2002 – steht hier zumindest.«

»Und du hast die Frau auf dem Foto gleich erkannt?«

»Natürlich nicht. Erst als ich vorgestern in Tims Baumhütte auf die anderen Bilder stieß, ging mir ein Licht auf. Als ich dann das hier sah«, Lara zeigte auf das Originalfoto, das Julchen im Alter von etwa 25 Jahren zeigte, »hatte ich plötzlich das Gefühl, die Frau zu kennen. Dann fiel mir auch ein, woher. Auf der Polizeiakademie hatten wir mal 'ne Vorlesung über die RAF; Organisationsstrukturen, Bewaffnung, Ideologie und so weiter. Unter den Fotos, die uns der Dozent präsentierte, war auch das einer jungen Frau mit einem sehr hübschen Gesicht und zwei markanten linsenförmigen Leberflecken unter dem rechten Auge – Julia Hagen, genannt ›das rote Julchen‹. Wie man sieht, ist das Foto fast identisch mit dem auf dem Fahndungsplakat von 1973.«

»Und was ist mit den anderen alten Fotos, die du erwähnt hast?«

»Die kriegt ihr gleich zu sehen. Sehen wir uns erst mal die Daten an, die Jo aus *POLAS* gezogen hat und …«

»*POLAS?*« Tuchy furchte die Brauen. Lara bemerkte, wie er einen kritisch-fragenden Blick auf Jo abschoss, den sie sofort richtig interpretierte.

»Dass wir uns nicht missverstehen. Jo hat nichts preisgegeben, das er nicht weitergeben dürfte. Das hier«, Lara wedelte mit einem DIN A4-Blatt, »sind alles Daten, die du auch diversen Presseberichten und anderen Informationsquellen im Internet entnehmen kannst.«

Jo grinste ihn an. »Keine Angst, Herr Kollege. Ich pass schon auf, dass uns niemand am Kittel flicken kann.«»Lasst uns mal ihre Vita zusammenfassen«, fuhr Lara fort. »Julia Hagen kommt am 15. April 1944 in St. Pölten zur Welt. Ihre Mutter, Inga Hagen, stirbt, da ist das Mädchen noch ein Baby. Der Vater, Baldur Hagen, verschollen, irgendwo an der Ostfront gefallen. Julia wächst nach dem Tod der Mutter zunächst bei einer Freundin auf, kommt dann in ein Waisenhaus, wo sie schon früh durch außergewöhnliche Intelligenz und herausragende schulische Leistungen auffällt. 1962, mit 18, macht sie Matura, die sie mit einer glatten Eins besteht, studiert in Salzburg Politikwissenschaften, versucht, sich politisch zu engagieren und kommt nach Abschluss des Studiums nach Deutschland. Hier gerät sie bald in die ideologischen Fänge der RAF, deren aktives Mitglied sie schließlich wird. In der Folge beteiligt sie sich unter anderem an diversen Überfällen auf Banken und Kaufhäuser und an der Entführung eines hochrangigen Politikers. Außerdem verfasst sie flammende Manifeste, was ihr den Spitznamen ›das rote Julchen‹ einträgt. Zunächst in der Szene, dann auch in den Medien. Über Jahre hinweg zählt sie zu den meistgesuchten Personen in der Bundesrepublik. Als sie schließlich mit drei anderen Gesinnungsgenossen gestellt wird und in eine Schießerei mit der Polizei gerät, gelingt es ihr als Einzige, zu fliehen und unterzutauchen. Erst zehn Jahre später, 1983, wird sie gefasst und vor Gericht gestellt. Das Urteil lautet auf 15 Jahre Haft, von denen sie 13 absitzt. 1996 wird sie wegen guter Führung entlassen und geht in ihre Heimat zurück, nach Österreich. Ihr weiteres Leben verläuft völlig unspektakulär. Es gelingt ihr offensichtlich erfolgreich, sich wieder in die Gesellschaft einzugliedern. – Aber nun kommt das Interessante: Ein Eintrag im *POLAS* stammt aus dem Jahr 1998 und besagt, dass sie in Liezen in der Steiermark lebt und als Fachkraft im Buchhandel arbeitet. 2002 lernt sie Harald Demuth kennen – was natürlich nicht im *POLAS* steht. Der letzte Eintrag vermeldet, dass sie am 05. Oktober 2006, also vor ziemlich genau einem Jahr, bei einem Bergunfall verstarb.«

Lara hielt kurz inne und fuhr dann fort: »Für unseren Fall scheinen mir die Ortsangaben in ihrer Vita wichtig zu sein. Da sehen die Fakten nämlich wie folgt aus. Erstens: Sie lebt über Jahre hinweg in Liezen. Zweitens: Sie arbeitet dort im Buchhandel. Drittens: Es gibt ein Buch mit einer Widmung von ihr, versehen mit dem Stempel einer in Liezen ansässigen Buchhandlung. Viertens: 2006, ziemlich genau vor einem Jahr, kommt sie ums Leben. Fünftens: Im gleichen Jahr schickt eine in Liezen beheimatete Bestattungsfirma dem Mann, nach dem wir suchen, einen Brief. Hypothetische Frage: Existiert zwischen diesem Brief und dem Tod Julchens eine Verbindung? Meine Vermutung: Ja! – auch wenn die zugegebenermaßen ebenfalls hypothetisch ist.«

Jo nickte. »Verstehe schon. Harald Demuth hätte sich beispielsweise um ihre Bestattung kümmern können, immerhin war sie seine Geliebte, aber …«

»Kurz und bündig gesagt: Sämtliche Spuren führen nach Liezen!«, unterbrach Tuchy.

»Lass mich halt ausreden, Kollege«, raunzte Jo ihn an und wandte sich an Lara. »Was ich sagen wollte: Im Großen und Ganzen geh ich mit dir d'accord. Aber es gibt noch ein Haar in der Suppe. Du gehst davon aus, dass es sich bei dem Bestattungsinstitut um eine Liezener Firma handelt. Was das betrifft, gibt's aber nur den Hinweis von dieser Martha Schmieder, die, was den Absender auf dem Brief angeht, lediglich die Anfangsbuchstaben des Ortes im Gedächtnis behalten hat; nämlich *L* und *i*. Was, wenn es sich bei dem Bestattungsunternehmen um eine Firma in einem ganz anderen Ort handelt, zum Beispiel – was weiß ich – eine Firma in Linz, und der Brief gar nichts mit Julchen zu tun hat?«

Lara schüttelte den Kopf. »Das ändert nichts daran,

dass Liezen so etwas wie ein Zentrum bleibt. Julchen hatte dort ihren Lebensmittelpunkt, zumindest in den letzten Jahren. Wir wissen auch, dass sie in einer Liezener Buchhandlung gearbeitet hat. Es muss dort also irgendjemanden geben, der sie näher gekannt hat – und damit vielleicht auch Harald Demuth.«

»Anders gesagt: Wir werden uns auf Liezen konzentrieren. Und die Buchläden, die's dort gibt, abklappern.«

»Du sagst es. Es ist momentan das Naheliegendste. Abgesehen davon, so viele Buchläden gibt es dort nicht; der Ort ist nicht sehr groß. – Aber jetzt seht euch das hier mal an«, wechselte Lara das Thema. Sie holte einen Umschlag aus einer der Schreibschubladen und entnahm ihm vier deutlich in die Jahre gekommene schwarz-weiße und sepiabraune Fotos, die sie auf dem Schreibtisch ausbreitete. »Achtet auch auf die handschriftlichen Vermerke auf der Rückseite.«

Diese Bilder hatte auch Jo noch nicht gesehen. Zwei der vier Fotos präsentierten eine blonde Frau, etwa im Alter zwischen 20 und 25, hübsch, aber eher unauffällig, ein weiteres eine rassige Dunkelhaarige, etwa im gleichen Alter, mit einem Säugling im Arm. Das vierte Foto zeigte eine Gruppe Mädchen im Alter von etwa drei bis sechs Jahren, eine Aufnahme aus einem Heim oder einem Kindergarten. Wie die handschriftlichen Notizen auf den Rückseiten dokumentierten, waren die Fotos in den Jahren 1942 und 1944 entstanden.

Jo und Tuchy begannen, sich die Motive einzeln anzusehen.

Die Blondine neben einem Fahrrad stehend. Mit einer Hand hält sie den Lenker umfasst, die andere winkt dem Fotografen zu. Im Hintergrund die Silhouette von Schloss Neuschwanstein. Auf der Rückseite eine knappe Notiz:

»3. Juli 1942. Ausflug nach Füssen mit meinem neuen Fahrrad.«

Die Dunkelhaarige auf einer Wiese an einem steilen Hang sitzend. Ein weiter Blick ins Tal. Ganz unten die Gebäude eines Klosters. In ihren Armen hält die Frau einen fröhlich dreinblickenden Säugling; sie herzt das Kind, ein Mädchen. Eine auf dem Gras ausgebreitete Decke, darauf Holzspielzeug, Milchflasche, Schnuller. Der Vermerk auf der Rückseite: »Mit meinem Julchen auf einer Wiese bei Lilienfeld nahe St. Pölten. 17. Oktober 1944.«

Wieder die Blonde. Eine Strandszene, eingefangen in St. Peter Ording. Wolkenloser Himmel, Sand so weit das Auge reicht, im Hintergrund als schmaler heller Streifen die See. Mit weit ausgebreiteten Armen steht sie vor einem der typischen Pfahlbauten. Ihr Haar flattert im Wind, sie lacht. Die Notiz auf der Rückseite: »Herrliche Tage in St. Peter Ording, 15. 10 – 2. 11. 1942.«

Das letzte Bild, ein Gruppenfoto. Mädchen, etwa im Alter von drei bis sechs Jahren, aufgestellt in zwei hintereinander stehenden Reihen, rechts und links flankiert von zwei streng blickenden Ordensschwestern. In der vordersten Reihe eine Kleine mit zwei linsenförmigen Leberflecken unter dem rechten Auge – Julchen. Das Gesicht dick eingekreist mit einem Stift. Auf der Rückseite ein unpersönlicher Stempel: *Waisenhaus St. Agnes, Wien*. Kein Datum.

»Hm …«, Jo kratzte sich an der Stirn. »Die Bilder können doch erst in den Besitz des Harald Demuth gelangt sein, nachdem er Julchen kennengelernt hat, also irgendwann nach dem 3. September 2002. Richtig?«

Lara nickte. »Richtig! Die Frage ist, warum?«

Jo runzelte die Brauen. »Wie warum?«

»Warum gibt sie ihm diese Bilder?«

Tuchy meldete sich zu Wort.

»Ich versteh deine Frage nicht. Ist doch ganz einfach.«

Er nahm das Foto mit der Dunkelhaarigen und dem fröhlich dreinblickenden Säugling auf und wedelte damit.

»Die Mutter von Julchen, Inga Hagen«, bemerkte er und zitierte den Vermerk auf der Rückseite: »›Mit meinem Julchen auf einer Wiese bei Lilienfeld nahe St. Pölten. 17. Oktober 1944‹. Julchen und der alte Demuth lernen sich kennen, wollen das eine oder andere voneinander wissen, und da präsentiert sie ihrem Geliebten Bilder von ihrer Mutter und sich von früher.«

Lara zögerte, die an und für sich logische Erklärung zu akzeptieren.

»Klingt vernünftig. Das hab ich mir natürlich auch schon gesagt. Andererseits … ich weiß nicht so recht.«

»Könnte es sein, dass dich die Blonde irritiert? Die auf dem Füssen- und dem St.Peter-Ording-Foto?

»Vielleicht. Ich weiß nicht … Ihr Name ist übrigens Gabriele Permaneder. – Hier!«

Lara zog ein vergilbtes, an den Rändern ausgefranstes mit Reichsadler und Hakenkreuz verschenes Dokument aus dem Umschlag und legte es neben die Fotos auf den Schreibtisch.

»Bin gespannt, was du noch alles aus deinem Hut zauberst!«, murmelte Tuchy.

Er nahm das ziemlich ramponiert aussehende Dokument an sich und klappte es vorsichtig auf. Es handelte sich um eine »Kennkarte«, eine Art Personalausweis, eingeführt unter dem Nazi-Regime im Jahr 1938. Das Passbild zeigte die blonde Frau, die auch auf den Bildern zu sehen war, mit einem schüchternen Lächeln. Als Geburtsdatum war der 12. August 1920 angegeben, als Geburtsort Salzburg. Der Ausweis war auch in der Mozartstadt ausgestellt worden und nannte als Ausstellungsdatum den 1.

November 1938. Vor- und Nachname waren handschriftlich eingetragen, wie damals üblich. Der Nachname war noch gut lesbar, der vordere Teil des Vornamens dagegen verwischt, das Dokument an dieser Stelle fleckig; offensichtlich hatte es in grauer Vorzeit einmal partiell Feuchtigkeit abbekommen. Lediglich die letzten Buchstaben des Vornamens waren zu entziffern: ...riele.

»Nachname Permaneder«, murmelte Tuchy. »Vorname vermutlich Gabriele. Wahrscheinlich 'ne Freundin oder 'ne Verwandte der Mutter.«

Lara wirkte auf nachdenkliche Art unschlüssig. Etwas zupfte an der intuitiven Saite in ihr und brachte einen dissonanten Klang hervor.

»Könnte sein, auch das klingt irgendwie logisch. Trotzdem – ich werde das Gefühl nicht los, dass hinter diesen alten Fotos mehr steckt, als wir ahnen. – Aber lasst uns ins Esszimmer gehen. Das *Ossobuco* wartet.«

Es wurde noch ein sehr lustiger Abend. Bevor Tuchy und Jo sich gegen 21 Uhr verabschiedeten, händigte Lara Tuchy noch die *Viagra*-Schachtel aus.

»Ich hätte gerne Fingerabdrücke davon«, bat sie.

»Glaubst du, dass das noch notwendig ist, wo doch eindeutig feststeht, dass der Alte ein Gspusi gehabt hat?«, fragte Tuchy.

Sie nickte. »Es gibt da einen Fall in Bogenhausen in Verbindung mit einem Apotheker. Verdacht auf Zwangsprostitution. Stand in der Zeitung. Ich will sichergehen, dass wir eine Verbindung zu dieser Sache ausschließen können«, erklärte sie.

Tuchy tauschte einen erstaunten Blick mit Jo.

»Wir kennen den Fall. Die Münchner Kollegen haben uns informiert, weil sie wissen, dass wir in einer ähnlichen

Sache ermitteln, dieser Helmburger-Geschichte. Aber bis jetzt gibt's keinerlei Hinweise, dass das eine mit dem anderen zu tun hat.«

»Wie kommst du drauf, dass es da eine Verbindung zu dem alten Demuth geben könnte?«, fragte Jo.

Lara erläuterte das mit dem Apothekenetikett, worauf sich Tuchy die Packung genauer ansah.

»Jetzt versteh' ich!«, murmelte er.

»Kann aber auch reiner Zufall sein. Er wäre sicher nicht der Einzige, der seine Potenzpillen in der Bogenhausener Apotheke geholt hat«, merkte Jo an.

Lara nickte. »Das ist mir klar, ich glaube mittlerweile auch nicht mehr an eine Verbindung, aber ich will einfach sichergehen.«

Tuchy stand vom Esszimmertisch auf, auch Jo erhob sich. »Wir werden das prüfen. Wir sagen dir Bescheid. Aber jetzt müssen wir gehen. Nett war's bei dir, und das *Ossobuco*«, Tuchy schnalzte mit der Zunge, »einfach Klasse.«

Jo nickte. »Nicht zu vergessen, der *Sangiovese*«, bemerkte er grinsend.

Lara begleitete sie noch bis vor die Haustür.

KAPITEL 33

Gegen halb zehn hatte sie das Gefühl, die nötige Bettschwere erreicht zu haben, ohne jedoch richtig müde zu sein. Normalerweise war es für sie kein Problem, mit dieser Situation umzugehen: duschen und ab in die Falle mit einer guten Lektüre. Lesen, solange die Augen aufbleiben, dann einfach wegdösen. Es gab da ein Taschenbuch, das sie sich vornehmen wollte. Schon vor Monaten hatte sie es geschenkt bekommen, aber noch nicht ein einziges Mal angerührt: Franz Werfels *Die vierzig Tage des Musa Dagh*.

Sie ging ins Bad. Der Anblick des übervollen Wäschekorbes erinnerte sie daran, dass Prioritäten gelegentlich vertauscht werden mussten. Seufzend schnappte sie sich ihn und stieg in den Waschkeller hinunter, wo sie zuerst einmal den Inhalt sortierte; ein Vorgang, der kein Ende nehmen wollte. Egal, gewaschen wird erst morgen, dachte sie trotzig. Das letzte Wäschestück, das sie herauszog, waren Bogner-Jeans. Als sie die Gesäßtaschen kontrollierte, stieß sie auf die beiden scheckkartengroßen Kalender des Hotels in Riva, die sie in der Küchenschublade des alten Demuth entdeckt hatte. Sie erinnerte sich an ihren Anruf und das lapidare »*Questo numero non conosciamo.* – Diese Nummer ist uns nicht bekannt.«

Grüblerisch starrte Lara auf die beiden Kärtchen.

Manchmal klappt es ja beim zweiten Anlauf …

Sie sah auf ihre Armbanduhr. Zehn vor zehn. Wenn, dann jetzt …

Im Arbeitszimmer brannte noch Licht. Sie setzte sich an den Schreibtisch, auf dem noch der Umschlag mit den Fotos lag, die sie mit Tuchy und Jo besprochen hatte. Sie legte die beiden Scheckkartenkalender daneben, griff sich den Telefonhörer und wählte bewusst konzentriert die angegebene Telefonnummer.

Wartete.

»*Questo numero non conosciamo.*«

Mist!, dachte Lara und legte den Hörer auf. Ärgerlich musterte sie die beiden Kalender, von denen der eine aus dem Jahr 1992, der andere von 1997 stammte.

Dann bemerkte sie den Unterschied.

Die Telefonnummern auf den beiden Kalendern stimmten nicht miteinander überein. Zwei Ziffern innerhalb der vierstelligen Vorwahlnummer waren, was die Reihenfolge anging, offenbar miteinander vertauscht worden. Statt der Ziffernfolge »0446« auf dem Kalender von 1997 war auf dem von 1992 die Ziffernfolge »0464« vermerkt. Ein banaler Druckfehler auf einem der Kärtchen? Wenn ja, auf welchem war die richtige Nummer vermerkt – und welche Nummer hatte sie eigentlich gerade gewählt?

Lara drückte eine Taste unter dem Display ihres Telefons, um sich zu vergewissern. Es war die Nummer, die auf dem Kalender von 1997 angegeben war. Sie wählte noch mal, jetzt aber die Nummer auf dem Kalender von 1992.

»*L'hotel Stella del Garda. Io sono Marietta Campanelli. Cosa posso fare per lei?*«

Lara war so perplex, dass es ihr für einen Augenblick die Sprache verschlug.

»*Pronto! Chi parla?*«, mahnte Marietta Campanelli.

»Mein Name ist … Demuth. Carmen Demuth. Verzeihen Sie bitte, aber sprechen sie auch Deutsch oder Englisch, Signora?«

»Signora … Demuth? Aber natürlich spreche ich deutsch. Ich bin in Deutschland geboren und aufgewachsen. Was kann ich für Sie tun, Frau Demuth?«

Marietta Campanelli schien auf eine Weise überrascht, als sei ihr der Name Demuth nicht fremd. Lara spürte, wie sich ihr Puls beschleunigte. Noch bevor sie ihre Frage stellte, wusste sie, dass dieses Telefongespräch sie einen gewaltigen Schritt nach vorn bringen würde.

»Einer Ihrer Gäste, Herr Harald Demuth – Sie müssen wissen, ich bin seine … Schwiegertochter – hat einen wichtigen Brief bekommen, der umgehend beantwortet werden müsste. Können Sie mich mit ihm verbinden? Ich meine mich zu erinnern, dass er den Namen Ihres Hotels nannte, als er …«

»Oh, es tut mir leid, Frau Demuth«, unterbrach Marietta Campanelli sie. »Aber Ihr Schwiegervater ist am 1. Oktober wieder abgereist.«

»Am 1. Oktober? Vor zwei Tagen? Können Sie mir denn sagen, wohin? Verstehen Sie bitte, es ist sehr wichtig. Er wollte sich telefonisch melden, aber … er hat es seit einiger Zeit nicht getan. Wir sind natürlich sehr in Sorge … und wie gesagt, dann ist da noch dieser Brief …«

»Ich bedauere außerordentlich, aber dazu kann ich Ihnen leider nichts sagen. Als Ihr Schwiegervater auscheckte, hat er zwar gesagt, dass er so etwas wie eine längere Abschiedsreise mache und er noch einige Orte besuchen wolle, aber konkrete Reiseziele hat er nicht genannt.«

»Eine … längere Abschiedsreise?«

»Ja, so sagte er. Das sei auch der Grund, warum er in Riva in unserem Hotel abgestiegen wäre. Das letzte Mal war er vor zehn Jahren hier. Zusammen mit seiner Frau. Wie in den vielen Jahren davor auch. Er war fast 20 Jahre Stammgast im *Stella*. Aber das wissen Sie ja.«

»Hat er denn nicht wenigstens andeutungsweise verlauten lassen, welche Orte er noch aufsuchen will?«

»Nicht mir gegenüber, obwohl wir uns des Öfteren länger unterhalten haben.«

»Wenn nicht Ihnen gegenüber – fällt Ihnen jemand anderes ein, der es wissen könnte? Entschuldigen Sie bitte meine Hartnäckigkeit, aber wie schon gesagt, ich mache mir inzwischen ziemliche Sorgen.«

Marietta Campanelli zögerte. Mein Gott, nicht schon wieder, dachte Lara. Sie erinnerte sich an die Reaktion Franca Corellis, die misstrauisch geworden war und plötzlich aufgelegt hatte.

»Vielleicht weiß der Gärtner mehr.«

Lara atmete tief durch. »Der Gärtner?«

»Ja, Hans Moosberger, unser Hausgärtner. Er ist Deutscher, aber schon viele Jahre hier in Riva. Er kümmert sich um die Gartenanlage. Das Hotel verfügt über einen ziemlich großen Park, müssen sie wissen. Die beiden haben sich etwas angefreundet in den sechs Wochen, in denen Ihr Schwiegervater im Hotel wohnte, und sich hin und wieder auf ein Glas Wein getroffen. Ich kann ihn ja mal fragen, wenn er wieder da ist. Er hat ein paar Tage Urlaub, aber er kommt übermorgen zurück.«

»Sie sagten eben, mein Schwiegervater habe sechs Wochen bei Ihnen gewohnt. Wann genau kam er denn an?«

»Moment, ich sehe nach.«

Nach einer Viertelminute kam die Antwort.

»Am 14. August.«

14. August. Also doch! Harald Demuth war noch am selben Tag, an dem er aus dem Hotel in Verona ausgecheckt hatte, in Riva angekommen.

»Sagen Sie, Frau Campanelli, ist es möglich, in ihrem Hotel kurzfristig für ein, zwei Tage ein Zimmer zu buchen?«

»Um diese Jahreszeit kein Problem. Wir haben bis 15. Oktober geöffnet. Dann endet die Saison. – Sie wollen also selbst kommen, um ihn zu fragen?«

»Ja … das heißt nein. Ich schicke die Nichte meines Schwiegervaters, eine Lara Gropius.«

»Und ab wann soll ich für Sie reservieren?«

»Ab morgen.«

»Ab morgen schon!« Marietta Campanelli wirkte überrascht.

»Ja warum, ist das ein Problem?«

»Nein, nein, überhaupt nicht. Einzel- oder Doppelzimmer?«

»Einzel. Ich denke, die Nichte wird so …«, Lara überlegte kurz, »so zwischen 13 und 15 Uhr eintreffen.«

»Darf ich Ihnen eine Buchungsbestätigung per E-Mail schicken?«

»Schicken Sie sie gleich an seine Nichte.« Lara nannte ihre Mailadresse und fragte, ob »die Nichte« über die Homepage des Hotels per Kreditkarte bezahlen könne.

»Ja natürlich.«

»Dann machen wir das so.«

Sie bedankte sich, wünschte eine gute Nacht und legte auf. Lehnte sich in ihrem Schreibtischsessel zurück und fasste sich mit beiden Händen an die Stirn, die sich fiebrig heiß anfühlte. Sie verspürte ein Bedürfnis nach frischer Luft. Ging ins Wohnzimmer und trat auf die Terrasse hinaus. Der Himmel über ihr war sternenklar, die Nacht verhältnismäßig frisch.

Die ideale Temperatur, um einen klaren Kopf zu kriegen.

Sie setzte sich in einen Gartenstuhl und versuchte, ihre überbordenden Gedanken zu ordnen:

Vor 50 Tagen, am 14. August, irgendwann vormittags, erscheint Harald Demuth an der Rezeption des Hotels

Castello del Sole in Verona, um auszuchecken und anschließend in einen Bus in Richtung *Centro* zu steigen – so die Aussage der Rezeptionistin, Franca Corelli. Später taucht er in Riva del Garda auf, wo er sich zum ersten Mal seit zehn Jahren für mehrere Wochen wieder in jenem Hotel einmietet, in dem er früher Stammgast gewesen war.

Dann, am 1. Oktober, reist er wieder ab. Mit unbekanntem Ziel.

Damit war das letzte von ihm gesendete Lebenszeichen gerade mal *drei Tage* alt! Bis vor wenigen Minuten waren es noch 50 gewesen. Sie kam ihm näher. Zumindest was die Zeit anging. Bald vielleicht auch räumlich?

Mit einem entschlossenen Ruck erhob sich Lara aus dem Stuhl, ging ins Wohnzimmer und schloss die Terrassentür. Sie seufzte. Nun würde sie doch noch waschen müssen. Anschließend war Packen angesagt. Das Wichtigste für wenigstens eine Übernachtung.

KAPITEL 34

Wien | 5. Oktober 2007 | FR

An diesem Morgen beschloss er, nur einen Kaffee zu nehmen. Anschließend fuhr er von der Haltestelle Schwarzenbergplatz mit der Straßenbahnlinie 71 zum Zentralfriedhof.

Gegen acht stieg er in den Bus, der das weitläufige Gelände halbstündlich in einem Rundkurs durchquert, ein besonderer Service für Friedhofsbesucher. Außer ihm waren nur noch zwei Fahrgäste an Bord, ein Mann etwa in seinem Alter und eine in ein elegantes schwarzes Kostüm gekleidete junge Frau mit verweinten Augen und einer roten Rose in der Hand. Der alte Mann stieg aus, als der Bus das erste Mal hielt. Die Frau verließ das Fahrzeug an der nächsten Haltestelle fünf Minuten später. Er wusste, dass die Grabanlagen auf dem Wiener Zentralfriedhof in verschiedene Sektionen aufgeteilt waren, die »Gruppen« genannt wurden.

Als der Bus bei »Gruppe 40« angekommen war, stieg auch er aus und machte sich auf den Weg zum Denkmal. Dorthin, wo entfernte Erinnerungen wie tote Schmetterlinge auf ihn warteten. Die dritte von insgesamt fünf Stationen seiner ganz privaten *Via Dolorosa,* seiner Straße der Schmerzen. Der Vergleich war ihm eingefallen, als er viele Wochen zuvor Elses Grab auf dem Friedhof in Wörthsee besucht hatte, um von ihr endgültig Abschied zu nehmen. Es war seine erste Station gewesen.

Der Anblick, der sich ihm bot, war der gleiche wie in den vergangenen Jahren. Eine Skulptur aus grauem Granit, die an den Torso eines menschlichen Körpers, der einen Armstumpf nach oben reckt, erinnerte. »Hier ruhen über vierhundert Opfer des Bombenkrieges 1944–1945«, lautete die Inschrift auf dem Stein. Wie immer, wenn er den Kiesweg, der auf das Denkmal zuführte, entlangschritt, verspürte er eine eigentümliche Leere in sich. Ein Vakuum, das ihn schmerzte. Schon beim ersten Mal, als er hier gewesen war, vor fünf Jahren, hatte er so empfunden und versucht, ein Bild für diese Situation zu finden. Und war auf den gläsernen Sarg gekommen. Irgendwo, so stellte er sich vor, gab es tief in ihm einen gläsernen Sarg, in den er von außen hineinsehen konnte und der mit bleichen Erinnerungen aus einer fernen Vergangenheit angefüllt war.

Schmetterlingsleichen!

Erinnerungen an seine erste große Liebe.

Erinnerungen an Mondfee.

Damals, an jenem verhängnisvollen Abend, als er Mondfee fortschicken musste und er sie hinter einer Wand aus Tränen verschwinden sah, wusste er noch nicht, dass es ein Abschied für immer sein würde.

Wie hätte er auch voraussehen sollen, was in den Morgenstunden des 12. März 1945 geschah. Als Hunderte Bomber und Jagdflugzeuge Wien eineinhalb Stunden lang in die Zange genommen und das Haus, in dem sie wohnte, in Schutt und Asche gelegt hatten.

Es bedurfte einer besonderen Laune des Schicksals und der Gnade einer späten Liebe, um davon zu erfahren. Der Liebe zu Julchen.

Gleich dem Aufleuchten der Abendsonne war sie über ihn gekommen, diese Liebe, hatte eine stetige, wunderbare Glut in seinem Inneren erzeugt, still und warm und beseelt von einer tiefen Leidenschaft, auf die er in dieser späten Phase seines Lebens nicht mehr zu hoffen gewagt hätte.

Ein melancholisches Lächeln stahl sich in seine Züge, als er an Julchen dachte. Auch ihr würde er einen Besuch abstatten. Allerdings erst in ein paar Tagen, am 9. Oktober. Damit alles seine Ordnung hatte. Auch der Abschied und der Schmerz.

Mit langsamen Schritten umrundete er das Denkmal; der Kies knirschte unter seinen Schritten.

Seit er wusste, wo Mondfee ihre letzte Ruhestätte gefunden hatte, war er jedes Jahr einmal hierher gefahren. Doch niemals verspürte er das, was er glaubte, an diesem Platz verspüren zu müssen. Etwa das, was er empfand, wenn er vor Elses Grabstein stand. Ein Umstand, der ihm immer, wenn er diesen Platz besuchte, ein schlechtes Gewissen bescherte. Den Grund dafür fand er bald heraus, doch er hatte lange gebraucht, ihn zu akzeptieren: Die Gefühle, die er einst für Mondfee gehegt hatte, lagen in dem gleichen gläsernen Sarg bestattet, in dem auch die Erinnerungen an sie ruhten. Sie gehörten dem Leben an, das er vor Else gelebt hatte. Ein Leben, das er verdrängt hatte. Elses Präsenz an seiner Seite hatte nur ein Leben zugelassen. Und nur eine Liebe …

Jetzt, da er das letzte Mal hier stand, verspürte er das starke Verlangen, an Mondfee etwas gutzumachen. Zum einen, weil er zugelassen hatte, dass die Erinnerungen an ihre gemeinsam verbrachte Zeit und seine Gefühle für sie verblasst waren. Zum anderen – und das wog weit schwerer – weil es etwas gab, für das in dem gläsernen Sarg kein Platz mehr war. Etwas, das sich nicht einfach wegschließen, einsperren und distanziert von außen betrachten ließ.

Das Bewusstsein seiner Schuld.

Er blickte sich um und nickte zufrieden. Niemand zu sehen. Er zog eine kleine Setzschaufel aus der Innentasche seines Mantels und fingerte eine winzige Schmuckschatulle aus den Tiefen seiner Hosentasche. Er öffnete sie, um sich ein letztes Mal des Inhalts zu vergewissern. Ein mehr als 65 Jahre alter goldener Ring, auf dessen Innenseite sein und ihr Name sowie das Datum »15. April 1941« eingraviert waren. Und ein großer goldener Anhänger in Form eines Herzens, den er vor ein paar Tagen in Riva in einem Schmuckgeschäft erstanden und auf dem er eine Gravierung hatte anbringen lassen.

In Erinnerung an gute Zeiten.
Mögest du mir die schlechten verzeihen.
Dies erbittet der, der schuldig an dir wurde.
Wien, im Oktober 2007

Er klappte die Schatulle wieder zu und stieg vorsichtig in das eingefriedete, mit Blumen und Büschen bepflanzte Beet, in dessen Mitte das Denkmal stand. Dann ging er in die Hocke und begann mit der kleinen Schaufel, die er mitgebracht hatte, ein Loch auszuheben. Als er glaubte, die nötige Tiefe erreicht zu haben, legte er die Schatulle behutsam hinein, schaufelte das Loch wieder zu und glättete die Erde. Anschließend erhob er sich wieder, blieb eine Weile mit gefalteten Händen stehen und murmelte leise: »Verzeih mir, kleine Mondfee. Bitte verzeih mir.«

KAPITEL 35

Augsburg | Riva del Garda | 5. Oktober 2007 | FR

Hugo lärmte wie immer pünktlich und zuverlässig, diesmal bereits um sechs Uhr früh.

Als Lara um sieben das Haus verließ, um ins Büro zu fahren, ließen beginnender Nieselregen und ein dunkelgrau verhangener Himmel zumindest für einen Teil der vor ihr liegenden Strecke nichts Gutes ahnen.

Möglicherweise scheint weiter südlich ja die Sonne, dachte sie optimistisch und wagte sich in Gedanken noch ein Stück weiter vor: laue, spätsommerliche Temperaturen, ein superbes Abendessen in einem der unzähligen kleinen Restaurants, ein *Bardolino*, genossen in einer direkt am See gelegenen Osteria ... Sie musste lachen – sah so etwa das privilegierte Leben einer Privatermittlerin aus?

Noch hielt sich das Verkehrsaufkommen auf der B17 in Grenzen. Sie sah auf die Uhr: 7:15 Uhr. Sie wählte eine Telefonnummer auf dem Lenkrad-Display.

»Demuth?«

Sieh an, schon nach dem ersten Klingelton; wenigstens hast du sie nicht aus dem Bett geholt ...

»Lara Gropius. Guten Morgen, Frau Demuth. Entschuldigen Sie den frühen Anruf, aber es ist wichtig.«

»Kein Problem. Ich nehme an, es geht um unseren Termin heute. Ich könnte um ...«

»Es hat sich da was geändert, Frau Demuth. Das mit dem Treffen klappt nicht. Ich muss heute noch zum Gardasee. Nach Riva. Wir könnten das Wichtigste aber telefonisch klären. Ich bin in 20 Minuten im Büro. Geht das okay, wenn ich Sie gleich anrufe?«

»Aber sicher. Bis dann.«

»Sie fahren nach Riva? Etwa wegen meines Schwiegervaters?«

Carmen Demuth am Ohr stand Lara in der winzigen Küche ihres Büros.

»Allerdings. Es gibt inzwischen eine konkrete Spur«, entgegnete sie und drückte den Espresso-Knopf am Kaffeeautomaten.

»Wie konkret?«

»Drei Tage alt«, fuhr Lara etwas lauter fort, um das Geräusch der Düse auszugleichen, die frisch gebrühten Kaffee in die Tasse spuckte.

»Drei Tage? Das heißt, Sie haben ihn?«

Lara nahm den Espresso, ging zum Schreibtisch und setzte sich.

»Von haben kann noch keine Rede sein. Sagen wir, ich bin dicht an ihm dran.« Sie unterrichtete die Demuth in knappen Worten über das Ergebnis der Telefonrecherche vom vergangenen Abend.

»Er soll wochenlang in diesem Hotel gewohnt haben?« Carmen Demuths Stimme verriet Zweifel.

»Offensichtlich. Die Rezeptionistin im *Stella del Garda* wird sich das nicht aus den Fingern gesaugt haben.«

»Aber was ergibt das alles für einen Sinn?«

»Um das herauszufinden, fahre ich nach Riva, Frau Demuth. Anscheinend besucht er Orte, die in seinem Leben eine wichtige Rolle gespielt haben. Angeblich, um sich von ihnen zu verabschieden. Das allein wäre angesichts seines Alters noch kein Grund zur Besorgnis. Aber es gibt bestimmte Dinge, die mir zu denken geben. Zum Beispiel sein verändertes Verhalten schon im Vorfeld dieser Reise. Soweit ich es beurteilen kann, weist Ihr Schwiegervater deutliche Anzeichen einer Persönlichkeitsveränderung auf. Die muss nicht sehr schwerwiegend sein, wohlgemerkt, aber irgendetwas muss ihn von heute auf morgen aus der Bahn geworfen haben.«

»Glauben Sie, dass es mit dieser ehemaligen Terroristin zusammenhängt?«

»Vielleicht. Ich bin überzeugt, dass der Schlüssel zu seinem Verhalten irgendwo in seiner Vergangenheit liegt. So gesehen könnte das mit Julchen durchaus eine Rolle spielen.«

»Sie haben mir noch immer nicht erzählt, wie Sie ihr auf die Spur gekommen sind.«

Lara hatte damit gerechnet, die Frage irgendwann gestellt zu bekommen.

»Sie werden es nicht glauben, aber das verdanke ich Ihrem Sohn.«

»Tim? Wie das denn?«

»Er hat Ihnen also noch nichts gesagt?«

»Nein! Was?«

Lara räusperte sich. »Es tut mir leid. Ich hätte es Ihnen gleich sagen sollen.« Sie berichtete ihr von den Zusammentreffen mit dem Jungen, ohne jedoch seinen impulsiven Gefühlsausbruch während der ersten Begegnung zu erwähnen.

»Seien Sie ihm bitte nicht böse, weil er Ihnen nichts gesagt hat. Eigentlich bin ich daran schuld. Wir hatten vereinbart, dass das alles unser Geheimnis bleibt. Am besten, Sie lassen sich nichts anmerken«, bat Lara.

»Jaja, schon gut. Wenigstens verstehe ich jetzt, warum er die Kisten auf unserem Dachboden durchwühlt hat. Wahrscheinlich in der Hoffnung, noch mehr alte Bilder zu finden, die er an Sie verhökern kann.«

Lara lachte. »Und, ist er fündig geworden?«

Auch Carmen Demuth lachte. »Ich glaube nicht.«

»Noch etwas, Frau Demuth«, fuhr Lara ernster werdend fort. »Jemand hat versucht, mein Telefon abzuhören. Ich muss davon ausgehen, dass der, der weiß, dass ich nach Ihrem Schwiegervater suche, sich mit zunehmender krimineller Energie an meine Fersen heftet. Ich konnte den Lauschangriff zwar abwehren, aber das Ganze hat mich einen runden Tausender gekostet.«

»Mein Gott, was kommt denn noch alles«, stöhnte die Demuth, relativierte die Bemerkung jedoch sogleich wieder.

»Verstehen Sie mich recht, es ist nicht das Geld, Kosten spielen keine Rolle. Die bekommen Sie natürlich ersetzt. Es ist nur … Dieser geheimnisvolle Fremde, wie ich ihn mal nennen will … er macht mir Angst. Können Sie nach wie vor ausschließen, dass er im Auftrag meines Mannes handelt?«

»Ich schließe mittlerweile gar nichts mehr aus. Ich versuche, in alle Richtungen zu ermitteln. Derzeit scheint mir die Spur, die nach Riva führt, die erfolgversprechendste zu sein«, erwiderte Lara.

»Ich habe auf Ihr Konto noch mal was überwiesen. Sagen Sie mir, wenn Sie mehr brauchen.«

Lara bedankte sich und schlug vor, das erst zu regeln, wenn sie wieder aus Riva zurück wäre.

Als sie eine Stunde und zehn Minuten später auf die A8 auffuhr, fiel ihr ein, dass sie noch Tuchy und Jo Bescheid geben musste.

Es dauerte, bis Jo abnahm.

»Mein lieber Schwan, Gardasee! Riva! Hotel *Stella del Garda.* Klingt verheißungsvoll. Heilixblechle, ich glaub', ich mach auch einen auf Privatermittler«, kommentierte er das Ergebnis ihrer Telefonrecherche vom vergangenen Abend. Er versprach, Tuchy zu unterrichten, und verabschiedete sich mit dem obligatorischen »Pass gut auf dich auf!«

Drei Stunden später passierte sie die österreichisch-italienische Grenze bei Ponticolo, löste ein Ticket über den Brenner, fuhr auf die A22 und verließ diese gegen 13:30 Uhr in Richtung Lago di Garda Nord.

Riva empfing sie kühl, windig und bewölkt. Urlaubsgefühle: Fehlanzeige!

Als sie die Rezeption des *Stella* betrat, sprang der Zeiger der Turmuhr auf dem an der Piazza 3. Novembre gelegenen *Torre Apponale* gerade auf 14:15 Uhr.

KAPITEL 36

Riva del Garda | 6. Oktober 2007 | SA

Der Nebel hatte Riva im Griff. Er nistete in den verwinkelten Gassen der Altstadt und lastete auf dem Hafen, in dem in rhythmischem Gleichmaß kleine Wellen gegen die Kaimauren klatschten.

Es war kühl, allerdings ließ der Wetterbericht hoffen. Der Nebel werde im Laufe des Vormittags weichen, ab Mittag die Sonne die Oberhand gewinnen.

Lara verließ das Hotel, schlang den Schal enger um ihren Hals und machte sich auf den Weg zu Hans Moosberger. Bis zu seiner Wohnung in der Via Concordia waren es etwa 15 Minuten. Der Mann hatte sich den Fuß verstaucht und sich am frühen Morgen krankgemeldet; Lara fürchtete schon, vergeblich nach Riva gekommen zu sein. Marietta Campanelli, der Rezeptionistin, war es gelungen, den Termin doch noch zu retten. Sie konnte den Deutschen, der eigentlich als sehr zurückhaltend galt, überreden, die »Nichte« des alten Herrn, mit dem er sich etwas angefreundet hatte, in seiner Wohnung zu empfangen, obgleich er nicht gerade erbaut davon gewesen war.

Lara querte die Piazza III Novembre und schlug den Weg in die verwinkelte Altstadt ein. Der Eingang zu dem Haus, in dem der Deutsche wohnte, befand sich in einer gepflasterten Seitengasse, die von der Via Concordia abzweigte. Hinter der Hausnummer verbarg sich eines der engen, drei- bis vierstöckigen, in bunten Farben gestrichenen und mit roten Ziegeln gedeckten Häuser, wie sie für die Altstadt von Riva typisch sind. Jetzt allerdings dämpfte das triste Grau des nebelbestimmten Vormittags den mediterranen Farbenzauber.

Lara schaute an der Fassade hoch; fast alle der mit Schlitzen versehenen, abgewitterten Holzläden vor den Fenstern waren geschlossen. Die verrostete und zerbeulte Briefkastenanlage und die Namen auf den Klingelschildern ließen auf die Anzahl der Menschen schließen, die hier wohnten. Lara fragte sich, wie dieses schmale Haus neun Familien Platz bieten konnte.

Sie drückte den schwarzen Knopf neben dem Namen *H. Moosberger* und wartete. Als gleich darauf einer der Fensterläden unmittelbar unter dem Dach aufklappte, wusste sie, was ihr bevorstand.

»Ganz nach oben!«, rief eine schnarrende Stimme.

Lara drückte die Türklinke. Knarrend öffnete sich die giftgrün gestrichene Haustür, und sie trat in einen dunklen Hausgang. Abgewetzte Steinfliesen, muffiger Geruch, kalte mit Kalk gestrichene Wände. Karges Licht, das durch ein fast blindes Oberlicht über der Haustür fiel. Im hinteren Bereich zwei Wohnungseingänge, kaum auszumachen im dämmrigen Halbdunkel. Links eine verwitterte Brettertür, von der schmutziggelbe Farbe abplatzte, wahrscheinlich führte sie in einen kalten, feuchten Keller. Rechterhand eine mit einem wuchtigen Geländer versehene, im Lauf der Jahrzehnte fast schwarz gewordene Holztreppe, notdürftig mit ein bisschen Tageslicht versorgt, dessen Ursprung von hier unten nicht auszumachen war.

Glück auf, dachte Lara ironisch und begann die Treppe hochzusteigen. Jede einzelne der Stiegen schien beleidigt unter ihrem Tritt zu ächzen. Sie waren unterschiedlich hoch, zum Teil bucklig und abgewetzt, und es bedurfte einer gewissen Vorsicht, um nicht zu stolpern. Nach zwei

Absätzen mit jeweils sechs Stufen hatte sie das erste Stockwerk erreicht. Mittlerweile wusste sie auch, woher das Tageslicht kam: Neben jedem Zwischenabsatz befand sich ein winziges Fenster. 36 Stufen weiter und drei Stockwerke höher hatte sie Mühe, ihre Überraschung zu verbergen. Misstrauisch dreinsehend stand ein kleiner aber muskelbepackter Mann in Jogginghose und Unterhemd vor ihr, der sich ihr als Hans Moosberger vorstellte. Der Gärtner maß bestimmt nicht mehr als 1,55 und mochte um die 60 sein.

»Lara Gropius, ich bin die Nichte«, stellte sie sich lächelnd vor – und erlebte gleich die erste Überraschung.

»Komisch, er hat immer gesagt, er habe keine Geschwister, und seine verstorbene Frau habe auch keine gehabt«, erwiderte der Muskelzwerg und reichte ihr zögernd die Hand.

Mist!

Lara spürte, dass sie erst einmal Vertrauen schaffen musste. Inwieweit wusste der Mann über die Familienverhältnisse des alten Demuth Bescheid?

»Das stimmt natürlich«, entgegnete sie, darum bemüht, sich eine einigermaßen glaubwürdige Ausrede einfallen zu lassen. »Ich … ich bin nicht seine richtige Nichte, wir sind nur über vier Ecken verwandt. Ich kannte ihn schon als kleines Kind. Es … gibt da eine nette Episode, müssen Sie wissen. Ich war etwa sechs oder sieben, … da war mein richtiger Onkel bei uns zu Besuch. Harald Demuth war auch da, die beiden waren gut befreundet. Mein Onkel und er unterhielten sich gerade, als ich zu ihnen rannte, um ihnen … ein Gänseblümchen zu bringen, das ich gepflückt hatte. Sie lachten, und Harald Demuth sagte, so eine niedliche Nichte würde er auch gerne haben. Ich sagte dann – wie Kinder eben so sind – ›dann bin ich halt auch deine

Nichte, Onkel‹. Seit jenem Ereignis nennt er mich seine ›Nichte‹.«

Lara wunderte sich, wie flüssig ihr die Story von den Lippen floss, ohne dass sich auch nur der Anflug eines schlechten Gewissens einstellte.

Der Gärtner nickte verstehend. »Und jetzt suchen Sie ihn, weil er einen Brief erhalten hat, der unbedingt beantwortet werden muss, hat mir die Campanelli erzählt.«

»Und weil ich mir Sorgen mache. Ich habe seit Wochen nichts mehr von ihm gehört. Eigentlich müsste sich seine Schwiegertochter während seiner Abwesenheit um alles kümmern. Aber zu der hat er ein etwas …, sagen wir, … reserviertes Verhältnis. Seiner Zugehfrau hat er gekündigt. Deswegen dürfte es ihm recht sein, wenn ich mich um die Angelegenheit kümmere.«

Lara bemerkte, wie der misstrauische Zug in seiner Miene verschwand.

»Ja, das mit seiner Schwiegertochter und der Zugehfrau hat er mir erzählt. Aber treten Sie erst mal näher«, sagte er und bat sie mit einer Handbewegung in die Wohnung.

Sie folgte ihm durch einen kleinen Gang in einen Raum, dessen Tür weit offenstand. »Das ist mein Wohn- und Esszimmer, und hier«, er zog einen Vorhang zur Seite hinter dem eine Küchenzeile und ein mächtiger amerikanischer Kühlschrank zum Vorschein kamen, »das ist die Küche. Nicht groß, die Bude, aber für mich völlig ausreichend.«

Er taut auf, stellte Lara zufrieden bei sich fest. Sie sah sich um. Bei aller Kargheit wirkte die Wohnung freundlich und penibel aufgeräumt. Ein Bücherschrank, ein fahrbarer Barglobus, aufgeklappt, mit einer Anzahl Flaschen und einigen Gläsern, eine Sitzecke, bestehend aus niedrigen Polstern, sowie ein Beistelltisch mit Glasplatte und ein Flachbildfernseher bildeten die Einrichtung.

»Setzen wir uns in den Wintergarten«, schlug Moosberger vor. Der so benannte Raum entpuppte sich als ein zur Rückseite des Hauses gelegener verglaster Balkon mit zwei Gartenstühlen, einem zierlichen runden Tisch und mehreren Schalen und Töpfen mit Blumen und Pflanzen.

Moosberger bat Lara, Platz zu nehmen.

»Einen Augenblick«, sagte er. Er entfernte sich hinkend und kehrte nach wenigen Minuten mit einem matt angelaufenen Silbertablett zurück, auf dem sich eine dampfende Espressokanne nebst Zuckerdose sowie zwei Tassen und Löffel befanden.

Er schenkte ein. »Das weckt die Lebensgeister an so einem Morgen«, sagte er und deutete mit dem Kopf zu der Balkonverglasung. Draußen kauerte noch immer der Nebel; Lara bemerkte unzählige Tröpfchen an der Außenseite der Scheiben.

Moosberger setzte sich. Er kam unvermittelt zur Sache.

»Die Campanelli sagte mir, Sie glaubten, ich wisse, wohin er verschwunden sei, und dass Sie mich deswegen sprechen wollten. Aber da kann ich Ihnen nur bedingt weiterhelfen, wenn überhaupt.«

Lara war von seiner Direktheit überrascht, doch eigentlich war es ihr so am liebsten. Sie nahm einen Schluck von dem heißen Espresso.

»Darf ich fragen, was Sie unter »bedingt« verstehen?«

Moosberger hob die Hände in einer unbestimmten Geste. »Na ja, dafür, dass wir uns nicht sehr lange kannten, hat er mir so einiges anvertraut, aber was seine nächsten Reiseziele betraf, da gab es nur eine vage Andeutung. Ich weiß auch gar nicht, inwieweit man das alles für bare Münze nehmen kann.«

Er führte seine Tasse zum Mund.

Lara witterte Morgenluft.

»Und worin bestand diese … Andeutung?«

Moosberger blies in seinen dampfenden Kaffee, schlürfte mit gespitzten Lippen und setzte die Tasse wieder ab.

»Er hat davon gefaselt, dass es noch zwei Stationen an seiner ›Via Dolorosa‹ gäbe, die er passieren müsse, dann werde er sein Ziel endgültig ansteuern.«

»›Via Dolorosa‹?« Lara furchte die Stirn. Nahm einen weiteren Schluck Kaffee.

»Ja. Seine ganz persönliche Straße der Schmerzen. Orte und Erinnerungen, von denen er sich verabschieden wolle. Das täte weh, aber es sei notwendig.«

»Hat er sich näher zu diesen … Stationen geäußert? Oder zu dem Ziel?«

»Ja und nein.«

»Wie – ja und nein?«

»Es war alles irgendwie komisch, was er sagte. Eigentlich total bescheuert. Zuerst dachte ich, dass es daran lag, dass wir ziemlich einen über den Durst getrunken hatten an jenem Abend. Aber dann begriff ich, dass es das allein nicht sein konnte. Dazu war das, was er sagte, viel zu verrückt – aber auch wieder viel zu real, wenn Sie verstehen, was ich meine.«

Lara schüttelte den Kopf. Nahm den letzten Schluck Espresso. »Wie denn? Vielleicht sollten Sie mir erst einmal berichten, was er Ihnen erzählt hat.«

Moosberger nickte. »Ja, Sie haben natürlich recht, das sollte ich. Ich fang am besten von vorn an – noch eine Tasse?« Der Gärtner griff zum Espressokännchen.

»Gern.«

Lara zückte ihr Notizbuch. »Sie haben doch nichts dagegen, dass ich mir Notizen mache?«

»Nein, natürlich nicht«, erwiderte er, lehnte sich in seinen Stuhl zurück und begann ausführlich zu erzählen.

»Zum ersten Mal sprachen wir eine Woche, nachdem er im Hotel angekommen war, miteinander. Dann immer öfter. Wir trafen uns auch mal aufn Bier oder 'nen *Bardolino* im Ort. Wir redeten über alles Mögliche. Hauptsächlich über Politik oder auch über Musik, ganz wenig über Privates. Er ist wie ich Klassikliebhaber und spielt leidenschaftlich Cello. Er hatte an einem Tag sogar ein Cellokonzert in Sirmione besucht, irgendwann gegen Ende August muss das gewesen sein. Ich habe ihm erzählt, dass ich früher Fagott spielte; schon lange her, ein Fagott hab ich seit mindestens zehn Jahren nicht mehr in Händen gehalten. Zwei Tage, bevor er abreiste, lud ich ihn dann abends zu mir ein. Er kam so gegen acht und blieb etwa bis zehn. Da redeten wir zum ersten Mal ausführlicher über private Sachen. Er erzählte mir von seinem Haus am Wörthsee und von seinen Musikerfreunden und auch von seiner Familie. Mit seinem Sohn verstehe er sich überhaupt nicht, das sei ein Nichtsnutz, seine Schwiegertochter bezeichnete er als arrogante Pute, die seinen Sohn nur des Geldes wegen geheiratet habe. Aber seine Enkelin und seinen Enkel, die mag er sehr. Am Anfang verlief das Gespräch noch ganz normal, aber dann, nachdem wir schon die zweite Flasche *Bardolino* vernichtet hatten, wurde er immer eigenartiger und fing an, dummes Zeug zu reden. Wie gesagt, zuerst dachte ich, es sei der Wein, seine Augen waren ziemlich glasig und … na ja, er lallte ein wenig. Ich dachte mir noch, der Kerl verträgt nicht viel, im Gegensatz zu dir. Aber … da war noch was anderes. Etwas, das man nicht dem Alkohol zuschreiben konnte. Ich fragte ihn, wann es denn wieder in Richtung Heimat gehe, und da sagte er … da sagte er etwas, was mich stutzig gemacht hat, etwas völlig Verrücktes.«

Moosberger beugte sich nach vorn, stützte die verschränkten Arme auf den Tisch und widmete Lara, die bis jetzt stichpunktartig mitgeschrieben hatte, einen intensiven Blick.

»Er sagte, er befände sich auf einer ›Reise ohne Wiederkehr‹, und seine Heimat werde bald das ›Nirgendwo‹ sein. Aber bevor er dorthin gehe, habe er noch eine ›Mission‹ zu erfüllen. Ich weiß, es klingt nach einem Witz, aber er …«, Moosberger lehnte sich wieder im Stuhl zurück und fing auf einmal an zu kichern, »er faselte etwas von Krakenviechern, denen er die Tentakel abhacken werde. Dem ›Mörderkraken‹, der eine ›narbengesichtige Bestie‹ sei, und seinem eigenen. Und dann werde ›endlich die Gerechtigkeit siegen‹.«

Lara fand das Ganze absolut nicht witzig. Genauso wenig, wie sie den Kraken auf dem Wandkalender im Wohnzimmer des alten Demuth nicht witzig fand oder den auf dem Zettel mit den seltsamen Zitaten, den sie in einem der Bücher im Musikzimmer entdeckt hatte.

Der Krake als Schlüssel zu den Mysterien des Harald Demuth?

»Diese Krakenformulierungen – die hat er genau so benutzt?«

»Genau so!«, bekräftigte Moosberger.

»Und er hat tatsächlich von zwei Krakenviechern gesprochen, denen er die Tentakel abhacken werde?«

»Exakt. Zuerst dem ›Mörderkraken‹, dann seinem eigenen. Und er werde es machen, noch ›bevor die ganze elende Scheiße‹ begänne.«

»*›Bevor die ganze elende Scheiße‹ begänne.* Ganz schön vulgär.«

»Ja, hat mich auch gewundert. Eigentlich war er ein vornehmer Mensch.«

»Was meinte er damit?«

»Mit der ›elenden Scheiße‹? Keine Ahnung. Aber das mit dem Kraken, das hat er mir erklärt. Jeder Mensch habe seinen Kraken, sagte er. Es sei die dunkle Seite dessen, was die einen Schicksal, Vorsehung oder Zufall nennen, die anderen Kismet oder Karma. So ein Krake habe viele Gesichter. Er könne sich in einem Ereignis und manchmal auch in einer Person aus Fleisch und Blut offenbaren. Manchmal müsse man mit seinem eigenen Kraken kämpfen und ihm zeigen, wo's langgeht, auch wenn der Kampf aussichtslos erscheine. Aber manchmal müsse man sich auch mit fremden Kraken anlegen, und wenn nötig, müsse man ihnen die Greifarme ausreißen und sie vernichten. Dann werde man zum ›Krakentöter‹.«

»Hört sich alles ganz schön merkwürdig an. Total abgefahren«, murmelte Lara.

»Fand ich auch. Wie schon gesagt, zuerst klang das Ganze ja noch witzig. Aber dann, als das mit der ›Scheiße‹ kam, merkte ich, dass er es absolut ernst meinte. Ich lachte noch und sagte zu ihm, er habe eine blühende Fantasie und er hätte Dichter werden sollen. Aber da hätten Sie ihn mal erleben sollen. Er flippte regelrecht aus. Das mit der Mission sei blutiger Ernst, sagte er – er gebrauchte tatsächlich diesen Ausdruck: ›blutiger Ernst‹. Und er werde die Verantwortung nicht scheuen, die ihm das Schicksal auferlegt habe. Wenn der Mörderkrake, diese narbengesichtige Bestie, glaube, er könne sich in einem Fischernest an der Ostsee verstecken, dann täusche er sich. Er werde ihn stellen und auslöschen. Und dann … dann sprang er plötzlich auf und sagte, dass er jetzt gehen müsse. Er müsse noch einen Anruf tätigen. Ich hab ihm vorgeschlagen, von hier aus anzurufen. Nein, er wolle von seinem ›Kraken-Handy‹ aus anrufen, das habe er im Hotel, sagte er. Und lachte auf einmal. Die Situation war so was von unwirklich … ich hab tatsächlich Angst gekriegt. Ich bin dann noch mit ihm die Treppe runter und hab ihn gefragt, ob ich ihn ins Hotel begleiten soll, immerhin hatte er einen über den Durst getrunken, aber er sagte, das sei nicht nötig.«

Lara saß völlig reglos da. Es dauerte, bis sie die nächste Frage stellte.

»Wen er auf seinem … ›Kraken-Handy‹ anrufen wollte und was oder wen er genau mit der narbengesichtigen Bestie meinte, hat er nicht gesagt?«

Moosberger schüttelte den Kopf. »Nein, nur dass sie sich in einem Fischerdorf an der Ostsee verstecke. Ich hab auch nicht mehr weiter danach gefragt. Wie gesagt, er wollte gehen, er hatte es plötzlich eilig.«

Lara nickte bedächtig. »Kein Hinweis, um welches Fischerdorf es sich dabei handelt?«

Der Gärtner verneinte auch diese Frage.

Lara klappte das Notizbuch zu und erhob sich. »Sie haben mir ganz entscheidend weiter geholfen, Herr Moosberger. Ich weiß gar nicht, wie ich Ihnen danken soll.«

Auch Moosberger stand auf. Er lächelte. »Finden Sie ihn. Und bringen Sie ihn zur Vernunft, egal was er auch vorhaben mag. Wissen Sie, ich mag den Alten, irgendwie mag ich ihn.«

KAPITEL 37

Riva zeigte sich von seiner Schokoladenseite. Der Nebel hatte sich verflüchtigt und dem Städtchen seinen Farbenzauber und das unverwechselbare Licht zurückgegeben. Ungetrübt wölbte sich ein azurner Himmel über dem tiefblauen See und die ihn umlagernden Berge und Hügelketten, die klar und scharf wie überdimensionale Scherenschnitte emporragten. Angenehme 20 Grad und die mit dem Geruch des Sees gewürzte leichte Brise ließen Lara nach einem geeigneten Plätzchen an der Hafenpromenade suchen. Von hier aus konnte sie den Blick über die Piazza III Novembre und die sie säumenden prachtvollen, in lombardisch-venezianischem Stil erbauten Häuserreihen mit dem *Torre Apponale* sowie zu den bewaldeten, von zarten Wolkenschleiern leicht umflorten Höhen des Monte Rocchetta schweifen lassen. Außerdem hatte sie Hunger. Gewaltigen Hunger. Trotz des dumpfen Druckgefühls, das sie seit dem Gespräch mit Hans Moosberger in der Magengegend verspürte.

Ristorante Sole del Garda. Die Tische vor dem Eingang des Restaurants waren nur spärlich besetzt, was der Tatsache geschuldet sein mochte, dass das Nordufer des Sees um diese Jahreszeit nicht gerade vom Massentourismus heimgesucht wurde. Lara inspizierte die Speisekarte neben der Tür und wusste sofort, dass sie hier richtig war. Sie nahm an einem der freien Tische unmittelbar neben dem Hafenbecken Platz, bestellte *Carne salada* als Vorspeise, einen *Salmo trutta carpio* (eine Forelle, die nur im Gardasee vorkommt) zusammen mit einer Polenta als Hauptgang, sowie eine *Torta cioccolato morbide* zum Dessert. Ein *Ramazzotti* als Aperitif sowie eine kleine Flasche *Teroldego Rotaliano Rosso* zum Hauptgang rundeten die Bestellung ab.

Lara atmete erst einmal tief durch. Versuchte, den Augenblick zu genießen. Das mediterrane Ambiente, die würzige Luft, die milde Wärme, das beruhigende Geräusch des Wellenschlags zu ihren Füßen. Die Vorfreude auf das Menü. Es gelang ihr nur teilweise. Zu sehr hielt das, was sie an diesem Vormittag erfahren hatte, sie umklammert.

Harald Demuth hatte dem Gärtner seine Seele geöffnet, so viel stand fest. Einerseits hatte das Gespräch mit ihm auf bizarre Weise mehr Licht ins Dunkel gebracht – andererseits warf es neue, ebenso bizarre Fragen auf. Selbst wenn der Alkohol eine gewisse Rolle dabei gespielt haben mochte – die schwülstig martialischen Äußerungen, die an jenem weinseligen Abend aus dem alten Demuth hervorgebrochen waren, ließen, trotz des lächerlichen Eindrucks, den sie zu vermitteln schienen, das Schlimmste befürchten. Der gezeichnete Krake hatte sein papierenes Dasein verlassen und war zum Leben erwacht. Der, dem er seine bildhafte Existenz verdankte, war dabei, Schritt für Schritt seinen aberwitzigen Plan zu verwirklichen. Was schlussendlich befürchten ließ, dass er töten würde. Zuerst jemand anderen, dann sich selbst.

Lara versuchte, die wesentlichen Aussagen Moosbergers zusammenzufassen und sie mit den wichtigsten Punkten ihrer bisherigen Ermittlungsergebnisse zu verknüpfen.

Zwischen dem 11. und 12. August bricht der 87-jährige Harald Demuth nach eigener Darstellung zu einer »Reise ohne Wiederkehr« auf. Sein Weg führt ihn zunächst nach München zum Flughafen, von wo aus er am 13. nach Verona fliegt. Zuvor beseitigt, beziehungsweise zerstört er Gegenstände, verbrennt Unterlagen und gibt skurrile Äußerungen von sich. Die Zeichnung eines Kraken auf einem Wandkalender und auf einem Zettel mit zwei seltsam anmutenden handschriftlich vermerkten Zitaten geben weitere Rätsel auf. Ebenso wie bestimmte Indizien, die belegen, dass er seit Jahren ein Doppelleben führt. Ein diskret geführtes Schweizer Bankkonto und eine geheim gehaltene Münchner Postfachadresse zählen dazu, aber auch das Verhältnis zu Julchen, einer um 24 Jahre jüngeren, inzwischen verstorbenen ehemaligen RAF-Terroristin, deren Existenz er vor seinem sozialen Umfeld bisher verborgen hat. Über mehrere Wochen schlägt er sein Domizil in einem Hotel in Riva auf, das er erst vor wenigen Tagen, am 1. Oktober, mit unbekanntem Ziel wieder verlässt, um – nach eigener Darstellung – weiteren Stationen an seiner »Via Dolorosa« zu besuchen und dann seine »Mission« zu erfüllen.

»Via Dolorosa.« »Mission.« Lara schüttelte den Kopf. Dann fiel ihr ein weiteres verrücktes Detail ein, das Moosberger genannt hatte. Die Tatsache, dass der alte Demuth über ein Handy verfügte. Angesichts der übereinstimmenden Aussagen seiner Schwiegertochter und seiner ehemaligen Zugehfrau, der Alte habe Handys geradezu gehasst, ein höchst irritierendes Detail.

Sie nippte an dem *Ramazotti* und blätterte in ihrem Notizbuch. Schüttelte erneut den Kopf, als sie die zahlreichen abstrusen Wendungen überflog, die sie während der Unterhaltung mit dem Gärtner notiert hatte.

Krakenviecher. Mörderkrake (narbengesichtige Bestie). Eigener Krake. Krakentöter, Krakenhandy. Bevor die ganze elende Scheiße beginnt.

Sie überlegte kurz – dann schrieb sie noch *Fischerdorf/ Ostsee* unter die Begriffe.

Eigentlich zum Schieflachen, dachte Lara – hinge von der Suche nach den Lösungswörtern nicht das Leben zweier Menschen ab!

KAPITEL 38

Vor sich einen *Aperol Sprizz* auf dem Glastischchen, saß Lara in einem der viel zu weich gepolsterten Sessel in der Hotellounge, starrte geistesabwesend auf den Teppich zu ihren Füßen und dachte angestrengt an die Ostsee. Oder besser gesagt an eine anonyme, konturlose und damit nicht zu greifende Vorstellung von etwas, das in Verbindung mit Meer und Wasser und Küste stand. Und mit dem alten Demuth. Etwas, das im Labyrinth ihres Unterbewusstseins geschlummert hatte und erst durch die Unterhaltung mit Hans Moosberger wieder aktiviert worden war. Allerdings mit reichlich Verzögerung und auf zu schwache Weise, als dass es eine konkrete Erinnerung hätte auslösen können. Vor zwei Stunden war der Gedanke plötzlich als vager, diffuser Schatten aufgetaucht. Seitdem wollte er nicht mehr weichen.

Du kannst es nicht erzwingen. Denk an was anderes …

Sie gähnte, fühlte sich irgendwie müde, aber noch nicht bettreif. Sah auf ihre Armbanduhr: dreiviertel elf. Ein paar Schritte an der frischen Luft würden sicher guttun und ihr die nötige Bettschwere verschaffen. Sie stand auf, griff sich ihre Strickjacke, die sie über die Sessellehne gelegt hatte, und spazierte in Richtung Ausgang.

Im Moment, als sie die Drehtür passierte, vibrierte ihr Handy. Sie sah aufs Display: keine der Nummern, die sie im Kopf hatte. Und dann noch so spät?

Sie drückte die grüne Taste.

»Ja?«

»Hallo, Lara!«

Sie war so verblüfft, dass es ihr zunächst die Sprache verschlug.

»Tim! Du?«

»Da staunst du, was? Ich muss dir dringend was sagen. Ich hab wieder was entdeckt. Es interessiert dich bestimmt.«

»Tatsächlich? Sag mal, weiß deine Mutter davon?«

»Meine Mama? Wieso? Das ist doch unser Geheimnis!«

Nichts! Sie hat ihm also noch nichts erzählt.

»Natürlich, du hast recht, also was hast du entdeckt?«

»Ein Bild. Eines von denen, die ich dir verkauft habe.»

»Aha. Und wo hast du es gefunden?«

»Bei uns auf dem Speicher steht ein ganz alter Koffer. In einer Ecke. Er war voller Spinnweben. Das Schloss war so eingerostet, dass ich's fast nicht aufbekommen hab. Da waren altmodische Kleider drin. Die haben nach Mottenkugeln gestunken. Ätzend, sag ich dir. Unter den Kleidern, ganz unten im Koffer, war das Bild. Es war gerahmt. Das Glas hat 'nen Sprung gehabt. Als ich das Bild rausgenommen habe, ist es ganz kaputtgegangen. Aber das Bild ist noch okay.«

»Und was ist auf dem Bild zu sehen?«

»Also erstmal die blonde Frau. Und dann …«

»Die blonde Frau? Welche blonde Frau?«, unterbrach Lara.

»Na, du weißt schon, die Frau, die auch auf den Bildern drauf ist, die ich dir gegeben habe. Die mit dem Fahrrad.«

Gabriele Permaneder.

Lara war augenblicklich hellwach. Sie zweifelte keinen Augenblick daran, dass der Junge die Wahrheit sagte. André Malraux fiel ihr ein. »Die Wahrheit eines Menschen liegt in dem, was er verschweigt.« Ein Bild der Permaneder in einem von Spinnweben umwobenen Koffer, der in einer vergessenen Ecke eines Speichers im Haus des Sohnes des alten Demuth vor sich hingammelte – musste die Faktenlage völlig neu bewertet werden? Lara entsann sich der Aussage Carmen Demuths, diese könne sich nicht erinnern, dass Harald das Haus seines Sohnes jemals betreten habe. Offenbar war der Koffer schon vor Jahrzehnten – vielleicht lange bevor das Anwesen von Lothar saniert worden war – auf dem Dachboden gelandet und dann vergessen worden. Ein Schicksal, das Tausenden alten Koffern widerfuhr.

»Lara? Bis du noch dran?«

»Jaja, natürlich. Sag, Tim, ist außer der Frau sonst noch wer auf dem Bild drauf?«

Tim antwortete nicht sofort. Lara hörte, wie er plötzlich zu kichern begann.

»Ja, schon.«

»Es gibt also noch eine andere Person auf dem Foto?«

»Hmm. Mein Opa. Die Frau und er sitzen auf einem umgekippten Boot am Strand und«, das Kichern wurde stärker, »und küssen sich.«

Lara war baff. Fragte sich, ob der an Absurditäten ohnehin reiche Tag auf einen neuen Höhepunkt zusteuerte?

Tim kicherte immer noch.

»Sag mal, mein Lieber, du willst mich doch nicht etwa verscheißern?«

Die in ziemlich scharfem Ton gestellte Frage stellte das Kichern augenblicklich ab.

»Nein, Ehrenwort! Das auf dem Bild ist mein Opa. Als er noch jung war. Opa hat mir mal Bilder aus einem Album gezeigt. Wo er mit Oma Else und Papa drauf ist. Papa war da noch ein ganz kleines Baby, erst ein paar Tage alt, und Opa hat ihn im Arm gehalten. Der Mann auf dem Bild sieht genau so aus wie Opa.«

»Und du bist ganz sicher?« Laras Stimme vibrierte. Sie bemühte sich gar nicht erst, es zu unterdrücken.

»Na klar doch. Logo.«

Ihre Gedanken überschlugen sich, sie rechnete nach. Harald und Else hatten 1949 geheiratet. Sohn Lothar war ein Jahr später, 1950, zur Welt gekommen. Die Bilder mit Gabriele Permaneder waren 1942 aufgenommen worden. Damit lagen nur acht Jahre zwischen den Aufnahmen. Acht Jahre, in denen sich das Aussehen Harald Demuths nur wenig verändert haben dürfte.

Lara versuchte, ihre Erregung doch noch in den Griff zu bekommen.

»Hör zu, Tim. Hast du dir vielleicht die Rückseite des Fotos angesehen? Steht da was drauf?«

»Hm. Ziemlich viel. Aber ich kann nur das Datum lesen. Das andere nicht, das ist wieder in der komischen Schrift geschrieben und ganz klein.«

»Und was ist das für ein Datum?«

»Warte, ich schau mal schnell nach. Ich hab das Bild in meiner Schreibtischschublade.«

Tim legte den Hörer ab. Eine halbe Minute später war er wieder da.

»Also, da steht … da steht …«, der Junge musste sich ziemlich konzentrieren, um das Datum entziffern zu können, »15.10, Bindestrich, 31.10.1942.«

Der gleiche Zeitraum wie der auf dem St. Peter-Ording-Foto! Harald Demuth und Gabriele Permaneder waren ein Paar gewesen und hatten im Kriegsjahr 1942 die zweite Oktoberhälfte an der Nordsee verbracht!

Herrliche Tage in St. Peter Ording …

»Lara?«

»Entschuldige, Tim, ich war gerade in Gedanken. Also ich würde sagen, wir kommen ins Geschäft, okay?«

»Wow! Du kaufst das Bild?«

»Klar. Können wir uns übermorgen treffen, am Montag? Nachmittags, so um vier?«

»Okay, an unserem Geheimtreffpunkt. Vor dem Haus von meinem Opa. Aber jetzt muss ich aufhören, sonst kriegt Ildiko spitz, dass ich noch nicht schlafe. Das petzt sie dann meiner Muter, und dann gibt's Ärger.«

Lara hatte es sich schon gedacht. »Deine Mutter ist also nicht zu Hause?«

»Nö, die kommt erst morgen früh zurück. Ildiko bleibt heute über Nacht.«

»Na dann schlaf gut. Bis übermorgen – und vergiss das Bild nicht.«

KAPITEL 39

Lara fühlte sich aufgekratzt, an Schlaf war nicht zu denken. Nicht bevor der Sturm, der in ihrem Kopf tobte, sich gelegt hatte. Sie beschloss, statt nur ein paar Schritten an der frischen Luft einen ausgedehnten Spaziergang zu unternehmen, und schlug den Weg zur Altstadt ein.

Der Abend fühlte sich gut an, die Temperatur durchaus angenehm. Auf den Straßen war wenig los; im Vergleich zu dem Gewusel, das hier in den Sommermonaten herrschte, wirkte die Stadt fast wie ausgestorben.

Sie schlenderte am Hafenbecken entlang. Im Wasser

spiegelten sich die Lichter der Stadt. Mit plauderndem Singsang kam ihr eine Gruppe Touristen entgegen, offensichtlich Japaner. Etwa 30 Meter vor ihr, am rechten Straßenrand, lehnte, den Rücken ihr zugewandt, ein Mann an einer Straßenlaterne und rauchte. Das summende Geräusch eines Dynamos ließ sie kurz nach hinten sehen und zur Seite treten: Ein junges Pärchen auf einem Tandem radelte vorbei. Sie sah, wie auch der Mann, der an der Laterne lehnte, sich umwandte. Er trug ein T-Shirt, sein Gesicht lag im Schatten einer tief ins Gesicht gezogenen Kapuze. Auf einmal musste er husten. Er warf die offenbar aufgerauchte Zigarette weg und ging langsamen Schrittes in Richtung Piazza III Novembre davon.

Lara war unvermittelt im dunklen Schatten einer Palme stehen geblieben. Schockiert und mit deutlich erhöhtem Puls. Er ist es – er muss es sein, schoss es ihr durch den Kopf. Obwohl sie dieses Mal sein Gesicht nicht hatte sehen können, war sie sicher, dass es sich um ihn handelte. Um den Mann, den sie an dem Tag, an dem sie Martha Schmieder am Wörthseeufer begegnet war, zum ersten Mal bewusst wahrgenommen hatte. Der glatzköpfige Typ mit dem blondem Oberlippenbart und der dunklen Hornbrille. Der Mann, der sich jetzt in Richtung Piazza III Novembre bewegte, hatte das gleiche eigenartig bellende Hustengeräusch von sich gegeben und besaß denselben schlendernden Gang. Sie wartete, bis er im Schatten einer die Straße säumenden Gebäudereihe verschwunden war, dann trat sie langsam unter die Laterne. Ihr Blick fiel auf den kreisrunden, hell erleuchteten Fleck zu ihren Füßen. Zigarettenkippen ohne Filter. Noch im Bücken nahm sie die Pappstreichhölzchen wahr. Sie besaßen die Form einer Flasche, deren Hals in das abgebrannte Zündköpfchen mündete, und trugen einen aufgedruckten Werbespruch, den sie nur allzu gut kannte.

Hansens Fruchtbrand, feurig gut.

Sie sah auf, presste die Lippen aufeinander. Fragte sich, ob sie das, was sie in diesem Moment empfand, in die Kategorie Wut oder Triumph einordnen sollte. Er war es, ohne Zweifel! Doch spätestens seit dem Vorkommnis mit dem falschen Telekommitarbeiter wusste sie auch, dass er nicht allein agierte. Aber wer waren die anderen? Wie viele waren es insgesamt?

Angespannt sah sie sich um. Wurde sie jetzt, in diesem Augenblick, noch von jemand anderem beobachtet?

Sie beschloss, ins Hotel zurückzukehren, die Lust auf einen längeren Spaziergang war ihr vergangen. Noch während sie auf die Drehtür zusteuerte, stellte sie sich die andere, im Moment viel entscheidendere Frage.

Wie war es ihm – ihnen – gelungen, ihr bis hierher zu folgen? Die Vorstellung, dass man sie einfach per Sichtkontakt über 400 Kilometer hinweg mit einem Fahrzeug verfolgt haben sollte, erschien ihr nicht plausibel. Das wäre zu mühselig gewesen und barg die Gefahr, sie zu schnell aus den Augen zu verlieren.

Die Alternative, die sich aus dieser Überlegung ergab, ließ nur einen Schluss zu. Der Gedanke daran ließ sie frösteln und mündete in einen ärgerlichen Selbstvorwurf: Sie hatte versäumt, auch ihr Cabrio von den beiden Lauschabwehrspezialisten inspizieren zu lassen.

»Ich wünsche angenehme Nachtruhe, Signora.«

Michele Di Lauro, der Nachtportier, war gerade in ein Buch vertieft gewesen, als Lara an der Rezeption vorbei zum Aufzug ging. Sein freundlicher Gruß ließ sie plötzlich innehalten, kehrtmachen und zu ihm an den Tresen treten.

»Entschuldigen Sie, aber darf ich Sie was fragen?«

Di Lauro klappte das Buch zu und erhob sich.

»Aber natürlich, Signora.« Sein Deutsch war korrekt, wenn auch mit stark italienischem Akzent.

»Heute Morgen, beim Frühstück, saßen nur englisch und ich glaube auch ein paar russisch sprechende Gäste am Tisch. Kommen um diese Jahreszeit nur wenige Deutsche hierher?«

Di Lauro machte eine vage Handbewegung. »Das ist unterschiedlich, Signora. Die Saison endet in wenigen Tagen. Da haben wir generell weniger Gäste. Momentan sind es 15. Nur zwei kommen aus Deutschland.«

»Nur zwei?«

Di Lauro nickte und lächelte. »Außer Ihnen noch eine andere Dame. Aus Kiel. Sie hat heute nicht gefrühstückt. Sie kam ebenfalls gestern an, etwa eine halbe Stunde vor Ihnen, und sie reist morgen wieder ab.«

»Ach so, ja dann, gute Nacht.«

Eine Dame aus Kiel. Die Auskunft Di Lauros ließ bei Lara den Gedanken an die Ostsee wieder aufblitzen.

Auf dem Zimmer angekommen, schob sie ihn vorerst beiseite und ging ins Bad. Setzte sich anschließend im Pyjama an den Schreibtisch neben dem Fenster, knipste die Tischleuchte an und dachte noch einmal über das nach, was Hans Moosberger ihr über den alten Demuth erzählt hatte. Noch war anzunehmen, dass er sich räumlich und zeitlich an der Peripherie zu seinem Vorhaben bewegte, vorausgesetzt, die zwei Stationen an seiner »Via Dolorosa« lagen noch vor ihm. Doch irgendwann würde seine Odyssee ein Ende finden. In einem Fischerdorf an der Ostsee. Die Frage war, wann?

Lara holte ihren Notizblock aus der Laptoptasche, klappte ihn auf und beschäftigte sich noch einmal mit den Einträgen vom Vormittag. Nahm den Kugelschreiber zur

Hand und zeichnete einen Kreis auf ein leeres Blatt. Auf die Kreislinie malte sie einen dicken Punkt, den sie mit einem *HD* für Harald Demuth versah. In die Kreisfläche zeichnete sie einen kleineren Kreis. Unter den kleinen Kreis schrieb sie *Fischerdorf*, darunter die Worte *Mörderkrake/Bestie=Opfer* und versah beide Anmerkungen mit jeweils einem Fragezeichen. Anschließend verband sie den *HD*-Punkt auf der äußeren Kreislinie mit dem inneren Kreis durch eine gestrichelte Linie und notierte auf ihr ein Datum und eine Uhrzeit, die sie sowohl mit einem Frage-, als auch einem Ausrufezeichen versah. *14. Oktober, 23:30 Uhr*, der Vermerk auf dem Wandkalender des alten Demuth. Die Stunde des Kraken. Blieb die Frage, ob der Eintrag den Beginn oder das Ende der Stunde kennzeichnete? Den Anfang oder das Ende seines Vorhabens?

Sie lehnte sich in ihren Stuhl zurück und besah sich die Skizze. So primitiv sie auch wirkte, so deutlich und unmissverständlich führte sie ihr die beiden im Moment wichtigsten Fragen vor Augen.

Wer war das potenzielle Opfer? Und wo befand es sich? Die derzeit einzige Möglichkeit, es vor dem alten Demuth und diesen vor sich selbst zu schützen, bestand darin, ihm zuvorzukommen. Ins Zentrum vorzustoßen, bevor er es tat. Noch vor dem 14. Oktober zur Stelle zu sein. Bekäme sie heraus, um welchen Ort es sich bei dem Fischerdorf handelte, würde sie diesem Ziel ein gewaltiges Stück nähergekommen sein. In einem kleinen Kaff die Identität einer Person mit einer markanten Narbe festzustellen, konnte dann nicht mehr allzu schwer sein.

Fischerdorf. Ostsee. Da war er wieder, der dunkle Schatten in ihrer Erinnerung. Ein vager Gedanke an Meer und Küste verknüpft mit der Person des alten Demuth.

Was war es, das in ihrem Unterbewusstsein hin und her schwamm, ohne an die Oberfläche zu treten?

Sie seufzte. Lass es endlich. Es muss sich von selbst einstellen. Sie sah auf die Uhr, fünf Minuten vor zwölf. Zeit, schlafen zu gehen.

KAPITEL 40

Das opulente Buffet animierte dazu, sich ausgiebiger und länger mit dem Thema Frühstück zu beschäftigen, als man es gemeinhin zu Hause tat. Der klassische Linienkiller. Insgesamt saßen elf Personen im Frühstücksraum, die meisten unterhielten sich in dezenter Lautstärke auf Englisch, bis auf eine Familie – Mutter, Vater und Tochter –, die russisch sprach.

Lara hatte verschlafen und fand sich verhältnismäßig spät zum Frühstück ein. Sie stand gerade im Begriff, am Buffet eine kleine Schüssel mit Müsli zu füllen, als eine hochgewachsene, mit perfekten Maßen ausgestattete Brünette mit einer trendigen Bob-Frisur und klassisch geschnittenem Gesicht den Frühstücksraum betrat und so nah an ihr vorbeiging, dass sie ihr Parfum wahrnehmen konnte. Ihre Rechte umklammerte eine eingerollte Ausgabe der *FAZ*. Eine Schönheit, zweifelsohne. Ohne sich weiter umzuschauen, steuerte sie mit jenem aus der Hüfte schwingenden Gang, der einem Model alle Ehre gemacht hätte, auf einen Einzeltisch zu. Lara sah ihr im Spiegel, der an der Wand über dem Buffet hing, nach. Sie trug einen eleganten dunkelbraunen Lederrock mit einem dazu passenden Bolero und darunter eine schwarze Seidenbluse. Um den Hals schlang sich ein fein gewebter Schal mit dezentem Blütenmuster in zartem Rosé und gebrochenem Weiß. Ziemlich mondän, dachte Lara und richtete ihren Blick wieder auf das Buffet. Einige Augenblicke hatten ihr genügt, um die Frau einzuschätzen. Intelligent, wach, selbstbewusst bis an die Grenze zur Arroganz.

Die Frau aus Kiel?

Lara griff sich einen Löffel und ging mit der Müslischüssel zurück an ihren Tisch.

Sie goss sich gerade eine zweite Tasse Kaffee ein, als auch die Frau zum Buffet ging, wobei sie ziemlich nah an ihrem Tisch vorbeikam. Unwillkürlich sah Lara auf. Ihre Blicke trafen sich. Die Frau grüßte mit einem gleichgültigen kurzen Nicken, ein Gruß, den Lara ebenso minimalistisch zurückgab.

Sie widmete sich einem *SZ-Magazin*, das sie noch vor dem Frühstück in der Lesecke der Hotellounge ergattert und in den Frühstücksraum mitgenommen hatte. Das Magazin stammte von letztem Monat; Lara blätterte eher gelangweilt darin, legte es nach wenigen Minuten wieder zur Seite und sah auf die Uhr. 8:20 Uhr. Sie wollte spätestens nachmittags gegen drei wieder zu Hause sein. Das würde sie auch. Die Fahrt würde nicht mehr als viereinhalb Stunden dauern.

Sie goss sich einen letzten Kaffee ein, trank in kleinen Schlucken aus und verließ den Frühstücksraum. Auf dem Weg zur Tür bemerkte sie, dass die brünette Schönheit nicht mehr an ihrem Platz saß; offenbar hatte die Frau den Raum verlassen, während sie in dem Magazin geblättert hatte. Lara fuhr mit dem Aufzug auf ihr Zimmer und stand schon fünf Minuten später an der Rezeption, um auszuchecken.

Marietta Campanelli hatte Dienst. Sie musterte Lara mit fast mitleidigem Blick.

»Haben Sie denn etwas über Ihren Onkel in Erfahrung bringen können?«, fragte sie voller Anteilnahme, während sie den Schlüssel entgegennahm.

Lara lächelte. »Ich bin jetzt zuversichtlich, dass ich ihn finden werde. Herr Moosberger hat mich ein gutes Stück vorangebracht. Dank Ihrer Hilfe, übrigens.«

»Aber ich bitte Sie, das war doch selbstverständlich«, wehrte Marietta Campanelli ab.

Lara griff nach ihrem Trolley und nahm die Laptoptasche unter den Arm.

»Auf Wiedersehen, Frau Campanelli. Vielleicht mache ich nächstes Jahr ein paar Tage Urlaub bei Ihnen.«

»Das würde mich freuen, Frau Gropius. Gute Reise.«

Unterwegs zu ihrem Wagen beschloss Lara spontan, sich noch eine halbe Stunde in einem Café neben dem *Torre Apponale* zu gönnen. Zeit genug hatte sie schließlich. Sie wuchtete den Trolley in den Kofferraum, verstaute die Laptoptasche und schloss das Cabrio ab. Sah sich um. Stellte fest, dass der Tag sonnig und mild werden würde, und schlug den Weg zur Altstadt ein. Keine 50 Meter weiter wäre sie um ein Haar vor Überraschung stehen geblieben, wenn nicht ein Reflex sie in letzter Sekunde gemahnt hätte, so zu tun, als fiele ihr nichts auf, und einfach weiterzugehen.

Dieses eigenartige Husten. Das Geräusch, das sie bereits kannte. Da war es wieder.

Das darf nicht wahr sein!, schoss es ihr durch den Kopf, als sie gleich darauf die Brünette aus dem Frühstücksraum wahrnahm, die ein Stück weiter vorn neben einem in Jeans und Sportsakko gekleideten Mann auf einer Bank saß. Doch sein Anblick überraschte sie. Das war nicht der Glatzkopf mit dem blonden Oberlippenbart und der Hornbrille, den sie in Erinnerung hatte. Der Mann an der Seite der Brünetten verfügte über längeres schwarzes Haar, das er streng nach hinten gekämmt und im Nacken zu einem kleinen Knoten zusammengebunden hatte. Sein Gesicht war glatt rasiert, und er trug eine Nickelbrille. Doch Laras Irritation war nur von kurzer Dauer. Eine Glatze konnte man unter einer Perücke verstecken, einen Oberlippenbart ankleben und die Brille wechseln. Clever, dachte sie grimmig.

Die beiden unterhielten sich. Lachten. Der Mann rauchte. Hustete erneut. Lara hätte wetten können, dass die Zigarette keinen Filter hatte und mit einem Zündhölzchen, das die Form einer Flasche hatte, angezündet worden war.

Lara beschloss, die Arglose zu spielen und ganz normal weiterzugehen. Die beiden brauchten nicht zu vermuten, dass sie Bescheid wusste. Sie zog ihr Handy aus der Jeansjacke und tat so, als ob sie eine Nummer wählte. Als sie auf gleicher Höhe mit dem Paar war, imitierte sie ein banales Gespräch und verlangsamte ihr Schritttempo.

»Hi, Luca, ich hoffe, du bist schon auf. Hör zu, ich bin noch am Gardasee, aber heute Abend wieder zu Hause. Klappt das mit Sonntag?«

Pause.

»Tatsächlich? Ja gut, dann machen wir das so.«

Pause.

»Deine Freundin? Natürlich kannst du sie mitbringen. Bis Sonntag dann. Ich freu mich.«

Sekunden später war sie an den beiden vorbei.

Der Duft nach frisch gebackenen *Bastoncinis* wehte aus der offenen Tür des kleinen Cafés nahe des *Torre Apponale*, ein Duft, der Lara magisch anzog, obwohl sie bereits gefrühstückt hatte. Selbst die gestern Abend gewonnene und soeben aufs Neue gesicherte Erkenntnis, dass sie sogar hier in Riva beschattet wurde, vermochte nicht, ihr den Appetit auf ein *Bastoncini Cioccolata* und einen *Cappuccino* zu verderben. Sie setzte sich an einen der etwas wackeligen Tische vor dem Lokal und winkte dem Kellner, der drinnen am Tresen lehnte und vor sich hingähnte.

Ein Pärchen schlenderte vorbei. Ein dazu gehörender Hund sprang voraus, direkt auf eine Möwe zu, die auf dem Asphalt spazierte. Im letzten Augenblick flatterte sie davon. Während Lara auf die Bestellung wartete, drängte sich ihr der Vergleich auf, dass sich auch ihr erster Job als Privatermittlerin mehr und mehr zu einer Jagd entwickelte. Oder besser gesagt zu einer surreal anmutenden Hatz.

Wie würde sie enden?

Immerhin war sie leicht im Vorteil. Zum einen war es ihr gelungen, eng auf den alten Demuth aufzuschließen. Dessen Vorsprung hatte sich drastisch verkürzt. Zum anderen hatte sie zwei ihrer Verfolger identifizieren können, was diese allerdings nicht wussten. Ebenso wenig wie sie wussten, dass die von ihnen beobachtete Detektivin von der Manipulation an ihrem Fahrzeug Kenntnis hatte. Inzwischen war Lara sich dessen 100-prozentig sicher. Gestern Abend hatte Michele Di Lauro bemerkt, dass die »Dame aus Kiel« eine halbe Stunde vor ihr im Hotel eingetroffen sei. Sie musste also gewusst haben, welches Ziel Lara ansteuern würde. Was wiederum nur über das Telefongespräch, das sie mit Jo geführt hatte, in Erfahrung zu bringen gewesen war. Das einzige Gespräch, das aus dem

Auto heraus stattgefunden und in dem sie konkret ihr Ziel benannt hatte. Lara erinnerte sich, dass sie auf dem Herweg zwei längere Pausen eingelegt hatte. Wahrscheinlich war die Frau einfach zügiger gefahren und so eine halbe Stunde vor ihr im Hotel angekommen. Da ihr bärtiger Komplize nicht im *Stella* abgestiegen war, mussten sie für ihn eine andere Bleibe gewählt haben. Vielleicht waren sie übereingekommen, sich die Observation zu teilen, und glaubten, flexibler zu sein, wenn sie von zwei unterschiedlichen Standorten aus »operierten«.

Wie auch immer: Ihr Gespräch war abgehört worden, ihr Cabrio definitiv verwanzt.

Vielleicht würde sie ja genau diesen Umstand nutzen können. Sie mit ihren eigenen Waffen schlagen. Zur gegebenen Zeit. Auch wenn sie noch keinen Schimmer hatte, wie.

KAPITEL 41

Augsburg | Wörthsee | 8. Oktober 2007 | MO

Seit Mittag nieselte es.

Lara hatte sich diesmal leicht verspätet.

Tim hockte wie bereits das letzte Mal neben seinem Rad, das an der Hecke lehnte; den nassen Boden ignorierte er.

Erwartungsvoll lief er ihr entgegen.

»Hallo, Kumpel«, begrüßte er sie.

»Hallo, Kumpel«, erwiderte sie schmunzelnd. »Wie geht's?«

Tim setze eine wichtige Miene auf. »Hab mächtig viel zu tun.«

»Tatsächlich?«

»Hmm. Hab 'nen neuen Freund, Malte. Wir bauen an meiner Baumhütte weiter. Wir gehen heute noch Nägel und Schrauben einkaufen und ein paar andere Sachen. Aber erst muss ich meine Hausaufgaben fertigmachen. Ich hab heut gar nicht viel Zeit für dich. Das verstehst du doch, oder?«, sprudelte es aus ihm heraus.

»Na klar doch. Das Bild hast du dabei?«

Statt einer Antwort machte Tim sich an seinem Gepäckträger zu schaffen, aus dem er eine Plastikhülle zog, in der ein braunes Kuvert steckte.

»Da ist es drin. Damit dem Bild nix passiert. Das ist nämlich mindestens so wertvoll wie die anderen, die du mir abgekauft hast. Ehrlich!«

Lara schmunzelte. Daher also weht der Wind …

»Was willst du denn dafür?«

»Also …«, Tim biss sich auf die Unterlippe, legte den Kopf schief und sah sie abschätzend an. »Also außer den Nägeln und so brauchen wir noch eine Säge und eine Klappleiter. Das kostet«, platze es aus ihm heraus.

»Aha, verstehe. Andererseits es ist ja nur *ein* Bild. Für die anderen Sachen hab ich dir zusammen 50 Euro gegeben und …«

Lara unterbrach sich und tat so, als müsse sie scharf überlegen.

»Also, für das Bild kriegst du fünf Euro …«

Auf Tims regennassem Gesicht zeichnete sich Enttäuschung ab.

»… und als Bauzuschuss für deine Hütte noch mal 35 Euro dazu, okay?«

Tims Gesicht leuchtete auf. »Du bist der beste Kumpel auf der Welt. Dafür darfst du dabei sein, wenn wir die Hütte einweihen. Wir besorgen Cola und Fanta und Brezen und Wiener, und du kannst Kuchen mitbringen.«

Lara lachte. »Genau so machen wir das.«

Sie zog zwei Zwanzigeuroscheine aus ihrem Geldbeutel und gab sie ihm. Den Umschlag steckte sie in die Brusttasche ihrer Jeansjacke.

Tim hatte sich schon wieder aufs Rad geschwungen, augenscheinlich hatte er es wirklich eilig.

»Machs gut, Lara. Ich ruf dich spätestens an, wenn wir Einweihung feiern.«

Sekunden später war er verschwunden.

Den Weg zurück zum Parkplatz steigerte Lara das Schritttempo. Nicht nur wegen des Regens, sondern auch wegen der Spannung, die sich zunehmend in ihr aufbaute.

Zwei Minuten später saß sie in ihrem Cabrio und öffnete mit angehaltenem Atem und nervösen Fingern den Umschlag.

Schon der erste Blick auf das Motiv ließ die angestaute Luft mit einem lauten Zischlaut entweichen.

Gabriele Permaneder mit einem jungen Mann am Strand von St. Peter Ording in einer intimen Umarmung. Sich innig küssend. Das Bild war offenbar mit Selbstauslöser aufgenommen worden, wie ein dünnes, gerade noch erkennbares Kabelende in der einen Hand des Mannes verriet.

Harald Demuth?

Lara griff nach ihrer Brieftasche, zog das Farbporträt, das Carmen Demuth ihr überlassen hatte, hervor und verglich es mit dem Gesicht des Mannes auf dem Schwarz-Weiß-Bild. Es war nicht nur die stark gebogene Nase, die sie davon überzeugte, dass es keinen Grund gab, an der Identität des Mannes zu zweifeln. Sondern auch der sorgfältig getrimmte dünne Oberlippenbart, dessen Form er offenbar unverändert bis ins hohe Alter beibehalten hatte.

Der Durchbruch stellte sich ein, als sie das Foto auf die Rückseite drehte, die handschriftlich verfassten Zeilen las – und fassungslos registrierte, wie eine Reihe weiterer Lösungswörter des Kreuzworträtsels Harald Demuth quasi wie von selbst in die entsprechenden Karos purzelten.

Eigentlich war alles so einfach. So lächerlich einfach.

Sie sah auf die Cockpituhr: fünf nach halb fünf. Sie griff zum Handy, hielt kurz inne und entschloss sich dann doch, Tucholsky anzurufen. Sollten die Schweine das Gespräch ruhig abhören, es würde sie umso mehr in Sicherheit wiegen.

»Hoi, Lara, schon wieder da? War das Wetter doch nicht ganz so zum Urlaub machen? Ich hab gemeint …«

»Hör zu, Tuchy, lass es uns kurz machen«, unterbrach Lara seinen süffisanten Redeschwall, »hast du heute Abend Zeit? Gegen sieben bei mir? Es ist dringend!«

»Menschenskind, bist du heut' aber kurz drauf. Aber wenn's sein muss, klar! Meine Traudl ist eh nicht daheim.«

»Ruf doch bitte Jo an; vielleicht kannst du ihn mitbringen. Oder er dich, völlig wurscht. Hauptsache, ihr kommt.«

»In Ordnung. Aber was soll ich ihm sa…«

»Alles Weitere heute Abend, Tuchy. Bis dann.«

Zu Hause angekommen sah sie sich noch einmal sämtliche Rückseitenvermerke auf den Bildern, die sie von Tim erhalten hatte an, insbesondere die Datumsangaben. Dann fuhr sie den Computer hoch, holte sich *Wikipedia* auf den Bildschirm und tippte »Schlacht von El Alamein« in das Suchfeld. Der Gedanke, in diese Richtung zu recherchieren, war ihr unterwegs gekommen. Kaum fünf Minuten später wusste sie, dass sie mit ihrer Vermutung richtig lag.

Die mörderische Schlacht, so erfuhr Lara, hatte 1942 stattgefunden und gliederte sich in zwei Abschnitte. Während des ersten Abschnitts – er dauerte vom *1. bis zum 31. Juli 1942* – brachten die Alliierten den Vormarsch der deutsch-italienischen Truppen unter Generalfeldmarschall Erwin Rommel zum Stehen. Im zweiten – er begann am *23. Oktober* und endete am *4. November 1942* – gelang den alliierten Truppen unter Lieutenant General Bernard Montgomery ein entscheidender Sieg, der das Blatt auf dem afrikanischen Kriegsschauplatz endgültig wendete und zu einem Rückzug der Achsenmächte führte.

Lara lehnte sich in ihren Schreibtischsessel zurück und verschränkte die Hände hinter dem Kopf. Der Mann, der ihr bisher unter dem Namen Harald Demuth bekannt war, hatte vor Jahrzehnten offenbar seine gesamte Vita frisiert.

Das Datum auf dem Füssen-Foto lautete 3. Juli 1942, während die beiden St.Peter-Ording-Fotos als Zeitraum den 5. Oktober bis 2. November 1942 aufwiesen.

Sowohl im Juli als auch im Spätherbst 1942 hatte er keinen einzigen Schritt ins Ausland getan.

Was bedeutete, dass er weder an der ersten noch an der zweiten Schlacht von El Alamein teilgenommen haben konnte.

Pünktlich um sieben standen Tucholsky und Eisele vor der Tür. Laras Begrüßung fiel knapp aus; sie wirkte heute ziemlich kurz angebunden, was die beiden Freunde als

Ausdruck besonderer Anspannung werteten. Ein Verhalten, das ihnen aus der Zeit ihrer gemeinsamen Tätigkeit bei der Kripo nicht unbekannt war.

Lara bat sie ins Büro. Es war dämmrig geworden, auf dem Schreibtisch brannte die Lampe.

»Um es gleich vorweg zu sagen: Es gibt 'ne Menge Neuigkeiten. Ich beginne mit der aktuellsten. Aber dazu muss ich erst mal ein paar wesentliche Dinge zusammenfassen, die unter anderem damit zu tun haben.« Lara deutete auf den Schreibtisch, auf dem die vier Bilder und die Kennkarte Gabriele Permaneders aus dem »Tim-Fundus« ausgebreitet lagen. »Der Sachverhalt, wie er sich uns bis jetzt darstellte, war folgender. Erstens …«

»Was heißt war?«, unterbrach Tuchy.

Lara seufzte genervt. »Warts einfach ab, okay?«

»'tschuldigung, bin ja schon ganz still«, brummte er.

»Also, erstens«, begann Lara erneut und reckte den Daumen ihrer rechten Hand hoch, »was diese vier Fotos angeht, sind wir immer davon ausgegangen, dass sie ausschließlich im Hinblick auf die Person *Julchens* relevant seien. Zu keinem Zeitpunkt ist uns der Gedanke gekommen, dass es einen direkten Bezug zwischen *Harald Demuth* und den beiden auf den Fotos abgebildeten Frauen geben könnte – schon gar nicht vor dem 3. September 2002, dem Tag, an dem sich Julia Hagen und Harald Demuth kennenlernten. Zweitens«, Lara hob Daumen und Zeigefinger«, waren wir der Überzeugung, dass die Frau mit den dunklen Haaren niemand anderes als die Mutter Julchens, Inga Hagen, sein könne. Was angesichts der Tatsache, dass sie die Kleine auf dem Arm hat und dem von ihr auf der Rückseite vermerkten Eintrag ja auch einleuchtend war. Drittens«, sie streckte Daumen, Zeige- und Mittelfinger in die Höhe, »sind wir aufgrund der Biografie Julia Hagens im *POLAS* davon ausgegangen, dass ihr verschollener Vater, Baldur Hagen, längst das Zeitliche gesegnet habe. – Tod an der Ostfront.« Lara machte eine kurze Pause, bevor sie fortfuhr. »Das hier ist der Beweis, dass sich alle drei Annahmen als falsch erwiesen haben. Wir haben uns gründlich geirrt.«

Sie öffnete die oberste Schreibtischschublade, holte das Bild heraus, das sie heute von Tim erhalten hatte, und legte es auf den Schreibtisch, direkt unter die Lampe.

»Darf ich vorstellen, meine Herren: Inga-Gabriele Hagen, geborene Permaneder, und Baldur Hagen, alias Harald Demuth, während eines gemeinsam verbrachten Urlaubs in St.Peter-Ording. Julia Hagen, genannt Julchen, ist beider Tochter. Von deren Existenz Baldur, alias Harald, allerdings erst Jahrzehnte später erfuhr. Genauer gesagt am 3. September 2002. Ich gehe davon aus, dass das Paar getrennt wurde, bevor Inga Hagen ihre Tochter zur Welt brachte, vielleicht sogar noch bevor Harald überhaupt wusste, dass seine Frau von ihm schwanger war.«

Jo und Tuchy starrten schweigend auf das Bild. Jo war der Erste, der sich fasste und seiner Verblüffung mit der ihm eigenen Derbheit Ausdruck verlieh.

»Leck mich am Arsch. Und woher weißt du das alles?«

Lara drehte das Foto um. Am unteren Rand war in der typischen Schrift, die sie bereits kannten, der Ort vermerkt, an dem das Bild aufgenommen worden war – St. Peter-Ording – sowie das Datum, das Tim ihr bereits am Telefon genannt hatte und das sich mit dem auf dem anderen St. Peter-Ording-Foto deckte. Über dem Vermerk befanden sich weitere neun Zeilen Text; ein kurzer Brief mit separater Orts- und Datumsangabe, der Monate später hinzugefügt worden war, geschrieben in deutlich kleinerer Schrift und mit engem Zeilenabstand. Knappe Worte, welche die zarte Intimität einer schon vor Jahrzehnten verglühten Beziehung erneut aufglimmen ließen.

»München, 3. Juli 1943 – Lieber Baldur, nun bist du schon vier Wochen auf Dienstreise. Eigentlich wollten wir um diese Zeit schon längst wieder in St. Peter-Ording sein. Erinnerst du dich an unseren Aufenthalt dort letztes Jahr? Meer, Wind und Himmel. Nur du und ich am weiten Strand. Wie herrlich. Komm bald zurück. Ich erwarte dich mit Sehnsucht und schicke dir dieses Bild als kleine Erinnerung.

Ich liebe dich, mein Herz.

Deine kleine Mondfee Inga«

Tuchy, der immer noch schwieg, nahm die Karte zur Hand und sah sich die Stelle an, wo der verwischte Doppel-Vorname gestanden hatte: Inga-Gabriele. Nur drei Silben waren davon übrig geblieben: »riele«; den Rest hatten vermutlich Feuchtigkeit und andere Umwelteinflüsse ausradiert.

»Inga-Gabriele Hagen, geborene Permaneder, alias Mondfee. Netter Kosename übrigens«, knurrte er schließlich und legte das zerschlissene Dokument auf dem Schreibtisch ab.

»Dann ist die Frau mit den dunklen Haaren die, von der wir zuerst geglaubt haben, dass es die Blonde sei, nämlich die Freundin von Inga?«, fragte Jo.

Lara nickte. »Oder eine Verwandte, das lässt sich nicht sagen. Auf jeden Fall jemand, dem Inga Hagen Julchen anvertraut hat. Die Frau scheint ein sehr inniges Verhältnis zu der Kleinen gehabt zu haben.«

»Dieser Baldur Hagen alias Harald Demuth – der muss sich doch gleich nach dem Krieg ’ne neue Identität verschafft haben. Was jemand nur macht, wenn er was zu verbergen hat«, bemerkte Tuchy.

»Steht zu vermuten«, stimmte Lara zu. »Ich glaube, der Mann hat seine gesamte Vita gefälscht. Zum Beispiel konnte er niemals in El Alamein dabei gewesen sein. Ich hab das anhand der Datumsangaben auf den Bildern und von Informationen aus dem Internet rekonstruiert.«

»Und jetzt hat ihn irgendwas aus der Zeit eingeholt, weswegen er sich ausm Staub gemacht hat. Bloß was?«, warf Jo ein.

»Ich bin in Riva auf Indizien gestoßen, die auf einen persönlichen Rachefeldzug schließen lassen.«

Lara berichtete ihren beiden Mitarbeitern von der Unterhaltung mit Hans Moosberger, dem Gärtner.

»Inwieweit das alles mit seinem Identitätswechsel zu tun hat, den er ja schon vor vielen Jahrzehnten vollzogen hat, lässt sich noch nicht sagen. Für mich steht fest, dass der Schlüssel für sein gegenwärtiges Verhalten in seiner Vergangenheit zu suchen ist«, schloss sie ihren Bericht.

»Er will also einem ›Mörderkraken‹, den er als ›narbengesichtige Bestie‹ bezeichnet, die Tentakel abhacken, um der ›Gerechtigkeit zu ihrem Recht‹ zu verhelfen, und wird so zum ›Krakentöter‹«, bemerkte Tuchy nachdenklich.

»Klingt tatsächlich nach Abrechnung«, ergänzte Jo.

Lara nickte.

»Eben. Deswegen müssen wir schleunigst dieses verdammte Fischerdorf identifizieren. Uns bleiben noch fünf Tage, um diesen Verrückten zu stoppen.«

KAPITEL 42

Johnsbach (Steiermark) | 9. Oktober 2007 | DI

Sieben ganze Tage verbrachte er in Wien. Die Stadt, von der Else so geschwärmt hatte. Noch am Abend vor ihrem Tod hatten sie ausgemacht, sich im Anschluss an den nächsten Gardasee-Aufenthalt ein paar Tage Wien zu gönnen. Wenige Tage danach hatte er Else und den Gedanken an einen gemeinsamen Aufenthalt in der Donaumetropole zu Grabe getragen. Damals ahnte er noch nicht, dass er Jahre später die Stadt einige Male allein aufsuchen würde. Zehn Jahre nach Elses Tod zum letzten Mal. Als eine von mehreren an seiner *Via Dolorosa* gelegenen Stationen.

Einen ganzen Tag seines Aufenthalts hatte er Mondfee gewidmet. An den anderen hatte er die Sehenswürdigkeiten besucht, von denen Else so geschwärmt hatte. Seiner ungebrochenen Vorstellungskraft und seiner Fantasie war es nicht schwergefallen, sie an seiner Seite zu wähnen, während er stundenlang durch die Stadt flanierte. Auch in diversen Cafés und im Prater war er mit ihr gewesen. Die ganze Zeit über hatte er in Gedanken mit ihr gesprochen, während er den Arm um ihre Hüfte gelegt hielt. In besonders intensiven Augenblicken vermeinte er sogar, ihren Arm in seinem zu spüren.

Die Erinnerungen daran verblassten in dem Maße, wie der Bus, den er am frühen Morgen dieses 9. Oktober genommen hatte, sich seinem Ziel näherte.

Die letzten Kilometer schraubte er sich durch ungezählte Serpentinen und erreichte gegen elf Uhr vormittags das steirische Johnsbach. Ein abgeschiedenes, quasi am Ende der Welt gelegenes und zwischen wuchtige Bergmassive eingebettetes 850 Meter hoch gelegenes Gebirgsdorf. Ausgestattet mit einer einzigartigen morbiden Sehenswürdigkeit: einem Bergsteigerfriedhof.

Hier wurde nur begraben, wer Opfer der schroffen, steil aufragenden Felsbarrieren geworden war, zwischen denen er jetzt ruhte.

Wie Julchen. Für die der Sinn des Lebens in den letzten Jahren darin bestand, Berge zu erklimmen und Fotos zu machen. Heute jährte sich ihr Todestag zum ersten Mal.

»Du hast den Namen behalten. Ich musste ihn ablegen«, murmelte er leise. Mit sanfter Hand streichelte er den polierten Granit, der ihren Namen sowie ihr Geburts- und Sterbedatum trug:

»Julia Hagen 15.04.1944 – 9.10.2006«

Das letzte Mal hatte er sie vor genau einem Jahr im Landeskrankenhaus Steyr gesehen, nur wenige Stunden vor ihrem Tod. Das Krankenhaus hatte angerufen und ihn darüber informiert, dass seine Tochter einen Unfall gehabt habe und im Sterben läge. Er hatte sich sofort auf den Weg gemacht. Als er eintraf, lag sie bereits im Koma, angeschlossen an Apparaturen, deren einziger Zweck darin zu bestehen schien, Handlanger eines künstlich verlängerten Sterbens zu sein. Er erinnerte sich, wie er hilflos an ihrem Bett saß, ihre Hand in der seinen haltend und um Worte ringend, die ihm nicht einfallen wollten …

Schon während ihrer ersten Begegnung hatte er um Worte gerungen. Ringen müssen. Was konnte ein Vater auch zu einer Tochter sagen, von deren Existenz er jahrzehntelang nichts wusste. Die ihm zum ersten Mal als 58-Jährige gegenübergetreten war. Nachdem sie ihn zuvor in einem Brief um ein Treffen gebeten hatte, mit dem lakonischen Hinweis, sie sei seine Tochter. Und die ihm, als sie sich dann schließlich trafen, als Beweis für die ungeheuerliche Behauptung längst verschollen geglaubte Dokumente und den mehr als 60 Jahre alten Trauring der Frau präsentiert hatte, mit der er einst verheiratet gewesen war …

Er erinnerte sich noch genau an den Tag, an dem er den Brief erhalten hatte. Ende August 2002, an einem Montag. Er hatte gerade den Müll rausgebracht, als der Postbote am Tor stand und ihm ein Einschreiben überreichte. Als Absender war eine Julia Hagen angegeben. Beim Lesen des Nachnamens hatte er leicht gezuckt; das tat er immer, wenn er den Namen »Hagen« irgendwo las oder hörte, was nicht oft vorkam. Obwohl es wahrscheinlich Tausende gab, die ihn führten. Aber in dem Moment, als er den Brief über dem Küchentisch öffnete und ein paar Fotos aus dem Umschlag fielen, wusste er, dass das Zucken diesmal eine Art Vorahnung gewesen war.

Fassungslos hatte er sich auf den Stuhl am Küchentisch fallen lassen und minutenlang nur auf die Fotos gestarrt. Dann erst hatte er den Brief gelesen. Danach hatte das Gebäude, von dem er bisher glaubte, dass es sein Leben gewesen sei, einen neuen Anbau, aber auch gewaltige Risse bekommen …

Als sie dann vor ihm stand, an jenem Abend Anfang September, in einem Lokal im Münchner Westen, war er von ihrem Anblick überrascht und berührt zugleich gewesen. Zwar kannte er sie vom Foto her – zwei der dem Brief beigefügten Bilder hatten sie im Abstand von mehreren

Jahrzehnten gezeigt – aber es war eine Sache, die eigene Tochter, der man vorher noch nie begegnet war, auf einem Bild zu betrachten, und eine andere, sie leibhaftig vor sich zu sehen.

Er erinnerte sich, wie sie schüchtern lächelnd auf ihn zugekommen war – eine schlanke, trotz zweier Leberflecken unter dem rechten Auge gut aussehende, gepflegte Frau, das lange blonde, mit weißen Strähnen durchzogene Haar im Nacken sorgfältig zu einem Knoten zusammengebunden und mit jenem selbstbewusst anmutigen Gang, den er auch an Inga so geliebt hatte. Tatsächlich war es die fast unglaubliche Ähnlichkeit mit ihr, die er so nicht erwartet hätte und die ihn faszinierte, aber auch bestürzte. Ihr Mund, die Wangenpartie, der Haaransatz, die Augen; genauso hätte Inga ausgesehen im Alter von … 58 Jahren? Die Frau, die vor ihm stand, sah bedeutend jünger aus!

Sie hatten einander begrüßt, sich förmlich die Hand gegeben und eine Weile nur schweigend am Tisch gesessen. Die Distanz zwischen ihnen war geradezu körperlich spürbar gewesen. In diesem Moment hatte er ihr gegenüber zum ersten Mal nach Worten gesucht, die sich nicht finden lassen wollten. Als der Kellner kam, um die Bestellung aufzunehmen, und damit die peinliche Situation beendete, war er richtig erleichtert gewesen.

Und hatte eine Flasche Zweigelt bestellt.

Sie war es, die das Gespräch begann. Mit dürren, nüchternen Sätzen, stockend zunächst, dann immer flüssiger werdend. Sie begann mit dem, was sie von Schwester Ursula, einer der Ordensschwestern und Erzieherinnen des Waisenhauses, in dem sie nach dem Tod ihrer Mutter untergekommen war, erfahren hatte; an ihrem 16. Geburtstag, dem 15. April 1960. Informationen, die Schwester Ursula ihrerseits von einer gewissen Tante Luise 14 Jahre zuvor, im Jahr 1946 bekommen hatte. Tante Luise, eine Fotografin, war keine Verwandte im eigentlichen Sinn gewesen. Aber als beste Freundin von Ingas verstorbener Mutter war sie von Inga stets »Tante« genannt worden. Inga hatte Wien 1939 im Alter von 19 Jahren verlassen, um nach München zu gehen, wo sie Harald Hagen kennengelernt und 1941 geheiratet hatte. Vier Jahre später, 1943, war sie wieder nach Wien zurückgekehrt – ohne ihren Mann!

Irgendwann im September in jenem Jahr, so habe Tante Luise Schwester Ursula erzählt, sei Inga Hagen plötzlich mit einem Koffer vor ihrer Tür gestanden und habe mit verweinten Augen darum gebeten, vorübergehend bei ihr wohnen zu dürfen. Tante Luise habe sofort geahnt, dass etwas nicht stimmte, aber beschlossen, nicht weiter nachzufragen. Den Grund, warum Inga so unvermittelt aufgekreuzt war, habe Tante Luise nie erfahren. Dass sie schwanger war, hatte Inga zu diesem Zeitpunkt noch nicht gewusst. Erst sechs Wochen später, Ende Oktober, nachdem sie einen Arzt konsultiert hatte, war definitiv klar, dass sie nicht ohne ein ›Andenken‹ an ihren Mann nach Wien gekommen war.

An dieser Stelle hatte Julia zum ersten Mal innegehalten und ihn intensiv angesehen. Als ob sie eine Antwort von ihm erwartete. Die Antwort auf die Frage, warum ihre Mutter ihn, Baldur Hagen, der sich von einem bestimmten Zeitpunkt an Harald Demuth genannt hatte, verlassen hatte und aus München weggegangen war; immerhin war sie seine Frau gewesen. Aber er hatte geschwiegen. Mit zusammengepressten Lippen, als fürchtete er, etwas zu verraten, das preiszugeben noch nicht an der Zeit war. So zumindest hatte Julia es empfunden, was sie ihm während einem ihrer späteren Treffen auch gesagt hatte.

Doch sie hatte es akzeptiert und einfach weitererzählt. Dass Mutter sie im Spital in St. Pölten zur Welt gebracht hatte, war den Bemühungen Tante Luises zu verdanken gewesen. Sie hatte dort einen Arzt gekannt, dem sie vertraute. Die Geburt sei schwierig gewesen. Ihre Mutter sei auf Leben und Tod gelegen, aber dann sei wieder alles ins Lot gekommen – fast wie durch ein Wunder. Tante Luise habe eine große Wohnung gehabt, und so hätten sie und Mutter problemlos bei ihr leben können. Irgendwann habe Mutter in einer Gärtnerei in Simmering zu arbeiten begonnen. Dann war jener Tag gekommen. Der 12. März 1945. In den frühen Morgenstunden habe es Fliegeralarm gegeben. Tante Luise und ihre Mutter seien mit ihr und anderen Hausbewohnern in den Keller geflüchtet. Kurz darauf habe eine Bombe das Haus getroffen. Es sei das gewesen, was man einen Volltreffer nennt, hatte Schwester Ursula gesagt. Auch den Keller hatte es erwischt. Nach der Entwarnung waren Helfer in das völlig zerstörte Haus vorgedrungen, hatten aber nur zwei Überlebende gefunden, eine leicht verletzte Frau und ein verletztes schreiendes Baby mit einer langen tiefen Wunde auf der rechten Wange – Tante Luise und sie selbst, Julia. Unter den Toten sei auch Mutter gewesen. Im ersten Jahr nach Mutters Tod habe Tante Luise sich um sie gekümmert. Dann sei Luise krank geworden, und sie, Julia, sei in ein Waisenhaus gekommen. Bald darauf sei auch Tante Luise verstorben. Vorher habe sie Schwester Ursula noch eine kleine Schachtel anvertraut, die den spärlichen Nachlass ihrer Mutter enthielt – Dokumente, Fotos und Papiere.

An dieser Stelle hatte seine Tochter abermals innegehalten. Nicht, weil sie wieder einen Kommentar von ihm erwartete. Sondern weil die Erinnerungen sie übermannten. Er sah es an ihren feuchten Augen. Spürte, wie unangenehm es ihm war, und wie er verlegen wurde. Stunden später, als er wieder zu Hause war, hatte er begriffen, dass dies der richtige Moment gewesen wäre, ein Zeichen zu setzen. Etwas, das ihr signalisiert hätte, dass er als ihr Vater in diesem Moment mit ihr fühlte. Ein verständnisvoller Satz, ein behutsames Wort, eine zärtliche Geste. Vielleicht hätte es die Distanz, die in diesem Moment noch zwischen ihnen herrschte, verringert. Er hatte es versäumt. Und stattdessen die banale Frage gestellt, wie sie ihn eigentlich ausfindig gemacht habe. Wie plump dies war, begriff er erst später.

Statt zu antworten, hatte sie zwei braune Umschläge aus ihrer Handtasche hervorgeholt. Der erste, den sie öffnete, enthielt mehrere schwarz-weiße und sepiafarbene Fotos mit unterschiedlichen Motiven. Bilder von Julia und Inga – seiner kleinen Mondfee. Julia, mit großen runden Augen in einem mit Decken und Kissen ausgepolsterten Leiterwägelchen liegend. Julia als Säugling an Ingas Brust, an ihrer Seite eine nachdenklich blickende ältere Frau mit einem dünnen Kabel in der Hand – Tante Luise, die Fotografin, die das Foto mit einem Selbstauslösemechanismus gemacht hatte. Ein Bild, aufgenommen in der Umgebung von St. Pölten: Julia auf dem Arm einer Freundin Ingas. Eine typische Heurigenszene: Inga inmitten anderer Frauen in einem Gastgarten unter Bäumen sitzend. Und weitere Bilder. Ruinen. Zerbombte Straßenzüge. Schutt und Trümmer. Dazwischen Leichen und Wracks von Fahrzeugen. Der Kadaver eines Pferdes und ein zerstörter Fiaker. Weitere Fotos aus glücklichen Münchener Tagen, die Inga mit nach Wien gebracht hatte. Inga vor der Kulisse des bei Füssen gelegenen Schlosses Neuschwanstein. Inga beim Radeln entlang der Isar. Inga beim Kochen. Inga während eines Urlaubsaufenthaltes am Strand von St. Peter-Ording.

Er kannte die Fotos, schließlich hatte er sie geknipst. Er erinnerte sich, eines der Bilder noch Jahre nach dem Krieg in seinem Besitz gehabt zu haben. Als er es wenige Tage vor der Hochzeit mit Else beseitigen wollte, war es nicht mehr auffindbar gewesen.

Er drehte die Fotos auf die Rückseite, las die handschriftlichen Vermerke – und fühlte, wie die Erinnerungen sich zu einem dicken Kloß in seiner Kehle ballten.

Ein anderes Foto. Aus Wien. Ingas Sarg. Neben vielen anderen Särgen stehend und bedeckt mit einem Bouquet aus blauen Veilchen – Mondfees Lieblingsblumen.

Obwohl er jetzt sichtlich mit den Tränen kämpfte, breitete sie den Inhalt des zweiten Umschlags vor ihm aus. Verschiedene Dokumente, einen leeren Briefumschlag, mehrere Formulare, dürr ausgefüllt in Sütterlinschrift. Vergilbt, teilweise eingerissen und dem Zerbröseln nahe. Artefakte der Vergänglichkeit, abgebrannte Streichhölzer des Lebens. Julias Geburtsurkunde, Ingas Geburtsurkunde, Ingas Pass. Ein Fahrschein der Reichsbahn von München nach Wien. Eine Bescheinigung des Krankenhauses, in dem Inga Julia zur Welt gebracht hatte. Und ein weiterer Briefumschlag, adressiert an Inga mit einer Zeichnung auf der Rückseite – ein lachendes Gesicht in Form eines Schmetterlings. Mit dieser Zeichnung hatte er fast alle Briefe signiert, die er an Inga geschickt hatte, als sie noch nicht verheiratet waren. Die Gewohnheit, Papiere und Zettel mit kleinen Zeichnungen zu versehen, hatte er bis auf den heutigen Tag beibehalten. Damals waren es fast ausschließlich Schmetterlinge gewesen. Doch sehr bald war als Motiv der Krake hinzugekommen …

Er schenkte ihr und sich von dem Zweigelt nach.

Dann, völlig unvermittelt, begann sie die Antwort auf die Frage zu liefern, die er schon fast wieder vergessen hatte. Die Antwort auf die Frage, wie sie ihn ausfindig gemacht hatte.

Schon immer habe sie wissen wollen, wer ihr Vater sei und wo ihre Wurzeln lägen, doch »das Leben« habe ihr einen »Strich durch die Rechnung gemacht«. Unter anderem habe sie 13 Jahre im Knast verbracht und nach ihrer Entlassung mehrere Jahre gebraucht, um wieder in normale Verhältnisse zurückzufinden. Wobei ihr zwei Dinge entscheidend geholfen hätten: ihre Arbeit in einem Buchladen und das Bergsteigen.

Er hatte gerade sein Glas zum Mund führen wollen, es aber prompt wieder sinken gelassen und sie ungläubig und voller Unverständnis angesehen.

Was sie ihm dann erzählte, klang unglaublich und abenteuerlich. Nach einer glänzend bestandenen Matura hatte sie an der Universität das Studium der Politikwissenschaften absolviert, war aber sehr schnell in Kreise abgerutscht, die sie gelehrt hatten, das »Establishment« zu hassen. Was ihr angesichts der Erfahrungen, die sie als Vollwaise hatte machen müssen und ihres fanatisch ausgeprägten Gerechtigkeitssinns, nicht gerade schwergefallen war. Irgendwann war sie nach Deutschland gegangen, hatte sich, ihrer damaligen radikalen politischen Überzeugung entsprechend, im Untergrundkampf gegen »das System« engagiert und war dabei nicht gerade zimperlich gewesen. Es kam, wie es kommen musste. Bald prangte ihr Konterfei bundesweit auf den Fahndungsplakaten der Polizeidienststellen. Nicht lange danach folgte der Zusammenbruch der linken Terrorzelle, der sie sich angeschlossen hatte. Zwei der Mitglieder wurden bei einer Razzia erschossen, vier verhaftet. Sie war die Einzige, der es gelang, unterzutauchen. Zehn Jahre später wurde auch sie gefasst. Im Juli 1983, als sie 39 Jahre alt war. Der Prozess gegen sie zog sich über mehr als ein Jahr hin und endete mit einem Schuldspruch. 15 Jahre! 13 davon verbrachte sie hinter Gittern, dann, 1996, wurde sie wegen guter Führung entlassen. Eines hatte sie die ganze Zeit über nie aus dem Auge verloren: den Wunsch, ihren Vater kennenzulernen und dem Geheimnis ihrer Mutter auf die Spur zu kommen – dem Grund, warum sie ohne ihren Mann Hals über Kopf aus München geflohen war. Doch es hatte weitere fünf Jahre gedauert, bis sich ihr Leben normalisiert und sie den Mut dazu gefunden hatte.

Im September 2001, so Julia, habe sie sich dann schließlich an den Suchdienst des Roten Kreuzes gewandt.

Der Angestellte, mit dem sie dort zu tun gehabt habe, sei sehr freundlich gewesen und habe sie bei den Recherchen tatkräftig unterstützt. Sie seien tatsächlich fündig geworden. Nach stundenlangem Suchen im Archiv seien sie auf eine Karteikarte gestoßen, die 1946, ein Jahr nach Kriegsende, angelegt worden war, weil jemand einen Baldur und eine Inga Hagen, geborene Permaneder, als verschollen gemeldet und einen Suchantrag gestellt hatte. Jemand, der behauptet hatte, er sei der Stiefbruder Harald Hagens, Inga seine Stiefschwägerin. Die Karteikarte verriet, dass der angebliche Stiefbruder in Bachern am Wörthsee wohnte und Harald Demuth hieß. Die Auskunft, die er ein Jahr später erhalten hatte, war in beiden Fällen die gleiche gewesen: Man habe weder einen Harald noch eine Inga Hagen noch eine Inga Permaneder ausfindig machen können. Zwei Jahre später, 1948, war Harald Demuth wiedergekommen, hatte die gleiche Suchanfrage gestartet und kurz darauf den gleichen Bescheid bekommen. So dokumentierten es die Archivunterlagen.

In dem Moment, als sie den Eintrag auf der Karte gelesen habe, so Julia, sei ihr klar gewesen, dass sie ihren

Vater gefunden hatte. Weil sie absolut sicher war, dass es nie einen Stiefbruder gegeben hatte. Hinter Harald Demuth konnte sich kein anderer als Baldur Hagen verbergen. Die weiteren Recherchen seien relativ einfach gewesen …

An diesem Punkt hatte sie erneut innegehalten und an ihrem Weinglas genippt. Und schweigend vor sich hin gesehen, als ob sie nun genug geredet hätte.

Dann hatte sie den Kopf gehoben und ihn forschend angesehen. Mit einem fordernden Blick, in dem die Frage nach dem Warum lag.

Diesmal kam er um eine Antwort nicht herum, auch wenn es nur eine Teilantwort wurde.

Er habe einfach sichergehen wollen, hatte er ihr zu erklären versucht. Schließlich habe er damals nicht umsonst seinen Namen geändert und eine neue Identität angenommen. Es habe seine Gründe dafür gehabt. Er habe die Identität Baldur Hagens auslöschen wollen. Also meldete er ihn als verschollen, um nach ihm suchen zu lassen. Als ihm das Ergebnis der Suchanfrage bezüglich Baldur Hagens vorlag, sei er sehr erleichtert gewesen. Was Inga anging, sei es anders gewesen. Inga habe er sehr geliebt. Gott sei sein Zeuge, dass er intensiv nach ihr geforscht habe, nachdem sie getrennt worden waren. Gleich nach dem Krieg, gleich, nachdem er neue Ausweispapiere bekommen habe, sei er nach Wien gefahren, um nach ihr zu suchen. Sämtliche Erfassungs- und Meldestellen habe er abgeklappert. Ohne Ergebnis. Natürlich wusste er, dass es irgendwo eine Tante Luise gab, aber er habe keinen blassen Schimmer gehabt, wo sie wohnte. Nicht einmal ihren Nachnamen habe er gekannt. Schließlich habe er den Suchdienst auch nach Inga forschen lassen. Ohne Ergebnis.

Er schwieg. Sie nickte. In diesem Moment wurde ihm bewusst, wie dankbar er ihr war. Sie hatte ihn nicht gedrängt, die Antwort zu geben, auf die sie immer noch wartete. Die Antwort, warum ihre Mutter aus München fortgegangen war. Er sagte ihr auch, dass er dies sehr schätze, und bat sie um Geduld. Sie würde die Antwort bekommen. Ein anderes Mal. Die Bereitschaft dazu müsse erst noch in ihm reifen. Sie hatte es akzeptiert.

Sie hatten noch über manches andere gesprochen. Er hatte ihr von Else erzählt und davon, dass sie die große Liebe seines Lebens gewesen war. Sie hatte es verstanden und ihm von der einen und anderen Beziehung berichtet, die sie gehabt hatte. Aus keiner sei etwas geworden, und irgendwann habe sie beschlossen, es sein zu lassen.

Sie verließen das Lokal gegen 22:30 Uhr. Sie bot an, ihn nach Wörthsee zu fahren, was er dankend annahm; es ersparte ihm das Taxi. Die Fahrt in dem alten BMW war angenehm und dauerte etwa eineinviertel Stunden. Sie fuhr nicht schnell, sodass sie sich bequem unterhalten konnten. Das Gespräch drehte sich um mehr oder weniger belanglose Dinge. Um ihre Arbeit in einem Buchladen, die sie sehr zu lieben schien, und um ihre Leidenschaft, das Bergsteigen und Fotografieren. Er sah sie verstohlen von der Seite an und merkte, wie er sich immer mehr zu freuen begann. Anfänglich hatte er es sich nicht eingestehen wollen. Doch jetzt fand er, dass er durchaus Grund hatte, fröhlich zu sein. Er hatte eine Tochter und er fand sie verdammt sympathisch. Und sie sah gut aus. Trotz ihrer 58 Jahre. Eine Frau, gebeutelt von den Wechselfällen des Lebens, die gewaltige Fehler gemacht, aber daraus gelernt hatte. Der es gelungen war, ihre unselige Vergangenheit hinter sich zu lassen und mit über 50 ein von Grund auf neues Leben zu beginnen. Eine moderne Frau, die mit beiden Beinen fest im Leben stand, sportlich, intelligent und warmherzig. Was Letzteres anging, das genaue Gegenteil von Carmen und Lothar. Natürlich hatte er ihr von seiner Familie erzählt. Und ihr offenbart, wie es um das Verhältnis zu Sohn und Schwiegertochter bestellt war. Auch von den Enkelkindern hatte er ihr berichtet. Von Tim und Ann-Sophie. Zu beiden hatte er ein sehr gutes Verhältnis. So wie es sich zwischen einem Großvater und seinen Enkeln gehörte.

Sie passierten das Ortsschild. Wörthsee, Ortsteil Bachern. Er fragte sie, ob sie noch bei ihm hereinschauen wolle. Sie hatte dankend abgelehnt mit dem Hinweis, sie müsse in ihr Hotel nach München zurück. Dort warte der Laptop auf sie. Sie wolle noch ein wenig an einem Buch arbeiten, das sie gerade schreibe. Einem Buch über die Berge. Er lotste sie auf einen Parkplatz nahe am See. Die paar Schritte nach Hause könne er laufen, es täte ihm gut.

Bevor er ausstieg, bat er sie zaghaft, ihm doch einige der Bilder zu überlassen, die sie ihm an diesem Abend präsentiert hatte. Worauf sie das Licht im Fond angeknipst, ihm den Umschlag gereicht und ihn mit einem stillen Lächeln aufgefordert hatte, sich welche auszusuchen.

Nachdem er damit fertig war und die Fotos umständlich in der Brusttasche seines Jacketts verstaut hatte, stieg sie aus und öffnete ihm die Tür. Sie verabredeten weitere Treffen, beschlossen, einander regelmäßig zu schreiben.

Dann, völlig unvermittelt, zog sie eine winzige Schmuckschatulle aus der Hosentasche ihrer Jeans.

»Ein letzter Gruß von Mutter. Sie ihn dir an, wenn du zu Hause bist«, hatte sie leise gesagt und die Schatulle in eine Seitentasche seines Jacketts gleiten lassen. Hatte ihn in die Arme genommen und sich mit einem »Gute Nacht, Vater« verabschiedet.

Als sie wegfuhr und er ihr mit einer zögernden Geste nachwinkte, rannen Tränen über seine Wangen.

Zu Hause angekommen öffnete er die Schatulle. Seine Finger zitterten, während er den Deckel vorsichtig aufklappte.

Der goldene Ring hatte seinen Glanz in all den Jahrzehnten nicht verloren. Vielleicht hatte Julchen ihn auch frisch polieren lassen.

Der Ring, auf dessen Innenseite die Namen »Harald« und »Inga« sowie ein Datum eingraviert waren.

Das Datum ihrer Trauung: der 15. April 1941.

KAPITEL 43

Augsburg | München | 10. Oktober 2007 | MI

Lara sah auf die Küchenuhr: halb zehn, viel zu spät. Sie ärgerte sich. Wie immer, wenn sie verschlafen hatte.

Noch im Schlafanzug ging sie ins Arbeitszimmer, schaltete den Computer ein, holte sich Google-Earth auf den Bildschirm und studierte die Landkarte der Ostseeküste, in der vagen Hoffnung, vielleicht doch noch eine Eingebung zu bekommen. Gestern hatte sie noch zusätzlich nach »Fischerdörfer Ostseeküste« gegoogelt, war eine Zeitlang durchs Web gesurft und hatte schnell begriffen, dass sie so nicht weiterkam. Was angesichts der Anzahl der Links, auf die Google sie verwies, auch kein Wunder war: 3.430.000 Ergebnisse.

Sie verschränkte die Hände hinter dem Kopf und versuchte, den Gedanken, kurz vor dem Ziel die Partie verloren geben zu müssen, zu verscheuchen. Ein Gedanke, der seit gestern dabei war, sich immer tiefer in ihren Kopf zu graben.

Vorgestern, Sonntagabend, hatte sie mit Eisele und Tucholsky Bilanz gezogen. Bezogen auf eine Möglichkeit, wie man die Identität der »Bestie« beziehungsweise des »Mörderkraken«, oder den Namen des Fischerdorfes herausbekommen könnte, war das Resultat gleich null gewesen.

Nachdem dann auch der gestrige Montag ohne das geringste Anzeichen eines Fortschritts verstrichen war, hatte Lara Carmen Demuth in einem längeren Telefongespräch einen ausführlichen Überblick über den aktuellen Stand der Ermittlungen gegeben und zum ersten Mal Zweifel am erfolgreichen Abschluss des ihr übertragenen Auftrags geäußert. Was bei ihrer Auftraggeberin die panische Angst ausgelöst hatte, Lara könnte nun doch gezwungen sein, die Polizei einzuschalten. Lara hatte verneint und ihr erneut klarzumachen versucht, dass offizielle Ermittlungen im Falle vermisster erwachsener Personen erst bei eindeutiger Gefahrenlage aufgenommen würden, und hinzugefügt, dass sie ihr das ja schon bei ihrer ersten Begegnung gesagt habe.

»Aber haben wir diese Gefahrenlage denn nicht schon? Suizidgefahr, geplanter Mord. Was muss denn noch alles zusammenkommen?«

»Frau Demuth, alles, was wir an Beweisen haben, die in diese Richtung deuten, sind die Aussagen eines Gärtners in Riva del Garda. Ich persönlich schätze die Gefahr als sehr hoch ein. Auch wenn alles noch so abstrus klingt: Für einen Ermittlungsbeamten der Polizei sieht die Sache allerdings anders aus. Für den zählen nur harte Fakten und …«

»Aber was dieser Gärtner erzählt hat, sind doch Fakten«, unterbrach Carmen Demuth hörbar genervt.

»Eben nicht, Frau Demuth. Zumindest nicht in ermittlungstechnischem Sinn. Was Ihr Schwiegervater dem Gärtner erzählt hat, und das auch noch unter erheblichem Alkoholeinfluss, ist für die Polizei längst kein Grund, so einen komplexen Apparat wie eine koordinierte Suchaktion in Bewegung zu setzen. Erstens verursacht so etwas immense Kosten, zweitens muss der leitende Ermittlungsbeamte angesichts der aus seiner Sicht äußerst zweifelhaften Beweislage davon ausgehen, dass er sich bei seiner vorgesetzten Stelle eine blutige Nase holen könnte, wenn er aktiv wird und sich das Ganze als heiße Luft erweist, vom Spott der Presse mal ganz abgesehen.«

»Okay, Sie sind die Spezialistin, immerhin waren Sie bei der Polizei«, sagte sie und klang deutlich erleichtert. »Aber was machen wir jetzt?«,

»Einen kühlen Kopf bewahren und weitersuchen, Frau Demuth.«

Damit war das Gespräch beendet gewesen.

Einen kühlen Kopf bewahren. Weiter suchen. Noch im Moment, als sie den Telefonhörer auflegte, war Lara bewusst geworden, dass sie soeben Phrasen gedroschen hatte. Was auch während ihrer Tätigkeit bei der Kripo hin und wieder vorgekommen war. Vor allem wenn es galt, bei einer zäh verlaufenden Ermittlung die Presse ruhigzustellen und Zeit zu gewinnen.

Zeit, die mit Riesenschritten davonlief …

»So ein Scheiß«, murmelte Lara und schaute wieder auf die Uhr. Viertel nach zehn, höchste Zeit, sich fertigzumachen. Um elf hatte sie sie einen Termin bei der Krankenkasse, um eins bei der Heimleitung des Luisenheims, um halb drei erwartete sie ihr Steuerberater und gegen vier der Anlagenberater ihrer Bank.

Sie ging ins Schlafzimmer, kleidete sich an und befand sich eine Viertelstunde später auf der B17 in Richtung Stadtmitte.

KAPITEL 44

München | 11. Oktober 2007 | DO

Zwei Tage hatte er in Johnsbach zugebracht. Hatte nicht nur Julchens Grab besucht, sondern war auch den einen und anderen Weg nachgegangen, auf dem sie während ihrer regelmäßigen Treffen zusammen gewandert waren, wobei er sich auf Schritt und Tritt von seiner wundervollen Tochter begleitet gefühlt hatte.

Gestern am frühen Abend hatte er endgültig Abschied von Julias Welt genommen und war mit dem Taxi nach Liezen zurückgefahren, wo er die Nacht in einem Hotel in der Nähe des Bahnhofs verbrachte. Heute Morgen dann war er Punkt 7:27 Uhr in den EC nach München gestiegen. Jetzt, als der Zug langsam auf Gleis 6 des Münchner Hauptbahnhofs einfuhr, zeigte seine Armbanduhr 11:33 Uhr an.

Der Zug hielt mit quietschenden Bremsen. Er wuchtete seinen Rucksack sowie einen kleinen Rollkoffer vom Gepäckregal und verließ zusammen mit einem Pulk grölender Hofbräuhauspilger den Wagen. Während er den Bahnsteig entlang schritt, schossen ihm plötzlich sein Sohn und seine Schwiegertochter in den Sinn. Wenn sie wüssten, wo ich jetzt bin, dachte er und musste unwillkürlich lachen.

Er blieb kurz stehen, um sich zu orientieren. Suchte den Ausgang Arnulfstraße, wo die Taxis standen. Fand ihn, verließ die Halle und ging auf einen bulligen grellgelb lackierten Mercedes zu, der die lange Schlange wartender Taxis anführte.

Nahm im Fond Platz, während der Fahrer Rucksack und Rollkoffer im Kofferraum verstaute.

»Nach Schwabing bitte«, wies er den Fahrer an und nannte die Adresse eines Hotels in der Nähe des Englischen Gartens.

Der Fahrer nickte. »Schönes Hotel«, sagte er. Schnallte sich an und stellte den Taxameter.

Er hatte das Zimmer telefonisch von Wien aus vorbestellt. Er kannte das Hotel. Vor einigen Jahren war er schon einmal hier gewesen.

»Frühstück gibt's von sieben bis zehn, gleich hier um die Ecke«, sagte die junge Frau am Empfang, nachdem er eingecheckt hatte, und deutete auf die Glastür, hinter der sich der Frühstücksraum befand. Sie gab ihm den Zimmerschlüssel. »Nummer 34, dritter Stock. Sie können den Aufzug nehmen, wenn Sie möchten.«

Nummer 34 war so, wie er es sich vorgestellt hatte. Bad mit Dusche und WC sowie SAT-Fernsehen, Minibar und Telefon. Ein Nichtraucherzimmer, sauber und mit Blick auf den Park. Letzteres war ihm wichtig. Er schnallte seinen Rucksack ab, legte den kleinen Rollkoffer auf das Bett und ging zum Fenster. Sah zum Englischen Garten hinüber, wo der Kleinhesseloher See in der Sonne blinkte. Morgen Vormittag, dachte er. Morgen Vormittag würde er sich an den Platz begeben, wo alles seinen Anfang genommen hatte. Und dann würde er warten. Ganz bewusst darauf warten, dass der Krake seine Tentakel um ihn schlang. Sich an ihm festsaugte und die schwarzen Erinnerungen wie Stromstöße durch ihn hindurchjagte. Und wenn das Grauen käme – und es würde kommen – würde er sich nicht dagegen wehren. Diesmal nicht. Im Gegenteil, er hoffte, dass es so intensiv wäre wie nie zuvor. Er würde es ertragen. Weil es ihn diesmal motivieren und ihm in aller Eindringlichkeit seine heilige Pflicht vor Augen führen würde. Die Pflicht, seine Mission zu erfüllen und der Verantwortung gerecht zu werden, die ihm von der Gerechtigkeit in seinem hohen Alter noch auferlegt worden war.

Der Countdown hatte begonnen.

KAPITEL 45

München | 11. Oktober 2007 | DO

Kaum dass *Hugo* an diesem Morgen Punkt sieben klingelte, war Lara auch schon aus dem Bett und unterwegs ins Bad.

Noch drei Tage, dachte sie. Der Gedanke hatte sich schon am Abend zuvor in ihr festgekrallt und sie bis nach Mitternacht wach gehalten.

Das Bewusstsein, handlungsunfähig auf den 14. Oktober zuzusteuern, hatte etwas von der Vorstellung, ein Schiff mit defektem Ruder auf einen Eisberg zutreiben zu sehen. Auch dieses Gefühl kannte sie aus ihrer Kripozeit. Es war immer dann aufgetaucht, wenn die Ermittlungen an einem entscheidenden Punkt plötzlich ins Stocken gerieten und Gefahr im Verzug war.

Titanic-Feeling.

Sie war gerade dabei, einen Streifen Zahnpasta auf die Bürste zu drücken, als das Telefon klingelte. Jemand rief auf der Privatnummer an.

Sie ging in den Flur und sah aufs Display.

»Hi, mein Sohn, schon so früh wach?«

»Hallo Mum, ja … ich … ich …«

Laras Mutterinstinkt witterte die Katastrophe, noch bevor Luca weiter sprach. Ihre Hand krampfte sich um den Telefonhörer.

»Luca! Was ist passiert?«

»Beruhige dich, Mum, alles nicht so schlimm. Ich … ich bin im ›Klinikum rechts der Isar‹. Ich hatte gestern Abend einen Unfall. Mit dem *2CV*. Hab mir das linke Sprunggelenk gebrochen. Musste operiert werden und …«

»Mein Gott!«

»Beruhige dich, Mum, hört sich schlimmer an, als es ist. Es wird schon wieder.«

Lara lockerte den Griff um den Hörer.

»Pass auf, ich komme dich heute noch besuchen, aber es kann Mittag werden; ich hab noch zwei wichtige Gesprächstermine. Die können nicht warten. Sag mir, wo du liegst.«

Er nannte ihr die Zimmernummer. »Vielleicht kannst du mir noch Unterwäsche und Nachtzeug besorgen, Mum; Jogginganzug wär' auch nicht schlecht. Und natürlich Toilettensachen. Gibt's alles günstig bei Karstadt. Ich hätte ja Nadeschda gebeten, das zu machen. Aber die ist mit ihren Eltern in Kiew, Verwandte besuchen, und kommt erst morgen zurück.«

»Klar, mach ich. Aber wie gesagt, bis Mittag wirst du dich schon gedulden müssen.«

»Kein Problem. Und nochmals danke, Mum!«

Aus Mittag wurde Abend. Die beiden Gesprächstermine, in die Lara die zaghafte Hoffnung investiert hatte, doch noch etwas über das mysteriöse Fischerdorf an der Ostsee herauszufinden, hatten sich als Flop erwiesen. Sowohl das Gespräch mit Martha Schmieder als auch das mit Leopold Brandstetter. Die Idee, beide diesbezüglich zu befragen, war ihr bereits gestern Abend gekommen. Im Moment hatte Lara keinen Schimmer, wie sie weitermachen sollte. Blieb nur noch die Hoffnung, morgen früh in der Villa des alten Demuth auf ein bisher nicht bekanntes Indiz zu stoßen, das sie weiterbrächte. Sie hatte mit Jo und Tuchy ausgemacht, sich um neun dort zu treffen; sechs Augen sahen mehr als zwei …

Luca lag in einem Dreibettzimmer, schien momentan jedoch der einzige Patient zu sein. Er empfing seine Mutter mit schiefem Grinsen und einem verlegen gemurmeltem »Hi, Mum«.

Lara küsste ihn auf die Stirn.

»Wie geht's dir, Junge? Mein Gott, hast du mich erschreckt.« Sie zog einen der Stühle, die um einen kleinen Tisch herum standen, heran und setzte sich ans Bett.

»Geht schon, Mum, wird schon wieder.«

»Hast du Schmerzen?«

»So gut wie keine. Sie geben mir was dagegen.«

»Wie ist der Mist denn passiert?«

Ein »beschissener, fetter Bonzen-Mercedes«, erklärte Luca, habe ihm gestern Mittag die Vorfahrt genommen und den *2CV* mit der linken Seite gegen den Ampelmast geschleudert. Er habe einen stechenden Schmerz im linken Sprunggelenk verspürt und sei eingeklemmt gewesen. Mit vereinten Kräften hätten der Mercedesfahrer und zwei Passanten die Fahrertür aufgezerrt und ihn aus dem Auto befreit. Kurz darauf sei der Sanka gekommen, und schon am späten Nachmittag sei er operiert worden. Aufgewacht sei er dann gestern, spätabends. Zwei Ärzte seien gekommen, hätten ihn über die gut verlaufene Operation informiert und ihm versichert, dass er bald wieder wohlauf sein werde, in acht Wochen sei er wieder der Alte.

»Acht Wochen! Und wer versorgt dich in dieser Zeit?«

Luca sah sie erstaunt an. »Nadeschda natürlich. Sie kommt doch morgen wieder.«

»Weiß sie schon Bescheid?«

»Klar, ich hab sie noch vor dir angerufen.«

»Aha!«

»Mum?«

»Ja?«

»Ähm ... Würdest du ... könntest du ... mir einen Gefallen tun?«

Lara hob die Brauen, den Tonfall kannte sie nur allzu gut.

»Kommt drauf an.«

»Ähm ... man müsste bei mir zu Hause noch ein bisschen Ordnung machen. Ich meine ... bevor Nadeschda heimkommt. Wir ... also ein paar Freunde und ich ...

ähm … wir haben nämlich ’ne Party gefeiert, vorgestern. Ich wollt ja selbst noch alles aufräumen, aber dann …«, Luca deutete mit einem Nicken zu seinem Fuß.

Lara seufzte. Sie sah auf die Uhr. Halb zehn.

»Gut, dann muss ich aber jetzt gehen. Ich hab morgen um neun einen Termin, hängt mit dem Fall zusammen, den ich gerade bearbeite.«

Sie stand auf.

»Danke, Mum. – Ach ja, der Wohnungsschlüssel.«

Luca entnahm dem Beistellschrank einen Schlüsselbund.

»Hier. Du kannst ihn in den Briefkasten werfen, Nadeschda hat ihren eigenen Schlüssel.«

»Machs gut, mein Sohn. Und lass von dir hören.«

Lara verabschiedete sich mit einem Kuss auf die Wange und ging zur Tür.

»Ach Mum?«

Lara drehte sich um.

Luca kratzte sich verlegen am Kopf. »Ich wollt nur sagen: Wenn’s spät werden sollte … ähm … kannst du ruhig in dem kleinen Zimmer neben dem Schlafzimmer übernachten. Ist unsere Gästekammer. Die ist pikobello aufgeräumt, das Bett ist noch ganz frisch bezogen.«

Lara seufzte wieder. Der Hinweis war deutlich. Nix mit »ein bisschen aufräumen«. Wahrscheinlich sah die Wohnung aus wie ein Schlachtfeld.

»Mal sehen«, sagte sie und schloss die Tür hinter sich.

Ihre Ahnung hatte sie nicht getrogen. Als sie die Wohnung betrat, traf sie schier der Schlag. Intensiver Knoblauchgestank verband sich mit der Ausdünstung erkalteten Zigarettenqualms zu einem Mief, der fast so etwas wie eine olfaktorische Folter darstellte. Der Menge an schmutzigem Geschirr und leeren Flaschen nach zu urteilen, schien Luca nicht nur mit ein paar Freunden, sondern mit der halben Uni gefeiert zu haben. Einen wütenden Augenblick lang erwog Lara, die Wohnung einfach wieder zu verlassen, mochte ihr Sohn doch zusehen, wie er mit seiner Freundin zurechtkäme, dann aber überwog wieder einmal der Mutterinstinkt.

Zweieinhalb Stunden später, knapp vor Mitternacht, fühlte sie sich so erschöpft, dass sie beschloss, das Angebot Lucas doch noch anzunehmen. Sie verließ kurz das Haus, ging zu ihrem Cabrio, das an der Straße parkte, und holte ihren Notbeutel aus dem Kofferraum. Er war für den Fall der Fälle gedacht und enthielt immer einen frischen Jogging-Anzug sowie die wichtigsten Toilettensachen. Dann griff sie sich noch den Laptop, den sie über Nacht nicht im Wagen lassen wollte, und ging zurück in die Wohnung.

Schlafen. Nur noch schlafen.

KAPITEL 46

München | 12. Oktober 2007 | FR

Fischerdorf! Ostsee!

Wie von der Tarantel gestochen fuhr Lara aus dem Schlaf, schwang die Beine aus dem Bett und wischte sich über die schweißnasse Stirn. Die Erinnerung war zurückgekehrt. Der diffuse Schatten hatte sein Versteck in ihrem

Kopf verlassen und sich in das konkrete Bild eines DVD-Covers verwandelt. Lara entsann sich, dass sie es im Wohnzimmer des alten Demuth im Regal eines TV-Racks entdeckt hatte. An dem Tag, als sie das erste Mal in der Villa des Alten gewesen war. Das Cover zeigte einen Küstenlandstrich sowie einen Leuchtturm in der Dämmerung, trug das Logo einer bekannten Fernsehanstalt und einen, wie Lara fand, viel zu lang geratenen Titel:

Küstensterne – Leuchtturmromantik im Wandel der Zeit – wahrscheinlich eine Dokumentation, die in schönen, ruhigen Bildern Stimmung vermittelte und die Sehnsucht weckte, sich Leuchttürme anzusehen.

Lara überlegte. Hatte ein stinknormaler Dokumentarfilm sie über Tage hinweg zum Narren gehalten? War die leise Hoffnung, über das, was sich da in ihrem Unterbewusstsein eingenistet hatte, doch noch auf eine brauchbare Spur zu stoßen, dabei, sich in Luft aufzulösen? Die Vorstellung, eine DVD könne zur Auflösung des Rätsels Harald Demuth beitragen, war einfach zu lächerlich.

Andererseits …

Sie sah auf die Uhr, Viertel nach drei. Sie stand auf, ging in das kleine Wohnzimmer, setzte sich an den Couchtisch und holte kurzerhand den Laptop aus der Tasche. Während des Startvorgangs kam die Meldung, dass das Gerät bereits im Reservemodus arbeitete. Sie kramte in der Laptoptasche nach dem Ladegerät und stellte fest, dass sie dummerweise vergessen hatte, es mitzunehmen. Egal, probier's einfach, dachte sie, steckte ihre UMTS-Datenkarte in das Gerät, öffnete, nachdem sich die Netzverbindung aufgebaut hatte, wieder einmal Google und gab den DVD-Titel in das Suchfeld ein.

Bereits der erste Treffer verwies auf den Fernsehsender, und schon der nächste Klick brachte sie zu den gewünschten Informationen. Bei *Küstensterne – Leuchtturmromantik im Wandel der Zeit* handelte es sich tatsächlich um den Titel einer dreiteiligen Dokumentation, deren erster Teil bereits am 8. Juli gesendet worden war. Der zweite Teil war am 22. und der dritte am 29. Juli ausgestrahlt worden.

Lara sah sich die Inhaltsangabe an. Sie war ziemlich knapp gehalten. Die Dokumentation beschäftige sich kurz mit der Geschichte des Leuchtfeuerwesens und porträtiere die bekanntesten und schönsten Leuchttürme an Deutschlands Küsten, las sie. Anschließend folgte der Hinweis, dass alle drei Teile auch auf DVD zu haben seien. Das war alles. Kein Trailer, nichts sonst.

Lara wollte noch eine andere Suchkombination in das Google-Suchfeld eingeben, als der Rechner sich schlagartig verabschiedete und der Bildschirm schwarz wurde.

»Scheibenkleister!« Ärgerlich klappte sie das Gerät zu. Erneut sah sie auf die Uhr: halb vier, an Schlaf war nicht mehr zu denken. Einen Moment noch zögerte sie – dann stand ihr Entschluss fest.

Als sie gegen vier auf die fast geisterhaft leere A96 auffuhr, ließ der dünne rosa Streifen am Horizont, zumindest was das Wetter anging, einen schönen Tag erwarten. Doch die dunklen Wolken, die drei Stunden später aufzogen, straften den Sonnenaufgang Lügen.

KAPITEL 47

Wörthsee | Augsburg

Vom See wehte ein angenehm würziger Geruch herüber. Lara atmete mehrmals tief durch, während sie den Weg zum Anwesen des alten Demuth einschlug. Dachte daran, dass sie vor genau elf Tagen das letzte Mal hier gewesen war, und listete in Gedanken die Erkenntnisse auf, die seitdem dazu gekommen waren.

Von denen die momentan Wichtigste auf ein Fischerdorf an der Ostsee verwies.

Sie zog den Schlüsselbund aus der Jackentasche und öffnete das eiserne Tor, das diesmal leicht quietschend aufschwang.

Die Bäume im Garten hatten noch mehr Laub verloren. Haufenweise bedeckte es den Boden, ein weicher dunkler Teppich, der sich raschelnd unter ihren Füßen bewegte, während sie auf die Villa zuschritt.

Zügig stieg sie die Stufen zur Veranda hinauf. Schloss die massive Eichentür auf, machte Licht im Vestibül und ging, ohne sich weiter umzusehen, ins Wohnzimmer, wo sie ebenfalls den Lichtschalter betätigte.

Es roch leicht muffig. Man müsste lüften, dachte sie, während sie das Fach des TV-Racks durchsah.

Da! Das Leuchtturm-Cover!

Küstensterne – Leuchtturmromantik im Wandel der Zeit. Zum ersten Mal las sie auch den ziemlich klein gedruckten Untertitel: *Teil II, Feuerträger an der Ostseeküste.* Ostseeküste! Lara spürte ihren Puls schneller schlagen. Sie klappte die Hülle auf und prüfte den Inhalt. Zog die DVD heraus. Das Label trug den gleichen Titel wie das Cover.

Lara klappte die Hülle wieder zu und steckte sie in ihre Jackentasche. Jetzt erst bemerkte sie zu ihren Füßen einen weißen Zipfel, der unter dem Rack hervor lugte. Wahrscheinlich ein Blatt Papier. Sie bückte sich und zog es hervor. Kein Blatt, sondern ein luftgepolsterter Umschlag. Er war mit dem Logo des Fernsehsenders bedruckt und mit der Anschrift des alten Demuth versehen, der sich die DVD offensichtlich hatte zuschicken lassen.

Kurz noch sah sie sich um – dann verließ sie die Villa.

»Dreckskiste«, murmelte sie ärgerlich. Die Einlegevorrichtung an ihrem CD-Player klemmte. Erst nach mehrfachem Dagegenklopfen ging das Fach endlich auf, und sie konnte die Scheibe einlegen. Ihre Hand zitterte leicht, als sie das Fach wieder schloss. Sie setzte sich auf die Couch und betätigte die Fernbedienung. Rührte geistesabwesend in einer Tasse Tee herum und starrte auf die Mattscheibe.

Gefühlte zehn Sekunden füllte nichts als penetrante Schwärze den Bildschirm, lediglich untermalt vom rhythmisch-trägen Geräusch einer Rollbrandung. Dann, endlich, erschienen der Vorspann und schließlich auch die ersten Bilder.

Ein in regelmäßig Abständen aufblinkender roter Punkt: das nächtliche Blinkfeuer eines Leuchtturms. Es wirkt weit entfernt. Allmählich zerfließt das Schwarz, geht über in ein Nachtblau, bis auch dieses vor der zunehmend heller werdenden unscharfen Wirklichkeit einer nebligen Landschaft kapituliert, die nur aus Himmel und Wasser besteht. Allmählich verblasst das Blinken. Eine Silhouette schält sich aus der Unschärfe, konturiert sich zusehends: eine lange Mole, an ihrem Ende der Leuchtturm. Zögernd schleichen die Pastelltöne des beginnenden Morgens in das Bild, eine längere, ruhige Kameraeinstellung.

Zoom. Langsam fährt die Kamera auf den Leuchtturm zu. Er steht am Ende der schmalen Mole. Sie ragt weit in die See hinein. Jetzt erst beginnt der Sprecher mit seinem Kommentar. Die Stimme, rau aber sympathisch, kommt aus dem Off. »Tag und Nacht wacht er über die Einfahrt zur Schlei. Der Schleimünder Leuchtturm, Wahrzeichen der sogenannten Lotseninsel, die aus gutem Grund als Tor zur Ostsee bezeichnet wird. Hier, wo die Wasser der Schlei auf die Fluten der Ostsee treffen, weist der weiße, mit einem schwarzen Band versehene Feuerträger den Schiffen schon seit dem Jahr 1871 den Weg in einen der schönsten Fjorde der Ostsee.«

Die Stimme schweigt. Die Kamera fährt auf die niedrige Schutzmauer zu, die, der Mole folgend, um den Leuchtturm herumführt. Stoppt. Der Autor, er ist zugleich der Sprecher, kommt hinter dem Leuchtturm hervor, stützt sich mit einem Arm auf der Mauer ab. Er wendet sich an die Zuschauer. »Bevor wir uns näher mit diesem und einigen anderen beeindruckenden Leuchttürmen entlang der Ostseeküste beschäftigen, begeben wir uns dorthin, wo unsere Reise beginnt. Ins nahe gelegene Maasholm, einem idyllischen Örtchen mit dem maritimen Flair eines traditionellen Fischerdorfes …«

Maasholm! Abrupt hielt Lara mit dem Rühren inne. Richtete sich steil im Sessel auf, während sich ihre Finger um die Tasse krampften.

Szenenwechsel. Ein typischer Fischereihafen. Kutter, Trawler, ein Wald aus Masten. Dann – Kameraschwenk – der Platz vor einem Lagerhaus aus rotem Backstein, direkt beim Hafen. Bunte Fischkisten aus Plastik, übermannshoch aufeinandergestapelt. Holzpaletten und Fischereinetze aus grünem Nylon. Links davon eine Imbissbude; die Tafeln davor preisen frische Fischdelikatessen an.

Jetzt wieder der Reporter. Er sitzt auf einem Poller.

»Wir sind hier im Fischereihafen von Maasholm, dem eigentlichen Herz des Ortes und Hauptanziehungspunkt für Touristen, die das Ursprüngliche lieben. Außerdem …«, der Reporter steht auf, geht einige Schritte weiter und bleibt neben einer Bronzestatue stehen, »… die Heimat dieses Herrn, genannt Peter Aal.« Der Reporter legt seine Hand auf die Schulter der bronzenen Figur und lächelt. Erklärt, dass die Statue einen Fischer darstelle, der mit Aalstechen beschäftigt sei. »Sie wollen wissen, was das ist? Der Mann, den ich Ihnen nun vorstellen möchte, wird uns nicht nur diese, sondern auch einige andere Fragen beantworten. Hein Düvers, ältester Bürger von Maasholm und ehemaliger Leuchtturmwärter auf Schleimünde.«

Erneuter Schwenk. Die Kamera zeigt einen alten Mann mit Gehstock. Er geht über einen Platz. Kommt näher, direkt auf den Reporter zu. Beide reichen sich die Hände, lächeln.

»Hallo!« Zoom, Nahaufnahme. Beide Gesichter im Profil. Das des alten Mannes von rechts. »Herr Düvers, erklären sie doch mal unseren Zuschauern, was es mit Peter Aal auf sich hat.« Der Reporter hält dem Mann ein Mikro hin.

Das Gesicht des Mannes in Frontalansicht. Wieder Nahaufnahme. Er lächelt verlegen. »Ja also, das mit der Bronzestatue, dem Peter Aal, das ist so …«

Lara hatte sich unwillkürlich weit nach vorn gebeugt. Elektrisiert vom Anblick eines Gesichtes, in das die Jahrzehnte tiefe Furchen gepflügt hatten. Ein Gesicht mit einer fürchterlichen Narbe. Eine quadratische, mit einem dicken Wulst versehene Vertiefung auf der linken Wange, die wirkte, als sei sie einst mit einem glühenden Vierkantrohr eingebrannt worden.

Die »narbengesichtige Bestie«! Der »Mörderkrake«!

Mit lautem Knall stellte Lara die Tasse auf dem Glastisch ab, griff sich hastig die Fernbedienung und fror die Nahaufnahme mit Hein Düvers' im Standbildmodus ein. Der Kommentar über »Peter Aal« interessierte sie nicht mehr. Sie sprang auf, holte ihr Handy und machte von dem Standbild mehrere Aufnahmen. Dann zog sie ihren Notizblock aus der Gesäßtasche und notierte sich die beiden Namen, von denen sie noch bis vor wenigen Minuten geglaubt hatte, sie nie in Erfahrung bringen zu können.

Maasholm.

Hein Düvers.

Sie ging ins Arbeitszimmer und fuhr den Computer hoch. Die Auskunft, die sie gleich darauf via Telefonbuch.de einholte, nannte nicht nur die Telefonnummer des Mannes, dessen ausgeschriebener Vorname Heinrich lautete, sondern auch Straße und Hausnummer.

Lara sah auf ihre Armbanduhr.

Freitag, 12. Oktober, sechs Uhr morgens.

Noch zwei Tage.

Eine Stunde später waren Eisele und Tucholsky darüber informiert, dass sich die erneute Inaugenscheinnahme der Villa erübrigte. Lara machte den Vorschlag, sich bei ihr zu Hause zu treffen, um die aktuelle Lage zu besprechen.

»Das mit der Villa hätte eh nicht geklappt, Lara. Ich kann erst heute Abend. Ich muss die Traudl zu ihrer Nichte fahren. Die liegt auch im Krankenhaus. Sie ist beim Fensterputzen gestürzt und hat sich die Schulter gebrochen. Meine Frau muss sich paar Tage um die Kinder kümmern.

Aber ab heute Abend und die nächsten Tage bin ich ganz für dich da«, versprach Tuchy.

Auch Jo konnte erst abends. Mist dachte Lara. Es würde knapp werden, verdammt knapp. Langsam wurde sie nervös.

Dann fiel ihr ein, dass sie etwas vergessen hatte.

Sie rief die beiden befreundeten Kommissare nochmals an und bat sie, heute Abend mit Hut und in langem Regenmantel zu erscheinen.

KAPITEL 48

München

Gegen zehn Uhr vormittags war er beim *Aumeister* angelangt, einem der meist frequentierten und traditionsreichsten Lokale im Englischen Garten. Es herrschte nur wenig Betrieb. Vier ältere Frauen saßen an einem der Tische auf dem gekiesten Platz vor dem Eingang beim Frühstück. Am Tisch daneben hackte ein langmähniger junger Mann auf der Tastatur seines Laptops herum, vor sich einen Cappuccino.

Er selbst hatte sich an einem der weiter entfernten Tische niedergelassen, an der Ecke des Gebäudes, unmittelbar in der Nähe eines Baumes, der sein weit gefächertes Astwerk über ihn breitete.

Die Bedienung kam; eine junge Frau mit weißer Schirmmütze und dunkelblondem Pferdeschwanz.

Er bestellte einen großen Cappuccino und eine Flasche Mineralwasser.

Die Bedienung nickte und verschwand.

Sein Blick heftete sich auf das Gebäude, schweifte über den Platz, richtete sich auf den mit Kastanien bestandenen Biergarten, durch den man in den Englischen Garten gelangte, und glitt zurück in ein fernes Universum.

Er spürte, wie sich ein Druckgefühl um seinen Hals zu legen begann. Gut so, dachte er. Sehr gut!

Alles war wie damals. Fast alles. Lediglich, dass der über 60 Jahre alte Grauschleier, der dem Bild, das er im Kopf hatte, anhaftete, verschwunden war. Er erinnerte sich, dass es außer den Klappstühlen und Bistrotischen auf dem Vorplatz noch eine lange Bank und einen roh gezimmerten Tisch gegeben hatte, unmittelbar neben der Eingangstreppe, direkt vor der Hauswand.

Immer wenn er sich mit ihm traf – meistens zweimal im Monat – waren sie dort am Tisch gesessen. Allein. Nur bei schlechtem Wetter waren sie hineingegangen. Aber an jenem Tag schien die Sonne, es war verhältnismäßig warm, und so waren sie draußen gesessen …

*

Er wusste noch genau das Datum: der 9. September 1943. Am Nachmittag jenes Tages waren sie sich das letzte Mal begegnet. Er und dieser Gestapotyp, den er im Stillen immer nur »Das Ohr« genannt hatte. Ein kleiner aufgedunsener, schmieriger Fettwanst mit weit abstehenden Ohren in einem viel zu weiten Regenmantel, der stets nach Mottenkugeln roch, und dem man die ursprüngliche Farbe so wenig ansah, wie seinem Träger das Alter. Wie sonst auch hatte »Das Ohr« auf der langen Bank gesessen und auf ihn gewartet. Zwischen den Lippen die unvermeidliche Zigarette und mit den Fingern nervös auf die Tischplatte trommelnd. Immer wenn er kam, hörte das Trommeln auf. So auch diesmal. Er setzte sich dem Gestapobeamten gegenüber an den Tisch, und wie gewöhnlich fragte ihn dieser, ob er einen Kaffee oder ein Bier wolle und ob er Neuigkeiten habe. Eine vorhersehbare, schon fast rituelle Frage, auf die er stets und ebenso vorhersehbar mit ja geantwortet und die entsprechenden Informationen preisgegeben hatte.

Aber an diesem Nachmittag durchbrach er das Ritual mit einem »Nein!« Und erklärte, dass er aufgeflogen sei und man ihm nicht mehr vertraue.

»Das Ohr« hatte daraufhin an seiner Zigarette gesogen, mit offenem Mund den Rauch inhaliert und das Bild eines Mannes abgegeben, der dem Ersticken nahe ist und nach Luft ringt. Die Überraschung in seinem Blick war grenzenlos und signalisierte, dass er verstanden hatte. Dann hatte er genickt, mit den Schultern gezuckt, war schwerfällig aufgestanden, nicht ohne vorher die Zigarette mit akribischer Gründlichkeit in dem blechernen Aschenbecher ausgedrückt zu haben, hatte seinen Hut genommen, der auf der Bank neben ihm lag, und war gegangen. Einfach so. Ohne eine Silbe. Das Einzige, was zurückblieb, war ein penetrantes Schweigen, das nach Mottenkugeln roch; ein Geruch, der sich um den Tisch herum breitmachte und der sich schwer auf seinen Atem legte.

Eine ganze Weile saß er noch so da – bis er merkte, dass sich das Mottenkugelschweigen in eine andere Art von Lautlosigkeit zu verwandeln begann – in eine Stille, die nach Vergeltung roch …

Begonnen hatte alles über ein Jahr zuvor, im Juli 1942, als er nach Abschluss seines Ingenieurstudiums beim BMW-Flugmotorenwerk in Allach eine Anstellung gefunden hatte. Davor, noch als sogenannter Soldatenstudent, hatte er während seines verkürzten Studiums mehrere Monate dauernde Einsätze an der Front absolvieren müssen. Dass dies nun vorbei war, verdankte er einem einzigartigen Privileg. Einer der leitenden Ingenieure – ein Angehöriger der Waffen-SS und Freund seines verstorbenen Vaters, der über gute Beziehungen zum Rüstungsministerium verfügte –, hatte darauf bestanden, ihn als unabkömmliche kriegswichtige Kraft einzustellen. Als Begründung hatte er angegeben, der junge Mann verblüffe mit außergewöhnlichen Konstruktionsideen, was für eine eventuelle Weiterentwicklung des BMW 801, des damals wichtigsten Flugzeugmotors, von entscheidender Bedeutung sein könne.

Das Ministerium hatte eingewilligt.

Eine Woche nach seiner Einstellung wusste er, dass es noch einen anderen Grund für die Entscheidung gab. An einem Dienstag nach Feierabend waren plötzlich zwei Männer an seine Seite getreten und hatten ihn freundlich aber bestimmt aufgefordert, in ein wartendes Auto zu steigen. Dann waren sie mit ihm zum Englischen Garten gefahren. Während der Fahrt sprachen sie kein einziges Wort mit ihm. In seiner Scheißangst traute er sich auch nicht zu fragen, was das Ganze solle. Obgleich er einen vagen Verdacht hatte. Erst während eines ausgiebigen Spaziergangs im Park hatten sie sich als Gestapobeamte zu erkennen gegeben und zu reden begonnen. Und ihn darüber belehrt, dass es neben kriegswichtiger Arbeit und dem Einsatz an der Front noch andere völkische Pflichten gebe, die man in Treue zu erfüllen habe. Aufgaben, deren Wahrnehmung Schläue, Kombinationsvermögen und eine sehr gute Beobachtungsgabe erforderten. Eigenschaften, die man ihm in besonderer Weise bescheinigen könne, schließlich wisse man, dass er seinen Abschluss trotz eines verkürzten Studiums mit Auszeichnung bestanden habe. Eine Ausbildung, die er, darüber sei er sich ja wohl im Klaren, der »Fürsorge der nationalsozialistischen Regierung« zu verdanken habe. So oder zumindest so ähnlich hatten sie sich ausgedrückt.

Dann waren sie konkret geworden.

Man wünsche, dass er sich für den Kampf gegen gewisse Volksschädlinge zur Verfügung stelle, die einen zersetzenden Einfluss auf die Volksgemeinschaft ausübten. Und dabei mit den dafür vorgesehenen Stellen kooperiere.

Es war der Moment, in dem sich sein Verdacht zur Gewissheit verdichtete. Der Augenblick, in dem er erkannte, dass sie ihn beim Wickel hatten. Plötzlich überkam ihn eine verzweifelte Wut auf Inga, seine Frau! Seitdem sie verheiratet waren, seit über einem Jahr, hatte er sie immer wieder darum gebeten, den Kontakt zu diesen Leuten abzubrechen. Es sei gefährlich, sich mit ihnen abzugeben, hatte er versucht, ihr klarzumachen. Doch statt die regelmäßigen Besuche bei Ilse Kreuzeder, einer älteren Frau, die in der Wohnung unter ihnen wohnte, einzustellen, war sie vor Kurzem selbst eine von denen geworden, die sich gegenseitig mit »Bruder« und »Schwester« ansprachen. Eine Bibelforscherin. Anfangs hatte er überlegt, ob er sich von Inga trennen sollte. Aber er hatte sehr schnell eingesehen, dass das nicht infrage kam. Dafür liebte er sie viel zu sehr. Und sie ihn.

Er spürte, wie ihm plötzlich speiübel wurde.

Der Beamte, der inzwischen die Rolle des Wortführers innehatte, hatte ihn nur spöttisch gemustert und genickt. Er wisse also, um was es gehe, hatte er in süffisantem Ton bemerkt, man sehe es ihm an. Dass seine Frau, die Bibelforscherin, die illegalen Treffen in der Wohnung unter ihnen besucht habe. Die konspirative Wohnung, in der diese sektiererischen Volksschädlinge aus und ein gingen. Diese Zeugen Jehovas, die sich den Namen eines jüdischen Gottes zugelegt hätten und ständig den Untergang des Reiches predigten. Wahnsinnige! Irre, die sich dem Dienst fürs Vaterland entzögen. Die es wagten, den Führer zu verunglimpfen, indem sie ihm den Gruß verweigerten. Die sich weigerten, ihrer Pflicht nachzukommen, mit ihrem Blut für Führer, Volk und Vaterland einzustehen. Und dann auch noch von einem Gewissen schwafelten, das sie dazu triebe. Als ob der Rest des Volkes kein Gewissen hätte. Womit sie all jene verhöhnten, die dem Führer Treue geschworen hätten. Solches Ungeziefer gehöre ausgerottet. Genauso wie manche von den widerspenstigen Pfaffen, ob katholisch oder protestantisch, bleibe sich gleich, oder die Sozialdemokraten oder die Kommunisten, von dem jüdischen Pack wolle man gar nicht erst reden.

Als er ihm die Frage gestellt hatte, ob er das nicht auch so sähe, hatte er nur stumm genickt. Was hätte er auch sonst tun sollen. Dann hatte er ihm eine weitere Frage gestellt. Warum er seine Frau und den Rest der Brut nicht angezeigt habe, wie es sich für einen aufrechten Deutschen gehöre? Worauf er nur mit den Schultern gezuckt hatte. Eine Weile waren sie schweigend weitergegangen. Bis er sich mit zittriger Stimme danach erkundigt hatte, was denn nun geschehen würde.

Nichts, hatte der Typ von der Gestapo gesagt und gegrinst. Nichts werde geschehen, nicht einmal seine Frau werde man belangen, wenn er ab jetzt das täte, was man von ihm erwarte.

Den ersten großen Erfolg verbuchte die Gestapo dank seiner Spitzeltätigkeit nach etwa zwei Monaten im September 1942. Nachdem er es geschafft hatte, ein Mitglied der Gruppe als Kurier zu enttarnen und seine Route in Erfahrung zu bringen. Der Mann hieß Walter Kopitzky und war der Bruder von Ruth Kopitzky, die ebenfalls zur Gruppe gehörte, welche die Treffen in Ilse Kreuzeders Wohnung besuchten. Kopitzkys Aufgabe hatte darin bestanden, einzelne Gruppen von Bibelforschern im südbayerischen Raum mit Literatur zu versorgen. Schriften, die vom Reichssicherheitshauptamt als extrem gefährlich eingestuft und für illegal erklärt worden waren.

Im Laufe der nächsten Monate konnte er ›dem Ohr‹ vereinzelt Namen von Mitgliedern anderer Gruppen nennen, die sich noch auf freiem Fuß befanden. Später, im April 1943, gelang es ihm sogar, der Gestapo einen kompletten Organisationsplan mit Namen und Adressen von »Dienern«, wie sich die leitenden Mitglieder der Sekte bezeichneten, sowie eine Anzahl geheimer Treffpunkte zuzuspielen. »Das Ohr« hatte ihm daraufhin bestellt, dass man seine Arbeit sehr schätze. Sogar im Amt IV des Reichssicherheitshauptamtes in Berlin habe man lobende Worte für ihn gefunden.

Er schiss auf die Belobigung. »Das Ohr« hätte ihm ebenso gut ins Gesicht schlagen können. Was daher rührte, dass die Gewissensbisse, die er schon von Anfang an empfunden hatte, mittlerweile fast unerträglich geworden waren. Dass es ihm erfolgreich gelungen war, Interesse an den Lehren der Bibelforschervereinigung vorzutäuschen und allmählich das Vertrauen der Gruppe zu gewinnen, war vor allem der Zugehörigkeit Ingas zu den Bibelforschern zu verdanken gewesen. Doch je mehr Vertrauen man ihm entgegenbrachte und je enger der

Kontakt zu den Mitgliedern der Gruppe wurde, die er als einfache aber aufrechte und integere Menschen kennengelernt hatte, desto schäbiger fühlte er sich. Auch wenn er sich sagte, dass er das, was er tat, um Ingas und seinetwillen tat. Weil man in Zeiten lebte, in denen ein gesunder Opportunismus unerlässlich fürs Überleben war. Wozu auch gehörte, mit den Wölfen heulen zu müssen. Er konnte nur hoffen, dass Inga niemals von dem erfuhr, was er tat. Auch wenn sie im Prinzip die Schuld an allem trug. Schließlich hatte sie sich trotz massiven Drängens von seiner Seite nicht von der verbotenen Sekte lösen wollen.

Aber dann war jener Tag gekommen. Der 9. September 1943. Er erinnerte sich an das Datum, weil eine britische Bombereinheit Tage zuvor, in der Nacht vom 6. auf den 7. September, einen Angriff auf München geflogen hatte. Zwei Tage später, an eben diesem 9. September, gegen drei Uhr früh, waren Inga und er durch heftiges Klopfen an der Wohnungstür aus dem Schlaf gerissen worden. Als er öffnete, stand Schwester Kreuzeder vor der Tür. Sie war völlig fertig, hatte verweinte Augen und bebte am ganzen Körper. Sie baten sie herein und ließen sie am Küchentisch Platz nehmen. Vor einer halben Stunde sei Ruth Kopitzky gekommen, berichtete Ilse, und habe die Nachricht überbracht, dass ihr Bruder Walter hingerichtet worden sei; man habe ihn in Plötzensee enthauptet.

Inga, die Walter sehr gemocht hatte, war auf die Schilderung der Freundin hin regelrecht zusammengebrochen. Ihm selbst war die Nachricht so sehr auf den Magen geschlagen, dass er aufs Klo gegangen war, um sich zu übergeben. Wobei er das Gefühl gehabt hatte, seine ganze Schuld herauszukotzen zu müssen.

Als er wieder in die Küche kam, hatte er sich einigermaßen gefangen. Und sich zu einer klaren Entscheidung durchgerungen. Inga saß mittlerweile allein am Tisch; Ilse war wieder nach unten gegangen, um sich um Ruth Kopitzky zu kümmern, die die Nacht bei ihr verbringen wollte. Eine Weile saßen sie sich noch gegenüber, schweigend, jeder in seine Gedanken vertieft, bis er den Vorschlag machte, zu Bett zu gehen.

Am Morgen ging er wie gewöhnlich zur Arbeit, machte gegen vier Uhr nachmittags Feierabend und fuhr zum Englischen Garten, um sich, wie für diesen Tag ausgemacht, mit dem »Ohr« zu treffen.

Beim *Aumeister*. Auf der Bank vor dem Haus.

Es war das kürzeste Gespräch, das sie je hatten.

Eingehüllt in jenen Mottenkugelduft, den er künftig als das vielleicht prägendste Geruchserlebnis seines Lebens im Gedächtnis behalten sollte, war er noch minutenlang allein auf der Bank gesessen. Bis ihm bewusst wurde, dass die vergangene Nacht die letzte gewesen sein dürfte, die er mit Inga verbracht hatte. Und ihm klar vor Augen stand, was nun zu tun war. Die folgende Nacht würde Inga im Zug nach Wien verbringen. Auf dem Weg zu Tante Luise. Wer immer diese Dame auch war, mit der Inga im Briefwechsel stand und für die er sich nie interessiert hatte. Von der er nur wusste, dass sie keine Bibelforscherin war. Glücklicherweise. Sobald er zu Hause wäre, würde er Inga auffordern, zu ihr zu fahren. Es war die einzige Möglichkeit.

Als er am folgenden Tag, dem 10. September, um sechs Uhr aufstand, wärmte er sich als Erstes den Lindekaffee von gestern auf. Die Sorge um Inga hatte ihn nicht schlafen lassen, und die Sehnsucht nach ihr hatte ihn fast verrückt gemacht. Trotz allem hatte er beschlossen, ruhig Blut zu bewahren und auch heute wieder zur Arbeit zu gehen. Ein Verhalten, das ihnen signalisieren sollte, dass er ein gutes Gewissen habe – nur wer ein schlechtes Gewissen hatte, nahm Reißaus. Dass sie kommen und von ihm Rechenschaft fordern würden, war ihm inzwischen klar geworden. Doch er hatte sich entsprechende Argumente und einen Plan zurechtgelegt. Und die naive Hoffnung gehegt, dass er aufgehen würde.

Was ein fundamentaler Fehler war.

Sie kamen um die Mittagszeit. Zwei Gestapobeamte in Begleitung mehrerer Schutzpolizisten. Bereits eine Stunde später befand er sich in der Münchner Gestapoleitzentrale im Wittelsbacher Palais in der Brienner Straße, in einer der Zellen des Hausgefängnisses. Schon gegen Abend fand das erste Verhör statt, in den nächsten Tagen drei weitere. Und schon während der ersten Befragung wurde ihm klar, wie lächerlich seine Argumente waren und wie bescheuert sein Plan.

Der Ablauf der Verhöre war immer derselbe. Befragen, anschuldigen, schlagen. Schläge mit der Faust, Schläge mit dem Ochsenziemer. Wenn er am Boden lag, weitere Schläge. Und Fußtritte. Tritte gegen den Kopf, in den Leib, einmal auch in die Geschlechtsteile. Aber immer so, dass er am Leben blieb. Und dazwischen immer wieder Fragen. Er erinnerte sich an Fragen, die er nicht beantworten konnte. Und an solche, die er nicht beantworten wollte. In letzteren Fällen gelang es ihnen stets, die Antworten aus ihm herauszuprügeln. Doch wenigstens im Hinblick auf eine Frage war es ihm gelungen, sie zu täuschen. Auf die Frage, wohin Inga geflohen sei. Er wisse es nicht, hatte er gesagt und sich im Nachhinein gewundert, dass er diese

Position über zwei Verhöre hinweg durchgehalten hatte. Erst beim dritten war er, seiner Strategie folgend, mit der Wahrheit herausgerückt. Besser gesagt mit dem, von dem er wollte, dass sie es für die Wahrheit hielten. Nach Hamburg, hatte er geantwortet, zu einer gewissen Emma van der Groote. Die sei ebenfalls Bibelforscherin und wohne im Stadtteil Hohenfelde, die genaue Adresse wisse er nicht. Natürlich gab es weder eine Emma van der Groote noch war ihm die Existenz einer Bibelforscherin in Hamburg-Hohenfelde bekannt. Er wusste lediglich, dass es einen Hamburger Stadtteil gab, der so hieß, während Emma van der Groote ein Produkt seiner Fantasie war. Er fand, je ungewöhnlicher der Name, desto glaubwürdiger sein Geständnis. Tatsächlich ging seine Rechnung wenigstens in diesem Punkt auf. Sie glaubten ihm. Wahrscheinlich lief von da an die Suche der Gestapo nach einer Emma van der Groote in Hamburg auf Hochtouren. Er erinnerte sich, wie ihn der Gedanke daran regelrecht ergötzt hatte. Vor allem, als sie ihn nach dem Verhör halb bewusstlos in seine Zelle zurück schleiften und er trotzdem das Gefühl hatte, als Sieger daraus hervorgegangen zu sein. Offenbar hatte sein Geständnis noch etwas bewirkt. Sie ließen ihn in Ruhe. Die nächsten Tage verbrachte er ohne weitere Verhöre in seiner Zelle. Am dritten Tag wagte er bereits zu hoffen; seine Stimmung stieg. Am fünften bekam er Bescheid, er solle sich unverzüglich fertigmachen, er werde seine Zelle verlassen. Das Hochgefühl, das er empfand, war unbeschreiblich. Wenig später holten sie ihn ab und traten mit ihm in den Hof ins Freie. Ins Freie! Es war vormittags, die Sonne schien, und es war warm. Er atmete tief durch. Er hätte jubeln mögen.

Dann sah er den Bus. Er stand im Schatten einer Hausmauer. Er kannte den Bus, er hatte ihn schon des Öfteren auf dem BMW-Firmengelände gesehen, wenn er Frischfleisch brachte, wie er es immer genannt hatte, neue Zwangsarbeiter aus dem KZ Dachau, die ins Außenlager Ludwigsfeld überstellt wurden, um im Flugmotorenwerk ihren Beitrag zum Endsieg zu leisten.

Kein Verhör! Keine Schläge! Heute nicht mehr! Nicht mehr hier! Dafür der Transport an den schwärzesten Ort der Welt! Wo es keine Namen, nur noch Nummern gab!

Um die Mittagszeit trat er mit etwa 30 anderen Namenlosen durch das Tor, auf dem in großen schmiedeeisernen Lettern zu lesen stand, dass Arbeit frei mache.

Dahinter lauerte das Grauen.

Und der Mann, den sie »Vierkant« nannten.

KAPITEL 49

Augsburg

»Der Audi von dem Kripoarsch fährt vor. Er parkt auf dem Gehweg vor ihrem Haus.«

Rudi sah durch das Okular des Nachtsichtglases und warf einen kurzen Blick auf seine Armbanduhr: 21:50 Uhr.

»Jetzt steigt er aus – und der andere Arsch auch. Komisch!«

»Komisch? Was? Dass sie aussteigen?« Igor hatte die Frage gestellt. Er saß mit angewinkelten Beinen auf der

Couch, hatte den Laptop auf den Knien und sah sich einen Porno an.

»Beide tragen Hüte. Haben die noch nie getan.«

»Gib mir mal!« Igor klappte den Laptop zu und stand auf.

Rudi reichte Igor das Fernglas, holte sich eine Cola aus der Kiste neben dem Fenster und setzte sich an den kleinen runden Tisch. Es zischte, als er die Flasche öffnete. Sie würde binnen Kurzem bei den anderen bereits geleerten landen, die unter dem Tisch auf dem Boden lagen. Seit dem letzten Krach mit Max waren sie, was das Saufen anging, vorsichtiger geworden.

»Kein Wunder, dass sie Hüte tragen. Sie tragen ja auch Regenmäntel. Es regnet Bindfäden.«

»Na ja, ich dachte nur.«

»Sieh an, du dachtest.« Der Spott in Igors Stimme war nicht zu überhören.

Rudi sagte nichts. Blöder Hund, schoss es ihm nur durch den Kopf.

»Sie gehen rein. Wir werden auf jeden Fall Max informieren. Vielleicht geht's bald los«, kommentierte Igor das, was er gerade sah. Die beiden Männer gingen soeben den Garagenvorplatz vor Lara Gropius' Bungalow entlang. Ihr Verschwinden im Haus entzog sich der Beobachtung Igors.

Er ließ das Fernglas sinken, nahm sich eine Cola aus der Kiste und setzte sich ebenfalls an den Tisch. Bemerkte, wie Rudi nervös auf seinen Fingernägeln herumkaute.

»Kannst du das nicht lassen?«, blaffte er ihn an.

Rudi nahm die Finger aus dem Mund. »Sag mal, das letzte Telefongespräch, das die Tussi heute von ihrem Cabrio aus geführt hat – was hat Max gesagt, wann war das noch mal gewesen?«

»Meinst du das, wo sie die beiden darüber informiert hat, dass sie den Alten treffen wird?«

Rudi nickte.

»Heute Vormittag, so gegen halb elf. Wieso?«

Rudi schwieg kurz und runzelte die Stirn.

»Weißt du, was mir spanisch vorkommt?«

Igor verdrehte die Augen. »Meine Fresse, kriegst du wieder deinen Schissanfall?«

»Was heißt hier Schissanfall. Mir is gerade was eingefallen. Ich versuche nur, sämtliche Eventualitäten zu berücksichtigen.«

»Aha. Und was sind das für … Eventualitäten?«

»Also pass auf. Heut gegen halb elf vormittags teilt die Tussi den beiden Bullen aus ihrem Auto heraus per Handy mit, dass sie den Alten ausfindig gemacht hat und ihn morgen in aller Frühe treffen will. Aber sie sagt weder, wie sie's rausgekriegt hat noch wo sie ihn treffen wird. Sie sagt nur, dass sie heute Nacht noch fährt, und dass der Alte will, dass sie allein kommt. Aber überleg doch mal: Kurz zuvor noch sind die beiden befreundeten Bullen bei ihr, sie verlassen das Haus gegen zehn, wie du weißt, 'ne Viertel Stunde später fährt die Tussi ins Büro, und noch bevor sie dort ankommt, kriegt Max mit, wie sie die beiden Kriminaler aus dem Cabrio heraus über die ach so wichtige Neuigkeit informiert. Sie habe den Alten gefunden und mit ihm einen Termin gemacht. So 'n Blödsinn! Wie will sie das in der kurzen Zeit angestellt haben, he? Im Auto ist sie nich angerufen worden, das steht fest. Das hätte Max mitgekriegt. Is doch komisch, oder etwa nicht?«

»Meine Güte, sie hat die Info noch zu Hause gekriegt, vielleicht völlig überraschend, gleich, nachdem die beiden weg waren. Per Telefon oder E-Mail. Manchmal überschlagen sich die Ereignisse eben.«

»Na klar doch!«, Rudis Stimme bekam eine höhnische Färbung. »Sie kriegt 'nen Anruf oder 'ne E-Mail, wo sich der Alte aufhält, ruft ihn an, macht mit ihm 'nen Termin, ganz nach dem Motto ›Schön, dass ich Sie gefunden habe, hätten sie denn 'nich mal Zeit für mich?‹ Und der Alte, der sich wochenlang versteckt gehalten hat, sagt: ›Gern, Gnädigste, wenn Sie nur bitte allein kommen würden!‹ Sag mal, wie blöd muss man sein, um so was zu glauben?«

Igor sprang auf und beugte sich erbost über den Tisch.

»Hör endlich auf mit deinem pessimistischen Geschwafel«, zischte er. »Warum sollte das, was sie sagt, ein Fake sein? Wem sollte sie denn was vormachen wollen? Sie hat ihn gefunden. Wie und weshalb, interessiert keine Sau! Sie bringt uns endlich auf seine Spur, das allein zählt. Jetzt gilt es, auf Tuchfühlung mit ihr zu bleiben. Wir haben lange genug auf 'nen Erfolg warten müssen, die Führung wird schon ungeduldig, und jetzt, kurz vor dem Ziel, scheißt du dir vor Angst in die Hosen.«

Auch Rudi sprang auf und stieß wütend den Stuhl zurück.

Doch bevor er etwas erwidern konnte, ertönte ein Summen. Igors Handy. Igor zog es aus der Hosentasche und sah aufs Display.

»Max«, knurrte er. Drückte die grüne Taste.

»Ja?«

Max sagte etwas.

»In Ordnung.« Igor beendete das Gespräch und legte das Handy auf den Tisch.

»Er kommt.«

»Mit Svenja?«

»Klar, mit wem denn sonst, sie fährt.«

»Ein Auto oder zwei?«

»Max will, dass wir separat fahren. Er sagt, wir seien so flexibler. Sie fahren voraus, wir hinterher.«

Igor beugte sich über die Cola-Kiste.

»Auch noch eine?«, wandte er sich an Rudi.

Rudi nickte. Der Anruf hatte ihre erhitzten Gemüter sichtlich abgekühlt.

»Und jetzt?«, fragte er.

»Warten, was sonst«, brummte Igor unwirsch.

Rudi zuckte mit den Schultern, legte die Füße auf den Tisch und begann in einer Illustrierten zu blättern.

KAPITEL 50

Augsburg

Eisele und Tucholsky erschienen gegen 22 Uhr.

Als Erstes sahen sie sich die DVD an, diesmal die komplette Dokumentation, wobei sie feststellten, dass Hein Düvers, der Mann mit der Narbe, nur im ersten Viertel des Films präsent war.

Als Nächstes diskutierten sie die Frage, wie die Scheibe in den Besitz des alten Demuth gelangt war. Hatte er sie bestellt, nachdem er die Dokumentation im Fernsehen gesehen hatte – wofür der Umschlag sprach, der unter dem TV-Rack lag – musste er einen Grund dafür gehabt haben.

Der nicht schwer zu erraten war.

»Er sieht diesen Hein Düvers im Fernsehen«, spekulierte Tuchy. »Wahrscheinlich purer Zufall. Er erkennt ihn wieder und sieht sich plötzlich mit 'nem Ereignis aus seiner Vergangenheit konfrontiert. Schon allein die Namen, die er ihm gibt – ›Mörderkrake‹ … ›Bestie‹ – irgendeine böse Sache verbindet die beiden. Was Gravierendes.«

»So gravierend, dass er sich die DVD bestellt, um sich den Mann wiederholt anzuschauen, was seinen Hass nur noch weiter anstachelt«, ergänzte Jo.

Lara nickte. »Und der schließlich so übermächtig wird, dass er den Plan fasst, zuerst diesen Hein Düvers zu töten, anschließend sich selbst. Gehen wir von der rätselhaften Notiz auf seinem Wandkalender aus, hat er dafür vielleicht sogar Zeitpunkt und Uhrzeit festgesetzt. Sonntag, den 14. Oktober, weiß Gott, wie er darauf kommt.«

»Morgen ist schon der 13.«, bemerkte Jo trocken.

Lara lehnte sich in den Sessel zurück.

»Ein paar Tage bezahlter Ostsee-Urlaub wären jetzt nicht schlecht – zumindest für einen von euch, oder …?«

Jo sah sie mit einem argwöhnischen Grinsen an.

»Wieso nur für einen von uns?«

»Der andere müsste eine … spezielle Aufgabe wahrnehmen«, gab Lara zur Antwort.

»Und das wäre?«

Lara beugte sich nach vorn und erläuterte ihren Plan.

KAPITEL 51

Maasholm (Ostssee)

Die vorletzte Etappe seiner Reise hatte heute Nachmittag mit einer Lautsprecherdurchsage auf dem Münchner Hauptbahnhof begonnen. Der ICE Nummer 786 nach Hamburg, Abfahrt Gleis 13, werde mit etwa fünf Minuten Verspätung starten, also um 14:21 Uhr statt um 14:16 Uhr, hatte eine kühle Frauenstimme durchgegeben.

Dennoch ereichte er pünktlich seinen Anschlusszug nach Kiel, wo er um 21:37 Uhr ankam und die Reise nach Maasholm mit einem Taxi fortsetzte. 68 Kilometer, eine teure Fahrt. Gut, dass er schon in München Geld abgehoben, neue Unterwäsche gekauft, die getragene in eine Plastiktüte gesteckt und sie in einem Abfallbehälter entsorgt hatte, wie er es immer gemacht hatte in den letzten beiden Monaten, seit er unterwegs war. Es sparte Umstände und half, den Inhalt seines kleinen Rollkoffers überschaubar zu halten.

Jetzt stand er auf dem kleinen zum Wasser gelegenen Balkon eines Hotelzimmers in Maasholm und lächelte.

Schön, wunderschön, dachte er.

Bald würde sein Dasein sich dem Ende zuneigen. Auch wenn ihm nicht mehr viel Zeit blieb – die wenigen Kleinode, die da und dort noch auf den letzten Metern seiner ganz persönlichen *Via Dolorosa* am Wegrand aufleuchteten, würde er bewusst und dankbar wahrnehmen.

Wie den spektakulären Ausblick auf den nächtlichen

Ostseefjord, der sich ihm von hier aus bot. Auch wenn der Mond sich heute nur in seiner Sichelgestalt zeigte, sich schmal und spitz und ausgezehrt in der stillen Flut spiegelte – dank des klaren Sternenhimmels war es ihm, als fluoreszierte alles in einem gedämpften magischen Blauschwarz.

Ein Anblick von dunkler, stiller Schönheit.

Else hätte ihn gemocht.

Eine ganze Weile noch stand er so da, die Arme auf das Geländer des Balkons gestützt.

Dann seufzte er und ging ins Zimmer zurück. Der Tag war lang und ermüdend gewesen. Der morgige würde noch anstrengender werden. Zeit, schlafen zu gehen.

Doch noch hatte er etwas zu erledigen. Er sah auf die Uhr, bald Mitternacht. Er holte einen Lederbeutel aus seinem Rollköfferchen und entnahm ihm ein Handy sowie ein kleines handliches Diktiergerät. Er spulte das Band zurück, wählte eine Nummer und wartete.

Es dauerte ein wenig, bis der Angerufene abnahm.

Baldur Hagen alias Harald Demuth hielt das Diktiergerät dicht vor das Mikro seines Handys und drückte ein letztes Mal die Wiedergabetaste.

KAPITEL 52

Maasholm (Ostssee)

Etwas war anders.

Zwar verfolgte ihn auch jetzt wieder die zwanghafte Vorstellung, als stiegen die Toten aus ihren Gräbern. Und auch diesmal vermittelte der grelle Klang der Flöte ihm wieder das Gefühl, durch das Gehör hindurch gepfählt zu werden.

Und doch war da noch etwas anderes. Etwas im Hintergrund. Eine Stimme. Eine dunkle heisere Stimme, die, dem Rhythmus der schrill gespielten Melodie folgend, den dazu gehörenden Text murmelte.

Es ist ein Schnitter, heißt der Tod, hat G'walt vom großen Gott! Heut wetzt er das Messer, es schneidt schon viel besser, bald wird er drein schneiden, wir müssen's erleiden. Hüt dich, schöns Blümelein!

Sein Asthma meldete sich. Und sein lädiertes Herz. Er spürte ein schnelles, hartes Pochen in der Halsschlagader.

»Guten Abend, Vierkant. Hast du Lust auf ein kleines Plauderstündchen?«

Ein heftiger Adrenalinstoß schoss in seinen Körper, sein Kinn zitterte, unwillkürlich biss er sich auf die Unterlippe. Zuerst redete er sich ein, einer Einbildung erlegen zu sein, einer akustischen Fata Morgana. Noch nie hatte das Phantom ihn unmittelbar angesprochen. Nur immer diesen verfluchten Namen geflüstert und dann aufgelegt.

»Ich merke, du bist überrascht, Vierkant. Du bist doch Vierkant, nicht wahr? Du musst es sein. Denn du trägst die

Narbe und du lispelst. So wie damals, vor 62 Jahren. Das ist mir schon aufgefallen, als ich dich vor fast drei Monaten im Fernsehen sah. In diesem Film über Leuchttürme. Du hast es nicht geschafft, dein Lispeln abzulegen. Über all die Jahre hinweg hast du es beibehalten. So wie ich meine Erinnerung. Es gibt vieles, an das man sich erinnert, wenn man 87 ist. Soll ich dir sagen, an was man sich besonders gut erinnert, Vierkant? An den Tag, an dem man stirbt. An die letzten Sekunden seines Lebens. An das eigene Grab, das man selbst hilft auszuheben. An die Grube, an deren Rand man steht und vor Todesangst pisst, weil man die Kugeln erwartet, die gleich in einen einschlagen werden. Und an die letzten Atemzüge, die man darauf verwendet, etwas völlig Perverses zu tun. Erinnerst du dich daran, Vierkant – erinnerst du dich an mein …?« Der Anrufer stockte, ohne den Satz zu Ende zu bringen.

Vierkants Antwort bestand aus einer Salve kurzer Hustenstöße, gefolgt von einer Reihe rasselnder Atemzüge. Er fühlte, wie Blut über die zerbissene Unterlippe rann; er hatte es nicht geschafft, das Zittern seines Kinns zu unterdrücken.

»Sag endlich … was du willst. Willst du Geld?«, entgegnete er keuchend, als der Hustenanfall endlich vorüber war.

»Geld? Du glaubst tatsächlich, ich will Geld? Du enttäuschst mich, Vierkant. Und du machst mich wütend.« Die Stimme am anderen Ende der Leitung geriet ins Zischen. »Mit Geld kann man vieles kaufen. Aber nicht das, was man Gerechtigkeit nennt. Wenn's um die Gerechtigkeit geht, wird mit einer anderen Währung bezahlt. Auch wenn sie manchmal lange Kredit gewährt, die Gerechtigkeit. Aber sie kommt, Vierkant, glaub mir, sie kommt auch zu dir, und dann wirst du bezahlen. Mit

Zins und Zinseszinsen.« Der Anrufer setzte eine Pause. Vierkant hörte ein erregtes Schnaufen am anderen Ende der Leitung, offenbar hatte der Mann sich in Rage geredet. »Das war's dann, Vierkant«, fuhr er fort, nachdem er sich wieder in der Gewalt hatte. »Wir werden unsere kleine Plauderei von Angesicht zu Angesicht fortsetzen. Ich will dich sehen, Vierkant. Ich werde sehr bald zu dir kommen. In Begleitung der Gerechtigkeit.« Dann beendete ein Knacken das Gespräch.

Vierkant rang nach Luft und riss den Hemdkragen auf. Zog eine kleine Sprühflasche aus seiner Hosentasche und nahm die Kappe ab. Erst nachdem er sich zwei Sprühstöße in den Mund verabreicht hatte, fiel ihm das Atmen wieder leichter, doch das Zittern blieb. Nach etwa zehn Minuten versuchte er, eine Nummer zu wählen, wobei er sich vor Aufregung zweimal verwählte. Erst beim dritten Mal klappte die Verbindung.

»Er hat wieder angerufen«, schrillte seine Stimme in den Hörer.

»Wer? Der, der tot sein sollte?«, entgegnete der Angerufene.

»Natürlich, wer denn sonst!«

»Und?«

»Diesmal hat er mit mir gesprochen. Er will … er will kommen. Er sagte … die Gerechtigkeit werde ihn begleiten.«

»Wann?«

»Wann, wann, wann! Blöde Frage! Glaubst du, dass er mir das auf die Nase bindet? Er wird mich überraschen. Er wird plötzlich vor mir stehen … wahrscheinlich mit der Polizei … oder irgend so einem beschissenen Staatsanwalt, der in anderer Leute Vergangenheit rumstochert … und dann … und dann …«

»Jetzt mach dir mal nicht ins Hemd, Kamerad. Er wird nicht an dich rankommen. Dafür sorgen wir schon. Die Organisation schützt dich.«

»Sie schützt mich? Die Organisation schützt mich?« Vierkant ließ ein hysterisches Lachen hören. »Das sehe ich, wie sie mich schützt. Ihr wisst ja nicht mal, wo ihr das Schwein suchen müsst. Obwohl ich bisher schon 'ne Menge Geld dafür ausgegeben habe, dass ihr ihn endlich findet und ihn alle macht.«

»Beruhige dich. Denk an dein Herz, Kamerad. Seine Telefonnummer und seine Adresse haben wir schließlich auch herausgefunden, nachdem wir die Fangschaltung legen konnten. Leider war er verschwunden, als wir ihn uns vorknöpfen wollten. Aber wir werden ihn kriegen, verlass' dich drauf. Bald werden wir das Schwein schnappen und dann werden wir erst mal feststellen, ob er überhaupt einer von denen ist, die du damals ...«

»Natürlich ist es einer von denen, ihr verdammten Idioten!« Vierkants Stimme überschlug sich vor Wut. »Darauf könnt ihr Gift nehmen. Wie oft soll ich es noch sagen. Er kennt Einzelheiten, die kein anderer kennen kann. Weiß der Teufel, wie er es geschafft hat, das damals zu überleben. Aber es ist nun mal so. Also findet ihn endlich und macht ihn alle! Und denkt dran: Wenn man mich einbuchtet, sieht die Organisation keinen Cent von mir.«

Vierkant beendete das Gespräch. Er atmete mehrere Male tief durch, um den Albtraum, den er soeben durchlebt hatte, loszuwerden. Es half nichts, das Zittern wollte nicht aufhören. Er erhob sich aus dem zerschlissenen Sessel, in dem er gesessen war, trat aus der Wohnstube in den Gang hinaus und verließ die reetgedeckte Kate durch eine niedrige Tür, die ins Freie führte. Die Kühle der Nacht überraschte ihn, dennoch verzichtete er darauf, sich etwas überzuziehen. Er durchquerte den winzigen Vorgarten und trat auf die schmale Hauptstraße hinaus, die zu dem kleinen Fischereihafen hinunter führte. Einige wenige Straßenlaternen spendeten mageres Licht, betonten das Dunkel jedoch eher, als dass sie es aufhoben. Beim Hafen angekommen setzte er sich in einen der verwaisten Bistrostühle, die vor einer Imbissbude standen. *Peter Aal*, die Bronzeplastik des Aalstechers, grüßte zu ihm herüber. Vierkant kam immer mal wieder um Mitternacht hierher, um frische Luft zu schnappen. Obwohl der Geruch nach Fisch und Tang und Schmieröl auch nachts noch über dem Platz lag. Heute allerdings hatte er eher das Bedürfnis, die Stille, die an dem Geruch haftete, zu inhalieren. Vielleicht vermochte sie es ja, sein Inneres endlich zu beruhigen.

Er starrte auf den Fjord hinaus. Weit hinten am Horizont entlang der Wasserlinie krochen die Positionslichter eines Containerschiffs als winzige Lichtpunkte in Richtung Osten. Sein Blick wanderte zur Lotseninsel und heftete sich auf den Leuchtturm von Schleimünde, der sein Orientierungsfeuer in regelmäßig getakteten Abständen über die nächtliche Ostsee schickte. Vierkant dachte an die Zeit zurück, als er selbst noch für das Feuer verantwortlich war. Als einer der letzten Leuchtturmwärter an der Ostsee. Lange bevor man in Travemünde das Kommando über die Laterne mit ihrer komplexen Optik via Fernsteuerung übernommen hatte. Tag für Tag, Nacht für Nacht war er auf die von einem Stahlgeländer gesicherte Brüstung hinausgetreten, die sich rings um das Lampenhaus zog. Bei jedem Wetter. Hatte die Weite genossen und zur heiligen Dreifaltigkeit der Leuchtturmwärter gebetet, wie er in einer bierseligen Stunde das andächtige Betrachten von Himmel, Wasser und Horizont einmal scherzhaft genannt hatte. Und der Stimme gelauscht, mit der die See zu ihm sprach. Was er immer noch tat, wenn auch nur mehr hin und wieder. Obwohl seit Jahrzehnten in Pension, hatte er sich vom Wasser- und Schifffahrtsamt Kiel die Erlaubnis erbeten, die Treppe hinauf ins Lampenhaus in regelmäßigen Abständen erklimmen zu dürfen. Manchmal übernachtete er sogar dort und gedachte der alten Zeiten.

Die alten Zeiten!

Vierkant reckte sein Kinn vor und presste die Lippen aufeinander, was die Narbe, der er seinen einstigen Spitznamen verdankte, noch stärker hervortreten ließ. Was hätte er darum gegeben, den dunkelsten Abschnitt dieser alten Zeiten aus der Erinnerung streichen zu können. Doch das war niemandem möglich. Ein Leben verlief so, wie es eben verlief. Keiner konnte aus seiner Vergangenheit auch nur eine einzige Sekunde herausschneiden. Im Gegenteil, manchmal kehrte sie zurück. Mit der zerstörerischen Urgewalt eines Orkans, der alles hinwegfegt und vom Leben nur noch Kleinholz übrig lässt.

Lass dich am Arsch lecken, hau einfach ab, schoss es ihm plötzlich durch den Kopf. Er dachte an zwei Kameraden, die mit dieser Devise ganz gut gefahren waren. Zwei seiner Gesinnungsgenossen, die es geschafft hatten, der Vergangenheit eine lange Nase zu drehen, indem sie sich rechtzeitig nach Paraguay abgesetzt hatten. Das war vor über 60 Jahren gewesen. Doch er korrigierte sich sofort wieder. Hör auf zu spinnen, du Idiot, für dich ist es dazu viel zu spät.

Wollte er das, wovon er fürchtete, dass es auf ihn zukäme, verhindern, gab es nur eine einzige Möglichkeit. Dorthin zu fliehen, wo es die Vergangenheit nicht gab. Und auch keine Gegenwart und keine Zukunft. An den

Ort, wo sämtliche Zeitformen aufeinanderprallten, um sich gegenseitig zu liquidieren. Dort, wo schwerelos das Nichts regierte …

Bestürzt darüber, welche Gedanken ihn befielen, erschrak Vierkant vor sich selbst.

KAPITEL 53

Augsburg | 13. Oktober 2007 | SA

»Lös mich mal ab! Ich hau mich mal kurz aufs Ohr«, sagte Rudi und gähnte.

Igor stand von der Couch auf und nahm Rudis Platz vor dem Fenster ein. Er sah auf die Uhr: 3:54 Uhr. Samstag, 13. Oktober. Fast fünf Stunden waren die »Kripoärsche« inzwischen bei der Tussi. Es regnete noch immer. Igor nahm sich eine weitere Cola und stellte sie neben sich auf den Boden. Griff zum x-ten Mal nach dem Fernglas und richtete es auf den Bungalow. Das Haus verbarg sich zum größten Teil hinter Bäumen und Hecken, lediglich der Garagenvorplatz war teilweise einsehbar.

Plötzlich erschienen die beiden Männer wieder und stiegen in den Audi. Gleich darauf startete der Motor, und das Fahrzeug entfernte sich.

»Na endlich tut sich was. Die beiden Bullen fahren wieder. War 'n langer Besuch«, knurrte Igor.

Rudi gähnte erneut und hob den Blick. »Und die Gropius?«

»Nicht zu sehen. Ist im Haus geblieben. Da brennt, glaub ich, auch noch Licht.«

Eine weitere Viertelstunde verging.

Dann summte Igors Handy.

»Geh mal ran. Liegt aufm Tisch.«

Es war Max.

»Noch immer nichts Neues von der Tussi? Wir warten uns den Arsch ab.«

»Wir auch. Aber bis jetzt alles beim Alten. Außer dass die beiden Kriminaler gerade gefahren sind.«

In diesem Moment sah Igor, wie das Garagentor aufschwang. Laras Cabrio erschien und setzte rückwärts aus der Einfahrt.

Igor sprang auf. »Sag ihm, sie fährt gerade los.«

»Neue Lage, es geht los«, brüllte Rudi in Igors Handy und hechtete mit einem Satz von der Couch.

»Beeilt euch. Wir warten an der Kreuzung.«

»In Ordnung; sind gleich da.«

KAPITEL 54

Bundesautobahn A9

Es regnete. Mal wieder. Das gleichförmige Klacken der Scheibenwischer wirkte einschläfernd. Geradezu hypnotisch. Gerade sprang der Zeiger der Cockpituhr auf fünf Uhr morgens.

Jo sah in den Rückspiegel und grinste.

*

»Will Max die Sache mit der *Ceska* erledigen?«

»Wer sagt dir, dass Max das erledigen wird? Wir sind schließlich zu viert«, knurrte Igor seinen Beifahrer an.

Rudi erschrak. »Du meinst … du glaubst … jemand von uns …?«

Rudi ahnte das spöttische Lächeln in der Miene Igors mehr als er es sah. Die Cockpitbeleuchtung zeichnete das Profil seines Gesichts nach: eine blasse, grünlich schimmernde Kontur, die ihm ein seltsam geisterhaftes Aussehen verlieh.

»Ich glaub gar nichts. Ich weiß nur eins. Jeder, der innerhalb der Bewegung an vorderster Front Verantwortung übernehmen will, muss irgendwann seine absolute Loyalität unter Beweis stellen. So was wie 'ne Prüfung ablegen, wenn du verstehst, was ich meine.«

Igor hatte noch nie so martialisch geklungen. Und so überzeugt. Zum ersten Mal, seit er dabei war, empfand Rudi so etwas wie Angst. Absolute Loyalität! Bisher hatte er die Konsequenzen, die sich für ihn daraus ergeben könnten, schlichtweg verdrängt. Am Anfang war er noch stolz gewesen, dass man ihn für die Aktion ausgewählt hatte. Inzwischen sah er die Sache anders. Er sah überhaupt alles anders.

»Das mit der Prüfung … ich meine … hast du sie denn schon abgelegt?«

Igor warf ihm aus dem Augenwinkel einen belustigten Blick zu, den Rudi aufgrund der Dunkelheit allerdings nicht als solchen wahrnehmen konnte.

»Ich bin schon 'n Weilchen länger als du dabei. Ich hab mich schon profiliert. Und glaub mir, nicht nur einmal.«

Rudi schwieg. Spürte, wie eine Welle der Panik in ihm hochschwappte. War er heute an der Reihe? Was, wenn sie ihn …?

Nein! Nein, das würde er nicht tun.

Alles, aber das nicht!

»Komisch!«

»Was meinst du?«

Max streifte Svenja mit einem kurzen Blick, um sofort wieder den sich stetig vorwärts bewegenden roten Punkt auf seinem Laptop zu beobachten.

»Kein Anruf bis jetzt«, gab Svenja zu bedenken. »Obwohl sie schon seit gut eineinhalb Stunden unterwegs ist. Weder, dass sie selbst einen abgesetzt hätte, noch dass sie einen empfangen hat.«

»Du glaubst, dass das was zu bedeuten hat?«

»Überleg doch mal. Da will sie endlich den Alten treffen und hält keinerlei Verbindung zu den beiden befreundeten Bullen? Schon irgendwie komisch.«

»Sie war auch ansonsten nicht sehr gesprächig, wenn sie im Cabrio unterwegs war.«

»Stimmt auch wieder.«

Gelbe Warnleuchten und ein Wald aus Verkehrsschildern signalisierten, dass sie sich einer Baustelle näherten. Fünf holprige Kilometer Schotterstrecke. Geschwindigkeitsbegrenzung.

»Scheiß Regen«, brummte Max und sah kurz auf. Die Schlusslichter des Cabrios, dem sie im Abstand von etwa 100 Metern folgten, waren nur als verschwommene rote Flecken zu erkennen.

»Pass auf, sie fährt ab! Ausfahrt Raststätte Greding.« Max' Stimme hatte einen schneidend scharfen Klang bekommen; der blinkende rote Punkt auf dem Display hatte plötzlich die Richtung geändert.

Ungeachtet der noch immer geltenden Geschwindigkeitsbegrenzung erhöhte Svenja das Tempo, während Max eine Taste auf seinem Handy drückte.

»Ja?«, meldete sich Igor.

»Wir fahren ab; Raststätte Greding«, instruierte er Igor.

»Is in Ordnung.«

»Sie wartet.«

Das Vibrieren in Max' Stimme verriet fieberhafte Anspannung.

Svenja enthielt sich eines Kommentars. Zusammen mit ihrem Begleiter starrte sie konzentriert auf den Platz unmittelbar vor dem matt erleuchteten Haupteingang des Rasthofs, vor dem das Cabrio parkte. Unmittelbar, nachdem das GPS das Stehenbleiben des Fahrzeugs signalisiert hatte, hatten auch sie den Parkplatz erreicht und einen Platz im Windschatten eines LKWs ausgemacht, von dem aus sich der Parkplatz vor dem Eingangsbereich der Raststätte bequem einsehen ließ; Igor, der einen älteren Passat fuhr, stand unmittelbar neben ihnen.

Noch immer machte die Detektivin keine Anstalten, auszusteigen.

Sollte ausgerechnet dies der Ort sein, an dem sie gleich diesem Harald Demuth begegnen würden? Dem Mann, dessentwegen sie sich über zwei Monate hinweg an ihre Fersen geheftet hatten?

Der Dreckhund, der Hein Düvers seit Wochen mit düsteren Telefonanrufen an den Rand des Wahnsinns brachte?

Und den das *BDW*, das *Bündnis Deutscher Wille*, zu liquidieren versprochen hatte? Nicht nur wegen des Testaments, in dem Hein Düvers die im Untergrund agierende Organisation mit seinem nicht unerheblichen Vermögen zu bedenken gedachte, weswegen man ihm selbstverständlich Loyalität schuldete. Sondern auch um ein Zeichen gegen all diejenigen zu setzen, die glaubten, deutsche Tugenden mit Füßen treten zu können. Und die es wagten, jene Helden aus glorreicher Zeit, die einst mit Blut und Mut für Volk und Vaterland eingestanden waren, zu verunglimpfen …

Die Tür des Cabrios öffnete sich.

Unwillkürlich beugten sie sich weit nach vorne, um besser sehen zu können. Auf der Frontscheibe perlte die Nässe und zerhackte den Blick in unzählige kleine Splitter.

Jemand stieg aus. Machte ein paar Schritte, blieb plötzlich stehen, winkte mit beiden Händen in ihre Richtung und setzte sich langsam in Richtung Restaurant in Bewegung.

Svenja war die Erste, die begriff.

»Sie hat uns verladen.«

»Bullshit!«, brüllte Max. Seine Stimme überschlug sich. »Dieses Miststück! Warte, du Kriposau!« Seine Hand zuckte unbeherrscht zum Türgriff, doch mit ungeahnt eisernem Griff hielt Svenja ihn zurück.

»Bist du wahnsinnig! Willst du unsere Tarnung aufliegen lassen? Reiß dich zusammen, verdammt noch mal!«, zischte sie, während sie gleichzeitig den Mann beobachtete, der dem Cabrio entstiegen war und mit betont gemächlichen Schritten die Treppen zum Restaurant hinaufstieg.

Hatte soeben noch unkontrollierte Wut seine Reflexe bestimmt, klappte Max nun wie ein Häufchen Elend in seinem Sitz zusammen.

»Was sollen wir bloß machen?«

Erbärmlich, dachte Svenja. Großes Maul, kleines Hirn. Sie würde die Führung darüber informieren.

»Auf jeden Fall ist es wenig hilfreich, wenn du jetzt durchdrehst und den Irren gibst. Denk dran, was wir gelernt haben: erst analysieren, dann handeln«, wies sie ihn zurecht.

Jemand klopfte heftig an die Scheibe auf der Fahrerseite. Igor. Er war völlig außer sich.

Svenja ließ die Scheibe ein Stück weit herunter.

»Die Tussi hat uns verarscht. Was …«

»Ja, hat sie. Aber kein Grund, durchzudrehen. Wir …«

»Was heißt, kein Grund durchzudrehen. Das Dreckstück hat uns abgehängt und …«

Svenja wurde wütend. »Schluss jetzt! Klappe! Jammern hilft jetzt auch nicht weiter. Steig wieder in deine Kiste und wart's ab«, fuhr sie ihn an und betätigte den Scheibenheber.

Sie überlegte fieberhaft. Kein Zweifel, sie waren verarscht worden. Und zwar nach Strich und Faden. Was wiederum bedeutete, dass die Detektivin irgendwann spitzgekriegt haben musste, dass ihr Fahrzeug verfolgt wurde.

Svenja wandte sich an Max.

»Hör zu. Du steigst jetzt aus und gehst da rein«, sie deutete mit dem Kopf auf den Eingang zur Raststätte. »Bestell dir irgendwas zu essen und sieh zu, dass du diesen Kripoarsch im Auge behältst. Sag mir, was er macht. Ruf mich auf dem Handy an.«

»Was hast du vor?«

»Ich will mir das Fahrzeug ansehen.«

»Und was versprichst du dir davon?«

»Instinkt, Intuition, nenn es, wie du willst, aber mach einfach, okay?«

»Schon gut.«

Fünf Minuten später klingelte Svenjas Handy.

»Er hat sich gerade mit seinem Tablett an einen Tisch gesetzt. Scheint 'nen ziemlichen Hunger zu haben«, murmelte Max.

»Hol dir auch was und halte mich auf dem Laufenden. Ich steig jetzt aus. – Ach ja, gibt's hier so was wie 'ne Taschenlampe?«

»Im Handschuhfach.«

Sie holte die Lampe heraus und verließ den Wagen. Dann hastete sie auf den Passat zu und riss die Beifahrertür auf.

»Hey, Rudi, ich brauch dich, du musst sofort das Cabrio öffnen. Du hast das doch schon mal gemacht, oder?«

»Ich? Äh … ja … schon.«

»Wie lange brauchst du?«

Sie sprach in durchdringendem Ton, wirkte zu allem entschlossen.

Rudi begriff. Das war seine Chance. Denn das war seine Domäne.

»Nicht lange.« Er sprang aus dem Passat, riss den Kofferraumdeckel auf und griff sich eine schmale Ledertasche. Dann rannten sie los.

Schon nach wenigen Metern waren sie völlig durchnässt. Beim Cabrio angekommen knipste Svenja die Stablampe an, zog das Handy hervor und wählte Max' Nummer.

»Ja?«

»Was macht er?«

»Er hat sich gerade 'nen Kaffee und 'n Stück Kuchen geholt. Und 'ne Zeitung. Sieht so aus, als ob er's noch 'ne Weile hier aushält.«

»Gut. Sag Bescheid, wenn sich was ändert!« Sie legte auf.

»Aufmachen!«, befahl sie. Mochte Rudi sein, wie er wollte, hier machte ihm so schnell niemand etwas vor. In weniger als zwei Minuten war die Tür des Cabrios offen.

Sie leuchtete hinein. Nichts. Der gesamte Innenraum wirkte auf fast sterile Weise aufgeräumt. Fahrer, Beifahrer- und Rücksitze waren picobello sauber. Nicht das kleinste Fitzelchen lag herum.

Sie klappte das Handschuhfach auf. Eine Packung Tempo. Eine Mappe. Sie öffnete sie. Nichts außer Servicecheckheft, Bedienungsanleitung und andere Fahrzeugunterlagen.

Ein Zettel fiel heraus. Sie hob ihn auf. Ein Kassenbon. Sie wollte ihn schon wieder hastig in die Mappe zurücklegen, als sie plötzlich stutzte. Der Kassenbon stammte aus einem Buchladen und enthielt außer den üblichen Angaben wie Preis, Datum und so weiter den Titel des gekauften Buches: *Maasholm und die Schleimündung.*

Ihre Hände zitterten leicht, als sie den Kassenbon wieder in die Mappe zurücklegte und das Handschuhfach zuklappte. Dann nickte sie Rudi zu, der die Tür des Cabrios schloss.

Damit war das weitere Vorgehen klar.

Mit fliegenden Fingern wählte Svenja Max' Nummer.

»Ja?«

Sie hörte, wie er kaute.

»Was ist mit ihm?«

»Er liest und trinkt seinen Kaffee. Ich hab mir auch grad was geholt.«

»Wir fahren. Sofort.«

»Aber …«

»Kein aber«, blaffte sie ihn an. »Die Lage hat sich soeben von Grund auf geändert. Ich erklär's dir im Auto. Also beeil, dich, verdammt noch mal!«

Als Max erschien, hatte sie bereits auf dem Beifahrersitz Platz genommen und telefonierte mit der Zentrale. Sie bedeutete ihm durchs Fenster, sich hinters Steuer zu setzen.

»Ja – – – natürlich, sagte ich doch – – – reservier die Tickets und sag Bescheid, an welchem Terminal wir einchecken sollen – – – ja gut. Okay, bis dann.« Sie legte auf.

Max sah sie stirnrunzelnd an.

»Tickets? Terminal?«

Svenja erzählte ihm von dem Kassenbon.

»Wir fahren jetzt nach München zum Flughafen«, klärte sie ihn weiter auf. »Wir fliegen nach Hamburg. Die Zentrale schickt uns ein Wohnmobil zum Flughafen. Damit geht's weiter nach Maasholm. Ich hab gerade mit Sigi gesprochen. Er erledigt das mit der Reservierung. Er ruft gleich zurück. Und jetzt fahr!«

»Na denn …«, murmelte Max und startete den Motor.

*

Jo hatte bewusst noch eine Weile hinter dem Steuer ausgeharrt, bevor er das Cabrio verlassen und einer schadenfrohen Eingebung folgend mit beiden Händen in Richtung seiner Verfolger gewinkt hatte. Spätestens seit er auf die A9 aufgefahren war, argwöhnte er, dass sie in dem Mercedes saßen, der ihm mit wechselndem Abstand folgte. Als dieser mit einem älteren Passat im Schlepptau auf dem Parkplatz der Raststätte Stellung bezog und die Lichter beider Fahrzeuge erloschen, ohne dass die Insassen ausstiegen, war die Sache für ihn klar.

Der Regen hatte zugenommen, als er höchst zufrieden durch die Glastür des Haupteingangs wieder nach draußen trat. Auf dem Weg zu Laras Cabrio registrierte er amüsiert, dass der Mercedes und der Passat inzwischen verschwunden waren. Wieder musste er grinsen.

Wenn Dummheid Rad fahre könnt, müsstet 'r de Berg nauf bremsa, dachte der Schwabe Johannes Bartholomäus Eisele und begann auf einmal lauthals zu lachen.

Er sah auf die Uhr: Viertel nach sechs. Inzwischen dürften Lara und Tuchy auf dem Weg nach Maasholm knapp 300 Kilometer hinter sich gebracht haben.

KAPITEL 55

Bundesautobahn A7

»Noch nicht müde?«

Tuchy schüttelte den Kopf.

»Kein Bissle, aber ein ordentlicher Schuss Koffein wär' jetzt trotzdem gut.«

Lara holte die Thermoskanne aus dem Rucksack, füllte den Alubecher und stellte den dampfenden Behälter in die dafür vorgesehene Halterung.

Tuchy wechselte auf die rechte Spur. Schlürfte ein paar Schlucke.

»Schön stark«, sagte er und sah auf den Kilometerzähler.

»Fast ein Drittel wär' schon mal geschafft.«

In diesem Moment vibrierte Laras Handy. Sie runzelte die Stirn.

Carmen Demuth! Um diese Zeit?

Die Frau schien völlig aufgelöst. Sie sprach schnell und so laut, dass Tucholsky ihre Stimme hörte, allerdings ohne verifizieren zu können, was sie sagte.

Er bemerkte, wie Lara einige Male zu einer Entgegnung ansetzte. Offenbar ohne jede Chance.

»Haben Sie – – – aber Sie müssen doch – – – Hören Sie, haben Sie denn – – – danke für die Info. Das scheint doch einiges zu erklären. – – – Ja natürlich. – – – Ja, ich sage Ihnen Bescheid, so wie ich mehr weiß. – – – Gute Nacht.«

Lara legte auf und starrte nachdenklich durch die Frontscheibe.

Tuchy musterte sie mit einem besorgten Seitenblick.

»Gib's was?«

»Kann man wohl sagen. Erinnerst du dich an die seltsame Äußerung, die der alte Demuth gegenüber Hans Moosberger gemacht hat: ›*Bevor die ganze Scheiße beginnt*‹?«

Tuchy hob die Brauen. »Ja. Und?«

»Man hat bei ihm Darmkrebs diagnostiziert. Schon Anfang August. Er hätte sich einer Operation unterziehen sollen mit anschließender Strahlenbehandlung. Aber das wollte er nicht. Während des Gesprächs mit seinem Arzt stand er plötzlich auf und sagte, er hielte nichts vom verlängerten Sterben. Vor sich hinsiechen, sei nichts für ihn. Er werde sehr wohl etwas unternehmen, aber auf seine

Art. Und er werde es tun, ›*bevor die ganze elende Scheiße beginnt*‹.«

Tuchy pfiff verstehend durch die Zähne.

»Das erklärt natürlich einiges. Woher weiß die Demuth das eigentlich?«

»Sie hat heute ein Schreiben einer Münchner Klinik aus seinem Briefkasten gezogen und es geöffnet. Darin wurde Harald Demuth gebeten, seinen Entschluss noch einmal zu überdenken, noch stünden die Chancen gut, die Krankheit in den Griff zu kriegen. Sie hat gestern in der Klinik angerufen, den leitenden Arzt aber erst spätabends erreicht. Der hat sie dann informiert. Da sie ja jetzt ohnehin Bescheid wisse, könne er ihr das alles sagen, ohne seine ärztliche Schweigepflicht zu verletzen. Er habe selbst auch wiederholt versucht, Demuth anzurufen, ihn aber nicht erreicht. Deshalb habe er einen Brief schreiben und an die Adresse schicken lassen, die in der Krankenakte des Alten vermerkt war.«

Sie passierten die Ausfahrt Fulda West. Tucholsky gähnte. Laras Blick streifte das Cockpit: 6:55 Uhr.

»Bei der nächsten Raststätte legen wir 'ne Pause ein, dann fahr ich weiter.«

»Wieso? Bin doch noch fit«, brummte Tuchy und gähnte wieder.

»Ja, das merke ich.«

Laras Handy summte erneut. Jo meldete mit sichtlichem Vergnügen das Gelingen der »Verarschungsmisson« und wünschte weiterhin gute Fahrt.

Tuchy ließ ein verhaltenes Lachen hören. »War 'ne saugute Idee, das mit den Hüten, ich meine, dass wir die aufgesetzt haben. Woher wusstest du eigentlich, dass sie dein Haus im Visier haben?«

»Wissen tu ich gar nichts. Ich nehme es an; es liegt

irgendwie nahe. – Stört es dich, wenn ich die Leselampe anmache? Ich will mir dieses Maasholm noch mal genauer auf der Karte ansehen.«

Tuchy schüttelte den Kopf. »Mach nur.«

KAPITEL 56

Maasholm (Ostssee)

Sie passierten das Ortsschild von Maasholm kurz vor 16 Uhr. Zwei Staus und eine Stunde Ruhepause hatten sie fast drei Stunden gekostet, wobei nur die Pause mit einkalkuliert gewesen war. Natürlich hätten sie früher in Augsburg starten können, doch Tuchy hatte gestern bereits einige Kilometer hinter sich gebracht, bevor er am Abend zusammen mit Jo bei Lara aufgetaucht war. Schließlich hatte er seine Frau nach Meersburg zu deren Nichte fahren müssen. Lara hatte die Gästebetten bezogen, und sie hatten noch ein paar Stunden geschlafen.

Er stellte den Audi auf einem Parkplatz am Ortseingang ab, der bis auf ein Wohnmobil gähnend leer war.

Am Horizont zog ein dunkles Wolkenband herauf. Es war windig und frisch.

»Typisch Norden«, bemerkte Tuchy grinsend, als sie ausstiegen. Trotz der langen Fahrt wirkte er bewundernswert frisch.

Lara widmete ihm einen fragenden Blick, während sie ihren Rucksack aus dem Kofferraum holte.

»Wieso, was meinst du?«

»Schau dir doch das Wetter an.«

Offenbar präsentierte sich der Norden genauso, wie der vorurteilsbehaftete, voralpenverwöhnte und bergvernarrte Kriminalhauptkommissar Kurt Tucholsky aus Augsburg sich diesen bisher vorgestellt hatte.

»Vorurteile, mein Lieber. Der Norden hat auch schöne Seiten. Gerade hier an der Ostsee. Du solltest mal im Sommer hierher kommen. Da schmeißt du deine Berge glatt weg«, bemerkte Lara schmunzelnd.

Tuchy grinste noch eine Spur breiter, verzichtete jedoch auf eine Erwiderung.

»Wir machen alles wie besprochen?«, vergewisserte er sich stattdessen.

Lara schnallte sich den Rucksack um.

»Genauso.«

Was das weitere Vorgehen betraf, hatten sie während der Fahrt zwei Varianten durchgespielt, eine davon allerdings sofort wieder verworfen. Nämlich die, Hein Düvers aufsuchen zu wollen, ihm reinen Wein einzuschenken und ihn unmittelbar mit der Gefahr zu konfrontieren. Eine Vorgehensweise, die eine Reihe unkalkulierbarer Risiken barg. Vom Schock, den der 92-Jährige erleiden könnte, wenn er erfuhr, dass ihm jemand ans Leder wollte, bis hin zu anderen nicht absehbaren Reaktionen, die alles nur noch weiter verkomplizieren konnten. Da war die zweite Überlegung die bessere Alternative. Sie sah vor, die beiden alten Männer gar nicht erst aufeinandertreffen zu lassen. Doch dazu mussten sie erst einmal Kontakt zu Hein Düvers herstellen. Oder rechtzeitig Harald Demuth finden.

Lara warf einen Blick auf den Ortsplan und musterte das Straßenschild, an dem sie gerade vorbeischritten: Schmiedestraße. Kaum jemand war unterwegs, es herrschte nur wenig Verkehr. Das änderte sich auch nicht, als sie auf die fast schnurgerade Hauptstraße einbogen, die einen beschaulichen Anblick bot. Verschlafen idyllisch, wie Tucholsky fand. Was sicher auch an den Häusern lag, die die Straße säumten. Das reetgedeckte Rathaus, die kleine Sparkasse, die recht bescheiden wirkenden Wohnhäuser. Ehemalige Fischerkaten, niedrig und zum Teil ebenfalls reetgedeckt. Kleine Läden und das eine oder andere Lokal. Dörflich-spießig das Ganze, aber unheimlich sympathisch. Ganz unten, am Ende der Straße zwischen den Häuserzeilen blinkte als matt-heller Streifen das Mündungswasser der Schlei. Dort musste der Fischereihafen liegen.

Sie gingen langsam weiter. Auf der anderen Straßenseite schlenderte ein Mann mit Rucksack in Richtung Hafen. Lara prüfte die Hausnummern, bis sie schließlich vor einer niedrigen Kate stehen blieb. Der Mann auf der anderen Straßenseite ging drei, vier Schritte weiter und blieb ebenfalls stehen. Schnallte den Rucksack ab, stellte ihn zwischen seine Beine, holte etwas hervor, das ein Ortsplan zu sein schien, und begann, ihn stirnrunzelnd zu studieren.

»Das hier müsste es sein. Zumindest ist es die Nummer«, murmelte Lara und prüfte den Namen auf dem Briefkastenschild; die Schrift war schon ziemlich verwaschen und schwer zu lesen. Dann nickte sie. Doch als sie läuten wollte, suchte sie vergeblich nach der Klingel.

»Lass uns klopfen«, brummte Tuchy und pochte mit seinen mächtigen Fingerknöcheln gegen die Tür. Sie warteten. Nichts.

Er probierte es ein zweites Mal. Keine Reaktion.

»Wollen Sie zu Hein? Der is nicht zu Hause.«

Sie fuhren herum; die Stimme war von nebenan gekommen. Eine etwa 70-jährige Frau streckte den Kopf aus dem Fenster des Nachbarhauses und musterte sie neugierig.

»Er is nach Kappeln gefahren«, ergänzte sie. Sie sprach ziemlich laut.

Lara trat ans Fenster heran und lächelte. »Wissen Sie, wann?«

»Schon in aller Frühe, so um sechs. Er macht das jeden Samstag.«

»Jeden Samstag?«

»Ja. Samstag ist der Tag, wo er regelmäßig mit seinen Kumpels Klapperjass spielt. Im *Störtebeker* in Kappeln. Anschließend trinkt er bei *Gino* seinen Wein. Manchmal besucht er auch Jeanette im Altersheim.«

»Jeanette?«

»Hm.« Die Frau beugte sich jetzt ziemlich weit aus dem Fenster. »Jeanette Lüders, ein Luder, sag ich Ihnen. Mit der hat er früher, da war er noch Leuchtsturmwärter … im Leuchtturm … na Sie wissen schon …« Die Frau war in ein empörtes Flüstern verfallen. »Obwohl er verheiratet war!« Sie hob den rechten Zeigefinger zu einer anklagenden Geste.

Lara hatte Mühe, ein Lachen zu unterdrücken. Tuchy hob die Hand vor den Mund und ließ ein künstliches Husten hören.

Lara trat noch einen Schritt näher ans Fenster.

»Sagen Sie Frau …«

»Hegenstaeller. Barbara Hegenstaeller. Mit *ae* vor den beiden *l*«, kam die Frau ihr zu Hilfe.

»Frau Hegenstaeller, wissen Sie, wann er wieder zurück kommt?«

»Heute bestimmt nich mehr. Er fährt von Kappeln direkt nach Schleimünde. Jan Olsen setzt ihn über, mit seinem Kutter. Da bleibt Hein dann über Nacht. Was wollen Sie eigentlich von ihm? Soll ich ihm was ausrichten?«

Du bist ja überhaupt nicht neugierig, dachte Lara. Sie wollte zu einer entsprechenden Antwort ansetzen, besann sich dann aber eines Besseren.

»Entschuldigen Sie, ich habe mich noch gar nicht vorgestellt. Lara Gropius, Journalistin, Kurt Tucholsky, mein Kollege. Ich schreibe gerade an einem Artikel über Leuchttürme und wollte Herrn Düvers zu seiner Arbeit als ehemaliger Leuchtturmwärter befragen. Sie sagten eben, er übernachtet in Schleimünde?«

»Hm, auf seinem Leuchtturm. Das macht er ein, zwei Mal im Monat. Er ist der Einzige, der das darf. Hat 'ne Sondererlaubnis vom Wasser- und Schifffahrtsamt Kiel und sogar 'nen eigenen Schlüssel. Normalerweise darf da niemand rein außer dem Hafenmeister, der ist nämlich auch Hausmeister auf Schleimünde.«

»Das heißt, man kann den Leuchtturm nicht besichtigen?«

»Normalerweise nich. Aber hin und wieder kriegen Besuchergruppen 'ne Sondergenehmigung.«

»Wissen Sie denn, wann Herr Düvers heute übersetzt?«

»Na, wenn Jan Olsen zum Fang aufbricht. Er ist Küstenfischer. Und die fahren in der Dämmerung raus auf See. Oder kurz davor, je nachdem, wo ihre Fanggebiete liegen.«

»Die fischen in der Dämmerung?«

Die Frau lachte. »Nö, nich in der Dämmerung. Küstenfischer erreichen ihre Fanggebiete, wenn's richtig dunkel ist. Dann machen sie ihren Job und kommen erst vor Sonnenaufgang wieder zurück. Auch Jan Olsen und seine Crew. Bei der Gelegenheit fahren sie bei der Lotseninsel vorbei und nehmen Hein Düvers wieder mit. – Komisch, übrigens. Hein kriegt eigentlich nie Besuch. Heute hat schon mal jemand nach ihm gefragt, der wollte ihn auch besuchen. Ein alter Herr. Der war auch nich von hier. Dem musste ich das mit den Küstenfischern auch erklären.«

»Ein alter Herr, sagen Sie? Wie sah der denn aus?«

»Weißes Haar, weißer Schnauzer. Sehr gepflegt. Und sehr nett.«

Lara wechselte einen schnellen Blick mit Tuchy.

»Und wann war das?«

»Na, schon ziemlich früh, so gegen acht heute Morgen. Aber da war Hein schon seit zwei Stunden außer Haus. – Warum interessiert Sie das überhaupt?«

Lara schaltete ziemlich schnell.

»Dieser Herr mit dem weißen Schnauzer, das war ein früherer Bekannter von Herrn Düvers, Herr Demuth. Er wollte auch nach Maasholm kommen. Wir wollten beide treffen, um sie zu interviewen.«

»Ach so, Hein weiß also, dass Sie kommen wollten?«

»Ja, deswegen wundert es uns ja, dass er nicht da ist.«

»Vielleicht hat er's vergessen. Hein vergisst so manches. Kein Wunder, mit 92.«

»Frau Hegenstaeller, hat Herr Demuth sich irgendwie zu Herrn Düvers geäußert? Ich meine, hat er gesagt, ob er ihn treffen will?«

»Ja, das hat er. Nachdem ich ihm gesagt habe, dass Hein heute auf dem Leuchtturm übernachtet, hat er mich gefragt, wie man da hinkommt, also auf die Lotseninsel. Ich hab ihm gesagt, dass das nur mit dem Schiff geht, zu Land is die Insel nur über die Oehe zu erreichen, aber das is strengstens verboten, is nämlich Vogelschutzgebiet. Er hat sich dann nach dem Fahrplan erkundigt, aber ich hab ihm gesagt, dass ich den nicht im Kopf hätte und dass er den am Hafen einsehen kann.«

»Man kommt also nur per Schiff dahin?«

»Hm, mit der *Stadt Kappeln.* Wie gesagt, die fährt unten am Hafen ab. Einmal vormittags und einmal nachmittags. Heute, am Samstag und um diese Jahreszeit die einzige Verbindung. Also ich meine, die einzig offizielle.«

»Es gibt also auch noch eine inoffizielle?«

»Na ja … der eine oder andere Fischer oder Bootsinhaber kann einen schon rüberschippern, gegen Bezahlung natürlich.«

Lara überlegte. Nicht nur die Vorstellung, dass ein mit einem Revolver bewaffneter Greis, der unbeirrt seinen Wahnvorstellungen folgte, über Informationen verfügte, die es ihm erlaubten, sich eng an die Fersen seines Opfers zu heften, machte ihr Angst. Sondern auch die Tatsache, dass er bereits heute, einen Tag vor dem auf seinem Kalender angekreuzten Datum, hier aufgetaucht war.

»Hat Herr Demuth sonst noch was gesagt?«

»Nö. Er hat sich für die Auskunft bedankt und is wieder gegangen.«

Lara dachte einen Augenblick nach, bevor sie die nächste Frage stellte.

»Noch eine Frage, Frau Hegenstaeller, wenn jemand hier im Ort übernachten möchte, welche Möglichkeiten hat er?«

»Na 'ne ganze Menge. Wir haben hier in Maasholm viele Ferienwohnungen. Sogar zwei Hotels. In Bad Maasholm, das ist nur zwei Kilometer von hier weg, gibt's noch mal eins.«

Lara nickte lächelnd.

»Vielen Dank, Sie haben uns sehr geholfen, Frau Hegenstaeller.«

Sie beschlossen, zum Auto zurückzugehen. Der Mann auf der anderen Straßenseite verstaute seinen Ortsplan im Rucksack und marschierte weiter in Richtung Hafen. Seit sie in Maasholm angekommen waren, war fast eine Dreiviertelstunde verstrichen. Mittlerweile ging es auf 16:30 Uhr zu. Außerdem war es ziemlich duster geworden, was nicht zuletzt an dem Himmel lag, der sich weiter zuzog.

»Er wird ein Hotel genommen haben, keine Ferienwohnung. Und drei Hotels abzuklappern, dürfte nicht schwer sein«, bemerkte Tuchy auf dem Weg zurück zum Parkplatz.

Lara biss sich auf die Lippen. Sie wirkte konzentriert, aber auch nervös. »Das ist richtig. Aber selbst wenn du das Versteck des Wolfs kennst, heißt das noch lange nicht, dass du ihn da auch fangen wirst. Ich denke, wir sollten dort nach ihm suchen, wo er sich aller Wahrscheinlichkeit an sein Opfer heranpirschen wird.«

»Du willst also gleich auf diese Halbinsel rüberschippern, ohne dich vorher in den Hotels zu erkundigen?«

»So schnell wie möglich, die Zeit läuft uns davon. Wir ziehen uns was Warmes über, holen unsere Regenklamotten, die Stablampen und mein Fernglas aus dem Auto und machen uns auf die Socken zum Hafen runter. Ich hoffe, wir kriegen da noch jemanden, der uns gegen Bezahlung zur Insel bringt.

Tuchy seufzte. »Übers Meer mit 'nem Privatkahn! Und dann bei dem Wetter, schau dir bloß mal den Himmel an.«

»Du wirst es überleben. Ach ja, noch was. Als wir deine Sachen aus dem kaputten Audi umgeladen haben, hab ich gesehen, dass du deine Fotoausrüstung dabei hast.«

Tuchy hob belustigt die Brauen. »Willst du ein paar Fotos schießen zur Erinnerung an deinen ersten Fall als Privatdetektivin?«

»Wir machen eine Reportage über Leuchttürme an der

Ostsseeküste, vergiss das nicht. Ich bin Journalistin, du der Fotoreporter.«

Tuchy verstand. »Da kann natürlich ein entsprechendes Equipment mit Tasche, Stativ und so weiter nicht schaden. Rein optisch, versteht sich«, grinste er.

Lara schmunzelte. »Das Stativ kann ich tragen.«

Als sie den Parkplatz erreichten, fielen erste dicke Tropfen. Eine Bö fuhr in einen der fest installierten Abfallkörbe und wirbelte Papierfetzen durch die Luft. Inzwischen war ein weiteres Fahrzeug auf den Parkplatz gefahren, ein roter Porsche 911. Tucholsky stand gerade im Begriff, den Kofferraum seines Audi zu öffnen, als die Tür des 911er aufging und der Fahrer ausstieg.

»Den hab ich von meiner Lissi ausgeliehen. Damit's schneller geht. 906 Kilometer in sechseinhalb Stunden«, sagte Kriminalhauptkommissar Johannes Bartholomäus Eisele mit breitem Grinsen, verschränkte die Arme und lehnte sich betont lässig an die Fahrertür.

KAPITEL 57

Maasholm, Schleimünde (Ostssee)

Gleich heute Morgen, nachdem er aufgestanden sei, habe ihn das »Fernweh« überkommen, und er habe kurzfristig vier Tage Urlaub genommen, so Jo augenzwinkernd.

Lara war seine Verstärkung willkommen. Während sie zum Hafen hinuntergingen, informierte sie ihn über die aktuelle Lage.

Im Gegensatz zu dem malerischen Anblick, wie er ihnen von der DVD her vertraut war, bot der Fischereihafen an diesem Abend ein geradezu düsteres Bild.

Der aus nordöstlicher Richtung wehende Wind hatte weiter zugelegt, aus den vereinzelt fallenden Tropfen war binnen Minuten strömender Regen geworden. Die Idylle eines maritimen Fischerdörfchens war der Trostlosigkeit eines sich unter eine schwere Wolkendecke duckenden kleinen Ortes nahe der Küste gewichen, aus dem Wind und Regen alles Pittoreske gnadenlos herausprügelten.

Nässe peitschte ihr Gesicht. An ihren Regencapes zerrte der Wind, sie zurrten die Kapuzen fest. Es war verdammt kühl, eigentlich schon kalt. Gut, dass sie noch auf dem Parkplatz in warme Westen geschlüpft waren. Dicht nebeneinander standen sie an einer Pier, an der mehrere Boote vertäut lagen, die bedrohlich auf und ab schaukelten und knarrend an den Festmacherleinen zerrten.

Die Unbekümmertheit in Jos Miene war deutlichem Argwohn gewichen.

»Schaut nicht gerade ungefährlich aus«, brummte er.

»Aber nur für uns Landratten«, versuchte Lara zu beruhigen. Sie klang nicht sehr überzeugt.

Auch Tuchy schien ordentlich Schiss zu kriegen.

»Und bei dem Sauwetter willst du rausfahren? Was, wenn sich alles als Nonsens rausstellt, und weder dieser Hein Düvers noch der alte Demuth da draußen sind?«

Misstrauisch beäugte er die dunkle Flut, die im Hafenbecken aufmüpfig hin und her wogte. Als eine größere Welle gegen die Kaimauer klatschte, machte er, von massiven Spritzern und Schaumfetzen getroffen, erschrocken einen Satz zur Seite, wobei er beinahe über einen Poller gestolpert wäre.

»So ein Scheiß«, schimpfte er.

Auch Lara war zunehmend mulmig zumute. Angesichts der heftig schaukelnden Bootsleiber, schwankenden Masten und aggressiv knatternden Fahnen geriet ihr Entschluss, heute noch zur Lotseninsel überzusetzen, nun doch ins Wanken. Dann aber nahm sie durch die vom Regen erzeugte Unschärfe hindurch einen diffus leuchtenden weißen Fleck wahr – den Leuchtturm von Schleimünde.

»Hilft alles nichts, wir müssen da hin«, bestimmte sie energisch.

Sie sah sich um. Am Kai herrschte nur wenig Betrieb. Der *Hafenimbiss* hatte noch geöffnet, drinnen brannte Licht. Daneben, vor einem mit rotem Klinker versehenen Gebäude, das aussah wie ein Lagerhaus, parkte ein Lieferwagen. Ein Mann und eine Frau luden bunte Kisten ab und stapelten sie neben dem Eingang aufeinander. Auf einem der Boote, nahe am Kai, waren zwei in gelbes Ölzeug gekleidete Männer damit beschäftigt, eine Persenning auszurollen. Lara trat hart an die Kante der Kaimauer heran und formte die Hände zu einem Trichter.

»Entschuldigen Sie!«

Die Männer sahen auf. Einer der beiden trat an die Reling.

»Können Sie uns sagen, wie man um diese Zeit nach Schleimünde kommt?«, rief Lara.

Der Mann lachte. »Schleimünde? Da kommen Sie besser morgen wieder. Heute geht da nix mehr. Früh nachmittags hätten Sie noch mit der *Stadt Kappeln* übersetzen können. Was wollen Sie da überhaupt so spät, und dann bei dem

Wetter? Außer dem alten Hein Düvers, der heute auf seinem Leuchtturm übernachtet, is da kein Mensch mehr.«

»Sie kennen Hein Düvers?«

»Natürlich, jeder hier kennt ihn.«

»Wir wollen zu ihm. Wir sind Journalisten und arbeiten an einer Fotoreportage über Leuchttürme. Wäre ideal, wenn wir ihn da draußen treffen könnten.«

Der Mann nahm sein Mütze ab und kratzte sich hinter dem Ohr. »Ja, wenn das so ist, dann fragen Sie doch mal bei Björn nach, Björn Claasen. Könnte mir vorstellen, dass der Sie mit seiner *Mareike* rüber schippert. Für 'n ordentliches Honorar, versteht sich.«

»Björn Claasen? Und wo finde ich den?«

»Drüben im *Hafenimbiss.* Der feiert da heute mit 'n paar Kumpels die Geburt von seinem Enkel.«

20 Minuten später verließ ein Kajütboot mit dem klangvollen Namen *Mareike* unter dem lauten Tuckern eines Dieselmotors den Hafen von Maasholm.

Björn Claasen dazu zu bringen, sie für ein Honorar von 100 Euro nach Schleimünde überzusetzen, hatte keiner besonderen Überredungskunst bedurft. Das Vorbeischauen im *Hafenimbiss* hatte jedoch ganz nebenbei noch einen anderen Erfolg gezeitigt. Lara hatte den Tresen bemerkt, an dem tagsüber fangfrische Fische, belegte Brötchen und andere Leckereien verkauft wurden, was darauf schließen ließ, dass das hinter dem Tresen stehende Personal die Pier im Blick hatte, an dem die *Stadt Kappeln* anlegte, um Fahrgäste nach Schleimünde aufzunehmen. Vielleicht auch einen alten freundlichen Herrn mit weißem Haar und weißem Schnauzer? Lara hatte das Bild des alten Demuth aus ihrem Geldbeutel hervorgezogen, es dem Besitzer des *Hafenimbiss* gezeigt und augenblicklich einen Volltreffer erzielt. Ja, das sei der Mann, der sich heute Nachmittag um 14:35 Uhr an Bord der *Stadt Kappeln* begeben habe. Zusammen mit einer aus Kiel stammenden Seniorengruppe, die sich den Leuchtturm ansehen wollte und deren Betreuer sich dafür eine Sondererlaubnis aus Travemünde eingeholt hatte. Er war dem Chef des *Hafenimbiss* deswegen noch gut in Erinnerung, weil er mit gesundem Appetit drei Fischbrötchen verzehrt und sich ausführlich nach den Gegebenheiten der Lotseninsel erkundigt hatte. Er hatte nach einer Karte gefragt und die Auskunft erhalten, dass er die beim Hafenmeister von Schleimünde bekommen könne. Der könne ihm auch mit weiteren Informationen dienlich sein.

Und noch etwas hatten sie erfahren. Nach dem Kutter von Jan Olsen könne man die Uhr stellen. Pünktlich eine Stunde vor Beginn der Dämmerung passiere er von montags bis samstags, von Kappeln kommend, den Hafen von Maasholm. Laut Wetterbericht werde die Sonne heute um 18:27 Uhr untergehen …

»Schiss?«, fragte Björn Claasen und grinste.

Tuchy grinste schwach zurück. »Vergessen Sie nicht, wir sind Landratten«, gab er zu bedenken.

»Besser gesagt Binnenlandratten«, präzisierte Jo.

Björn Claasen lachte. »Trifft das auch auf Sie zu?«, wandte er sich an Lara.

»In gewisser Weise schon. Aber Ihre entspannte Art lässt hoffen, dass Sie uns gut rüber bringen.«

Die kleine Kajüte hatte etwas von einer Sardinenbüchse. Eng aneinander gepresst stand das Trio neben Claasen im Fahrstand. Eine erkaltete Pfeife zwischen den Zähnen steuerte der ehemalige Fischer seelenruhig das Boot, während Eisele und Tucholsky sich krampfhaft an allem festzuhalten suchten, das irgendwie niet- und nagelfest aussah.

»Ich wusste gar nicht, dass es aufm Wasser auch Schlaglöcher gibt«, witzelte Jo, um sich Mut zu machen.

Zwischen den beiden eingeklemmt, den Rücken an die geschlossene Tür im Fahrstand gepresst, versuchte Lara, eine Karte der Lotseninsel zu studieren. Claasen hatte sie ihr überlassen, als sie an Bord gegangen waren. Inzwischen hatten sie eine knappe Meile zurückgelegt, der Seegang hatte zugelegt, die *Mareike* begann zeitweise zu stampfen. Sturzbachartig schoss das Wasser über die Frontscheibe, sodass der Scheibenwischer seine liebe Not hatte, dagegen anzukommen. Es war, als hielte jemand bugseitig einen voll aufgedrehten Gartenschlauch auf das Boot gerichtet.

»Saumäßiger Sturm, bestimmt Windstärke zwölf … oder so«, ließ Tuchy zaghaft vernehmen.

Björn Claasen lachte schallend.

»Wir haben vielleicht sechs Beaufort, das bezeichnen wir grade mal als starken Wind. Gegen Windstärke zwölf, also einen ausgewachsenen Orkan, ist das hier eine zarte Brise.«

»Und wie ist das mit den Wellen? Ich meine, wie hoch können die werden?«

»Auf der Schlei? Nicht so hoch wie auf offener See. Bei Orkanstärke kann schon mal 1,50 Meter oder mehr drin sein, jetzt haben wir vielleicht 80 Zentimeter, maximal. Vorne im Schleimünder Seegatt und in der Einfahrt, da gibt's auch schon mal heftigeren Seegang. Kurze steile See. Das kann dann ziemlich tückisch sein. Aber keine Sorge, mein Boot ist rauwassertauglich.«

»Rauwassertauglich, aha«, bemerkte Tuchy matt.

»Sie sagten, Sie waren Fischer? Des heißt, jetzt sind Sie's nicht mehr?«, unternahm Joe einen weiteren Versuch, um sich abzulenken.

Claasen schüttelte den Kopf. »Bin seit zwei Jahren in Rente. Mit meiner *Mareike* verdiene ich mir ein kleines Zubrot. In der Regel biete ich kleine Wasserwanderungen auf der Schlei oder auch mal rüber nach Dänemark für bis zu vier Personen an.«

»Wie weit ist es eigentlich bis zur Insel?«

»Bis Schleimünde? Zweieinhalb Meilen.«

»Und in Kilometern?«

»Knapp fünf.«

»Dann müssten wir's ja bald geschafft haben.«

»Hier sind nur 5,4 Knoten erlaubt, also 10 km/h. Das bedeutet auf alle Fälle 'ne halbe Stunde Fahrtzeit.«

Sie hatten sich dem Leuchtturm ein gutes Stück genähert, als Claasen nach Backbord steuerte und dem engen, mit Tonnen ausgewiesenen Fahrwasser in den Hafen folgte, wo er das Boot längsseits an einer Pier festmachte. Der kleine Hafen war gähnend leer.

»Wir machen das dann, wie besprochen«, sagte er, während er dem Trio von Bord half. »Morgen früh hole ich Sie wieder ab; sollten Sie mich vorher brauchen, rufen Sie an. Meine Handynummer haben Sie ja. Passen Sie gut auf, wenn sie Ihre Aufnahmen schießen, mit dem Schietwetter ist nicht zu spaßen. Ach ja, und vergessen Sie nicht, Hein Düvers von mir zu grüßen.«

Lara wirkte genervt. Schon während der Überfahrt war sie zunehmend nervöser und in sich gekehrter geworden. Zum wiederholten Mal warf sie einen Blick auf die Uhr: Viertel vor sechs.

»Gehen wir!«

Zügig setzte sich der kleine Trupp in Bewegung. Die Pier führte ein kleines Stück weit nach Süden in Richtung des Dampferanlegers, an dem die Fahrgastschiffe festmachten. Tuchy hatte die Fototasche umgehängt, Lara trug das Stativ. Die Idee, sich als Reporterteam zu tarnen, das auf einem attraktiven Wasserwanderplatz an der Ostseeküste mit Nachtaufnahmen beschäftigt war, war eigentlich nicht schlecht. Sie mochte zwar ungewöhnlich sein, würde aber kaum Argwohn wecken, sollten sie jemandem unverhofft begegnen. Dennoch kam Lara die Situation zeitweise unwirklich und lächerlich vor. Auch wenn die Tatsache, dass sie einem 87-jährigen Greis auf den Fersen waren, der mit einer Pistole herumlief und beschlossen hatte, damit eine alte Rechnung zu begleichen, alles andere als unwirklich und schon gar nicht komisch war.

Beim Dampferanleger angekommen blieben sie kurz stehen, um sich zu orientieren. Der Regen peitschte die Insel mit unverminderter Kraft und mischte sich mit dem Sprühnebel, den die von der Ostsee landeinwärts jagenden Böen den Fluten entrissen. Der Wind hatte weiter zugelegt, sie fragten sich, wie viel Beaufort ihnen jetzt wohl um die Ohren flogen. Erst am nächsten Morgen sollten sie erfahren, dass es um die sieben gewesen waren; steifer bis stürmischer Wind, nannte man das an der Küste. Der Blick von hier auf den nicht mal 50 Meter weit entfernten Strand, gegen den die Ostsee anlief, war zum Fürchten. Doch das hier war eben die See! Und die verhielt sich gerade ziemlich grob. Lara zwang ihren Blick zurück auf die Insel, um sich die wichtigsten topografischen Merkmale, die sie sich anhand der Karte eingeprägt hatte, in Erinnerung zu rufen. Unmittelbar vor ihnen das Haus des Hafenmeisters und die *Giftbude*, das einzige Lokal auf Schleimünde. Dahinter ein weiteres Gebäude: fahlweiß, zweistöckig mit einer Dachgaube: das ehemalige Lotsenhaus. Vor der *Giftbude* scharf nach Südosten abknickend:

die kerzengerade Leuchtturmmole; ein 250 Meter langer Wellenbrecher aus Feldsteinen, an dessen Ende sich der Leuchtturm erhob. Dahinter ein von Wind und Regen verwirbeltes Chaos aus Grau, Schwarz und Fahlweiß: die sich bis zum Horizont erstreckende aufgebracht schäumende, mit dumpfem Getöse rollende Ostsee.

Erneut traf sie eine Böe; Meerwasser sprühte ihnen ins Gesicht, sie schmeckten Salz auf den Lippen.

»Wir sollten rüber zu den Häusern. Vielleicht finden wir da einen günstigen Platz, um uns mal kurz zu bereden«, rief Lara gegen den Wind. Was das weitere Vorgehen betraf, hatte sie inzwischen eine konkrete Vorstellung entwickelt.

Nach kurzem Suchen fand sich eine Stelle auf der Rückseite des Hafenmeistereigebäudes, wo sie leidlich Schutz fanden.

Lara umriss ihren Plan. Zwei Alternativen.

»Um es kurz zu machen: Wir wissen, dass Harald Demuth seit heute Nachmittag auf der Insel ist. Hein Düvers dürfte ziemlich bald ebenfalls hier aufschlagen. Unsere Aufgabe ist es, zu verhindern, dass beide aufeinandertreffen. Da gibt es zwei Möglichkeiten. Erstens: Wir beziehen hier zwischen der Hafenmeisterei und dem Lokal Posten. Von hier aus haben wir jeden im Auge, der zum Leuchtturm will, und bräuchten nur zu warten, bis er auftaucht. Das wäre die passive Variante. Oder aber zweitens: Wir werden aktiv und holen ihn aus seinem Versteck.«

Jo riss überrascht die Augen auf.

»Ach, und wo hält er sich versteckt?«

Lara zog die zellophanierte Karte hervor und klappte sie auf. Sie steckten die Köpfe zusammen. Wasser rann von ihren Gesichtern und Kapuzen und tropfte auf das Zellophan.

»Es kann nur hier sein!« Lara deutete auf einen Punkt nordwestlich des Lotsenhauses. »An der Stelle gibt es einen unterirdischen Raum, eine Art Bunker, der von zwei Seiten aus über eine Treppe zu erreichen ist. Und zwar für jedermann, er ist nicht verschlossen, das hat mit der Chef vom *Hafenimbiss* verraten. Meiner Meinung nach die einzige Möglichkeit, sich bei diesem Scheißwetter über Stunden hinweg vor Regen und Wind zu schützen. In die Häuser kommt der Alte bestimmt nicht rein. Nachdem sich kein Mensch mehr auf der Insel aufhält, sind die alle verschlossen.«

»Aber wie kann er von diesem Bunker wissen?«

»Ich weiß nicht, ob er es weiß. Aber ich halte es für wahrscheinlich, weil er verdammt clever ist. Laut Auskunft des Chefs vom *Hafenimbiss* hat er sich intensiv nach den Gegebenheiten auf der Insel erkundigt. Vielleicht hat er sich ja auch eine Karte beim Hafenmeister besorgt, als er nachmittags hier ankam. Dass er sich irgendwo im Freien aufhält, kann ich mir nicht vorstellen, will es aber auch nicht ganz ausschließen.«

Tuchy rieb sich den nassen Nasenrücken.

»Also, Vorschlag?«

»Wir warten jetzt erst mal auf Hein Düvers. Er müsste bald eintreffen, vorausgesetzt, dieser Jan Olsen ist pünktlich. Dann sehen Jo und ich uns den Bunker an, du behältst derweil den Damm zum Leuchtturm und die nähere Umgebung im Auge. – Ach ja, noch was: Jeder schaltet ab sofort sein Handy ein.«

Zwei Minuten später hörten sie das Geräusch eines Schiffdiesels. Lara sah auf die Uhr: Punkt sechs, Jan Olsen war pünktlich. Sie sahen auf die Schlei hinaus. Mit eingeschalteten Scheinwerfern schob sich der Kutter wie ein Geisterschiff durch den Vorhang aus Regen und Gischt in den Hafen.

Hein Düvers erschien nach etwa zehn Minuten. Ein in Ölzeug und Südwester gekleideter alter Mann, der seinen Gehstock schwang wie einst *Käpt'n Ahab* auf der *Pequod*. Er war groß und massig gebaut, massiger, als sie ihn von der DVD her in Erinnerung hatten. Geschützt von der hüfthohen Mauer zu seiner Linken und völlig unbeeindruckt von Wind und Wetter schritt er die wellenumtoste Mole Richtung Leuchtturm entlang. Noch bevor er ihn erreicht hatte, war seine Gestalt hinter einer Wand aus wirbelndem Dunst verschwunden.

KAPITEL 58

Schleimünde (Lotseninsel, Ostssee)

Inzwischen war es noch dunkler geworden. Sie knipsten ihre Stablampen an und schlugen den Weg zum Bunker ein. Er befand sich unmittelbar neben einem kleinen künstlich aufgeschütteten, mit Buschwerk bewachsenen Hügel. Zwei sich gegenüberliegende Betonschächte, die aus dem Boden ragten und jeweils mit einer Tür versehen waren, verfügten über Treppenabgänge, die nach unten führten.

Sie inspizierten die Tür auf der Südseite. Wie erwartet war sie unverschlossen. Doch kaum hatte Jo die Klinke gedrückt, fuhr ein Windstoß in den Spalt, riss ihm die Tür aus der Hand und ließ sie weit auffliegen. Jo geriet kurz ins Straucheln, konnte sich aber noch rechtzeitig abfangen.

Ein muffiger Geruch schlug ihnen aus dem Bunkerinneren entgegen. Lara leuchtete hinunter. Der Schein der Stablampe huschte die Betonstufen entlang und prallte auf eine graue Wand. Ganz unten, zur Rechten der Treppe, so wusste Lara aus der Beschreibung Björn Claasens, erstreckte sich ein schmaler, tunnelartiger Raum von etwa 50 Quadratmetern.

»Hallo?«, rief sie die Treppe hinunter.

Stille.

»Hallo?«

Ein Geräusch, ein Knarzen. Eindeutig zu unterscheiden von dem Tosen des Wetters um sie herum. Es kam aus dem Bunker.

»Hallo, ist da jemand?«

Erneutes Knarzen – vielleicht doch der Wind?

Lara spannte ihre Wangenmuskeln und spähte konzentriert nach unten.

Es reicht. Komm endlich raus …

Jo stieß sie an. Deutete zuerst auf sich, dann nach unten.

Lara schüttelte heftig den Kopf.

»Der Alte hat eine Waffe«, zischte sie ihm ins Ohr. »Wir müssen …«

»Pfoten hoch und umdrehen. Aber schön langsam!«

Sie erstarrten.

Jemand hustete.

Auf eine Weise, die Lara fatal vertraut vorkam …

»Ich sagte, Pfoten hoch und umdrehen! Wird's bald, verdammt noch mal!«, forderte die Stimme sie ein zweites Mal auf.

Langsam, mit erhobenen Händen drehten sie sich um.

Ja, er war es. Der Typ, der seine Zigaretten mit Werbezündhölzchen der Firma *Hansens Fruchtbrand* angesteckt hatte. Jetzt hielt er eine *9 mm Ceska* auf sie gerichtet. Er trug einen Ledermantel und einen breitkrempigen Hut, den er mit einer Schnur unter dem Kinn festgezurrt hatte, und von dem das Wasser in Sturzbächen hinunterlief. Woher der Mann auf einmal gekommen war, war Lara ein Rätsel.

»Und jetzt Lampen fallen lassen! Die Hände bleiben oben. Keine Sperenzchen!«, schrie der Mann gegen eine Böe an.

Sie ließen die Stablampen fallen. Jos Lampe erlosch, während die von Lara weiter leuchtete und einen gespenstischen Lichtkreis auf dem Boden erzeugte.

»Überrascht?«, grinste der Typ.

Lara kochte vor Wut. Fragte sich, ob das hier tatsächlich das Finale war. Eine sturmumtoste Halbinsel an der Ostseeküste, umgeben von einer sich wild gebärdenden See; peitschende Nässe, zunehmende Dunkelheit – und sie und Jo inmitten des Chaos' vor dem Eingang zu einem alten Bunker, die Hände erhoben und bedroht von dem Huster, der eine Waffe auf sie gerichtet hielt.

Der Mann trat einen Schritt auf Lara zu. Sein Ledermantel knatterte im Wind.

»Aufheben«, befahl er und deutete auf die Stablampe zu ihren Füßen. »Aber sachte und ganz langsam! Und das linke Händchen bleibt oben!«

Lara gehorchte mit zusammengebissenen Zähnen.

»Gut so, und jetzt gib sie mir! Und dann brav die Rechte wieder heben. Schön langsam, kapiert?«

Sie hielt ihm die brennende Lampe hin, die er mit der Linken entgegennahm. Dann stieß er ihr den Pistolenlauf unters Kinn, während er zugleich Jo, der zwei Schritte entfernt von ihr stand, im Auge behielt.

»Und jetzt wirst du mir sagen, was du über Hein Düvers weißt, du Schlampe«, zischte er. »Und wo sich der Alte versteckt hält. Dieses Schwein, das mit Hein abrechnen will, der Drecksack, nach dem du wochenlang gesucht hast – er hat dir doch bestimmt alles gesteckt, gib's zu. Du hast ihn gefunden, und er hat es dir erzählt, stimmt's?«

Wenngleich Lara in diesem Moment noch längst nicht alles begriff, wurden ihr zumindest drei Dinge schlagartig klar. Erstens: Falls Harald Demuth sich auf der Insel befand, dann unentdeckt von denen, in deren Gewalt sie und Jo sich gerade befanden. Zweitens: Es wussten noch andere um das Geheimnis seiner Vergangenheit und das, was ihn mit Hein Düvers verband. Und drittens: Sie handelten offenbar in Hein Düvers' Auftrag – eine überraschende Erkenntnis. Dass der Typ, der sie mit der *Ceska* in Schach hielt, nicht allein hier war, konnte sie sich an ihren fünf Fingern abzählen. Doch wo waren die anderen?

Lara versuchte, sich betont lässig zu geben.

»Du glaubst doch nicht im Ernst, dass ich dir das sage, du Schwachkopf.«

In Max' Augen blitzte es gefährlich.

»Hör zu, Miststück. Glaub bloß nicht, dass du frech werden kannst. Du hast uns schon einmal verladen, ein zweites Mal wird dir das nicht gelingen, kapiert? Also, wo hält sich dieser Volksschädling versteckt?«

Volksschädling? Neonazis!, schoss es Lara durch den Kopf. Jagte ein Terrorkommando aus der rechten Szene den alten Demuth? Ihr Blick fiel auf die Springerstiefel, die der Mann trug.

In diesem Moment fegte eine ungewöhnlich starke Böe heran. Während sie Lara und Jo im Rücken erwischte, fiel sie den Typ mit der *Ceska* frontal an. Alle drei hatten Mühe, das Gleichgewicht zu halten, doch der Mann mit der Waffe bekam ein zusätzliches Problem. Da ihm die Böe mitten ins Gesicht geknallt war, drehte er unwillkürlich den Kopf nach hinten, wobei er für einen Moment sowohl die Kontrolle über die Hand, die die Pistole hielt, als auch den Blickkontakt zu Lara und Jo verlor. Schlagartig erkannten beide ihre Chance. Lara machte einen Sprung zur Seite. Jo schnellte auf den Mann zu, packte dessen Hand und verdrehte sie. Der Mann brüllte vor Schmerz auf. Die Waffe fiel zu Boden. Lara sprang hinzu, um sie sich zu greifen, doch der Mann war schneller. Geistesgegenwärtig kickte er die *Ceska* mit einem kräftigen Tritt weg, sie verschwand irgendwo im Dunkel. Im selben Moment fuhr seine Linke mit der Stablampe in die Höhe. Jo erkannte die Gefahr. Er ließ die Hand seines Gegners los, duckte sich blitzschnell unter dem Schlag weg und parierte ihn mit einem Stoß seiner rechten Faust. Sie traf den mit voller Wucht herunter sausenden Unterarm am Ellenbogen. Ein elektrisierender Schmerz durchzuckte den Arm des Mannes und ließ ihn aufs Neue aufheulen. Die Stablampe entglitt seiner Hand, wirbelte durch die Luft und schlug etwas weiter entfernt auf dem Boden auf. Da sah Lara die Pistole. Sie lag etwa 15 Meter entfernt im Lichtkegel der Stablampe. Gerade als sie losspurten wollte, um sie in ihren Besitz zu bringen, schnellte ein Schatten aus dem Bunkereingang und stürzte sich auf sie. Eine Frau – die »Dame aus Kiel«, wie Lara verblüfft zur Kenntnis nahm. In ihrer zum Stoß erhobenen Faust blitzte Stahl auf. Lara riss beide Arme nach oben, ballte die Hände zur Faust und kreuzte sie, um den Messerangriff abzublocken, was ihr auch gelang. Doch durch die Wucht des Aufpralls stürzten sie beide zu Boden. Zwar schaffte es Lara noch, der Frau das Messer aus der Hand zu drehen, kam dann aber fatalerweise unter ihr zu liegen. Sie versuchte, sie abzuwerfen, spürte jedoch sofort, dass sie es mit einer durchtrainierten und kampferprobten Person zu tun hatte, die zudem um einiges jünger war. Sie wälzten sich am Boden. Keuchten. Irgendwie gelang es Lara, sich aus der Umklammerung zu befreien und eine blitzschnelle Drehung um die eigene Achse zu vollziehen. Eine weitere Walze brachte sie endgültig aus dem Angriffsradius der Frau, dann aber durchzuckte sie ein heißer Schmerz in der linken Schulter: Wahrscheinlich war sie auf einen Stein geprallt. »Miststück«, zischte sie, darauf gefasst, dass sich die Frau erneut auf sie stürzen würde. Die aber sprang überraschenderweise auf und rannte mit weiten Sprüngen davon.

Jo hatte das plötzliche Auftauchen der Frau aus den Augenwinkeln heraus mitbekommen. Was mit einem Sekundenbruchteil der Unaufmerksamkeit verbunden war, den sein Gegner augenblicklich zu nutzen wusste. Er sprang vor und stieß sein Knie in Jos Schritt, traf aber nur mit halber Kraft. Jo tat so, als habe es ihn voll erwischt, fasste sich stöhnend zwischen die Beine, taumelte rückwärts und ging in die Knie.

Der Mann sah sich bereits im Vorteil, seine Körperspannung ließ nach. Ein verhängnisvoller Fehler. Jo sprang in gebückter Haltung nach vorn und schnellte, seinen Kopf als Rammbock gegen das Kinn des Gegners einsetzend, mit der Kraft einer Stahlfeder hoch. Der Kopf des Mannes flog nach hinten, lautlos sackte er zusammen und blieb regungslos im Gras liegen. Jetzt erst riskierte Jo einen weiteren Blick auf Lara. Sie kauerte am Boden und hielt sich die Schulter. Soeben hatte die Frau von ihr abgelassen und rannte das leicht abschüssige Gelände hinunter auf die Pistole zu. Jo ließ einen derben schwäbischen Fluch vom Stapel und hetzte mit weit ausholenden Schritten hinter ihr her. Doch die Frau war schnell. Binnen Sekunden hatte sie die Waffe erreicht, die in der Nähe der Stablampe lag. In vollem Lauf begriffen, bückte sie sich, riss sie an sich und lief, von ihrem eigenen Schwung mitgerissen, noch einige Schritte weiter, bevor sie zum Stehen kam.

Den kurzen Moment, den Jo benötigte, um sich der Stablampe zu bemächtigen, bekam sie nicht mit. Als sie sich umdrehte und ihn wahrnahm, war es bereits zu spät. Noch bevor sie die Waffe heben und abdrücken konnte, wirbelte ein pfundschwerer metallener Gegenstand durch die Luft und traf mit voller Wucht auf ihre Stirn- und Augenpartie. Die Frau schrie auf, ließ die Waffe fallen und schlug beide Hände vors Gesicht. Im selben Moment war Jo auch schon über ihr, Lara nur einen Lidschlag später.

»Danke, das war knapp. Ich weiß nicht, was ich ohne dich gemacht hätte«, sagte Lara Minuten später und fasste sich an die Schulter. Sie schmerzte höllisch. Heftig atmend standen sie vor dem Bunkereingang; was sich binnen weniger Minuten abgespielt hatte, hatte ihnen mental und körperlich das Äußerste abverlangt. Jetzt befanden sich Svenja Tessler und Max Gutbrod gut verschnürt und mit Knebeln versehen in einem etwa 50 Quadratmeter großen Bunker, so weit entfernt voneinander, dass eine gegenseitige Befreiung unmöglich war. Lara hatte die Namen der beiden schnell herausgefunden, nachdem eine Durchsuchung ihrer Taschen die Ausweise zutage gefördert hatte. Sie so weit unschädlich zu machen, dass sie ihnen nicht mehr in die Quere kommen konnten, hatte sie zunächst vor ein Problem gestellt. Dann aber war Laras Blick auf die hohen Springerstiefel gefallen, die sie trugen. Und auf die reißfesten, über 1,50 Meter langen Schnürsenkel.

Lara zog ihr Handy aus der Tasche und wählte Tuchys Nummer.

»Das war Gedankenübertragung. Ich wollte dich auch grad anrufen?«, meldete der sich. Er klang erregt.

»Heißt das, er ist inzwischen aufgekreuzt?«

»Er nicht.«

»Wie, er nicht?«

»Jemand anders. Ich habe Feindberührung gehabt.«

»Was? Du auch?«

»Hoi! Ihr etwa auch? Was is'n passiert?«

»Erzähl du erst.«

Gleich, nachdem sie und Jo sich zu dem Bunker aufgemacht hätten und hinter dem Lotsenhaus verschwunden waren, habe er plötzlich einen Typen in Springerstiefeln und Lederkluft auf sich zukommen sehen und automatisch nach dem Stativ gegriffen, das neben ihm an der Hauswand lehnte, erklärte Tuchy. Wahrscheinlich habe der Mann sich schon bevor sie auf der Insel an Land gegangen seien, hier herumgetrieben und sie von einem Versteck aus beobachtet. Er habe nichts gesagt, sondern nur ganz komisch geschaut. Tuchy habe sofort gespürt, dass Gefahr drohe. Dann habe der Typ sich mit einer blitzschnellen Bewegung zu seinem rechten Stiefel hinunter gebückt und ein Messer hervorgezogen. Ohne zu zögern, habe Tuchy mit dem Stativ zugeschlagen, worauf der Mann bewusstlos in die Knie gegangen sei. Tuchy habe ihn darauf die paar Schritte zur *Giftbude* gezerrt und ihn mit den Riemen seiner Fototasche am Regenfallrohr des Lokals festgebunden. Da sitze er jetzt und könne Wasser saufen, wenn er wolle, die Dachrinne laufe nämlich über.

»Und was war bei euch los?«

»Erzählen wir dir in zehn Minuten, wir sind gleich da. Aber du könntest schon mal die Polizei anrufen. Sag denen, dass es auf Schleimünde eine bewaffnete Auseinandersetzung mit ein paar Rechtsradikalen gegeben hat. Sag ihnen auch, dass du Kripobeamter bist und dich genötigt gesehen hast, dich in den Dienst zu versetzen. Die müssten dann eigentlich gleich ein Einsatzkommando schicken. Alles Weitere in zehn Minuten.«

Lara legte auf.

Unterdessen war es stockdunkel geworden, Wind und Regen tobten sich mit unverminderter Heftigkeit über der Insel aus, vom nahen Strand war die Rollbrandung der Ostsee zu hören. Trotz Regenkleidung waren sie bis auf die Haut durchnässt, bei jedem Schritt quietschte das Wasser in ihren Schuhen. Die plötzliche Attacke durch die beiden Neonazis hatte sie vorübergehend das Chaos aus Wind und Nässe um sie herum vergessen lassen. Jetzt, während sie sich gegen den wilden Nordost stemmend wieder zu Tuchy zurückkämpften, fragte sich Lara, wie der 87-jährige Greis, dessentwegen sie hier waren, damit zurechtkommen, und vor allem, wo er stecken mochte.

Das Gebäude des Hafenmeisters und die *Giftbude* tauchten vor ihnen auf. Tuchy kam ihnen entgegengelaufen.

»Ist die Polizei informiert?«, wollte Lara zuerst wissen.

»Sie schicken ein paar Beamte von der Küstenwache vorbei. Die kommen mit dem Streifenboot.«

Lara nickte erleichtert. Auf dem Weg zur Rückseite des verwaisten Lokals informierte sie Tuchy mit wenigen Worten über den Stand der Dinge. Dann sahen sie auch schon den Mann, der mit den Händen über dem Kopf am Fallrohr der Dachrinne festgezurrt war. Er saß auf dem Boden, das Wasser lief in Strömen an ihm herab. Lara beugte sich zu ihm hinunter und leuchtete ihm mit der Stablampe ins Gesicht. Der Mann starrte sie aus blutunterlaufenen Augen an. Eine gewaltige Beule und die Platzwunde auf der Stirn zeugten davon, dass Tuchy mit seinem Stativ nicht gerade zimperlich umgegangen war.

Wortlos öffnete Lara den Reißverschluss seiner Lederjacke und zog ein Mäppchen aus der Innentasche. Öffnete seinen Ausweis.

»Sieh an. Igor heißt du, Igor Strawinski. Na, was den Namen angeht, hast du ja einen berühmten Doppelgänger. Ich würde dir allerdings empfehlen, den Nachnamen zu ändern. Schlawinski würde besser zu dir passen, findest du nicht?«

»Dreckstück!« zischte Igor nur.

»Was wollt ihr eigentlich hier auf dieser schönen, friedlichen Insel, Igor?«

Der Mann schnaubte und zerrte an seiner Fessel.

»Verstehe«, sagte Lara ruhig, »das willst du nur der Polizei sagen. Auch gut. Bis die da ist, wirst du dich allerdings noch ein wenig gedulden müssen. Du hast sicher nichts dagegen, wenn wir dir erstmal aus deinen nassen Stiefeln heraus helfen.«

Fünf Minuten später saß Igor immer noch an das Fallrohr gefesselt am Boden, allerdings ohne seine Springerstiefel, dafür mit schnürsenkelverstärkten Handfesseln und auch die Beine fest zusammengeschnürt.

»Aber wo soll er denn sein? Irgendwo hier draußen?«

In Jos Frage klangen Zweifel an. Lara biss sich nervös auf die Lippen. Sie war nach wie vor fest davon überzeugt, dass sich Harald Demuth auf der Insel befand, auch wenn sie auf das Wo die Antwort schuldig blieb.

»Fakt ist doch folgendes«, konstatierte Tuchy. »Erstens: Hein Düvers verbringt heute die Nacht auf seinem Leuchtturm, wir haben schließlich selber mitbekommen, wie er an uns vorbeimarschiert ist. Zweitens: Harald Demuth ist ihm auf den Fersen. Vom Chef des *Hafenimbiss* in Maasholm wissen wir, dass er heute Nachmittag zusammen mit dieser Seniorengruppe aus Kiel, die sich den Leuchtturm anschauen wollte, an Bord der *Stadt Kappeln* gegangen ist. Drittens … was is'n los?«

Lara hatte sich soeben vor die Stirn geschlagen und einen ärgerlichen Laut von sich gegeben.

»Dass wir nicht früher draufgekommen sind. Die Seniorengruppe! Da liegt der Hund begraben! Harald Demuth mischt sich unter die Gruppe aus Kiel, die den Leuchtturm besichtigt, was weiter nicht auffällt. Nach der Führung verlässt die Gruppe das Gebäude, bis auf einen – nämlich ihn. Er versteckt sich, lässt sich einschließen und braucht nur noch zu warten, bis der alte Düvers auftaucht!«

»Scheißdreckle, stimmt!«, räumte Jo verblüfft ein.

»Das heißt aber doch …«, Tuchy brach mitten im Satz ab und sah auf seine Armbanduhr.

»Richtig, genau das heißt es«, ergänzte Lara heftig. »Wir schlagen uns mit drei verdammten Neonazis rum, warten darauf, dass Harald Demuth endlich aufkreuzt, derweil sich sein Opfer schon seit über einer halben Stunde in seiner Gewalt befinden dürfte. So lang ist es her, dass der alte Düvers an uns vorbei marschiert ist.«

»Das heißt, es gibt jetzt nur eine Option. Wie wollen wir's machen? Gehen wir alle drei, oder soll einer hier auf Posten bleiben?«, fragte Tuchy.

»Einer muss hier die Stellung halten. Schon wegen der Polizei, die dürfte bald da sein.«

Jo bot sich an. »Ich bleib'. Ich geb' dir die *Ceska* mit, der Alte hat schließlich auch 'ne Waffe.«

Lara zögerte. Sie hatte bewusst darauf verzichtet, ihre eigene Waffe mitzunehmen.

»Behalte du sie. Ich muss ohne das Ding klarkommen.«

Jo nickte. »Wie du meinst.«

Lara überlegte kurz.

»Gibt's noch was?«

»Ja, wenn die Kollegen kommen, schick jemanden zum Leuchtturm. Vielleicht brauchen wir Hilfe.«

Jo grinste. »Kollegen? Du fühlst dich also immer noch als Polizistin?«

Lara sah ihn überrascht an – dann grinste sie ebenfalls. »Wahrscheinlich ein Freud'scher Ausrutscher.«

KAPITEL 59

»Geht endlich einer ran, verdammt noch mal!«

Seit zehn Minuten versuchte Rudi verzweifelt, eines der drei anderen Mitglieder des Kommandos zu erreichen. Vergeblich. Er prüfte die Empfangsstärke seines Handys: nur ein Balken, nicht gerade berauschend. Ob es an dem beschissenen Sturm lag? Bekäme er weiterhin keinen Kontakt, würde er sicherheitshalber die Führung in Kiel verständigen müssen, das war klar. Was ihn nervös machte, war die Tatsache, dass Svenja und Igor über keine Schusswaffen verfügten. Nur Max hatte seine *Ceska* dabei. Als sie in Hamburg in das Wohnmobil umgestiegen waren, hatte man ihnen versichert, dass neue Schusswaffen nebst Munition an Bord seien, was sich aber als nicht zutreffend herausgestellt hatte. Ein Umstand, den sie leider erst bemerkt hatten, nachdem sie in Maasholm angekommen waren. Ein mit derben Flüchen gespickter Anruf bei dem für die Ausrüstung zuständigen Mann in Kiel ergab, dass man schlichtweg vergessen hatte, die Tasche mit den Waffen einzuladen.

Rudi schaute auf die Uhr: halb sieben. Mehrere Stunden waren vergangen, seitdem er das Wohnmobil auf dem Parkplatz am Ortseingang abgestellt hatte. Dass er den richtigen Standort gewählt hatte, wusste er spätestens seit 16 Uhr. Da war der Audi mit den beiden Augsburgern angekommen. Kurz darauf hatte er einen entscheidenden Hinweis erschnüffelt. Nachdem es ihm gelungen war, der Tussi und ihrem Begleiter unbemerkt zu folgen und das Gespräch, das sie mit der Nachbarin Hein Düvers geführt hatten, in Teilen mitzubekommen. Während die beiden zum Parkplatz zurückmarschiert waren, hatte er sich zum Hafen begeben und nach einem geeigneten Standort gesucht, von dem aus er das Gelände im Blick hatte. Denn dass die Tussi sich noch heute Abend hierher bemühen würde, um zur Lotseninsel übersetzen, war so sicher wie das Amen in der Kirche.

Als sich gegen 17 Uhr seine Vermutung bestätigte und Lara Gropius erschien, erschrak er. Was dem Umstand geschuldet war, dass die Frau sich nicht nur in Begleitung eines, sondern zweier Männer befand, sie hatte Verstärkung bekommen. Rudi fluchte. Er fluchte noch kräftiger, als er mitbekam, wie die drei eine Viertelstunde später an Bord eines Kajütbootes gingen, das den idiotischen Namen *Mareike* trug und unter lautem Tuckern den Hafen Richtung Lotseninsel verließ. Svenja, Max und Igor würden kräftig zu tun bekommen. Als Rudi sein Handy hervor zog, um Max über die veränderte Lage zu informieren, war der Zeiger seines Chronografen gerade auf 17:23 Uhr gesprungen.

»Drecksverbindung!«, schimpfte Rudi, nachdem ein erneuter Versuch, das Kommando auf der Lotseninsel zu erreichen, fehlgeschlagen war. Er warf einen Blick auf sein Handgelenk: 18:40 Uhr. Resigniert zuckte er die Schulter. Er hatte alles getan. Sein Bestes gegeben. Jetzt konnte er nur hoffen, dass es den anderen gelungen war, die Situation in den Griff zu kriegen. Rudi gähnte, er war inzwischen hundemüde. Der Tag forderte seinen Tribut. Zuerst die nächtliche Fahrt von Augsburg nach Greding und schließlich nach München! Anschließend der Flug nach Hamburg, während dem er Blut und Wasser geschwitzt hatte; er hasste es, zu fliegen. Um 10:15 Uhr war die Maschine gestartet und pünktlich um 11:35 Uhr in Hamburg gelandet. Dann der Ärger und das Chaos. Vor allem Svenja hatte mit einer ungeheuren Wut im Bauch zur Kenntnis genommen, dass man Hein Düvers weder von der drohenden Gefahr noch über das im Anrollen begriffene Schutzkommando in Kenntnis gesetzt hatte. Obwohl sie den Hinweis schon in aller Herrgottsfrühe abgesetzt hatte. Das hektische Bemühen, dies nachholen zu wollen, mündete in einem Desaster. Weder Hein Düvers noch sein Kontaktmann waren telefonisch zu erreichen gewesen. Also waren sie einfach mit dem für die Weitereise vorgesehenen Wohnmobil ins Blaue hinein nach Maasholm gefahren. Unterwegs hatte sie dann doch noch ein Anruf aus der Zentrale erreicht, mit dem Hinweis, Hein Düvers werde die Nacht auf seinem Leuchtturm verbringen. Ein glücklicher Umstand, so die Zentrale, es gäbe keinen sichereren Ort, an dem er sich derzeit aufhalten könne. Das Kommando solle jedoch in Alarmbereitschaft bleiben und sich sicherheitshalber auf die Lotseninsel begeben. Sollten die Augsburger dort auftauchen, sei ihnen mit den geeigneten Mitteln zu begegnen.

»Megaarschlöcher«, hatte Svenja die Aufforderung kommentiert, nachdem sie aufgelegt hatte. »Die haben doch keine Ahnung.«

Die Information erforderte eine neue Bewertung der Lage. Die Tatsache, dass Hein Düvers die Nacht auf dem Leuchtturm verbringen würde, machte die Aufgabe, ihn vor dem Zugriff der Detektivin zu schützen, nicht zwangsläufig einfacher. Auch wenn die Zentrale da offenbar anderer Meinung war. Noch während der Fahrt hatten sie entschieden, wie vorzugehen sei. Rudi würde in Maasholm patrouillieren und das Eintreffen des Feindes ausspähen, während Max, Svenja und Igor sich auf den Weg zur Lotseninsel machen würden. Allerdings auf dem Landweg über die Oehe. So wären sie zeitlich unabhängig und würden den Überraschungseffekt nutzen können, sollte es notwendig sein. Es war zwar verboten, den Weg durch das Vogelschutzgebiet zu nehmen, doch abends und um diese Jahreszeit würden sie von niemandem bemerkt werden. Auf Empfehlung Igors, der sich in der Gegend auskannte, hatte Rudi sie zu einer einsam gelegenen Blockhütte gefahren, wo sie den Einbruch der Dämmerung abwarten wollten, bevor sie sich zu ihrem Einsatzort aufmachten. Dann war er nach Maasholm weitergefahren und hatte auf dem Parkplatz Posten bezogen.

Rudi zog die Vorhänge des Wohnmobils zu, fläzte sich auf die Eckbank, knipste eine Leselampe an und schlug eines seiner geliebten Autohefte auf. Er musste sich ablenken. Eine Windböe schüttelte das Wohnmobil. Würden die anderen sich nicht binnen einer halben Stunde rühren, würde er Kiel anrufen.

KAPITEL 60

Er wartete. Horchte. Verfolgte mit wachem Ohr das Geräusch der schweren sich nach oben entfernenden Tritte, das immer leiser wurde. Dann kehrte Stille ein: Vierkant hatte die Feuerebene erreicht.

Die Stunde war gekommen. Seine Stunde. Endlich! Jetzt trennte ihn nur noch die Leitertreppe, die sich über drei Geschosse den Turm hinauf schraubte, von dem Augenblick, wo er vor ihn hintreten und sich ihm zu erkennen geben würde. Er war heute schon einmal nach oben gestiegen. Am Nachmittag, als er zusammen mit der Seniorengruppe den Turm besichtigt hatte. Die meisten aus der Gruppe brauchten den steilen Leitergang nur emporzusehen, um sich kopfschüttelnd und mit leisem Schaudern wieder abzuwenden. Nur er und drei weitere Männer – um Einiges jünger als er – hatten sich getraut, zusammen mit dem Betreuer der Seniorengruppe da hochzusteigen und auf die Galerie hinauszutreten, von wo aus man einen atemberaubenden Ausblick auf den Fjord und die See genoss. Da hatten Wasser, Horizont und Himmel sich noch von ihrer besten Seite gezeigt. Anders als jetzt.

Anfangs hatte er noch Zweifel gehegt, ob es vernünftig gewesen war, sich hier, in dem winzigen vom Eingangsbereich abgetrennten Lagerraum einschließen zu lassen. Versteckt hinter einigen Brettern, die schräg an der Wand lehnten. Insbesondere als er nach einigen Stunden merkte, wie sich das Wetter zu verändern begann, und er befürchten musste, dass der, den er erwartete, vielleicht gar nicht kommen würde. Zwar fühlte er sich in seinem Versteck von der Außenwelt völlig abgeschottet. Doch das Heulen des Windes und das Trommeln des Regens hatte er, wenn auch nur gedämpft, sehr wohl vernommen. Und zunehmend Bedenken gehabt, ob sein Plan aufgehen würde.

Dann aber, als er Stunden später die schwere Eingangstür gehen hörte, wusste er, dass sich das Warten gelohnt hatte. Seine Strategie, Vierkant hier im Leuchtturm zu stellen, war aufgegangen. Und noch etwas bot sich an. Der Gedanke war ihm heute Nachmittag gekommen. Auf der Galerie, die um die Feuerebene herumlief, würde er den Sieg der Gerechtigkeit würdig in Szene setzen können. So wie Vierkant vor mehr als 60 Jahren seinen vermeintlichen Tod in Szene gesetzt hatte …

Er sah auf die Uhr. Zehn Minuten nach halb sieben. Ein ironisches Lächeln stahl sich in seine Züge, als er daran dachte, dass seine Mission eigentlich nach einem anderen Zeitplan hätte ablaufen sollen. Ursprünglich hatte er dafür den morgigen Tag ins Auge gefasst, den 14. Oktober, das Datum, an dem sich der Tag jährte, an dem er Else zum ersten Mal begegnet war. Der Tag, an dem sein Dasein einen neuen Sinn bekommen hatte. Es wäre durchaus konsequent gewesen, diesen Tag für sein Vorhaben zu nutzen, ihn zum »finalen Krakenkampftag« zu erklären und ihm so eine zusätzliche Bedeutung zu verleihen. Würde er doch einen Mörderkraken der Gerechtigkeit zuführen und anschließend den eigenen Kraken vernichten, der in den kommenden Monaten ohnehin nur Schmerz und Siechtum für ihn bereithielt. Anders ausgedrückt: Er würde mit einem verdammt guten Gefühl das Diesseits verlassen und im Jenseits als Sieger einziehen können.

Natürlich blieb das weiterhin sein Ziel. Nur was den Zeitpunkt anging, hatte er es sich anders überlegt. Der heutige Abend war geeigneter für sein Vorhaben. Eindeutig! Das hatte er bereits am Morgen begriffen, als Vierkants Nachbarin ihn über dessen Gewohnheit, hin und wieder im Leuchtturm zu übernachten, informiert hatte. Den endgültigen Entschluss, es hier und heute zu machen, hatte er dann am Nachmittag gefasst. Die besondere Abgeschiedenheit des Ortes und die Tatsache, dass abends kein Mensch mehr auf der Insel sein würde, boten die beste Gewähr für das Gelingen seines Vorhabens.

Erneut schaute er auf die Uhr.

Zwölf Minuten nach halb sieben.

Es war an der Zeit …

*

Sie hatten Mühe, voranzukommen. Um sie herum heulte, brodelte, kochte und zischte es. Hier auf der Mole prallten die Böen völlig ungebremst auf sie; weiß schäumend brandeten die Fluten gegen den aus Feldsteinen gemauerten Wellenbrecher. Nässe und Gischt umwirbelten sie und erinnerten sie daran, dass sie sich eigentlich auf See befanden und nur ein schmaler Damm sie mit dem Festland verband. Lediglich die verhältnismäßig niedrige, der Ostesee zugewandte Mauer zu ihrer Linken gab ihnen ein gewisses Gefühl der Sicherheit.

»In der Hölle muss es nass sein und windig«, schrie Tucholsky Lara ins Ohr. Sie nickte nur. Während sie sich gegen die aggressiv aufbäumenden Elemente die Mole entlang kämpften, versuchte sie, in Gedanken eine aktuelle Einschätzung der Lage vorzunehmen. Die Überraschung des Tages war zweifelsohne die Erkenntnis, dass Hein Düvers hinter denjenigen steckte, die sich über Wochen hinweg an ihre Fersen geheftet hatten. Und dass sie es mit Mitgliedern einer rechtsradikalen Organisation zu tun hatten, die direkt oder indirekt in Düvers' Auftrag handelten und den alten Demuth im Visier hatten. Der ihnen, ohne die Gefahr zu ahnen, in der er sich befunden hatte, buchstäblich in letzter Sekunde entwischt war und sich jetzt dort befand, wo sie ihn am wenigstens vermuteten. Die ganz andere Frage war, wie sich die Lage im Leuchtturm inzwischen entwickelt hatte. Die Konfrontation zweier alter Männer, die sich in bitterer Feindschaft gegenüberstanden – Lara wagte nicht daran zu denken, wie sie die Situation vorfinden würde …

*

Er rang nach Luft, hielt inne, spürte, wie er zu zittern begann. Es ist nicht die Angst, es ist die Erregung, redete er sich ein. Vielleicht aber auch die Anstrengung, du bist zu schnell hinaufgestiegen. Zwei von drei Geschossen hatte er geschafft. Die dritte Leitertreppe, hinauf ins Lampenhaus, würde er auch noch bewältigen. Die abgeblendete Stablampe in der Linken sah er nach oben. Aus der Einstiegsöffnung über ihm fiel in regelmäßig getakteten Abständen das matte Licht der Gürtelleuchte und warf einen stumpfen Glanz auf die Stufen, die noch vor ihm lagen. Nur noch 13. 32 lagen bereits hinter ihm. Gut, dass sie aus Eisen sind, dachte er und lächelte. Eisenstufen besaßen einen unschätzbaren Vorteil: Sie knarrten nicht. Er lauschte. Nichts! Nichts außer dem verhaltenen Brausen der See und dem dumpfen Heulen des Sturms. Doch was war das Brausen der See schon gegen das Brausen der Erinnerung in seinem Kopf, was der Sturm, der draußen heulte, gegen den Sturm, der in seinem Inneren tobte. Er zwang sich zur Ruhe. Spürte, wie sein Atmen sich normalisierte und das Zittern wich. Wartete. Prägte sich über Minuten hinweg den 20-Sekunden-Takt ein, in dem die Optik blinkte und ihren Schein auf die Leiterstufen warf: zwei Sekunden Licht, drei Sekunden Dunkelphase, zwei Sekunden Licht, drei Sekunden Dunkelphase, zwei Sekunden Licht, acht Sekunden Dunkel …

Noch vier Stufen. Er knipste die Taschenlampe aus und steckte sie in seine rechte Manteltasche. Wartete erneut, während weitere Minuten vergingen. Duckte sich, zog den Kopf zwischen die Schultern und nahm die nächste Stufe. Registrierte, dass sich die Oberkante seines Kopfes jetzt auf gleicher Höhe mit der Kante der Einstiegsluke befand. Richtete sich auf und spähte vorsichtig über die Kante der Luke hinweg in den von einem matten Schimmer erfüllten Raum.

Vierkant! Ein Lichtintervall von zwei Sekunden Dauer genügte, ihn die Silhouette des Mannes erkennen zu lassen, dessen Leben in dieser Nacht zu Ende gehen würde. Noch trug er seinen Südwester, von dem das Wasser rann. Auf dem geriffelten Metallboden hatten sich Pfützen gebildet. Mit dem Rücken zur Einstiegsluke stand Vierkant neben der gewaltigen Lampenapparatur und einem in Hüfthöhe befindlichen Trafokasten und starrte mit einem Fernglas auf die gläserne Front, hinter der sturmgepeitscht die Welt unterzugehen schien.

Er spürte, wie ihm der Mund trocken wurde. Zählte die Lichtimpulse. Konzentrierte sich mit allen Fasern seines Körpers auf den Beginn der nächsten Dunkelphase: acht Sekunden.

Jetzt!

»Guten Abend, Herr Hauptsturmführer! Oder soll ich dich mit Herr Blümelein anreden, Herr Heinrich Blümelein? Wenn es nach mir geht, können wir es auch gern bei Vierkant belassen.«

Das Phantom …

Heinrich Blümelein, alias Hein Düvers, genannt Vierkant, erstarrte. Ließ entsetzt das Fernglas fallen. Ein Axthieb in die Wirbelsäule hätte ihn nicht schlimmer treffen können. Soeben hatte die sarkastisch-ironische Stimme in seinem Rücken den Nerv durchtrennt, an dem sein zweites Leben hing. Dieses andere Leben nach dem Krieg, unter einem neuen Namen mit einer neuen Identität – und gegründet auf den idiotischen Glauben, alles, was vorher war, einfach auslöschen zu können. Eine Illusion. Ein Selbstbetrug. Die Vergangenheit war zurückgekehrt. Endgültig und unwiderruflich, bereit zur Abrechnung, wie einst Odysseus. Nicht nur als Stimme am Telefon, sondern in der leibhaftigen Gestalt eines vermeintlich Toten. Bis zuletzt hatte er gehofft, dass es dem Kommando des *BDW* gelingen würde, das Phantom auszuschalten, aber auch das war eine Illusion gewesen.

»Fändest du es nicht höflicher, dich mit jemandem, der von den Toten auferstanden ist, von Angesicht zu Angesicht zu unterhalten, Vierkant?«

Heinrich Blümelein spürte, wie sein Asthma sich zurückmeldete. Er schnappte nach Luft, sein Puls begann zu rasen. Mit einer hektischen Bewegung griff er in die Jacketttasche nach seinem Spray, zog die Kappe vom Mundstück und verpasste sich einen Sprühstoß in den Mund. Dann drehte er sich langsam um – und blickte in die Mündung einer auf ihn gerichteten Pistole. Der »Auferstandene« hielt sie in seiner Rechten; in der Linken hatte er eine Taschenlampe, die ein Gesicht beleuchtete, das jünger aussah, als der, dem es gehörte, sein musste; für den Bruchteil eines Augenblicks empfand Heinrich Blümelein fast so etwas wie Neid.

»Du sagst nichts, Vierkant? Gut, vielleicht sprichst du ja nicht mit Leuten, die du nicht kennst«, fuhr der andere spöttisch fort. »Nachdem ich mich dir noch nicht vorgestellt habe, hole ich es hiermit nach. Nummer 98747, Vierkant, ich bin Nummer 98747. Die Nummer war auf meinem Unterarm eintätowiert, ich habe sie entfernen lassen. Mein richtiger Name lautet natürlich anders. Aber der hat dich und deine Mitschergen in Dachau einen Dreck interessiert, warum sollte ich ihn dir jetzt nennen. Namen sind Schall und Rauch, sie lassen sich beliebig ändern, das wissen wir beide, Vierkant. Und warum sollte man sich in den letzten Minuten seines Lebens mit Schall und Rauch beschäftigen? Viel besser ist es, über alte Zeiten zu plaudern und ein bisschen Musik zu machen, bevor man sich ins Nichts verabschiedet, findest du nicht auch?«

Düvers alias Blümelein sagte noch immer nichts. Nicht, weil er nicht wollte; er konnte einfach nicht. Er hatte Angst, eine Scheißangst, die ihm die Kehle zuschnürte. Hein Düvers hing mit 92 noch genauso am Leben, wie seinerzeit der 30-jährige Heinrich Blümelein am Leben gehangen hatte. Anno '45 mit Müh und Not den Nazi-Jägern entkommen, hatte er es geschafft, sich eine neue Identität und damit auch ein neues Leben zuzulegen, ein stinknormales, durchschnittliches Leben mit Höhen und Tiefen, wie Millionen andere es führten. Sollte es nun enden, nur weil ein Toter seinem Grab entstiegen war?

»Du wirst es nicht wagen. Das wirst du nicht wagen. Du wärst selbst dran. Du glaubst doch nicht, dass man dich nicht erwischen wird!«, stieß Heinrich Blümelein-Düvers hervor.

Baldur Hagen, alias Harald Demuth, lächelte.

»Wie schön, du sprichst also doch mit mir. Um mich brauchst du dir keine Sorgen zu machen, Vierkant. Man wird mich nicht erwischen. Wir werden beide dorthin gehen, wohin uns keiner folgen kann, es sei denn, er überschritte die Grenze, die wir beide in einigen Minuten überschreiten werden. Die wenigsten tun das freiwillig. Wenn ich es mache, habe ich meinen Grund dafür. Ich wollte es schon früher tun, doch dann habe ich dich im Fernsehen gesehen, Vierkant, und ich habe mir geschworen, nicht aus dem Leben zu scheiden, bevor ich meine Pflicht erfüllt hätte. Die Pflicht, die die Gerechtigkeit von mir einfordert.«

»Die Gerechtigkeit!«

Der verächtliche Ton, in dem Heinrich Blümelein den Satz ausgespuckt hatte, brachte Baldur Hagen in Rage.

»Ja, die Gerechtigkeit, Vierkant«, zischte er. »Ich weiß, Kreaturen wie dir bedeutet Gerechtigkeit nichts. Aber mir bedeutet sie sehr viel. Als ich dich in diesem Film über Leuchttürme sah, im Fernsehen, war das ein Zeichen, das die Gerechtigkeit gesetzt hatte. Und ich verstand, es zu deuten. Deswegen stehe ich jetzt hier. Als Diener der Gerechtigkeit.«

»Du bist wahnsinnig. Du musst schizophren sein oder so was«, stieß Düvers wieder hervor.

Baldur Hagen lächelte.

»Vielleicht. Mag ja sein, dass ich ein bisschen verrückt bin, Vierkant. Aber nicht so verrückt, dass ich das Signal ignorieren könnte, das mir die Gerechtigkeit gesendet hat. Das Signal, dass es an der Zeit ist, den ehemaligen Hauptsturmführer Heinrich Blümelein für seine Verbrechen zur Rechenschaft zu ziehen. Auch für das vom 28. April 1945. Das Datum sagt dir doch bestimmt was, nicht wahr, Vierkant?«

Blümelein griff erneut nach seinem Sprühfläschchen. Mit zitternden Händen verpasste er sich einen weiteren Spraystoß in den Mund.

»Das ist … das alles ist … längst vorbei. Ich handelte auf höheren Befehl«, presste er heiser hervor.

Baldur Hagen entlockte der Satz einen sarkastischen Lacher.

»Höherer Befehl. Natürlich. Du und deinesgleichen, ihr konntet ja nicht anders. Wie gern hättet ihr anders gehandelt, aber ihr konntet nicht. Da war ja dieser Befehl. – Das mit dem Lied vom Schnitter, Vierkant, war das auch ein Befehl?«

Heinrich Blümelein schwieg. Blickte gehetzt um sich, entdeckte aber nichts, mit dem er dem »Phantom« hätte Paroli bieten können. Nicht einmal über seinen Gehstock verfügte er. Der befand sich im zweiten Obergeschoss, wo er normalerweise immer, wenn er hier war, die Nacht auf einem Feldbett verbrachte.

In der Rechten noch immer die Pistole legte Baldur Hagen die Taschenlampe vorsichtig auf dem Trafokasten ab. Ein Griff in die Tiefe seiner Mantelinnentasche förderte einen länglichen in eine Stoffhülle gehüllten Gegenstand zutage, den er ebenfalls auf den Kasten legte.

»Hol sie raus, Vierkant!«

Blümelein starrte ihn indigniert an, im Blick eine Ahnung.

»Ich sagte, hol sie raus! Öffne die Hülle und hol sie raus!«

»Nein!«, krächzte Heinrich Blümelein. Er streckte sein Kinn vor, was die fürchterliche Narbe auf seiner Wange besonders stark hervortreten ließ.

Baldur Hagen beugte sich über den Trafokasten.

»Du willst also, dass ich dir eine Kugel in die Schulter jage, Vierkant. Dir Schmerzen zufüge, bevor du stirbst. Die Situation kommt mir bekannt vor. Dir doch bestimmt auch.«

Blümelein-Vierkant gehorchte ohne weitere Widerrede. Er kostete ihn einige Mühe, mit seinen flatternden Händen die Lederschlaufe aufzuziehen und die Tasche zu öffnen. Mit verstörter Miene zog er den Gegenstand heraus.

Er erkannte ihn sofort wieder.

»Sie ist zwar in die Jahre gekommen, aber sie funktioniert noch«, sagte Baldur-Hagen-Harald-Demuth leise und streifte die Blockflöte mit einem fast zärtlichen Blick.

»Weißt du, Vierkant«, fuhr er leise fort, »als ich aufwachte, damals in der Grube, habe ich als Erstes an die Blockflöte gedacht. Seltsam, nicht wahr? Ich hab lange nach ihr gesucht, aber dann hab ich sie gefunden. Sie war natürlich völlig verdreckt. Ich hab sie gereinigt und sie unter mein löchriges Hemd gesteckt. Seitdem befindet sie sich in meinem Besitz. Ich hab sie aufbewahrt, Vierkant, als Souvenir, als Andenken an meine Auferstehung, wenn du so willst. Niemand wusste davon, selbst meine verstorbene Frau nicht, und das will was heißen. Du bist der Erste, dem ich sie zeige – nach jenem Tag, an dem ich starb. Bevor du gleich sterben wirst, darfst du auf ihr die Melodie vom Schnitter blasen. Ich hoffe, du weißt dieses Privileg zu schätzen.«

In Heinrich Blümelein brodelte die Panik.

»Ich sagte doch, du musst wahnsinnig sein«, flüsterte er, zu mehr fehlte seiner Stimme die Kraft.

»So wahnsinnig wie du an jenem 28. April 1945, Vierkant? Erinnerst du dich an diesen Tag? An den Morgen? Es war der zweite Tag, nachdem ihr das KZ räumen musstet, weil der Ami im Anmarsch war. Zwei Tage zuvor, am 26., gab es zum letzten Mal dieses verfluchte Kommando: ›Mützen ab‹; dann begann der Marsch Richtung Süden. Ihr SS-Schweine habt euch aufgeführt wie die Bestien. Nicht umsonst hat man das, was ihr da organisiert habt, später ›Todesmärsche‹ genannt. Kolonnen von Gefangenen, Tausende namenlose Nummern, bewacht von schwer bewaffnetem SS-Personal, Trupps mit Maschinengewehren und Bluthunden. Die Straßen waren vom Regen aufgeweicht, es war saukalt, Regen, Schneetreiben. Und wir unterwegs in leichter Häftlingskleidung. Die Ersten, die schlappmachten, waren Ältere, Gehbehinderte, Kranke, sie konnten einfach nicht mehr. Dann ein scharfer Knall, und der erste Tote lag am Wegrand. Auf der Stirn ein kleiner blutiger Fleck, im Nacken ein Riesenloch. Es sind dann immer mehr geworden. Am 28. dann, irgendwann in den Morgenstunden zwischen sechs und acht, kamen wir an einem Waldstück vorbei. Da schlug mal wieder deine Stunde, Vierkant. Zusammen mit sechs anderen SS-Schweinen, die dir unterstellt waren, hast du 27 Leute aus der Kolonne ausgemustert und in den Wald auf eine Lichtung getrieben, Gefangene, die du schon im Lager auf dem Kieker hattest, vor allem Politische, aber auch zwei Zigeuner und zwei Bibelforscher, alle, die der überzeugte Nazi und Hauptsturmführer Heinrich Blümelein nicht leiden konnte. Ich war einer der 27, einer mit dem roten Winkel, ein Politischer; mit mir hattest du ja schon im Lager deinen Spaß. Und dann hast du uns das Loch ausheben lassen, was gar keinen Sinn ergab. Es gab ohnehin niemanden, der die Grube mit den Leichen hätte zuschaufeln können. Du hast sie uns ausheben lassen, um unsere Todesangst zu vergrößern, du perfider, mieser Drecksack …«

Hagen schnaufte vor Erregung. Blümelein stand wie versteinert und starrte auf die Hand, die die Pistole hielt.

»Und dann … dann mussten wir uns aufstellen. Erinnerst du dich, wie du vor mir gestanden hast? Ich schon, Vierkant, ich erinnere mich sehr gut. Ich sehe mich noch deutlich in der Reihe stehen. 27 Mann, dicht nebeneinander, ich als Schlusslicht, ganz am linken Ende. 27 Mann mit dem Rücken zur Grube, zu dem Grab, das sie selbst ausheben mussten. Hinter dir deine Leute, sechs SS-Typen, die Maschinenpistolen im Anschlag, und du ganz dicht vor mir. So dicht, dass ich deinen Atem riechen kann. In der Hand hältst du die Flöte. Du streckst sie mir entgegen. Eine Blockflöte. ›*Spiel!*‹, lispelst du. Ich kann heute noch dein dreckiges Grinsen sehen, Vierkant. Aber etwas in mir weigert sich, die Flöte zu nehmen. Und auf einmal fang ich an zu pinkeln. Vor Angst, Vierkant, verstehst du, vor Angst. Weißt du, wie sich das anfühlt, wenn einem die warme Brühe die Beine entlangläuft, weil man 'ne Scheiß Angst hat? Weißt du das, Vierkant? Und dann sagst du: ›*Wird's bald! Nimm die Flöte und spiel. Das Lied, das wir im Lager geübt haben. Das Lied von dem, der euch Schweine gleich holen wird. Das Lied, in dem mein Name vorkommt.*‹ Und dann schlägst du mir mit der Flöte ins Gesicht und streckst sie mir erneut entgegen. ›*Nimm sie und spiel endlich, du Drecksau*‹, brüllst du, als ich noch immer keine Anstalten mache, das verdammte Ding in die Hand zu nehmen. Und dann fragst du, ob du mir Beine machen sollst. Aber ich … ich stehe einfach da und sage nichts. – Kannst du dich noch erinnern, was du dann getan hast, Vierkant?«

Blümelein musterte seinen Besucher wie das Kaninchen die Schlange.

»Ich will es dir sagen, Vierkant. Du hast deine Pistole gezogen, auf die Beine des Mannes neben mir gezielt und ihm in eines seiner Knie geschossen. Ich erinnere mich noch genau an den Mann, ein Pole, Marek hieß er. Ich erinnere mich, wie er am Boden liegt, sein Knie umklammert hält und schreit. Wie du einen Schritt auf ihn zu machst, die Pistole schräg nach unten hältst und ihm auch noch in die Schulter schießt. Wie du dann die Waffe auf mich richtest und zu mir sagst, wenn ich nicht gleich diese verdammte Melodie spielen würde, würde es mir genau so ergehen. Du an meiner Stelle wärst nicht so blöd und würdest dir die Schmerzen ersparen, sagst du. Ein schneller Tod sei schließlich besser als ein schmerzvoller. Das, Vierkant …«, Harald Demuth unterbrach sich kurz und wischte sich mit dem Ärmel über die schweißnasse Stirn, »das war der Augenblick, der mich überzeugte. Ich nahm die Flöte und begann zu spielen. Erinnerst du dich an den schrillen Pfeifton? Es war kalt, und obwohl wir den 28. April hatten, hatte es über Nacht geschneit. Und das Holz, das Holz der Flöte hatte unter der Kälte gelitten. Die Töne, die rauskamen, waren mager und schrill. Ich hab es trotzdem hingekriegt, ich hab diese verfluchte Melodie gespielt. Die Melodie vom Schnitter, so, wie du es wolltest. So wie du es die ganze Zeit über gewollt hattest, als wir noch im Lager waren, in Dachau. Manchmal, nach dem Morgenappell, musste ich dir dieses Lied vorspielen, damit ihr euren Spaß hattet – du und deine dreckigen Schergen. Und dann hast du noch eins draufgesetzt, Vierkant. Nachdem ich die Melodie geblasen hatte, sagtest du, ich solle es noch mal machen … aber … aber diesmal … diesmal solle ich dazu tanzen. Und … und dann hast du einen Schuss abgegeben, dicht vor meine Füße … Ich hab's gemacht, Vierkant, ich hab es gemacht. Ich hab die verdammte Melodie noch mal gespielt und bin dazu auf und ab gehüpft. Du und deine Leute – ihr habt gewiehert vor Lachen. Und als die Melodie dann zu Ende war, und ihr wieder euren Spaß gehabt hattet, … kam dein Schießbefehl. ›*Macht Schluss mit den Schweinen, wir müssen weiter*‹, hast du zu deinen Leuten gesagt. Dann knatterten die Salven, und ich verspürte einen Schlag, und es wurde dunkel um mich. Aber es hatte mich nicht richtig erwischt, Vierkant. Vielleicht, weil ich der Letzte in der Reihe war. Ich hatte bloß zwei Streifschüsse, einen an der Schläfe, einen weiteren an der Schulter und einen glatten Oberschenkeldurchschuss, aber das war nur eine Fleischwunde. Keine sehr blutige Angelegenheit. Als ich wach wurde, lag ich auf einem meiner Kameraden. Weißt du, wie sich das anfühlt, Vierkant, auf dem zerfetzten Leichnam eines Kameraden zu liegen, um dich herum weitere Leichen, 26 Männer, alle von Kugeln durchsiebt, und du bist der Einzige, der die Scheiße überlebt hat, und du heulst Rotz und Wasser deswegen und hast ein schlechtes Gewissen, weil du davongekomm…?«

Hagens Stimme brach, Tränen rannen über seine Wangen, seine Rechte, die die Pistole hielt, sank herunter. Blümelein starrte mit halb geöffnetem Mund und keuchendem Atem auf die Hand mit der Waffe.

Doch Hagen hatte sich schnell wieder gefangen. Erneut richtete er die Pistole auf Blümeleins Kopf.

»Dafür, Vierkant, wirst du heute bezahlen. Für den 28. April und dafür, was du in den Jahren davor im Lager angerichtet hast. Hunderte Namenloser schreien aus ihren Gräbern nach Gerechtigkeit, Vierkant.«

Der Satz hatte etwas naiv Pathetisches. Ergriffenheit klang in Hagens Stimme an. Fast eine Spur von Wahnsinn.

»Und jetzt nimm die Flöte, wir gehen nach draußen auf die Galerie.«

»Nein«, keuchte Blümelein. In seinem Blick stand nackte Panik.

»Nein? Du wagst es, dich der Gerechtigkeit zu widersetzen? Wie war das noch, Vierkant?« Hagens Stimme war ins Zischen geraten. »Erinnere dich an jenen Morgen. Besser ein schneller Tod als ein schmerzvoller, hast du zu mir gesagt. Das Gleiche sage ich jetzt zu dir. Wenn du nicht sofort hinter diesem verdammten Trafokasten vorkommst, wirst du mit einem Loch in der Schulter nach draußen gehen. Gehen wirst du auf jeden Fall, das steht fest, also, wird's bald!«

»Tu's nicht!«, stieß Blümelein noch einmal panisch hervor. »Wenn du mich jetzt tötest, bist du nicht besser als ich. Du wirst zum Mörder.«

Baldur Hagen schüttelte den Kopf.

»Nicht zum Mörder, Vierkant – zum Vollstrecker. Wenn ich dich nicht töte, werde ich zum Verräter. Zum Verräter an der Gerechtigkeit. Diese Schuld wiegt schwerer. Also bringen wir's hinter uns. Ich zähle bis drei, wenn du dich dann immer noch nicht bewegst, schieße ich.«

Blümelein begann zu wimmern. »Hör zu, ich …«

Ein Lichtstrahl irrlichterte durch das Lampenhaus. Hein Düvers hielt mitten im Satz inne. Harald Demuth fuhr herum und erstarrte. Fassungslos nahm er wahr, dass soeben eine Frau in die Laterne eingedrungen war. Gerade tauchte eine weitere Person in der Einstiegsluke auf …

Eigentlich hatte Lara den Zugriff noch hinauszögern und einen günstigeren Augenblick abwarten wollen. Doch die Drohung des alten Demuth, zu schießen, erforderte ein sofortiges Eingreifen. Seit gut zehn Minuten befand sie sich mit Tuchy auf der Leitertreppe und hatte sowohl einen Großteil des Gesprächs als auch den 20-Sekunden-Takt der Kennung mitbekommen. So war es ihr gelungen, über die Kante der Einstiegsluke hinweg die Situation sowie die Raumverhältnisse im Lampenhaus auszuspähen.

»Wir sind unbewaffnet und wir sind auf Ihrer Seite, Herr Demuth. Stürzen Sie sich nicht ins Unglück! Rache ist der schlechteste Weg, alte Rechnungen zu begleichen!«, rief Lara.

Sie war sich augenblicklich im Klaren darüber, dass das Risiko, Demuth mit Gewalt die Pistole zu entwenden, viel zu groß war. Eine einzige unkontrollierte Bewegung seinerseits, und Düvers könnte tödlich getroffen zusammenbrechen. Ganz abgesehen von der Gefahr, die der Optik drohte.

Jetzt erst löste sich der Greis aus seiner Starre. Ein Flackern trat in seinen Blick.

»Wer … wer zum Teufel sind Sie?«, stieß er hervor. »Und überhaupt, was faseln sie da von Rache!« Seine Stimme wurde auf einmal gellend. »Ich bin kein Rächer. Ich diene der Gerechtigkeit, ich bin ihr Werkzeug. Merken Sie sich das! Und ich lasse mich von niemandem daran hindern, mein Werk zu vollenden. Von nie-man-dem!«

Lara biss sich auf die Lippen und wechselte einen schnellen Blick mit Tuchy. Erntete ein vages Achselzucken. Sah dann hinüber zu Hein Düvers, der, die Arme auf den Trafokasten gestützt, mit offenem Mund dastand und keuchte. Richtete den Blick wieder auf den finsteren alten Mann vor sich und auf die Pistole in seiner Hand, die bedenklich zitterte. Was, wenn der geistig verwirrte Alte die Kontrolle über sie verlor? Lara brauchte nicht viel Fantasie, um sich vorzustellen, was in ihm vorging. Waren doch zwei ihm völlig fremde Personen soeben dabei, seine »Mission« zunichtezumachen …

»Ich kann Sie verstehen, Herr Demuth. Aber sollten wir das mit der Gerechtigkeit nicht lieber der Justiz überlassen?«, fragte sie so sanft, wie es ihr unter den gegebenen Umständen möglich war.

Harald Demuth alias Baldur Hagen sah sie verständnislos an.

»Der Justiz? Die ist blind und viel zu langsam«, schnaubte er verächtlich. »Bis ein Prozess gegen diese Bestie in Gang kommt, vergehen Jahre. Da ist er längst tot.«

»Herr Demuth, glauben Sie mir, der Mann dort wird seinen Richter finden. Aber auf legalem Weg, und der führt nun mal über die Staatsanwaltschaft. Der Scheißkerl ist es nicht wert, dass Sie sich die Finger an ihm schmutzig machen. – Bitte geben Sie mir die Waffe!«

Harald Demuth hob die weißen Brauen. Jetzt erst schien ihm bewusst zu werden, über welche Informationen die Frau vor ihm verfügte.

»Scheißkerl? … Sie wissen über ihn Bescheid? Woher kennen Sie ihn überhaupt?«

Lara schüttelte den Kopf.

»Ich kenne ihn nicht, aber wir haben einen großen Teil des zwischen Ihnen geführten Gesprächs mitbekommen. Im Grunde genommen hat er ja alles zugegeben, er hat gestanden. Der Staatsanwalt dürfte leichtes Spiel mit ihm haben. – Also bitte Ihre Waffe, Herr Demuth.«

Das mit dem leichten Spiel stimmte so zwar nicht, aber Lara setzte auf den Pokereffekt.

Demuth schien ins Wanken zu geraten. Doch nur für einen Moment.

»Nein! Ich werde meine Aufgabe erfüllen. Hier und jetzt, es gibt kein Pardon. Der Gerechtigkeit muss Genüge geschehen. Und nun gehen Sie wieder nach unten, verlassen Sie den Raum! Beide!«

Demuth hob die Pistole ein Stück höher.

Lara spürte ein Hitzegefühl in ihrem Magen aufsteigen. Sah erneut Tuchy an, dann Hein Düvers. Alle standen sie wie angewurzelt.

Sie entschloss sich zu einem letzten Versuch.

»Sie haben soeben ein Plädoyer zugunsten der Gerechtigkeit gehalten, Herr Demuth. Menschen mit einem starken Gerechtigkeitsempfinden beeindrucken mich. Lassen Sie auch mich ein Plädoyer halten«, bat sie.

Vielleicht war es das Bittende in der Stimme Laras, das den Alten veranlasste, ihr zuzuhören, vielleicht auch das mit dem Plädoyer. Auf jeden Fall nickte er ihr zu.

»Es gibt da einen Jungen, Herr Demuth«, begann sie, und befeuchtete ihre spröde gewordenen Lippen, »… elf Jahre alt, ein fabelhafter Bursche … Eltern sehr reich … da ist 'ne Menge Geld da. Was das Materielle angeht, fehlt dem Jungen nichts. Computer, Computerspiele ein eigener Flachbildfernseher, ein schweineteures Rad – alles vom Feinsten. Aber das Wichtigste, Herr Demuth, das Wichtigste … das fehlt dem Jungen … Geborgenheit … eine intakte Familie … seine Eltern streiten oft; erbärmlich, was da abgeht, absolut erbärmlich … Der Junge leidet sehr unter der Situation … Ein guter Junge … ein Junge, der gern im Freien spielt, der sich für Abenteuer begeistert. Der das macht, was immer weniger Jungs in seinem Alter machen – lesen, viel lesen. Er ist sehr aufgeweckt, trotz der desaströsen Familiensituation. Und wissen Sie, wem er das zu verdanken hat?«

Lara hielt inne. Harald Demuth hatte die Pistole sinken lassen, im Blick eine vage Ahnung.

»Seinem Großvater. Der Junge hat einen Großvater, an dem er sehr hängt … Der mit ihm DVDs anschaut, Indianerfilme zum Beispiel … Der ihn ab und zu auf eine Bootsfahrt mitnimmt und mit picknickt … ihm Bücher schenkt … Ein Großvater, der ihm dabei geholfen hat, einen Plan zu machen für ein Baumhaus … Der versucht, ihm das zu geben, was er zu Hause nicht bekommt – Geborgenheit … Ein Opa, auf den er ungeheuer stolz ist und zu dem er aufblickt.«

Lara machte erneut eine Pause; ihre Nervosität wuchs mit jedem Satz, der sie dem Ende ihres Plädoyers näher brachte.

»Wenn wir schon von Gerechtigkeit sprechen, Herr Demuth – wäre es gerecht, diesen Jungen zu enttäuschen? Soll dieser Junge irgendwann später in seinem Leben sagen müssen: ›Mein Opa wurde zum Mörder und richtete sich anschließend selbst?‹ Denn das genau ist der Eindruck, der in der Öffentlichkeit entstehen würde, wenn dieser Großvater jetzt das tut, was er unter Gerechtigkeit versteht.«

Demuth war kreidebleich geworden.

Ohne dass sie groß schauspielern musste, wurde Laras Stimme brüchig. »Tun Sie Tim das nicht an, Herr Demuth. Bitte tun Sie ihm das nicht an! – Und jetzt geben Sie mir die Waffe. Bitte! Um Tims willen.«

Sie machte einen halben Schritt auf ihn zu. Streckte ganz langsam die Hand aus und wartete mit angehaltenem Atem. Sah plötzlich, wie etwas in seinem Blick einknickte und seine Augen feucht wurden. Hätte vor Erleichterung schreien mögen, als er ihr endlich mit einer zeitlupenartigen Bewegung seine Rechte entgegen streckte.

Im selben Moment wurde ihre bewusst, dass der Mann, der ihr soeben die Pistole übergeben hatte, alles andere als geistesgestört war. Zugegeben, er mochte einen katastrophalen Realitätsverlust erlitten haben, aber er war nicht verrückt. Zumindest nicht im herkömmlichen Sinn. Was die Sache für ihn, käme er vor Gericht, nicht einfacher machen würde. Nötigung mit Waffengewalt …

»Danke!«, sagte Lara leise, sicherte die Pistole und ließ sie in die Tasche ihres Regenmantels gleiten.

Hein Düvers sah ungläubig drein, als könne er nicht fassen, was sich soeben vor seinen Augen abgespielt hatte.

Tuchy atmete hörbar auf. Lara warf ihm einen Blick zu, spreizte Daumen und kleinen Finger und führte die Hand ans Ohr, dabei zeigte sie auf die Einstiegsluke. Wortlos trat er an die Öffnung heran und stieg einige Stufen nach unten, um Jo anzurufen.

»Es gibt da noch etwas, Herr Demuth«, fuhr Lara fort. »Ihr Arzt hat Ihnen einen Brief geschrieben. Er lässt

Ihnen ausrichten, dass Sie sich wegen Ihres Darmkarzinoms unbedingt in Behandlung begeben sollten. Noch ist es nicht zu spät.«

Harald Demuths Blick verlor sich in den unendlichen Weiten des Nichtverstehens.

»Kommen Sie, lassen Sie uns gehen«, bat Lara leise und legte ihre Hand auf seinen Arm.

»Wohin?«, fragte er dumpf.

»Erst einmal nach unten, Herr Demuth. Dann sehen wir weiter.«

Wohin? Die Frage hallte in Lara nach. Die Frage, in welche Richtung sich alles entwickeln würde. Diesbezüglich gab es mehrere Optionen. Lara beschloss, darüber später nachzudenken.

Sie wandte sich an Hein Düvers.

»Sie kommen natürlich mit!«

Düvers schüttelte den Kopf.

»Nein! Ich … Jan Olsen holt mich mit seinem Kutter. Morgen früh. Ich übernachte hier.«

»Wenn Jan Olsen kommt, sind Sie längst in Maasholm. Vermutlich auf der Polizeiwache. Da Sie offensichtlich Kontakte zur rechtsradikalen Szene pflegen, wird man dort eine Menge Fragen an Sie haben. Und nun kommen Sie endlich«, entgegnete Lara ebenso kühl wie scharf.

Düvers hinkte um den Trafokasten herum.

Tuchys Kopf tauchte in der Luke auf.

»Die Küstenwache ist da. Zwei Beamte sind auf dem Weg zum Leuchtturm. Außerdem wollen dich zwei Kollegen von der Kripo Schleswig sprechen.«

Lara sah ihn verblüfft an. »Kripo Schleswig? Wie kommen die so schnell hierher?«

Tuchy grinste. »Mit dem Heli.«

»Was? Bei dem Wind?«

»Hat mich auch gewundert. Als ich mit dem Kollegen in Maasholm telefoniert habe, muss der sofort hellhörig geworden sein und in Schleswig angerufen haben. Einen gewissen Kriminalrat Fritz Hagedorn. Er leitet 'ne SOKO, irgend 'ne kapitale Sache in Verbindung mit der rechten Szene. Wahrscheinlich ist ihm das Ganze so wichtig, dass er gleich einen Helikopter geordert hat.«

Lara schüttelte ungläubig den Kopf.

»Na dann wollen wir den Herrn Kriminalrat nicht warten lassen.«

Sturm, Regen, Gischt und das Rollen der See schlugen ihnen entgegen, als sie auf die Mole hinaustraten. Sie hatten noch keine 30 Meter hinter sich gebracht, als die Lichtkegel ihrer Stablampen sich mit denen von zwei anderen Lampen plötzlich kreuzten. Zwei uniformierte Männer tauchten auf. Sie stellten sich als Ole Momsen und Sönke Hermann von der Küstenwache vor und nahmen Düvers und Demuth sofort in ihre Obhut. Lara war froh über die Unterstützung; die beiden Alten wirkten stark mitgenommen und mussten gestützt werden. Während sich der kleine Trupp dem Hafen näherte, bemerkte Lara die Lichter des Küstenwachboots, das den sinnigen Namen *Marina II* trug und am Dampferanleger festgemacht hatte. Überrascht nahm sie zur Kenntnis, dass auch in der *Giftbude* Licht brannte.

Kurz nach halb acht betrat sie in Begleitung Tucholskys, Düvers' und Demuths sowie der zwei Beamten der Küstenwache das Lokal, das zur Einsatzzentrale umfunktioniert worden war. Es war bis auf die beiden Kriminalbeamten in Zivil und einen weiteren Polizisten in Uniform leer. Alle drei saßen, in eine lebhafte Unterhaltung vertieft, an einem Tisch vor dem Fenster, von wo aus man den Leuchtturm im Blick hatte. Düvers und Demuth ließen sich unter der Obhut der beiden Polizisten auf einer Eckbank nahe dem Eingang nieder, während Lara und Tuchy auf den Tisch mit den Beamten zusteuerten.

Alle drei erhoben sich.

»Kriminalrat Fritz Hagedorn; mein Kollege, Kriminalhauptkommissar Otto Jessen, unser Pilot, Polizeikommissar Oliver van Damme«, knurrte Hagedorn, ein fast zwei Meter großer Hüne. Er zückte seinen Ausweis und wies mit der Linken nacheinander auf seine beiden Begleiter.

»Bitte nehmen Sie doch Platz«, bat er und kramte einen Notizblock aus der Jacketttasche.

Hagedorn war kein Freund langer Vorreden. »Da haben Sie uns ja einen aufregenden Abend beschert, Frau Gropius. Ihr ehemaliger Kollege, Kriminalhauptkommissar …«, er sah kurz auf seinen Notizblock, »… Kriminalhauptkommissar Eisele – derzeit wohl so etwas wie ein freier Mitarbeiter von Ihnen – hat uns schon das Wichtigste erzählt. Wir haben bereits ein erstes Verhör mit den drei Neonazis geführt. Sie sind inzwischen auf dem Küstenwachboot in sicherer Verwahrung. Ich werde sie heute noch dem Haftrichter vorführen lassen. Ungeachtet dessen hätte ich aber noch ein paar Fragen an Sie und auch an den«, er sah Tucholsky an, »… verehrten Kollegen Tucholsky.«

»Nur zu, Herr Kriminalrat«, sagte Lara trocken, lehnte sich in ihren Stuhl zurück und verschränkte die Arme vor der Brust.

Eine halbe Stunde später wussten die beiden Beamten aus Schleswig über alles Bescheid. Auch über das, was sich im Leuchtturm abgespielt hatte. Laras Befürchtung, es als Privatdetektivin mit einer gehörigen Portion Misstrauen vonseiten der Beamten zu tun zu bekommen, hatte sich als unbegründet erwiesen. Hagedorn und Jessen hatten unverhohlenen Respekt gezeigt. Was nicht zuletzt der Tatsache geschuldet war, dass es sich bei dem von ihr und ihren beiden »freien Mitarbeitern« überwältigten Trio um schon seit Längerem gesuchte Personen aus der rechten Szene handelte, die mit diversen Überfällen auf Banken, einem spektakulären Einbruch in ein Waffengeschäft sowie zwei Tötungsdelikten in Verbindung gebracht wurden. Ein Check ihrer Handys, die Jo in Verwahrung gehalten hatte, hatte ergeben, dass es offenbar noch eine weitere Person gab, die in den letzten Stunden den Kontakt zu dem Trio auf der Lotseninsel gesucht hatte. KHK Jensen hatte veranlasst, das Handy zu orten, das Ergebnis blieb abzuwarten.

»Ich wäre Ihnen dankbar, wenn Sie sich in den nächsten 24 Stunden zu unserer Verfügung halten würden«, bemerkte Hagedorn am Ende der Unterredung. »Ich muss in diesem speziellen Fall dem Innenminister Bericht erstatten; könnte sein, dass der noch ein paar Details von Ihnen wissen möchte, außerdem …«

Ein dumpfes Poltern …

Jemand rief laut »So'n Shit!«

Alle Blicke fuhren zur Eckbank.

Harald Demuth lag regungslos am Fußboden. Ole Momsen und Sönke Hermann von der Küstenwache knieten neben ihm.

Lara und Tuchy sprangen entsetzt auf und stürzten an seine Seite. Ebenso Hagedorn und Jessen. Auch der Pächter, der sich bisher in der Küche zu schaffen gemacht hatte, ließ sich auf einmal blicken.

Momsen legte Zeige- und Mittelfinger an die Halsschlagader des Bewusstlosen.

»Flacher Puls, er atmet kaum. Kreislaufkollaps oder was

mit dem Herzen«, bemerkte er und knöpfte den Hemdkragen Demuths auf.

Jetzt ging auch Lara an Demuths Seite in die Knie.

»Wie konnte das passieren?«, fuhr sie den Polizisten fassungslos an.

»Keine Ahnung. Er ist plötzlich von der Bank gerutscht und seitlich mit dem Kopf auf dem Fußboden aufgeschlagen. Es ging alles wahnsinnig schnell.«

Über Demuths rechtem Ohr zeigte sich eine massive Beule.

»Herr Demuth!«, rief Momsen und klopfte ihm die rechte Wange. Ohne Ergebnis.

»Herr Demuth, hören Sie mich?«,

Keine Reaktion.

»Sehen Sie in seinen Taschen nach. Vielleicht führt er ein Medikament mit sich. Oder einen Notfallpass, vielleicht steht da was drin«, wies Ole Momsen Lara hektisch an.

Das fieberhafte Kramen förderte jedoch nichts zutage außer einem sauber gefalteten Taschentuch, das in einer der Hosentaschen steckte, sowie einem großen Portmonee in der Brusttasche des Jacketts. Es verfügte über mehrere Fächer, enthielt aber lediglich einen Personalausweis und eine Scheckkarte. Als Lara sie wieder zurückstecken wollte, flatterten Demuth plötzlich die Lider, und er bewegte die Lippen.

»Ich … ich …«, stammelte er kaum hörbar.

»Ja? Herr Demuth?« Lara legte ihr Ohr an seine Lippen.

Er schlug die Augen auf. Sein Blick wirkte entrückt. Kalter Schweiß bildete sich auf seiner Stirn.

»Ich … morgen … der 14. …«

Lara fasste ihn beruhigend bei der Schulter.

»Ganz ruhig, Herr Demuth, ganz ruhig. Was wollen Sie sagen? Sagen Sie es mir!

»Ich ... ich habe sie ... am ... am 14. habe ich sie ... geseh...«

Demuths Kopf kippte wieder zur Seite.

»Ein Kissen!«, rief Polizist Momsen. Der Pächter rannte in einen Nebenraum und kam mit mehreren Sitzpolstern zurück, die sie vor die Eckbank schoben. Sie richteten Demuth in sitzende Position auf und lehnten ihn dagegen.

Lara erhob sich. Sie war kreidebleich.

»Einen Notarzt, schnell!«

»Das wird schwierig, und schnell geht hier auf der Insel gar nichts«, ließ sich der Pächter vernehmen.

»Scheißdreckle«, knurrte Tuchy und ballte die Faust zu einer hilflosen Geste.

Lara spürte, wie etwas in ihr plötzlich ins Trudeln geriet. Abzustürzen drohte. Sie ließ sich auf die Eckbank fallen. War das hier das Ende der Fahnenstange? Nach Wochen aufreibenden Suchens endlich einen Vermissten aufgespürt zu haben, um ihn dann an einen Kreislaufkollaps zu verlieren? Oder, schlimmer noch, an einen Herzinfarkt?

Kriminalrat Hagedorn entschloss sich, die Fahnenstange zu verlängern.

»Mein Pilot wird den Mann unverzüglich nach Schleswig in die Heliosklinik fliegen«, ordnete er kurz und bündig an. »Jessen, Sie fliegen mit und Sie auch«, sagte er an den Hauptkommissar sowie an Ole Momsen gewandt. »Ich setze mit dem Streifenboot nach Maasholm über.«

Lara hätte ihn umarmen mögen.

Polizist Momsen von der Küstenwache kratzte sich am Kopf.

»Ich kann nicht einfach meinen Einsatzort verlassen.«

»Doch, können Sie!«, entschied Hagedorn. »Ich rede mit Ihrem Chef. – Rufen doch Sie ihn bitte an und geben Sie ihn mir dann! Ich hab mein dämliches Handy im

Hubschrauber vergessen«, wandte er sich an Sönke Hermann, den Kollegen Momsens, der neben Hein Düvers stand. Letzterer hockte auf der Bank und glotzte mit leerem Blick und schwer atmend in die Runde. Allem Anschein nach hatte er Mühe zu begreifen, was um ihn herum geschah.

»Herr Kriminalrat, Ihr Gespräch.«

Hermann reichte Hagedorn das Handy.

Die Unterredung war nur kurz. Hagedorn schilderte dem Einsatzleiter die aktuelle Lage, erhielt das Okay für Ole Momsen und nahm mit Erleichterung zur Kenntnis, dass es auf dem Streifenboot eine Trage gab.

»In Ordnung, bringen Sie uns die, und vielen Dank! Ansonsten alles klar? Mit den Festgenommenen, meine ich! – – – Ja? – – – Ach so! – – – Gut, sehr gut. Das heißt, wir können gleich ein weiteres Verhör bei Ihnen auf dem Boot führen? – – – Na prächtig, vielen Dank! – – – Wie? – – – Nein, ich sagte doch, die drei werden heute noch dem Haftrichter vorgeführt, ich habe ihn und den Staatsanwalt bereits telefonisch vorinformiert – – – Frau Dr. Gropius? Natürlich!«

»Für Sie. Ihr Kollege«, sagte Hagedorn und reichte Lara das Handy.

»Hi, Jo, was gibt's, du steckst auf dem Boot der Küstenwache? – – – Ah ja, verstehe – – – Nein, uns geht's gut. Bis auf Herrn Demuth, aber das hast du ja gerade mitbekommen – – – Was? – – – Ach so! Nach Maasholm, mit dem Streifenboot? Auch nicht schlecht. Dann brauchen wir Björn Claasen also gar nicht mehr? – – – In Ordnung, dann bis gleich. Das heißt, Moment, halt, warte noch! Du könntest ihn trotzdem anrufen. Er soll uns Zimmer besorgen. Egal wo, Hauptsache ruhig.« Lara legte auf und reichte das Handy an Sönke Hermann zurück.

Der Kriminalrat führte mittlerweile ein weiteres Telefongespräch, diesmal mit dem Handy des Pächters. Als er fertig war, wandte er sich wieder an Lara, die sich an der Seite des bewusstlosen Harald Demuh niedergelassen hatte und ihm den Schweiß von der Stirn tupfte.

»Wir sehen uns auf dem Boot.«

Im selben Moment betraten zwei weitere Polizisten der Küstenwache das Lokal. »Gott sei Dank!«, murmelte Lara, als sie die Trage bemerkte.

Wenige Minuten später hob der oberhalb des Lotsenhauses geparkte Polizeihubschrauber mit Harald Demuth, Otto Jessen und Ole Momsen an Bord in Richtung Schleswig ab.

Nach weiteren 20 Minuten verließ die *Marina II* den Hafen von Schleimünde in Richtung Maasholm.

Von Bord des Streifenbootes aus beobachtete Lara, wie das dunkle Band der Mole allmählich hinter einer Wand aus Nässe und Dunkelheit zurückblieb. Das Einzige, was sich in der nächtlichen Schwärze noch eine Zeitlang behauptete, war ein einsamer matt leuchtender heller Fleck – der mit weißen Kunststoffplatten verblendete und von mehreren Scheinwerfern angestrahlte Leuchtturm, der in regelmäßigen Intervallen sein Glühen durch die Nacht schickte und gespenstisch über der aufgebrachten See zu schweben schien.

Ohne dass sie hätte sagen können, warum, spürte Lara auf einmal, wie es ihr kalt den Rücken hochkroch. Vorahnungen kündigten sich bei ihr hin und wieder auf diese Weise an. Keine guten Vorahnungen.

Was soll das! Es ist vorbei, hör auf zu spinnen, es ist verdammt noch mal vorbei, maßregelte sie sich, drehte sich um und zwang ihren Blick in Fahrtrichtung.

KAPITEL 61

Maasholm (Ostssee)

Nichts war vorbei!

Was sie aus der penetranten Art und Weise schloss, in der soeben an ihre Zimmertür geklopft wurde.

Tuchy? Jo? Oder jemand anders?

Auf jeden Fall jemand, der ihr gleich mitteilen würde, dass etwas nicht in Ordnung war.

Mit einem Satz sprang Lara aus dem Bett.

Noch keine Dreiviertelstunde war es her, dass sie auf ihrem Zimmer angekommen war und erst einmal heiß geduscht hatte. Um sich anschließend aufs Bett zu legen und Carmen Demuth anzurufen.

Ein längst überfälliges, aber kein ein sehr erquickendes Telefonat. Vielmehr eines, an dessen Ende wie so oft ein Fragezeichen stand, über das sie ratlos den Kopf geschüttelt hatte. Was vor allem an der rätselhaften Bemerkung des Harald Demuth über den 14. Oktober gelegen haben musste, von der sie Carmen berichtet hatte.

Ob sie sich einen Reim darauf machen könne, hatte Lara sie gefragt.

»Worauf? Was meinen Sie?«

»Auf diese Frau, von der Ihr Schwiegervater sprach. Die Frau, die er an irgendeinem 14. Oktober gesehen haben will.«

»Nein!«

»Sie haben nicht die mindeste Vorstellung?«

Kurzes Schweigen. Durchatmen. Dann ein kategorisches, fast schrilles: »Nein, ich sagte Ihnen doch, ich weiß es nicht! Er muss verrückt sein. Er hat Wahnvorstellungen.«

»Und das mit dem Datum? Er hat vom 14. gesprochen? Den haben wir morgen. Das ist ja auch das Datum, das er zu Hause auf seinem Kalender angekreuzt hat?«

Längere Pause.

»Hallo, Frau Demuth?«

»Jaja, ich habe Sie schon verstanden. Nein, verdammt, auch das weiß ich nicht. Das habe ich Ihnen aber schon bei unserem ersten Gespräch gesagt.«

Dann hatte sie um Verständnis darum gebeten, dass sie das Gespräch beenden müsse, da sie Besuch erwarte, und hatte aufgelegt.

Erneutes Klopfen. Um einige Grade nachdrücklicher.

»Ich komme schon!«

Draußen standen Tuchy und Jo.

Sie ließ sie herein und wies wortlos auf die beiden Sessel vor dem Tisch. Beide nahmen Platz, während sie selbst sich auf die Bettkante setzte.

Tuchy beugte sich nach vorne und faltete die Hände zwischen den Knien.

»Was wir dir jetzt sagen, Lara, dürften wir dir eigentlich gar nicht sagen. Aber wir sagen's dir trotzdem. Schließlich hast du uns auf die Spur gebracht. Wir müssen dich allerdings bitten, alles absolut vertraulich zu behandeln. Es geht um die *Viagra*-Packung aus dem Schlafzimmer vom alten Demuth. Um's kurz zu machen, du hattest recht, dein Verdacht hat sich bestätigt. Wir haben vorhin per Handy unseren E-Mail-Account gecheckt. Dazu war den ganzen Tag ja keine Zeit. Rate mal, was es Neues gibt?«

Die Frage war nur rhetorisch gemeint. Was Lara wusste und weswegen sie auch keine Anstalten machte, sie zu beantworten.

»Die Fingerabdrücke auf der Packung stammen vom Helmburger.«

Lara musste schlucken. Helmburger. Karsten Helmburger. Der Mann, der vor wenigen Wochen tot am Kuhseeufer aufgefunden worden war, neben ihm die Leiche eines etwa 16-jährigen Mädchens, wahrscheinlich eine Zwangsprostituierte aus dem Osten. Der Typ, der vor Jahren wegen des Vorwurfs, an der Gründung einer kriminellen Vereinigung beteiligt gewesen zu sein (es ging um die Organisation eines Zwangsprostituiertenrings), vor Gericht gestellt, aber mangels Beweisen freigesprochen worden war. Sie erinnerte sich noch daran, wie Tuchy sie vom Auffinden der Leiche in Kenntnis gesetzt hatte. An dem Tag, an dem sie ihm den kaputten Cellobogen sowie die Porzellanscherbe und die Axt vorbeigebracht hatte.

»Das heißt: Aufgrund dessen, was wir über den Mann von Carmen Demuth wissen, ist konkret davon auszugehen, dass zwischen ihm und Helmburger eine wie auch immer geartete Beziehung bestand?«

»Vielleicht«, warf Jo ein, »gibt's auch 'ne Verbindung zu dem Apotheker in Bogenhausen, der, der in Untersuchungshaft sitzt. Aus dessen Apotheke die Packung stammt.«

Lara dachte an Carmen Demuth. Und sie dachte an Tim.

»Mein Gott«, murmelte sie.

»Wie sehen die nächsten Schritte aus? Ihr werdet den Mann vernehmen müssen, aber der dürfte noch in den Staaten sein?«, fragte sie dann.

Tuchy nickte. »Laut unseren Recherchen kommt Lothar Demuth am 28. Oktober zurück. Wir werden ihn am Flughafen empfangen. Solange unternehmen wir nichts. Wir haben auch darauf verzichtet, seine Frau zu befragen. Es muss vorerst alles unter der Decke gehalten werden, nicht, dass er aus dem Ausland seine Fäden zieht.«

»Verstehe«, nickte Lara.

Dann stand sie auf, öffnete die Minibar und holte zwei kleine Flaschen Rotwein aus dem Kühlschrank.

»Ich weiß nicht, wie's euch geht, aber ich kann jetzt nicht schlafen.«

Tuchy wechselte augenzwinkernd einen Blick mit Jo.

»Ich glaub, wir auch nicht.«

KAPITEL 62

Maasholm (Ostssee) | 14. Oktober 2007 | SO

Als Lara an diesem Morgen die Jalousien hochzog, schloss sie für einen Moment geblendet die Augen. Die Oktobersonne gleißte über der Schlei, das Wetter versprach, traumhaft zu werden.

Entsprechend gut gelaunt war die Runde, der sie sich eine halbe Stunde später im Frühstücksraum des Hotels gegenübersah. Eine sechsköpfige Familie aus Bayern, ein dänisches Ehepaar in mittleren Jahren – und Jo und Tuchy, die bereits am Buffet standen und ihre Tabletts vollpackten.

»Morgen, Lara«, grinste Tuchy, der sein Tablett in der Rechten balancierte und dabei war, ein gekochtes Ei auf dem noch einzig freien Platz zwischen einem Korb mit Brötchen und einem Teller mit Aufschnitt zu parken.

»Schöner Tag heute«, sagte Jo grinsend und gab einen Schuss Milch in eine Schale mit Müsli. »So richtig zum am Strand entlang bummeln. Oder am Hafen. Freu mich schon drauf.«

Lara griff sich ebenfalls ein Tablett. »Wo du recht hast, hast du recht.«

Noch gestern, bei dem späten Glas Wein in Laras Zimmer, waren sie übereingekommen, dass Tuchy nach dem Frühstück nach Hause fahren würde. Die letzten Urlaubstage, die ihm noch verblieben, wollte er mit seiner Traudl in Garmisch verbringen. Jo und Lara hingegen würden noch einen weiteren Tag in Maasholm bleiben. Zum einen, weil Kriminalrat Hagedorn Lara gebeten hatte, sich zur Verfügung zu halten, zum anderen, weil sie abwarten wollte, wie sich der Zustand des alten Demuth entwickelte. Ob er sich weiter stabilisieren würde.

Kurz vor Mitternacht nämlich hatte Lara noch einen Anruf aus der Heliosklinik erhalten und vom behandelnden Arzt Bescheid bekommen, dass es dem Patienten bedeutend besser gehe. Er würde die Attacke – es war tatsächlich ein Infarkt gewesen – nicht nur überleben; die Chancen, dass er die Klinik bald würde verlassen können, standen sehr gut. Eine erfreuliche Neuigkeit, die Lara ungeachtet der vorgerückten Stunde unverzüglich an Carmen Demuth weitergegeben hatte.

Als Tuchy gegen neun abfuhr, begleitete Lara ihn noch zum Parkplatz.

»Habt ihr nicht Ende des Monats Hochzeitstag?«, fragte sie ihn augenzwinkernd und reichte ihm einen Umschlag.

Worauf Kurt Tucholsky den Umschlag entgegennahm, nickte und mit martialischer Miene erwiderte:

»30 Jahre Tolstoi.«

Die höchste Windmühle Schleswig-Holsteins, die Altstadt in Kappeln und ein ausgiebiger Spaziergang am Ostseestrand – Jo und Lara hatten einen richtig entspannten sonnigen Tag genossen. Ein Anruf Laras am Nachmittag in der Heliosklinik hatte ergeben, dass es mit der Genesung Harald Demuths weiter bergauf ging.

Gegen halb sechs Uhr abends hatte Kriminalrat Hagedorn angerufen. Allerdings nicht dienstlich, sondern um beide für halb sieben in ein bekanntes Maasholmer Restaurant zum Essen zu bitten. Regionale Fisch- und andere Spezialitäten. Hagedorn hatte Jessen mitgebracht. Dass dabei auch Dienstliches zur Sprache kam, verstand sich von selbst. Das Neueste war ein Zettel, den Jessen im Rollkoffer Harald Demuths gefunden hatte. Er enthielt nur eine kurze Notiz und eine Telefonnummer. »Am 12. Blumen Bernbacher anrufen. Rosenbouquet.« Jessen, in dessen Zuständigkeit der Fall Harald Demuth vorerst lag, hatte die Nummer angerufen und in Erfahrung gebracht, dass es sich bei Blumen Bernbacher um einen Blumenladen in Wörthsee handelte. Harald Demuth sei dort kein Unbekannter gewesen. Vor zwei Tagen, am 12. Oktober, hatte er dort angerufen, um an das Bouquet roter Rosen zu erinnern, das er für das Grab seiner verstorbenen Frau Else schon am 10. August bestellt und bereits bezahlt hatte. Und in Verbindung damit den etwas ausgefallenen Wunsch geäußert hatte, man möge das Bouquet am 14. Oktober Punkt 23:30 Uhr auf ihrem Grab ablegen und eine Grableuchte anzünden. Die dadurch entstehenden Mehrkosten hatte er ebenfalls im Voraus bezahlt. Auf die Nachfrage Jessens hatte die Floristin, mit der er telefoniert hatte, ihm auch den Grund für den seltsamen Auftrag genannt. Der 14. Oktober 1948 sei der Tag gewesen, an dem Herr Demuth seiner Frau Else zum ersten Mal begegnet war. Auf dem Hauptbahnhof in München Punkt 23:30 Uhr. Womit das Rätsel um den 14. Oktober endlich gelöst schien.

Kurz vor halb zehn waren sie auf ihren Zimmern. Lara duschte, schaltete den Fernseher ein und sah sich auf CNN das Neueste vom Tag an. Jo hatte sich entschlossen, gleich nach dem Duschen in die Falle zu gehen.

Um zehn machte Lara den Fernseher aus und löschte das Licht.

Um zehn nach zehn kam der Anruf.

Tim!

KAPITEL 63

Maasholm | Schleswig

Lara war augenblicklich hellwach.

»Du, Junge!? Was gibt's so spät noch? Du hast doch nicht etwa wieder ein Bild von deinem Opa gefunden?«

Pause. Dann ein Schluchzen.

»Ich … ich will mit jemand reden, Lara. Ich hab Mama angerufen, aber sie geht nicht ran. Er ist … er wird sterben, Lara.«

»Blödsinn! Was redest du da?«

»Doch! Mama hat es gesagt. Opa … Opa ist schwer krank, hat sie gesagt. Er … er wird nicht mehr zurückkommen, er liegt im Krankenhaus, es geht ihm ganz schlecht, und er wird sterben, hat sie gesagt.«

»Aber nein, Tim, das stimmt nicht. Wann hat sie das gesagt?«

»Heute Nachmittag. Als sie mich von der Schule abgeholt hat.«

Der plötzliche Verdacht durchzuckte sie wie ein Stromschlag. Mit einem Satz war sie aus dem Bett.

»Hör zu, Tim. Wo ist deine Mama jetzt?«

»Weiß nicht. Sie ist mit dem Auto weggefahren. Sie muss sich um Opa kümmern, hat sie gesagt.«

»Und wann ist sie gefahren?«

»Ja halt nachdem sie mich von der Schule abgeholt hatte. So um eins.«

Lara spürte, wie ihr Puls zu hämmern begann. Mit einem Wagen, wie Carmen Demuth ihn fuhr, würde sie die knapp 1000 Kilometer von Wörthsee nach Schleswig bequem in neun bis zehn Stunden schaffen. Vielleicht auch früher. Wenn nichts dazwischenkam. Was bedeutete, dass sie … Lara sah auf die Uhr.

»Hör zu, Tim!« Ihre Stimme vibrierte. »Ich muss jetzt auflegen. Aber ich ruf dich wieder an. Versprochen.«

Minuten, nachdem sie aufgelegt hatte, jagte ein roter Porsche mit Augsburger Kennzeichen in nordnordwestlicher Richtung die L277 entlang. Ungeachtet einer auf 50 km/h beschränkten Teilstrecke zwang Jo drei Kilometer weiter und vier Minuten später den 911er mit quietschenden Reifen durch eine scharfe Rechtskurve, bog sieben Minuten und fünfeinhalb Kilometer danach auf die B199 in südlicher Richtung ab und hatte nach weiteren acht

Minuten Kappeln erreicht. Auf der B201 weiter jagend, passierte der Porsche mehrere kleine Ortschaften und eine Reihe weiterer scharfer Kurven, bevor er endlich mit quietschenden Reifen auf den Parkplatz der Heliosklinik in Schleswig einbog. Während der Fahrt hatte Lara mehrere Male vergeblich versucht, Carmen Demuth zu erreichen. Offenbar hatte sie ihr Handy ausgeschaltet.

Genau 40 Minuten nach dem Start in Maasholm stürmten Lara und Jo in den Haupteingangsbereich der Klinik.

KAPITEL 64

Schleswig

Der Zeitpunkt war ideal gewesen. Was bis zu einem gewissen Grad dem Zufall geschuldet sein mochte. Als sie vor zehn Minuten die Eingangshalle betreten hatte, war die Klinikangestellte, die an der Rezeption den Nachtdienst versah, mit einer fünfköpfigen türkischen Familie beschäftigt gewesen, die sich aufgeregt nach dem Befinden eines ihres Verwandten erkundigt hatte. So war es ihr trotz später Stunde gelungen, gänzlich unbemerkt zu den Aufzügen zu gelangen. Ob auch der Ärztekittel, den sie als Tarnung trug, dazu beigetragen hatte, mochte dahingestellt sein.

Sie drückte den Knopf, die Aufzugstür glitt zur Seite. Sie betrat die Kabine und drückte die 4. Schon am Nachmittag, noch vom Auto aus, hatte sie in der Klinik angerufen, sich als gute Freundin des Patienten ausgegeben und Zimmernummer und Stockwerk erfragt. Während der Aufzug nach oben fuhr, betrachtete sie sich kurz im Spiegel. Zupfte die Perücke zurecht – schwarzes, bis auf die Schultern fallendes Haar – zog einen brombeerfarbenen *Rouge Dior Nude Lipstick* – eine Farbe, die sie eigentlich hasste – aus der linken Kitteltasche und fuhr damit sorgfältig die Lippen nach. Betrachtete sich und fand, dass die Person, die ihr aus dem Spiegel entgegenblickte, nicht Carmen Demuth war. Absolut nicht.

Gut so, dachte sie.

Der Aufzug stoppte mit einem Klingelton. Sie sah auf die Anzeigetafel und erschrak. Dritter Stock. Sie wollte in den vierten. Mit leisem Summen öffnete sich die Kabinentür. Eine Frau um die 60 betrat den Aufzug. Weißer Kittel, graues Haar, Designerbrille. Ärztin, wie das Namensschild verriet: Dr. Ruth Hassfurth.

Die Ärztin grüßte.

Sie grüßte zurück.

Dr. Hassfurth betrachtete sie ausgiebig. Sah auf das selbst gefertigte Namensschild: Dr. Katrin Müller.

»Neu hier, Frau Kollegin?«, fragte Dr. Hassfurth und lächelte.

»Ja«, sagte Carmen Demuth, alias Dr. Katrin Müller.

»Sieht man am Schild. Unsere sehen so aus«, sagte Ruth Hassfurth und zeigte auf ihr Schild.

»Ich weiß. Werd' mir morgen eines besorgen. Bin erst seit heute Nachmittag hier.«

Der Aufzug hielt im zweiten Stock.

»Dann gute Nacht«, sagte Ruth Hassfurth.

»Gute Nacht.«

Die Kabinentür schloss sich. Sie atmete auf.

Endlich, dachte sie, als der Aufzug im vierten Stock angekommen war, und trat vorsichtig auf den Gang hinaus. Sterile, in Weiß getauchte Stille, gedämpftes Licht, niemand zu sehen. Sie sah sich um, versuchte, sich zu orientieren. Der Gang endete rechterhand nach wenigen Metern vor einer matten undurchsichtigen Glastür, auf der in weißen Buchstaben »Intensivstation« geschrieben stand. Linkerhand führte er auf eine Art Lounge zu – drei Sessel, ein niedriger Tisch, ein Trinkwasserautomat – und knickte dann scharf nach rechts ab. Ihr Blick glitt über die Hinweisschilder an der gegenüberliegenden Wand und blieb an einem Pfeil sowie einer Abfolge von Nummern hängen. Mit schnellen, bestimmten Schritten folgte sie dem Pfeil in Richtung Lounge. Folgte der Flucht des nach rechts abknickenden Gangs, von dem die Krankenzimmer abgingen, scannte im Vorbeischreiten die Nummern auf den Türschildern und blieb schließlich fast am Ende des Ganges stehen.

Zimmer 232.

Sie atmete tief durch. Griff in die Tasche ihres Ärztekittels. Fühlte den Kolben der Injektionsspritze, spürte, wie glatt und kalt er war, was ihr die Endgültigkeit ihres Vorhabens noch einmal glasklar ins Bewusstsein rückte. Schaute sich erneut um. Noch immer niemand zu sehen. Dafür leises Murmeln aus einem der Zimmer auf der gegenüberliegenden Seite. Sie presste die Lippen zusammen, versuchte, die aufkeimende Panik zu unterdrücken. Zwar hatte sie sich für den Fall einer unverhofften Begegnung eine Ausrede zurechtgelegt, doch besser war es, darauf nicht angewiesen zu sein. Dass das hier ein Risiko sein würde, war ihr von Anfang an klar gewesen. Doch wenn sie etwas gelernt hatte, dann, dass das Leben an sich ein Risiko war. Ein einziges beschissenes Risiko, bestehend aus vielen Einzelrisiken sowie aus einer Ansammlung größerer und kleinerer Irrtümer. Zumindest war es in ihrem Leben so gewesen. Das größte Risiko war auch mit dem größten Irrtum einhergegangen. Lothar Demuth. Es war falsch gewesen, sich mit einem Mann wie ihm einzulassen. Ein Irrtum, ihm vertraut zu haben, und ein Kardinalfehler, das Risiko, dass die Beziehung schief gehen könnte, unterschätzt zu haben. Schlussendlich war er der Grund, warum sie jetzt hier stand. Seinetwegen war sie in diese Lage geraten.

In die missliche Lage, ein zweites Mal töten zu müssen.

Sie zog ein Paar Latex-Handschuhe aus ihrer Kitteltasche und streifte sie über.

Holte noch einmal tief Atem, drückte entschlossen die Türklinke herunter und schlüpfte in das Zimmer.

KAPITEL 65

»Eine Frau, Mitte 40?«

Die Klinikangestellte an der Rezeption runzelte die Stirn.

Lara nickte.

»Blond, Kurzhaarfrisur, ziemlich groß. Hübsch, schlank, gute Figur«, ergänzte sie knapp. Sie klang immer noch atemlos und wirkte deutlich gestresst.

Die Frau an der Rezeption schüttelte entschieden den Kopf.

»Nicht in den letzten zwei Stunden. So lange bin ich nämlich hier. Die einzigen Besucher waren die Angehörigen von Herrn …«, die Rezeptionistin warf einen Blick auf den Bildschirm ihres PCs, »… von Herrn Arslan, Mehmet Arslan. Die sind gerade gegangen. Nervig, sag ich Ihnen.« Die Frau verdrehte die Augen. »Denen müssten Sie eigentlich gerade begegnet sein.«

Wieder nickte Lara, sie erinnerte sich.

»Sonst niemand?«

»Niemand, außer ein paar Leuten vom Personal«, wiederholte die Frau bestimmt.

Lara stutzte.

»Personal heißt: Ärzte, Krankenschwestern, Pfleger?«

Die Frau bejahte. Lara fuhr sich mit einer fahrigen Bewegung über die Stirn. Fragte sich, ob der Gedanke, der ihr soeben gekommen war, nicht zu abwegig war. Entschied, dass dem nicht so sei, schließlich war Carmen Demuth ausgebildete Ärztin.

»Können wir zu ihm?«, fragte sie der Form halber. Dass sie Harald Demuth auch ohne Erlaubnis unverzüglich aufsuchen würden, war sonnenklar.

Die Rezeptionistin schien unentschlossen.

»Normalerweise haben wir keine streng geregelten Besuchszeiten. Aber so spät …?«

Lara beugte sich über den Tresen.

»Es ist wichtig, verstehen Sie?«

Jo entschied sich, nachzuhelfen.

»Sehr wichtig!«, betonte er und hielt der Frau seinen Dienstausweis unter die Nase.

Sie erschrak so sehr, dass sie zurückzuckte.

»Polizei!? Soll ich … muss ich den ärztlichen Direktor verständigen?«, hauchte sie entsetzt.

Lara schüttelte den Kopf.

»Es genügt, wenn sie den diensthabenden Arzt zu uns schicken. Wir gehen schon mal hoch.«

Schwaches Licht verlieh dem Gesicht Harald Demuths eine fahlgelbe Farbe. Er schlief.

Carmen trat an das Bett ihres Schwiegervaters heran.

Du wirst es niemandem mehr sagen, alter Mann. Du wirst mein Leben nicht kaputtmachen, du nicht. Genauso wenig wie dein Sohn, dieses Dreckschwein. Bis jetzt glaubte ich, dass du anders bist als er. Rechtschaffener, wie man so schön sagt! Aber das war ein Irrtum. Auch du wolltest morden. Und das aus purer Rachsucht.

Sie holte die Spritze und eine Ampulle aus ihrer Kitteltasche, brach den Ampullenspieß ab, führte die Nadel in die glasklare Flüssigkeit ein und zog die Spritze auf. Ließ die Hand mit der Spritze sinken, und spürte, wie ihre Augen feucht wurden.

Trat einen Schritt näher an das Bett heran und beugte sich über ihn …

Wenn ich dich jetzt töte, dann nicht aus Rache, sondern um Tims willen. Du lässt mir keine andere Wahl. Ich will den Rest meines Lebens nicht hinter Gittern verbringen, verstehst du? Ich will mich um meinen Sohn kümmern, ihm eine gute Mutter sein, das geht nicht im Knast. Okay, ich geb' ja zu, dass ich da ein paar Defizite hatte, bis jetzt. Aber das wird anders. Es wird alles anders …

Ein unruhiges Zucken huschte über das Gesicht des alten Mannes, doch sogleich entspannte sich seine Miene wieder.

Sie wischte sich mit der Hand ein paar Tränen von der Wange. Schniefte.

Beugte sich tiefer über ihn …

Was musstest du auch an jenem 14. Oktober deine Nase in meine Angelegenheiten stecken, alter Mann? Ich dachte, du wärst wieder auf einer deiner Reisen. Sonst hätte ich die kleine Hure an jenem Tag doch gar nicht erst nach Wörthsee bestellt. Du warst auch der anonyme Anrufer; du musst *es gewesen sein. Ich war der Meinung, alles sei vorbei. Aber dann, ein Jahr später, hast du die Polizei informiert. Hast behauptet, die Kleine habe kurz vor ihrem Tod den Kontakt zu Lothar gesucht und sich in Wörthsee rumgetrieben. Warum du der Polizei nicht von mir erzählt hast, weiß ich nicht. Aber mir war klar, dass du Bescheid gewusst hast. Warum hättest du sonst Datum und Uhrzeit auf deinem verdammten Kalender vermerken sollen? Du hast ja auch der Detektivin gesagt, dass du mich gesehen hast. Du bist eine Gefahr für mich, alter Mann, du hast mich beobachtet. Du hast bestimmt alles mitbekommen …*

Wie ich das Mädchen erschlagen und danach in den Kofferraum des Mietwagens verfrachtet habe. Mitten in der Nacht auf dem einsamen Parkplatz, wohin ich sie in Lothars Namen bestellt hatte. Ich hatte eine Notiz auf einer Visitenkarte entdeckt, in seiner Manteltasche. »Bella Luna«, eine Adresse, wo sich alte, geile Säcke junges, williges Fleisch bestellen, so wie man sich eine Pizza bestellt. Auf der Rückseite war ein Name notiert: Ludovica. Ich war schon eine halbe Stunde vor dem vereinbarten Termin dort. Als ich sie kommen sah, wusste ich sofort, dass sie es war. Ludovica. Eine zierliche Person. Sehr hübsch. Große Brüste, schmale Taille, so, wie er es mochte. Ich stieg aus, ich wollte sie zur Rede stellen. Wollte alles über sie und Lothar wissen. Wann und wo sie es miteinander trieben und ob es noch andere ihres Schlages gab, mit denen sich Lothar vergnügte … Aber sie hat mich ausgelacht. Mich eine alte vertrocknete Schachtel geheißen und – und dann kam es einfach über mich. Eine dunkle Macht, ich war nicht mehr ich selbst. Was ich getan hatte, wurde mir erst klar, als ich sie vor mir liegen sah …

Sachte schlug sie die Bettdecke zurück, um seinen rechten Arm freizulegen …

Weißt du, was das für ein Gefühl ist, plötzlich aus deiner dunklen Wut zu erwachen und festzustellen, dass du etwas getan hast, das du nie tun wolltest, Alter? Mit das Schlimmste, was ein Mensch tun kann? Wie es sich anfühlt, die Person, die man gerade erschlagen hat, unter den Achseln zu fassen und sie hochzuwuchten, um sie im Kofferraum seines Wagens zu verstauen wie einen Sack Kartoffeln? Wie es ist, verzweifelt und voller Panik stundenlang durch eine verregnete Nacht zu fahren, mit einer Leiche im Kofferraum, von der man nicht weiß, wie man sie entsorgen soll? Weißt du das, alter Mann?

Ich habe es schließlich doch geschafft, Alter, ich habe es geschafft. Nachdem ich über 100 Kilometer mit Ludovica durch die Gegend kutschiert war. Ich habe sie auf die Eisenbahnschienen gelegt. An einer einsamen Stelle, mitten in einem Waldstück, direkt hinter einer Kurve. Der ICE hat nicht mehr viel von ihr übrig gelassen. Sah perfekt nach einem Suizid aus …

Behutsam hob sie seinen Arm an, um ihn in die gewünschte Position zu bringen. Sollte er erwachen, während sie ihm die Injektion verpasste, würde sie sich als diensthabende Ärztin vorstellen und ihm sagen, dass die Spritze, die sie ihm gerade verabreichte, seinen Kreislauf stärken werde. Er würde hinübergleiten, ohne sie erkannt zu haben.

Ihr Blick musterte seine Armbeuge. Wie ein Relief trat die Vene hervor.

Scharf sog sie den Atem ein, umfasste mit der Linken seinen Unterarm und setzte die Nadel an …

Den Knall der aufspringenden Tür sollte noch Tage später wie ein Donnerschlag in ihr nachhallen. Jemand sprang an ihre Seite, riss den Arm, der die Spritze hielt, nach hinten und drehte ihn herum. Sie schrie auf. Die Spritze fiel zu Boden. Der Glaszylinder zersprang mit einem Klirren, Flüssigkeit spritzte. Aus dem Augenwinkel heraus bemerkte Carmen Demuth Lara, die ihre Rechte umklammert hielt, und drei weitere Personen.

Die blitzartige Erkenntnis, dass das Leben für sie gelaufen war, mündete in einen von Verzweiflung und Panik bestimmten Reflex. Mit der Linken zuschlagend, traf sie Lara an der verletzten Schulter und riss sich von ihr los. Lara stöhnte auf und stürzte zu Boden. Von dem Krach wach geworden, starrte der alte Demuth verstört auf die Szene, die sich ihm bot. Erblickte die Frau, die ihm von Tim erzählt und der er seine Pistole überlassen hatte, am Boden liegend. Nahm wie durch einen Nebel hindurch weitere Personen wahr. Auch eine Frau mit schwarzem langem Haar. Registrierte, wie sie durch die offen stehende Tür in den Gang hinaus rannte …

»Bleiben Sie stehen. Sie haben keine Chance«, brüllte Jo. Eine Tür knallte auf. Eine Krankenschwester stürzte heraus und schlug entsetzt die Hand vor den Mund.

Inzwischen bei der Lounge angelangt sah sich die Flüchtende gehetzt um. Bemerkte, dass Jo, der ihr auf den Fersen war, sie gleich eingeholt haben würde. Mit einem Schlag wurde ihr bewusst, wie aussichtslos ihre Lage war. Sie hielt abrupt inne, warf sich in einen der Sessel und drosch vor Verzweiflung und Wut wie eine Irre mit den Fäusten auf das Armpolster ein. Der aufgestaute Frust kappte endgültig den ohnehin nur noch dünnen Faden, an dem ihr Nervenkostüm hing, und entlud sich in einem hysterischen Schreikrampf. Weitere Türen flogen auf, ein Arzt, ein Pfleger und mehrere Schwestern eilten herbei. Jo trat ein Stück abseits und zog sein Handy aus der Tasche, um Hauptkommissar Jessen anzurufen. Lara, die kreidebleich und völlig außer Atem inzwischen ebenfalls bei Carmen Demuth angelangt war, tat das einzig Richtige. Sie trat hinter die Frau, beugte sich tief über sie und umfasste sie fest mit beiden Armen. Erst als nach gefühlten zwei Minuten der Weinkrampf abebbte, richtete sie sich wieder auf.

Wischte sich die schweißnasse Stirn und wandte sich mit spröder Stimme an den Arzt.

»Die Dame ist eine Mandantin von mir. Gibt es ein Zimmer, wo ich ungestört mit ihr reden kann?«

Kriminalhauptkommissar Otto Jessen war in Begleitung einer jungen Kollegin und zweier Schutzpolizisten erschienen. Sie warteten an der Rezeption. Lara hatte durch Jo darum bitten lassen, das Gespräch mit der Demuth in Ruhe und unter vier Augen zu Ende führen zu dürfen.

Kurz vor Mitternacht öffnete sich die Tür des Aufzugs und die Beamten der Kripo Schleswig nahmen Carmen Demuth in Empfang.

Lara nahm Jessen kurz zur Seite. »Da wäre noch etwas, Herr Hauptkommissar. Ich bin zwar nicht der Anwalt von Frau Demuth. Trotzdem möchte sie ihre erste Aussage in meiner Gegenwart machen. Es ist ihr ausdrücklicher Wunsch. Ich denke, es wäre hilfreich, dem stattzugeben.«

Jessens Blick traf auf den der Frau, die er gerade in Gewahrsam genommen hatte. Er trat nahe an sie heran.

»Darf ich fragen, warum?«, fragte er sie sanft und deutete mit dem Kopf auf Lara.

Carmen Demuth zögerte keinen Augenblick mit der Antwort.

»Sie ist der einzige Mensch, dem ich vertraue«, sagte sie leise.

EPILOG

Flensburg | 19. November 2007 | MO

Über der Flensburger Förde wehte ein steifer Nordost; weiße Schaumkronen landeten in breiter Front an der Küste an. Es war kalt, fast eisig.

Laras Schal flatterte im Wind wie ein roter Wimpel, während sie am Solitüder Strand entlang schritt und über die Begegnung vom Vormittag nachdachte.

Über das Gespräch mit Carmen Demuth …

Dem Treffen war ein Telefongespräch mit ihrem Anwalt Anfang November vorausgegangen, in dem er Lara gebeten hatte, ihre ehemalige Auftraggeberin, die in der Justizvollzugsanstalt Flensburg in Untersuchungshaft einsaß, aufzusuchen. Seine Mandantin habe ausdrücklich darum gebeten, so der Anwalt und hinzugefügt, dass die Kosten dafür natürlich übernommen würden. Auf Laras Frage, was denn der Grund dafür sei, hatte er sich bedeckt gezeigt und erklärt, dass seine Mandantin ihr das gerne persönlich sagen würde. Lara hatte zuerst gezögert, dann aber doch zugestimmt. Im Verlauf ihrer Tätigkeit bei der Kripo hatte sie wiederholt Kontakt mit Untersuchungshäftlingen aufnehmen müssen.

Doch der Termin heute hatte sich von diesen Besuchen wie die Nacht vom Tag unterschieden.

Bereits an der Anstaltspforte, als sie Personalausweis und Besuchsschein vorwies, hatte sie irgendwie gespürt, dass er ihr an die Nieren gehen würde.

Der Raum, in den die Beamtin sie dann führte, war hell und freundlich gewesen. Blaue Stühle, mit hellem Holz furnierte Tische, hellgelbe Wände. An einigen Tischen unterhielt man sich bereits. Moderates Stimmengemurmel drang an Laras Ohr.

Als Carmen Demuth dann in Begleitung einer Vollzugsbeamtin erschien, war der erste Eindruck, den Lara von ihr gewann, der einer gefasst wirkenden, trotz auffallender Blässe gut aussehenden, gepflegten und sogar dezent geschminkten Frau Mitte 40, in deren Zügen sich allerdings die bittere Erkenntnis spiegelte, das Spiel des Lebens verloren zu haben.

Mit einem leisen »Guten Morgen, danke, dass sie gekommen sind« und dem Anflug eines Lächelns war sie von ihr begrüßt worden.

Lara hatte ebenfalls gelächelt, zurückgegrüßt und die Konversation mit der wahrscheinlich einfallslosesten Floskel, die man in dieser Situation verwenden konnte, eröffnet. Doch ihr war nichts anderes eingefallen.

»Wie geht es Ihnen?«

Die Demuth hatte sie daraufhin nur angesehen. Die unmittelbare Antwort war ausgeblieben. Dafür kam sie schnörkellos und überraschend direkt auf ihr Anliegen zu sprechen.

»Der Grund, warum ich Sie sprechen möchte, Frau Gropius, ist Tim.«

Doch schon nach diesem ersten Satz riss ihre Stimme ab. Mühsam startete sie einen neuen Anlauf.

»Wie gesagt … Tim. Sie wissen, wie es um die … *Familiensituation* meines Sohnes bestellt ist«, fuhr sie immer noch stockend fort. Der Sarkasmus, der in dem Wort »Familiensituation« mitschwang, war unüberhörbar.

»Vater und Mutter in Untersuchungshaft. Die Mutter des Mordes und des versuchten Mordes angeklagt, der

Vater Mitbegründer eines Zwangsprostituiertenrings und Auftraggeber für mindestens einen Mord. Der Großvater in der Psychiatrie; die gegen ihn erhobene Anklage wegen versuchten Mordes oder meinetwegen auch versuchten Totschlags könnte zwar fallengelassen werden, sollte ein Gutachter ihn für unzurechnungsfähig erklären, aber was danach mit ihm geschieht, das steht alles noch in den Sternen … Ich meine das ist … das ist …«

Carmen Demuth war erneut ins Stocken geraten. Leckte sich die Lippen und knetete sich nervös die Fingerspitzen. Die Zigarette, dachte Lara, ihr fehlt die Zigarette. Im Besuchsraum herrschte Rauchverbot.

»Anfang November«, fuhr sie schließlich fort und starrte gedankenverloren auf ihre unruhigen Finger, »war eine Vertreterin des Jugendamtes bei mir. Sie hat … sie hat mir eröffnet, … dass das Amt Zweifel hegt, ob Tims Schwester sich in ausreichendem Maß um ihn kümmern kann. So wie es aussieht, … wird der Junge in ein Heim oder zu einer Pflegefamilie kommen und deshalb …«

Sie sah zu Lara auf.

»Deshalb meine Bitte an Sie, Frau Gropius. Sie wissen, ich vertraue Ihnen, ich habe Ihnen von Anfang an vertraut. Schon als wir uns das erste Mal begegnet sind. Ich bitte Sie …«, ihre Stimme fiel zu einem erstickten Flüstern ab, »… sehen Sie ab und zu nach ihm. Er hat … er hat einen Narren an Ihnen gefressen. Sie haben ihn … Sie haben ihn irgendwie erobert. Sein Herz, meine ich … vielleicht klingt es albern … oder kitschig … aber es ist so. Bitte schauen Sie nach ihm. Verstehen Sie mich nicht falsch. Ich bitte Sie nicht, sich dauernd um ihn zu kümmern. Aber vielleicht … vielleicht … könnten Sie ihn ja … nur hin und wieder …«

Carmen Demuth versagte die Stimme nun endgültig. Sie stützte die Ellenbogen auf den Tisch und verbarg ihr

Gesicht in den Händen. Zwischen den Fingern quollen Tränen hervor und tropften auf die Tischplatte.

Lara spürte, wie sich in ihrer Kehlkopfgegend ein Knoten herausbildete, den sie durch permanente Schluckbewegungen so klein wie möglich zu halten versuchte.

Es gelang ihr nur mühsam.

Erst als sie sicher sein konnte, dass ihr die Stimme nicht entgleisen würde, entschloss sie sich, zu antworten.

»Ich werde gelegentlich nach Tim sehen, Frau Demuth. So wie die Umstände es erlauben. Ich werde mich auf jeden Fall darum bemühen, das verspreche ich Ihnen.«

Carmen Demuth hatte daraufhin nur ein undeutliches Flüstern von sich geben können. Es hatte wie: »Danke!« geklungen.

Eine Böe fuhr heran und wirbelte Sand auf. Lara war inzwischen bei dem Torso eines ausgebleichten Baumstumpfs angekommen. Treibgut, vom Meer an den Strand geschwemmt. Ausgezehrt von Salz und Sonne, die ihm jegliche Farbe genommen hatten, bot das tote Stück Holz einen geisterhaften Anblick.

Während sie sich auf ihm niederließ, schoss unwillkürlich das Bild Harald Demuths vor ihr inneres Auge.

Auch er befand sich derzeit in Flensburg. In einer psychiatrischen Klinik. Unmittelbar, nachdem er aus dem Krankenhaus in Schleswig entlassen worden war, hatte man ihn dort vorläufig eingeliefert. Anfang November hatte Kriminalhauptkommissar Jessen das erste längere Verhör organisiert. Lara hatte darum gebeten, bei der Befragung anwesend sein zu dürfen, Jessen hatte zugestimmt. Auch ein erfahrener Psychiater war zugegen gewesen. Nach und nach hatte das behutsame Nachfragen bei dem alten Mann ein Persönlichkeitsprofil ans Licht gebracht, das weitgehend mit dem Eindruck korrespondierte, den Lara im Verlauf ihrer Ermittlungen gewonnen hatte.

Das Verhör hatte auch noch offene Fragen beantwortet, beziehungsweise Lücken ergänzt. Zumindest die meisten. Beispielsweise noch vakante Fragen nach den zerstörten Gegenständen wie dem Boot, dem Cello und dem Jadeschachspiel. Nachdem er durch einen Dokumentarfilm im Fernsehen von der Existenz Hein Düvers' alias Heinrich Blümeleins erfahren habe – einige Tage vorher war er mit seiner Krebserkrankung konfrontiert worden, so Harald Demuth –, habe er beschlossen, seinem Leben und damit seinem »krakenhaften Schicksal« ein Ende zu setzen. Aber erst nachdem der »Gerechtigkeit Genüge getan« und Heinrich Blümelein zur Rechenschaft gezogen worden sei. Vorher aber habe er endgültig von seiner geliebten Else Abschied nehmen wollen. Deshalb habe er sämtliche Gegenstände, die ihm auf besonders intime Weise ihre Nähe vermittelten, systematisch zerstört. Der letzte sei das Boot gewesen.

Am Nachmittag des 12. August gegen 18 Uhr war er zu seiner »Reise ohne Wiederkehr« aufgebrochen. Da war er zum Bootsschuppen hinunter gegangen, hatte seinen kleinen Rollkoffer in das Boot gewuchtet und war dann in dichtem Nebel zu der verlassenen Bank am Rand des Wäldchens gerudert. Mit seiner Axt ein Loch in die Bodenplanken zu schlagen und die *Else* zu versenken, habe ihm einiges abverlangt, doch es sei notwendig gewesen. Danach sei er durch den Wald zur Straße gelaufen und in ein Taxi gestiegen, das auf ihn gewartet und ihn zu einem in der Nähe des Münchner Flughafens Franz-Josef-Strauß liegenden Hotel gefahren habe. Von wo aus er am darauf folgenden Tag um 11:10 Uhr nach Verona geflogen war.

Und noch etwas war im Verlauf der Befragung ans Tageslicht gekommen. Die Identität des mysteriösen Anrufers, der ein Jahr nach dem Tod Ludovicas die Kripo noch einmal auf die Spur Lothar Demuths gesetzt hatte. Er selbst sei der Anrufer gewesen, so Harald Demuth. Wenige Tage, bevor sie ums Leben kam, habe die Prostituierte bei ihm geklingelt, um seinen Sohn Lothar zu sprechen. Fälschlicherweise war sie davon ausgegangen, dass ihr Freier im selben Haus wie sein Vater wohnte. Er habe sofort gewusst, um wen es sich bei »dieser vulgären Person« gehandelt habe, er habe es ihr angesehen, so Demuth. Den Rest habe er sich denken können. Als er Tage später den Bericht über den mysteriösen Tod der jungen Frau in der Zeitung gelesen und ihr Foto gesehen habe, sei ihm sofort klar gewesen, dass Lothar seine schmutzigen Hände im Spiel gehabt haben müsse. Trotzdem habe er ein Jahr damit gewartet, diese Information an die Polizei weiterzugeben. Das sei falsch gewesen. Wenn es um die Gerechtigkeit gehe, dürfe man nicht parteiisch sein. Verbrechen müssten gesühnt werden, ganz gleich, ob sie vor vielen Jahrzehnten oder erst vor wenigen Tagen begangen worden seien. Um der Gerechtigkeit willen habe er den Fehler wieder gutmachen wollen und die Polizei von seinem Prepaid-Handy aus angerufen. Da sei er bereits in Verona gewesen.

Auch über die anderen Anrufe hatte Harald Demuth berichtet. Über die, mit denen er seinen einstigen Peiniger das Fürchten gelehrt hatte. Die letzten vier waren von seinem Handy aus erfolgt, die ersten drei noch von zu Hause. Der letzte von seinem Festnetzanschluss aus getätigte Anruf hatte es den von Hein Düvers beauftragten Neonazis ermöglicht, über eine illegal gelegte Fangschaltung Identität und Adresse des Anrufers ausfindig zu machen. Als das Trio bei ihm aufgetaucht war, um ihn zu stellen, war der Vogel aber schon ausgeflogen gewesen.

Verona. Liezen. Maasholm. Schleimünde. Lara ging die Orte, die im Verlauf der Ermittlungen eine Rolle gespielt hatten, in Gedanken noch einmal durch. Auch jene, die am Wegrand der ganz persönlichen »Via Dolorosa« des Harald Demuth gelegen waren. Wie etwa Riva del Garda. Aber auch Johnsbach in der Steiermark, Wien und München, Stationen, auf die sie erst später im Verlauf der Befragung des alten Mannes gestoßen waren. Nachdem sie sich vorsichtig und behutsam an sein fragiles Innenleben herangetastet hatten.

Während der Sitzungen mit ihm war Lara aufgefallen, wie sehr das zufällige Aufeinandertreffen verschiedener Determinanten den Verlauf des Falls bestimmt hatte. »König Zufall« hatte Verbindungen zwischen Personen und Ereignissen vorgegaukelt, die so in Wirklichkeit gar nicht bestanden. Besonders infam schien ihr, wie er in Verbindung mit dem Datum des 14. Oktober einen tragischen Irrtum provoziert und eine verzweifelte Frau beinahe dazu gebracht hatte, einen zweiten Mord zu begehen. Als sei er ein lebendiges, durch und durch verschlagenes Wesen.

Der Zufall – König oder Krake?

In Flensburg schließlich war alles zu einem vorläufigen Ende gelangt. Bis auf Lothar Demuth, der noch auf dem Münchner Flughafen verhaftet worden war und in Stadelheim in U-Haft einsaß, befanden sich fast alle Hauptprotagonisten hier, in der am nördlichsten gelegenen Stadt der Republik. Harald Demuth, alias Baldur Hagen, in einer psychiatrischen Klinik. Carmen Demuth, Svenja Tessler, Max Gutbrod, Igor Strawinski und Rudi Hess (ihm war man per Handyortung auf die Spur gekommen) in der JVA Flensburg. Die Verhaftung des Neonazi-Quartetts wurde als einer der größten Erfolge der vergangenen Jahre in der Bekämpfung der rechtsextremistischen Szene gewertet. Zumal es im Verlauf der Ermittlungen gelungen war, eine im Untergrund aktive Organisation mit dem obskuren Namen *BDW – Bündnis Deutscher Wille* auszuheben. Noch arbeiteten Polizei und Staatsanwaltschaft mit Hochdruck an der Aufklärung weiterer Straftaten; allein was bisher ans Tageslicht gekommen war, genügte, um die Bewegung als eine der gefährlichsten und effizientesten einzustufen, die sich in den letzten Jahren etabliert hatten.

Eine Schar Möwen flog aufgeregt kreischend über Laras Kopf hinweg. Sie schaute nach oben. Eine von ihnen löste sich aus dem Schwarm, kam sturzflugartig herangeschossen und landete mit einem eleganten Schwung etwa einen Meter von ihr entfernt im Sand. Sah sie aus großen Augen an, während sie erwartungsvoll vor ihr auf und ab stolzierte.

Die Möwe humpelte. Erinnerte sie an Hein Düvers, alias Heinrich Blümelein. Der einzige Protagonist in dem ganzen Drama, den man noch nicht in Haft genommen hatte. Die Staatsanwaltschaft ermittelte auch gegen ihn. Zum einen wegen des Verdachts der Unterstützung einer kriminellen Vereinigung. Zum anderen wegen des Vorwurfs, unter dem NS-Regime Verbrechen gegen die Menschlichkeit begangen zu haben. Vor drei Tagen hatte Kriminalrat Hagedorn ihr mitgeteilt, dass sich die Verdachtsmomente verdichtet hätten und sich aller Voraussicht nach weiter erhärten würden. Ein außergewöhnlich schneller Erfolg der ermittelnden Behörden.

Der Nordost blies stärker, die Wolken über der Förde trieben schneller, erste dicke Tropfen fielen. Lara erhob sich, Zeit, ins Hotel zurückzukehren. Sie setzte die Kapuze auf und band den Schal fester um ihren Hals. Warf einen letzten Blick auf den Baumstumpf, auf dem sie gesessen hatte, und brach sich ein Stückchen Ast ab. Ein kleines Souvenir an ihren ersten Fall als Privatermittlerin.

Als sie sich zum Gehen wandte, bemerkte sie, dass die Möwe ihr folgte. Humpelnd und mit vorwurfsvollem Krächzen.

Lara blieb stehen. Kramte in ihrem Parka nach einer Packung, entnahm ihr einen Keks und warf ihn dem Vogel hin. Die Möwe blickte sie knopfäugig an – und flog plötzlich davon.

»Na, dann eben nicht«, murmelte Lara.

Und machte sich auf den Weg zurück zum Hotel.

AUF EIN WORT ...

Einen Roman zu schreiben bedeutet fast immer, Fiktion und Realität in einen möglichst harmonischen Zusammenhang zu bringen. Manchmal auch, die Realität im Sinne des Plots ein wenig zu manipulieren, was man gemeinhin »künstlerische Freiheit« nennt. Davon habe natürlich auch ich Gebrauch gemacht. Sollten Sie beispielsweise das Lokal *Zum Kiebitz* am Wörthsee suchen, werden Sie sich höchstwahrscheinlich schwer tun, den *Aumeister* im Englischen Garten und die *Giftbude* auf Schleimünde dagegen existieren wirklich. Ebensowenig gibt es ein Riva del Garda ein Hotel namens *Stella del Garda,* die Fischbrötchen im *Hafenimbiss* in Maasholm allerdings erfreuen sich auch im wirklichen Leben größter Beliebtheit. Der Leuchtturm Schleimünde auf der Lotseninsel ist normalerweise für Besucher gesperrt. Im Roman gibt es die Ausnahme, dass eine Besuchergruppe mit spezieller Genehmigung der zuständigen Behörde diesen sehr wohl betreten kann.

Mit anderen Worten: an der einen oder anderen Stelle muss ein lokales Detail nicht unbedingt der Realität entsprechen, wie Sie, verehrte Leserinnen und Leser, sie kennen mögen. Dennoch hoffe ich, Atmosphäre und Ambiente der im Roman vorkommenden Gegenden, Landschaften und Orte so eingefangen zu haben, dass Sie diese auf Anhieb wiedererkennen.

Was die historischen bzw. zeitgeschichtlichen Hintergründe angeht, die im Roman eine Rolle spielen, habe ich versucht, so genau wie möglich zu recherchieren. Allerdings gibt es auch hier eine beabsichtigte Ungenauigkeit.

Der im Roman erwähnte »Vierkant« ist nicht mit dem ehemaligen Kommandanten des Konzentrationslagers Sachsenhausen, dem berüchtigten SS-Standartenführer Hermann Baranowski, identisch, der als »Vierkant« entsetzliche Berühmtheit erlangte und bereits im Februar 1940 verstarb. Ich habe mir lediglich seinen Spitznamen ausgeliehen. Für andere eventuell auftauchende – unbeabsichtigte – Ungenauigkeiten, bitte ich die Kundigeren unter Ihnen um Verzeihung. Die alte Schriftstellerregel »Fehler und Ausrutscher gehen zu Lasten des Autors«, gelten auch für das vorliegende Werk. So ist das nun mal.

DANK

Ich danke meinen Probelesern Uwe Vieldorf, Erich Mayr, Stefan Rossmanith, Ulrike Gewald, Robert Fischer und Oliver Glovotz.

Ein ganz besonderer Dank für ihr professionelles Feedback zum Manuskript gebührt Dr. Heike Fischer.

Ein herzliches Dankeschön auch folgenden Personen: Harald Schacht, Hafenmeister auf Schleimünde. Geduldig hat er mir sämtliche Fragen, die eine »Landratte« zum Thema Seegang, Windstärken, Bootstypen sowie zur Schleimündung und zur Lotseninsel selbst haben kann, beantwortet.

Horst Günther Franzen, pensionierter Lehrer, Altbürgermeister sowie Chronist von Maasholm. Seine Hinweise zur Geschichte des Ortes Maasholm, der Lotseninsel und des Leuchtturms waren für mich äußerst wertvoll.

Lars Fokuhl, beim Wasser- und Schifffahrtsamt Lübeck unter anderem zuständig für den Leuchtturm Schleimünde. Entscheidend weitergeholfen hat mir das von ihm zur Verfügung gestellte Bildmaterial über das Innere des Leuchtturms, das sonst nirgendwo zu bekommen war. Ohne dieses wäre die Beschreibung des Showdowns ziemlich aus den Fugen geraten.

Stefan Rossmanith, Polizeihauptkommissar und Dozent für Psychologie, Beamtenrecht und Neue Medien an der Polizeischule Eichstätt, Ausbildungsstandort der bayerischen Bereitschaftspolizei. Dank dir, lieber Stefan, ist es mir, so hoffe ich doch, gelungen, deine im Roman erwähnten »Kollegen« einigermaßen authentisch agieren zu lassen.

Ganz lieben Dank auch an meinen Agenten Thomas Montasser und meine Lektorin Claudia Senghaas im Gmeiner-Verlag. Ohne ihr Engagement, ihre Geduld sowie ihre konstruktiven-kritischen Hinweise und Anmerkungen hätte es diesen Roman nie gegeben.

Mering, im August 2014

Das Neueste aus der Gmeiner-Bibliothek

Unsere Lesermagazine

Bestellen Sie das kostenlose KrimiJournal in Ihrer Buchhandlung oder unter www.gmeiner-verlag.de

Informieren Sie sich …

www … auf unserer Homepage:
www.gmeiner-verlag.de

@ … über unseren Newsletter:
Melden Sie sich für unseren Newsletter an unter www.gmeiner-verlag.de/newsletter

f … werden Sie Fan auf Facebook:
www.facebook.com/gmeiner.verlag

Mitmachen und gewinnen!

Schicken Sie uns Ihre Meinung zu unseren Büchern per Mail an gewinnspiel@gmeiner-verlag.de und nehmen Sie automatisch an unserem Jahresgewinnspiel mit »mörderisch guten« Preisen teil!